新台灣教育史

林玉体著

文景書局印行

目　錄

自 序　　　　林玉体

　　筆者曾在台北市文景書店出版《台灣教育史》，迄今已存貨不多，但銷路卻無如同該書局付梓的《西洋教育史》一般的已近二十版。作為台灣學者，一生主修教育史，除了在三民書局擔任大學教育叢書主編，另也為該書局寫了《西洋教育史》一書；師大書苑也出版由我撰述但內容不同的《西洋教育史》。最近中國學者來函，他們要編寫世界重要教育思想家的觀念，看中了我在三民書局《西洋教育思想史》（三版）所評述的「裴斯塔洛齊的教育思想」一文；他們選中的學者除我之外，其餘皆是中國學者。

　　既以教育史為主修，也曾寫過《美國教育史》、《美國教育思想史》（三民），及《中國教育史》、《中國教育思想史》、及《教育史》（文景）；在台灣師大的教育學系課程中，力倡該開台灣教育史的課。學士班、碩士班，及博士班，都該有讓學子了解台灣教育發展的脈絡。幸而台灣政治已邁向民主化，我的建議，在台灣的大學教育課程中，首開記錄。在美獲博士學位的主修課程，依教育部公費留學的規定，是以「教育哲學」及「教育史」為主；因之回國後，數十年來都以西洋教育史作為主授科目；俟「台灣教育史」開課，乃把西洋教育史的課，分由及門弟子擔任，轉授台灣教育史。幾年以來的學及思，頗有新的心得。趁舊書將罄，乃發願為該科撰述較有意義及價值的資料及觀點，作為有志於此的參考及批判。近年來，還有一些由對岸中國來的優秀研究生及學者來選修，但願海峽兩岸的教育同道，本諸民主、開放、多元、及進步的環宇觀，共同為新生一代的教育，基於和平、包容、平等、互惠的原則，共同打拼奮鬥。

　　本書採取較「宏觀」（macrocosm）的角度，置台灣教育的發展於環宇上；其實，這也是台灣教育史的特色。台灣教育一開始，自有「信史」以來，立即與當時全球學術教育上最進步的國家接軌，極其有幸。

至於一些細節（微觀，microcosm），如有忽略或錯誤，但請寬諒。寫作本該有「選擇」性，此種主觀難免。「史」不可能百分百的「全」重現於當前。若以哲學尤其教育哲學此種有別於科學或教育科學的角度衡之，這是全不可免的。試問今天或來日，能夠把過去的「一切」，百分百的「再顯」嗎？流水賬式的「史料」，等於是一堆該澈底整理甚至掃淨的「死料」垃圾。若以「史」為名的寫作，未能讓讀者看出其中的血淚，或激出一而再、再而三的省思，則該種資料的堆積，如同英哲培根（Francis Bacon, 1561~1626）所諷刺的「螞蟻」型的貨色了。此外，史也是一種「時間」，但時間除了有「量」（quantity）性外，更有「質」（quality）性。一部「史」之十足具有「教育」性，就不許以「客觀」的長久，作為絕對的準繩；時間有物理上的，客觀的；但也有心理上的，主觀的。台灣的「信史」大概四百多年，比起「古國」，算是幼齒的；但不少「古國」的「文明度」，甚至都不如新近才興建的國家。教育的成就，「人為」因素佔太多比例。此外，「史」若無「變」意，則該史料等於死料；台灣史絕非如此，台灣教育史也不例外。四個世紀以來，台灣在政治、文化、教育、經濟上的轉移，「大變」是一大特色；前後的衝擊激蕩，正是刺激有志於研究台灣史的學者，最佳的思考題材。令我極為不解的，是有人撰述的台灣史，平靜無波，如同一池死水，風平浪靜。奇怪，他們眼瞎目盲嗎？竟然有不少「校史」，提供了這種「佳」例；其中也包括有大學教授撰述的台灣教育史。深含「教育」作用的史「觀」，也應作為研究世界各國教育發展的「尺度」（criteria）！

　　台灣在當前，被不少學者評斷為民主的模範生。此種佳譽，「教育」因素是滋養料。但不幸的是，教育的「負面性」，也時時顯見優勢。有不少「學者」，迄今仍振振有辭的為過去及眼前的「政棍」之荼毒學子，予以「理由化」，這是極為「反教育」的！「教育」的正面性，是人性化及溫情化。台灣在政治主權上，從來未曾有過「自主性」；外來政權高高在上，「主」「奴」身分之區別性十分明顯。還好，經過數百年的覺醒，台灣目前已是言論、講學、著作、出版、遷徙、旅

遊等，十足自由的國家，此種得來不易的成果，是台灣先民的覺醒，更是他（她）們甘冒被打被殺，所得的業績！加上國際大國的協助，教育的民主化，已差不多實踐了二十世紀民主教育大師杜威（John Dewey, 1859~1952）於 1916 年一戰方殷之際的真知灼見：只有教育民主化，才能為政治、社會、文化上的民主化，步上坦途。化干戈為玉帛，馴化了霸權之淫威。近半世紀以來，赴歐美日留學學子的奉獻，為廣義的民主教育，為台灣在一條本是坎坷崎嶇的歪斜道路上，慢慢穩住了腳步。由於台灣地理位置處於國際戰略眾所注目的要塞，對台灣帶有強烈佔有欲的支那（中國），虎視眈眈；此種危機，如何化解？但願海峽雙方的政權當局，能夠以充滿教育的智慧，進行處理！「人權至上」、「民意優先」，這已是二十世紀以來，環宇的巨大主潮。台灣居民的幸福指數，在威權已去之後，快速上升；佳例及警訓，正好給台民一種省思！香港在英國同意將主權轉移給中國（1997）之際，「民族」聲勢高壓於「民主」音量，但不多久，卻惡夢乍醒般的大力羨慕台灣。只是當前在台灣寶島，竟然還有不少居民，朝朝暮暮的妄想專制統治！民主教育之努力，還停留在百尺竿頭地步。期望寶島上的民主鬥士，能永不懈怠的打拼；對岸來台的留學生，深盼能在親嘗寶島民主的美味佳肴之際，加添一股助力，使亞洲和平之外更帶來世界和平，這是台灣教育工作者的歷史使命！

　　教育史及其他學門的歷史一般，最具省思價值及意義的是，以「民主」為導向；昔日的種種教育措施，如不合乎民主教育的旨趣，就應在今日及未來，記取教訓，痛改前非；這是本書著作的核心目的！

　　就現代歷史發展的齒輪而言，「民主」算是值得歌頌與指導的「方向」（direction）。德國哲學家黑格爾（Georg Wilhelm Friedrich Hegel, 1770~1831）有句名言：to be is to be right；成為「事實」（to be）的，必是「合乎正當性的」（to be right），也是具有「價值的」。此句話帶有「時間性」，即「永續發展」，那也就是杜威特別強調的「continuity」一字的旨意。簡言之，人類如擬持續在地球上活得越有意義與價值，更使大部份或全部人群繼續朝此方向邁進，則只有作為「民主社會」

的一份子，才能如此；此種社會的男女，保證必越來越可愛、和藹、愉快、幸福；樂園在人世間存在，不必等待死後的西天或天堂才有。極具諷刺性的史實，是台灣在步向民主化的過程中，由無知無識的人作為主力，倒讓那批飽讀詩書的孔門弟子深覺汗顏。1895 年，瞬間存在卻短命而亡的亞洲第一民主國──「台灣民主國」，印證了一句引人迴腸深思的詩句：「仗義多屬屠狗輩，負心總是讀書人」。哈！「讀聖賢書」，又當何用？當時的總統、副總統、軍事統帥，都是科舉及第的「仕」，卻一聆日軍入台，都立即逃亡。還好，日本治台時，立即將整套設計齊全的學校教育制度大力展開，許多受過現代化學校教育的台灣子弟，一波一波的向民主大道邁進。當然，仍有一大群的「高級知識份子」，極為反動，力抗民主大潮。倖而，大江東去，民主曙光也艷陽普照，雖仍有陰影暗雲，但相信今後的台灣教育，只要勇往的秉持民主大道，以「知識為基礎」（knowledge-based），以「民主為導向」（democracy-directed），必為亞洲的楷模，也是教育工作者該承擔的永世經營之畢生志業。研讀台灣教育史，該能窺見此道洪流，先是涓涓細水，卻也快速匯成不可抵擋的大河寬道。作者此番自我期許，也曾在此種奮鬥中未嘗缺席過，更以此自豪及自慰！台民中自認為「漢人」者必多，拜託，要做個好「漢」，千萬別名列負心「漢」！

2019年年尾！

第一章　緒論

　　本章擬先就與台灣教育史有直接或間接關係的名詞或觀念，予以「正名」。「正名」本是孔子這位被中國及台灣人封為「至聖先師」及「萬世師表」的重要主張。其實這些封號，是名實不符；倒是「正名」，頗具學術價值。「台灣」之名，究由何時出現？「台灣住民」，又具何意？「台灣自古屬於何國？」以及「台語」二字該如何解等等，這些這些，都是《台灣教育史》一書不得不先該予以釐清的觀念，以避免混淆。讀者該知，歐美史上首位現代化哲學家笛卡爾（Rene Descartes, 1596-1650）曾告誡學子，從事「學」及「思」之前，不得不先予以正視的兩項課題！——觀念的「一清二楚」（clear）及「彼此有別」（distinct）。

第一節　台灣、台灣住民、及台語

一、台灣

　　1. 台灣師大中文系（國文系）莊萬壽教授的《中國論》及《台灣論》（台北市「玉山社」1996），極為充分詳盡的為「中國」及「台灣」兩辭，從「史」上挖掘資料予以剖析。不少人撰述台灣史或台灣教育史，竟然言之鑿鑿卻信口開河的斷定，台灣自古屬於中國。他們依中國古書所載，辛苦的找出《漢書》上的「東鯷」，《三國志》上的「夷州」，《隋書》上的「流求」，《宋史》《諸番志》的「琉求」等等，就以鐵口直斷的口吻，死鴨子硬嘴皮的下結論，認定那些「地名」，就是「台灣」。這些人還可在職位上稱呼為「教授」或「博士」嗎？不客氣的說，我真懷疑他們的學術造詣。有何證據，可以敢百分百的肯定呢？頂多「持（懸）疑」（suspend decision）而已；因為可信可不信，如此

罷了！怎算是「信史」呢？「懷疑」（doubt），不正是為學的要件且是極端重要的要件嗎？連最起碼的懷疑態度皆無，又有何資格充當「為人師表」呢？

此事極容易了斷，依「愚見」，他們所說的，「是」與「不是」，各屬一半。但最令我不解的，就是怎可把百分之五十充當百分百呢？這是「大哉問」吧！此問不先解決，就糊里糊塗的予以百分百肯定或否定，那是冒極大危險的！死抱大漢「沙文主義」（chauvinism）者，嗜好以「可能性」（possibility or probability）當「必然性」（necessity）。這種心態，不夠資格為「學者」或「士」。這種惡例，舉不勝數；支那人的古書中，類似此種成語者，罄竹難書。「話說天下大事，分久必合，合久必分」；「有其父必有其子」，「漢奸必敗，侵略必亡」等等。怎不知，「必」帶「絕對意」，在量上是百分百。「漏一」必成為「小疵」，更不用說，若在「量」上的「遺漏」，高居百分之五十或更多，則錯的「可能性」不是更高嗎？

從「語意學」來解析，即令「台灣自古屬中國」吧！但此句隱含帶有：台灣雖由古時屬於中國，「但現在已不屬了」！此種日常例子太多了。李小姐本是我的女朋友，但……。或這屋子本來屬於我的，但現在已另有屋主了。並且，此種「史例」，更不勝枚舉。現在的美國，自古屬於英國，但 1776 年美國獨立戰爭之後，就不歸英國管轄了。

環視全球土地，政治版圖上的變遷，是平常之事；那有自古屬中國，其後尤其當今必也屬中國呢？如此話屬實，則也有另一「史實」且更不可爭論（也「必」不可爭論）的是，台灣曾屬於荷蘭；並且，1895年，大清政府與日本簽了「國際條約」，明文有「台灣永久割給日本」中的「永久」兩字；這兩字，漢字並不難解。政治版圖之歸屬，「史」上又那有「永久」的？目前聯合國的「國家數目」，已倍數於成立之初（1945）。即令以支那這個自稱是居於環宇之「中」的自大狂（hybris）者，在距今千年之前的春秋戰國時，七雄之領域，也只不過是現今的「縣」而已；另有五胡十六國，及三國鼎立等，這些活生生的史實，難道政棍們無知到此地步嗎？其實，就有大清帝國不少皇帝，都還勇於承

認台灣是化外之地，不屬中國；就是到了台灣設省之時（1887），也不有心經營；因之，「無官不貪，無吏不污」；把台灣當成「三年官，兩年滿；抱袱款款回唐山」的搖錢樹。不到 8 年，就被日本佔領了！台民作清朝的魚肉，幸或不幸先不談，卻搖身一變，成為「倭寇」的皇民，幸或不幸呢?!這些這些，難道不都該頗值現代人的省思嗎?!

2. 葡萄牙與西班牙這兩個有「牙」的國家，在十六世紀時是全球海上霸主；葡萄牙的航船曾駛過台灣海峽，但未曾上岸；船員一瞧，遠見這塊大島，高山聳立，長春樹木永綠，一片大好江山！不得不喊出 Formosa，此字是「美麗島嶼」之意。耶教傳教士本著發揚教義不怕苦難精神，選擇宣教最艱難之地，也是地球最「蠻荒」之處，來宣揚福音。傳教士除了一心為上帝之外，還精於天文地理，尤其是繪製地圖。十六世紀初，耶教徒馮秉正，繪製了史上首幅台灣地圖。地球上的土地疆域或形狀，經過歲月的變遷，古今不可能全同，但輪廓清晰可認，一看就像個蕃薯，不是當今的台灣嗎？

據稱，也有人把該島稱為大員或大灣。一大塊台地，四周臨海，溪流河川湍急，海灣必多。或許如此，「台灣」，其後成為居民的共同稱呼。荷蘭航海者到世界各地經商貿易，登台之前先停駐澎湖。但澎湖早是大明帝國的屬地，駐有官員，他們向紅毛番（支那人對洋人的一般稱呼）說，澎湖早有官兵駐紮，如擬經商或傳教，不如把船航向另一大島駛去，該島比澎湖大幾百倍，且無主。因之荷人乃轉頭到台灣南部的麻豆或西港登陸，名之為 Zealandia，是 sealand（海島意）的英譯。大英的名航海家庫克船長（Captain Kook, James Kook, 1728-1779）發現 New Zealand，即漢譯的紐西蘭，語意是「新海島」，與荷人登陸現今安平的台南府城一般的稱呼，現漢譯為「熱蘭遮城」。

新教的荷蘭人，只佔領台灣這個大島的南部一部份而已；也差不多同時，舊教的西班牙人佔領台灣北部，在現今三峽地方，山角湧，譯名為 San Diego，也是 beautiful island 之意，同 Formosa；西班牙語的 San Diego，等於葡萄牙語的 Formosa；其後洋人稱呼台灣這個大島為 Formosa。至於為何不把西班牙語的 San Diego 稱呼台灣，而取葡萄牙

語的 Formosa，此事有進一步研究餘地。美國加州南部有一大城，即叫 San Diego，漢譯為聖地牙哥。[1]

　　就屬地而言，台灣當時不包括澎湖。荷蘭這個新教國，本來也被舊教的西班牙統治，1579 年才獨立建國。建國後不只把西班牙勢力從荷蘭逐出，也在台灣趕走西班牙；並且在亞洲奪得不少殖民地，包括印尼；且佔了美洲紐約。雖英國後來居上，但現今紐約市仍有一條大道以阿姆斯特丹為名（Amsterdam Avenue）。紐約這個環宇大都會街道街名，幾乎都用數目字，大概僅存此大道及「百老匯」（Broadway）用「名」而已！以數目字作街道名，如 42 街或 38 街，比較無「史」意！但卻極為方便。這也是美國「實用主義」（pragmatism）的具體反應！

　　澎湖本屬大明帝國領土，歸福建管轄，而台灣卻是「化外之地」；就如同 1945 年二戰結束，中華民國政府流亡台灣，政治版圖只剩下台灣省的台灣（包括澎湖）及福建省的金門、馬祖兩小島。因之，「中華民國政府」的官方文書上，把管轄地稱為「台澎金馬」。其實，只言「台、金、馬即可」；因為澎湖本不屬台灣管轄，但設省之後，澎湖從本屬福建，改移為台灣；因之，一言台灣，即包括澎湖。「中華民國」就實際現實面上還坦言其行政區只及台灣及金門馬祖，不敢妄言擴及全個「中國」，只是大言不慚的誇稱擁有全中國的「合法政體」。此種憲法上的爭議，變成其後論戰不休的話題。

　　3. 有人從台語解釋「台灣」兩字的發音：台灣自從歸屬「中國」以來，人民的命運就如同「中國」一般，冤魂無數，寶島變成埋冤的鬼魂地；「埋冤」之台語，音如同「台灣」，深盼此種冤魂，早日安息！但今日全民應為他（她）們伸冤，早獲平反，這也是台灣住民該承擔的一種使命吧！

　　「國共內戰」延伸到台灣。台灣壯丁，包括不少大學生充當預備軍官，在金門馬祖史無前例的砲戰中（1958），由於炸彈數的密度超過歷

---

[1] 若台灣「自古」即屬「中國」，則當荷人抵台又領台約 37 年，為何未見「中國」出兵阻止，可見更可相信的是，台灣自古屬荷蘭。此一發現，是 2019 年台師大博士生選修我課者王琇嫻的「見」，頗有「見地」。

史記錄，戰死於該兩外島的學生、士兵、居民，高達數十萬計；金門縣長曾是師大教育系畢業的校友，在我任考試委員（2002~2008）考查外島時，在簡報上公開說，為了安魂，每年都由台灣邀請牽亡魂的道士主持大典，期望為政棍招來無情戰火而無辜「埋冤者」超渡。此種史事，難道不具「教育」的「教訓」意味嗎？當然，金門及馬祖的「國軍」，也發炮擊中廈門陣地，死傷無數！中國史上此種無情戰火的肆虐，千年無休止！看過《三國演義》的讀者，也知悉每一戰，都死傷以萬計！且此種中國史，已成家常便飯。這個古國，又那來「文明」及「和平」呢？台灣如繼續受荷西的洋人統治，當然冤魂或許也有，但次數及人數，大概不至於如此吧！

台灣由於曾受過荷人統治，雖時間不長，只三十多年，壽同隋朝；有此歷史因緣，荷蘭官方及民間，對台灣似乎存有一段感情；在治理台灣的所謂「中華民國」遭逢外交困境之際，台灣的「國營」飛機（華航）還只能飛荷蘭首府阿姆斯特丹而已，其他國家的航線，都遭扼殺。當然，現在情況已改善許多了！

4. 有人比喻支那中國的地圖，如同秋海棠，但也像老母雞；台灣則類似一條魚，卻也像台灣人熟悉的農作食物蕃薯。被文學界譽為新台灣文學之父的彰化人賴和（1894~1943）醫生，解釋後者有「新婦仔」（童養媳）的心態，準備接受「被人荼毒」的命運；但「蕃薯不驚落土爛，只求枝葉直直傳」。魚呢！可在地球上最大的海洋悠遊自在，且「魚躍龍門」[2]。二戰時，聯軍在亞洲最高統帥麥克阿瑟（Douglas Mac Arther, 1880~1964）五星上將，稱讚台灣是永不沉的航空母艦。歌頌台灣的歌曲很多：

> 台灣好啊，台灣好啊，台灣真是個美麗島！
>
> 阿里山的姑娘美如水啊，阿里山的少年壯如山！

---

[2] 王昶雄，《打頭陣的賴和－哲人「走得其時」》。李篤恭編，《磺溪－完人》。賴和先生百年紀念文集。台北，前衛，1994, 34-35。

至於中國國民黨最喜愛討好台灣人的政治口號，是台灣成為三民主義的模範省！但該黨在台灣造的孽，卻是具台灣情者，心中最無比的痛！

5. 版圖的變遷，屬政治史的範疇；但教育與政治，是耦斷絲連。歷史越趨近代，政治力幾乎主宰一切，尤其在立即有形的部份；即令經濟，也與政治關係密切。大學經濟學的英文名稱，是political economy。不少既無知又中邪的人大喊，教育不該涉及政治，似乎政治是洪水猛獸；不，政治有正面也有負面。政治力帶給教育的，也有善惡兩種相異的效果，這是極其一清二楚，且也斷絕不了關係的。政治與教育活動關係最基本的，莫過於語言及文字。荷西勢力在台時，不只經商貿易，且傳教士也宣揚福音。因之，不得不促使台民甚至幼童學習這些外語；且一讀聖經，更涉及到教育內涵了。台民大概也首度接觸到在環球史上頗居地位的國家之「語」及「文」。葡萄牙船員未上台灣海岸，卻在1553年佔領 Macao（澳門），還設有澳門大學，師生習葡語及葡文。本來在台灣北部宣揚新教福音的加拿大人馬偕（George Leslie Mackay, D.D. 1844~1901），到支那傳教的首站就是澳門，但一悉該地已早有葡人在，乃於1871年轉向台灣北部落腳於淡水，台灣居民也因之能與感人且又奉獻一生於寶島的這位牧師結緣。馬偕不到澳門，多多少少也與政治力有關；葡萄牙屬舊教地盤，加拿大是新教國度；馬偕到淡水時，舊教的西班牙勢力，早在台灣消失重大的影響力。[3]

迄今，台灣台北市是「首都」，行政最高當局為總統，掌有國際外交關係權。台灣的經濟貿易力，更居環球重要地位；另有陸海空軍，公權力還抵近鄰屬中華人民共和國福建省的金門馬祖。〈三民主義統一中國〉的醒目招牌，昂然矗立在金門要塞；且金門也設有由台灣教育部所設的國立大學，馬祖的中小學也不少。現行教科書早將「兩岸」的敏感政治話題如「殺朱拔毛，消滅共匪」等，減少許多；但「外島」的金門馬祖居民，出「國」旅行，一定得有台灣當局所發的護照，身份證也異於對岸，且公民有選舉總統等公職民意代表權利。這些措施，都與政治

---

[3]　馬偕博士原著《福爾摩沙紀事》，林曉生漢譯，鄭仰恩校註，台北前衛，2007。

密切相關。金馬選出的立法委員，有權過問「國」家大事。他們的「意識型態」[4]如何，與教育尤其學校教育的教材，直接有關。

　　一個顯明的區別，金門及馬祖兩島，早是「中國」版圖的地帶。1945年之後，由於「國共」內戰，造成「兩個中國」（在台灣的「中華民國」，及在北京的「中華人民共和國」），雖然都使用漢字，也都說北京話（普通話、國語），但福建師生及人民，都通曉簡筆字；金馬「軍民」則使用「正」（繁）體字。這些史例，誰說教育與政治無涉!?更不用說，「台灣永久割讓給日本」之後，台灣師生及人民，習日語又寫日文；但一經「改朝換代」後，仇日、恨日、反日等政令，雷厲風行了！

二、台灣住民

　　1. 台灣是個海島，面積與對岸「大」陸相比，當然「相形失色」！但這個海島，比當今環球不少「國」為大。島上早有住民。因為台灣地理上屬熱帶，雨水多，氣溫有嚴冷又有酷暑；土地肥沃，沒有沙漠，也不屬南北極地，無零下數十度不適宜人居的所在。加上與對岸有個「天險」的台灣海峽，相距比英吉利海峽還寬；在古時船小，海浪又大，且有迄今仍以「台」為國際聞名的「台風」（颱風）。台灣海峽這個「天險」，多多少少隔絕了兩岸人民的往返，也阻擋了對岸武力的直接入侵。台民俗稱海峽為「黑水溝」，閻羅王隨時侍候；「唐山過台灣，心肝結歸丸」；這句台灣古諺，證明由閩粵沿海居民駕船抵台者，人數甚少。因之，台灣的「原住民」在血統淵源上，與「炎黃世冑」[5]了無瓜

4　「意識型態」是 ideology 的漢譯，翻譯最佳者是「音」譯又含「意」譯。台大哲學系名教授殷海光，譯為「意底牢結」，確是最為傳神。人有理念，理念一旦根深蒂固，牢不可破，即令遇到有力的反例挑戰，也死不認帳。這才是「理念」建構，最引以為憂之處。因為「哀莫大於心死」了！

5　目前在台灣，規定人人必唱的「國旗歌」，歌辭首句：「山川壯麗，物產豐隆，炎黃世冑東亞稱雄！」其中除了「炎黃世冑」不是「事實」之外，都是在描述台灣。我曾建議既然「中華民國」的「國歌」只能在台灣唱，在外國的「正式」場合卻准唱「國旗歌」，因之，稍改歌詞，不正是最代表台灣的嗎？

葛，絕非屬「中華民族」或「漢民」。台灣「土著」，依現代考古學家的研究，屬於南島語族，與Hawaii（夏威夷）或紐西蘭（New Zealand）之毛利人略似，不少用語且可通。

原住民與環球「土著」一般，順其自然，聽天由命，土地共享；都有人類共同的「天性」，善良、慈悲、愛護子女，辛勤打獵、游牧、耕作。台灣由於幅員不大不小，交通又不便；因之，服飾、語言、風俗、禮儀等，零零散散的居於台灣各處的原住民，都不完全雷同。十七世紀初，荷西勢力抵台，與他們交往的對象，尤其是貿易與傳教的「台民」，就是這些原住民。

荷西傳教士有洋槍，又有洋火（番仔火），髮頭紅色，台灣原住民就以「紅毛」稱呼洋人；由洋人建造的城，叫作「紅毛城」；他們帶來的土，叫做「紅毛土」（水泥土，支那史上未使用過水泥土）。田地以「甲」計，是 acre 外語的台語發音。使用的「肥皂」（漢文，台中地區的人叫它為茶箍），南部人叫做「沙文」，那是 soap 的荷文發音。西班牙人也帶來了甘蔗。我有一次到印尼的偏遠地區，看見一婦人洗衣服，她告訴我，使用「沙文」，恰與台語同，可見也是荷人帶過來的！這些這些，都與台灣的農作或起居，發生密切關係。

荷蘭人抵台，除了傳教之外，就是貿易。他們發現台灣的鹿真多；李筱峰教授曾戲稱，台灣鹿之多，猶如現在街道上的車（汽車或摩托車）。過去若台民不小心，可能會被鹿撞傷或因而死亡，好比現代人發生車禍一般。此種比喻，真是有趣。荷蘭人在安平建的台南府，是行政重鎮，人口最多；一「府」之外，就是二「鹿」了，即鹿港（彰化）；三才是台北的艋舺（現在的萬華）。荷人抓鹿，鹿肉及鹿角，價格高昂，大部份售予日本人。但荷人在台，人數不多，他們價聘原住民抓鹿。據稱，原住民安居樂業，對生活基本需求外的收入，不怎麼計較，因之對抓鹿的額外賺錢，並不具吸誘性。荷人乃改變主意，到閩粵地區找福建人及客家人來台。荷艦較大較安全，因之由對岸來的「漢人」越多。

2. 原住民認定土地為公，未有私產觀念；但漢人恰好相反。對岸來的漢人，由於閩粵的天然資源不及寶島，生活極為困苦；加上暴政

頻現，官員又搜括，且天災屢現。一知洋人招聘，「唐山過台灣」的人數，越來越多。漢人不只工作較勤快，又有節儉的習俗，但卻另有心意上的不正，常欺負樸實單純行為的台灣土著；基於人數上的優勢，乃把本來在平地謀生的原住民，趕往較高的丘陵地，甚至趨向高山峻嶺處。「高山族」之名，因之而來。漢民中難免耍「陰謀詭計」，打算佔原住民便宜；明明雙方以石塊為界，分出田地耕種的彼此，部份漢人卻暗中偷偷的換了界碑；土著有苦難言，但心中早種下仇恨之苗，「獵人頭」遂形成習俗；部落酋長尤其以腰纏人頭數目之多，證明他體力超強；寮居之處，以懸掛人頭為傲。但他們絕不獵同族或同原住民的頭，卻以漢人之頭為對象。此種原民與漢民之間的長期糾紛，甚至告上法院，清廷官吏判決：「漢人多奸」。哈！咎由自取！

漢人越來越多，殺番也變成一種「壯舉」，且還列為史書上的功勞。大清帝國派到台灣的官吏中，唯一還算「良好」的劉銘傳（1836～1895），竟然也殺戮了原住民。現在台北都會重要休憩地的二二八紀念公園（日治時為「新公園」），存有四座涼亭，亭中立了四尊銅像，其中之一就是他。台北市長廳（市長辦公室）還名為（銘傳廳），還有銘傳國小及銘傳大學，真是諷刺[6]。

3. 台灣面積算大不大，算小也不小；古代交通不便，寶島有地球海島上最高的山，山脈又多。原住民分散台灣各處，相互往來本不易。由於生理需要，男婚女嫁，乃屬平常；過去的人早婚。另有一習俗，即部落酋長享有新婚新娘的初夜權；若酋長體壯力強，則部落下一代子孫，或許「必」得一種即令中國古籍也記載的事實，也是冷酷的教訓，即「同姓相婚，其族不繁」。此種活生生的個例，已獲其後科學醫學的證實。古早時候，中國幅員不怎麼遼闊，其後即令屬於環球的「大國」，但人民觀念卻極為封閉，且「唯我獨尊」。因之，族群衝突，異姓之間的干戈，數次指不勝數。中國及台灣都有「宋江陣」，練刀舞劍，目的在保衛家

---

[6] 另三尊對台灣更少有貢獻，一是連雅堂；連橫（1878~1936），連戰的阿公；一是鄭成功（1624~1662），一是丘逢甲（1864~1916）。

鄉，以免外族入侵；不同姓別者，似乎都曾有仇恨。我小時，父親曾告誡，姓林者不許與姓楊或戴的女子成婚。血親越近，下一代的稟賦，有可能日趨下沉。還好，以台灣史而論，由閩及粵而來的漢人，必須克服海峽天險，加上農業社會的心態，安土重遷，故早期移民者不多！孔夫子更教訓子弟：「父母在，不遠遊」。不過，他的另一教訓，來之於他所歧視的婦女（唯女子與小人難養）：卻是「苛政猛於虎」。支那在大明及大清時，如同過去朝代一般，末代帝王幾乎個個是「昏君」。力主變法革新的康有為（1858~1927），諷刺大「明」為大「暗」，大「清」為大「濁」[7]。閩粵漢人，趁地利之便，冒死抵台，雖因之也產生與原住民之間的衝突，但也必有與「番」通婚者。連荷蘭名大學的高材生來台傳教，也娶原住民為妻；從北美抵台的馬偕，更娶原住民張聰明，還生下台加混血兒二女一男。現代的優生學，尤以科學醫學立場，認定血親越不「純」，後代子孫的資質更為優異。台灣因緣際會，歐美洋人有來台者；日本治台五十年，鄭成功帶了數十萬支那人，以及二十世紀國共內戰，蔣介石的「國軍」六十萬，籍貫包括中國各省。族姓歧視雖有，但異姓別族之子女相互通婚，必為數不少。台灣古謠＜安平追想曲＞，歌詞中的最後一句是：「伊是荷蘭的軍醫」！台南籍曾是美國紐約野球隊「洋基」投手的王建民，細看其身材及臉型，極有可能屬荷蘭種。

　　荒謬的是大中國族群主義又自大狂者（ethnocentrism）的政棍，如連雅堂的孫子連戰（台大畢，美芝加哥大學博士，當過台北市市長、台灣省主席、行政院長，及副總統），多次在公共場合，尤其在2000年競選民選總統時，一而再再而三的宣稱，他是「純種的中國人」。哈！現在的人，包括台灣人在內，又那來「純種」？林瑪俐醫生更以血液的精密分析，目前的台民，屬「漢族」者，百分比是少之又少，這已是不必爭論的話題。美國在黑人抗爭的英雄中，公開向世人明示，黑是漂亮的，且身以黑人為榮。只有心理有重病者，才口口聲聲的說：「余，中國人也」。這是連橫到中國時向中國國民黨交心時所說的一句名言，他

---

[7] 汪榮祖，《康有為》。台北東大圖書公司，1998, 86。

的孫子更以作為「純種中國人」為標榜！心術不正到此地步，受過名大學教育又享博士學位，又有何可取？

在未具民主素養也不知教育本意的男女，即令親如父母、兄弟姐妹或夫婦，也常有反目不合情事。台灣既然在史上是族群甚為複雜，紛爭打鬥，甚至兇殺等慘劇，難免時現於史書上。由閩粵而來的漢人，與原住民不合；甚至即令同說福建話的閩族，及共說客家話的粵族，也時起口角勃谿。以自大的「漢」或「炎黃子孫」之後代為主的「中華民族」，竟然還敢奢言將「滿、蒙、回、藏、苗」等各族，融合為一，名為「中華民族」，真是諷刺。疆土甚大的這個古國，人民心態卻極其狹隘；寬宏大量的胸懷，正是這個古國居民最該虛心檢討的「民主教育」要項。不幸，雞腸鳥肚、心機惡毒的詭計、凌虐異己的慘劇，卻時時上演，且永不已時。首先，凡是「異族」，則「其心必異」。荷蘭早與台發生關係，當前政論節目名主持人鄭宏儀公開坦言，他首次到這個低地國，一下飛機，立即耳目一新！世上竟然有如此漂亮、乾淨、又有禮的國家，到處都像好美的花園。台灣如有幸被荷蘭「用心經營」，必也能如此！但荷蘭人在台短短二三十年，卻也與台灣「土著」發生不幸死亡事件，傷亡的台灣原住民不少。有些漢人本位者，厲聲喝斥荷人之不該；但對於上述清人治台時的劉銘傳之殺害台灣原住民，以及「開墾」宜蘭而將喀瑪蘭人予以驅逐而有死傷的「漢人」吳沙，不只不提此「劣跡」，且當今宜蘭縣竟然有紀念他的吳沙國中、吳沙紀念館、吳沙路，甚至「吳沙加油站」！史家的史「筆」，可以作如此的記載乎！日人治台數十年之後（1930），高聳入雲的中央山脈住有原住民，向日人挑釁而受日軍槍殺之慘案，也是過去中國國民黨政權一再痛斥日本的史實；但卻對「國軍」於1947年的二二八事變等的濫殺無辜，絕口不提！這絕非持平客觀的「報導」（report），而是刻意且惡意的「扭曲」（distort）！還可列為「教科書」材料嗎？

4.「史料」必須「百分百」呈現，這是極其不可能的！但人類如要「生存」，且「永續生存」，又能「更幸福，更愉快，更令人懷念的生存」，才符應黑格爾哲學家及杜威教育家一再提醒的 to be is to be right 及

continuity字眼的「民主」理念。東方民族的古國,與台灣史上關係密切的大國,且迄今對台灣時時恫嚇,又深具侵略野心的這個「惡鄰」,卻最欠缺「民主」的文教種子。四百多年來,定居於台灣的住民,種族已極其複雜,膚色早已非「炎黃」;「雜種」,此辭雖難聽,卻也是事實。還好,此種「特色」,卻恰好是孕育一流下一代的本錢。台灣猶如小美國。美國是地球上種族最複雜,人也極多的國家,歧視的不幸難免。還好,美國大教育哲學家一再呼籲,只有仰賴「民主式教育」,才能為「民主式政治」紮根發芽,更能長成枝葉扶疏的昂然大樹,為後人乘涼。不少史家認定美國是種族的大「熔灶」(melting pot),各民族皆匯聚而成單一的「美國標誌」(Americanism)。究其實,此種比喻,並不恰當。把各種族成員(elements),皆熔化掉又消失不見,而成一塊新料嗎?這也太慘酷了吧!不,民主式的教育,是重視、甚至保存各組成分子的「優點」或「特色」(characteristics),但卻得彼此協和、互助、體諒、友愛、參與、欣賞、評鑑等。這種社會,不是如同「大熔灶」,卻是猶像一首祥和美妙又通力合作的交響樂(orchestra or symphony);各成員發揮各自樂器及技巧的特色,但卻得遵守「指揮」(conductor)的手勢、表情、體態,如此才能奏出令聽眾聚精會神的欣賞,且注視或動容的樂章。台灣如能取此為譽,作為教育目的的參考座標,則必能發揮影響力,在與各國尤其對岸學子交流之際,收穫此種民主式教育果實,為兩岸人民奉獻最該品嚐的教育大餐,共同享受美味可口的民主饗宴,這才該是研讀台灣教育史最應有的成就!

　　民主,是史上一流哲學家、教育家、及思想家,謀求解決人類紛爭的最佳途徑。民主的幼苗早在歐美播種。惜在東方,尤其與台灣關係密切的支那中國住民中,民主的觀念罕見!千年以來,即令春秋時代諸子百家中,曾閃現小螢光,但先天不良,後天更加失調。民主政治及民主教育,有幸經過台灣先賢的努力、犧牲、與學習,該成為對岸中國的楷模。此種工程,必是破天荒的艱難,但事在人為。時代齒輪已屬二十一世紀了,口口聲聲的是飛彈、火箭、潛艇、航空母艦,但以「力」可以服人嗎?那不是停留在叢林野獸層次上,怎羞於出口呢?簡直是土匪的

行徑了！滿嘴自稱儒家的傳人自居，「仁」政不是要旨嗎？

　　5. 其次有必要一提的是，台灣住民中，來自於對岸的「華人」最多；但台灣人的後裔，必也是「華人」嗎？究其實，「有唐山公，無唐山媽」，這是台灣有名的俚語。古早時代，男主外沒錯，但遠出家門作流浪漢，是家道中衰的代名詞；若遠渡黑水溝，男人量必不多，女人更不必提了。因之到台的漢人（古稱唐山客），絕大多數都是男性。現在的美國、英國、澳洲等大都市，還有一條「名街」叫China Town，漢譯為「唐人街」，音譯該是「支那街」，卻未聞有人譯為「漢人街」的。到台灣的閩粵人，習慣被叫做唐山人，在台久了，難免與台灣本來住民的女性結婚。他們的後代所記得的「公」「媽」，是屬父親輩的「中國人」，但母親輩的卻是「台民」。如此代代下去，則血統上「中國人」佔的成分，必越來越少。可惜也可嘆的是，男人至上（沙文）遺風作祟！即令數次在台灣熱鬧滾滾的總統競選上，竟然也有受過大學以上畢業的候選人，不知什麼心態，還時時採取行動要到對岸中國去認祖歸宗，以示血緣上是中國人的後裔。如此大膽的重男輕女之歧視，現在的女權運動者，還可視若無睹嗎？或裝啞作聾，或噤若寒蟬，或心有戚戚焉！甚至還擬與之共鳴？平權教育之失敗，莫此為甚。心中如有「以中國人為傲」，語意更帶有「以台灣人為羞」的自我作賤以及自我封閉性，真是罪不可恕，也最無可救藥了！

　　什麼是「台灣人」呢？台大名教授彭明敏（1923~ ）曾在1964年與學生謝聰敏（1934~2019）及魏廷朝，發表＜台灣人自救宣言＞，其中提到「台灣人」的定義，是凡認同台灣的台灣住民，就是「台灣人」。因之，是不考慮血統、語文、種族、或國籍的。只是該宣言還未刊印，師生立即被抓；彭偷渡，兩名年青人被刑求又遭判長期徒刑。不少「外省人」甚至組成「外省人台灣獨立促進會」，公然要求以「台灣」為「國名」。1990年，由我當召集人成立的「台灣教授協會」，章旨首條即公開宣示，台灣是主權獨立的國家；認同於此的教授及學生，才是台灣教授及台灣學生！

　　China是當今環球各國正式承認的一國之名稱。習慣上，各國在國

際會議舞台上，都以最強勢的英文作牌。自稱為「中國」的代表，座位上必有一名牌寫的就是China；依音譯，不是「支那」嗎？但「支那」二字，中國政府自認丟臉，抗議不許使用。筆者學淺，不知「支那」二字，貶意在那？歐美國家當然不使用「支那」兩字，但都把 China 或 Chinese 掛在嘴巴。China 或許來自於「秦」。因之「秦啊」，就是Chin-a的音，[8] 台灣師大首位獲中央研究院院士的史學家郭廷以，在編寫的《近代中國史》[9]，凡「中國」與各國外交交涉時的官方文書，幾乎都以「支」來自稱，而不用「中」。但現行官方所寫、甚至出現在教科用書上的「支日戰爭」，都改以「中日戰爭」；這種竄改文書之行為，是有罪的！官方以自身犯法作為表率嗎？

　　環顧全球，目前可能只有出現兩國國名的英譯及自稱，極其不合：一是China，怎可譯為「中國」呢？而「 中國」又怎可英譯為China？其次，Korea之音譯成漢字，就是「高麗」。「高麗」兩字有貶意嗎？怎可叫做「大韓民國」呢？

　　矮化別人，此種阿Q精神，只能自我陶醉。真正的「大國」一悉，也度量奇大的讓「中國人」吃豆腐。「夏威夷」一辭，筆者早在他書已提過。1972 年美總統尼克森（Richard Nixon, 1913-1994）訪問中國，中華人民共和國為了要羞辱這位世界超強國的領袖，安排他在陝西遠離北京的長安（又名西安）機場降落，該地曾是支那好多朝代的首都，也是由四方「蠻夷」之邦朝貢支那「天國」的所在；美國總統及幕僚或許知悉此奸計，但卻不以為意，展現「央央大度」的風範！支那人喜愛自我作樂、自我陶醉，但知悉其中主意者，必心中不舒服，或許也早無情趣了！試問這是待友結交的技倆與心態嗎？

　　舉世包括中國，都安然接受的China，按各國通例，音譯為「中文」或「漢文」或「唐文」，不是「支那」又是什麼呢？「中國」二字之混亂，不下於「台灣」；但Taiwan的漢譯為台灣，是完全確定的！

---

[8]　台大哲學系名教授楊維哲《台語的拉丁字母，拼音與數學》。現代學術研究，台北，現代學術研究基金會，2018, 91-92。

[9]　郭廷以編，《近代中國史》。商務，民36（1947）。

三、台語及台文

㈠台語

「台語」，顧名思義，是台灣住民所使用的語言。人類為了溝通，即令千萬年之前的原住民，也必定有可相互溝通的「語」。台灣也不例外。但台灣住民之組成極為複雜，「台語」種類也跟著奇多。

隨著時代的轉變，原住民的語言因族姓不同而相異；後來移民來台的閩粵，人數增多，前已言及。福建的閩人說的是「福建話」，但卻也與「福州話」，不能完全相互通曉。由廣東（簡稱「粵」，福建簡稱「閩」）來台者說客家話，其後在台灣，客家話彼此又不十分同。

語言不同，共同生活就極其不便；是否有人為的努力，化異為同，以便互通訊息，此事不詳知。

在台灣教育史的演變中，語言一項有可稱述者如下：

1. 荷西人來台，一說荷語，一言西語；二者也不可通。但荷西人到台傳教或通商，在有意無意中，也有一些台民知悉荷西語，荷西人也努力學當地的語言。漢人交談的對象，以說福建話的閩人居多，因為人數上閩人佔台民的多數；台民也從中學了些許的荷語，如上述的 acre 及 soap。

閩南人說的福建話，有一特色，頗值一述。一來，福建話是住台居民中人數最多的使用語言；二來，福建話有八調，恰與音樂七音幾乎同。因之，說福建話，如同在唱歌，非常好聽。這是令研究學者驚嘆的。在支那，雖然「書同文」，都用漢字，但發音彼此相異。在有意促使「全國」人民尤其師生，除了「書同文」之外，也能「語同音」時，幾乎要採用以「閩南語」（福建話）作為官方用語。可惜，選擇的是「滿州官話」。現在通行於支那（中國）的「普通話」，及台灣的「國語」，英譯就是「滿大人說的支那語」（Mandarin Chinese）。台灣有錢的住民，讀了不少用支那文字所寫的古書，但都以「福建話」發音。台中的台灣史上聞名的詩人林獻堂，與梁啟超（1873~1929）二人交往頻

傳，互通音訊，當然都共同使用漢字，但一旦有機會在一塊時就無法口說，因兩人如同鴨子聽雷。

聞名環球的語言學幽默大師林語堂（1895~1976）是福建人，他熱愛說閩南話，週遊列國後，晚年不願回故鄉定居，卻在台灣北部草山（現叫陽明山）度過餘生；因為他發現台灣百姓說的話，與他的家鄉語，幾乎完全雷同。他的住所，已成「林語堂紀念館」，墳墓也埋在該地。[10]

「台語」一辭，有必要作如下的解析。台語形同日語、英語、法語、德語等一般，只有一種，即台民使用最多的用語；但「台灣的語言」，則有數種；也好比英語只有一種，但「英國語言」有數種；「台大」只有一所，即「台灣大學」；但「台灣的大學」，就不只台灣大學一所而已了。使用人數最多的台灣語言，就是台語。台語與閩南語或是福建話，二者可通處，百分比極高。台灣人到福建甚至新加坡或南洋各地，一說「台語」，都幾乎接近百分百的可與當地居民對話。但「台灣的語言」就有好多種了，除了台語之外，另有客語、原住民語，最近又有東南亞各國人民與台民成婚而生的新住民所使用的新住民語。媽媽若是新住民，則生下來的孩子，母語就是新住民語。台灣的語言這麼多，若不「統一」而有共通的語言，則極其不便。如此處置，是政府尤其教育行政當局該操心的要務。

2. 台語之拼音：「台語」及「台灣的語言」，要如何拼音，眾說紛紜。熱愛傳統「國語」者，偏喜用ㄅㄆㄇㄈ發音，雖絕大多數的台民，在二戰後上學都學了ㄅㄆㄇㄈ。但一來，不是所有的台語或台灣的語

---

[10] 日本時代，草山是台人習慣的稱呼，也設有「草山行館」（現還在）。但蔣介石在台時，卻以一種大中國心態，將草山改為「陽明山」，或許他怕落人口實吧！以為他「落草為寇」。由於他長年住在北部風景最漂亮的山，還建「陽明書屋」。弔詭的是，卻也因有「偉人」住，而使「草山」較為乾淨。台民與支那人一般，風水極佳的山是墳墓集中地。由於草山有蔣在，不許濫葬，保存青翠美麗的原貌。卻唯獨有三人例外，特享埋骨於此；除林語堂之外，另一是書法大師于右任（1879~1964）位於二子坪；另一即是情報頭子，蔣身邊的戴笠，字雨農，埋於離陽明書屋不遠處。殺人不眨眼，手段極其殘酷者，死後卻享哀榮；現在的台北士林有雨農路，另有雨農國小。

言，都可完全使用只台灣才使用的ㄅㄆㄇㄈ。其實，漢字的組成雖有其特色，但缺點不少。一來，查字典極其不便；二來，如同林語堂指出的，環球文字未如漢字一般的單單只一個字，就有二十多種寫法；有楷書、草書、篆書……等；三來，漢字幾乎多屬象形字，而非拼音字。識字是教育的基本功能，兒童識字，必在字「形」、字「音」、及字「意」三項上齊全知悉；不如拼音字，會拼字之「音」，就等同於曉得字「形」，在學習上減少了三分之一的時間。更為嚴重的是漢字在作為抽象觀念上，較無法傳神其底蘊。漢字有此致命缺失，難怪在清末民初，學界熱衷檢討支那弊病時，有人痛心的指斥不用漢字，甚至不唸古文古書，「全盤西化」，全採羅馬或拉丁拼音。此外，漢字筆劃超過十以上的多如牛毛，害慘了初學識字的成年人及幼童。

連橫有一專書《台灣語典》，其中指出，由台語而生的漢文，語意比漢語更接近原意。澆水，台語是「沃水」；除了給水喝之外，還要花木或農作「肥肥的」；（但「沃雨」呢？）現在流行的台語老歌，好似在說話一般，幾乎毫無變調；熟悉於此者，必能心領神會，宛然一笑！「開」一字，與「開開」兩字，又與「開開開」三字，台語音調不同，顯示形容詞及動詞的差別。台語創始的祖先，有如此的智慧，實在令人驚嘆！「台語」及「台灣的語言」，彼此相互激蕩，加上不少「外來語」，尤其日本統治後，日語也與「台語」滲雜成為大多數台民的習慣語，taxi, cup, banana, tile, bus, autobile, car 等，台語日語都滲雜在一起。因之，台灣大多數人使用的台語，已漸漸與福建人的「閩南話」，差別漸大。擬擺脫中國影響的台語專家，乃直接以「台語」來稱呼閩南語或福建語，甚至不喜糾纏不休的以「台灣閩南語」來稱呼！

3. 最大多數的台灣住民說的「語」且是「母語」，就只有一種，此語即「台語」。此種說法，引來了別種「台灣的語言」族群，強烈的抗議，尤其是客家族群。但從兒童教育的立足點來說，為了減輕負擔，今後基本學校教育的「語言」科，是否可以採納下述意見：

(1) 為了國際化，英語可以列為必修科，但時數及從何年級開始授課，應再作實驗來研議。當然，師資及教材等，要準備齊全。

(2)「普通話」（配合支那中國的正式用法）從小一開始，人人必修。

(3)「台語」也是全民必修，「客語」在客家族群中也必修，原住民語比照如此。但客語及原住民語，在台語學區中是選修，原住民語則在台語及客語學區中選修。

(二) 台文

台「文」，是指台語、客語、及原住民或新住民語之「文」。

只語而無文，影響力有限。耶教傳教士碰到台灣住民此項問題時，由於早用羅馬拼音取代文字，因之無此問題存在。此事是否也可作為將「語」形成為「文」的參考，還因之可以接軌國際。

「母語」在教育當中，佔極其重要地位。但台灣族群多且複雜，下一代子女的識字及說話，是基本教育重要的一環。在國際化之下，學童皆需學英語文；在傳統觀念下也必要學漢字說「國語」；再加上如上述的「母語」兼「母文」，相信學業壓力必極其嚴重。究其「實」，台灣在五十年的日治下，幾乎使全部上過學校的男女，皆能流暢的說日語寫日文，程度也不輸日生。日語及日文之教育極其成功，透過此語文工具，還可進一步向最進步也最現代化的知識領域進軍，為台灣現代化播了種。但台灣母語並不因此而消失。日本大力普及日語文，以及二戰後中國來的政權更積極消滅台灣各族群母語之下，台灣母語也倖存。1974年筆者由美回國任教以來，持續不斷在大學校園及街頭巷尾演講，數以萬計的聽眾都聽懂台語，即令在客家或原住民地區，他們也非常流暢的以台語與我交談。故鄉台南少客家，原住民更稀，讓我從小只能在校說「國語」，在家或出外都以說台語為習慣，缺乏客家及原住民語的學習機會。台灣各族群母語，即令在公權力霸道十足的打壓下，「母語」仍在。原因是家人尤其祖父母輩的都以「母語」為溝通媒介。因之，學校教育及有心人士，實不必太過操心於母語文的教育。筆者提供上述的建議，僅供參考。以筆者的求學經驗，由於入小學時，日本已退出台灣，因之不如兄長雖只接受短短數年的「國語」（日語文）教學，卻也能流暢的以日語文說話及寫作。上了大學，除修過必修多年的英語（初

中）及英文（大學，筆者上台南師範，未有英文課），也選修過日文、法文，研究所更唸了兩年德文（密集上課，一週六節課）；只是在展讀這些頗具學術功力的日文、德文、法文等著作時，卻不得不自認火候不足；目前唯一較有把握的，也只是英語文而已。當然，我的母語，自認頗為拿手，絕不輸給「國語」，更不用說英語了！

第二節　台灣教育史的特色

筆者上過台南師範，有「教育史」一科，包括西洋及中國，但隻字未提台灣；求學於台灣師大教育系時，西洋及中國教育史是全年必修，各佔四學分；但台灣也形同消失。到美國及英國大學深造，偶爾知悉傳教士在寶島的「教育」史實，但並未深入探究。俟台灣本土化、在地化、民主化之後，以及民主鬥士的長期「教導」之餘，深覺作為台灣人，主修又是教育史，若對台灣這個長我育我的「母親」之教育過程，未深入探討，着實內心愧疚。當過陳水扁總統任內教育部部長的杜正勝，是台南師範的學弟，在台大歷史系專攻中國古代文，以後也因該門造詣，而榮獲中央研究院院士。根據他的《新史學之路》，自承專研台灣史，學術價值絕不低於中國史及西洋史。[11] 蒙他贈我該書，心路歷程與我類似。出國深造以歐美教育史及教育思想史為主修，回國後也主授該種學門，且也在不同書局出版相關著作，可能是中文世界中「量」最多者。但一轉頭鑽研台灣教育史，內心的感受也如同我的學弟。作為土生土長的台灣人，既已對歐美及中國教育史下過多年功夫，若對本土教育發展，視若無睹，甚至一知半解，這罪過是最不可恕的。

其次，台灣教育史在學術研究上，仍屬荒漠；雖然目前「台灣學」似有成為顯學的跡象，但包括台灣教育史在內的台灣研究，泰半都以「中國」為本位；且觀念及論點，十足的欠缺嚴謹的學術水平。不容諱言，以台灣教育史的研究或教學為例，必先具備西洋教育史及教育思想

---

[11] 杜正勝，《新史學之路》。三民，2004。

史的火候，以及中國教育史及中國教育史的研究成就。日文如能掌控，
更佳，筆者自承這部份是先天不足後天又失調；還好，現在的中文譯日
文作品，已十分普遍；且英文有關日本治台時的教育探討，喻之為「汗
牛充棟」，也無不可。當然，日本的教育、文化、及學術水平，在亞洲
首屈一指。不過，以日文為工具，還不如以英文為媒介。筆者在英美多
年，迄今仍以英文論作為研讀對象，可稍補對日文之欠缺了解。

　　第三，台灣教育史，十足的反映出台灣從土著、保守、威權、步上
民主大道的一部血淚史。在日本有幸於 1868 年明治維新時，果斷的作
了明確抉擇：「脫亞入歐」，全心全力向中華文化揮別。留德、英、美
的日生漸多，其後的學術表現，令早年東來學習漢唐文化的日本人，反
而成為支那中國到日本取經的指導教授。日本在這方面的文化及學術成
就，台灣人幸也能分享；不到半世紀，台灣的文化、學術、教育、衛
生、生活水平等，在亞洲僅次於日本；從教育成果來衡量，也居「亞」
於亞洲。步「民主」大道的坎坷路上，雖經千辛萬苦，迄今已為世人公
認是開放社會的標準模範生。台灣早該學習歐美，趁地利及語文之便，
轉頭學日本，比支那留日學生在日語文的造詣上，更勝一籌。因緣際
會，也極為諷刺的是，中國國民黨在台厲行戒嚴時，卻也不慚的「堅守
民主陣容」，具體的大送留學生以美國這個世界史上的民主大國之高等
學府深造，他們沒有令台民失望，除了為台灣學術而享譽環球又勇奪諾
貝爾化學獎外，北美台灣人在美加兩國當教授者，更組成「北美洲台
灣人教授協會」，為台灣發聲；島內的同仁於1990年由我當召集人，也
呼應成立「台灣教授協會」，為台灣的在地化、開放化、民主化、多元
化、自由化、及主權台灣化大力推動。在美國一流學府深造的台灣青
年，黃文雄及鄭自財，更冒生命大險，購槍親手要擊斃將接掌蔣介石大
權的蔣經國；而外省人的台大學生鄭南榕，更在選舉造勢場合中，笑笑
又大聲的公然說：「我是鄭南榕，我主張台灣獨立」！短短兩句，每場
都贏來數以萬計的聽眾如雷掌聲；他如同清末「六君子」慷慨就義的楷
模譚嗣同（1865~1898），公然揚言：革命沒有不死人的，要死，他願作
第一位；呵！也如願的被慈禧太后斬頭示眾，歲數不到33。鄭南榕為

鼓吹台灣共和國憲法草案，大犯出版法重忌 ——「唯一死刑」，但抓到的卻是他火焚的屍體一具。此種美、台兩地慷慨犧牲成仁的壯舉，都是受過台灣學校長期教育的成果。此種教育史料，是最堅實矻立不搖的台灣史最具價值的教材。台灣人民的組成份子複雜，但如能共唱民主交響樂的教育曲調，相信必能深入台民一代一代的心坎，也最具民主意味及教育價值的教材！

　　史書只談過去，不言當前，這是「史」的本意！但過去、當前，兩辭是曖昧的。本書為了清楚交代，台灣教育史遠從四百年前起算，到了1987年解除戒嚴，且也多種因素促成，使得台灣的民主化在公元二千年之際，從涓涓細流就變成湍急的大瀑布！「古」與「今」，確難以「二分」。今事與古事，關係密切；史「實」少但史「識」則夥！今事與古事若和「民主」相連，則古今可合一而論！

　　民主教育的具體比喻就如前述，是一首曲調優美的大樂章，各族群互諒、寬容。但「寬容」（toleration）這種「美德」，必先由在位者作表率。種族、信仰、習慣、理念等多元者，正是撫育傑出人才的沃土優壤。台灣族群過去的不快與衝突，正是編寫「平權政策」（Affirmation Action）的最佳教材。教育若以此為首務，勢必成為環球的楷模。

第三節　台灣教育史之分期

　　「史」指「時間」，時長就有必要分期；但有一要件，若千年不變，則又那有分的必要？北大哲學系教授馮友蘭的《中國哲學史》，厚達一千多頁，全書只分兩期而已。二三千多之久，怎只兩期？台灣教育史的信史，大概四百多年，卻要分成四期。理由之一，就是台灣教育史具有分成四期的必要性。把中國哲學史或教育思想史，分成「子學」與「經學」兩期即可；因為二者有極其明顯的出入。子學時代，百花齊放，諸「子」之多雖不至於「百」，但絕非只「一」。其後，由於只「一」，即「經學」，所以兩期即夠（兩大章即可）。有些書還呆板的依朝代分了十數章，是典型的「政治掛帥」。馮友蘭又認定，「經學」

到清末時即已不但結束，且一部中國哲學史，也告終。因為二十世紀以來，又那有「中國」的哲學!?

台灣不然，本書分為四期，每期各有極為不同的特色！相差度可到「極點」地步！

文書、教材、或演說，具教育價值者，是出現的人、地、事等，都俱連續性及意義性，數目字或人名地名等亦然。本書基於此原則，將台灣教育史分述於其下各章，並予以陳述評論。

一、台灣教育史當然以台灣為主體，在台的師生，曾學荷語文及西班牙語文，但語文只是種工具；以荷文敘述台灣事，才是台灣學者的本務。曹永和是台北人，是碩果僅存具有荷文深度基礎且鑽研荷治台時期的台灣史，榮獲中央研究院院士，過世前台灣師大禮聘他為駐校教授。在他之前，飽讀漢文的台灣文士，台南的連雅堂及台中的林獻堂，組成詩社吟唱與台灣有關的詩詞，前者還以漢文撰述《台灣通史》及《台灣語典》。其後於台灣在日治時期，雖在日語及日文強勢主導而輸入日本文化時，由林獻堂及宜蘭的蔣渭水等人於1921年發起的「台灣文化協會」，對台灣教育水準之提升，有莫大幫助；希望掃除中國千年迷信惡習，注重衛生及禮儀；以功力極佳的日文，撰述與台灣有關的小說、詩詞、與歌曲，繪畫以水牛或稻田為主。語文只是工具，內容才該成為主體。此種事例，不勝枚舉。只是不少作家或學者，雖身在台灣，心中卻以對岸中國為唸，他們的作品與台灣無涉，與台灣教育史無關。

心靈的成長是教育的最核心深處，人性尊嚴的強調，該是教育最該着力之重點。「人格者」的稱呼，一向是讀書人最關注的。台灣人該當家作主。可惜，四百年來台灣的政治主權，都操在外來者身上。荷西不必說，來自中國的鄭氏王朝，心不在台灣，卻如同其後的中華民國蔣氏政權一般，以反清復明及反攻大陸為職志，過客心態十足；後者對台灣人之歧視與虐殺，既時間長久，兇慘度還遠遠超前者之上，顯然是一種大中國主義作風；數十年來軍事化的血腥鎮壓，不許台灣人出頭天；幸賴台灣有志之士，秉承1895年曇花一現的台灣「民主國」字名之實質化，成為台灣教育最燦爛也最傲人的業績，也該算台灣教育史最足以表

彰的成就。從1996年全民選舉總統之後，迄今四年一任的總統共有四位，只一位是中國籍，但他卻口口聲聲宣稱是台灣人，還學會一口還算流暢的台語；其他三位，都是土生土長的「蕃薯仔」。

比照於當今環宇民主教育成效最巨的美國，台灣經驗頗為類似。1980's筆者有幸赴美哥倫比亞大學師範學院（Teacher's College, Columbia University），「校長」Lawrence A. Cremin是舉世聞名的教育史權威，撰述有關美國教育史三鉅冊，榮獲「普立茲獎」；首冊書名為《殖民地經驗》（*Colonial Experience*），次冊書名是《立國經驗》（*National Experience*）。台灣恰好走上相同的途徑。美國立國之初，大學師生熱中獨立建國者之加入革命陣營，功績非同小可。第三所最古老的大學耶魯（Yale），學生不喜老校長竟然是「哈英派」，還打算把他丟到大西洋去。立國之前的第二所最古老學府「威廉及瑪俐」（William and Mary）畢業的傑佛遜（Thomas Jefferson, 1743-1826），是美國史上最傑出的總統之一，還被封為「教育總統」；他是美國獨立宣言及人權宣言的起草者，且是佛吉尼亞大學（Virginia University）的創校者。耶魯這所法學名校，校園內還立碑，將參加獨立戰爭而去世的校友列名於上，以供憑弔。此先例是否可作為台灣的大學院校楷模！

在「國共內戰」尤其二十世紀五十及六十年代，戰死於金門馬祖的台灣各大學預備軍官，死傷無數。各大學實應比照耶魯大學先例，立碑作為師生及世人的懷思！英美在「獨立」戰中，倖美取勝；若英軍將「叛國賊」消滅，則類似耶魯大學的紀念碑，英政府再如何寬大為懷，是否還能存在，也是值得省思的話題。日本治台時設立了不少「神社」，支那中國國民黨大軍上岸抵台之後，全力破壞！台北通往圓山北投的「明治橋」，馬上被拆除，改建「中山橋」。還好，由於日人建的橋，都如同英國四處可見的橋樑，圖案極其美觀，未予毀壞，現還存於圓山淡水河堤底下，只是未曾保養，雜草叢生，原來面貌也髒亂不堪！

二、由於台灣的地理位置，距離海峽對岸的支那中國最近，這個「大國」，長久以來對此海島不聞不問，但有識之士上奏大清之後，卻迄今為止，對寶島之野心未曾稍歇；日本早有永久經營台灣的計劃，戰

敗後向世人宣告，放棄對台灣的主權。直到今日，攻台野心公然向世宣告且有實力佔台的，只剩支那中國；要是該國是貨真價實的民主先進國家，而台民選擇願意在其治下作為一份子，則兩岸必也可相安無事。可惜，放眼亞洲及世界，該國現仍存在著威權當道，嚴禁自由言論，生活水平及幸福指數遠在台灣之後，卻口口聲聲且採具體行動，以「力」取人。台民中有不少「華人」，使華人步上民主大道且拔得頭籌的，就是台灣；植其基者，就是嚮往民主、平等、互助、開放、多元路向的師生。若不幸此種今日環球民主大國豎起大姆指讚美不盡的台灣，在民主幼苗往大樹成長之際，竟還飽受摧殘甚至砍除，這才是當今環球最令人痛惜的事件。台灣的成就，來之於台灣師生的犧牲與奉獻。但願中國不只手下留情，並且學習台灣教育史的發展軌跡，則全部華人都會歌頌讚美！

　　台灣教育史的內容，以此為主軸。環球先進國家，尤其是美國，已「典型在宿昔」；留美者中，台生佔了極大的比例；支那中國的學生往美英者近已成最大宗，取代了過去且早已解體的蘇聯，不到莫斯科了，一窩蜂的往美、英等國取經。支那中國的留學生如對「民主」未能嚮往，只擬在科技上以「武」嚇人，則永世不能寧日，且極有可能該大國仍會遭受民主鬥士的推翻。「永續生存」，這才是人生旨趣！兩千多年的改朝換代，「文明度」水平每下愈況，這難道是中華文化最足以傲人之處？此外，出中國大門向外學習的師生，赴美英距離遙遠，不如利用地利之便，往日及台度過數年的學習經驗。其中，台灣之優勢，更大過於美日。因為語文工具相通，又多多少少存有血統及舊有文化的臍帶關係。但願從此，這個舉世人口最多的古國及大國，與世人和平相處。輻員既已那麼遼闊，何必一心一意要「血洗台灣」？更何況至少在目前，台灣民意的選擇，已朝一邊一國之路快速前進；台灣古名縱然有埋怨（冤）意，天佑台灣吧！不然，支那人也永世不得超生！

　　就如前述，本書取名為「新台灣教育史」；一來，有意義的「史」，包括教育史，絕非如流水帳。「樹」（微觀）與「林」（巨觀），二者需兼顧；但都得有個 criterior，即「座標」。史學鉅著，莫不帶有「教訓」

意；英文稱之為 historical lesson；二者把「史」（history）與「教」（lesson）匯成一起。台灣之名，現已是世人通曉的地名，在台灣的中央政府，公權力可抵的地方，遠到金門及馬祖；但這兩個極近中國的小島，本不屬台灣；該地的文教措施，過去與中國內地無異。此外，澎湖在1895年與台灣本島一起屬於日本，當時起草台灣民主國宣言的台籍仕紳丘逢甲，憤憤不平的言：「宰相有權能割地，孤臣無力可回天」，已直截了當的明指日本所佔領的「地」，是包括澎湖在內的「台」（台灣）。台灣教育史中所說的「台」灣，必包括澎湖在內；澎湖的文教措施，也因此與台灣本島無異。

　　三、台灣教育史以「信史」為依：荷西短命的在台傳教，學員不多；這兩個西方大國，無心永續經營台灣。其後，一直到日本佔時的台灣文教，與支那中國的教育史無甚差別；但一大一小，其實無足稱述。有人還花了數十頁甚至數百頁撰述台灣在明鄭及大清治台時期所設立各種「教育機構」，但一來與支那中國無差，二來規模小；受教人數少，設備更簡陋。並且，教學內容根本嚴重的欠缺「教育哲學」內涵；還一心一意嚮往且沿襲古代中國的士成為仕的學風，頗為不該。打罵及背誦，此種措施大行其道，又那有「教育」及「專業」意。雖然支那文教支配台灣的時間甚長，但「了無意義」之舉，充斥其間！長達兩世紀多的「華化」，比短短五十年的「日化」，真正的「教育」業績，差得太多；但緊接而來的「黨化」，卻是一部台灣師生的血淚史。

　　與台灣頗為接近的支那地區，一是澳門、一是香港；二處千年之久皆是荒涼不毛之地。但葡人及英人一佔領之後不多久，即成為街上人聲車聲喧鬧的東方最大「賭城」（澳門）；香港的貿易吞吐量，還遠在上海之上；人口密集，高樓林立，且是大英這個日不落國及世界殖民地最多國家獻給英國女王皇冠上最大顆也最耀眼的明珠！此種經營，類似日本治台業績一般；短短五十年的文教、經濟、交通、衛生、水利、生活水平等素質，亞洲僅次於日本，遙遙領先支那中國。在文教方面，英、葡、日三國在亞洲的措施上，有很大出入，頗值作為「比較教育」的研究資材。

　　首先，英人及葡人雖也在香港及澳門設定完善學校制度，從幼兒園到大學，典型的現代化。但除了要求師生唸「外國語文」之英語文及葡語文之外，都幾乎完全「放任」支那子弟入學後，以「母語」為教學用語，甚至到大學亦然；母語即廣東話。且由廣東話形成的漢字，迄今雖該兩市已「回歸」支那中國（1997），但母語仍然是人人皆通曉的教學及日常用語。日本治台及中國國民黨大軍抵台後呢！嚴禁台灣母語。

　　港澳的母語只一，不似台灣那麼多又雜。但英葡兩大國，頗有雅量的不取締該兩殖民城市的母語。台灣在1950以後數十年，大學生或高中生有不少的僑生；師大教育系每年招收兩班，一班就是港澳生，他們抵台後立即要學ㄅㄆㄇㄈ，即「國音」。港澳的當地報紙，一看是華文的化身，但非當地人卻不知其意；港澳的官員（非英人及葡人）在公共場合或上電視，滿口都是廣東話。這是台灣教育史頗值取為對比的材料。由廣東話所生的華文漢字，外人實在不懂。其實，台灣在民主化之後，也似有步上此途的跡象；現在連官方文宣，都公然寫著「好康」兩字；該兩字純是漢文，但來台旅遊的支那中國觀光客，相信不知其意。該兩字在使用之初，極有可能為身雖在台但心卻在漢的大中國主義者，斥為「胡言亂語」！只是若同是漢字，卻有多采多姿的效用，才真帶有「美感」呢！

　　最近香港動蕩不安，但英國治港超過百年，並未聞有大動亂！「法」治的民主國，總比「人」治的專制國，人人相處較平和安詳。當年（1997）英支兩國共簽的管轄權移轉，支那中國共產黨保證「一國兩制」，「五十年馬照跑，舞照跳」這種由英帶來的賽馬及社交舞，是「一國兩制」沒錯；但卻在「治權」上，與英治期相反。港「獨」聲音因而陡升，仿台「獨立」論調；結果，遺憾的是港人厄運步上台灣先烈之途，死傷囚禁，不計其數；且天天街頭抗議之舉，已引來環球的注目。台灣人之未來選擇，若還存留對支那「大國」的幻想，早該作為覺醒的教訓吧！

　　台港澳比較相似的共同悲觀條件，是大漢沙文及大中國主義長久肆虐於支那中國及台灣，操縱力量驚人，尤其當政者。台灣人即令身為總

統者，也公開言，不敢忘祖背宗；似乎隱涵著形同港澳當今由北京官派的「特首」！但請勿忘一件史實：過去港澳居民甚至留學台灣者，一聆台民擬步上獨立大道，都氣極敗壞的厲聲斥責，且揚言要志願從軍，把台獨人士甚至包括師生都趕盡殺絕。如今呢？尤其香港，「港獨」音量也快要匯聚成河了。可惜更可悲的是，「台獨」之條件都不十分順遂了，更不用說「港獨」了！台灣還有個距離相對遙遠的海峽。當然，現代的高科技戰爭武器，此種天險之安全度已大減。此外，台灣雖被稱為蕞爾小島，但面積大於環球獨立之國者不少；人口也眾多。港澳呢？除非支那中國（中共）真有民主雅量，或比照英國迄今仍佔領西班牙軍事要港直布羅陀（Gibraltar）一般。英西兩國現已是民主國家，諒不因此而舞刀動槍，該會循民主方式；西班牙曾在聯合國指控英國佔領其領土，但英國以「文」相諗，要求公民投票（plebiscite），讓該港居民自由抉擇。英國信心滿滿，因為多次的投票結果，住在該港的居民，多數願作英國公民。支那中國肯仿之嗎!?台灣如獨立建國成功，也該給金門馬祖居民此種抉擇機會，這才是名符其實的民主美境，已降地球，也實現在亞洲，且與台灣有關！

　　台民在政治選擇上，如仍陷入十字路口而不知何去何從，則單從眼前香港人的處境，就比較不會「目睭灰灰，台獨看似（準）是台毒」了！感謝上天，已賜台民一面高懸在前的明鏡！

　　台灣教育史研究之分期，極其明顯，特色也多，令人印象深刻。本書採此角度，深信才能令讀者永銘在心！且教育性比較充足。[12]

---

[12] 港澳目前，高達七八十層樓的建築甚多，從未有地震，港澳人民不滿「回歸」者，就缺了向上帝祈禱趁大地震時移開支那這些！其實，移民或移地作風，如同候鳥，或孟母，那是被動的。

第二章　耶教化（1624~1661）

　　台灣的原始住民，歷史恐有數千年之久。台北淡水的十三行遺址博物館，及台東東南亞首屈一指的原住民博物館，都陸續展現出台灣早有住民。台灣原住民與全球原住民一般，生活習慣、族群酋長制、部落結構等事，以及築巢為居、游牧打獵、宗教信仰，甚至紋身等，幾乎地球上各地的原民類似之處頗多。由於千年或萬年的習慣不變，就時間變遷角度言之，極少有「史」意，更與「教育」意義較無涉。

　　西方文明社會的旅遊家，航行技巧及船隻安全的改善，到地球各處所發現的原住民，幾乎都有一項共同的象徵：他們與世無爭，與大地平和相處。為了生存，不得不殺生打獵，但該練就一種技藝，即「一刀斃命」，以減少野生動物的痛苦，不該如同支那「文明」社會的「凌遲」。這兩個漢字（凌遲），連我幼年時家母雖不識字（我外公是秀才，教過兒童三字經，母親還會熟背），但與左鄰右舍交談時，要求孩童嬉戲，不該「凌遲」。此句用詞令我印象深刻。該兩字華文，是含有古意的！

　　台灣原住民與地球上的原住民一般，人性本善、誠實、樸素，並無城市自稱為文明人的奸詐、欺騙、心機。大教育思想家盧梭（Jean Jacques Rousseau, 1712~1778）之歌頌大自然，且偏愛英國小說家狄福（Daniel Defoe, 1660~1731）之名著《盧濱遜漂流紀》（*Robinson Crusoe*）所描述的荒野土人。被他所譏且排斥的「文明人」，反而「多奸」；屢屢詐欺誠實的土著。台灣原住民如同全球土著一般，在漢人勢力入侵於自己土地時，遭逢厄運！就跟白人之對有色人種一般的發生種族「霸凌」（bullying）之不幸事件。

第一節　荷西在台的耶教活動

一、耶教先「統」後「獨」

　　歐洲文明起源於古希臘的雅典，該城的哲學、文學、美術、數學等都有令人驚異的表現。俟羅馬頂替希臘之後，法學、政治、及建築等成就，一枝獨秀；三世紀時，又有橫跨亞歐非版圖的羅馬帝國，且以耶穌創設的耶教為國教，上下全民幾乎全為虔誠的信徒。但1517年，在北歐普魯士的路德（Martin Luther, 1483-1546），一本神學教授身份，力主個別的人可以直接與上帝交往，研讀聖經才是信徒之所當為，不必經過中間的媒介如教會或神父；且將原本希伯來文的聖經，直接用地方母語譯出，使百姓皆可通曉。此外，一心向神才是虔誠的標誌，絕非巨額金錢的奉獻；還公開譴責羅馬教會下令只有贖罪卷（Indulgence）的購買，才是忠貞信徒的證明。此種宗教改革，驚天駭地。也因之，不只教會分裂成原有的「天主教」（Catholic）及「基督教」（Protestants，本意為「抗議者」），還因此產生長期不休的宗教戰爭。本是「統派」大局，也因之造成「獨派」四處可見。西班牙、葡萄牙、法國，是天主教的大本營，唯羅馬梵蒂岡（Vatican）之命是從；而荷蘭、普魯士、瑞士等地，乃是路德派的追隨者日多。「新舊教」彼此瓜分歐洲天下，且勢力範圍時有消長。英吉利本屬舊教國，由於國王婚變，乃轉頭朝新教靠攏，因為舊教不許教徒離婚及墮胎。這是歐洲史上的大事，稍悉者皆知其大概。

二、荷西治台的文教活動

　　荷蘭的國名或地名不一，Dutch, Holland, Low Country 等皆是；台灣立國，國名似可仿之。與台灣教育史有密切關係的是，荷蘭本是西班牙屬地，但其後不只在本國趕走西班牙，也在台灣將西班牙人逐出。1624~1661年是荷蘭治理台灣的時候，當然也只是局部為耶教勢力之下；在荷蘭約37年的治台時期，有關台灣文教活動有下述數事，頗值一談。

1. 荷蘭在十七世紀的名大學雷登（University of Leyden），是響譽全球的高等教育重鎮，聞名國際法學界權威的教授格勞秀斯（Hugo Grotius, 1583-1645）公然強調，公民可以放棄國民資格，出國以尋覓人人在自然狀態時的自由。[1] 此大學不少傑出畢業校友，遠渡重洋到寶島傳教，擔任牧師以傳福音。其中有尤紐土（Robert Junius, 1606~1655）及甘治士（Condidius），不只教導台灣住民荷語，讀聖經，還學台語，甚至娶台女為妻。[2]

2. 十七世紀全球最重要的教育思想家，是捷克的康米紐斯（John Amos Comenius, 1592~1670）。「泛智」（Pansophism）是他的教育哲學理念；還具體的編著《世界圖解》（*Orbis Pictus*），是兒童教育的福音書；大力改革傳統教本，不許只字而無圖所帶給幼童識字的痛苦。荷人介紹康氏作品給台灣子女作為入學的初階教材。[3] 有圖畫的教科書，學童較感興趣，學習效果也較佳；比起只文無圖的四書五經、三字經、百家姓、千字文，真有天壤之別！

3. 荷人除了在台南地區，尤其麻豆、善化、佳里等地廣設「教義問答學校」（catechetical school）之外，一問一答為教材內容，還認定麻豆有兩條溪流，喻為台灣的底格里斯河（the Tigris）及幼發拉底河（the Euphrates）（巴比侖文明發源地），因此在該處擬設高級神學院。該年無獨有偶，恰也是英人在美新大陸的波士頓（Boston）創建哈佛大學之年。

4. 在台荷人更向該國行政單位提議，定期選送台灣幼童赴荷定居多年。首開台灣小留學生之歷史記錄。但此舉工程浩大，費用驚人，且台民也不一定悉數支持與認同。

上述諸事頗具教育史意義。由於荷人在台時間不長，人數也少，又不有計劃把傳教作為首要業務（貿易才是最為關心者）。因之，上述直接有點耶教化的活動，在鄭成功抵台替代荷勢力後，只供省思追憶之用而已！

---

[1]　林玉体，《西洋哲學史》（中）。台北五南。2017, 428
[2]　林玉体，《台灣教育史》。台北文景。2003, 20
[3]　林玉体，《西洋教育思想史》。三民。第八章，2011，三版

此外，西方之西班牙在台灣北部的文教活動，時更短人更少，影響地區更窄；雖仍稍許有些事足可稱述，但放在大主流的教育史幹道上，只是芝麻小事一樁而已。北部觀光熱門的景點之一，福隆舊火車車道改建的騎車路終點，還有一座十分清新也一點都無破舊的建築物，為西班牙人所建。

三、教育史上的意義

十七世紀，已是西洋探險家及傳教士佈道世界各地之際；在文教活動的層面上，如取英人之踏上美州新大陸相比，頗可作為對照。

1. 荷西兩國人到台，人數不多，時間也不長。以人口計，台灣的部落住民，遠比洋（紅毛）人多。不似英國白人一上岸，只見少數的印地安人而已。並且，抵美的英人，百分比奇高的是大學畢業生，又是英國最古老更是大學教育成就舉目重視的牛津及劍橋（Oxford and Cambridge，合稱為 Oxbridge 或 Camford），尤其是劍橋。由於不滿大英國教之「統一」性，師生又需經過宗教信仰戒規的考試，遂引發自由派的學子，紛往外發展。還好，英國「國教」（the Established）還不至於把不馴的年青人予以監禁或囚殺，放一手讓他們冒大險行大難；為了信仰自由，橫渡大西洋由歐抵美，或許數月才能抵達，兇險度比黑水溝之驚濤駭浪，超過數十倍。

2. 抵美的英人，尤其是大學生，早有抱負；如同抵台的唐山，隨身早把神主牌帶在身邊，決心一去不回了一般！數年之後，生下的白人子女，人數漸多；因之不久，就在波士頓設立第一所「拉丁文法學校」（Boston Latin Grammar School），與歐洲文藝復興後的古文學校，教材、教法、教育目的等，幾乎皆同。他們懷念故鄉之情，與海外之子並無差異。但既然在祖國有高等學府母校供懷念，不如也在新生地仿兩老大學般的設立一所最高學府，以便使文法學校畢業生的學業不中輟。1636年怎這麼湊巧，正是這所新學府成立之年。有心人的創校者還立了個碑，上書 Beacon Upon the Hill —— 在山丘上置一座螢光燈，以照

亮黑夜,「啟蒙」青壯少年;入校生個位數而已,教職員只一,校長兼撞鐘;教學之餘,還充當註冊、收費、圖書館管理工作,且無校名。不久,畢業於劍橋的校友,在美兼任牧師(Reverend)職的哈佛(John Harvard),年僅三十六歲,竟然英才早逝;但卻精神感人的在遺囑上交代,口袋剩下近八百英鎊,以及從祖國帶來的四百本書,全捐給這所新設學府。學府董事會大受感動之餘,乃命該學府為「哈佛」(Harvard College)[4]。相較之下,唐山到台灣,不知帶來多少本書?

3. 鄭成功趕走了荷蘭人,在台南設孔廟,掛牌「台灣首學」。但在年代上,又那堪稱「首」?目前設在麻豆的一所學府,或許知悉上述典故,早已公然向教育部表示且獲准許,正式從原有的「致遠管理學院」改名為「首府大學」了。當然,在聲望上,台美的第一所大學,是落差極大的!

4. 台灣史或台灣文教史的研究,在開放的台灣,已是台灣學者的「顯學」。荷文的學習,且赴荷蘭深造,或許也是不可或缺的。*Formosa under the Dutch* 一書,尤不可不詳讀。大學外文除了英、法、德、日文之外,該加上荷文才對!雷登大學與台灣各大學尤其師大,早有交換計劃,供有志於研討台灣在荷治期的詳情。

5. 令人感嘆不置的是鄭荷爭戰中,鄭營竟然押抓了荷軍派往的牧師,且淫殺了牧師妻女。與此有關的繪畫掛圖,現還懸在荷蘭國家博物館上,這真是鄭營的奇恥大辱,也更使台灣蒙羞。儒學孔教出的是這種料嗎?

6. 荷人及荷軍在台數目,比不上鄭營;荷國及西國,殖民地佈滿全球。荷在東南亞佔有印尼、馬來西亞、爪哇等。菲律賓大過台灣,更長期(百年以上)是西班牙的殖民地。鄭營為了「反清復明」,死無退守餘地;因之荷鄭交鋒,荷人勢力即在台灣中斷或消失,西班牙更不必說了。

---

[4] 有世界史基礎者該知 Cambridge 一字,至少有兩意,一是指地名,二是指大學名。英國的劍橋大學,校址在劍橋;美國的劍橋,卻是哈佛大學的校址。林玉体《哈佛大學史》,台灣高等教育,2002。

7. 對比於荷蘭勢力在日本，確實令人感嘆！荷人在台抓的鹿，大宗售到日本，荷蘭文教在日更受重視。首先，由大師福澤諭吉（1835~1901）崇拜洋學而成立了「蘭學」或「蘭社」，其後也私創慶應大學；再加上他的脫亞入歐政策，大為明治天皇所採納。因此，荷蘭文教在日本綿延不斷，且日人模仿之餘，也大量的以日文譯洋文、洋書。因此，日本快速的為現代化鋪好了路，台灣則不幸中斷，且中斷長達兩百多年，更與日本的脫亞入歐政策直接作對，採取的是堅守儒學（亞）而拒「歐」。台生因之失去了大好機會，著實令人感嘆；知史至此，只好仰天長嘯了！

第二節　耶教在台的後續發展

一、斷斷續續

荷西兩國的新舊教文教活動，在台灣於鄭氏王朝抵台後幾乎中止；其後從1661~1895年長逾二百多年的儒化，耶教化的活動雖斷斷續續，但因無政治力在背後支撐，影響力較受限制，退居幕後。

1. 耶教徒挾軍事及政治力作後盾時，台灣耶教的普及化，效果大為顯著。不過，當時的台灣原住民，或許基於種族情，對「外人」之「入侵」，採取敵對態度，以致於荷蘭治台時，曾發生過雙方火拼，導致於台灣原住民的傷亡。其後，雖然荷西勢力退出台灣，但耶教徒之陸續抵台傳教，未曾中斷，雖有時也有與台民離齬或不睦。還好，傳教士本著一顆虔誠的心，化解雙方的不合。馬偕抵台傳教之先，一些台民認為西方耶教為邪教，當面向他吐口水，甚之潑糞以辱之。這位畢業於美國紐澤西（New Jersey）州普林斯頓（Princeton）神學院的牧師，雖有不悅，卻帶有教訓意味的口吻，向台民作如下的訓誡！台灣人啊！糞便很值錢，潑在我臉上，不是很可惜嗎？或許這位無禮的台民回家後冷靜思考，有可能大受良心的譴責，隔天大清早即起身，快速的去找牧師。「牧師啊，你今天到那傳教，不識路，你可跟在我後頭！」前已言及，

耶教徒傳播福音旨趣，特別選擇宣教必遇阻力且阻力最大的地區作優先抵達地！由於馬偕的言行感人，現在的淡水鬧區，有馬偕留長鬍子的銅像。他設有「牛津學堂」，也就是目前「真理大學」的重要校區；而馬偕醫院及因馬偕而形成的「台神」（台灣神學院），座落於草山山坡。與由蘇格蘭抵台南的「南神」（台南神學院），構成為新教大主流之一的「長老教會」（Presbyterian）。北部淡水的淡江學校系統，及南部台南的長榮學校系統，都是新教在台灣的重要教育機構。

2. 其次，由於歐美勢力越來越強大，狹其威勢，加上對台灣無領土佔領的野心；因之，耶教化在台灣，阻力並不大。大清、日本，及中華民國治台之後，不但對教徒不起戒心，也不敢取締。特別該指出的是，耶教不管新教或舊教，都展現出現代化教育的面貌，一來鼓勵男女都入學。台灣首位女醫學博士，台北的蔡阿信，因而有了展現她才華的機會。此外，對盲生、聾生、及其他身心障礙者，也提供教育機會，教育已越來越「全民化」了。教會除辦學設校外，還發行教會公報，將「知識」普及化，台灣也首次擁有長老教會印行的聖經。由蘇格蘭來台的傳教士，在台的文教滋潤，比荷蘭及西班牙的傳教士，人數更多，影響力更大，時間更長久。馬偕雖為加拿大人，但原籍卻是蘇格蘭；1830年，移民到加拿大安大略省（Ontario）的牛津郡（Oxfordshire），位於英格蘭的牛津大學，是英國最古老的名大學。馬偕在台設的學府，取名為「牛津學堂」，因故鄉居民出錢出力幫他在台設校。現在的真理大學，就是以牛津學堂作為發跡處。遺憾的是若不改名為「真理」而以「台灣牛津」，更能增強台灣高等學府的重量性。據筆者所知，台灣當局（教育部）或其他有關單位，曾行文給牛津大學，該全球數一數二的名大學，並不反對台灣出現「台灣牛津大學」！「真理」，是所有大學致力的共同目標，每所大學都可名為真理大學，就像世界各國都有權自稱「中國」一般，（因為地球是圓的，各國都是地球之中心，他地皆邊陲）。台灣若也有「台灣牛津大學」之名，是否可因此沾了一點點學術光芒！

3. 由蘇格蘭抵台南傳教的長老教會信徒，其中有榮獲英國皇家學會（Royal Society, London）頭銜者，這是學術界最高的榮譽；與史上大哲

洛克（John Locke, 1632~1704），史上最偉大的物理學家牛頓爵士（Sir Isaac Newton, 1642~1727）等同享盛名，甘維禮（William Cambell）就是其中之一。他把荷人治台留下的日記，從荷文譯為英文，書名為 *Formosa Under the Dutch*。說來也有點愧疚，該書是位於台北市羅斯福路近台大及師大的台灣長老教會總會出版的，但筆者卻在赴英倫敦大學深造時，在圖書館才看到。台南的江樹生把它譯為漢文，書名為《熱蘭遮城日誌》。Zealand 一字前已提過，是 Sealand 的英文字，意為「海島」。只是該三大漢文譯書及英譯，涉及教育尤其學校教育者不多。

二、新教與舊教之異

　　環球的新教徒與舊教徒有一大差別，尤以「在地化」及「本土化」之多少或有無，最為明顯。此種理念，與當今學校教育的課程論，關係密切。取材需以學校四週環境有直接關係，「以校為基的課程」（school based curriculum），也就是杜正勝當部長時所提的「同心圓」理論。核心就是本土，然後再擴大到環球；前者是「本土化」（localization），後者就是「全球化」（globalization）。二者合一，但卻有先後。《中庸》這部支那古書早就提出：

　　登高必自卑；行遠必自邇

「卑」是「下」意，「邇」是「近」意；不該好高騖遠，本末倒置。可惜，支那中國不悉教學「過程」之有先後，以及「程度」優劣之有高下，卻「一律」且全盤的要求眾生全部苦讀指定的「經典」及「古籍」。或許只該等到長大成人了，才稍稔一二的諸子百家，卻悉數要求童秩幼兒死背！將「在地化」與「環球化」兩全兼顧的一新字，即 glocalization，兩全其美，並非易事；且尤須具備教育的理念及教育哲學的火候！

　　1. 馬偕最為典範：新教在台的勢力，強過舊教。耶教徒入台，必「入鄉問俗」，與當地人先是生疏，後成為親人。馬偕以身示範，娶了台灣原住民為妻，生下的兩女，也嫁給台灣人，墓埋於台灣；生前公開

聲明，他是台灣人，台灣是他的故鄉，還十分道地的在講道或聊天時，說出十分有台味的台語！

　　茲錄下現存淡水遊客中心展示的一首他留下的中英文對照，真有令人感動的詩句！台民該向他頂禮膜拜且豎起大姆指恭稱他為教育大師；「萬世師表」之封號，他該有一份，也實至名歸。台北新公園（二二八紀念公園）該豎立他的銅像。讓淡水人或去看夕陽西下景觀的遊客，知悉這位百分百的「台民」之外，更讓全台或環球遊客抵首都台北者，都可以在他的雕像下俯首沉思，注目瞻仰，謝謝他給台民帶來了福音！

How dear is Formosa to my heart! On that island the best of my years have been spent.

How dear is Formosa to my heart! A life time of joy is centered here,

I love to look up to its island peaks, down into its yawning chasms,

and away out on its surging seas! How willing I am to gaze upon these forever!

My heart's ties to Taiwan cannot be severed ! To that island I devote my love.

My heart's ties to Taiwan cannot be severed ! There I find my joy.

I should find a final resting place within sound of its surf.

and under the shade of its waving bamboo. I am glad to find my rest Taiwan my home.

我全心所疼惜的台灣！我的青春攏總獻給你！

我全心所疼惜的台灣！我一生的歡喜攏在此。

我在雲霧中看見山嶺，從雲中隙孔觀望全地，

波浪大海遙遠的對岸，我意愛在此眺望無息！

我心未通割離的台灣，我的人生攏總獻給你。

我心未通割離的台灣，我一世的快樂攏於此。

盼望我人生的續尾站，從大湧拍岸的響聲中，

在竹林搖動陰影裡面，找到我一生最後的住家。

　　2. 舊教徒到台傳教之熱忱，並不亞於新教。耶教未有新舊之分的四世紀末五世紀之初，由義大利籍豪族子弟聖本篤（Benedict of Nursia, Saint）首創而後風行全球各地的本篤寺院（Benedict Monastery），台灣北部觀音山附近，仍存有一座駐紮地。有關該寺院的精神及與文教關

係，可參看筆者所撰述的西洋教育史。1980's 左右，筆者帶師大學生到附近旅遊，曾到該寺參觀，主持人竟然是一位師大國文系畢業的女生。

3. 若把時間往後移，天主教（舊教）在台辦理的教會及學校，勢力也不同凡響。天主教（舊教）的「統」性，是全球性的，「一國」內，只准成立「一所」天主教大學（Catholic University）；英文的Catholic，有「統一」意，不許有別所用該名。台北北部新莊就有一所天主教大學。全台的天主教高等學府不是只一所，但只有新莊的該所，中文叫「輔仁大學」，但英譯就是Catholic University。美國那麼大，天主教設立的大學數目必多，但正式行文取名為American Catholic University的，也只一所而已。

4. 耶教在台，着重文教活動，此一因素及背景，刺激了東方宗教團體也大興土木。其中以佛教為主的大學，目前在寶島也有多所，氣派及聲勢足以與耶教分庭抗禮。不過，這已屬台灣文教現代化的面貌了，不在古「史」之內！耶教在中等教育階段，台灣也出現兩大教派陣營各設的「芳濟中學」（Francis）及「道明中學」（Dominican）；光收女生的靜修女中，校址位於台北大稻埕鬧區，校舍建築美觀雅緻，也為台灣女性提供更多教育機會。這些，都是西方傳教士獻禮於台灣的最佳明證！支那中國久未提供給女性教育機會，還奢談文化古國，真是一大諷刺！

5. 耶教中的新教尤其長老教派，在台灣的教會之教育活動中，該是力道最猛，成就或可評為最大者。新教的教義源於「教主」路德的，就是要求傳教者必「入鄉問土」，以「傳教地」為「基」，除了十足符合現代最可取的school based curriculum理論外，也完全與民主化教育百分百吻合。「個人化」培育出獨立性及人格性，尤其新教中的貴格派（Quakers），最具自我自尊性，絕不俯首向他人低頭彎腰；雖然該派人少，但毅力之不屈不撓，最令威權當局者聞之色變喪膽！台灣有耶教徒奉高雄甲仙的高山為聖山，門徒大唱和平，力斥戰爭，絕不當兵；服軍職的「義務」，他（她）們堅決拒絕，且言出必行，又打死不退。即令中國國民黨執政時，尤其在1980's年代蔣家第二代的蔣經國下令軍警大軍數次抓捕追殺，即使腸肚外流，他們也誓不罷休。此事倖經台

籍的李登輝副總統這個耶教徒出面，禮聘台大社會系教授瞿海源與之協商；政府終於首肯，把甲仙的「聖山」還予教徒，從此緩和了彼此之間的血災！錫安山（Zion）之名，代表天國或大眾信仰而相親相愛的教會。台灣的錫安教會有多處，他們的教會活動與其他教會同，都具有廣義的教育意涵！南部甲仙的錫安山信徒，與黨政當局曾有數次血腥驚人畫面。政令拂逆人性，早有耶教教主上了十字架，典型在宿昔！因之，不公不義所引起的抗爭不斷，絕不該在台灣史或台灣教育史上告缺。以民主方式甚至下了更明智的哲學判斷，來妥善化解怨仇，為台灣教育、政治、社會之民主化，亮了一盞明燈。原先哈佛大學的知識分子打下了Bacon Upon the Hill之名句，在台灣可以換為Beacon Upon the Zion了！也Upon Formosa！

6. 耶教中的新教徒，在步上民主大道上，成就遠比舊教徒為大。環顧全球，新教主控力為主的國家，幾乎都是民主國家；舊教地區，則多半歸屬威權當道。新教徒在台灣的「國家認同」上，絕大多數都持支持的立場。長老教會更在戒嚴時期，勇氣十足的向世人宣稱，台灣要變成一個「新而獨立的國家」；該會總幹事位高德重的高俊明牧師（1934~2019），還因幫助早期的民主鬥士即美麗島事件的逃犯施明德，而被判坐牢八年。種族複雜的寶島，有不少人標榜身上流著漢人、唐山、中華民族、炎黃子孫的血而自豪；其實，國家認同絕非以血統為依。試問美國獨立時，盼望獨立建國而迫切擬脫離英國的在美之英國人，不都有英國人血統嗎？當時的「大英」，還是日不落國的舉世特級超強國呢？馬偕醫院分子人類學的林瑪利醫生，於2010年出版《我們流著不同的血液》一書；2019年8月25日，更在《更生報》上發表《一般台灣人是平埔族的子孫》[5]。

為數越來越多的歐美或日本來台久居者，盼望成為道道地地的台灣人；一旦獲得官方發給的台灣身份證明，無不歡天喜地。試問：他（她）們流的是什麼「國」人的血？

---

[5]　林瑪利，《台生報》。2019.8.25

三、結語

結束本章之前，對於耶教在台的「教化」及「薰陶」，有數事必要一提：

1. 耶教是一種宗教，一種信仰，福音就是「聖經」（Bible），也是一種「約束」；舊教之《舊約》（Old Testament），是來自於上帝耶和華（Jehovah）的指令；新教的《新約》（New Testament），則傳來上帝獨生子耶穌（Jesus）的福音。最早的聖經，是希伯來文（Hebrew），其後有希臘文（Greek）聖經；但在羅馬帝國於 313 年定耶教為「國教」（Established）之後，拉丁文聖經（Vulgate）成為「欽定本」。拉丁文數百年來是歐洲最強勢的「國際語」，不只宗教界的信徒必須學習，且是中世紀成立大學時的通用又「統一」的教學語文。「抗議者」（the Protestants）的大學神學教授路德，力主聖經福音必全民化、在地化、「俗化」；因之用「母語」（德語）來譯聖經，卻因此犯了通天大罪。舊教奉拉丁語文的欽定版聖經，但新教勢力瞬間得勢，力道直逼舊教後，信徒所讀的聖經，都是使用當地語文所譯。因之新教在台，就有台語版聖經。由於早期荷人在台傳教的對象是台灣原住民，以拼音為主的歐洲語文之聖經，羅馬拉丁化之後，台灣住民就熟悉的以台灣「母語」來朗誦新約聖經，效果快速又良好，信徒受洗者多，十字架成為教堂及墳墓的標誌。即令今日，到十分偏遠地區的原住民部落，幾乎到處有耶教教堂，以及十字架明顯的墳場。

2. 耶教勢力橫掃環球，有關虔誠信徒為信仰而死難的故事，台民也稍有所識。耶穌門徒中之保羅或約翰等，不只成為耶教國家的天主教堂（Cathedral），如倫敦的聖保羅大教堂（St. Paul's Cathedral），是英國皇室婚禮及重要慶典的所在；此外，一些影響全球一流學者之名，取「約翰」（John）等的不計其數，如John Locke，或John Dewey，他倆都是支配環球教育理念及民主政治哲學中的要角。信徒中稍悉耶教血淚史的台民，或許也略知聖丹尼（St. Denis, ?-258）的殉教故事；凡被羅馬天主教會封為「聖」（Saint, 簡寫為 St.）者，多半有慘烈的信教遭遇。

丹尼是教會派駐巴黎的首位基督主教，但在羅馬皇帝迫害信徒時慘遭斬首。傳說中他在斷頭後由天使引領，步行到修道院教堂。現在的遊客，一知導遊提聖丹尼，就知道巴黎了。[6] 耶教之能深入民心，就是有轟轟烈烈的信徒，不怕火焚的步教主耶穌上十字架替凡民洗罪的典故。台民除了本名之外，信耶教的師生也以取耶穌門徒之名為榮。

　　3. 既以拼音作為「文」及「語」之間的媒介，拼音可以解決各異的古書文字；比之於支那中國，古書甚早也甚多，但倉頡只造「漢字」，卻無造「漢音」。經由皇帝聖旨的「書同文」之後，中文或漢文是古今同，但「語音」卻異。由閩粵移居於台的「漢民」，程度稍高者，看或懂「字」，並不困難，但「語」就十分費事了。清朝官員是滿州人，治理「中原」後，也「漢化」了，即以漢字為官方文字；「大清」勢力又逾二百多年，大清版圖，也幾乎雷同於其後接續的中華民國及中華人民共和國。文同語異，在互通訊息中，麻煩甚多；書同文早已成慣例，但「語同音」，則非易事！由於支那中國幅員廣闊，「方言」之數，或許遠超百。滿人既掌中央政治大權，官員中說滿州話者必多；其後雖有漢人入閣，如首相李鴻章，大臣曾國藩、左宗棠、或清末的袁世凱、兩廣總督或南洋大臣的張之洞等，都是漢人；但一旦身處清帝及百官在場的朝廷上，必學也必說至少「皇上」了然的滿語。「滿大人語」就搖身一變，成為清國的「國語」了。現在的台灣師大，有個長久以來為「海外華僑」子弟學「國語」的「國語教學中心」，此招牌附有英文，Mandarin Chinese Training Center。Mandarin 的音譯是「滿大人」。清代的「國語」是滿州話，卻成為其後由「漢人」主控朝代的「國家」或「官方」語言。中「文」古今同，從此，「中語」也全國統一。究其實，「中文」是漢字，但「中語」卻是滿語。還好，就台灣來說，或

---

[6]　David Hume, *An Inquiry Concerning Human Understanding*, Charles W. Hended (edited). The Bobbs-Merrill Company N.Y.; 1955. 198. 黃泉道上遲速，台灣獨立意識之覺醒有快慢，啟蒙教育之有無是主因。大哲學家休姆（David Hume, 1711-1776）舉 St. Danis 與巴黎作聯想，台民也可把馬偕與台灣合而為一。這是休姆「觀念聯合論」(associationalism) 的具例。台灣師生該善予發揮。

即令流傳演變下的今日台「語」，也有一些是「滿語」，即台灣通稱的「國語」。現在的支那中國（中華人民共和國）另起的「普通話」，與今日絕大多數台民領會的台語，多多少少有些是「音」也幾乎全同。如「醫」、「完了」、「風」、「颱風」（有趣的是台語常與之「唱反調」，「風颱」，才是「正港的台語」）迷、迷信等，例子不勝枚舉。

4. 台灣居民與世界各地住民一般，都有本來的宗教。環球宗教除了耶教之外，其他教的勢力也不同凡響。但耶教一立之後，與文教有關的是，信徒以傳播福音又創辦學校並兼教師為主力；尤其新教是入世的，其餘的絕大多數宗教是出世的，只關心死後，卻較不顧眼前；此外，虔誠信徒都是言行合一，不似儒家門徒「講的全笨篤，做的不及一湯匙」。孔門弟子以及多數支那學者，鼓吹「守成」，不但不求且打擊「創新」；把「忍」、「看開」、「安心立命」等作為人生準則。支那中國及台灣，廟裡的「神」，絕大多數都是「人」，如關公、媽祖、岳飛，甚至蔣介石。凡人都是平凡者，都有缺陷，不如耶教之「上帝」完美無缺，獨生「子」是「天子」，不是「人子」。耶穌之母瑪麗亞，無孕生子，聖靈懷胎（Immaculate Conception），真是「神跡」；猶比支那中國歷代皇帝，自稱「天子」一般。但後者有時出現於眾民之前，尤其朝廷百官上朝時更歷歷在目，敗行惡跡擺在當下；皇帝下的「聖旨」，又那堪與「福音」（Gospel）或「聖經」（Bible）相比？並且，新教徒在歐美教育史上，幾乎等於是學校教育、社會教育、及家庭教育、甚至政治教育的要角。支那中國的原始宗教，信徒不問人間世，視疾苦如無事。此種「信仰」，反而助長了昏君虐政的橫行霸道！暴君不只不愁信徒會關心民間疾苦或興師問罪，幾乎所有宗教團體莫不要求信徒，所有教皆可信，但不要信「計較」（「較」與「教」，台語及「國語」都同音。）這是在台灣極有勢力的花蓮佛教掌門人，「上人」法師親口對我說的話；她不只擁有雄偉的朝拜建築物在台灣四處林立，還創辦慈濟大學。即令受過台大法學教育，負笈哈佛深造的台灣女權運動者呂秀蓮，不只在美麗島事件被判重刑，坐牢還受辱，其後還當上「副總統」（2000~2008），但在近作中序言，卻首揭下述儒學接近儒教的《易經》

一首詩：

> 虎落平陽被犬欺，
> 千山萬水也遲疑；
> 寬心且等風霜退，
> 還君依舊作乾坤。[7]

　　這竟然就是儒學或儒教在支那中國作為學術及教育主幹下，台灣高級知識分子，「熟讀詩書，且長期接受中國文化基本教材」影響之下的「人生觀」。該種觀念之個中詳情，謹此作為下章詳述的導言。寫到此，恰恰這位女強人宣佈要選明年總統，還想在台灣這個「乾坤」中登上舞台亮相。幸而目前的台灣，也不會因她的選擇，而使她再有牢獄之災！

　　5. 餘波蕩漾：船過必有水痕。荷蘭人因緣際會，與美麗島「有染」；不只軍醫或船醫愛上寶島美女，但卻一去不回，絕情嗎？難怪台荷混血女，常到安平海邊遙望，但願生父有天能來相聚！此種際遇，是撰述一流歷史小說的最佳背景！荷蘭是環球各國人士最愛旅遊的國家之一，我在牛津大學進修時（1990）偕內人與友人赴荷，不意卻遺失護照，右找左尋不得，乃依規定到該地派出所報案。當我向警察報告來自 Formosa 時，但見他一臉笑容，馬上說，等等，剛剛有人撿到一本護照，他一看相片就把握十足的送還給我。感謝之餘，乃請求賜知撿到我護照者的姓名、地址，我立即寫信致謝，希望他來台玩玩，我必盡地主之誼。

　　「中華民國」在外交處境極度困難的遭受惡鄰打壓之際，許多國與「中華民國」斷交而與「中華人民共和國」建交，荷蘭也不例外。但或許有歷史緣吧！竟然敢同意由台北起飛的民航機赴歐，首站准許在阿姆斯特丹放客；更令人欽佩的是在列強不「敢」出售軍事武器給「美麗島」（荷蘭人對 Formosa 一字極有親切感）時，還批准販賣潛水艇給曾佔領過的地方有「自衛」力。只是「中華民國」由於黨政軍的貪污，喧

---

[7] 呂秀蓮，《台灣良心話》。台北，天下遠見，2001，自序。

騰一時的大笑話是，台灣只買到浮不起來也沉不下去的「潛艇」。尤清當監委時熱衷追究此案，被同事卻倒有點正義感的監委陶百川警告加提醒，慎防會有殺人滅口的災難。其後喧騰一時的尹清楓命案就是如此！郝柏村當參謀總長時（1988）向法國購買的拉法葉艦造成的貪污風波，不是這樣嗎？[8]

最後另有一事更非提不可，東南亞的東帝汶是荷屬殖民地，二戰後當地居民要求獨立，竟遭荷軍警慘重的打擊。但居民死命反抗，終於引起國際輿論的注意。聯合國尤其美國出面了，公民投票結果，荷蘭勢力退出。此事件是否可供台灣邁向民主獨立建國的一大好榜樣！

耶教的「新」及「舊」，「獨」及「統」，都在台灣進行教育活動；其後政治上的「統」「獨」也在寶島較勁；好在前者似乎不生干戈，但後者卻「統」之壓「獨」，產生數不清的冤魂，「台灣」（埋冤）更有名有實了！

---

[8] 紅柿，《拉法葉弊案的研究》2006。北縣新卓安有限公司。

第三章　儒教化(1661~1895, 1945~)

　　一生以「反清復明」為職志的海盜鄭成功（1624~1662），福建人，父鄭芝龍，因子「叛國」而牽累，被清官「五馬分屍」。明朝末代皇帝感念他「忠心耿耿」，賜以開國祖先的「朱」姓；因之，「國姓爺」也是他的代號。延平二字，也指他本人。1661 年，帶數以萬計的「漢人」抵台，荷軍一看，即令軍火再強，也敵不過「人海戰術」；猶如1950 年之際，韓戰時美軍大砲擋不住一大波一大波湧上迎死的苦命中國人，在「抗美援朝」的口號下，死屍橫躺於北緯 38°左右一般。荷蘭勢力在台受挫；從此，耶教的文教活動也被阻。鄭成功娶日女為妻，明朝末代皇帝酬謝他的死忠，封他為延平郡王；不及一年，他就客死寶島，其子及孫繼位，但終被大清帝國消滅。直到 1895 年，長達二百三十四年的時光，台灣遂落入中國傳統文化教育的主流──儒家的籠罩之下，儒教化隱然也明顯成形。

第一節　儒教化的輪廓

一、「教」字之正名

（說明儒家在中國歷史中的發展．）

　　「儒教化」一辭的「教」字，與上章所提的「耶教化」中的「教」字，有必要先予以正名。

　　1. 儒家思想是距今兩千多年前，在「中原」大地的春秋戰國時代，諸「子」百家爭鳴時的一「家」。由於此家其後搖身一變，從本與各家平起平坐的身份，卻成為最大也最受重視的主幹。個中詳情，俟下節稍作進一步評斷。號稱「數千年」的這個亞洲大國，儒家遂幾乎成為這個古國及大國的學術代號，更是炎黃子孫樂於誇耀的文化成就。「博大精深」，是到處可聽聞的一句成語，迄今連外國人也都稍曉儒家思想所言

的大概。漫長的歷史中,雖有數次由「異族」統治,但政治上的改朝換代,只是種族姓氏上的變異而已。被漢人認為狄、蠻、猖、獝等的「蠻人」或「胡人」,亂了「華」;金人、蒙人、滿人入主的時間也不短;且蒙人立國的元朝,版圖之大不下於羅馬古帝國。既敢說「台灣自古屬中國」,但有膽向俄國明示:「莫斯科自古屬中國」嗎?歷史上這些都是事實,但「自古」這個「古」字,在時間上起自何時,又終於何時;且「自古」若屬,並不表示今日也必「屬」;這是常識,實不必費唇舌與這批膚淺人士消磨寶貴光陰。即令「異族」入主中國,在思想觀念上仍受儒學所牽,且「書同文」,只是「音或語異」而已!

2. 大明帝國立國者姓朱,是漢人;大清帝國以愛新覺羅為皇室之姓,但也如金人及蒙人一般,漢人雖投降了,但漢人卻成功的以文化力取勝。儒家的開山祖孔子,自漢武帝宣佈罷黜百家且獨尊儒術時,地位大增;一直到大清,更被康熙皇帝封為「萬世師表」及「至聖先師」,可以說是舉世無雙的中國聖人。儒學及孔子,嚴然已形構成一力道雄渾的「教派」,且是以「統派」作為壓陣大旗,聲勢浩大。透過長達近千年的科舉取士,孔子已非凡人,幾乎成為神了;連台灣也到處可見孔子廟;尤其考試前夕,信神的父母,無不左手牽子右手挽女,絡繹不絕的往孔廟燒香跪拜。孔子在支那中國及台灣人的地位,高高在上,連皇帝都得向他祭拜。孔子是史上真有其人,同於耶教的耶穌;但孔子有父有母,耶穌之母卻是「聖母」,無孕也能產子,此種「神跡」(miracle),現代最進步的醫學,也難以科學舉證。難怪家父曾告訴我,他聽到耶教信徒向台民傳教時提此事,「騙俏仔!誰信?」但耶穌上十字架為世人贖罪之後,卻「復活」;此事更令世人迷惑不解。不過,「復活」(revival)或「不朽」(immortality)這些字義,可有不同的詮釋。過去有些名人,今人或後生,永不會忘記;這不也是「復活」或「不朽」的另番意義嗎?注意,病有心病及身病,心病如能「心」藥醫,則能藥到病除;宗教就是一劑「心藥」,拜神、求佛、默禱,都具心理療效功能。有時,還能立即「病除」!

儒教之系統化、長期化、理論化及深化,力道直逼宗教。支那中國

到了十九世紀末頻臨亡國之際，有人有感而發，醒覺這個大國之所以落到「百般不如人」的窘境，歸因於無宗教，遂建議取孔教為「國教」。但孔教若成為國教，卻也與耶教有重大出入。歐美強國人民之幸福及社會繁榮，耶教之功不可沒。難道孔教有耶教的相似功能嗎？此事頗值台民省思！

　　3. 儒家在春秋戰國時，只不過是「百家」中的一家而已，聲勢並不浩大。雖然孔子（551-479 B.C.）長壽，歲數逾古稀，自稱門生超過三千；但與道家、法家、墨家等相比，並不十分顯眼；孔子的及門弟子多，但學術成就高者罕見；孔學的發揚光大，是晚他約二百年才出世的孟子（372?-289 B.C.）以及更晚的荀子（315?-238 B.C.）之大力吹捧，才體系較完整的構成為一門學術。當然，其中最大的因素，是政治力的介入。孔、孟、荀三人鼎立，但後二者皆非親自接受開山祖的教學；雖然荀子批判力十足，有《非十二子篇》大作，確是在古支那及守成的其後各朝，大放異彩，其中詆毀最力的對象，竟然是把孔子捧上天的孟子。但有趣的是荀子非了十二子，卻以孟子為最大箭靶；但對「太老師」的孔子，不只未有隻言片語的非難，還大力發揮這位先師的言論；這些都是學術上的事。孔子及孔學之能鶴立雞群，昂然成為最紅最亮的「顯學」，是漢代名臣、五經博士、晚孔子約四百年出世的董仲舒（179-104 B.C.），居功最偉。

二、孔子壓倒其他諸子

　　為何孔學及孔子一枝獨秀，董仲舒憑什麼相中又特為服膺，此中因素繁多，頗具學術研究價值。其中有關於文教活動及風氣的，有下列諸因：

　　1. 孔子一生的核心思想，「一以貫之」的是「忠恕之道」。奇怪，此處似乎有不合邏輯之處；「一以貫之」的一，不是只「一」而已，怎出現「忠恕」兩字呢？「忠」與「恕」，該有「既清晰」（clear）且「有別」（distinct）的字意。第一位現代化哲學家（The first modern

philosopher）的法國笛卡爾（Rene Descartes）是這麼要求的。「忠」與「恕」，二字之字義全同或稍有別，甚至有大差，此事甚該為學界探究（inquiry）。既「一」以貫之，則不如以「仁」一字來代表，這就比較「嚴謹」了。當然，「仁」一字，字簡意繁，與「忠、恕」二字，或許不相上下。「一經說至數萬言」，成為其後的讀書人或「士」的一生習慣。「仁、忠、恕」三字，都各自成為「經」，這三字都屬「德」。德掛帥，又有何人反對？一部論語，「德」充斥其中。

從人生尤其由教育立場而言，「德」是人生活動頗具價值甚至是最終的旨趣。「大學之道，在明明德」；「德」成為教育宗旨，這是無人反對的。但「德」之境界如何抵達，甚至「德」是什麼，「明明德」又何其容易。簡言之，人生活動，尤其教育活動，「知」與「德」該並重。欠缺知識基礎的德，後果極其危險；無知是「愚」，無知之德就是「愚德」、「蠢德」、「笨德」。不容情的說，即令現代，有些人讀書雖多，但卻越讀越呆；小學小呆、中學中呆、大學大呆。肇因於嚴重欠缺省思、批判、與比較。奇跡或神跡多，若不「真知」其因，必生迷信。落後國家的人民，這就是標誌。「割股療親」等 24 或 36「孝」，幾乎都是愚蠢之至！非但無「孝」果，且更增加災難及痛苦！

2. 孔子宣示「述而不作」，但似乎他「作」或「刪」了春秋，那是一部史書，旨在使「亂臣賊子懼」。單單這幾個字，就直接了當的說明了，他如何才最為暴君敗父所喜！人類社會之肇禍，「源」於「亂臣賊子」，是事實；但「因」於「亂君賊父」者必更多，且災難更大。他警告或訓示的對象，既然只指「亂臣」及「賊子」，卻不及於「暴君」及「惡父」，後者將大感心安。其次，他也明示弟子：「勿犯上」。光就這兩件，就十足的為威權者所喜愛。專制及獨裁者享大權的高高在上，孔子對之未有隻言片語的訓示，難怪歷代皇帝喜愛孔子。董仲舒或許頗知漢武帝心態，上奏：「不在六藝之列，孔子之術者，皆絕其道，勿使並進」。臣獻出此策，正中君之下懷；一個願打，一個願挨；如此的自我作賤，也自取其辱，儼然變成一幅支那中國官場既可憐又可悲的二三千多年的畫面！

　　3. 孔子當時席不暇暖，風塵僕僕於道上，卻一心一意的「為貧求仕」；且一旦得逞為魯司寇，不到七天！竟然就忍不住的大開殺戒，對也招攬學子「補習」的同業少正卯，處以極刑。據古書所載，少正卯講學，門庭若市。孔子只門生一人即顏回，不為所動。孔子一旦權力在手，利用公權力來斬除異己，否則其後若下野，生計必大生困難，「束脩」必無着落。孔子似乎不及他所稱讚的大弟子，「一簞食、一瓢飲，在陋巷，人不堪其憂，回也不改其樂」。「士」成為「仕」，既是孔子夢寐以求的「志業」，門生後代之儒門弟子，經師訓在科舉取仕之路上，絡繹不絕於途。即令伴君如伴虎，受盡凌辱，也一生不悔；每試即令都名落孫山，且年屆古稀，齒落髮白的孔門後代，也毅力十足，勇氣可嘉。金榜題名時，是支那讀書人終生四大樂趣之一。（久旱逢甘雨，他鄉遇故知，洞房花燭夜，是其餘的三樂）。終生浸於儒門者之「讀書樂」，是：

> 架屋莫嘆無高堂，書中自有黃金屋！
> 娶妻莫恨無良媒，書中自有顏如玉！
> 出門莫愁無人隨，書中車馬多如簇。

　　有關此種「誘因」，稍悉支那中國文教史者，都能朗朗上口，不必贅言。我也引用在已出版的《中國教育史》及《台灣教育史》上。千年以上的儒生，都效法「先師」經科舉求「仕」，成為學風及政風！

　　4. 即令晚到大清末年，朝廷所頒的「教育宗旨」，是「忠君」掛帥，其次才緊接「尊孔」。支那中國數千年的「君」，「明君」或許有，但極為罕見；昏君倒一大羅框！儒學的開山祖之「至聖」，言仁；「亞聖」（孟子）之核心主張，是「一以貫之」的「義」。一部《論語》（孔子學說的集大成）及《孟子》，旁及「知」者，比例少之又少。嚴肅的說「德」是本能，也是天性。人之「德」，也不必然高於動物，若要「異於禽獸」或作為「萬物之靈」，則「知」是「必要條件」，「有之不必然，無之必不然」；有「知」即可臻「智」，無「知」呢！必不可能抵「智」層。可惜！即令天稟特優，智謀一流的諸葛亮

（181~234），智取曹操（155~220），也草船借劍，喜耍空城計，但若與他的「出師表」相比，並非支那中國人及台灣讀書人的最愛。「一心無二志，鞠躬盡瘁，死而後已」！才是士及仕，永不「敢」忘懷的「名句」。直到二十一世紀的今日，該文仍是「兩岸」學子的必讀教材。皇帝、總理、總裁、總統或「習大大」，總書記……必龍心大樂！

（手寫字）知識的尊詩，光輝

三、儒化是「教化」或「奴化」？

（手寫字）說明智識不尊嚴，沒有答案的缺點

1. 環顧全球，各地民族若只停留在「德」，卻在「知」上予以蔑視又打壓，則只是一種惡質的「文化」（culture），但「文明」（civilization）永無法萌現。支那中國人如同地球上各地居民一般，「智」力超群者必有；但遺憾的是，人為的文教意旨，卻遭千年以上的冷落，堪與歐美一流思想家相比的哲人，曇花一現般的短暫出現在春秋戰國的「子學」時代而已。其後長達二千多年的「經學」時代，單由一「子」壟斷了文教措施，其餘多元甚至對立的十家的諸子，被打入冷宮。全國成為「一言堂」；「智」因之大受了「窒」，且斬斷了「異端」，罪名是「邪說」。「叛君」必遭死刑。

2. 儒學孔教之具體明確措施，在台灣於鄭成功抵台時，立即在一「府」的台南，建迄今仍存的孔廟，上掛「全台首學」大牌。在台屬行軍事統治，還大言大慚的以繼承儒學的「中華文化」之一系列古人，上自周公、孔子，下至孫逸仙、蔣介石；且經台灣師大「國學大師」的多年「研究」，算出九月二十八日是孔丘生日，政府明定為「教師節」，全國放假一天；上自總統等文武百官，齊聚台北孔廟，舉辦穿古服又大跳八佾舞（八人一列，周朝時天子專用的舞樂），還在總統府宴請精選而出的資深教授，頒總統教育獎，授師鐸獎等。這些這些，雖然今日盛況已日衰，仍是新聞的醒目頭條。數年前，「教師節」還作為假日；今已取消。連「教師」都無法在當天休息，比五一勞動節時工人可以放假一天，還不如！

3. 過去政府單位的教育主管，負責編寫全台統一本中小學教科書的

「國立編譯館」（位於台北舟山路，現已屬台大校園，該館也廢除），任職多年的館長王鳳喈，撰述的《中國教育史》，十足的是屬孔子愛將；書中不只美言中國文教予以歌「功」及「頌德」，還具體的以孔子生年，作為該書對古事的紀年。台灣及中國師資培養的師校、師院、及師大，中國教育史是必修科，該書作為指定教科書，也是「大勢所趨」。

　　「天不生仲尼，萬古如長夜！」事實上，天之下的地，孔子也出世了。但孔子出世又如何？把萬古的長夜結束了嗎？人不該活在暗如黑夜的「洞穴」（cave）中，這是希哲柏拉圖（Plato, 427-347 B.C.）的訓喻名言；支那中國人樂意取西洋第一位偉大的教育家蘇格拉底（Socrates, 470-399 B.C.）作比擬，二人生卒年代相近。但歐美人士並不因之以蘇格拉底的生平，作為其後史書上的紀年，反而以耶穌生年為準，現已幾乎成為環球正式的紀年了；是帶有「崇洋」味沒錯。不過，「方便」，早已是人類「該」有的標準。不只紀年以「西元」為準，且「西元」早就是「公元」。連對岸的中華人民共和國在 1949 立國後，紀元就已採之，且不寫「西元」，直接就用「公元」；並且約定成俗，就簡單的說今年就是 2020。讓歐美佔了便宜。只是國名為「中國」，不也吃外國人的豆腐了嗎？

　　4. 「幸福指數」，是人生價值或意義的衡量指標；歐美並不出「仲尼」這個史上真正活過的人，但「萬古如長夜」嗎？迄今奔向歐美取經，大量且渴望甚殷的擬轉向移民的國，早日脫離暗無天日的苦命，到底是那一個國啊！事實擺在眼前，實不必費太多口舌！只是支那中國人早有「自大」的千年習慣，改革更新，難上加難！如同孫中山寫《心理建設》一書的意旨一般。推翻專制易，心理建設難。「意」已牢牢的纏結，難以鬆綁；孫中山一定死不瞑目。迄今，支那中國藉強大的經濟力，撥鉅款到世界各國廣設「孔子學院」，大方的贈送獎助金，發揚儒學及孔「教」。不少大學師生，因財而上鉤，委實可嘆！台灣也因儒學早在寶島生根成木，連台灣師大還在這幾年選送一批師生遠赴山東，步上孔子周遊列「國」之途，以為可以分享至聖的幽靈庇蔭而學業精進！

　　5. 孔學或儒學，委實該接受嚴謹的學術考驗與批判，絕不能照單全

收。我在《中國教育史》、《中國教育思想史》、及《邏輯》諸書中，
有不容情的以理駁之。台灣學者張深切，在他著述的《孔子教育學說》
一書中，褒過於貶，還花了不少篇幅，把少正卯事件披露於世。過去
對於這個「懸案」，正反討論互見。此事實不能隱瞞，最好的態度就是
「懸疑」，但不許讓它消失。「國」學大師梁啟超（1893~1929）曾因之
大為不滿，為少正卯打抱不平，到底犯了什麼滔天大罪，竟然死命難逃
的被「至聖」殘殺！

　　上述諸事，放在明鄭及大清治台時的文教活動而言，實有時光錯亂
的大嫌，委實不該！只是孔學儒教，迄今仍還成為海峽兩岸文教的熱門
話題。單就台灣文教史上來看，比支那中國更有接近日本也間接是歐美
文教的新體驗，都難免出現孔學儒教還如同九命怪貓一般的跳躍在台灣
學壇上。即令二十一世紀的今日，民主台灣早該擺脫專制獨裁的儒學孔
教，都還有舉步艱難的苦楚。由此更可見，兩百多年前，明鄭及大清政
治力狹著孔學文教力在台發展，是多麼的順暢！1919 年由五四運動之
後熱烈登場的中西文教論戰，科玄交鋒，白話古文叫陣的三大戰場，不
幸的是，現在在台的師生，熟悉又深耕者罕見，着實是一大憾事！也是
今後該反省改過的文教重大活動。

　　儒化是「教化」或「奴化」，基於上述，不言自明！

第二節　儒教化在台的具體現象

　　台灣儒教化在明清兩朝時，長達超過二世紀之久；之前的耶教化，
雖然如前章末節所述，展現出全民化、在地化、多元化、開放化的成
果；但大體而論，耶教化並非官方優先支持的對象。相反的，儒學孔教
不但有政治力、經濟力、甚至有形的科舉力之奧援，且在台民心中，
孔子形象早已如神；中原宗教信仰如迎神拜佛，以及到處有支那中國
歷史上的「偉人」或「英雄」等化身的「神」及「廟」；且也幾乎四
處林立的普設書院、書房、私塾等；加上科舉之絕大誘因，雖因籍貫
因素少有機會謀取一官半職的「仕」，但至少挾秀才、舉人、甚至進士

之「名」，也可如同先師孔子及其兩千多年來的徒子徒孫一般的開帳設學。至少可仿孔子公開按規收取「束脩」先例，一定不愁吃穿。儒學文化涉及的儒生習癖，台灣讀古書者，幾乎百分百照行不誤，完全呈現出台灣至少兩百多年來的文教面貌。

1. 有形的儒學教化，到處且長期存在：明鄭治台，官方雖採實際活動建立台南孔廟，掛上「全台首學」之名，其實鄭氏王朝之短命，比荷西治台更屬夭折。一心以「反清復明」為職志，又具體採取行動，三番兩次騷擾支那大陸沿海地區。台灣民謠「草蜢弄雞公」，十分反映出此種事實。台民跳躍快速如草蜢，但體小力較弱，那比得上雄雞體力（台語稱「雞公」）的撲撲跳！還好，也抓不住挑釁頻繁的草蜢。史實陳述的是「大清」消滅了「大明」，二朝種族不同，「不共戴天」；但俟社會「平定」或大事底定，卻仍處自顧不暇之際，但願雙方和平相處，也對鄭氏在「孤島」稱國當王不予計較。只是鄭氏父子不自量力如同草蜢，一再的戲弄支那這隻雞公。最後，清軍不惜一戰，永除後患，台灣終於也改朝換代了。

此種冷冷的史實，也反應出儒學孔教的「潛在」（implicit, hidden）文教影響力：鄭氏父子自認是雄據天下之「中」的「漢民」，是炎黃子孫的後裔，「種族」情永續不斷。孔子早有明示，這位「至聖」，稱讚春秋時的管仲（?-645 B.C.），原因是「尊王攘夷」，也擔心「披髮左衽」。但清人留長瓣，不是披髮嗎？還以「旗袍」及「旗服」作為最正式服飾。冷酷的事實即鄭氏時的大「明」，就如康有為的反諷，早已成「大濁」的不堪皇朝了；但至少朱姓是漢人，民族性及種族情高舉。也不冷靜的期待，是否新王朝較有「明」君「良」臣在，至少還不至於有大明亡「國」之際一般的敗像吧！不，原來孔子早有明訓。只因力拒外「夷」之披髮左衽，就夠為這位萬世師表所稱讚；不如此，就是「亂臣賊子」！鄭成功並不眼盲耳聾，且生在陽光普照多年也非長期活在「洞穴」中，更與其父經常往來於台日之間經商，卻「死命」的力抱早已亡朝的「漢、唐、周」等漢人王朝。試問，此種賊頭賊腦的「選擇」，雖得死「忠」之名，但至少讓一大群愚蠢的鄭軍，哀鴻遍野冤魂久久不散！

不解也至少讓筆者不平的是，鄭成功此人的「壯舉」，至少，也心滿意足的開懷於九泉之下的是，「成功」之名，在台永存！雖然大清以軍力底定，但大清也心悅誠服於儒學。此種心態，與早先是敵人的鄭成功，心心相照。因此，在大清消滅明鄭之後，並不採滅九族甚至鞭屍的中國歷史上屢現的慘劇，至少，不破壞孔子廟，也同意「全台首學」四字永存。

孔子是否殺了少正卯，此事議論紛紛，真相如何待解；但孔子稱讚管仲，又歧視「披髮左衽」之族，倒是不只無任何人有爭議，且還算他的「上智高見」！除了鄭成功之反清復明是一顯例之外，其他史實歷歷在目！前者不只呈現在台灣，後者更還頻頻出現於昔，也屢在台灣常見（詳後）。

2. 重德輕知之「習」，更為深化：一項頗嚴肅但也甚具價值的議題，與孔學儒教息息相關，即「智」的上下及多寡。「智」是一種判斷，判斷正確，至少須含有「知」這種基本要件。前已述及，儒學從孔子播種，加上儒學後代千年以上的奠基，「泛德主義」（Panmoralism）大軍橫掃中原，聲威也擴及寶島。但冷靜反省儒學為何導致支那逼近亡國地步時，共識是患了「貪弱愚私」四大弊；其中，「愚」及「私」，與文教有關，卻是孔學及儒教的最嚴重弊病。口口聲聲把「德」掛在嘴上，「四書五經」一言以蔽之，或「一以貫之」，就是「德」。德分兩種，公德及私德。支那中國人的「公德」，連最「中」意的愛「國」者，也不得不汗顏的承認，支那人「公德」之敗壞，或許要居於環球首位。其實，也不容諱言的直說，中國人之「私德」，也好不到那裡去！怪哉，佔滿四書五經尤其是孔子的《論語》及孟子的《孟子》，仁義兩字充斥，但少言知及智；且民族種姓之心，大過於「公德心」；前者頂多是私德而已。該私德範圍窄，人數少；且在「公德」的斤兩上，「私德」該無多少重！可惜，整本支那史，德之言論雖充斥，竟然是德尤其是公德，卻也最乏善可陳！表面上是泱泱大國，但度量上卻極為狹窄！心胸狹窄，又那算「大國」？連「中國」都不是，更比其他自認為「小國」者，差得多多！

重種族情者此種小鼻子小眼睛的「短見」，一再在支那的歷史上展現；並且，即令同是漢人所建的王朝，也在「亡」朝前夕，由同屬漢族的前朝遺臣，忠心耿耿的死命捍衛舊朝，且抗拒要取而代之也屬同種族的王朝。台灣開拓史上，早期的原住民面對荷西人之「入侵」，雙方有強力追殺的不幸事件；卻先不問，荷西洋人或「紅毛番」來台會帶來福還是禍？反正不是同種同語，不問三七二十一，「反」是心理激情的原始反應。試問，這是「明智」還是愚蠢？其次，支那大陸沿海來的閩粵（漢人）人一抵台，也立即出現原住民被殺的慘劇，（漢人當然有可能也傷亡）。只以「力」或「人多勢眾」為基準嗎？不依「理」或「情」，這那堪自稱是「文明」？且「博大精深」啊?!放眼看一看中國史上屢經數十次的改朝換代，即令新舊「帝國」都是漢人所建，如姓劉的漢朝、姓朱的明朝等，卻也有死忠的「硬漢」，糊塗透頂，腦袋「孔骨力」（concret），堅硬如鐵石般的，雖飽讀儒書，又歷經科舉及第的「遺臣」，死命為前朝犧牲。史可法（1602~1645）年屆青壯的 43 時，為漢人的朝代（大明），死命不服「異族」的大清；支那的史書不貶為「昏官」，卻賜以「民族英雄」；如同鄭成功一般。鄭榮獲英名，或許還情有可原。文天祥（1236~1283）亦然，「蒙古人」是「異類」，他以死明志，活命不滿半百，更作《正氣歌》。台灣師大禮堂門牆，公然請書法家書該歌詞。此外，在台也有廟祭祀的岳飛（1103~1142），「精忠報國」之外，另作〈滿江紅〉歌，其中一句「笑談渴飲凶奴血」，視金族人為凶奴，試問凶奴不也是「人」嗎？至於蔣介石一生最為崇拜的理學重臣王陽明（1472~1528），在被貶到貴州時，竟然也殺了苗人四萬。或許他有點自懺，卻藉口說，苗族是禽獸，殺之無妨！此心態或許如同那位二十世紀全球四大殺人魔王之一的蔣介石一般，1947 年，台灣史上發生最大的二二八慘劇，被他下令死於非命者（大部份屬台籍；也有少部份來自於中國各省的「外省人」），難逃魔掌。台灣竟然有陽明山、陽明書屋、還有王陽明銅像，矗立在櫻花盛開的山上；更有陽明大學。此事與史事都有牽連，直到今日，依然呈現在世人眼前。文天祥及王陽明，都未到過台灣；陽明之名醒目，而在台灣世界級風景區的中

央山脈國家公園中，竟然也出現「天祥」一景站。至於中國共產黨與中國國民黨之「國共內戰」，雖同是漢人，卻是血海深仇。[1] 當然，此事在時間上也非本節範圍，俟後再持續告白。不過，造成此種教育史實上的不幸事件，追根究底，是否都肇因於孔子之「種族歧視」！熱愛支那文化且讚美孔學儒教的「大學者」，每喜於酷評洋人之黑白種族歧視。但責人怎那麼嚴，對己則何其寬！這不是得大病的標誌嗎？究其實，「雙重標準」或「兩套標準」，正是儒學孔教的堅實意涵！

3. 大清治台，對這個化外之地，不聞不問。之前，美國船曾遇颱風擱淺於台灣海灘，因被台民殺害而控訴於大清北京政府時，官員卻向美政府直言，台灣不屬大清管轄；此種宣示或判決，引起日本重視，對台突生的佔有野心，加快腳步。

「全台首學」的孔廟，雖矗立於一「府」的台南，但或許因明鄭早亡，大清肅清寶島前自顧不暇，這塊彈丸之地得之不加多，失之不減少；至於文教措施，令其自生自滅吧！還在不久，下令海禁；不許沿岸漁民移居台灣。其實，連現在政令力道大彰，且航船迅速，又偷渡犯不減之下，仍有人冒死來台啊！「虐政猛於虎」，這是孔子名言；諷刺的卻是來自於他一生斥之形同小人的女性，二者都屬「難養」之輩。因之，由唐山赴台的唐山公必有且多。唐山不似英人哈佛，從祖國帶四百本經典名著抵新大陸，是該大學圖書館中最具意義的資料。但就如同千年以來的儒學教育一般，部份少數的唐山，多多少少識字讀古書，他們抵台後，難免在耕種謀生之餘，要求下一代子女熟背他們幼年時有意無意中學過的三字經、百家姓、千字文等「兒童讀物」；雖不懂其意，記性好的也能倒背如流。

把神主牌都帶到寶島來的唐山客，百年來認真勤勞經營之後，有些人成了大地主或貿易商。因為台灣盛產茶葉及樟腦，木材中的檜木，頗

---

[1] 在台海危機的國共內戰延伸到金門馬祖砲戰烽火蔽天之年代，在前線島嶼中服役的預備軍官之一，台大畢業的林毅夫，竟然於反共宣傳聲勢最大之時，游水偷渡到對岸「失蹤」。其後，中共領導要角之一的朱鎔基，聘他為經濟最高顧問。宜蘭人，娶政大教育系專攻特殊教育的女生為妻。台灣當局判林為通緝逃犯，迄今未能返台。

為值錢又聞名；延續的捕鹿等，也有不少積蓄。台灣漸漸的有了富翁，台中霧峰的林獻堂、台北板橋的林本源、鹿港的辜顯榮等，也都是飽讀漢文者。尤其在都會地區，各地零零星星出現私塾、義學（免費）、書房，甚至書院，也稍具規模。「財」及「才」雙管齊下，如能在科舉考試及第，則身份陡然上升，在一飛衝天的固有頭銜引誘下，文風漸盛。台生以台語唸儒書古經，那是應科舉考試的題材；在「書同文」之下，雖「語音異」，反正科舉未有口試（或許殿試除外）。但台民從1895年開始，讀書人在日治下已另有其他管道，可求學謀職。科舉還在時，台灣未設考區，赴內陸應考者人數少。但依林文龍的《台灣的書院與科舉》一書所陳述的，及第者不乏其人；現存台灣古厝、門扁上書有「文魁」、「明經」或「進士」等者，都還享有人生四大樂趣且不亦快哉之美名。[2]

台灣師大歷史系教授也有一小冊《台灣的書院》，內附彩色照片。[3]

第三節 儒化教育的成果

以「宏觀」作為本書撰述重點的角度衡量之，儒教化在台灣雖淵遠流長，「深中」台民之心者也重，設立有形的教化場所之名多，受教生之數必也不少，中科舉的台籍或許也可觀。但依儒教的意義性、持續性、價值性而言，實不必費時花神的為此一題材，撰述得鉅細靡遺。不過，下述數點頗值一評：

一、「書院」與中世紀的學寮，教育成果大為不同

不少人把中國及台灣史上的「書院」，比擬如同歐洲中世紀的「大學」[4]，我曾出版過後者一書；稍具西洋教育史甚至進一步探索大學史者該都能一清二楚的體驗出，二者之異，有如天壤。其中最大區別如下：

---

[2] 林文龍，《台灣的書院與科舉》。台北常民文化學會，1999。書院的相片，也有彩色的。

[3] 王啟宗，《台灣的書院》。

[4] 林玉体，《歐洲中世紀的大學》。台北文景，2008。

錢叫 儒（粗？只重視 經教的習俗 元朗部分。

1. 書院最具規模且影響力最大者，莫過於由大宋帝國時大放儒學異采的理學（儒學在該時的另一稱呼）大師朱熹（1130~1200）成立的白鹿洞書院。該書院的教規，其他各書院幾乎都一字不差的照抄。台灣自不例外。目前，台灣還倖能保存而置放於入院後最醒目之處的書院「宗旨」，幾乎完全與本書上述所提的儒學孔教，百分百吻合；把「己所不欲，勿施於人」等儒學教條，當人生座右銘。這些訓詞，都不出孔學之外。我在《中國教育史》及《台灣教育史》兩書中已有詳述；即令他人的類似著作裡，必也不會遺漏。因之，不再費筆墨了！千言萬語，都是「一以貫之」也「一語中的」的指出，該種書院完全停止於「德」上，步不出「知」的領域。實在「大」失「教育」兩字，在探討知識，尤其高深知識的高等教育功能，又那有資格符合「大學」之名呢？

「德性」的養成，並非學校或有形教育機構的最重要功能；家庭及教會，才更是品格陶冶的所在。當然，學校一立，操守也得注意；但如過份注重於此，不正是取代了家庭及教會的任務嗎？家庭及教會比不上學校之處，是學校因學科設教，教學有專精者來為學子解惑，以滿足其求知的好奇心。不幸，一部支那中國教育史，重點且是超過該有比例的要項，卻置放於「德」上。台灣仿「祖國」此種學風，若在這方面着眼，「台灣」教育史此門科目，着實不開也可，因幾乎百分百納入支那中國史了，二者並無兩樣。並且不容諱言的說，整部支那中國的教育史，從古到清末，幾乎也完全雷同。一家言，一人說，一時事，如此而已；又何必如師大教育系，我的業師余書麟教授幾乎有兩千頁厚厚的上下兩冊呢？在台各地，尤其鬧區，普設各類背古書寫古文的教育機構，名稱並不一致，但內容幾乎皆同。全部皆以《三字經》、《百家姓》、《千字文》等作為初階，然後及於《公羊傳》、《論語》、《孟子》、《中庸》、《孝經》、或《公羊傳》等古籍，以朗誦記憶為主。教學活動是生吞活剝的死記，能到倒背如流程度，必受嘉賞；不求甚解，但背誦有錯，就可能挨打。此種現象，又具何種「教育」意義？教師之成為「專業」，又那夠資格？因為知識上要求「背」，品德上以「打」為手段，任何人皆可充當為「師」了；反正為師者當年就是如此，後生步其後塵。此事已成千年以上之史

蹟，雖苦不堪言，但「忍」是美德；反正若能一旦功名及第，利祿之誘因，就可補償！著有《台灣通史》而大為中國國民黨要員及日本總督為文嘉勉的連雅堂，雖口口聲聲滿含漢人情，發誓絕不作異族（滿清）官的台南人士，也遠涉福建參加科考，當時台灣未設考區。但名落孫山。

即令科考榜上有名者，依大清派吏的慣例，台籍者只能到支那中國內陸當官；台灣官員則都是大陸籍。劉銘傳（1836~1895）是安徽人，是台灣巡撫；劉永福（1837~1917），是廣西人，台灣民主國（1895）時固守台灣南部的最高將領。最後一任的最高長官（巡撫）唐景崧（?-1902），也是廣西人。丘逢甲（1864~1916）本籍廣東，後才遷台灣。近百年來支那學者在海峽兩岸都是學界要人的胡適（1891~1962）之父胡鐵花，是安徽人，在台東作過官，現台東還存有鐵花路，鐵花先生之墓。年年科舉及第但未分派為吏者甚多，連「文起八代之衰」的大文豪韓愈（768~824），都數次上首相書，毛遂自荐。僧多粥少。台灣籍者能到內地擔任一官半職者，幾近絕無僅有。不過誠如上述，只要能享有科考及第的美名，吃穿就不愁了，還享有地方上的美譽。光仿至聖收取束脩先例，可能就可豐衣足食了！

相較於歐洲中世紀的大學，知識或真理的探討，才是廣設各「學寮」的要旨。「文、法、神、醫」四大學門，支那中國及台灣的「書院」，頂多只在「文」上稍有類似，但學術專業性都大為不如，尤其奠基的數學更缺。此外，中世紀的大學由於規模大，各學術領域有專攻的「教授」或學生，為學要旨並不在於求仕。支那中國自豪的科舉，連仰慕漢唐文教的日本都無照單全收，更不用說歐洲了。加上歐洲的豪族顯要，屢屢斥資大興土木，各學寮（colleges，師生共住共宿及共學的所在）美侖美奐，古色古香。財力足，獎學金優，給予教授薪水也豐。雖也收取「束脩」，但該項費用，並非大學開銷中的大宗。

2. 書院之教學，核心既然是古代經典的背誦，則科目之一，「經」而已。東方書院與西方大學，二者最為醒目的「外觀」，就是校舍建築之氣派及校園面積的大小。書院「小巧玲瓏」者有。但由於建材幾乎都是木材或磚頭，經年累月，風吹雨打，台灣又有聞名於全球的「天

災」、地震及颱風，幾乎年年造訪。書院規模小，校園窄，又那能比得上數十甚至數百公頃的「大」學寮？去過英國牛津及劍橋兩個中世紀成立的學寮，以及更早的法國巴黎大學，才真有 universe（環宇）的「大學」（university）外觀。此種客觀校園，才是孕育天下奇才既擁宏觀胸懷及遠大理想的所在；建築每都以經久耐用的大理石。當然，雖歷經千年之久的風吹雨打，也由於財源不虞匱乏；因之不少中世紀時的老學寮，現仍是師生坐以論道，及環球遊客天天留連忘返的懷舊勝地！入內瞻仰者，絡繹不絕，不少學寮還收取費用。世界學術史上牛頓以還最偉大的物理學家愛因斯坦（Albert Einstein, 1879~1955），滿懷嚮往之情的向世人坦言，如能到劍橋作學生，是最不虛此生的「快哉樂事」。支那詩人，也曾在台南成功大學任教的陳之藩，都對這「母校」有詩情畫意、大膽人口的詩文寫作，《劍河倒影》及《在春風裡》等，是賣座盛況久久不衰的兩本書。

　　以台灣而言，古代留下來的書院，多半都已斷垣殘壁、雜草叢生，也是不堪入目的荒涼所在。在台北鬧市，只還倖存少數經整修後留作追思憶往之用而已，多半則早已夷為平地消失不見了。試問現在的支那中國及台灣，眾人知悉的「大學」，乃是由大宋帝國朱熹時代作為楷模的書院之後續嗎？相反的，歐洲中古時代的大學，迄今仍是環球高等學府的典範，頗具「史」意！稍悉大學史者皆知，中世紀成立的古老大學，屬「母大學」（mother university），尤其是以神學為主的巴黎大學；稍後不久成立的牛津大學是巴黎大學之「子」，劍橋大學則是牛津大學之子，也是巴黎大學之孫；當今全球 No.1 的哈佛大學，則是劍橋大學之子，牛津大學之孫，巴黎大學的曾孫。這些「子孫大學」（children university）都未「漏氣」，還後來居上。此種教育「史」意，不但有趣還發人省思！台灣辦學稍具積效的淡江大學，創辦人宜蘭的張建邦，黨政、商關係好，發願要使總校區在淡水的該校，成為台灣的哈佛。此話一出，該校校友龔鵬程不客氣的笑稱，憑淡江大學的條件，那能如董事長之願，頂多成為台灣的「哈哈！」而已。這位該校畢業生，在台灣師大中文（國文）系獲博士學位，還到校址設於宜蘭山上的佛光大學，擔任過校長。

二、科舉使士成為仕

　　為學之意旨，若最核心焦點集中於做官，則「心意」就不正了。此事之評論及褒貶，早有定論，不再費辭！但仍有數項較少人提及，卻有卓見。

　　1.哈佛大學的「中國通」費孝通教授，曾言及科考之後效；如考場順利，則納入整體支那中國的官場醬缸中，出污泥而不染者罕見。若連考連敗，則造反叛亂之心，陡升且立見。大清帝國立國後也如同先朝，內亂不止，其後頓現國運衰危敗像。主因是來之於「國祚」雖只13年的「太平天國（1851~1864）之亂」。主其事者是屢試不成的儒生廣東籍的洪秀全（1814~1864），因多次赴考皆敗北，乃頓生另起爐灶意；仿項羽口吻，「彼可取而代之！」若能成功，還能當王稱帝；即令為非作歹，也不會受儒學古聖春秋之筆所撻伐。因位高權重，已非屬亂「臣」之輩，卻是高高在上的「寡人」。孔子不是早有訓言嗎！「勿犯上」；因之百官如奴才，都得聽聖旨且不許冒犯。加上科考歷經歲月折磨，不如「馬」上得天下，一舉就可「功名利祿」瞬間降臨，且能大享眾官伏首聽令的快感，又何樂而不為！

　　孫中山曾上書李鴻章，當年若能受這位北洋大臣且位極人臣者的青睞，封為一官半職易如反掌，或許他就不會有「四大寇」之污名！相反的，他卻因此而獲中華民國「國父」之封號，在台灣也有數座孫文紀念館，銅像數目之多，只亞於蔣介石或孔子。鋌而走險，是一代梟雄常有的抉擇；既然科考屢試不成，步入「禍國殃民」之途，不也是不得不的被逼結果嗎？

　　本是流氓的大明帝國開國之君，又享「明太祖」美名的朱元璋（1328~1398），最瞧不起儒生；是支那帝國中，最侮辱讀書人的暴君[5]。若後生不悉此事，則是史盲，被騙了！大明帝國的開國者既非「明君」，末代皇帝幾乎全是昏君。竟然仍有明朝遺臣如鄭成功者流，以「復明」為志。「智」之欠缺，且嚴重欠缺，此例最顯。倒霉的是他與

---

[5]　吳辰伯（《海瑞罷官》一書的作者），《朱元璋傳》。台北新文，1972。

寶島台灣有關。智之行為表現，就是「擇」；「良禽擇木而棲，賢臣擇主而侍」。「擇」一字，就是「智」一字的同義語。但「愚」是千年以來大漢民族的標記。歷史給吾人一個想像的空間，設使鄭成功不把荷人趕走，讓荷人有「永續」經營台灣機會，或許有可能像荷蘭母國一般，整個國家美得像一個大花園。荷蘭也是當今最受外國旅客選擇的國家之一。紅毛番難道在文教上，比由流氓出身又仇視讀書人最兇殘者所治的國度嗎？斬斷狹隘的民族情，站在民主觀的寬闊視野上，台民之幸福指數，或許早已在亞洲數一數二了！

2. 科舉取士，是支那母國定期的朝廷盛舉；但科舉之流弊，超過「焚書坑儒」。難得的是大清也出了一位顧炎武（1613~1682），一言就指出要害；但卻遲到 1905 年，大清才壯士斷腕式的正式廢除科舉。當時的台灣，早在十年前就在日本統治之下。長達一千三百年之久（由隋煬帝大業二年，公元 606 年起算），在支那中國大本營及流風波及的台灣，有形無形的演變一股力道雄渾的學風、士風、仕風、儒風，或孔風。一言以蔽之，民主觀嚴重欠缺；倒是種族情力道雄渾。以台灣史而論，因此而滋生的族群衝突血拼，史不絕書。可笑的是台灣儒生，在大清治台時，連雅堂等台灣名士頗有風骨的不願留長辮，羞作清朝官。歷經二百多年的「儒化」之後的 1895 年，不滿台灣割日而成立了台灣民主國，為亞洲第一個民主國率先領牌；但極為諷刺與弔詭的是，這個民主國，國號竟然是「永清」！怎麼還臍帶長存？需知不適時切斷，則母子均危！在種族感大壓又長壓之下，人格分裂症勢所難免！「上醫醫國，中醫醫人，下醫醫病人」，是台灣名醫宜蘭的蔣渭水及彰化名醫的賴和（1894~1943），學支那中國「國父」孫逸仙（1866~1925）的好榜樣，該醫治的是人格分裂症者。即令力主五族共和了，但迄今仍在台灣師大禮堂正門高掛一詩，是南宋岳飛（1103~1142）的《滿江紅辭》，譜成的歌曲，中國及台灣之學子是必唱的，其中最可議的是「怒髮衝冠」及「笑談渴飲匈奴血」。天啊！什麼時代了，大唱族群和協，難道不怕匈奴的後代報復嗎？還得天天日日都「怒髮衝冠」！一臉可怕的貌相，又那能令人安全又愉快呢？「精忠報國」又是其母刺其子背

上的四個大字，孔學遭「毒」又多了一樁 —— 愚忠！也效法了諸葛亮（181~234），二者相互結伴，且「族繁不及備載」！

三、孔學在教育上最大的過錯，莫過於歧視女性。

1. 至少一半人口的女性，非但不可能是孔子之徒，且長達二千多年的支那中國及台灣，飽受儒教庇護下的學生，女性幾乎未能入列！

2. 女子不只未受孔子青睞，還大遭「霸凌」（bullying）：這個二十一世紀頗受重視的名詞，其實千年以來，早已存在於支那中國及台灣。孔子竟然將女子與小人同列；現在的女權運動者，怎可視而不見？女生還自我作賤式的在「至聖」銅像前與他合照，真是恬不知恥！「自作孽不可活」了。環球史上，男人至上心理作祟，支那雄性在這方面業績之昭然若揭，絕不在外人之下；更令人該「怒髮衝冠」的是，要求「淑女」必飽受痛苦萬分的纏足之苦，時間長達八百年之久。台灣婦女有幸在1895年日本統治時，依令「放足」；但可嘆的是，竟然也引起一些婦女及士與仕的痛罵與反感！支那中國的「國學大師」，還為文大發謬論，又振振有詞的為三寸金蓮習俗撐腰；「理」學及「禮」教吃人，又多了一樁顯例。不少媽媽因有過纏足的「哀爸叫母」，但在近千年習俗不可違的祖先傳統中，不敢違逆；不得不也眼睜睜的看稚齡愛女纏足，由於不忍親手戕害骨肉，不得不吩咐「下女」為之。台中林獻堂家族等人斥資興學的私立明台中學，有一展覽館，三寸金蓮的女鞋陳列在內，真是觸目驚心。以「仁」為要旨的儒學，怎麼能如此殘忍的對待女性呢！[6]

女子受男子支配，剝奪了她們包括受教機會，此醜聞是環球現象，也不能全怪儒學之劣跡。但最為不同的是歐美國家「早」先醒覺，祖先作的孽，不該再繼續永存。不幸！支那中國要不是受歐風美雨所襲，台

---

[6] 對待男性的一種具體例證，就是割掉生殖器。充任管理員以便使養有後宮佳麗三千，又集合全國最美的女子供「天子」享樂淫欲之用者，都必是男性，一旦予以「宮刑」，天子就安心了。但「你敢斷我的種，我就存心亂你的政。」此一莊萬壽教授的名言佳句，十足的體現了支那中國數千年腐敗不堪的肇因！我在文景的《中國教育史》已提及。

灣要不是在日治之下不但要求女子放足，還希望同男生一般的入學。時間上還比支那中國早很多很多！

3. 令人不解的是，儒家不是常要門生「吾日三省吾身」嗎？孔子家語有「苛政猛於虎」的故事。此句名言出於至聖之口，但卻是經由一位婦女的不幸遭遇，而親口向孔子及門生說出的。該「典故」極具意義，原文如下：

> 《禮檀弓》：孔子過泰山側，有婦人哭於墓者而哀。夫子式而聽之，使子路問之。曰：「子之哭也，壹似有重憂者。」而曰：「然，昔者吾舅死於虎，吾夫又死焉，今吾子又死焉。」夫子曰：「何為不去也？」曰：「無苛政。」夫子曰：「小子識之，苛政猛於虎也。」

此段「故事」，英國哲學大師羅素（Bertrand Russell, 1872~1970）極為喜愛。在他的《權力》（*Power*）一書最後一章＜權力的馴化＞（the Taming of Power），首段一開始，就將上述引文譯為英文，易懂又太富政治教育意義，有必要讓國人分享。英文辭句也不艱深，反而比支那原文更易懂。

> In passing by the side of Mount Thai, Confucius came on a woman who was sweeping bitterly by a grave.
>
> The Master pressed forward and drove quickly to her; then he sent Tselu to question her: "Your wailing." said he, "is that of one who has suffered sorrow on sorrow."
>
> She replied , that is so. Once my husband's father was killed here by a tiger. My husband was also killed, and now my son has died in the same way.
>
> The Master said, "why do you not leave the place?" The answer was, there is so oppressive government here!
>
> The Master then said, "Remember this, my children: oppressive government is more terrible than tigers." [7]

---

[7]   B. Russell, *Power, A New Social Analysis*. The Norton Library. W. W. Norton & Company. Inc. N.Y. : 1969. 273.

最後一句英文，就是漢文的「苛政猛於虎」。我在 2006 年由高麗（大韓民國）首爾大學舉辦的亞洲教育哲學年會時，被邀出席以英文發表論文。該年會以日本、支那、新加坡、及台灣的傳統及現代化文教過程作主題；我提的台灣經驗，即引用上述一段話供出席者參考。[8]

孔子重覆了該不幸婦女遭遇而感嘆的名句。他不是有「三省吾身」的格言嗎？為何不修正或刪除「唯女子與小人難養」！婦女的智慧，不亞於男子。孔子這位至聖，必心領神會，也百分百讚同該婦女的警句。只是在《論語》一而再再而三的「子曰」中，未出現知過能改的陳述。

其次，在「貞德」上，婦女遠在男子之上。俗云：忠臣不事二主（二國或二王或二君），烈女不更二夫。故與之醮，終身不移；男可重婚，女無再適，這是對女性的歧視。但婦女嚴守婦道，甚至守活寡，不也是極為殘忍的不仁道約束嗎？怎兩套標準？「貞潔牌坊」，也醒目的立在台北新公園即現在也叫作二二八紀念公園裡。在男女婚娶的家庭倫範上，男不及女的，太多太多！男不只可重婚，甚至婚後都可三妻四妾；皇帝更可夜夜巡歡，三千佳麗，時時都有新的性生活體驗，是否羨煞了天下蒼生！支那中國的古訓，「三從」是婦德：「在家從父，出嫁從夫，夫死從子」。

第三，把孔子拱上天的孟子，不是也有童叟皆知的孟母三遷及斷機故事嗎？亞聖之母深懂教子訣竅，以具體行動及例子，讓其子領會慈母之苦心。住家環境之潛在影響力，非同小可；其次，為學若不持之有恆，就如同紡紗機線斷了一般。

「悔教夫婿覓封侯」，此一警訓，必出於妻子之口。此種名言佳句，不惜重覆再三！哈！是否因女子未受孔教的奴化，才有此名言佳句！

嚴重欠缺反省思考更不承認祖先有過，從女子之被排拒於教育門外，是推動支那中國無法進步的一大明證。歷史齒輪之轉動單由男人負責，女子插不上手，至少欠缺了動力。可嘆的是事實證明，女智過於男

8　Y. T. Lin, Moderation and Value of Education —— Taiwan Experience. 2014. 6. 20-21. Soel, Korea, International Conference.

智者，具體例子頗多。胡適自承他之學業有成，其母之功勞最大。其中之因甚多，至少胡媽深懂夫子（其子之師）心理，逢年過節，束脩送的比常人多。唐太宗李世民（597~649）雅量再大，在魏徵（580~643）屢進諫言時也動了火氣，而決定予以殺害。幸經「后」一句：「主明臣直」的褒獎，才使享有「貞觀之治」美名者，刀下留人！[9]

4.「不違如愚」，此種教誨，除了女子教育機會被剝奪達千年以上外，更印證了孔子之嘉勉最疼愛的門生之史實。

嚴肅的來說，孔子言行如深一層追究，必疑點甚多；門生如不反問，必是庸才料。他自己明說：「自行束脩以上」，就具入學受教資格；連「晝寢」的宰予，都列冊於門下了。若有女性擬考驗孔子說話的真實性，不只送束脩且束脩「以上」，孔子「必」收為門徒，不會拒絕，否則就是言行不一，也在「缺德」上得一明證。因為論語上公然言：送束脩，並且又以上，是作為門生的「充足條件」（sufficient condition）──「有之必然」。他也明言，滿足此一「條件」者，「必」可作生成徒。一言既出，駟馬難追；這才是作為儒學「君子」之基本守則。

可惜的是在支那中國，二千多年之後的孔門弟子，無一人敢拂逆先師之古訓。若怪女子不主動爭取，實在不忍；但也從未聽過有大丈夫氣概的男子漢，敢於打破惡習敗俗。至少若束脩已送，即令是女子，也該有入學堂作門徒之望！也至少並未破壞孔子的約定。只是支那男子仍是沙文主義作祟，夫唱婦隨；若有烈女敢不「順」也不「從」，悲劇就立現眼前。此風即令到了北京大學成立不久，蔡元培（1867~1940）公開歡迎女生入校，但該校教授胡適[10]，為文數千字特地為入校一女生之早夭而哀嘆，因該女生奮勇打破千年成規，發誓爭取入校機會；果真入學了，卻激怒其父大發雷霆，斥責為不孝，甚至斷絕父女關係，中止經濟來源；該「烈女」本就體弱多病。支那人得肺病者多，加上心情惡劣，荳蔻年華就辭世！女子教育史若不提此事，寫作者就真無水準！北京大

9　黃仁宇，《赫遜河畔談中國歷史》，台北，時報文化，1989. 152.
10　胡適，《胡適文存》第一集，＜李超傳＞；台北：遠東，1979. 767-778.

學校史若對此無隻言片語，那就是垃圾成堆而已。若不為此提出「史識」，則教育哲學成就必掛零！

饒讀詩書又在「說文解字」上有成的漢學家，不悉「有教無類」四字的定義嗎？知識下放及於平民百姓，是不少學者將此種功績獻給孔子的。但「類」字何意，不是「別，差別」嗎？「無類」又何解，必是不歧視，一視同仁，男女兼收吧！吾人也未見孔門三千子弟中，除了無女子之外，也無殘障或智能不足等特殊學童！實際作為是一回事，口說字寫又是一回事，怎有如此混亂的兩套標準呢？

四、孔教儒學的「現象」

全球人口最多，且現今支那中國又斥巨資在世界各國廣設「孔子學院」，不少無骨氣又造詣也不佳的「學子」，因「財」施教，成為舉世一大「現象」。

單就台灣而言，下述數「現象」着實頗為奇特。在儒學的龐大又濃厚氣氛下，大家見怪不怪。不過，先請讀者冷靜，勿需動火氣的「聞過則怒」。儒學孔教並非一無是處，「中學」更不是「百般不如人」；力倡「全盤西化」者，竟然用漢字書寫那四個大字，不是極為矛盾嗎？但「負面」部份甚多，尤其該現象殘存甚久，九命怪貓一般的陰魂不散，也像老太婆的裹腳布，又臭又長！該現象屬文教性者多，有必要進一步評估。

㈠ 自古文人多風流

1. 「虫二」：南投有「虫二茶舖」，宜蘭避暑勝地明池，有大石一塊，上寫「虫二」二字；北市永康街熱鬧及行人之多，如同倫敦牛津街，竟然也有「虫二飯館」。怎麼出現「虫二」呢？

倉頡造的漢字，是象形字居多，舞文弄墨者熱衷於此；以拆字作餘興活動，且以此自愉也愉人。孔學儒生總不可能全天浸於書堆中，在埋首古籍之餘，更喜遊山玩水，甚至公然到如同今日的「夜店」或「妓女戶」尋歡作樂。習俗上也公然招認，這是自古以來就已成「定規」的

「正當」娛樂。家規再如何保守者,更暗地裡默認。風流成性的大明江蘇籍唐伯虎(1476~1523),是「亂點鴛鴦譜」而為文人家常便飯話題的談資對象。有天率門生到野外,竟然在似乎偏遠地出現了招牌上書「虫二」二大字。師問生是何意,門徒罔然不解。師答以「妓女戶」,是男性尋花問柳的所在。生問其故。此種教學,比孔子親自的誨喻,進步得多,因為孔子的及門弟子對於師語或子曰,都是百分百接受,一問一答就結束,又那有「對話」?是獨言獨語而已。

　　唐伯虎「說文解字」的闡釋一番:「虫」是「風」無邊,「二」是「月」無邊;兩字相連的「虫二」,不等於「風月無邊」嗎?風月場所就是到處可見的男子尋歡處。說後不多時,果然數名打扮得花枝招展的妓女,出來笑顏逐開的招呼那批年青學子,「人客啊!來坐喔!」

　　漢字的「字」本身,就是遊戲的對象。猜字謎,更是儒生休閒生活的重要活動。廟裡眾神慶典,節日如中秋、中元、端午、過年等,各地都有盛會。其中,猜字謎最為時尚,也是經久不衰的民間習俗。如上述的例,以「虫二」來猜場所地,回以「妓女戶」、「紅燈區」、「打情罵俏處」等回應,必得獎獲賞禮;「羅」字為「禮義廉恥」的「四維」等,正是象形字的特別處。

　　2. 前已提及的韓愈(768~824)是唐宋八大家之一,1977 年在台灣的韓姓家族到法院檢舉控告,有人公然為文辱及這位文起八代之衰的儒家傳人。結果,正反雙方尤其法學界由此產生大論戰,造成一股引人入勝的學風。被告是否犯了名聲侮辱罪,在法院公堂上彼此爭論不休,雙方皆引經據典。時恰為維護古學的「中華文化復興運動」,如火如荼展開之際,政治判決乃以有罪定讞。膽敢對儒學不敬的異議份子,即令在風流倜儻的可能性甚大的猜測下,也無法撼動奠定千年以來的儒學傳人的地位。縱使到了清末民初時,北京大學的教授中,「國學大師」級者為數不少,但私生活不檢點者也是師生見怪不怪的「正常現象」;校長蔡元培也只能用勸導方式,拜託同仁組成「進德會」,勿娶妾、不抽大麻,少打牌,風月場所列為克制勿去的所在,對女性要保有師生該有的距離,私生活的自我約束等,如此而已。

台灣的大學曾出現有師生之間的不正常男女性關係，1980年代台灣師大出現「七匹狼」醜聞，教授與女生的不倫戀，主角屬國文系。其實，台大中文系的學者也不缺席，聲聲「讀聖賢書，所學何事！」答案一清二楚，這不是咎由自取的心痛史實嗎？

㈡「士」風成俗，是置身度外，不問人間疾苦者多

1. 禁忌、敏感、「禍從口出，害由文起」的古訓，儒生謹記不忘！對之持冷默及疏離心態。「清風不識字，何必亂翻書」的「文字獄」，案件出奇的多。書院的生員，不許高談闊論；古代春秋時的子產（?-522 B.C.），意想天開的希望以「鄉校」，作為議論朝政的場所。在一言堂定於儒學孔教之後的專制體制下，特立獨行又有高見卓知的學子，得戰戰兢兢的以求自保。朱元璋所建的大明帝國，設有專掌緝拿偵探謀逆、監視百官、鎮壓人民者；另更以親信宦官作共犯結構的「東廠」，稍帶有正氣又果敢的學人，無不遭殃，且受酷刑。一部支那中國史，在學術教育上，簡直是一部歷經千年以上的迫害史。此種政風及學風，在台灣解嚴之前不時出現。禁書、禁歌、禁出版等嚴刑竣法，屢現；民主在支那中國，正是先天不足後天更備受摧殘。那位流氓皇帝，一知「民為貴君為輕」及殺死暴君不屬「弒君罪」，此種孟子難得一見的「怪論」，乃大燒孟子學說，嚴禁此種「妖言惑眾」或「危及社稷」的「邪說」。

2. 冷漠或疏離，此種「硬心腸」或「心如鐵石」的儒學師生，成為一大主流。若還有吟詩者敢有如李義山（李商隱，812-858? 唐朝河南人）之詩，而大為台大殷海光教授或胡適之院長所讚賞者，實如鳳毛麟角。

萬山不許一溪奔，攔得溪聲日夜喧；
到得前頭山腳盡，堂堂溪水出前村！

至於「兩岸猿聲啼不住，輕舟已過萬重山」，此句難得一見的名詩，十足反映出主張台灣獨立的台灣師生面臨的險境，以及倖運得來的「天公疼憨人」的結局。

　　讀支那漢人古詩至此，似乎或明或暗的預示，高舉台灣主權獨立者的使命與前景，活靈活現的在該詩中展現。究其實，以台灣為名的這條船，已似乎在驚濤駭浪中安然又駛出大海，在風平浪靜的太平洋中優游自在。但在渡出大海之前，兩岸的猿猴之嘯聲，猛獅還有野狼毒蛇等頻現，還不時突擊狂打。不少台灣好漢，葬身埋屍於兩岸的囚籠中！上蒼疼惜，天保台灣；但願厄運已過，晴天彩雲已臨！

　　杜甫（唐朝陝西人）這位「詩聖」（712~770）比年紀稍長的李白（701~762，唐朝甘肅人）的「詩仙」，更有勇氣的是他敢為詩斥責貴族之奢侈荒唐，向天公借膽式的直言如下：

　　朱門酒肉臭，路有凍屍骨

　　3. 飲酒作樂，抽煙打牌，書法、繪畫、雕刻、飲茶、下棋、練琴、吟詩是餘興；花畢生精力，盡瘁於斯；如此行徑，專制帝王不只放心，還賜匾額鼓舞。君臣兩相安，但苦的是百姓！

　　「煙酒」是儒門子弟一生不離手的，「研究所」成為「煙酒所」，尤其是漢學大師的行徑及相聚的場所。

　　首先以詩詞而言，支那中國人及台灣人，確實有極高天份，作品讓當代人及後人詠嘆，讚美不置。不過，他們為詩作詞的內容，曾如前述，都屬風花水月，大自然的美景，高山峻嶺的神妙，彩虹餘霞的繽紛，天上祥雲的變化莫測等，對象幾乎是「物」而非「人」；可能是因此，才絕不會生恩怨而惹是非。「安心立命」「與世（人）無爭」。清末幾乎已屆亡國了，天才詩人如徐志摩（1896~1931）竟然有心情遠赴英國劍橋，尋花問柳，喜新厭舊！

　　詩詞及文字吟唱，必取其音，也就是語。詩詞之令人欣賞，必有押韻。唐詩是支那中國詩作最盛也最得台灣讀書人的衷愛，若以台「語」發音，押的韻比其他語言更合韻理。當年定「國音」時，若能撇開其他心理因素，純以語音學而言，相信現在通行的台語，必為上選。而現行台語已「國際化」，因夾雜許多日語。須知，日語也很具寬厚度，一遇歐美外來語，就以日語來拼外語，把外語日語化。從日本治台的「國

語」運動起（約 1940），台語日語可以互通之「音」極多，如 taxi, tile, bus, autobile, car, cup, order, driver, violin, piano, banana, tomato, bye bye 等，數量甚多。甚至連原住民也把「茶杯」音為 cup，那是日語，其實本來是英語。

其後，書法是象形字比拼音字更值得予以美化的文字。支那中國名書法家指不勝數，日人仿之，台灣人亦然。但誠如語言學家林語堂所言，一個字竟然有 26 種寫法，在環球歷史上大概只有倉頡造的字才如此，有楷書、行書、篆書等等。書法又與修身齊家……的品德教育有關；「重德主義」也在書法上顯功；但書法造詣要臻一定水平，就如同唸古書一般，「勤有功，嬉無益」；有天份者也得下苦工夫才能變成大家爭先模仿的對象。更由於書法家大概都甲意於儒學經典名句，二者一拍即合，不但不會惹出殺身大禍，並且書法家一旦成名，其利祿雖不一定可與仕相比，但必也如同教師之可以收取束脩一般，加上皇帝也經常親自拜訪賜扁以增加其份量，提高其聲望。至少，終生以書法為業者，必不會是推翻當今皇朝的義士。

至於飲茶而生的茶道，及下棋而生的棋道，都是儒生的業餘樂趣。這兩種消遣，也不致於危及政局。但兩道都極為費時。以下象棋而論，高手不是一天兩天或一年兩年，即可成為打敗天下的名棋手；彈月琴且口唱勸世歌的，連眼瞎的老婦人也都得勤練嗓音、運氣；勸世歌與德，打成一片：「我來唸歌伊，給你聽啊伊，嘸免取錢啊，免着喔驚啊夷，勸你們作人要端正，虎死留皮啊，人留名啊，伊……」。此歌現仍是台灣古謠中頗受歡迎者，當政者當然鼓勵都來不及了，又那會取締！

這些是讀書人的餘興，打花了他們一生中極多的時光。支那中國政治極端腐敗，社會也常動蕩不安，且民生疾苦，三餐不以為繼，路有凍屍骨者屢見。此種朝代，有的還幸能渡過二三世紀，如大清；甚至五六世紀的，如漢代或唐朝。其中一個主因，就是由儒學現象滋生的麻醉劑。當然，苛政下極其不仁道的殺戮、囚禁、杖打等，更是主因。

上述這些活動，成為支那中國及台灣數千年以來的重要面貌。若兩處長久以來，都是國泰民安，生活無虞，政治清明，則儒生樂於此道，

無人反對。但史實是如此嗎？相反的，這些嗜好，正十足的反映出儒風恰與日趨敗壞的政風，二者相互依存，互為共犯結構。無見於此者，是史識短淺，目光如豆的腐儒。就實用主義（pragmatism）觀點而言，歷史悠悠的支那中國，到清末時幾乎處於列強瓜分的惡劣處境。可惜與可嘆的是，不知反省檢點的儒門子弟，卻恬不知恥的為其美化！哀莫大於心死矣！

　　紮根牢固又極深的儒風，可議論者非僅上述而已。學術界尤其教育思想界，該為此下一番苦工夫，尤可作專題論文，詳加批判。

　　4. 最後，欲罷不能的再提出一項儒學唯有的現象，更屬環球所有古國僅有的儒生癖好。始作俑者正是孔子。人人尤其陷入儒學漩渦的讀書人，除了生時父母為之取名之外，另有「字」、或「別號」。放眼天下，只此儒門一家，別無分號。此種「現象」，更與教育關係密切。不得不在此單元已費了極大篇幅之餘，「凍末條」，不疏暢就不爽。

　　孔子名丘，字仲尼。此事稍受教育者，何人不知又何人不曉？孔子是誰，在「正名」之下，孔子並非姓孔名子。在支那中國的學術慣例上，由於春秋時代出了許多學者，彼此論點不一且殊異，確實是該國在環球上最引以為傲的成就。那麼多學者都以「子」代之。儒門的開山祖是孔丘，遂成為其後家曉戶喻的孔子，其他如同處儒門的孟子、荀子等；以及他家的墨子、老子、莊子……。稱為「子」，是一種「尊稱」。

　　以「百行孝為先」為主旨的儒家，先師是否「不孝」?!因不「順」也不「從」父母取的「名」。或許這只是偶發的事實吧！史上並無記載，其因何在？但此種特有現象，其後卻是二千多年來，形成一股巨風，席捲也橫掃支那中國及台灣，幾乎無一儒生後代可逃。在「教育」上，更產生極其殊有的苦難。放眼全球文教發達的古文明國家，只有儒學世界獨有。此事幾乎少有先人及現在人提及，有必要為此增添筆墨。謹就與台灣教育史有關者言之，台灣學生在背誦儒家及各家諸子時，都得謹記他們的「字」或「別號」，因為考試每以此為試題：如韓愈常以「退之」代之，因為他除了本「名」為「愈」之外，自己另取的

名，是「字」退之。此事成為學子一種極大也極痛苦的負擔，卻十分不具教育「意義」，因「背誦」當道。即令開明學者如胡適，也改了雙親的賜名，且又拖泥帶水的又叫「胡適之」；至於逸仙，稱他為孫中山或孫文，都屬同一人；蔣介石是生下時的命名，但「自己」又改為「中正」；其子也另有「志清」之「名」。

令人欣慰的是，此種稀有但卻普遍又長達千年存在的古儒學現象，現已幾乎絕跡，有此雅興者已罕見。儒學現象之另一種，也橫掃台灣，紀年以陰曆，且古味特濃。墓碑上表明的年代，不用「公元」，卻仍停留在令今人迷惘的如「辛亥」，教科書不是還存有 1912 年的「辛亥革命」嗎？台北的辛亥隧道人人皆知；數目字不似環宇性的阿拉伯數目字 1, 2, 3……，卻洋洋得意於「壹、貳、參」等。「西元」已成「公元」了，台斤雖還用，但僅於台灣。難道「公斤」還情不願的硬要改為「西斤」嗎？「公里、公尺」呢？

(三)儒學守成性甚濃，創新性卻極淡

1. 依常人之本性而言，「守成」已不易了，「創業」尤艱。但此種「風」，極不利於身處競爭的學術舞台上。其實只有智力不足者，或職位高高在上者，才樂愛守成；有己見又獨見者，最中意於創新。

2. 儒學如同吸力強大的磁石或吸鐵，孔子處於與他對立的「子學」時代，在其後卻夾雜了各家，把「諸子」都納入「孔子」門下。究其實，百家學說中彼此有異者有，相互有同者也常見。「一子」一以貫之的主軌，「他子」呼應者也多。簡言之，在主軸上，儒、墨、道等同者多，異者少。由於漢帝國以政治力強求統一學術，而甲意於儒家，其後，與孔子近似的他子學說，後代儒生幾乎都用心將他子之百川，納入儒門的大海；若與之衝突明顯的如「名家」，早已被打入冷宮；即令如法家，學界也知，孔門的大傳人荀子，門下兩員大將李斯及韓非，其後是法家的巨星。就政治而言，儒家治國難道可以只是「人治」而無「法治」嗎？可惜，親情掛帥的儒術治國，卻形成「刑不上大夫」的結局，這正十足的表明了儒學當道的正字標記。

3. 不管是儒學或其後的整個支那中國學風，包括波及的台灣士風，主流是安心立命，與世無爭，消極被動，「守株待兔」式的人生觀當道。「知足常樂」，此句成語不是常見在畢業送別時，彼此互勉的格言嗎？「驟雨不終日，狂風不終朝」，正是老子的提醒。「寬心且待風霜退」，也是易經的安慰句。就物理或氣象而言，下大雨、刮大風，或起風霜等，不可能終年累月，這是「事實」。但人世間呢？暴君不只數量一，且多如過江之鯽；手段之毒辣，是日盛一日。文明社會之出現，是要全力轉移此種怠惰的儒學人生觀的。罕見清末才覺醒的少數革新甚至革命鬥士之一的康有為（1858~1927），其名「有為」，頗具深意！支那中國或台灣，必在學風上讓「有為」之士，將「無為」之徒，起而代之，改頭換面。有趣的是，死前決定定居於草山、也埋骨在台的林語堂（福建人，1895~1976），住居掛牌為「有不為齋」！把數千年的「無為」，搖身一變為「有為」，極大可能就會冒了大險。康有為的大弟子譚嗣同（1865~1898），疾呼革命沒有不死人的，要死他願死頭一位。不幸，他也因如此的「有為」而早夭。台灣的義勇之士林少貓，一改積惡習數千年的支那儒風，有如下的名詩：

寧結弱少鬥強權
引刀一快少年頭

「瞧，這個人」（Behold this man），是「超人」（superman）哲學大師尼采（Friedrich Nietzsche, 1844~1900）之「正字標記」。集諸子大成的儒學，力持「中庸」之道，「中」或許先不論，但後效上確實真是「庸」而已，頂多「平平」，卻常常是「庸才」、甚至是「奴才」的。支那中國及台灣，英才必有。可惜在苛政之下，早有 spy 密佈天羅地網。因之早被「盯住」（behold）；劊子手引刀切頭，乃是他們的「天命」。可恨又可嘆的是眾多庸才，不「注視」（behold）短命者之死因，卻擁來數以萬計的觀眾，手握麵包，準備在赴難者由喉嚨噴出鮮血時，擠上前去沾一沾，迷信認為此種「中藥」，可以治療支那中國人及台民的久疾——肺病。令人氣憤不過的是，竟然還洋洋得意的希望，慷慨就

義的是「爾」而非「己」。台灣俗語：「死，死道友，勿死貧道。」孫中山向黃埔軍校年青人的訓詞，其中一句是「諮爾多士，為民前鋒」。為民前鋒者，多半死命難逃；但成仁取義的是「你」而非「我」。中國國民黨還厚臉皮的取之作為該黨黨歌，最可議的是竟然還是「中華民國」迄今在台灣的「國歌」，師生軍民必唱的次數極多。

為政者此種極其可議且也早已病入膏肓的絕症不除，又那有臉面高談闊論「德」呢？

㈣境教是儒風當道

移風易俗，有無形及有形兩種；有形的是教育機構如書院、書房、私塾、義學，或由警察為主以教化原住民而設的場所。這些這些，已陳述於前；無形的是整個社會環境，因之又稱為「境教」，帶有「潛移默化」之功。

1. 拜拜、燒香、求神的廟宇，台灣是到處可見；對儒學孔教之深入民間，多了一層助力。既屬信仰，力道更牢不可破，深入民心。在知識未開又長達千年以上之迷信當道，加上熟背孔子與門生一問只一答就結束的《論語》，無丁點「對話」性及「開導」性，頂多是「灌輸」的洗腦工夫；又力求少問多學的背誦，生吞活剝；讀物如同「毒」物，此句盧梭名言，在我所撰述的數本（不同書局）《西洋教育史》及《西洋教育思想史》的魯梭篇中有詳述。這位教育革命大師的諷刺，取儒學之「教」，最是佳例。

眾多廟宇中，《三國演義》的故事，最為台灣千萬百姓所最熟悉。幾乎支那中國的民間小說，都是以「德」（演「義」）為主，十足的呼應也滿足了儒學孔教之心。桃園三結義，童叟皆知，連婦女也朗朗上口；因之關公、關雲長、關帝爺之廟，可能數量高居第一；不只信徒再怎麼窮苦，也必慷慨捐款又出力的為建廟解囊。這位紅臉長鬚的儒學代表人物，已成仙為神，他的生日必有迎神拜會，作醮演戲，信徒備辦大魚大肉，儉腸帶勒肚也得殺雞割鴨；且家家戶戶備置豐盛餐點，來招待親朋好友。戲台演的戲，不外是過五關又斬六將；持大刀，活捉漢賊曹

操等家曉戶喻的情節。時還傳說有當場顯靈的神話，不只忠勇義行為全民動容，還有醫病的療效，一喝乞求的香灰泡水，出遠門或無病也可保平安，有病則藥效神奇。我出外在台南市及台北市以及遠赴美國深造時，有空回家鄉，家母必到香火最頂盛的「關帝爺公」廟跪地拜拜；返家之前母親早就一拜再拜的包了銀灶上的香灰，到家後泡水讓我喝下。我雖不迷信，但一來為了感謝慈母的愛心，二來反正喝下也不會怎樣，還有解渴之功，因之就「從」命了。並且，或許更有令信徒「心安」的療效吧！家母眼看照囑咐而行，就歡顏而笑。這真是我一生久難忘懷的畫面。猶如慈母手中線一般的，母子心連心的纏在一起！

　　就台民萬眾之膜拜關雲長，有多處恰與孔教儒學十分搭配！一來，仿先師至聖，不也在初生時父名為「羽」之外，還自名為「雲長」。有樣學樣。二來「正統」心作祟，三結義的兄長劉備，有漢朝的「國姓」；三國中的曹操，「篡漢」，如同王莽一般，與「篡」名一生長相左右，死後也被後人謾罵。其實曹操人品不佳，不過，他倒是「真小人」，因為他勇於承認，有「自知之明」。劉備呢？才是「偽君子」。公正的史家評他，在德上比「字」為「孟德」的曹操，不相上下。嚴肅的說，關羽與諸葛孔明，都「識人不明」，未能有明智的「擇」，「死忠」卻是愚忠。在重德輕知的狂風巨浪席捲橫掃下，要能站在最高點，如王陽明（1472~1528）所作而大為胡適之稱讚的名詩：

　　不畏浮雲遮望眼

　　只緣身在最高層

　　出人頭地，百尺竿頭更登高一步的跳出傳統牢籠；這在環球史上並不多見，尤其在支那中國的千錘萬鼎重壓之下，又有何「超人」呢？且身處最高層，也是最危處，能否長久安然保身又不出意外，倒是一大課題！

　　台灣廟宇數量之多，有些還頗有氣派壯觀，不只壁畫滿佈支那傳統儒學散發出的「孝」道，如三十六或二十四孝的掛圖，割股療親等，對孝道的深化，又有圖示，如同康米紐斯之《世界圖解》一般。只是如果

用意出了差池，則遺害更大，遭毒素入侵之重，更深且遭殃者更多，意底牢結更甚難拔除。不過，至少把多數廟宇作為教學用途，比粗陋書房等，較能遮風避雨。只是教育方向若有偏差，則誤人子弟之災更嚴重。這是教育哲學界最該深思的話題！

　　岳飛這位「民族英雄」，也被台民立廟成神；雖數量不如關帝廟，但因也與上述儒教有密切關係，有再予着墨的必要。尤其是岳飛之母，是否如傳統民間小說女主角祝英台般的女扮男裝而入學求知，識字又學書法，否則她怎能工筆甚佳的在其子背上，以毛筆寫下可作為學子楷模的「精忠報國」四字？我在多年前曾到浙江杭州參觀過當地的岳飛廟，廟前還十分刺眼醒目的擺了被後人謾罵的秦檜（1090~1155），前還有一個便筒，讓遊客以尿來羞辱這位害死岳飛的奸相。只是當地的中國導遊，竟然公開向台灣來的教育旅遊團說，岳母該是文盲，又那會知悉「精忠報國」四字之意，且正楷又具功力的書法工夫呢？哈！現在的中國年青人，有此種「據理以爭」的精神，倒令人佩服！

　　2. 服飾：孔教無孔不入，代表儒學的最具體表徵之一，就是台民也有鍾愛唐裝者；並且，在台灣，也有「中國小姐」選拔賽（注意，是「中國小姐」而非「台灣小姐」）。參選者必有穿旗袍亮相的一段。旗袍本是滿洲大臣官夫人的服飾，無所不包之力，如海綿般奇大的中華文化或儒家思想，至少在這一項，比孔子之排斥「奇裝異服」（披髮左衽）更有雅量大肚；竟然把「推翻滿清」並「驅逐韃虜」為志的口號，公然取消了，還同意滿大人認為最能彰顯中國女性美麗的服飾，就是旗袍。順便一提，既然有唐裝及唐人街，為何這個國不叫「唐國」，而稱「中國」呢？其實「唐」及「中」二字，都不能英譯為 China，音譯為「秦國」最佳！奇怪的是秦國是法家當政，而中華人民共和國立國時（1949），長期以來都大張旗鼓的「批孔揚秦」。因之，以秦作為國名，一來有歷史傳承，二來外文譯此國為 China，也最為妥適。並且儒家的仁政或人治，只是愛面子的好「名」而已，實實在在的也以嚴刑竣法來治國。只是「刑不上大夫」，恰也與儒學之主調，十足吻合！

　　3. 虛而不實，好高騖遠：夢想以求心安，自大聊以自慰。文盲之

多，環球首屈一指。一生醉心於舞文弄墨者，雖是極少數，但流風所及，也把妄想訴諸於支那文學上。新春將屆，家家戶戶再如何渡日如年，也將牆壁及門窗，貼滿喜氣洋洋或雄心壯志的人生大願之對聯高掛。此種現象，如今在現代化的台灣大都市也都難免。但誠如胡適曾調侃的下述事實，正十足的反映出儒風之無孔不入，深植於億萬人民之心：

　　財源茂盛達三江，生意興隆通四海

　　即令在窮鄉僻壤、人口寥寥無幾的部落，以賣豆腐維生的店鋪老板，收入微薄。天天目及的只是村莊的小溪流；但卻夢想交易量，可以遠及心中的「三江」及「四海」。疆域廣闊的支那中國，人口數舉世無比；改朝換代的戰爭打殺，雖屢見不鮮。但只需把上舉對聯掛上之後，不只店主因之心滿意足，罕見的來客也心領神會。對難得的社會安寧，更有莫大的神助之功。

　　儒學不只代表儒家而已，由於他家的主旨也吸入其中。因之，「聖賢」著書所言的經典名句，再如何艱深難懂，境界再如何遙遠，必作為人生抱負；即令稚齡學童，也得天天日日背誦死記。卻不知，教育是有「過程」的，先易後難，先具體後抽象，先實物或圖畫後文字，先簡後繁；這不是極其基本的教學準則嗎？但或許三歲以上就得倒背如流的經典，不也正是鬍子滿臉的老翁該讀的教材嗎？怎忘了「學不能躐等（越級）」，不也是古訓？儒風所至，或許盛況不衰之勢已今不如昔的台灣，卻赫然也在今日新北市（昔為台北縣）大型國小（永和的永平國小）學校大門的大理石外牆上，向過路的百姓尤其入校的童生要求：

　　為天地立心，為生民立命，為往聖繼絕學，為萬世開太平。

　　天啊！如此的千鈞重擔，強壓又終生的降臨。雖文字本身筆劃不多，且也非罕見，但其意卻甚為難解。立「心」及「命」何意，至少6~12歲學童無人能解。其次，往聖到底是何許人也？「絕學」二字，難道不是阻止「學術進步」這種英國大哲培根名作（*Advancement of Learning*）之旨趣？數千年歷史的支那大國，儒門後代又那有為萬世開

太平的丁點功勞？二十一世紀的今日了，謹只以台灣為例，竟然還不少教育大員，在朝「名臣」，甚至位為與往昔之「朕」相同之「總統」，也公開讚美，同意甚至要求稚齡學童該天天死背《中庸》名句：

天命之謂性，率性之謂道，修道之謂教

「禮運大同篇」等，不也是校園內重要場所醒目高掛於上的古訓嗎？在台大哲學系任教的李日章，近作書名極為醒目：《還原儒家告別儒家》，[11] 頗有日本明治天皇時大臣福澤諭吉脫亞入歐的口氣與抱負；可惜，似乎還大受儒家所糾纏。嚴謹的來說，儒家孔教並非一無是處、一文不值；但絕非有如支那中國在政治上號稱為環球之「中」，其餘都是化外之地，此種大言不慚吼叫的價值。國名為各國之「中」，除了在政治上大殺其餘國家之威外，也擬在「學術、教育、文化」上，視「中學」為「絕學」！面對現實吧！有風度的諸「夷」，視儒學有其優點，也准許或鼓勵師生學漢文儒學；但以「中國」為名的學科，只是列為選修而已。且歷史有史訓，日本要不是「告別儒家」的口號成真，又那能有今日之成就？為何連死抱「絕學」且傲心在上的「國學大師」，也不得不身心交戰的赴日本取經？歷史上日本曾大受漢唐文教影響，但日本學界及政界，並非「全盤中化」。

實在該與儒家孔教，「告別」，或「脫亞」了，但不必一定是「訣別」或「永別」，卻可以「再見」；只是「別」或「見」，有「生理」上的，但也有「心理」上的。作為現代化的師生，「心理」因該大於「生理」因。全民都受「習慣」或「風俗」的支配。但古來支那中國，不也有「移風易俗」的古訓嗎？只是此種「文教」工程，頗為艱鉅。台灣在文教史上，天佑寶島！在與儒學孔教的互動關係上，有了客觀時間上半世紀時光的「告別」，如同日本明治維新時的國策一班。有關於此的史實及史識，尤具文教意義。後事如何，且待下章分解。

---

[11] 李日章，《還原儒家，告別儒家》─形塑後現代台灣心靈的第一步》。台北新店康德出版社，2008。

儒學孔教在台，較明顯的消失，是 1905 年，大清帝國下令廢止科舉，正式斷了士成為仕的千年渴望，時已是日治時期了。僅以「書房」（最多的儒教場所）數為例，1905 年時全台有 1080 所，學生數 21,661人；七年之後的 1912 年時，書房少了近一半（541），學生數也少了三分之一以上；到了 1918 年，全台入「公學校」的學生數超過 10 萬（107,659），入書房者是前者的 1/10 強（12,725）。[12]

倚老賣老，喜舊厭新，是支那中國的正字註冊商標。竟然還有「學者」取漢代的太學或更古的國子學等，作為支那中國及全球最古老的大學。別的不說，又那有大人小孩都唸同一種教科書的？老子的道德經、四書、五經，稱為大學教科書，其實也是小學教本。台北貴族學校在草山的薇閣，小學生都得朗誦「天命之謂性……」，臉上無笑容，更無令人喜愛的表情。試問最有名的白鹿洞書院，為理學大師朱熹（字元晦，學孔子，但更進一步號晦翁，1130~1200）所建，有圖書館嗎？更不用說運動場、音樂室、勞作室、美術室、或實驗室了！偏愛往自己臉上貼金，卻朝他人頭上潑糞，這是什麼「德」啊？若還因撰述了《中國大學發展史》而贏得教育部學術著作獎，則作者及審查者的學術造詣，真令人起疑！

只是歷史卻開了玩笑，在日本治台後，儒學孔教已幾乎要被告別之際，半世紀而已，卻又來了另一政體，全力推動「復興中華文化」，使得全台各處都有「復興中學」、「中華中學」、及「文化中學」；確實是台灣教育史上特有的面貌。不過，「文化」只是「境化」的「工具」而已。

歷史教訓已昭昭明甚，人類若擬營幸福美滿的社會，政治必往民主及開放方向邁進，而非專制獨裁。在途程中，阻礙必多，荊棘滿地。其中，最大的絆腳石，就是在東方，就是儒學孔教。英國近代名學者波普爾（Sir. Karl Popper, 1902~1994）於二戰結束時（1945），發表名作《開放社會及其敵人》（*Open Society and Its Enemy*），箭頭直指古希臘的

---

[12] 林玉体，《台灣教育史》。文景，2003, 99, 該資料引自Tsurumi。

柏拉圖。支那中國及台灣之更遲緩於民主政治、民主社會、及民主教育之奠立，禍首非儒學孔教莫屬！東方，只有日本最早翻轉一躍而成「文明」國度，聲譽足可與歐美比肩，但儒學孔教的出身地，支那中國卻迄今仍死抱不放，且更變本加厲，危及世界和平；台灣不幸，早已染疾在身，雖曾服了良藥，但毒菌仍未除淨！尤其學界及教育文化界，更有一股民主開放社會的反動派。之所以如此，是二戰之後，台灣卻因之又掉入儒學孔教的大醬缸中，以致於本章所述，時間上延至1945年之後。還好，之前的一些成就，也隱約的成為一股潛勢力！雙方之拔河，真相如何，下章分解！

第四章　皇民化（1895~1945）

　　美國聞名於世的重量級學者，也在全球哲學大師中頗受重視者，人數不少；其中，英國哲學大師羅素，在一本銷路奇佳的《西洋哲學史》書上，取兩位美國大師作專章討論；一是哈佛大學名心理學家詹姆斯（William James, 1842~1910），另一是教育學界一定不陌生的哥倫比亞大學教育哲學名家杜威（John Dewey, 1859~1952）。前者提過 Weaning 一字，頗具意義，漢譯是「斷奶」；在大作《心理學》的第十章〈習慣〉（Habit）中詳談[1]；不愧是頗有高見的哲學、心理學、社會學、教育學大師，且也與教育史學有關。

　　嬰兒降世，為了生存，媽媽再怎麼忍痛，也不得不接受剪斷臍帶的決定，否則母子有皆亡的悲劇。其次，天賜產婦的生理特有功能，就是乳腺的大量分泌；即令現在的嬰孩改吃牛奶，但醫界仍建議母乳優於牛奶。基於「母愛」，聽剛離母胎的親生孩子哭叫，即令產痛（travail）是人生最苦，也必立即擁抱在胸前，乳頭塞入正等待吸吮的小嘴；還滿臉慈祥，眼神充滿愛意的看看小寶寶。嬰孩在吮乳時，一方面溫暖又安心的在媽媽懷裡，偶張開雙眼，看到的是安心又愉快的眼神；手摸媽媽乳房或許也羨煞了爸爸。生理及心理的感受，正是為人性本善且其後正常發展及成長而奠了最穩的基石。只是此種行為而形成的「習慣」，不許持久；終有一天，斷奶是必然的結局。縱使慈母再如何不忍，愛子又如何嚎啕大哭，且哭聲不斷，也得如同「壯士斷腕」一般。即令有替代物的奶嘴可用，但連台灣人也知，一個不長進的人，就喻為「奶嘴猶存」者！

　　「習慣」，有生理上的也有心理上的，斷的必該是生理及心理上的「壞」習慣；否則，「新」又「好」的行為，又如何出現，又如何有

---

[1]　W. James, *Psychology*, Henry Holt and Company, 1904, N.Y. 136ff.

「好」習慣？但是，切斷生理習慣易，永除心理惡習難。俗云：

> 去山中賊易，去心中賊難；
> 身繫牢籠猶有救，心陷囚房無盡期。

孫逸仙有形的革命雖有點成就，他最掛意的是「心理建設」，尤其是儒學禮教支配長達兩千多年的這個「古國」。此事不成，怎好意思奢言談「博大精深」？

「斷奶」，與台灣文教史直接也密切有關者，正是本章要提的內容。

第一節　日本脫亞入歐之文教措施

台灣或支那中國，「剪不斷，理更亂」的儒學孔教，在日本，就另當別論，場面另樹一格了。日本也因之由「古國」或「文化古國」，變成「文明古國」。支那中國呢！當然不僅只是「古國」，且是「大國」。但國家之被人刮目相看，且對之獻上敬佩的眼光，絕非「古」且「大」。日本疆域在當今環球上，也非「小國」，但若是與隔鄰相近的支那相比，當然「相形見小」。只是這個小老弟，曾崇拜過漢唐文教，且也為沙文主義的炎黃孔教儒生譏為的「化外之地」，不只斷奶後不久，就把這個老大帝國打得落花流水，且也因而重大的改變了台灣文教的原有面貌。我到過日本多次，聽到導遊說了一段頗令人發噱的笑話；他也帶過「支那團」，達官顯要的多。他們只在日本幾天而已，就滿口感嘆但也頗有「心理建設」用意的口出嘲弄語言，極為不遜的大聲向隊友說：「他媽的這個小日本！不過，汽車彎好開的！」真是沒教養。但也從中一葉可知秋；由這笑話也可思及說話者的國家，文教水準如何。他的無禮口吻，恰好也道出了真相。

日本經驗，不只具體的親臨台灣，更提供台灣當前文教發展的一面活生生史實及史訓。天賜台灣，竟然台灣比支那中國，更獲得此種「良緣」。日本勢力也橫掃過支那中國，要不是 1941 年作了一重大又愚不

可及的決策，竟然由日本建造的台灣飛機場起飛之轟炸機，幾乎全部毀損了美國駐夏威夷海軍基地珍珠港。美國自 1776 年立國以來，除了1861~1865 的南北戰爭，又稱解放黑奴之戰（civil war，內戰）之外，迄今地球上其他各國都在各自本土發生戰爭，次數無比的多，美國卻只一次而已！竟然就是日軍偷襲了已是美國一州的太平洋大島夏威夷。美國國策之對外關係，是永遠不主動對外宣戰；日軍還趁安息日平安夜之時，軍人也放假之日，重創美國海軍。因此，不得不向日公開宣戰，全力反攻。不出數年，更使日本吃了史上殺傷力最慘也嚴重的兩顆原子彈，天皇昭和只好宣佈「無條件投降」。也因此，重大的改變了台灣及台民的命運；更在教育措施上，前後大變！

一、「脫亞入歐」的重大決策

具遠見的史家，有個宏觀的卓見。當今日本人的祖先，曾有過學習外國文教的經驗。因之，其後如也學習更該學習的「外國」，並不愧對祖先，無損「孝」的古訓。可惜，此種「史」，罕見在支那中國出現；即令在「中西文教論戰」之際，「全盤中化」者最後也稍見力衰，但「中體西用」此種「中庸」論調，仍當家作主。愛面子本是儒教的祖訓，台大心理系教授楊國樞對此曾有專題研究，「面子」是支那儒家最不能失去的；此一由來數千年習慣的民俗或「國風」，也是日本治台時的主政者後藤新平對台民的批判一般，列為台民三大缺點（愛錢，怕死，愛面子）之一。

由於歷史或許比日本更悠久的古國，祖先從不曾有勇於認錯之史實，還告誡子孫必父死子繼。相反的，日本早在支那漢唐時即西來取經，迄今日文仍有不少由倉頡作的「書同文」的漢文，還把首都取名為「東京」。注意，支那中國有北京、南京，哈！日本竟然也有東京，似乎是中日同為一「國」!? 這是極有趣的話題談資。我曾為文在報上發表過，但也因此有了不同意見的文章。最少，此議題也請嚴正的史筆來「春秋」或「月旦」一番!!

(一)與儒學孔教一刀兩斷

1.知識份子尤其是大學師生，或自封為士，及自以為獨獲儒學真傳者，有責任及義務，要直搗黃龍，以徹底領會儒學禮教之真相；不許誤導、扭曲、掩飾，以便抉擇，是否要與之告別呢！還是持續擁抱。兩千多年的儒學孔教傳統，後生膽敢予以指斥、批判、或反省者，是鳳毛麟角。支那本國即令到了末年，清帝下令的教育宗旨，是「忠君」居冠，其次才是「尊孔」。政治掛帥，學術屈居其下。識者早已知孔子再如何偉大，也只不過是充當皇上御用工具而已。以日本而論，在漢唐儒風之吹襲下，學界人物大捧朱熹或王陽明者甚夥。此種學術現象，並非本書專門探討的內容。但為何在 1868 年明治天皇登基掌大權後，魄力十足的起用福澤諭吉這位「蘭學」領導人所唱的「脫亞入歐」國策？關鍵點可能有二，一是日本已眼睜睜的旁觀這個文教「母國」，只在短短與歐美列強爭鋒後，頓即一敗塗地。大清一位胡林翼大將，一天在長江沿岸都市酒樓飲宴，俯看一條英國船駛過，立即大驚失色且吐血；喃喃而言，國家亡了！國家亡了！以實力言之，連一個面積或人口或許比不上台灣的歐洲小國，單挑大清，後者都得賠款、割地、投降、求和，更何況來了一隊「八國聯軍」？少林功夫口出大言，打遍天下無敵手，拳打南山猛虎，腳踢北海蛟龍；或迷信的以為赤手空拳，可以練到刀槍不入。其次，美總統交代艦長培理（Matthew Calbraith Perry, 1794~1858），率黑船抵台也直搗日本軍港，先以文交涉兩國通商；若不成，就採武力硬闖。在兵臨城下時，或許日本眼看支那清國的不堪教訓了。俟天皇登基後，倖未吃罰酒，反而在「國策」上作了 180 度的大變。一來早就有「蘭社」作底，二來天皇在位長達 44 年（1868~1912）。相較之下，大清又那能相比？天也不庇支那古國，在位的兒皇帝光緒，雖也擬立憲維新，但大權操之在慈禧太后手上，又有聲聲「奴才在」加上滿臉奸笑來取寵的太監，以「亂政」來報被「斷種」的仇。書生中的「六君子」，年只青壯，就頭顱落地；又怎能與日本興國有功的崇洋學者相比？迄今，日幣中金額最高的，就是大受明治天皇採納而

拜別儒家更立即遙向歐洲拜師的福澤諭吉（1835~1901）。天皇即位那年（1868），福澤諭吉創辦慶應學府，即其後的慶應大學，又主張仿英採議會制度，鼓吹全民教育，是名符其實的名教育家。

2. 具體也極不含混又空洞的行動，「知行合一」，的確羨煞了支那的王陽明。「中國人什麼都死光了，只是嘴巴沒死！」口說的、字寫的、詩吟的，都天花亂墜；但一旦訴諸行為，就轉彎，直如台灣多年來大喊「中華文化復興」的政棍及學閥之代名詞！首先劍及履及的於天皇登基後，經九年的籌備，日本史上第一所帝國大學出世——東京帝國大學（1877）。早一年而已的 1876，恰是美國立國後第一所現代化大學——約翰霍布欽斯大學（Johns Hopkins University）出世之年；校址位於馬利蘭州大城巴鐵摩（Baltimore, Maryland）；該校教授以醫科聞名於世，獲諾貝爾醫學獎者全球首屈一指。當過台灣副總統（2016~2020）的陳建仁教授，是該大學校友。其後，日本陸續興建京都、大阪、名古屋、北海道等日本名大學；且在 1928 年，也於台北興建全台唯一的「台北帝國大學」；校門建築及紅樓校舍，現還猶健在，不似其後的「中華民國」政府雖也大興土木造屋，但兩相比較，前者堅固無比，後者則常有磁磚掉落擊中過路人的危險。偷工減料及貪污舞弊的支那中國陋習，又怎能與工程一板一眼，嚴依按圖興建的黌宮相比？光是校舍之牢固，造型之美觀，且校園之大，就十足的享有「大學」氣派。書院等儒學孔教場所，又怎堪能與之比鄰！更不用說，課程、教學、設備、師資、及入校旨趣了！

或許日本蘭社的一批學子，該有「還原儒家」的功夫；以「知」作底子的方向選擇，有正確又明智的把握。既然國策及教育宗旨，絕不是如同大清支那國一般的媚君、忠君、尊孔、拜孔。又與之揮手告別分道揚鑣了，大概就永不回頭了。一刀兩斷吧！乾脆又不拖泥帶水。還好，日本不學支那陋俗的婦女纏足，否則儒學孔教直如老太婆的裹腳布，又臭又長。bye bye，一去不回吧！如同記取古希臘神話故事之勇往直前，不許返顧，否則必遭天神的斥責與處分。

3. 口號，尤其政治口號，都具誇大性及情緒性。「脫亞入歐」或「全

盤西化」，這些辭句，都犯了自我矛盾之謬。既然明示脫亞，但並不
「全盤」。至少，在文字上，還留下不少漢字；物理層面，二者可以百
分百分的「全」脫；至於心理層面，則複雜度高。如能汰除殘渣，擷取
精英，則是上上策。只是既然要丟棄長達千年之久的包袱，若不硬起心
腸，又千足的逆向而行，則拖累是勢所難免！還好，即令殘留下來的儒
學孔教之遺毒頗多，但日本也如同美國，大方且肚量寬的不以為忤。京
城必在同國內的東西南北互設，世人或許誤以為東京、北京、南京，必
屬同一國；這就被支那中國佔盡便宜了。（不過，日本也並不吃虧，把
「北京」視為日本國的一京城！）美國太平洋一州名為 Hawaii，支那
中國人譯為「夏威夷」，以「夏」來威「夷」。此種「精神勝利法」，
稍悉漢字者也深曉其意。還好，真正的大國，是不與小人計較的！

(二)脫亞入歐的**實際文教措施**

1. 脫離亞洲，日本也無固有之學識資本，可供學子深造。此種現象
及事實，就如同美國立國之前雖早就有九所高等學府；且建國後，州
立或私立大學林立；但學風守舊，大失菁英份子所望。放眼全世，從
十九世紀開始，環球最頂尖學府，非德國大學莫屬。尤其 1810 年創立
的柏林大學，以「教自由」（*Lehrfreiheit*）及「學自由」（*Lernfreiheit*）
為口號，強力倡導「學術自由」（Academic freedom）。前者指教師，後
者指學生，共同享有「教」及「學」的自由保障；其後形成學風，一流
學者輩出；由美及歐來的莘莘學子，齊聚一堂。大清及日本也大派學
生留德；但選科擇系，兩國卻大有不同。當年的鐵血宰相俾斯麥（Von
Bismarck, 1815~1898）明眼看出，兩個東方古國的留德學生，由他們主
修學門的差異，就「預見」兩國今後的前途。他鐵口直斷，支那中國仍
屬落後，且無可救藥；日本則必一臻世界強國之林；他的預言，至少在
當時及其後不久，就有客觀的事實予以佐證。即令今日流亡於台的「中
華民國」，雖因二戰結束分沾勝利國之名，而列為五大強國之林，還享
有聯合國安全理事會五強之列；1949 年立國取代「中華民國」而成立
的「中華人民共和國」，續享此光環；今日它的經濟力、軍事力、政治

力，也快速往上提升，擬與美分庭抗禮。但日本雖戰敗還慘遭戰火破壞，仍能穩坐強國地位；二戰雖遭重創，但復甦快速，潛力驚人；外匯存底，長久以來還名列第一；雖近來稍減，仍是個經濟大國。且植基於文教力的國力，是可與歐美最先進國家比美的。亞洲國家中，擁有諾貝爾獎者，數目居冠，且得獎者幾乎都在日本國內大學教書。支那中國及台灣的諾貝爾獎得主，除了少數例外，幾乎清一色入了美籍，也在美國名大學執教。

2.「脫亞入歐」的日本，並非脫得一乾二淨，不可能全盤更改舊習；如紀年，先是明治、大正、昭和為年號，2019 年新皇登基，改元為「令和元年」。就這點而言，與支那中國無二樣，大清時不用說了！1912 年立國的「中華民國」，以「民國」紀年。倒是 1949 年立國的「中華人民共和國」，在這方面「全盤西化」，採「公元」紀年。在世界化的大潮流中，「公」的度量衡已力不可擋。在台灣及日本，雖有舊紀年方式，也大半「兩案並陳」，如 2020 年的東京奧運，也可說是令和 2 年的東京奧運。

文教的組成，極其複雜，有核心主軸、有中層、有外層。外層是表層，明顯可見。不過，如目光只停於此處，那是短見及近視之流，大清赴德的留學生，幾乎都急學造槍砲或建船隻，以為「西學」之優勢，全在於此。對於中層之政治文教，或經濟制度，認為那是緩不濟急；至於內層的思想、理念、法律等，更予以輕視；且還一再以「中學為主，西學為副」；「中學為經，西學為緯」；「中學治身心，西學治世變」；可笑的是還更高唱「半部論語治天下」。以自我安慰一番！那「一部論語」，不就可治到星球或外太空了！

德國醫學之發達，舉世無比。日本學者獲德國醫學博士的後藤新平，就是日治時期治理台灣的要員；首相伊藤博文（1841~1909）留英，倫敦大學校園內還存有一塊他贈送母校的碑石。操台灣學校教育大責的伊澤修二，留學美國波士頓的「橋水師校」（Bridgewater Normal School）。試問與伊藤博文共簽馬關條約的大清一品要員，北洋大臣的李鴻章（1823~1901），又留學那國？

㈢由國策展現的國力

1. 國策不該淪為口號，或訴諸文辭美妙的宣傳文告。「空談」，是支那儒家的千年流風！在十九世紀中葉之後，世界強國的互動，次數頻繁；由於海陸交通的改善，地球三大洲（歐、亞、美）學子之往來，已是動態頻仍。支那中國名學者梁啟超當年由法返國時，歷經半年才到家；比起現在的「朝發夕至」，不可同日而言。歐美列強到支那中國的傳教及貿易，已成兩洲交涉的重點，台灣早已不例外。只是在支那中國極為活躍的洋人，紅毛仔（或紅毛番）已非荷蘭及西班牙，卻是英、法、德、比等及美洲的美國。日本由於有史訓在先，早年的漢唐文教及荷蘭的蘭學，植下了「學習外人長處」之先例；因之，對洋人以貿易及傳教為主旨的活動，並不認為是「入侵」。也不似大清皇帝竟下令大英駐華使臣必行三跪九叩大禮，且以「天朝」自居，羞辱來自日不落國且氣勢無敵的「大不列顛」（Great Britain）[2] 引來支那中國大受列強瓜分的結局。相較之下，日本並無此種「老大」心態；與列強相處，未引出多年的交戰。因此，不只國家安定，明治還在位 44 年之久，重用有遠見又具國際觀的大臣。不出數年，以武士道起家的日本，或許考驗國力吧！首先膽敢把過去的宗主國作為挑釁的目標，又速戰速決。清（支）日兩國，終於在 1895 年，簽了攸關台灣命運的馬關條約。首戰就有捷報，東亞病夫俯首稱臣了！不多久，又膽大包天的向北極熊出手；經美調停，也以戰勝國身份獲得不少戰利品。「他媽的！這個小日本」，大出支那中國意料之外，昂首挺胸的取代了版圖最大的支那及蘇聯的地位。論功行賞，親嚐了「脫亞入歐」之甜果。

2. 「模仿」，是日本民族性的寫照；但擇優汰劣，卻是要智慧的。日本全力在入歐中，取德為最佳楷模。除了軍力強大到足以擊敗世界兩大國，這是「硬」實力的具體業績之外，「軟」實力呢？也「全盤」學德或歐美；一來，德國醫學獨步全球，連今日台灣的大學醫學院學生，

---

[2]　林玉体，《中國教育思想史》。台北文景，2015，6~9.

（手寫）日本的統治 → 通化中國，台灣·

德文幾乎都是必修科；因為醫學或醫藥名詞，以德文書寫的，佔了絕大多數。即令今日，到日本旅遊的觀光客，搶購日本藥品，幾乎無人能免。並且，日本全國之衛生、乾淨、清潔，絕不輸給歐美先進國家。光是此點，支那中國要趕上到此種程度，必是天大的最艱鉅工程。台灣在這部份，雖比支那中國進步很多，但仍遠落在日本之後。曾有人以「常識」觀點評論，支那中國要擠入「先進」之名，必定得費數百年功夫，且也不必然成功。以住家要符合「起碼的」「衛生、乾淨、優雅」性而言，至少家家戶戶必裝抽水馬桶；如此一來，用水量之大，即令抽光長江及黃河的水，也不夠用；其次，室內裝璜，必用木材；但縱使把全國樹木砍光，也不足！天啊！「大國」之「美名」，絕非靠軍力。否則，那不是淪為野蠻之列，又那有「文明」可言？

可惜的是，日本往德國取經，兩國齊居世界強國。但兩國竟然在二十世紀時，同時掀起歷史上規模最大，且死傷最多的世界大戰！台灣也因之遭無妄之災；台灣人之「政治命運」，更生重大的轉折。

（手寫）殖民脅從的歷史 → 很無奈

第二節 「皇民化」取代了儒學孔教

「皇民化」一詞的正式使用年代，大概在 1937 年，也是日本全力攻打支那國之年。1941 年，太平洋美日激戰，烽火蔽天；到了 1945 二戰結束，該名詞才換成中華民國在台的「黨化」。其實，日本天皇是全國軍民師生效忠的對象，《教育敕語》之「忠君」，與支那大清帝國同。日人都是天皇的皇民。台灣在 1895 年依馬關條約明文規定：「台灣永久割讓給日本」。自然的把台灣住民，納入天皇皇民之列，先後只是有程度之別，卻無性質之異。以廣義的「皇民化」，作為短短半世紀之久的文教，該也可說得通。

日本是亞洲最早擁有殖民地之國，依馬關條約此種國際性質的文件，既然白紙寫黑字的寫下「永久」兩字，則這個新崛起的大國，把台灣納入版圖，且可以永久佔有。當時，除了台灣之外，日本也佔有高麗（Korea）；但對後者，並未寫有「永久」兩字。當時的台灣，歸大清

版圖，是數十省中的一省。高麗，雖唯大清馬首是瞻，但非其國的一「省」。此種關係，也導致於二戰結束後，台灣及高麗之政治歸屬，有不同的處置。此是後話，屆時再着墨些！

一、馬關條約與台灣文教之關係

1. 支日作戰，戰場不在台灣，但割地竟然指向台灣，且也只台灣一「省」而已。台民自認倒霉透頂。但由今思昔，台民作為大清皇民或作為日本天皇皇民，何者較佳，何者較劣，這難道不是頗具意義的深思課題嗎？「良禽擇木而棲，賢臣擇主而事」；「擇」，是該成語佳句中的「主字」（key word）。連鳥禽都懂得要選擇好樹木來築巢了，難道有資格或自傲為「萬物之靈」的人，還不堪與之比擬嗎？

「選擇」的一種重要效標，就是有事實為憑依，更以「實效」為準繩。台民如果不是愚或笨，或受束於種族血統情，該先就 1895 年時，台民已在清治二百多年了，是幸福、愉快、治安良好、安居樂業……嗎？「三年一小反，五年一大亂」，幾乎已是台灣史上那段時日的寫實了，台民喜作亂嗎？或許也是吧！海島民族較具冒險性，反抗性也較明顯；這是環球民族的通性，台民自不例外。但除了客觀環境之外，主觀因素尤其是治安或生計等，為何仍是「埋怨」正好也是「台灣」之同音也同義字呢？「苛政猛於虎」啊！台民怎那麼健忘？當台灣割日時，台民中的經濟財力大亨，如鹿港的辜顯榮[3]等，台日往返早已極其頻繁，當處此台灣大變局時，難道不會產生「擇」嗎？這位紅頂商人之「擇」，是舉白旗！在台北迎日軍入城。他卻因而得「漢奸」之惡名，永難洗刷清白。台語不是有如下的一段諷刺嗎？

---

[3] 辜顯榮是彰化鹿港大財主，雄厚的財力，可以與霧峰的林獻堂、板橋的林本源相比。目前在他的故鄉，仍有一座他的「故居」，造型與台北的台灣總督府相似；雖較小，仍具文藝復興之後的美觀與氣派性。他的同父異母兒子，辜振甫（已逝）及辜寬敏（還健在），是政商界聞人。但兩兄弟之台灣心或台灣情，或許表面有異，卻也有點詭異。俟後述。

　　　　韋顯榮比顏智
　　　　蕃薯籤比魚翅
　　　　破尿壺比玉器

　　顏智是印度的聖雄 Gandhi（1869~1948），以「台語」來譯他的名為「顏智」，比「甘地」更「扣緊」（cogent）。上述具押韻的詩句，屬「境教」層次；因為該種觀念或「比」較，深植人心，也成「意底牢結」，那是儒學孔教的支那中國種族情，深植之下的產物。台灣教育史，不該在此處予以空白處理，或隻字不提，或不予置評。

　　台灣住民在 1895 年之際，雖無詳細的人口普查，但總數估計已達三百萬之譜。在兩百多年的大清帝國治下，亂多抗也夥，並不平靜。但再如何不滿，也不敢興「改朝換代」之念。命運與兩三千年來的支那中國人一般，竟然聞知不只改朝換代而已，且還得成為廣義的日本「皇民」。因之，大驚失色，比鄭成功之由明改為清，更無法自已。

　　2.「台灣民主國」一事，隱含的文教意義：1859 年，本籍皆非屬台灣的最高統治者，唐景崧、丘逢甲、劉永福，倉皇的宣佈成立雖短命數十日而已的「台灣民主國」，但此一「壯」舉，教育意涵繁多，頗具令人省思價值！

　　首先，「民主」一辭，首度在亞洲出現，且屬於政治層面。因為不只「民主」，還加上「國」，時間上比 1912 年成立的「中華民國」，更早。並且，又以「台灣」為國名，這在台灣歷史上是第一遭。與大清帝國、大明帝國等，同稱為「國」。此種國名，比其後的「中華民國」或「中華人民共和國」更具意義。一來，世人可由之而皆曉台灣國，位居何處，如同絕大數國家一般；二來，也不像名為「中國」一般的帶有欺負他國之字義。不過，單此數事以究其實，「兒戲」性卻倒十足，鬧劇一場而已！一來，這個台灣民主國國祚只數十日；二來，標榜「民主」，完全名不符實。真正的民主國家，人民尤其領導者必捍衛領土完整；主權獨立，全民上下尤其政府首長，必全力護「國」。但極為丟臉的是總統、副總統、及軍事將領卻立下極壞的榜樣，不但未身先士卒，

還一馬當先逃亡。馬關條約明訂，簽約後兩年內不願作為日本國國民者，皆可安然離開。既然他們並非「台灣人」，則又何必為台灣賣命？副總統丘逢甲的民主國宣言，所提的下兩句尤為諷刺：

> 台民寧可戰死而割台，絕不拱手而讓台。

看！多氣派！但印證了其後的抗日，着實卻只有「台民」而已！非台民者，立即逃亡到他們的「祖國」去了。1971 年「中美」訂下的「公報」，明指「兩岸的中國人，聲稱台灣屬於中國的一部份」。但現在在台灣的人民中，有越來越多的人數，大聲揚言，他（她）們不是「中國人」。在台灣，有人是「中國人」，因此認為台灣是中國的一部份；但「台灣的台灣人」，或「中國的台灣人」，必極力反對該種說法。因之，中國侵台時，也必引起「台灣的台灣人，及中國的台灣人」，全力抗拒！

3. 事實也印證了，只有「台民」在「台灣民主國」毫無抵抗力而消失之後，「竹嵩導（接）菜刀」的誓死抗日。但只顯匹夫之勇，好比螳螂臂擋車一般的，又那堪日軍現代化武力之攻擊？連大清帝國國大人多，有政府、有組織、有武器之下，都非日軍的對手了。梁啟超客觀又冷靜的向林獻堂勸告：「台民」之「勇」，只有「愚」的份，一點都無「智」的表現。不過，此事也印證了下首詩，真耐人尋味：

> 仗義多屬屠狗輩
> 負心總是讀書人

此詩早已引過，但太過傳神與寫真，重述一下，以加強印象！

以台灣為國名，在當時並無什麼異樣，但其後卻是十分敏感又危險的舉動。民主也非一朝一夕能竟其功，尤其在大受支那中國儒學孔教之下，反民主又長達二千多年之傳統籠罩，壓得透不過氣來！台灣民主國宣言，出之於科舉進士及第（逢甲）的手筆，但也印證了本書所批判的儒風，是十足的言行不一。並且不只不一，還火速的步上二者背道而馳之途！此種貨色，還有資格安立在二二八紀念公園涼亭內嗎？揚言「宰

相有權能割地，孤臣無力可回天」，屆時卻一走了之了！今日逢甲大學的師生、旅遊逢甲夜市者，對此事怎可裝聾作啞？該引為恥罷！

4. 識時務者為俊傑！台日船隻往返頻繁，貿易大亨之一的辜顯榮，「知己知彼」！一聽台灣割日，又悉不出數日，特享總統副總統美名者，已逃離總督府。負責台北治安的軍警，幾乎全屬來自山東者，必趁機亂搶劫搜括！市場無紀律，最不利於貿易。日軍如能入城，越快越好；必能快速恢復秩序。此外，從另一角度衡之，既然大清割地賠款，第一對象必是台灣，清帝早視台灣「得之無所加，失之無所損」；且只「鼻屎仔大」而已！或者還深覺日本真奇也真怪，為何迫不及待的索取這塊：「天無春夏秋冬，人無禮義廉恥」的化外又是彈丸小島？中國人最丟人現眼的是，台灣如同澳門與香港；把澳門及香港割給外國，一點也不覺心痛。台灣也可比照辦理啊！但葡萄牙人將澳門建設成直堪與美國最享盛名的賭城相比；香港更成為亞洲最重要的大都市。台灣若因之更有幸在日本認真經營下，教育、文化、衛生、交通、經濟、運輸力上，在亞洲也僅次於日本而已！辜顯榮「遠見」，或許如此！比罵他為「漢奸」者，更有眼光。大清治理台灣，二百多年了，「無官不貪，無吏不污」。「台民」一有拋棄機會與之「再見」（永不見），不是天賜良緣嗎？簽約中還明文保證，不甘願作日本「皇民」者，悉聽尊便。這是史上頗具人道的表現。台民也該知悉，日本同時領有的高麗，並不准許高麗人民享有其他選擇！當然，台民心中還有「祖國」可去，高麗則無。只是，連神主牌都帶來了的呢？火速逃回的，赫然是那些達官顯要！不只不負責任的離開台灣，還大包小包的奪走金銀財寶，且「大某細姨」相隨！

5. 台灣民主國一立，作夢以為歐美國家會相挺。但連「國號」還訂為「永清」的台灣民主國，只憑總統是南洋大臣張之洞（1833~1909）為其師因之必能有奧援嗎？這位「中學為體，西學為用」的儒門弟子，不但袖手旁觀，且頗為不悅的痛責門生之蠢行！《滿江紅詞》或《正氣歌》頻唱的儒門子弟，自顧都不暇了，又那有餘力出兵支助呢？「台灣民主國」短命壽夭，但願時日不久，可以還魂再生！彰化台大法律系畢

業的姚嘉文，在美麗島事件（1979）被囚多年的牢裡，臥身爬於房前取光，寫下了十五本台灣歷史小說，其中的《黃虎印》，就是在描繪此故事。「台民」奮不顧身的保護國璽，逃往北部深山躲入叢林；日軍集結，勢必奪取「台灣民主國國印」。雙方正處生死交關之際，卻「雄雄（突然）的」天搖地動，刮大風也起大雨；強大地震，守護國印的台民被埋了，國印也消失不見了！近年來，台灣大蓋高樓的建商，多次在山坡地甚至高山上，挖土立基，或許能有「民主國」國印出土見日之時吧！

6. 日軍與台民交手，有一事也值得作為「民主教育」的史料。天皇親弟率領大軍佔台，活抓了台灣赤手空拳的義勇軍，客家硬頸的「頭目」被綁了!! 親王親自質問，為何台民違母國所簽訂的國際條約？酋長怒目以視，出言不遜；護衛親王的士兵，立即出手賞以巴掌。卻見親王馬上阻止，還下令予以無罪釋回。可惜！客家俠士卻因之咬舌自盡。《1895》電影實錄此一情節，讀者該觀賞觀賞！親王之舉動，類似孔明七擒七縱孟獲故事一般！硬頸之豪傑，是否該留得青山在？既體驗了日本皇室的宏量恩典，倒更應藉機提出條件，共同為台灣的民主化，日台合作！至少，辜顯榮不只大受日皇厚愛，使他的日本太太有機會生下一心為台灣建國而奮鬥的辜寬敏！富有哲學意味的史書，不也有下述的名句嗎？

> 周公輔佐流言日，
> 王莽禮恭下仕時，
> 設使當年身便死！
> 古今忠佞誰人知？

周公輔佐少主，讒言滿天飛，以為他要「挾天子以令天下或諸侯」，作幕後主；王莽位卑官職低，因此態度恭謹；「事後」證明，周公於少主成年後，就不問政事；王莽其後卻「篡」漢。設使周公在流言時死了，王莽在禮恭時辭世，則誰是忠臣，誰是奸佞，又有何人知？

即令已蓋棺，都無法斷定賢劣了！忠奸定名，千古或許也爭論不休。但社會之民主化，最少保證可以得一定論，如同迄今止息的度量衡一般！

嚴肅的說，日本治台之初，條約中竟然有讓台民選擇的機會。這是「民主」意義繁多中的一項，且也是極其重要者。民主是由民作主，若經慎思明辨之後才作決定，則屬明智者必多！有何後果，自我承擔，怪己勝過於責人。日本這個強國，留給台民一線民主生機，這在史上有可能是最早的！只是嚴重欠缺民主，又深吸儒門孔家，加上一言堂教育的台灣子民，卻在日軍抵台後二十年（1915），才算大事底定（台南玉井噍吧年事件）。但更延遲到文官取代武官為總督的1930年，竟然還發生令人唏噓不止的霧社事件，原住民成群到海拔三千多公尺位於中央山脈的山地學校，趁舉行運動會時，殺死日本軍警及校長教師；由莫那魯道率領，招來日軍竟然施放最現代化的化學毒氣。台灣血淚史，增多了沉思深嘆且久久不止的一頁！

第三節　皇民化教育之過程及衝擊

日本國力陡起，儼然在亞洲是首屈一指且也言正名順的大國，更在戰勝環球兩大國之後，已面向全世界。在治理台灣上，謙虛的向英人請教，也聘歐洲學者為顧問。廣義的皇民化，全面展開。但既遭受殖民地台灣及高麗人民強力抵抗，「武」足以壓制且措措有餘，但如不從「文」下手，則非務本之道，尤其一心以永續經營方式來看待寶島。日人常以疆城是北從北海道，南抵台灣而斤斤樂道；首都東京，就居中樞位置。

英國領有全球最多殖民地，因之，殖民地的教育任務或教訓最多。英國是一個步步為營，不躁進，也不全面改造的演進型國家。當時的學風，是走達爾文（Charles Darwin, 1809~1882）路線的，演化論於1859年提出，轟動學林；恰在該年出世的杜威，廣為稱讚。支那中國的胡適也因之本名放棄了，改為「適」且又有字，為「適之」。達爾文是生物學者，在教育哲學上，杜威以「生長」的英文 growth 一字，來詳釋達爾文學說。日本教育學者，親自到哥倫比亞大學成為他的及門弟子者多；也因之在1919年他環遊全球時非抵日本不可，本無打算到支那中國的行程，但他的兩位得意弟子，胡適及蔣夢麟，立即電報到東京，遊說業

師務必到支那中國看看。該年的五月三日抵上海，隔天赴北京。恰正是五四運動「烽火蔽天」之日，此種時日的巧合，是讀史的樂趣之一。

癌症式的「成長」，持續性有，但極短暫。成長如大樹反而「樹大招風」、「大樹招人砍」、「名滿天下，謗亦隨之」，或「天才招嫉」呢？此種哲學觀或人生觀，十足的中了儒家禮教以及釋家兼道家的「逃避」及「消極」之毒！

一、皇民化文教採漸進式

1. 日本早知台灣歷經二百多年，深受儒教孔學支配，但至少在人種素質上，比高麗人高一層次。台灣存在多年的儒學孔教之「教育機構」，仍准許其存在，並不強力禁止；甚至還提出一「無方針」主張，此種作為，與中華民國立國後，全國教育會議議決，教育無目的一般；還以為這是來之於杜威的真傳。究其實，杜威只是說，教育無外在目的，不應由政治、經濟、或軍事力來主控；「教育」本身，就是目的。教育「形同」生長（education as growth）；此句名言，讀教育學的人都知悉。只是，其意頗待深思與解析。杜威作品常以「as」而非「is」作書名，「似」而非「是」。支那學者「差不多先生」者甚夥，口號甚響亮且持續時間甚久的教育口頭禪，是「生活即教育，學校即社會」；但英文原文都是 as 而非 is。一字之差只毫釐，意卻有別如千里。[4]

言歸正傳，皇民化既是日本母國的教育宗旨，台灣已是日本領土，自不例外；台民也該廣受皇恩，學習日本文教。因此，最基本的識字教學，成為學子的必修科，授課時數也最多。學制仿日，四月而非九月開學。從此，台校與日校一致。注意，支那中國及台灣，史上出現的教育機構，從未有「學校」二字。

---

[4] 林玉体，〈教育「是」…，教育「似」…〉；林逢祺，洪仁進主編《教育哲學，隱喻篇》。台北，學富；2013，3-20。讀書不求甚解的一些「教授」，包括美國人在內，也為文批判杜威之取「生長」作為教育「精髓」，為文批判；若「生長」或「癌症性」的生長（cancerous growth），那不是「加速」死亡了嗎？須知，杜威另有一辭，即「持續性」（continuity）。

1895 年佔台後，馬上在台北芝山岩一座廟宇，成立「國語傳習所」，由伊澤修二負責其事。不幸的是，當地台民基於民族血統情，趁伊澤返國時入校殺了六名「教官」（教師）；該「六先生」之墓，現仍埋在當地，真是供人省思之事件。台民要抗議的對象，該是態度比較惡劣的警察才對，怎對文人的教師下手？「先生」，是日本人對老師的尊稱，支那中國古人也有此習慣；來台教書的中國老師，皆互稱「先生」。

2. 醒目的重大改革，是增加了數學及國語，甚至英語、音樂及美術、體育、勞作等，也是教學科目。且以修身課為主科。待人有禮，迄今仍是世人對日本人的第一印象。「漸變」中的「大變」，是與支那孔學遺存在台的科目，彼此大相逕庭，也是支那中國二三千年以來未曾有過的科目；不過，舊日的漢文、書法、詩詞等，也列在其中。新舊併陳。但教學時數，「新學」漸多，「舊學」日減；不久，甚至絕跡。此外，日本孩子熟悉的童話故事如桃太郎等，也成為基本教材。

最為直接的教學效果，就是學童開始說日語、寫日文；還唱歌、舞蹈，更有勞作；而體育課中的野球（棒球），是日本的國球，不久變成台生的喜愛項目。受過日本統治過的台灣及高麗，今日的野球水平，都屬於強隊陣容。支那中國子弟無此福份，敗在台韓（高麗）之下，是常事！絕不稀奇！

3. 最大的差別也是全台歷史上首度出現的教育景觀，是全台到處普遍設立「公學校」，還要求男女同時入校。「公學校」只收台生。大都市日人多的地方，另設只取日童的「小學校」。現在台灣的小學，校史已逾百年的超過百所以上。男女入學，同校也同班。真是台灣教育史上尤值大書特書的「大變」、「突變」、「奇變」！

支那孔學支配之下的教學機構，又那有此畫面？當然，由於傳統習俗的作怪，男生入校率遠超過女生。其實，這也是舉世皆然。其次，由於 1895 年才開始大興土木，校舍到處林立。日人秉承德國作事極為「頂真」（一板一眼），因之，校舍現仍存者，不在少數。台灣成人長期大受支那舊觀念所左右，女子無才便是德；無才的一項表徵，就是不

識字。男生呢，是農家勞動力最不可缺的「丁」。因之，台民在日本皇「威」之下，尤其治台初期，不得不採取「軍政」措施。由東京派到台北當台灣總督府總督的，從 1895~1915 年的二十年，都是軍人武官。日本在台的六三法，是「特別法」，比「內地」（日本），嚴苛許多；在軍令政令之下，男女生結伴入學的比率，年年增加，且成效驚人。但比起日生的入學率，仍差一大截。台女生入學率殿底。這也不必奇怪！史上及全球，不都如此！台灣史上首次出現「全民入學」，這不也是現代化民主國家的標語嗎？因之，台生入學年齡法令規定是六歲，但超齡學童只要有意願，也可註冊當正式生；加上入學的台生，一般家境也較佳，極為貧困者幫作家事、耕地拔草、養豬餵鴨、牽牛吃草等，三餐無以為繼，又那有空閒入校呢？考慮此種較細微的因素，在「比較教育」上，是絕頂重要的！日本治台當局，曾有一次調查台日生的學業成績，台生不僅不輸日生，且有些科目還在日生之上；此事由於大失日人顏面，研究成果不予公佈。只是若進一步的因素解析，日童幾乎人人入校，天資良莠不齊；台生呢？一來同年級者，生理年齡較長者不少；二來，既然家長樂意讓子弟入學，家境自比一般人佳；那些 IQ 低的兒童，多數是出身於弱勢家庭，不入學或長年輟學者，必多。

　　比較教育及統計分析，不可只重表面。曾有人作過在美的華人子弟，學科分數比白人高。但怎未思及能在美國多年的華人，多半非下愚者；加上華人重用功苦讀，白人只「散散」（台語），二者相較，當然在「短期」分數上，非白人可比。

　　初期設的「公學校」，招收台民；但居高山的原住民，交通不便，生計也較不利，觀念或更守舊，又常有抗日情事，較不平靜。因之，設校時的教師，多半由警察擔任；「以吏為師」，不也是支那中國的舊有措施？警及軍之口吻、態度、心理，一般較文官粗暴。日本以為 1915 年平定台南玉井之亂就大事底定，改派文官當總督。不幸！到了 1930 年，竟然在台灣高聳入雲的中央山脈發生霧社事件，日本軍警（教師）及學生，及台灣原民，死傷無數。此事也早已提及。

二、現代化學制底定──歐洲學制的台灣版

㈠仿英學制：基本教育全民皆同；但中上教育採「分流」

「無方針」，連官方文件，也出現此字眼；究其實，無方針只是短暫的，試驗性的，必要時得以更改。既定國策是「脫亞入歐」，又那算「無方針」？日本模仿的歐洲典型，尤在是德英兩國。英國是二戰之前的超強國，學制無不採「精英」（elite）制。「全民教育」（education for all），雛型早具，旨在提升全民知識水平。其次，工業革命大本營的英國，個人收入，及集體（王室）財富，雙雙陡增；全民且又免費之普及教育，更早由普魯士這個小邦所初奠。工業革命老家的英國，也急起直追。但，中等以上學校，兩國皆採「精英式」（elite），英國有名的「三分制」（tripartite），從此定型！這是稍稔西洋教育史者的「常識」。簡言之，基本教育，全民皆學相同學科，也在同校。但「中等教育」性質卻與「初等教育」及「高等教育」有重大差別！

1. 首相伊藤博文留學倫敦大學，這是英格蘭兩古老大學（牛津及劍橋）橫霸高等教育數百年之後才設立的一所「新學府」（1838）。功利主義（utilitarianism）掛帥，出現了兩老大學所無或忽略的實用性學門，如教育、法律、經濟等。英國學制中的三分制，在第三階（tertiary）的高等學府中，有了另一新「大學」出現。但聞名於教育史的「三分制」，是針對「第二階」（secondary）的「中學」而言。簡言之，英國全民入學皆授相同學科，年限也同；但修完五年制的「小學」，這種「初階」或「基本階」（primary or elelmentary）之後，年齡 11 歲或 12 歲以上，就得「分流」。「分流」考試極其嚴格，學術味頗重，尤其是為學的基本科目，語文及數學，題目之深，使得通過考試者極微。「十一歲或十一歲以上的考試」（eleven plus examination），成為舉國大事，盛況不亞於支那中國科舉之「殿試」一階；swim or sink（或游或沉），成為家曉戶喻的口頭語；及格者之歡欣，不下於金榜題名時的雀躍及光榮。因為可入萬人擠破頭的「三分」中的學校之一的 Grammar

schools（文法學校），那是公家（政府）辦的。同屬該性質且更令學童及家長望穿秋眼，又萬眾矚目的九大「公學」（public schools），是私立的，大概只收稟賦極優、顯赫的貴族、或皇家子弟，才有望入校；這些學校，都在教育史上赫赫有名。其次，稍差者入「現代學校」（modern schools）。口說英語、筆寫英文，而非文法學校或公學的以拉打語文及數學為主科。另有第三級者，只能入「技術學校」（technical schools），即是職校。後二者都注重生活教育，且是培育農、工、商、漁等「人才」之學府，社會地位低。只有第一級者，才有可能在畢業時上榜兩所古老大學以備候教。英國在二戰之後迄今，所有的「首相」（Prime Ministers），除了一位學歷較差之外，全都是牛津出身。但那位例外者，卻是邱吉爾（Sir Winster Churchill, 1874~1965），軍校畢業。[5]

2. 英國此種歷史悠久的老學制，挾其日不落國的強勢，加上英日兩國都是海洋國家，因之大受日本垂愛。其實，英國學制之三分，與德、法諸國類似。日本學制之擬定者，當然也熟悉。英日兩國外交關係頗睦。在日本本國境內的「學制」，當然早已仿此。至於第三階的帝國大學，數目較大英多，但入校機會，也令人引頸企盼！既然台灣入了日本版圖，且又有永久性字眼明示於國際條約中，日台「一視同仁」。因之，無方針不久，此學制立即呈現。

3. 「歧視」，難免：學制之初階，也是第一階，頗具民主化、環球化、現代化，甚至在地化的雄圖大志；可惜，卻有日台生之區別。名之為歧視，也並無不可。倖而，「此歧視」並非「綿綿無絕期」。歐洲各古國，入學資格多半靠學科考試。當然，貴族及富家子弟，早就先天上佔有優勢，貧民子弟天份即令再如何聰慧，也難屬「精英」之列；台灣的日式學制，在入學制的第一階時，就有日台生的差別待遇。頗不具平等的民主味！

(1) 日生：日本治台一開始，為了給日本在台的幼童，有如同「內地」同胞一樣的入學機會，因之在鬧市，尤其政治中心的台北，廣設

---

[5]　Andrew Marr（1959-），*A History of Modern Britain*. Pan Books, 2007, 2017.

「小學校」。師資、設備、教材、教法、考試、制服等，幾乎完全等同於內地日本的「小學校」；教科書也由日本文部省所編，通行全日本及台灣。教師清一色是日人。因為語文與內地全同。此種教育現象，猶如十七世紀在美新大陸古城波士頓（Boston）所設的學校一般；師資、教材、教法，與「祖國」沒兩樣。

第一階（初階，初等性質）畢業，幾乎都有機會入「中學校」，尤其在大都會如台北；與「小學校」同，「中學校」只有日生，並無台生。

第三階，日本在此有點仿德。1922 年，在台北設有全台唯一的「高等學校」，位於現在的台灣師範大學校址，那是帝國大學的預科；類似德國的 Gymnasium，即古文學校。不過歐洲此種學校，年限長達九年，精熟兩大學術領域，一是語文，包括古文的拉丁，甚至還有希臘或希伯來語文；以及現代外國語文，英、法、德文等；另一是數學，為鑽研精深學門奠基。這類學府，各國稱呼不同，德稱為 Gymnasium，英即上述的 Public Schools（私立，多半是教會辦的），或 Grammar School（公立）；法稱為 Lycee。日本仿此成立了「高等學校」，畢業生幾乎都入帝大。此外，在台灣台北，1928 年設立唯一的一所「帝大」——台北帝國大學。兩校只隔一條路而已。當然，高等學校規模較帝大小，校園也窄很多。但由於入校生少，學生素質極優，教師都是日籍，畢業不是入隔鄰的台北帝大，就是大量往日本或少數赴外國留學深造。

此處有必要稍微補充的是，「中學校」階段，由於都設在大都會中，日生數多，因之不只校數一所而已。以總督府轄下的重鎮台北而言，中學校男女分設，且也有台生入校。台北第一中學校（現在的建國高中），只收最優的日生。第二中學校也只收日生，但程度稍差。第三中學校有收容程度更差的日生及少數程度最上乘的台生。女生亦然。台北第一高女（現在的北一女中），只收程度最佳的日本女生。台北第二高女，如同台北第二中學校一般，收稍差的日生，無台生。台北第三高女，則與台北第三中學校同，收容程度最差的日生及程度最佳的台生。先是全台灣只設一所，即現在的中山女高；其後全台設有八所，連屏東都設。

第三階最明確的學府，名為「大學」，如同歐洲列強一般，日簡稱

「帝大」。1928 年設立的台北帝國大學（即現在的台灣大學），全台只一所。入校生大部份是日籍，少部份是台生。台生入台北帝大，既相當不易，許多有錢人家之子弟，又有海外深造企圖者，就大量往日本國內的多所帝國大學或私立大學入校就讀；林獻堂一子，還遠渡重洋，到英國名校劍橋。當然，仍有人赴支那「祖國」求學者，如雲林謝東閔或台南的黃朝琴等，這些「半山仔」，其後大受中國國民黨流亡台灣時所重用。以台制台，但必得有「忠心耿耿」鐵證，方有被賜爵的可能！

高等學校既是大學預科性質，因之若劃歸為「第三階」，也無不可。這個作為現在台灣師大前身的高校，在中華民國抵台時的仇日、恨日、反日情懷之下，久久不承認它是師大的前身。2018 年，師大校方才正式將 1922 年作為師大校史之始年，因之校史之長，比台灣大學（1928年立校）還久。老校不必然是好校，但如心態上有種族障礙，又如何誇口揚言具國際性及央央「大國」兩字不絕呢？

有必要贅言的是，入台北帝大比入日本內地諸多帝大，難度更高；第一及第二所的東京帝大與京都帝大，聲望猶如英國的牛津及劍橋；能入這些國際名校級的帝大，台生也為數可觀！他們熱衷的學科是醫或農，或是商，入政治或法律的很少。在「軍政」（軍人為台灣總督）時期，政治是冷門也是危險科目。台灣俗語：第一憨，選舉運動。尤其在太平洋作戰期間，台灣高材生，大半身穿白衣為人治病者多。但在日本內地，台生似乎無此顧忌，科系選擇比故鄉的帝大多很多。看看台灣留學日本帝大或私大（如早稻田等）者，並不集中在醫或農上，也為台灣培養出不少傑出的法政人才。

(2) 台生：education for all（全民入學），在日軍入台的第一年，就開始快速的在全台（包括澎湖）大規模的展開；還及於幼兒階段，台南關廟早於 1896 年（佔台次年），就設有新式的「幼稚園」（日語與台語發音極近）。此種不妥的將創始於德的 Kindergarten（幼兒花園），以漢文譯為「幼稚園」，極端不該！我早在 1970's 時曾公開為文指正，卻也直到二十世紀結束時，才還幼童清白。但入學率不如小學校，原因是歷史包袱。前已提及，不再贅述。

　　第一階台生入校之校名，稱為「公學校」。師資、設備、聲望等，當然無法與「小學校」相比。最顯著的差異，是小學校的師生用語，全是日語，稱為「國語」，書寫的是「日文」；「公學校」的師資，少數由台灣人擔任，難免師生對話，以台語為習慣。尤其教科用書，來之於台灣總督府所編，內容與文部省通行全日的教本相差甚大。但其中還好！竟有就地取材者，尤其地理。入學時之年歲，前已述，早期是不齊的；其後才較一致。但入學率及在學率，都遠不如小學校高。

三、學風

　　學制只不過是外表的形式，學風才能看出教育的底蘊。教育史不探討此議題，則十分不該，也是無視於「大事」者。若只專究瑣碎細節，又有何價值？

㈠台生就學機會大增，打破支那中國及台灣歷史紀錄

　　人生最遺憾又最令人痛心的不快事，莫如機會被剝奪，或心鎖式的自願放棄良機。

　　1.男女皆有入校機會：就求學入校機會而言，舉世人口最多的支那中國，女生無入校機會。此種「惡」史，既悠久，人數也最夥；因之，潛能無從發揮。其實，男生入校機會，也少得可憐。加上科目安排之不妥，教材內容之無價值性及無意義性，若倖而有罕見的冒出奇才，那只是偶然！因此，數千年的「古國」，在「文明度」上，確實乏善可陳。

　　日人抵台，立即大力遵奉天皇全民受教的「聖旨」：學校教育挾政治力之支撐，還因之更成為重要的是「學風」。因為有形學校教育之時間長度，學生數之多度，都不及於教育之「純度」。純度之有無，具體的顯示在學風上。

　　此節只在教育的「正」面上着文。「反教育」的學風，當然有，日人治台時並不例外，諸如體罰或歧視、或偏見等；這是平庸民族通有且行之數千年的醜聞。不少日本人亦犯此錯，連教師或校長也難免。但試

問支那中國在這方面還可遮羞嗎？人與人之間難免磨擦而生事端，更不用說不同種族、國別、語文者，一接觸而生的不快之痛心事了！帶有某種狹窄的民族情者，每喜愛在日本治台時對台生的差別待遇上大作文章，但卻嚴以待人，寬以律己，風度奇差；若此心常存，國與國之間，永難有寧日！

　　至少，日本治台一開始，就把台民與日人一齊看待，即提供全民入校的機會。尤其校舍上大興建築土木，不到數年，入學率已在亞洲居亞，僅次於母國日本，遙遙領先另一不少台民認為的「祖國」。可惜，這個「祖國」，雖也有精英秀異奇才，但被千年埋沒。文化度整體而言，不高；文明度，更每況愈下。

　　英才之出世，除了本身之力爭上游因素外，外在因素之影響力尤大。首先，就是「機會」。台民該謝天謝地，首次竟然有外來人大規模且以公權力作後盾，雖未臻「強迫入學」地步，但已成一股巨大的入校風！台民難免在心底下，礙有民族情，且也採行動來反抗日本佔台。其中，台南的連雅堂，永抱民族性，在大清治台之初，發誓不留長辮，不應科考，不作清朝官，仿孔子之擔心「披髮左衽」成「夷」民；排除了上朝向皇帝親口回應「奴才在」的機會，真有骨氣！日軍到他的故鄉，恰遇家有喪事，不克參與「竹蒿接菜刀」的「壯舉」；卻也膽敢面向日本官員說出：「余，台灣人也」。[6] 還以漢文撰述《台灣通史》及《台灣語典》諸書。請特別留意！日本總督不僅不因此「聞之則怒」，還為他的大作寫不少美語誇之讚之，又賜以酬勞！

　　2. 台民入公學校，必唸日語，也寫日文。須知，當時以日文撰述的論著，絕大多數都已是世界名著的日譯；台生早年有機會學習「番語番文」，包括荷文及西班牙文在內；如今，又有長達至少六年的「國語」教育，日文底子已紮根了。其後，「國語運動」、「國語學校」、及「國語家庭」，更造成一股日語及日文風。僅受短短數年的日語，已可使學生很流暢的以日語交談，也用日文寫作，其程度不遜於日生。家兄四人，

---

[6] 林玉体，《余，台灣人也！連雅堂先生之鄉土認同》。《師大學報》。四十二期。1997。1~12。

有天賜良機入漚汪公學校（台南將軍鄉，現改為將軍區），也幾乎可滿口以日語聊天。可惜！我欠缺此福份，入校時（1945），恰好日本退出台灣。

　　台生習日語寫日文，已成風氣！而日本語文著作之學術度，不差英、德、法語文；以日文寫的小說或科學作品，都可拿諾貝爾文學及科學獎了，漢文呢？清末以來大批留外學生中，抵日的人數最多。北京大學或台灣大學這兩所支那中國及台灣歷史最久、聲望最佳的高等學府，就有一些是日籍教授，或赴日留學的「中、台」學生。試問「逼」台生唸日語又書日文，不是天賜恩典的福音嗎？今日世界各國，當然包括支那中國及台灣，學子肯花數年功夫苦修英語文，還自以為是「善舉」，難道學「日語文」，就是「壞事」乎！

　　3. 台民人才因之輩出了，第一位台籍醫學博士，淡水的杜聰明（1893-1986），幼小時入台生受教的公學校，該校老師尤其是日籍者，發現這個稚齡幼童，潛力驚人，遂循循善誘，大展「教育家」風範，絕不有種族歧視的栽培他。1915 年，他遠赴日本京都帝國大學醫學部深造，1921 年榮獲該校博士學位，回台後擔任台大首任醫學院院長，還到高雄創辦高雄醫學院，造福嘉惠於故鄉台灣。要不是有日人治了台，台生又怎能有機會出人頭地，昂然為外人額首致敬呢？此種例子，還指不勝數呢！

　　4. 最為緊要的學風，是日本校長或教師的一股教育熱忱，超國界、種族界、及語文界，極為難得！有必要多費文筆，作為書寫教育史上最寶貴的內容。不客氣的說，著作論文，尤其涉及教育史者，欠缺此種章節，形同垃圾一大堆了！趕緊將歌唱＜少女的祈禱＞車開來，快速運送至焚化爐吧！

　　好壞、善惡、真假、是非、及美醜的評比，是萬「物」中唯獨人「物」才享有的「特權」！但這些項目，在人事上絕無抵「至」或「絕」的地步；如有，那只是為了方便。有人考試得100，是「滿分」，0 分則一無所有。那也只是權充比較之方便而已，理論及實質上，又那有一位師生敢說，學問已上臻絕頂境界呢？學無止境，早已成

口頭禪,連「至聖」也不敢自封「全知全能」!至於「零分」呢!難道是「全」無知嗎?史提供了已往與今昔之對比。猶如照鏡子,真正有價值的比較,少用情緒,多依理性。此處所言的多及少,也是程度性的,且個別差異性極大。我在 1980 年以後,常在報章雜誌,甚至電視電台中,直言無隱,且有時也「火氣」蠻大的指斥當局,督促在教育等方面有極待興革的事項。一次,我的孩子於台大畢業後在部隊當預備軍官,營區恰在我公眾演講處,當夜他向我說:「爸,你演講怎這麼激動呢!」是的,我早有此「先見」,但「凍末條」(忍不住)啊!一來受害者即令非我直系親人,但至少與我同鄉,或我是感同身受聆聽被害者的哭訴!當然,我聞之也難免動了火氣。連休養再好,視生死如常的莊子,一聆其妻去逝,也「鼓盆而歌」!他不也可日出而作,日入而息的全然與常日一般,對配偶永別,毫無所感嗎?有文教水平的聽眾或讀者,該養成心理學上所言的「擬情」,卻不該如隔岸觀虎鬥,與之無涉!

自掃門前雪
休管別家瓦上霜

這不正是儒家自私心態最寫實的反應嗎?我的一生遭遇,出生(1939)後「不久」,與台灣史上最慘烈的二二八事變,及其後的清鄉又白色恐怖等,幾乎相伴而行。幸虧我家未成悲劇的對象。但一個有血有肉的身軀,怎堪在稍悉多件該「怒髮衝冠」的醜聞之際,裝聾作啞呢?相較之下,日本治台整整半世紀,好壞、優劣、評比,也是一種學術界該予以深究的議題。就教育史來說,中國國民黨治台時嚴禁師生說台語(台灣的母語)、日語,更不許寫日文、讀日文書等(這是後事,俟後再詳述)。光是這一項教學活動中的「大事」,與日治時相較,功過一比,好壞立現。還得費詞予以遮羞,實在浪費口舌與筆墨!

(二)教育愛嘉惠於生

日治台,時短僅半世紀,但最大的教育業績,就是給一半人口的女性,有充分入學機會;且只要一心擬往上爬,成就不比男生差。

1. 支那中國及台灣史上，女生與男生享有平等的入校機會，對台民而言，直如天方夜譚似的神話或奇跡！加上束縛又辱及女性數百年之久的纏足惡習，得以解除，難道不是婦女該謝恩至銘感五內地步的史實？當然！處在性別歧視也染及日本的長久傳統之下，對女性予以異眼看待，日本教師也不例外。何況是台民女生之遭受冷落及歧視！遠從屏東到台北的一位台籍女生，就讀當時唯一的台北第三高女，依她純樸天真的觀察與體驗，感受到該校的教師（日籍），比較疼惜日生，對台生則冷眼看待，且不屑眼神時現。她竟然勇氣十足的真情告白，把此種不平事，表達在週記裡！日籍導師一見，火冒三丈，犯了天條。雖經日皇明令「日台共學，一視同仁」，但實際上，種族差別待遇，難免時見。這位遠從異地來北求學的台胞，就必奉令至校長室報到。內心極其恐慌的她，一聞要接受平時嚴肅又令人生懼的校長問訊後，花容失色，渾身發抖的遵命，忐忑不安的到校長室。豈知她所見到的，卻是滿眼慈祥且語氣溫馨的向她說：不必怕，沒事！沒事！好好回教室上課吧！妳在週記上所提的事，是真的！她的此種追憶，為文在《中央日報》副刊上發表。還供認說，在校多年所學教材，早已忘得一乾二淨，唯有此事讓她永銘在心，終身難忘，也極其感謝日籍校長沒有歧視台灣女生，該封她為偉大的教育家，才是實至名歸！

會感念師恩，或帶有父母兄弟姊妹親情之愛的學生，絕對不會是社會的敗類，還會自身效法，其後履行為人妻及為人母的「教育」責任。好比史上最感人的大教育家瑞士籍裴斯塔塔齊（Johan Pestalozzi, 1746~1827）常以女主角 Gertrud 為寫作對象一般。有心者該參閱我所撰的《西洋教育史》及《西洋教育思想史》中的裴氏專章！

2. 學風中頗值一提的是存在於台灣「精英」有幸入校的台灣唯一高等學校裡。該校因建於日本有史以來共認最民主、開放、多元、且自由的「大正」時代，是繼明治於 1912 年駕崩後登基的「天皇」（1912~1924）。日本學界幾乎把歐風美雨豪無保留的引入，不受任何限制；雖只在位 12 年，其後由長年在位的昭和繼任。後者在我出生時已在位 15 年了，公然向聯軍盟國宣佈無條件投降。軍人跋扈，「民主」

雖匿跡，但思想一開放，就如脫軌的猛虎野馬。據台生入高等學校現已
屆高齡的辜寬敏先生，在九十歲生日的歡宴上，我有幸受邀。由國史館
館長張炎憲教授（東京大學史學博士）哄他多久才首肯作的口述資料而
成書的《逆風蒼鷹》一巨冊，其中的第二部＜成長的故事＞中，有一
段：「台北高校，自由的學風」。[7] 辜老年青在校時，早就研讀過歐美名
著，也知悉康德等大哲之名；由於懷念又珍惜該校學風，內心打算要延
遲畢業。感念著上至校長下至教授及同窗，都能主動自發的勤學自習成
風。我當面向他請教：辜先生，當時處於高中階段，請問你看懂康德著
作嗎？他一聽，臉現笑容卻有點靦靦的答以：其實我也看不懂！真是誠
實得可愛！迄今，每年都有日台該校校友，回到母校懷念致意！

　　其實，類似此種學風，台籍教師必有；但日籍師長之特對台生發揮
教育熱愛，更是台日師生終生難忘的教育經驗！一般而言，到日本留
學的台生，絕大部份對日本大學之教育感受，正向的居多，且百分比
奇高！

　　其後於 1921 年，台灣有志之士成立的台灣文化協會，連日本明治
天皇開國重臣板桓退助，都親來台北；不但以行動支持，還願成為會
員。珍惜台日關係或台民有哈日情懷者，其來有自！學風自由，與台
生廣受日籍師長之教導，是主因。「哈支那癖」（Sinophilia）者大唱
反調，或許也有教育史實為之佐證，但那是「多少」問題，而非「有
無」問題。只是客觀的教育史實，是後者量少，前者「量」不只多，且
「質」更重！不必徒逞口舌之快。

　　3. 心中深帶支那中國情者，在台灣教育史上難免。不過，如與日治
時期相比，台灣之進步，不只超前，且超前甚多。冷靜觀之，支那中國
人確實命運多舛，一悉該以文教為立國之基時，客觀環境已時不我與！
廣設新式學校，只具紙上談兵意，實際教育成果，倒是乏善可陳。由於
兵荒馬亂，軍閥割據，戰爭頻仍，財政又嚴重匱乏，加上西學儒學又雙

---

[7]　張炎憲，曾秋美採訪，《逆風蒼鷹》——辜寬敏的台獨人生。財團法人吳三連台灣史料基
　　金會，2015, 199-220.

方鬥爭不休；並且與日軍作戰多年，烽火蔽天，幾乎一半的疆土，都大受砲火之災。如此的客觀環境，與台灣同時代相比，當然落後「寶島」的差距，越來越大。台灣人才出籠了！但極令吾人憤怒的，卻是由於受到日治學校教育而出人頭地的台灣精英，幾乎在 1947 年日本退出台灣僅只 2 年工夫而已，就差不多悉數為中國國民黨消滅淨盡。此種史恨，又不知如何申冤!?

> 天長地久有時盡，
> 此恨綿綿無絕期

　　唐朝白居易（772~846）名詩《長恨歌》，是其後大唱中華文化復興的當政者列為高中國文一科長久以來的必修教材。最後兩句，恰好是台灣教育史上可以藉用的「警世佳句」。只是教育結果不該造成「恨」，又是「長恨」啊！掌政者為何讓莘莘學子朗誦上口，滿嘴大唱又永背帶有「長恨」的歌呢！這不是「反教育」的最佳例證嗎？

　　台灣人之中國情，也極帶詭異。舉男生結長辮為例，這是大清帝國時的風尚，一改之前大明帝國的髮型。大明與大清，本誓不兩立，不共戴天；但大清滅大明之後，長辮習俗，全支那中國皆然！史料並不出現大明遺老如何對大清髮型新制有何痛恨！倒是日本治台時，下令男生須「斷髮」。南投的張深切，放學回家後告知父親這個新規定，竟然引來其父咬牙切齒的反應。師大史學系吳文星教授曾為文提及此事，《張深切全集》中也有張深切的一番自白！他幼童無知，但親眼看他的父親，氣急敗壞的在自家公媽廳裡，跪在祖先面前，痛哭流涕到「發狂」（hysteria）地步！一付戀父或戀母「情結」（Complex Oedipus and Electra）畫面，實該進一步作精神分析！大清時代的台民，在依令留長辮時，有類似與此的心理掙扎與衝突嗎？其次，留長辮與斷髮，那種規定價值較高，這是棘手難題嗎？更不用說女性的纏足與放足了！不客氣的說，台民心中此種中國情者死命不放，就不能怪日本予以「殖民」，或視之如賤民了！人必自侮而後人侮之!!

第四節　職業教育

　　教育成效的條件很多，一來社會平靜無動亂；二來教育要上軌道，不要誤人子弟，更不許「毀」人又「不倦」；三來教育投資的財源不虞匱乏。台灣這些強項要件，幾乎都非支那中國可以相抗衡。日本治理台灣不到十年，寶島本身財源不但自給自足，還有餘力支助內地（日本）之赤字預算。其中原因，職業教育之大受重視是主因。這是取德國為榜樣的結局，也是日治時期台灣最具成效的教育。

一、職業學校

　　德國不但在高等教育上出現舉世學人注目的大學，令美國有志青年，幾乎一窩風的往德國各大學深造，返國後也採日本方式「脫美入歐」，學德國自由學風。日本有樣學樣，更在職業教育上，促進日本及台灣的經濟起飛。德國掀起兩次世界大戰，若無財源作後盾，又怎堪龐大軍隊之開銷？日本也在二戰中，作戰之猛及速，不只攻城略地之快，不下於希特勒的德軍；且幾乎東南亞各國，連早為英、法、西班牙、荷蘭所殖民之地，也所向披靡。職業教育之成功，使台日兩地資源，充分的開發。財源滾滾，才能使日本長久又大規模的與盟軍作戰，戰果輝煌。要不是吞了兩顆原子彈，否則要使日本軍人投降且無條件投降，又談何容易！

　　1. 光言台灣之職業教育，是十足的應歸功於台生大量的接受職業教育之果實。前已言及，台生入公學校就讀，人數之多，日生是比不上的。但修完基本教育之後，台生能上「中學校」者少，卻絕大多數往公立的職校就讀。其中，農校頗多；工、商、漁、礦、林等職校也林立。且一畢業就有「頭路」，就業幾乎早已有缺待候。一技在手，謀生就不愁。以知識促進經濟，這是開發中國家奉之不違的產學合作佳例。德國國力驚人，學力靠大學，財力依職校，此種榜樣，日本仿得最踏實。當然，美國內戰後林肯總統簽的「捐地學院」（Land-grant College）法案，

以科學帶動農工業，在天然資源本傲視環球之下，又賴科技予以改良品種，施肥灌溉、除蟲等。產學合作，也成為舉世第一的經濟大國。

　　台灣本來就土地肥沃，雨水不缺，農作物收成，保證無寅吃卯糧之虞。經過諸如稻米品種之改良，現在於草山竹子湖的稻米改良展覽館，陳列日本農業學者把台灣本有的「在來米」（在地本有之米），改良為蓬萊米，產量及品質都勝原有者一籌。甘蔗、水果、茶葉、樟腦、木材、綿花、蔬菜等，都是農校或帝大農學院必研究的對象。其後台中有農學院、台南有工學院、台北有法商學院，都是大學級機構。嘉南平原面積之遼闊，位居台灣第一；宜蘭的蘭陽平原也不小，水稻種植是大宗。蕃薯本是台灣的代名詞，更是台灣多數農民的食物。拜日本東京帝大土木工程系畢業的高材生八田與一（1886~1942）之愛台心，又學以致用，總督府也接受其建議，來幫忙減輕台灣廣大農民的血汗苦勞，興建了烏山頭水庫及嘉南大圳。此事，使其後主修農科也是高等學校校友，後唸台北帝大，更遠赴舉世聞名的農科大學紐約州北部的康乃爾（Cornell）大學深造，榮獲博士學位且成為台灣首位民選總統的李登輝，豎起大姆指，不停的稱「讚」。除此之外，更令人動容的是這位有功於台灣的日人，赴東南亞與聯軍作戰時陣亡；他生前早已有囑咐，台灣是他的故鄉，死後願埋骨於台灣。台灣人早感念他的恩，一心一意要為他立銅像，在他謝絕多次之後也首肯，只是提出一條件，銅像立在水庫山上，讓他屁股與台灣土地相接。不料，此尊稀有的坐姿，竟然受恨日仇日者予以破壞兼羞辱。可見孔學儒教中毒之深！他的遺體送到台灣之後，日籍夫人竟然投潭自殺！夫婦同葬，真令人心酸！不只台籍的日本工程師夫婦、台灣總督、及長老教會的馬偕牧師等，都情願死後與台灣同在，樂作台灣人。比哈中廝的支那中國人且是治台數十年的兩蔣，死也不肯埋在台灣，還只是「暫厝」，又怎能相比？台灣真的不稀罕這種嚴重欠缺台灣心的人在！第七任總督明石元二郎（1864~1919），1918~1919為總督，死後葬於台北，遺言交代「成為護國之魂，可鎮壓吾台民。」

　　2. 職校馬上有立竿見影的教育成效：台灣子弟，一旦接受基本教育之後，絕大多數往職校求學，畢業後又有固定收入，差不多就早已心

滿意足了。此種業績，也為台灣其後經濟建設開發，成為亞洲四條龍之一，該歸功於日人治台時早已奠定紮實的根基。這都需人才。蓋水庫，又建明潭水力發電廠；而南北縱貫鐵路於1908年完工，從基隆到高雄，長達405公里。另有軍港、商港、漁港之建造；以及糖廠、水泥廠、或挖金、掘煤、採銅等工程，都需一流的工程師方能擔此重任。日本母國有世界級一流大學畢業的高手，堪當此重責大任。但隻木難撐大廈，大工程所需的技術匠人，及半技術雜工，就得由初級農工學校及高級農工學校的畢業生，來填補空缺。這些這些，日本功不可沒，且在二戰之後也無償奉還。若因此討價還價，必定頗難計算！試問阿里山的登山鐵道，又值日幣或美金多少？早已名列世界三大登山鐵道之一，迄今仍是傲視全球且為遊客必選的觀賞目標。

　　家兄唸完漚汪公學校之後，就入位於佳里的北門農校就讀，畢業後擔任糖廠工程師。侄兒上成功大學土木工程系，高考及格，參加國道第一號高速公路之建造。有時碰到工程的技術難題，成大畢業者還得向只就讀過農校者請教！日本人辦校，理論與實際並重，不是光只擅長於紙筆考試的書生而已！

　　台灣或日本職業學校之設置，除了類似德國之外，也仿如英國三分制之技術學校，非光讀學理；且另有農牧礦廠等實習場所。一技在手，吃喝就不愁；有技在身，食衣也不憂；上班有薪待領，才不會游手好閒；幸福及滿足生活，也安然可享！此種歲月，台民史上是第一次!!

二、醫校及師校

　　1.附屬於總督府專門設置的醫校及師校，在師資、聲望、設備上，更優於一般的職校。入學試頗難，喻之如同台灣的牛津劍橋。教育之成功，師資優良是主因。日本治台後，立即在台北、台中、台南三地，普設師範學校。伊澤修二本人是美國師校畢業生，他當然知悉「教育國之本，師範尤尊崇」；與現在的台灣師大校歌歌詞首句相同；公費畢業立即分發各小學充當教師，又可配刀，威嚴直如軍官。迄今，三大都市的

師校史，都已超過百年。

2. 其次，醫校則只有一所。宜蘭的蔣渭水（1891~1931）、彰化的賴和（1874~1943）等，皆是醫校高材生，仿孫中山的行徑，上醫醫國，中醫醫人，下醫醫病人。令人崇敬的台灣醫生，如被喻為台灣的魯迅（1881~1936）之賴和，除了以一流的醫術治病人的肉體外，又以文學安慰人的靈魂。[8] 醫學校校長（日人）訓勉學子：「作為醫者之前，應先修為人之道。」[9] 為公學校修身課，增強其威力。此種人生「哲學」，該是學子必修之科目，尤其醫生及教師。

醫及師，都帶專業性；不只重理論，更強調實用。因之，醫校必有醫院，師校也必附設學校。

日本既全力學歐，其中德國大學之醫學研究，成就傲人，前已述及。日本領台，為了向歐美國家自豪，強調耶教徒以信仰來教化殖民國子民，日本則以高明的醫術，為殖民地百姓療病止傷。其實，耶教徒也醫術高明，如馬偕替久受牙病折磨的台民拔牙，一幅拔牙圖，現還展示在淡水馬偕紀念館。支那中國人及台灣人，千年以來不講究衛生、不刷牙、不洗澡，黃牙及蛀牙，幾乎一開口說話就立即可見。其次，台灣位處亞熱帶地方，且三千多公尺以上的高山，橫串全台；因之，冷帶、溫帶、亞熱帶、熱帶，台灣皆屬之；各種帶的細菌傳染，不只多且嚴重，百病叢生，任患者自生自滅，哀號叫天呼地，聽之不忍，但束手無策！日人發願要以現代最新醫藥及醫技，來造福台民。治台一開始，立即籌建醫院，現仍聳立的在目前的台大醫院院區，且造型美觀還具氣派；與其後中華民國政府在其旁另建的樓房外觀之醜，簡直成了強烈的對比！其次，享有德國大學醫學博士頭銜的後藤新平（1857~1929），極其注重衛生，建了自來水廠，使台民得飲用符合衛生標準的自來水；現在台北公館師大分部校區隔壁的「自來水博物館」，建物仍存，紅磚醒目，造型雅緻美觀，引來不少觀光客。

8　王昶雄，＜打頭陣的賴和──哲人「走得其時」＞。李篤恭編《磺溪一完人──賴和先生百年冥誕紀念文集》。台北前術，1994, 31.

9　賴安（賴和先生哲嗣），＜憶父親＞。ibid, 43.

　　台灣自有住民以來，飽受傳染病、肺結核、傷風、感冒、天花、霍亂等疑難雜症者，為數必多，壽命也不長。天皇親弟帶兵來台，卻死在台灣；不是戰死，是得無藥可治的病！日軍死亡者也為數眾多，也非因與台灣「義勇軍」交火而犧牲，同樣是得了傳染病。

　　3. 醫校及師校收容大量的台生，加上台北帝大也設有醫學院，而附屬的台大醫院也早成立。大學醫學院加上醫校培養出來的醫生，治病之療效，該比耶教徒更高。歐洲中世紀大學早有醫科為主的沙列諾（Salerno）大學，在義大利。而現代化的醫科大學，更比中世紀大學進步。日本人住居乾淨又清潔，門窗及桌椅一塵不染，經常擦拭。其後推行的國語運動，除了加強日語日文教育之外，更有清潔日的安排，檢查通過者還掛上「清潔家庭」牌子，配給可享優待。看看今日還在的台北日本宿舍，乾淨是重要條件，明窗淨几、雅緻美觀；庭院花草，修剪得一點也未有雜亂感。這正是生活品質最該要求的。日本本國迄今，不論住家多偏遠，屋齡極老，也是牆壁無污如新屋。相形之下，台灣離日治結束已逾一甲子，近70年，衛生條件，卻也離日越來越遠，這真是一種警訓。讀史至此，不勝唏噓！要是台灣依條約「永久」屬於日本，早就如同其後也歸日的沖繩一般，清潔條件與日本本國無二致了！我於1960年入師範學院，是1922年台灣高等學校的前身，宿舍是二層樓木造，可是日本人離台只不過15年，竟然全樓臭蟲不但大且多，幾乎晚上無法入眠！

　　另有一史實為證，1935年日本向全世昭告：為了彰顯日人初領有殖民地的「始政40年」之後治理台灣的業績，在台北大稻埕舉辦為期甚長的「萬國博覽會」。各國遊客抵台者，絡繹不絕；當年拍成的紀錄片，街道整齊清潔，男女服裝或髮型，清新雅緻；交通用具有人力車、汽車、三輪車、火車、輪船，甚至飛機；另有瑞士進口的世界名錶，日本精工社的手錶，富士牌腳踏車，或日製機車等，都陳列在館內。連我住家在鄉下，都有一台瑞士牌名鐘，現還記憶猶新，大概一週要轉緊發條一次，計時分秒不差，滴答滴答的響！真覺新鮮！另有教育館，列表附有文字說明學校教育實況。學校都有定期的遠足及環島旅遊，甚至遠

至日本看看富士山、賞櫻花、吃蘋果，瞻仰天皇皇宮；台灣各地也普建神社，現在台北圓山大飯店，本是日本神社。加上大公園及植物園、博物館[10]、圖書館、美術館、武士館、運動場、戲院等，都可發揮社會教育的潛移默化功能。台灣文教的日化，如加以時日，台灣必道道地地的與日本內地完全沒有兩樣矣！

第五節　皇民化加速日化

　　日本治台整整半世紀，時間不長。但由於台灣文教因此產生史上的巨變，故可供詳述之處甚夥。物理時間只五十年，心理時間超倍，甚至數十倍！五十年的統治，前期是武官治台；這些武官，不似大清治台時般的無能又貪污不法，卻個個都是一時的不二人選；凡當過台灣總督者，回日後，多人當過天皇皇室行政要員；伊澤這位主修教育的台灣教育掌門人，返日後任東京高等師範校長。其後的台灣教育官員留日的，大半畢業於該校。

　　1895~1915，如同中華民國建國之後厲行「軍政」一般的是軍人主政。台灣在日本退出台灣之後，中華民國治台時，也有長達二、三十多年的軍人擔任「台灣省主席」、或「最高行政長官」。蔣介石本人，就是軍人出身；但他假造文件被史家李敖（1935~2018）揭穿，因為日本士官學校畢業之名冊，未見他名字。

　　昭和天皇時代，自1924起，不幸朝政由好戰成性的軍人把持。二戰結束後，被盟軍審判，處以極刑的東條英機尤為跋扈，加緊戰爭腳步。台灣在政、經、教的水平，幾乎已與日本看齊，始政40年的萬國博覽會，遊客必豎大拇指稱羨。可惜，自台南空軍機場起飛的轟炸機，竟然惹了大禍，珍珠港事件（1941），引發了日美正式交手。雙方正式一較軍力的短長。美國海軍雖因此受重創，但恢復力之大及速，為日軍

---

[10] 看看台北新公園（二二八紀念公園）內的台灣博物館，光看外觀及建築，台民或許不必出國至倫敦。因為聞名全球的大英博物館，二者的建築圖樣極為類似。當然，比例上台灣的小很多；更不用說內部的展覽陳列物了！台北現在的大安森林公園，本是日本規劃的七號公園。

將領所始料未及。不出數年，日本也得到報應，還是史上破記錄的在本土被投下當時威力嚇人的原子彈。台灣寶島也大受美軍機攻擊，防空警報在我稚齡（五、六歲）時，幾乎天天都警聲頻頻；扶老攜幼，趕緊往住家附近的防空壕躲避！幸而美國B52轟炸機投下的炸彈，以軍事要地為主，鄉下只偶而遭池魚之殃而已！嘉南平原只在遠處有高山，我還親眼看了數次在台南上空，軍機投下的子彈，好比母羊下蛋般的，黑黑的又一顆一顆的往下掉，登時即出現一片火海！此種記憶，久久不能忘懷！全日本包括台灣，皇民化運動也如火如荼的展開。只是不出數年，日本戰敗，台灣處境又遭遇了史上的大變。文教運動也跟着作了十二萬分的反轉，與日本母國國運一般。

一、皇民化的文教重要措施

1.「日台共學，一視同仁」：皇民化加速了日化，不拖泥帶水。這本是日本軍人的作風。一來，台灣總督，由文官又改回原來的武官。既然日本文教在台已成就非凡，但仍有台生及日生分別入校的舊規。台生及台民之日化，經過三十多年的努力，成就輝煌。台民與日民，樣貌幾乎相似，同語也同文；為表示不歧視台生，遂把基本教育階段的學校名稱，全稱為「國民學校」。「小學校」與「公學校」之名稱已成歷史。此外，東京帝國大學校長矢內原忠雄（1893~1961）很具民主政治風範的批判日本在台總督府在台實施日台不平等的教育措施。對「日台共學」政策，大有幫助！

2. 台生及台民取日姓，改日名：既同是日本國的子弟，也是天皇臣民，故鼓勵台生及台民皆放棄原名原姓，而與日民及日生同。連李登輝這位聞人，當年都接受此令。此事，其後飽受儒學孔教界的嚴厲指責。其實，孔子早有另起新名之先例。並且，大清帝國早也下令要求台灣住民皆改漢姓。我至今都懷疑之所以姓林，可能也是祖先奉令才如此。我到底是不是姓林，真假無從考據。但今日，陳林滿天下；二姓都是台灣住民的大姓，可是祖先或許不是林姓，也非陳姓；此事例之證實，證據

甚多。台灣師大教育系畢業後當過學校校長，及擔任原住民立法委員的林正二，是親民黨的死忠黨員，他原住民的本姓，又那是姓林的？

　　林正二的後代子孫，經過數十年之後，或許也如同我一般，不承認自己是原住民。但究其實，卻是百分百的原住民。哈支那癖者，痛斥皇民化時日本的霸道凌虐，硬要台民取日姓改日名。殊不知他們死力擁戴的支那中國政府，數百年前，早就有前例命令台灣住民，全改為漢姓漢名！更不用說，國人崇洋而取外國姓及名者，早已習以為常，大家也不以為忤。何獨對改為日姓取日名之措施，就橫眉怒目以向呢？當然，該指斥的是政府的該種「明令」，最是不該。若積極努力形成一股無形的風氣，改姓名是基於歡喜甘願，這才是正軌。大學外文系尤其英語系的師生，取用英文名字者，或許全班皆然；男生互稱 Willam, Jack, John，女生則名為 Mary, Christian, Julia 等，不也是如同名為三本，或是みよ（美代，女生）等一般嗎？

　　取日名改日姓的台民，就成為「皇民」了。台北街道店舖，仍偶見有「皇民藥房」等招牌。日本藥是台民最樂意使用者，賣的藥既是由「皇民」開的，就非「偽」藥了！親朋好友相見，以日語交談；書信往返，以日文寫作。互稱日姓日名者，即令二戰後仍有，這也是皇民化文教的餘緒。奇怪，取洋人之姓及名者，不只不受斥責，反而自抬身價；又怎有此種雙重人格的呢？該送到隸屬總督府的醫校畢業生如賴和或蔣渭水診所去掛號吧！

　　正式下令實施皇民化文教措施，不出十年，日本就戰敗投降。有形的日本勢力，依令雖退出台灣，但日本文教在台灣的支配力，即令被治台的新政權全力撲滅，影響力迄今猶存；力道或許稍挫，但卻未消失！

　　3. 日本治台時之文教措施，還餘興未盡者，該是佔一半人口的女生在受過學校教育後，加入社會文教建設及經濟建設的主力；民主齒輪之轉動，從而速度加快；也為其後女性激勵出為學潛力，在「作乾坤」上，都被環球矚目以視。女性作過台灣民選副總統者呂秀蓮（2000~2008），甚至總統蔡英文（2016~2024）者，不只在亞洲各國居冠，也勝過民主大國的美國。此事不特別着墨，則台灣教育史必缺了一大

塊。她倆都是台灣土生土長的台民，出國在英美名大學享有碩士及博士學位，的確裙釵不讓鬚眉！「讀書樂」尾句，「男兒當自強」，無女生份，那是支那中國！台灣女權高漲，由日治時代的台灣學校教育植下了種子！男人無才，把世界弄得一踏糊塗，讓另一半來大顯身手吧！要不是台灣割日，台灣女生又那能「近水樓台先得月」呢！民主先進的英國，不只多位女王當政，且是享有日不落帝國英名的主導者；其後，還政於民，大權掌握在首相手中。但女首相在二戰之後，包括男性，除邱吉爾（Winston Churchill, 1874~1965）非大學畢業之外，運籌帷幄，謀略之上乘，女性也不輸男子漢大丈夫。[11] [12] 只是曾作為台灣最近的母國日本，日皇都是男性，未見女王為一國之君。二戰後還政於民，職位如同總統之首相，也未見女性。台灣在這方面，比日本更先進。在此特地提出台灣女性之成就，及台灣選民之慧眼，最具有供讀者深思的價值！台灣在這方面捷足先登，至少可以稍解女性在史上所受到不平對待累積下來的千年遺恨。男女和好相處，為安祥的台灣社會，幫了一個大忙！恩愛夫妻作愛時，不也正是中文「體貼」兩字，最好的寫照嗎！此時彼此緊密，又那有距離？放眼世界，北美州僅有的兩國加拿大與美國，兩個緊鄰，沒有衛兵或軍隊看守，雙方人民往返，如同入本國一般；兩國外交一致，通力合作，未曾兵戎相見。返觀支那中國呢？「新疆」兩字，顧名思意，是新近以武力強佔的「疆」土；西藏（圖博Tibet）人民，極思脫離支那中國。從歷史上看，這個古國四周國家，幾乎都是彼此干戈不斷。「愛好和平」，還敢說這大話嗎？

二、台日兩本博士論文對皇民化之評論

台日各有兩學者，在美兩所名大學取得博士學位，對日治期台灣教育提出評述。日本女學者鶴見，在哈佛大學的博士論文，題目

---

[11] Andrew Marr, *A History of Modern Britain*, Pan Books, 2017

[12] Martin Gilbert, *Churchill, A Life*. Maderin, 1995.

是《日本殖民台灣之教育，1895~1945》。[13] 該書書名不諱言的指出，「殖民教育」是日本整整50年在台灣的文教措施；文筆不錯，資料翔實。台民林茂生（1887~1947），則在1929年於哥倫比亞大學也獲取博士學位，論文題目是 *Public Education in Formosa Under the Japanese Administration*. Historical and Analytical Study of the Development and the Cultural *Problems*. N.Y., 1929。兩書都有中文譯本。身份是台南長老教會信徒且與我同姓的林茂生，則把日治期在台的文教，只述到1929，僅佔日治期五十年的5/3。不能怪他，因他在1929年取得學位。台日兩位榮獲世界頂尖大學的學術論文，同對日本文教在台灣盛行「殖民式」的文教，都有怨言，且多取杜威的民主教育理念，作為評論的依據。比較可惜的是，林茂生在杜威任教的大學攻讀，論文中直接引用杜威作品者不多。1929年時，杜威已年屆「古稀」，退休了，也未登錄為口試委員。林茂生回台後，台灣總督府並不因論文指責對台生不公平的歧視待遇，而引起當局的不悅；相反的，反提拔他到台北帝大任教。只是他自忖這所台灣唯一的大學，學生絕大多數都是日籍。他情願返南回饋故鄉，為專收台生的長榮學校任職。赴美深造前他曾赴日留學，精通日語也熟讀德文。最為強烈對比的是，台生造詣即令已臻世界級，竟然於1947年二二八事變中失蹤，被蔣介石集團槍斃；與他同在哥大獲博士學位的高麗人張天錫，於二戰後回國，擔任韓國文教部長。

　　而支那中國學生中的蔣夢麟，也在哥大獲博士學位（1916）；回國後擔任北大教授、北大校長、教育部部長。怎有如此天差地別的不同人生結局呢？〈外國人當部長，台灣人被槍斃〉，我一知悉此事，又怎忍得住[14]？退休後多年來，已放棄早年幾乎頻見於報章雜誌為文的舊習，「凍未條」（台語），心血來潮，立即草一文，《自由時報》隔日即見報。不出數天，民視來電採訪，也上了電視；只是遺憾的是，此一該撼動台民心聲的「新資料」，卻無任何駁浪，且連漣漪微波也無，真令我失望！

[13] E. Patrician Tsurumi, *Japanese Colonial Education in Taiwan, 1895-1945*. Cambridge, Mass. Harvard University Press, 1977.

[14] 林玉体，〈外國人當部長，台灣人被槍斃！〉《自由時報》，2017.3.14。

　　又，走筆至此，不得不恭禧也感謝愛徒祝若穎，她在台灣師大教育研究所的博士論文，是我指導的，順利取得學位後，在新竹的清華大學任職；更獲政府公費到日本京都大學進修；回台後，中央研究院出版一本《存在交涉，日治時期的台灣哲學》，其中第四章，由她執筆＜台灣哲學之軌跡——林茂生的西方近代教育思想之探究＞一文，提及上述史實。[15]極為不幸的是，現代史學家幾乎有定論的指出，二十世紀四大殺人兇手，支那中國佔了兩位，都是屠殺數以百萬計以上的人民；一個是在中國共產黨的毛澤東（1893~1976），另一即在台灣的蔣介石（1887~1975）。可被孔子定義為兩個「苛政」者，都已魂歸九泉，但他倆的徒子徒孫，卻也持續虐殺兩岸子弟；其中枉死的師生，無以估計。如1989年北京天安門事件的慘劇，以及早10年的台灣高雄美麗島事件（1979），死難者，大學生不少；單以台灣而言，台大畢業者很多，尤以法律系的林義雄，竟然慘遭年邁慈母及雙胞胎的稚齡幼女二三十刀的殺害；不只全台譁然，也引發全球的注目。二十世紀都快結束了，竟然還在大受儒學孔教支配下的國度，出現比野蠻民族更慘不忍睹的血案！日本治台時，容或有對台民之不合理措施，但二者相差，又何只霄壤而已！

第六節　台灣文化協會（1921）

　　台灣讀書人，在日治之前，以台語讀漢文，吟唐詩，誦宋詞，構成一幅儒學孔教化的文風。但日治台後，不到半世紀，入學普及率之高，史上第一遭。連原住民也不例外的享受以流暢的日語日文來交談過生活。環球最具美感也最符合音樂曲調的「台語」，若因之消失，確實可惜！文化是軟實力的展現，「筆利大於劍利」（the pen is mightier than the sword）。連雅堂在這方面，大作《台灣語典》尤具慧眼指出，至少台語比北京官話之「國語」，及日治期之日語，也是國語，更足堪玩味。

（詳後）加上台灣有識之士，在政治上雖宏圖大願擬成立史無前例的獨立國，已如曇花一現，不只「好花不常開」，也「難」開，且一開就如同台語歌《雨夜花》一般的飽受摧殘。「台灣民主國」，命不及數月就壽終正寢。「第一憨」的選舉運動，是長輩嚴令子孫千萬別「誤」入的「歧途」。數不盡的不幸事蹟，全民無不知悉。如同瑞士名教育家裴斯塔洛齊（J. H. Pestalozzi, 1746~1827）的先例，本來他也擬參加風險極大的革命，最後選擇從辦校下手。台灣文化人，於 1921 年在台北大稻埕，現靜修女中附近，組成「台灣文化協會」，雖也不出數年，同志就鳥獸散了。但名失實存，不因時短而無教育史意義。

一、背景

㈠台灣境內的日本文教氣息

1. 文盲頓少：日語文普及率，遙遙領先支那中國人之懂漢文。公學校全台到處可見，連高山僻處，都聽到朗朗的日語聲。長期又全面的基本教育，不出數年，即在1921年及其後，尤其1937年，力道更增。「國語運動」是舉「台」勝事！一些台民成為「皇民」，自認是一種極感光榮的標誌。更有一些人以作為道道地地的日本人及天皇子民為傲；連婦女及原住民，也放棄母語，流暢且或也自傲的在大庭廣眾之前，說日語、寫日文、看日本報紙、買日文書。此種「遺風」，即令日本退出台灣多年，仍是年長輩的「口」語。數年前我還在台北市公車內，突聽兩位原住民婦女，長達數分鐘的日語交談。

坦白說，連深具台灣心的台灣文化協會會員，也不反對日語日文。憑日本傲視環球的軟實力，加上讀日文比看「漢文」，有更多的世界名著之日譯。台民在日文程度不亞於日生之下，也甘拜感謝日語教育之功。但必也懷念更親切、更熟悉、且更習慣又悅耳的「母語」。正如當今「台民」喜唱的一首歌，<媽媽的名，叫台灣>，一般的永難割捨。走筆至此，卻令我長嘆不已！今日「國語」教學之全面化，深入台民心之深，比過去的國語（日語），有過之而無不及；連年歲是阿公阿媽級

的老人家，「國語」發音比昔日的「國語」差一大截，卻也笑顏逐開的以「國語」與子孫交談！此一畫面，着實令我擲筆三嘆！學風如此，見風轉舵之勢，恢復台灣母語此種「心理建設」之重，如千鈞重擔！着實令我陷入沉思！不到一世紀，台灣的語言風氣，不同時代的「國語」輪換，確實是文教史上頗值探究的課題。在此，先提一語尤具史「訓」，不吐不快。目前，台灣心鄉土情者，仍該仿先人在 1921 年的「文化協會」主旨，倡導母語，尤其是「台語」。千萬別如同 1921 年一般，雖壽命比「台灣民主國」長，但也會得「夭」！這是極力要避免的。此是後事，屆時再敘。

　　「閒」話少說（但也絕非屬「閒」話），言歸正傳，以免落入「時空倒置之謬」（fallacy of anachronism）。外來日語之優勢，引起本土台語之抗衡。台灣文化協會之成立，既然以「台灣」為名；因此，台灣為主也優先。雖然並未取日語為輔，如同「中學為主，西學為輔」一般，但台語絕不許消失。台語早就是台民最為風行的「普通話」，連客家及原住民，也大半學會台語。鄧雨賢這位客家人所譜的名曲，歌詞是以台語唱的。《補破網》歌詞之「見着網，目眶紅，破甲這大孔，想要補，沒半項……」，不只曲調哀怨，且押韻十足，如歌也如詩。且唱歌幾乎等於說台灣話。此一台語之特色，全世絕無。[16] 台民必大為受用，也甘冒被取締之險，仍時哼時詠；或許有識的日人也喜愛，至少不會反對。音樂歌唱，是文化要素之一。大聲唱出台民也學習的日本歌之際，也不該禁止台民以台語來哼台灣民謠吧！依此來「反抗」日本，相信日本絕對不會帶軍警來抓人。事實上，比起其後中國國民黨之嚴禁，文明許多！甚至歌詞有「阮是開拓者，不是憨奴才！」一方面是事實，另一面更是風骨的展現！當局若還繩之以法，就更顯文化素養低劣等貨色了！「修身」一科的教育，絕不至於有此種劣績！

---

[16] 取文學戲劇史上公認最傑出的作家莎士比亞（William Shakespeare, 1564-1616）名作《仲夏夜之夢》中的一詩，In a summer night, with some fear, how easy a bush, supposed a bear. 作為佐證。名詩必有字之押韻，英文必也如此。但譯為外文呢？符合此要件，確實吃足了苦頭。《補破網》一曲，若以日語或北京官話（國語）來唱呢！絕不有如以台語來哼的傳神音韻味！

2. 台灣在 1915 年之後，動亂已止，安寧早現；雖仍有一些零星式的日台紛爭，但一方面法治而非人治，已使大清帝國治台時從不間斷的抗爭已息；另一方面又有嚴刑峻法伺候；台灣小孩一有哭鬧，大人一聲「警察來了」，頓時止淚靜坐。入校時，「師嚴然後道尊」，戒尺、教鞭、掌嘴、體罰，早是世界通例；支那中國、日本、台灣，都不例外；更惦記著孔子「勿犯上」的明訓，聽話順從等舊規，永銘在心。且經日本有規劃採具體且快速的文教措施，更選擇與治理高麗不同的政策，由文人來取代軍人武官為總督；軟心腸的文官，總比軍令如山的武夫，較可以大施文教。台民提出以台灣文化為主的協會，當局不但未予反對，且明治天皇的重臣元老都以身示範的抵台力挺。台灣文士在接受日式文教後，也知悉日本是亞洲第一強國，文教聲勢直比歐美，文明度也在亞洲稱冠，只要不涉及政治敏感議題，必不至於遭受取締甚至入牢的衰運！

㈡外在因素

1. 1918年一戰結束，戰勝國的美總統威爾森（Woodrows Wilson, 1856-1926），這位與杜威同窗，都是「美國第一所現代化大學」（the First Modern American University），位於馬利蘭（Maryland）州大城巴鐵摩（Baltimore）的約翰霍布金斯大學（Johns Hopkins University，1876 年立校）的第一屆校友，向世人宣佈：「自決」（Self Determination）。為民主自治，打下最具實效的一針。此外，具體與本節有關的外在因素，就是次年在北京發生支那中國近代史朝向現代化的五四運動。台民立即有樣學樣，該訊息早為台民知悉；加上台生親赴北方大學求學者，也不在少數。前既有「永清」，如今，也步母國後塵。

2. 明治駕崩，大正登基（1912），學風更進一步趨向「民主」、自由、又開放。且台灣政局已趨安定，接受正式學校教育者多；經濟欣欣向榮，交通方便，「民智」提高不少。有情有義的台灣士人，一本鄉土情，如能趁大好時機，籌組「台灣文化協會」，明示以「文化」為宗旨；而非如同「台灣民主國」宣言，一目了然的火拼；且組成份子並

非無知無識，單憑一股火氣的「屠狗輩」，卻是比起千年大受儒門孔教
支配下之「讀書人」，方向更正確，也絕非「負心漢」。當年主力成員
雖自認是「漢」族，但今漢非昔漢可比！並且也自知雖也難逃必遭打
壓，但頂多只是受到嚴密注視、監聽，頂多只是坐牢數日！如此而已。
留得青山在，不怕沒柴燒。何況又有台日兩地之文風日盛，「國內無戰
爭」。趁機趕上以文化立國且「自決」，既沐歐風又能淋美雨！加上母
國名大學學生及名教授之榜樣示範，台民絕不能如冬眠般的麻木不醒！

　　因之立即響應者，是大名鼎鼎又聞名大江南北的梁啟超（1873~
1929）；他與台灣台中的林獻堂，彼此仰慕。後者是「主謀」，在他登高
一呼之下，自稱是台灣孫中山的宜蘭蔣渭水、彰化被封為台灣魯迅的賴
和、台南的蔡培火、蔡惠如、林茂生、連雅堂、吳新榮等，詩人、醫
生、作家，全島呼應。台民此次「以文會友」的集合，至少比昔日烏合
之眾的持竹篙接菜刀，高明許多，也是文明盛舉！在謀略上以「智」駕
「力」，也展現台民接受日本西方化「殖民教育」的果實！

二、活動內容

㈠ 演講及座談，全台普遍展開

　　1. 公開演講及座談，由名人主持，按專長以學理依新知來「喚醒」
懵懂無知的百姓：由於清一色的以絕大多數的台民為對象，口說台語而
非日語，必然是主講者選用的語。雖文化協會的壽命如曇花，但至少比
「台灣民主國」長。許多台民慕名而來，對抬高台民知識水平之功不可
沒。講者都因日治教育之普及，又勤於用功進修，也汲取歐美新知，加
上用語為聽眾所悉又喜，因此幾乎座無虛席。加上分工合作，議題引
人，且早已為台民所關注；專才負責，以先知領後知。醫學常識、歷史
史實與史見，甚至如艱深難懂的哲學，都無有所偏；這些都是奠定先進
國家的文化要素。協會會員深入淺出的介紹，對「民智」之提升，尤其
對象是已不在校求學的成人，或失學的民眾；因之，已十足的達到社會
教育、生活教育、或全民教育的旨趣。

2. 官方的監視，自是常事；但如只言「文教」而不涉敏感的政治話題，奉令在旁負有實質重任予以監聽的官員，也難免「輒唯恐臥」，如同梁啟超自嘆看支那古書之後的經驗一般！打瞌睡、找周公，是不時出現的畫面。此刻，主講者快速的利用良機，出口敢言及敏感話題，那是台民聽眾心中的大愛；甲意之至，引來歡聲雷動的呼應；且對諷刺的比喻，不只喜形於色，還笑聲連連，甚至哄堂叫聲。此時才驚醒了在旁瞑目入睡鄉的忠「狗」，猛然怒目以向。講者又快速改變話題，「言歸正傳」，以文教議題作為工具，台民「出頭天」才是軸心主旨。當然，有雅量或民主意識的日本官員，偶爾也裝作無事。萬一不幸經檢舉，在法治已成國政之下，頂多依「法」罰款，囚於警室免費吃牢飯數天；即令到監獄服刑，也只是數月而已。以「壓不扁的玫瑰」一文廣受推崇的台灣作家，日方也都稱許的才子楊奎（逵），切身遭遇日、中（其後的中華民國）的不同經驗為例，最足以引人省思。兩政權他都有怨言及不滿，也有前後無差別之舉動，在日治時也頻頻有入監機會，（他的抗爭，反日是永不止歇的），但總共多年及多次的累積，也不到6個月。豈知，改朝換代之後，他的同一行徑，只一次就長達10年的去唱「綠島小夜曲」了！

(二)勇於自我檢討、改進且以日本文化爲佳例

1. 日本文化拜脫亞入歐之賜，已別開生面；支那中國人之千年惡習，甚至迄今也難以根除。以建築專業聞名於台的漢寶德（娶師大校長，我的業師孫亢曾之女為繼室），曾為文舉出連台灣一般民眾也熟知的古支那中國最聞名之一的小說《紅樓夢》為例，「大觀園」是這部「皇帝家譜」最傲人的建築。但即令位極人臣或王或帝或皇的住居，樓房數十座，氣象萬千，但卻找不到「廁所」。我曾發誓數次，才把那本被「支那中國癖」者譽之為最享盛名又甚至超過莎士比亞戲劇之上的「巨著」看完，只有在決心中斷之後再「忍痛」且「吃苦」勉強閱畢的。漢寶德之文，突讓我眼睛一亮，佩服他的真知灼見；此種獨見，從無人提，卻永懷我心。台北蘆洲有「李氏古宅」，李友邦上過黃埔軍

校，家財之富，雖不及台灣北、中兩處的林家或南部的辜家，但家產之鉅，也少有人能與之比；迄今也有由昔日尤清當縣長時同意保存的古厝，引來遊客參觀。我曾當面問解說員，在那麼多房舍中能否告知廁所在那？她一聽，在觀光客成堆之前，接受「史無前例」的提問，頓感詫異；但也坦率承認的以「無」回答。只是在我有點快意之下，卻發現遊客中也包括由海外回鄉，留美數十年的「台胞」，似乎若無其事的離開了。甚多台民也悉，上海於清末是外國租借地，大公園在光天化日之下，「華人及犬，不許入內」的牌子常掛。但是千年習以「博大精深」自居的支那人，對之幾乎也無動於衷！台灣長久飽受此「文化」所染。還好，在「清潔日」及「國語家庭」之明訓後，早取日本為榜樣。試問今日的「中國」呢？尼克森與毛澤東對談時（1971），連「痰菸缸」都公然擺在側；現在呢！要遊客必帶一把傘赴中，不是為了遮風擋雨，卻可作為「方便」時之用。

　　2. 台灣文「化」不文「明」之處，不只多不勝數，也積習難改：此處也不必長文大論，有識者早心知肚明。只是如同柏拉圖「洞穴」（cave）之喻的警示一般，革新棄舊之士，卻每多引來「媚外媚日」的指斥及痛罵，真欠缺「斷奶」的魄力來革除迷信、送紅包賄賂、賭博、抽菸、甚至吸鴉片等。就以後者引發的鴉片戰爭而論，台民稍受學校教育者皆悉。林則徐（1785~1850，福建人）任「兩廣總督」時，魄力十足的下令火燒查禁由英船駛來廣州港口的鴉片，卻不但被旨令革職，也引來史上聞名的官書「支英戰爭」或「清英戰爭」。飽受儒學孔教遺毒之「愛國」史家，屬聲斥責洋人之不該，卻無反躬自省，也不看清史實。鴉片除了可有「療」效暫時解染上重症者之巨病外，常人一旦上癮就難以根除。但洋人售此「毒品」之對象，並非專指支那人，日人也不例外。該深覺羞愧的是，為何英船不駛入日本港口？因為日人無此惡習！只以台灣而論，日本當局較為不該的是不只不禁，且明知底細者還知，總督府也藉機可撈一筆交易稅，「國庫」增了收入。加上吸食鴉片，在支那中國及台灣，是一種有錢人身份的明證，還大大方方的公然傲視於眾人面前吸食鴉片煙；煙斗型式之多，如同飲茶、喝酒等一般；

又價格高昂，更享有「大人或老爺或公子」稱呼者的特權，還有侍女、侍童在旁。連口口聲聲道出「余，台灣人也」的史家，台南出身的連雅堂，都公然以身示範。導致台中的林獻堂，不惜與之斷袍絕交，怒斥不該，還採行動開除他的詩社成員。只是此舉卻引來了連橫的情緒反彈，竟然因而大發雷霆，還口說「台灣不可居，居之甚厭！」且立即採取行動，遠走高飛，仿台灣民主國「大人」之先例，逃亡「母國」了！馬上改口把「余！台灣人也」！轉稱「余，中國人也！」；甚至更親筆致信，文帶肉麻的哀求中國國民黨要員，提拔他的獨生子連震東。他也時來運轉，應了支那儒風之「識時務」，不只享有「俊傑」之美名，在「中華民國」循支那古例，成王敗寇之「史識」下，還在台北大公園迄今仍明立的涼亭裡的四尊銅象之一。更被選中為唯「二」的大師，由「國府」明令昭告，與梁啟超齊名。支那中國有個年還未二十就名早震大江南北的大師，台灣卻有習於吸食鴉片的連橫，二「師」並立；一生與「飲冰室主人」至交的台灣名士林獻堂，卻不只「國府」冷然對待，還逼他不得不客死日本。此是後事，屆時再談！

支那中國及台灣的乩童，以利刃或取動物尖齒等，猛刺背部或身軀等令人不忍卒睹的千年惡習，最是不仁道！至於不衛生、不洗澡、不刷牙、不打掃乾淨等，更該早斷。我小時候，偏鄉的廟宇之乩童，常有令我側目不敢直視的怪象；或許在漢唐時，就早存有此陋規，但飽受此影響之下的日本，卻無此史實。奇怪的是，日人及台灣文化協會有卓見之士，明言該絕跡者，仍存在於今；如燒香焚紙錢等，到了二十一世紀了，環保人士大聲疾呼之下，還無法如願的扼阻。可見「習俗」之力，重於千鈞。名醫如蔣渭水，以及彰化的賴和等，三番兩次且苦口「婆」心的勸告，台民冥頑不靈者仍多。他倆只好以身作則的在大拜拜時，取一大堆「紙」，公然火焚；鄉民還以他倆非「大丈夫」譏之──一言既出，駟馬難追。卻見賴和，他「老神在在」的說，不是燒金紙給亡者作為紅包送禮之用，卻是把未繳交醫療費用的帳單燒掉，讓那些貧苦無錢了帳者心安。此種「義舉」，今日也為外國尤其是天主教會（舊教）在花蓮的聖母醫院，或麻豆的長老教會經營百年以上的新樓醫院醫生所仿。

(三)結局

1.「內亂」又「不團結」：有抗爭心理者，每多有己見及主見，不易服人。這種性格，本有善良的一面，但卻也是敗事有餘，不用說不足以「成事」了。當年新教「抗議者」（Protestants）不滿一統的天主教（Catholic）又稱舊教。但不久，由於舊教口徑一致，皆奉由羅馬教宗所下的聖旨，信徒之「順從」（obedience），早是「本篤寺院」（Benedict Monastery）這是由五世紀時就風傳環球最典型的教會之三大教規之一[17]。「本篤」在台北觀音山旁也有一所，上文已提及。新教的大敵是舊教；舊教只一，但新教由於力倡多元，因之派別林立，彼此之間也常兵戎相見；1618~1648長達30年的「宗教戰爭」，早是史上大事。即令唇齒都有磨擦了，同是閩人，漳州及泉州人也械鬥不止；「民主」火候不夠，干戈、口角、兵火未止；正本清源的除亂劑──「民主」，還未問世，此是大又艱的工程。本書稍後再談，其實該有專書細論！

同是台灣文化協會的同志，內心意見及外顯活動，不可能百分百合。在專制極權之下，雖有外顯的「一」，實情卻也是「多」；彼此相忍成「會」，台灣文化協會成員卻多屬「異議者」。因之，「不團結」早就呈現。蔣渭水感嘆良多，大喊「同胞需團結，團結才有力」。由於他自稱是台灣的孫中山，因此，由後者這位享有總理甚至「國父」身份的中國國民黨創黨者所建的「中華民國」，取代日本佔有台灣時，除了把日本人建的總督府，改名為「總統府」之外，更在其正對面蓋「中國國民黨中央黨部」的大樓外牆上，也醒目的取之作為對聯。明知究理者一看，就洞悉真情了。大談「團結」者，必因已有「分裂」的明顯跡象及行動了！史上二千多年的重德輕知，一出口就是忠孝節義，以及四維八德的民族，不也正是告知他人或提醒「自家人」，「同志」不團結且已貌合神離，甚至有不孝不忠不德等行誼嗎？

基於具體行動的路線之爭，此會成立不久，雖壽命比更為不堪的「台灣民主國」長，但不旋踵就分裂。此「史事」，不也是民主先進的

---

[17] 另二是「守貞」（chastity），「安貧」（poverty）。詳見《西洋教育史》的相關章節。

歐美國家，經歷數百年以來走過的軌跡!?強硬派與折衷派或自私派，口角頻起；更明顯的是左派與右派的對幹！這是歷史上的巧合。議堂裡凡支持資本家、財團、極權，持軍力的得政者，多半都以右席為座位。相反的，若為弱勢者發聲，為「普遍的勞工」請命，都常在左邊（Left 與 Right）；左派與右派從此定名。歷史上，右派掌政，時長日久；左派本是「弱」者，因此頂多當民主先進國家的在野黨或反對黨。不過，雖長期居劣勢，卻也在百姓居民的數量上居多；人多數眾者「覺醒」又「團結」之後的力道，漸漸往上提升。他們原先的身份是身着黑衣領者，因要在赤日下工作，冒雨淋受風刮；右派屬白領階級，在冷氣房裡，寫文用筆而已。「普遍的勞工」，就是外文 proletariat 之字義，漢文譯者最初的音譯為「普勞」；長年以來，學界照抄不誤。台大專研馬克斯的政治學學者洪鎌德，改以「普勞」，比原外文之「音意」，兩相扣緊（cogent）。德國學者馬克斯（Karl Marx, 818~1883），是左派最紅、影響力也最大的德國思想家。[18]

　　有主見者比較不從也不順，「反骨」是「基因」（gene）。在台灣，天主教千年以來的「統一」性，由中國黨繼承。日治時期，台民及日民多是「皇民奉公會」成員，但台灣民主協會的成員，多半是新教徒，主角之一的林茂生，就是長老教會的信徒。即令非信徒，但也如上述，反面思考者多。取聞人連雅堂為例，他本名取儒學典故為「連橫」，奔走六國與秦抗爭；且也仿孔子先範，「字」武功，「號」雅堂；但聲望不如林獻堂，既被開除又逃離台灣，更對台灣這個「母親」，惡言以向，有此貨色參雜其間，當然無法使會員成為「言行合一」又「志同道合」的「同志」；日人又趁此良機，冷熱兼施；[19] 不出兩年，會員就彼此分

---

[18] 洪鎌德，《西方馬克斯主義（Western Marxism）》等大作數本，蒙他贈送，拜讀之餘，藉此致謝。台北揚智文化，2004.

[19] 殖民地政府常施一種治術技倆，讓被治者分成意見不同的兩派，彼此內鬥。然後，治者賜予一些恩惠，以收「漁翁得利」之成果。英國治理印度時，常要此技，日人仿之；中國國民黨治台時也擅長此技；迄今台灣社會仍有派系，地方角頭互挖瘡疤以向上邀功爭寵。「分而治之」divide and rule, *divide et impera* 是德國名社會學者 Georg Simmel (1858-1918) 所提的。見 Everett K. Wilson, *Sociology*. The Dorsey Pess, 1966, 334。

道揚鑣了,即令不怒目以向,但也只能「兄弟爬山,各自努力」!

2. 受外在大環境之影響:就如同支那中國的五四運動一般,未見立竿見影的成果,台灣亦然。戰爭雖不在台灣發生,但日本母國挑起的亞洲型戰事,延續時間之長,比歐洲的一戰及二戰都長。「軍政」之下的文教活動,是極為不利的。以文化為招牌的協會,更是舉步唯艱了!其實也不必舉外力,光是積習千年的儒家孔教之不良「遺毒」,此種病害早已纏身;猶如如來佛的手掌,唐玄奘(602~664)就使即令有千變萬化的猴仙孫悟空,也得乖乖就範!今後台灣文教措施,若較有大力洗心革面之機時,必提防且稍知前人先賢當年播下良種時的困難處境,以資借鏡。

協會散了,但有心人繼續努力,如編《民報》,為「台灣文化」發聲!林茂生就是如此!他批評日方,也對1945年之後的當政者時有指責,卻因之於二二八(1947)死於非命!

第七節　日本文教在台灣成果的評價

日本治台五十年,豐功偉業,造福寶島嗎?還是徒讓台民痛心的忍了半世紀災難?到底功過如何,卻也見仁見智。但真正的史實,才是評價的基礎。前已提及,歷史是一面鏡子,時間前後(史)之「比較」,乃是一種重要的座標。但鏡子是否無缺無損,光亮還是灰塵滿佈?從日本注重清潔的民族性來看,也可以取之作為支那中國千年以上未重視乾淨的污名作對比。小姐化妝,男人着衣,該在能如實反照真相的鏡前。史亦然,有些史已如破鏡,又如何能享「資治」又「通鑑」之效果?偏心十足的僅說好聽話,只寫順耳字的作品,是十足的詐騙「犯」(注意,不許用「客」來代「犯」)了。並且,若能容許甚至鼓勵研究者寫出對己不利但卻是實情的「史記」,可以讓真相重見天日。此種民族,才夠格可享「現代」及「文明」封號!不容俗見、庸見、人云亦云,甚至為虎作倀或助紂為虐的共犯結構,還竟然拱之而享大位、掌大權!其次,如孔子流,早已公然揚言女子與小人同列了;患「支那中國癖」

者，還遮羞式的為他開脫，封其為「聖者時者也」；以為「時人」既皆如此說了，又那能怪夫子？須知，「時人」是多數人、常人、眾人，又屬「庸人」、「平人」等級而已，頂多是「中」等程度，譯之為「中庸」，確屬「名正言順」。若兩千年之前，孔子就能有高人一等的眼光識見，指出「庸人」之見非「智見」，雖極有可能因之成為眾矢之的，或被醜化為「人民公敵」，但進步的歷史，必會還其公道！

一、台民史上首步「先進」文教之途

(一)與荷西治台時比

1. 日本以武力，戰場不在台灣，即間接的取得台灣，未經台民之同意。若取現代民主觀念言之，着實不該。但當時世界上又何曾有那一國，經過此種手續？早在羅馬時代，就曾實施過「公民投票」（plebiscite）一事，確屬卓見，但也現今才廣為使用。可惜，即令現在，台灣也只學了外國先賢的皮毛，因為限制頗多；且緊要的「國政」，必列在「不許」投票決定之項下。降低一點程度足堪嘉許的是，准許不願作日本國民者，保證可安全離開。「公民投票」精神，在此稍有點展現！只是此事，少有史者大書特書。其次，既然依「國際條約」，「母國」都同意了，為何「永清」的台灣臣民，不只不願就範，還以具體行動，兵戎相見。無知於日本的「兵」及「戎」，作戰力之「實」，台民又怎能相比？成為「烈士」或「義士」，就是令人唏噓的結局。日本不得不被動的以武對武，以力制力。台民囿於千年以來的儒學積習，即令在「讓台」、「割台」已成事實之後十多年，日本皇太子造訪台南時，在我故鄉（將軍）附近的地方，「義士」爬在高樹頂端，手持尖刀插入長竹竿裡，一見皇太子大隊人馬駕臨，就趁機割日皇太子喉嚨。日本當然怒不可竭，軍警立即手持尖刀，幾乎盡殺當地無辜的居民；還以利刃向大腹便便的婦女猛刺，更抓起稚齡幼童，尖刀插入肛門。這些駭人聽聞之「事」，是我小時候常聽的。該地現稱「佳里」，舊名「蕭瓏」，台音與「消人」同。住民血流成河，幾乎無一倖存。

「消人」二字，不是「人都消滅、消失」之意嗎？

2. 此事要如何評價？「誰先出手」，才是該究罪之首務。「打不還手，罵不還口」的風度與作為，還早呢？1941年要不是日軍偷襲還未正式宣戰的美國，才引來美國不只向日宣戰，還最終償以頗不人道的武器。雙方或許都有錯，但「先」肇始者難道不是元兇嗎？因與果，該釐清，這不是一種普世的公正準則嗎？

當然，美軍之下重手是有苦衷的，可提早結束戰爭，但也確實嚐了苦果。投擲原子彈的軍機駕駛官，一「悉」死難無數又後效慘重之後，心理受到重創。1960年代美國錯誤的接手法國而生的越戰，美飛行員奉令在越南丟下軍事科技界所發明但後遺症駭人的武器後，幾乎都得入醫院接受長期的心靈療治，且痛苦終生。這都是由史實而生的史訓！

霧社事件或許理該追究之一的是，為何原住民酋長莫那魯道，率隊殺死學校運動會的日籍校長及教師，才有日軍以催淚彈及化學武器予以殲滅的慘劇。診斷、評論、或判案，不許只聽一面之辭。這都是帶有十足「教訓」或「教育」意義的史實！當年大清之所以取代明鄭，主因就是後者如草蜢，三番兩次戲弄如雞公的前者；蔣介石抵台，也是常言行合一的要反攻大陸，要不是其後美國的強力阻止，他或許早被毛澤東抓去槍斃，坐牢或軟禁了！「休管別人瓦上霜」，只掃自家門前雪就足了；不也是古訓嗎？沒錯，但鄭及蔣，死不認台灣就是「自家」，也未遵先賢（儒）遺旨！芝山巖台民率眾殺死「國語傳習所的教官（老師）」，「該」嗎？「智」嗎？

3. 既「新」又「異」的全面性文教體驗，史上第一遭：耶教文教勢力在十七世紀時抵台，是小型、小規模、時短，也是無計劃且甚至無心栽柳般的留在台灣。支那中國即令在大夢初醒且在政令可達之時，文教面貌也如同夕陽西下般的已近黃昏，且也只如同螢光而已；既少又小。忠實的史家，不必大費筆墨予以施粉、畫眉、染唇、美化；相反的，日人滿足了朝思夢想的宿願，且也經大清同意，可「永久」經營台灣；並不如同大清將台目之為化外。日本治台，猶如英葡兩國之領有港澳一

般。不過，港澳是真真正正的「彈丸之地」，又怎能跟台灣相比？日人治台，難度當然奇高；只是命運作弄，台民之「前途」卻也突如奇來的與 1895 和 1661 同，都「莫名其妙」且不由自己的掌控在外人手中，被動的與往昔婦女或媽媽雷同！大變局之天搖地動，就像台民早有體驗之颱風地震；只是天災難測，也但願且也會「狂風不終朝，驟雨不終日」啊！但若抱著「寬心且待風霜退」，或夢想取孟母三遷故事，消極無為，則絕非台民受到日本文教突然全面在台，及日本勢力也快速退出，這兩大變局時，該有的文教史訓！

相較於之前及之後，五十年時光此種客觀上的「量」，當然比荷西在台時長；但比明鄭及大清在台短很多，也比其後的「中華民國」短。在政治層面上，文教活動都非統治者的優先致力之處，頂多只是當作政治力的附庸式工具。政治力一向是包山包海的，但教育二字，其力道也不遑相讓。「以吏為師」，支那中國千年以來就並不諱言；吏即仕，而仕與士，一向是飽受儒學孔教支配下的現象。在現代化全面又普及的全民教育下，人人都是學校教育的過來人，因此，仕之素質，就是士的翻版。二戰後接掌台大的校長傅斯年（1896~1950），到鄰校師範學院演講，這位口才極佳，文筆一流的北大才子，第一句話就說：「我們台大要辦得好；就需師院先辦得好；因為台大生都是師院生教出來的。若師院生誤人子弟，則那能怪台大生不堪造就？」

就以台灣史為論，台民在四百多年前之教育，只不過是零星式、自然式、成規式，如此而已！荷西當時（十七世紀）是歐洲文教大國，但美麗島對這兩大殖民國而言，也就如同其後大清皇帝所言，「得之無所加，失之無所少」。因此其後之大清，雖也在長年領有台灣之後，才予以設省；即令後期不但較重視文教，且有零星的洋式，只是為時已晚。對台民來說，從文教普及度及較具民主開放化而言，反而因日本之佔有，而令台民在亞洲中，享有成分較高的文教品質；在現代化的腳步上，也在內地日本的提攜下，人才輩出。要不是二戰轉變大局，若「永久」屬日本領土，日台文教必無甚差別；且整體性的文化及文明水平，在亞洲稱霸也揚威於環球！

(二)與其後比

日治台若與其後主政的「中華民國」作比較，更具意義；但也埋下「台灣」兩字的另一鏡，即「埋冤」。一思及此，實令人唏噓，且更該「怒髮衝冠」！

1. 從客觀面來說，流亡至台的「中華民國」，也是史運多舛，且災難度也不比台灣差！1912年立國後，並非大事底定之日。既歷經十次革命的數十年心血，不少有志氣也令人起敬的革命烈士，台民對之致意，自不例外；孫中山為蔣渭水崇拜，蔣介石北伐統一中國，誓死不降的抗日作戰，實享有「大元帥」（Generalissimo）的封號，連外國人都異口同聲如此稱他。我在1990年赴英，送給一位偏鄉又年紀已不小的英國婦女，一枚有蔣相的新台幣，她立即眉開眼笑的向我道謝，且口中喃喃的說Generalissimo。史家評論，他如果在二戰後「設使當年身便死」，或下野，仿美國「國父」華盛頓（George Washington, 1732~1799）之只作兩任八年總統，就到家鄉當農夫的楷模，則一世英名及美名，也必讓他齊享。「中美」互相呼應！可惜！卻不過只是「一夫」的獨裁份子，歸隊與毛澤東、史達林、希特勒為伍！

2. 「中華民國」在「支那中國」，與台灣同步，但方向大異，結局在文教上殊途：以1895年起算，到1945的文教業績而言，支那中國又那能與台灣相比？不只差了一大截而已！也真不幸卻倒十足痛心的是，此種大異，竟然引來支那中國人的橫眉怒目，不只不內省學習，反而在台大開殺戒；在中日長達數十年的血戰中所造成的心身災難，不意在天命安排下，享有戰勝國之美名！仇日、恨日、反日之颶風，勢力之大，史上僅見！時日之久，也可取白居易之「長恨歌」末句表之。更不可諒的是，視台民是亡國奴。只因滿口的日語，滿紙的日文，還身穿和服，腳穿木屐，鞠躬如日人，住塌塌米，跪姿飲食，住處街道稱町（西門町，還存在台北鬧市）等等，家家又有自來水、腳踏車、裁縫車、電話等。支那中國人在基隆上岸後親目所見，簡直與登陸日本沒有兩樣。稍遇不快，立即下手報復，以洩心頭累積數十年甚至百年的種族大恨！

　　台灣文教的五十年日化，卻也因而造成了台灣人有諸如228慘案數起的悲劇；事出有因，也查有實據。只是有些「史家」，卻短見又故意的另別有「史識」！在公開的太陽光底下，及學術自由的保證之下，早該送該史識入焚化爐了！「史」書等於「死」書，「讀」物形同「毒」物，盧梭早有名句，比垃圾還不如；因有些垃圾並無毒氣散發，燒後也無毒氣之害。

　　評價要全面，不許有如同井底之蛙一般：從另一角度來衡量，既把台視為支那中國或日本不可分割的一部份，則那會搜括台灣稀有珍貴物嗎？單舉一例或許可反三，以作為本節附帶一提的談資。去過日本的台民，在遊日本皇宮或明治公園時，醒目的拱木，是取景拍照之上選，那是砍自台灣價值昂貴的檜木。反日者因而藉機挑到恨日的事實了。沒錯，這該是日本治者該認罪道歉的。只是退一步言，台灣稀有珍貴的木材被砍之後，日人也有計劃的植下幼苗，現也林蔭蔽天了；但其後來台的治者，卻多半只砍不種。並且又大量將台灣的米、鹽、糖等，盡往支那中國送！二者相較，又如何解釋！

　　站在「後知後覺」的「事後諸葛亮」角度衡之。日本崛起，不出數年就打敗「東亞病夫」；更採取具體行動，依約永續經營台灣。文教活動既積極，且效率十足的展現在台灣；或許是衝昏了頭吧！尤其軍人主政之後。強又富國之餘，對外宣戰，是窮兵黷武的表現；因之，犯了兩大錯誤，且也為世人所不齒的兩大罪行，一是向取代大清而立的「中華民國」，強取豪奪；另一是偷襲美領土的夏威夷；前者導致「八年抗戰」，雖整體國力二者相差懸殊，作戰所需的經濟力或文教力，也天差地別；但弱者比強者佔了一大優勢，即擁天險極多且疆域勝過蕞薾寶島大過數十倍的「大好江山」為依，又挾以支那中國的民族性及自大情；即令日軍威力快有如破竹，但仍無法速戰速決！比起希特勒，一出最現代化的坦克戰及空軍戰，就使國土之大不小於德國的法軍投降；但面積與法國略同的四川，光是這一省，就能力撐成都為戰時首都的蔣軍，死命抗日，且也拖累了日軍！早先有不平等條約的簽訂，激發起昏睡的獸，一醒雖未必成為猛獅，但雙方對峙之勢已日漸成型。加上美國以

最新式的作戰武器，又加上經濟上的扶持，「中日」戰爭，歷經數十歲月，而非只「八年」而已。也因之導致日軍作了更嚴重的錯誤決策，竟然於1941年出手，「暗」中向美領土偷襲，美海軍因而遭受重創，兩國遂正式宣戰；即令神風特攻隊戰功傲世，卻也敵不過以美軍為首的盟軍。無條件投降，本是軍人的奇恥大辱，但皇民化的台灣日軍，也不敢違聖旨，只是在降書簽之後，主帥以武士道精神，切腹自殺！

　　3. 日本佔有台灣之後的文教，是「舉國規模」式的；台灣相較於同時期的支那中國之日軍佔有地，是較為平靜的；且日本也無暇在支那中國的「戰地」，有類似台灣文教的具體行動。與日誓不兩立的蔣軍，雖也把北京大學等數所高等學府遷離，在後方成立聯合大學。但兵荒馬亂且經濟力也極其薄弱，整體的教育面貌，比起台灣，相形見拙。也因此，在蔣軍治台時，由於大量重用比台籍更為劣等的「外省人」為文教首長，連小學校長及教師也幾乎清一色非屬台籍，此狀況與日治台初期並無兩樣。但日籍校長都有文教實力，台民內心雖不爽也不服，若比之於戰後初期的「外省人」治台，更為不快。也就因此，為其後滋生的慘案，種下了因，也造下了果。此種背景之領會，具有催化台民猛然一醒之功；要是替代日本的新統治階層，文教最少也與日本同，或相差些微，台民大概也能基於「同文同種」下，雙方相安無事！但真正的史實，不但不如此，還恰好相反！

　　4. 軍政時間長，在台先無史例，民主教育受損；但後來者卻又居上，民主教育形同斷根。

　　日本在台五十年，前及後是軍人當政，但中途是文人為總督；即令太平洋有海戰及支那有陸戰或空戰，台灣也直到美軍轟炸寶島時，才真正成為「戰地」。我幼齡時就常躲入在家空地上自挖的防空洞，幾乎天天有「空襲警報」。時而出來遠看B52轟炸機，在台南空軍機場上空投下炸彈，一粒一粒下降，猶如母雞下蛋一般；登時火光突起，在長距三十多公里之遙的住家，也清楚可見，因嘉南大平原無高山峻嶺阻隔。也親自看到美機臨空，子彈穿過家門前的石柱。警報解除後，小孩還成群去田野尋彈頭以便出賣賺點「天降」的外快！但日本治台當局，卻

連一天都絕未下過「戒嚴」。相較之下，1945年台灣換主後，雖國共誓不兩立，兵戎殊死戰也只在支那中國本土，即令其後成為砲戰地的金門及馬祖，也不屬寶島；卻使寶島上的台民，飽嘗了破金氏記錄長達38年的戒嚴（1949~1987）。戒嚴之下，又那有正常上軌的文教？卻十足的是「反教育」了！並且中華民國自1912年立國以來，雖其後也有「國民政府主席」的林森（1868~1943），但黨、政、軍、教，經等之實權，操之在「軍事委員長」蔣介石之下，一介武夫，一直到1973年才辭世，「駕崩」了。「軍政」期之長，大概史上無可比！

日台共同合作，一來，注入日本本國傳來的歐美進步國家之文教措施，文盲率大減，就學率大幅且快速提高。二來，職業教育體系的完善，台生有一技在手，不愁吃穿；三來，也有比過去更多機會可往上深造，赴日本大學者人數最多；而到支那中國唸書，其後的身份是「半山仔」者——仕途上更可大展鴻圖。雖身居台民只能仰黨國鼻息的「次要官位」，甘做「老二」，卻仍可作威作福！而遠到歐美名校深造者亦不在少數。單以雲林廖文毅一家族為例，獲日本及歐美名大學博士學位者，就有六位之多！此種嚇人的成就，即令現在博士滿街走，教授多如螞蟻，也難予以比美！

更有必要提及的事，是冷靜的台灣士人，尤其是台灣文化協會的會員，採取擇優汰劣的決定，展現度量；不仿支那中國文教界的惡習——嚴以對人，寬以待己：對自己文教風俗之敗壞，手下留情；卻破口大罵外來文化。眼看日人一抵台，馬上要求「亂髮放足」；雖有張深切父親之流，在祖先牌位上痛哭，不得不剪斷了孩童長辮；而婦女纏足，此種積千年之久的殘酷惡習，也在台灣快速絕跡。更不用說，入公學校就讀者之比率，年年是「有感」的往上升。此外，更不護短的要徹底將骯髒、不衛生、不清潔，以及燒香大擺牲禮以取悅神明之惡習斬除。可惜，由於喚醒民眾的時日不長，日本退出台灣之後，即令現在，勞民傷財的火燒王船或放蜂炮等敗俗，不只猶存，甚至還揚言是該稱讚的政績！既「浪費」又更無實質效益。確非進步的國民及政府之所應為。積習不一定要續存。「文化」與「文明」，二者並不完全吻和。多元文化

或許只是短暫。可悲的是在過去無知狀態下，高價值的文化，不只少見，還遭阻擋消滅。真正的民主國家，在長期開放又自由，且集思廣議之下，還能續存的文化，才有必要存在。否則就得忍痛斬斷情思，選擇較有價值的文化了；文化古國不一定是文明古國；「文化」（culture）及「文明」（civilization）二者，語意有同也有異，學界該注視二者之真諦與差別。

日治時期的台灣文教，可惜50年就中斷。還好，就如同荷西正式勢力雖退出台灣，但荷蘭的新教及西班牙的舊教，傳教士陸續抵台一般；信徒有一極具教育意涵的人生觀，就是選擇最艱難，反對勢力最大的地區或國家，來傳教播福音。「不入虎穴，焉得虎子」！積極、主動、吃苦耐勞，又加上愛心恆心，終有成功之日。現在到台灣深山旅遊者，遠處就可看見十字架林立，那是原住民的生死地。猶如從倫敦到牛津或劍橋者，在車上遙見有「尖塔」（spires）時，就知兩老大學已近一般。

政治勢力不但一夕變天，且其後在反日、仇日、恨日的黨化期，更予以醜化、污名化。但日本文教或明或暗，也持續不斷。日本留給台民的影響，要如同斷髮放足一般的立即前後有別，也沒那麼簡單。日本文部省每年都提供不少名額，讓台生赴日求學；東京早有學寮專收台籍生吃住，出錢出力的台灣早期赴日又學有所成且深諳賺錢之道者，經濟上提供台灣年青學子以解衣食住行上的操煩，如台北士林的史明（1916~2019）享高壽103；大作《台灣人四百年史》，昔日為禁書，現已是「台灣師生」該過目的必讀物。到日名大學深造，功力不輸世界名大學而返台任教的教授，在台大、師大、政大、成大等，為數很多。四六事件後換來的劉真接替師範學院謝東閔為校長，教育系多年的系主任林本，教育系教授余書麟、徐南號、方炎明、劉焜輝等，都學有所專；更不用說台大了。在台大哲學系長期任教的曾天從（1910~2007），台北新莊人，十九歲入早稻田大學，30歲入東京帝大專攻西洋哲學[20]；

---

[20] 林義正、郭博文、趙天儀編，《曾天從教授百歲冥誕紀念集》。91ff. 新北市永和富春文化，2011。他也有半山仔身份，因為也在支那中國的遼寧及瀋陽大學擔任教授職。

及當過系主任的南投人洪耀勳等。誰說台灣學者無哲學地位？專攻法律的台生更多。[21]

二、點將錄

台灣史學研究者莊永明（1942~），[22] 北市大稻埕人；學孔子樣，他的筆名真多：也寐、莊樹淳、莊樹嵐；確實是吃了儒學奶長大的。不過，他努力找尋台灣「名人」。著書名為《台灣第一》，其中幾乎都是因日治時期的文教，才勇得第一的封號。茲抄下數人為例：

第一位環球記作者——林獻堂（1881~1956）。

第一位採新式婚禮者——翁俊明（1891~1943）、吳湘蘋。

第一位推展橄欖球運動者——陳清志（1895~1960）。

第一位音樂家——張福興（1888~1954）苗栗人。

第一位投效流行歌壇的教師——鄧雨賢（1906~1944）桃園龍潭人。

第一位環球名大學教育學哲學博士——林茂生（~1947），台南人。

第一位醫學博士——杜聰明

不勝枚舉。若無日治時期的「新」文教措施，台灣人才又那能出人頭地？

從教育角度言之，支那中國從古至二十世紀初，學童讀物今昔不變。看看胡適的《四十自述》及蔣夢麟的《西潮》，兩人上學所背的書，如同二三千年的古人一般！

這怎算有「史」意呢？又那算「進步」？謹以美國 1775-1900 的小學課程為例，每 25 年就變異顯明。文明史上活躍的人士，「美國」人有份，登台亮相了；同樣，上述台灣人之所以有成就，也因日本文教在台灣的具體成果。

---

[21] 黃宗樂，《天公疼憨人，七十三自述》。台北前衛，2018.

[22] 莊永明《台灣第一》三冊，台北文經，1983, 1985……

1775	1825	1850	1875	1900
讀	文法	歷史	繪畫	生理及衛生
寫	讀	語言及文法	公民	文學
算	拼字	讀	歷史	繪畫
拼字	算	拼字	語言及文法	公民
聖經	寫	算	讀	歷史
	品德（行為）	寫	拼字	語言及文法
	簿記	實物教學	寫	讀
	地理	簿記	算	拼字
		地理	體育	算
		品行	自然料	遊戲
			地理	自然科
			音樂	地理
			操行	音樂
				體育訓練
				刺銹
				手工訓練[23]

　　讀者可以取台灣在耶教化及日治時期的國小教科書課程科目之新增許多支那中國教育史上千年未更的課程，作一對照。

---

[23] O. W. Coldwell and S. A. Courtis, *Then and now in Education*. N. Y. World Book Co., 1924. 119. 引自 Everett K. Wilson, *Sociology*, The Dorsey Press. 1966. 170. 單從此一面向而言，學科不必開支那中國教育史了！謹以此為戒，也提醒台灣師生記取教訓！

第五章　黨化（1945~1987）

　　「至聖」從痛哭失聲於荒山中的婦女口中，得出「苛政猛於虎」的成語。該婦女採取了不似孟母搬家之作法；其實，誠如前已述，被動的搬家，不是辦法。孟子比其母更勝一籌的是，竟然回答，若遇暴君時該「弒君」，將屬行苛政者「一刀斃命」，以除後犯；此壯舉在孔子的正名下，不該算死罪，只是「殺一夫」而已。但此項極其稀罕的在漫漫長夜（哈！二千多年）中，稍露曙光之見，又配合「民為貴，君為輕」的佳句，不只未能在幅員無邊際的「大國」中萌芽，還令流氓出身的「大明帝國」之「國父」朱元璋（1328~1398），下令猛焚其書。倖而當時孟子，早已不在人間。帝王的人性，在支那中國史中，十足的印證於荀子之「性惡」篇中。有些暴君之性惡，一旦發作之際，如恰遇猛虎伺機旁觀，必大嘆不如：「凌遲」兩字，頗能具體表達支那中國史的政治現象。我從小也常從家母提及該辭。孟子對苛政暴君採取的方式，就如同武松赤手空拳打虎一般，次數罕見；台灣深山裡也有虎，1895年還以「黃虎」當「國徽」、「國璽」、「國旗」。但暴君比老虎更令人生怖，且痛苦萬分的是讓被他活抓者求生不得，求死也不能！去過台北縣（其後改為新北市）坪林茶業博物館者，都能看到茶具款式之多，或許不如刑具之夥。史上為人稱道，且也是較有「人」的資格者，不許只具被動或他控（external control）型的性格；倒該學孟子另一名言，「待文王而後興者，凡民也；若夫豪傑之士，雖無文王猶興」。人格上更該具「見大人，勿視其巍巍然！」之風範。可惜，支那中國二千多年來的儒教，亞聖這些珠磯之言，早被腐儒忘得一乾二淨。該注意！「弒君」豈是易事！獨夫不是只孤單的「寡人」，卻養了一大群鷹犬走狗待命，聽令當劊子手的不計其數！「苛」之手段，駭人聽聞，這不是一部支那中國政治史的真情告白嗎？

　　不幸，此種「正史」，百分百遺留在大清帝國其後的接續者。台民

雖有幸擺脫長達數百多年的「明清」兩大帝國的「苛政」，又在相較之下，日本之「法」治，最少也比「人治」稍舒台民之苦難。當然，比下有餘，比上則不如；若與較具民主精神的國家相比，則還差一大截！但本書前也稍述及，親自領受日本及其後中國「國軍」之長期鎮壓，兩相對照，即令還心懷儒學孔教者，也不得不仰天長嘆而受內心的折磨！良醫出身者，莫不嘆息終日；宜蘭名醫，「田媽媽」之夫田朝明先生，過世之前，每逢二二八，當日都絕食。雖終生飽讀詩書，卻難有歡樂！幸而他的妻女接棒，為台灣民主化而言行一致，稍可以使這位良醫，在天堂展顏！

第一節　黨化之醜形惡跡

一、取「皇民化」為座標

　　好壞與優劣，是比較上的，也是程度上的。最佳的參照座標，就是前與今的對比，因為比較是「一手」的；在時間距離上也「近」，而非「遠在天邊」，有時還「近在眼前」！因之，公平的作一番評價，將1945年之前的「皇民化」，與緊臨其後的「黨化」作一比對，更彰顯出後者之惡、苛、猛，連前者都得甘拜下風！

　　1.台灣當下的民主化，過程是驚天駭浪，血跡斑斑；之後才踏上一條今人比祖先更有了不必忐忑難安的「坦途」。1987年解除戒嚴，是一代30年的努力成果；之前，敢書寫如本書所提的史實及史識者，早就失蹤；且禍及親朋好友，並飽受身心凌遲。坐水牢等極不仁道之酷刑，是「政治犯」也是「良心犯」必有的經驗。於2019年去逝的台大謝聰敏，在1990年我擔任台灣教授協會創會會長時，到會址約我有事相商，我也從他的談資中，有了「一手資料」作為寫作的依據。這位雖慘遭近乎極刑的受難者，難得的卻是笑臉迎人；風範及視見，猶如莊子之擊盆唱歌以釋心愁。年齒稍多於我的這位「學長」，坦然掀開他的上衣，露出胸腹，我看有點外傷。他說，獄卒以特有的少林工夫，拳打腳

踢，棍棒日夜不停的重擊，竟然也無明顯外傷可作證據。但腸胃幾已潰爛。昏厥之下，保外就醫時醫生才開刀整理，之後仍有刀痕。呵！此種「高明」，猛虎惡狼，當然甘拜下風！

高雄鄉下出身的農夫，其後「翻身」當立法委員的戴振耀，首次上台向行政院長，今年歲數屆百的軍頭，數年前還出版一書書名為《無悔》的郝柏村（其子還當過台北市市長）質詢，全部以台語發言；又身着簑衣，頭戴斗笠。多年之前曾親口向我說，在美麗島事件（1879）審判時，每次在刑庭中，仿客家人魏廷朝之硬頸作風，幾乎不作一聲；僅有的一句，就是「把我槍斃！」魏廷朝出身於台大中文系高材生，聯同與其師彭明敏教授共同發表〈台灣人自救宣言〉；卻因之除遭酷刑之外，長期囚禁坐苦牢。戴振耀有次與我赴美參加「世台會」（世界台灣人聚會的簡稱），在同房的旅舍裡直言以告，幾乎他天天夜夜都被脫衣褪褲，只剩一條內褲，雙手反綁高掉在天空，接受奉令向他毒打的軍警獄卒之猛攻，他絕不流淚，更不哭號，強忍苦痛。只有一天，他側面知悉，宜蘭籍台大法律系出身的律師林義雄省議員，老母及雙胞胎幼女，竟遭數十刀砍殺的慘無人道之消息時，頓然忍不住，才失聲大叫！

2. 鄉賢也是台灣心兼鄉土情而令我由衷起敬的學甲吳三連，當過台北市市長，本土化報紙《自立晚報》及台南紡織業的「大頭家」，在我就讀台灣師大時，常與家兄到臨沂街他的住家拜訪聊天。不但年年為「台南縣同鄉會」捐款，還幾乎每次都來莅會。我親耳聽他說，在日本留學時，結合同窗鄉親，在東京上街頭抗議台灣總督府對台民與日民之間的雙重不平等對待。日本當局並不大驚小怪，更無下令軍警棍棒交加，頂多是違反交通秩序，到警局免費吃牢飯幾天而已。但如同已提及的台灣名作家楊奎一般，幾乎相同的案情，在日本及「中華民國」下的處罰令，差別性竟然如此之大，天南地北也無法有更佳的形容詞！

記憶中似乎有點迷信的一種說法，是我家鄉父老在1945年之後不久，耳聞「收音機」（radio，英、台、日發音幾乎雷同）廣播，傳來日皇「玉音」之無條件投降；當時台民及師生在驚訝又雀躍之際，有人向

家鄉香火鼎盛的關帝爺請示，神明竟然說：台灣人啊！不要高興得太早，後患緊跟！雲長真的顯靈了！

50年的日本治台，雖前後都有軍人當政；加上二戰後期，太平洋戰事及南向政策，「軍政」確有必要。並且，1945年之前數年，台灣也飽受美國軍機的空襲，台灣形同戰場。可是，日本從未下過戒嚴令，也無清鄉或保密防諜等軍事措施。相較之下，日本退出台灣後，除了其後金門馬祖與對面的廈門有密集的砲戰外，台灣本身未聞敵機臨空或炸彈火光四散等戰地寫照。但匪夷所思的是，連非軍人的一般百姓、師生，甚至大學教授，一有犯罪嫌疑，卻幾乎一律都在軍事法庭接受審判。

3.直接與文教有關的是，日人一來台，立即快速興蓋學校，層級由小學、中學、職校、到大學，校舍迄今仍存，建築美觀，教育經費必是大筆數字。但日本退出之後，掌大權的中央，在教育經費上數十年都不符合憲法規定，卻口口聲聲說「依法行政」。「中華民國憲法」明文規定：「中央教育經費不得少於總預算的百分之十五」。數十年了，卻都只停在個位數而已。難怪立委朱高正跳上議事台，當場推倒議事桌大聲抗議，才稍有改善。

當年日軍抵台，稱台生為「清國奴」者，日師及日生有之；雙方打群架或單挑，造成校園動亂之事，確實時有所聞。但「日狗」已去，「支那母豬」卻腳步緊隨；後者時時對台生口出輕蔑又不屑的稱之為「亡國奴」。台民當了「清國奴」，或許是台民在「大清帝國」轄下，連大官都需自稱「奴」了，且還只有滿清族人才能享此名堂呢！即令以「台」當「國名」的台灣民主國，國號也甘願叫「永清」！日人之辱罵，比較近實情；至於「亡國奴」呢？該作為台民的標記嗎？大清才是元兇，支那中國更是禍首：因為從立國的1912到「統一中國」的「北伐」成功（1927），十多年了，「憲法」條文中的疆土也沒有台灣，也不許有台灣；因台灣早「屬於日本」。

較可稱道的是日師甚至校長，以及其後的部份支那「外省人」，於戰後到台任教任職的師長，曾有提拔獎勵台生的事例！無彼此「歧視」。此種作風，應留青史。誠如上文曾舉出在第三高女發生的一段往

事，該成為杏壇佳話。需知稟賦高出「庸」人者，是「上才」，而非平平的「中」等貨色；卻還得冒風險，不但有被上級指斥革職、免職、且究辦之後果及下場！但只要永抱教育愛，就足以力敵群魔，也最感心安！這些抱有國際觀及民主情的大教育家，最該在文教史上佔有一席地位！

二、母語更受歧視

1. 最為倒霉且當事者也可能死不瞑目的，至少有兩件不幸的學童事件，教育史書不該留白，卻應大書特書！

蔡德本在1949年被「四六事件」波及，（詳後）；他將自己的遭遇寫入出獄後以日文撰述的作品，《蕃薯仔哀歌》一書中；但牢裡竟然也有一位十來歲的學童，百分之百是「白色恐怖」的顯例。清白又無辜的小孩，怎麼犯了匪諜天條，稚齡幼童就死於非命了。人犯中竟然有一來自鄉村的小孩，問其為何被關，這位國小學生一臉惘然！猜測是由於家境清寒，放學之餘在出版社當排版取字童工；或許是睡眠不足吧！卻獲唯一死刑的叛國罪；因他把「反共抗俄」的「抗」字，取「投」字排上，兩字相差無幾啊！也不知該四字何意。只由於如此，他就慘遭極刑，無辜的償以生命！家人又怎能不憤慨萬分！但，又能如何（so what ?!）

與此故事主角同鄉，也是鹿港國小窮學生林來福，長大成人後是十大槍手的首犯；擾亂社會治安，費公家成本之鉅，難以算計。就擒時早知生命必結束，記者特地採訪，要他交代一下後事。他十分傷感卻口氣憤怒的厲聲說：死不瞑目！記者追問之下，才知這是小學教育時種下的恨！「說國語」運動雷厲風行時，違令者每說一句或一字母語，就罰新台幣一元。當時的物價，我在1960年時入師大，龍泉街有聞名全台的牛肉麵店，一碗1.9元，陽春麵是1.5元。一元對窮人來說，是「大錢」！這位有個性又有骨氣的學童，心懷憤怒，為何師長在辦公室可以說台語，外省來的老師說的話，又那是「國語」？蔣介石元旦文告，怎都聽不懂，但卻未被罰錢？這位既純潔又無邪的小伙子，遂在一氣之

下，連說台語數句，老師也依令罰他70元。天啊！他又那有如此多的零用錢？放學後向家人哭訴，其父只好向左鄰右舍乞求、加上親朋好友的義助，湊足了錢還給老師。但這位小朋友卻由此恨在心頭，累積又累積，怒向老師及校長；壯年後乃採激烈的「反抗」行動，恨老師、校長、社會、政府！最後家人只好傷心不已的收拾槍下屍體。[1] 此一事件，真令我仰天長嘆！有校長、主任、老師，敢有如第三高女的日籍校長一般的出於「教育愛」，挺身保護這位「叛逆」的孩童嗎？「來福呀！過來，老師同情你，也樂意幫助你！」相信此言一出，必引來這位無辜小孩抱頭痛哭。一幅溫馨的校園風貌，不就出現了！

　　2. 日語及日文教育，在台灣50年，成效輝煌。六年小學畢業的台生，已臻日語日文極流暢境界；其後，支那中國治台時，先後的「國語」，水平也不相上下。但母語的保存度，卻人人有個別差異；也由此可見彼此之台灣心及鄉土情之多少。舉三個政壇上的台灣聞人為例，他們都擔任過台灣省主席。台北縣三芝鄉的李登輝與友聊天「開講」時，口說台語；南投的林洋港則國語台語一半一半，但彰化的邱創煥，則有點裝腔作勢的口出帶有轉舌音的國語。一次，鄉親到台中霧峰的省政府所在地訪邱，遠地來的父老以家鄉話向他訴說又央求幫忙之事時，豈知不出兩三句，邱立即變色的大叫：「給我站好，以後要講國語」。這是我在當國民大會代表時，鹿港的國大代表告訴我的。邱在李登輝總統提名他當考試院副院長時（1996），依憲法規定，要經國民大會代表同意才可。他親自來我家拜訪，我即以此事向他求證，只見他笑笑的以台語告訴我：「我很會說台灣話啊！」或許他早已做過功課，我大力鼓吹母語教學之重要性已好多年了！

　　3. 李登輝總統願意到國民大會聽取民意，我上台即使用台語：報告李總統，您台語頗靈光也真有台灣味，國語則較不順；拜託勿說「咱都是中國人」，因為「咱」之意，把我也包括在內了。我是台灣人，不是

---

[1] 吳音寧，這位頗具才器的英雌，在《江湖在那裡》中，也取作為寫資。此一事件，我早已為文發表在報上，可是竟然文教界未有什麼反應，波浪也不興。「教改」，真是艱鉅工程。吳女士是彰化名詩人吳晟之女，專攻農事。台北縣展智文化，2007.18 6.

中國人。（連雅堂的「余，台灣人也！」）說「國語」時，也不要道出
「我們都是中國人」。國語的「我們」，就是台語的「咱」（ㄌㄢˋ）[2]

　　4. 2002~2008年我擔任考試委員，決心在「院會」時，都以台語發
言。頓時引來了多數委員的不滿與抗議。其中，一客籍也是「教授」出
身的委員，立即在院會說，他也要以客語發言，只是他語帶生氣也頗為
不悅。我立即藉機反唇，但語氣平順的拜託他：儘量說「母語」；「我
不但不會生氣或神情不悅，反而要感謝你，使我有更多機會聽聽從小
卻無機會學得的客語。」不過拜託，說慢些，且有時也譯成「國語」。
另一原住民出身者也對我不滿的問我，以他的「山地語」發言，我聽懂
嗎？經過我如此一答，他們也自知理虧！這都是語言教學的不當所帶來
的磨擦。台大比較有多元現象，但那麼多教授中，也只有我的好友，數
學系名教授楊維哲以「台語」教微積分而上榜為台大一景；他開課的微
積分，數十年來都以台語為教學用語。

　　黨化之下的語言教學，比起日化，更有加速且全面封殺台灣母語的
危機。幸而，走上台灣民主之路，已越來越穩。現在客語電台及電視
台、原住民電視台，及台語電視台，母語連續劇，氣勢猶如我唸大學時
的布袋戲，結局篇那天，晚上七點起，台北鬧市無平時車水馬龍的吵
聲，幾乎人人守在電視機旁，聚精會神的觀賞台灣特有的節目。只是卻
引來了中國國民黨更「厲行國語」政策，也因之就在此後，連布袋戲都
要以「國語」發音；劇中要角，另有取名為「中國強」的！當時執行最
力的是支那中國籍的宋楚瑜，其後是新黨（中華新黨）主席。我教過的
學生林正二立委，是該黨黨員，公然在黨意高壓下，大聲宣稱在考試委

---

[2]　此外，我也在只限定代表有五分鐘而已的寶貴時間內，另提兩件事：1. 我一生中最丟臉的
　　事，是大學畢業後在故鄉母校「省立」（現改為國立）北門中學教書時，「空空懵懵」的
　　加入「中國國民黨」。還好，我早就覺醒了；還號召大學教授公開在台大校門口退黨並燒
　　黨證。2. 李總統力爭總統民選，令我欽佩，是否可利用機會，公開在此重要場合中承諾，
　　保證選後必能和平、快速、順暢的轉移政權。這些發言，都可在我任國大代表時的《議事
　　錄》中查證。發言中，我看到李總統面現微笑。我的台語頗有南部腔，他也必定聽懂。只
　　是在「綜合作答」時，他只簡短的幾句：請「林代表放心，我國是民主國家，不會產生政
　　權移交的問題。」1996的總統民選，在臺灣歷史上是首次。在支那中國則從無此先例。我
　　當然擔心。雖然台灣的各種選舉多，移交也不生差池，但那是地方層級而已。

員同意權票上，必投下反對票！師生情敵不過同志意，我也莫可奈何！
教育力怎是政治力的對手？覺醒與否，以及覺醒之後，是否知過，且知
過能改否，才是民主「過程」的展現。具有遠曙史識的人，較不會因一
時或短暫時刻的成敗，而長噓短嘆！當然，我個人的親身遭遇，泰半都
在初時頗為不順遂，各種詆譭時惹上身。我在另文也稍有提及。[3] 比較
令我不快者，是「千山我獨行」而已，連密友同志也持觀望！還好，台
灣文學造詣頗佳的客籍彭瑞金教授，有一文公開支持。[4]

第二節　黨化之「學理」基礎

　　「黨化」有學理基礎嗎？一言以蔽之，極度碎弱，雖狀若堅石，其
實不堪一擊。若還把「黨化」與「教育」相連，那簡直就是侮辱了「教
育」。

　　1.「黨」指「中國國民黨」，創黨者孫逸仙還被封為「國父」或
「總理」，地位之隆，直如支那中國二千多年來的「帝」或「王」。他
的專業是醫學，不是武夫；還遊學於英倫。為了革命，旅遊於世界各
地。比較合乎史實的是，他在「國民革命」上，有該給的崇高地位；但
若在「黨化」教條中，要對他行三鞠躬禮，師生或全國人民之寫作一提
到他，要空一格。政府機構辦公室內，必上掛他的相；還得在開會前，
首長畢躬畢敬的率領部屬，背誦他的遺囑。此種境教的形式威力，形同
皇民化時期學校升降旗典禮的翻版。此種仿日行徑，不也可釋為媚日
嗎？與仇日、恨日、反日，又如何搭配呢？

　　2. 孫文仿孔子，不只有名，也有字，外國人都稱他的字；台灣數座
醒目的紀念館，以他為名；但不明究理的人，必會有迷糊感。大大的漢
文「國父紀念館」五字，遠處即可見。但改為「孫文紀念館」，比較合
我意，也較正確！孫文對台民而言，恩不說，怨倒難找。他的「國民革

---

[3]　林玉体〈學思經驗甘若談〉，現代學術基金會，《我的學思歷程》。台北，2012, 130-160.

[4]　彭瑞金（台中靜宜大學中文系教授），〈只有一個林玉体？〉《台灣日報》，台灣副刊。2004.
　　11.1

命」，場合在支那，與台灣無涉，英文連北部（台北市及新北市），公車站牌或給遊客訊息的英文都寫Sun-Yat-sen Memorial，是「孫逸仙紀念館」。一人多名，十足的是儒學孔教在台灣活生生的顯現。

3. 支那中國人之自大自狂，長達千年以上。之有如此，確有客觀地理因素。因為地球上最高的山及最大的海洋，阻隔了它與歐美之交往；且不幸的是，環繞這個古國周邊的種族，文教水平都低落，不如這個「天朝王國」。光提瓷器之精美，款式之多，就令「紅毛仔」仰頭注視，稱羨不置。英文乾脆就把瓷器稱為China，因之，China也可譯為「瓷器國」，比「中國」更名正言順。

4. 孫文降世時，大清帝國早已與「先進國家」交手數次，不但未能享有過去的番邦外夷來納貢輸誠或投降稱臣之大國氣派，自己反倒是「不屑子孫」的楷模。孫文一出，炎黃後代似乎立即還魂般，奉他是學貫古今中外，既汲取歐美長處，更加上儒學孔教之基底，奉之為舉世無比的教育家、政治家、哲學家等，是「名至實歸」。代表作《三民主義》一書，就是「孫文學說」，博大精深如儒學孔教，傲視於世。我1964年上師大，《孫文學說》、《國父思想》、《三民主義》，是大學共同必修科，任教者是「黨國最可靠最忠實」的「國父」信徒。一上台即公然在講壇上說，世界史上所有的主義，都有優點，但優點都集中在三民主義上；全球的學說都有缺點，唯獨三民主義沒有。天啊！「三民主義」通的崔載揚教授之子崔光宙及其後是夫婦的同窗，一女中畢業的鍾聖校，還是我回國（1974）任教之後廣受我喜愛的班對，似乎要使我也染點「主義」氣？教四的必修科「教育哲學」必有一章，以孫文學說殿底，來總評各家學說的優劣。最該中選的學說，好比吳俊升在名作《教育哲學大綱》一書中皆取杜威學說作秤，來斤量各主義輕重一般。只是幾乎全球熟悉教育學說者皆知杜威之名，卻幾乎無人知孫文兩字；並且在吳著中，教育學者無一是「中國人」。當然，孫文自不在其內。

為學該開大門走大路，絕不許關起門來說大話。大概也只有心虛又誇大狂作祟者，才有此種稀有罕見的阿Q怪風！

果真中國國民「黨」，孫文「學說」，及「三民主義」，可以公開

廣受學界稱羨讚美，則各大學普設三民主義學系，連中央研究院也必設三民主義研究所；高中以上，三民主義是必修科；大學入學試，出國留學試，公務人員考試等，該科也是非考不可者；試問全國師生都必受這種長期性、系列性、全面性之左右有多大？更有中山學術獎座，三民主義講座教授之設。只是此種狀況只出現在台灣。因為中國國民黨已被中國共產黨趕出，「共產主義」也取代了「三民主義」。不容情的說，二個死對頭的「主義」，「共產」在環球聲勢力，卻凌駕在「三民」之上。「天不生仲尼，萬古如長夜」！今日已降逸仙了，至少讓支那中國人可以大聲的叫：「二十世紀是中國人的世紀」。如今二十世紀已逝，那麼二十一世紀呢，「必」也是「中國人的世紀」嗎！孫文帶給支那中國人一劑最佳的漢藥，該是這部「心理建設」吧！只是偉人不是自己叫就算數。孫中山在倫敦，幾乎遇難；馬克斯也避危於英倫；兩人據說進修不倦，常至位於「大英博物館」（British Museum）正中央的大英圖書館（British Library）內借書研讀。但倫敦郊區有世界名人墓，一尊碩大無比的白色大理石之馬克斯像，昂然環視眾偉人。孫文死在中國，當然外國無他的墳。只是環球名大學幾乎都設有馬克斯研究所，著作被研究、批判、或褒貶；獨不見有什麼三民主義或孫文學說作為高等學府的科目！

　　5.「三民」之說，孫文自承來自美國總統林肯之名句，for the people（民享），of the people（民有），by the people（民治）；「中英」文造詣，的確不差。但事實上，卻頓時演變成「黨享、黨有、黨治」了。黨在國之上，「黨國」兩字，台灣學子尤其達官顯要，都牢記在心。「三民」之風襲捲全台，如三民路、三民中學，且分以民權、民生、民族之名，設校立街者，遍及全台。連「三民書局」都分了一杯羹；不曉內情者以為那是黨所經營者，因之銷售量最多，規模也最大。[5]「總理」還算有點民主風範及雅量，主張「國共」共存；更在三民主義中的民生主

---

[5]　三民書局之創辦人，是三位由支那中國逃亡抵台的「平民」，聚資經營出版業，時逢運轉，昂然是全台首屈一指的書局。我也在該書局出版數書，且充作大學教育學叢書的總編。

義一章，公然書下，民生主義就是共產主義。「國父」一言既出，又兼「勿犯上」的孔學遺風，徒子徒孫當然不敢違抗。但他死後兩黨之「內戰」，時間既久，慘況又重，因而致死的支那中國人，多以億計；使繼承者的蔣介石及中國共產黨創黨者的毛澤東，同被現代史學家斥為二十世紀四大殺人魔王者。台灣也真衰運，更不只遭池魚之殃而已，還更增多數以萬計的冤魂！

　　若「中國共產黨」可簡稱「中共」或「中共黨」，則「中國國民黨」該簡稱為「中國」或「中國黨」；兩黨勢不兩立，不共戴天。要命的是台灣在1928年，就有由台中童養媳謝雪紅成立的「台灣共產黨」；而流亡到台的「中華民國」，是全力血洗「中共」者；掌大權時，剿匪、滅匪、亡匪，十萬八千里長征，頓使中共要員之一的周恩來，要同志「皮鞋換草鞋」；但不久，大片江山，竟然只不到兩年內「就全部淪陷」。幾乎要走頭無路的「中國黨」，卻還揚揚得意「光復」台灣！台民由高度的興奮與期望，以為台灣可陽光代替黑暗，但相反的，卻立即速如墜谷一般的失望；二二八及其後許多極為不幸不公不平的台灣師生及平民之悲劇，屢屢上演；「中國黨」硬以叛國罪及「匪諜罪」相互與以牽連，格殺勿論。本在支那中國發生的「內戰」，猶如支日甲午戰一般，台灣何辜，慘遭池魚之殃！兩次衰運，支那中國才是始作甬者！既然中國黨的主義及學說史上無雙，已臻最高頂點，因之據「理」就該「黨外無黨，黨內無派」！在光天化日之下公然如此稱呼，「統」味極濃，比Catholic（天主教，舊教，字意是一統）更澈底實踐。不知天主教中自中世紀以來，至少也有兩大「教派」；較有水準的台灣師生及信徒，必然清楚，「道明派」（Dominican）及「芳劑派」（Franciscan），聲勢相埒；迄今台灣仍有道明中學及芳濟中學。「中國黨」權力之「統」性超強，除了甘願充作「廁所裡的花瓶」[6]者，才能如同作牛作馬般的倖存為「奴」。黨禁之解除，才是台灣民主化最具體的成果。但由於「只存一家，別無分號」。組新黨且有實力予以對

---

[6] 台灣民主先輩黃信介之巧喻，也是諷刺。

抗，如此才真正有「制衡」實意者，必被「黨國」列為首級戰犯，絕不
寬貸。

　　6. 究其實，中共黨及中國黨，都拜環球共黨主義祖師爺的斯達林
（Joseph Stalin, 1879~1953）為師，也是另一位殺人魔王。在支那中國
的兩黨，貌合神離，作風極像兄弟黨。但卻也繼承了支那中國古訓，權
力之下，臥房之側，那能容下異己？何況對手也非在鼾睡中。惡毒之手
段，比之於昔日曹操兩子之恩怨情仇，及唐太宗之逆父殺兄等，不遑多
讓，更「一代勝過一代」。「煮豆燃豆萁，相煎何太急」！但勿忘「豆
在釜中泣」，且又「本是同根生」！中共得勢之前後，「清算鬥爭」是
最明顯的手段。其實，中國黨也唯妙唯肖，相互比「奸」。其中有極難
釐清的實情或真相，是有心人該下一番苦功才能有收獲的成果。誠如
《紅樓夢》這一部顯要豪族的家譜一般，牽連到孫、蔣、毛、宋，錯綜
複雜。孫中山早逝，國共合作破局；但孫的傳人蔣介石，娶名門閨秀且
留美名校，荳蔻年華，美貌出色的宋美齡為繼室，宋的兄長宋子文是上
海大財主，美齡之姊宋慶齡嫁給孫中山，另一是號稱為孔子後裔的孔祥
熙之配偶。

　　孫文在廣州創辦黃埔軍校為黨軍，校長是蔣介石；教務長是周恩
來，是毛澤東能稱霸的軍師，猶如諸葛亮一般。1945年二戰結束，擁
有「正」字標記的「中華民國」，儼然成為環球五大強國之一，還是為
解決各國紛爭而新成立的聯合國常任理事國。「民族救星」、「時代偉
人」、「抗日英雄」等美名，齊聚一身。背後又有美國力挺，提供耗大
的軍援及經援，在蔣毛「內戰」中，也站在蔣這邊。豈知山河已變，民
心早失。其中詳情，或許即令有數十本著作，也難以釐清。但史實昭
昭。奉美總統之命而生的國共和談，迅速破裂；由蔣親點又極可靠的代
表，等不及在雙方決裂時卻公然「投共」；單藉此事，聰明的讀者，就
該知悉大局已定，大勢已去。

　　以文教角度言之，蔣是軍夫，遊學日本一段時日；抵台後還自許且
大捧王陽明，也公然指稱是儒學孔教的傳人；毛澤東還與北大有關，職
務是圖書館館員；周恩來更到法留學。中共治理支那中國的文教措施，

非屬本書範圍。但中國黨在強人兩蔣的父子時代，正是黨化、洗腦、灌輸，最活生生的明證。兩黨既然師出同門，相罵卻有罵本，且無所不用其極。奇怪！最少也同是支那中國人，且是漢人，怎有如此你死我活的不共戴天之仇？「此恨綿綿無絕期」呼！兩地之民主路，幸經台民近百年來的努力，《三代台灣人》[7]一書，有足資閱讀深思之處。如今，兩地相距民主螢光之遙，極其明顯。取台灣經驗為師，甚至作為支那中國的模範，或許才是兩地或「兩國」人民深盼的願望，從而亞洲和平，世界和平，也才有指望！

第三節　「黨化」一辭的新詮釋，不是「教育」而是「洗腦」

「黨化」一辭，在中國黨的首長中，是「名正」也「言順」；甚至還理直氣壯，公然的在正式場合向群眾或全校師生「大言不慚」的侃侃而述。從學理來說，一部學說，一種主義，果真如同柏拉圖理想國中的「哲學王」（philosopher-king）所著，則奉之如聖旨，順之從之，且數十年甚至數千年也如一日，不只不是敗事，且還得雙手合十的感謝上蒼，如久旱逢甘雨一般的衷心致意，一拜、再拜、三拜，一叩、二叩、三叩的全誠鞠躬。

只是官方的說詞，在有骨氣有志節的學者之筆下或言談，是十分不能吻和的。印證一種主義或學說之好壞，評價即令頗為不易，但不是「天地有正氣」嗎？台民也有口頭辭：「有理走遍天下，無理寸步難行。」長話短說，「後效」說，着實該參仿；且在光天化日之下公開，自由無懼的「議論朝政」──子產的名言。這不是「民主」最具體的教育現象嗎？

---

[7]　《三代台灣人，百年追求的現實與理想》。台北：台灣研究基金會，2017。

一、「皇民化」vs「黨化」

㈠前後對比

在台橫柴入灶猛燒約近半百年的「主義」，又有四百多年的儒學孔教之潛在優勢，但只要一與西方來的耶教與日本文教相比，就只好藏拙了。加上近年來留歐美的台生日多，台民旅外，機場天天如菜市場或鬧街。文教是潛的、裡的、底的，但必有外層的表徵。十九世紀的支那中國人，自傲於世、目中無人，或斜目以視；但只不出數年，一些具體明顯的行為，也不得不令有水準的人冷靜沉思。光從外人的顏面，大概也可度忖洋人或日人對支那中國人的觀感。連自己人都大叫「百般不如人」了，此話雖未必然！但羞於見人之處，卻指不勝屈！也該謙卑反躬者，車載斗量！

1. 以文教而言，相互交流成為盛事以來，先進國家之彼此往返，早已進行多年。美國首先表明一種風範，依約所得的戰爭賠款，改作獎學金，支助學子赴美深造。清華大學就因此幾乎是留美的預備學校。第一個留美赴名校耶魯（Yale）獲學位的客閎（1828~1912），負責照顧身穿長袍馬掛、留長瓣，體型矮小，尤其狀似久病纏身者，加上毫無笑容，顏面憂戚的小留美兒童之珍貴照片，我取之置於《中國教育史》、《台灣教育史》、及《中國教育思想史》書中。若讀者一看，還不無一些感觸，則我真不能心平氣和的要出言指責了！數年以來，可惜！曾看過該三書者，似乎不多，真令我失望！[8]

2. 日本治台，文教理念中的正面性，留存於台者，實較負面性為多。「中國黨」一來，竟然還敢大聲且全面的說是「光復」。就字面意而言，即表示前黑後明。不生孔子，萬古如長夜！支那中國及台灣，

---

[8]　《西洋教育史》等著作，倒是銷路較佳，且「佳積」已二三十年。教育學系的「中國教育史」是必修，教學者或只要求學生買或借自己的著作為教科書。「台灣教育史」只是選修。讀書風氣如此，正是教改該著重之處。教改成敗該取之作為要緊的指標！光計算出入圖書館的人數及借書的次數，就可作極客觀的好壞評量。

哈！來了中國黨的孫逸仙及其黨徒兩蔣（蔣介石及蔣經國父子），台灣大放光明了嗎？孫曾到台不只一次，現在台北火車站附近還留有他的紀念公園。兩蔣呢？銅像之多，超過孔子，台民享福受樂呢？還是災難更多，慘期更長。加上黨在一切之上，不只黨旗當國旗，黨歌當國歌，且軍、警單位之徽也正是黨徽。這個黨到台後，本來百姓還足以溫飽的，卻因貪污之烈，比大清時代，有過之而無不及。惡形惡狀，難以勝數。且來自於支那中國的軍民，紀律之差，讓台民瞠目咋舌。與日軍相比，不少成為極為諷刺的笑話！描述記載此事者已多，讀者聽聽上了年紀者的一手經驗，或許不敢相信，但卻是鐵證如山。

(二)單舉數例，就足以「一葉知秋」

1. 有一位「老胡仔」（上了年紀的外省兵士），一瞧台灣人的住家都有自來水，他詫異不置，因是平生僅見。乃到五金行買（或暗偷）一個水龍頭；回家在牆壁上挖了一個洞插上；豈知，再怎麼轉，都無水出。卻見他大發雷霆，用家鄉口音到店裡大吵大鬧，甚至還動手，以為受店家騙了。日人有一正字標記，就是價錢公道，且絕不賣假貨。民無信不立，這不正是支那中國的古訓嗎？但其後的中國，即令今日，也有一個順口溜：「十個中國人九個騙，一個還在訓練。」世界最大的詐騙集團的總部，就在支那中國。

2. 台民空空也憨憨呆呆的萬眾齊往基隆港口，歡天喜地，大放鞭炮，張燈結彩歡迎「國軍」。豈知，一睹踉蹌上岸者，服裝十分不整，隊伍又極為不齊；而言行之粗暴，更使台民惘然不知所措！這種「國軍」（黨軍），又怎能打敗紀律嚴明、精神飽滿、軍容整齊的日軍？現在台北市「中山堂」廣場，還擺著書寫「抗戰勝利」四字的大理石。

與教育界有關的是黨產既然都以國庫支付，因之黨工待遇尤其優厚！黨工「肥滋滋」（台語）。台大教授兼黨中央文化工作會（專管文教業務，權力還大過教育部）者，竟然座車有七輛之多，有供太太買菜的，也有專開往高爾夫球場的。這是台大教授親口向我告知的，因為同住在台大宿舍，出入氣派之大，一看即知。

　　最可歎的黨化，是權力至高又無邊。校務會議本是學校最高的權力單位，台大好不容易在校務會議中議決取消諸如「軍訓」、「三民主義」、「國父思想」等必修科。但校長坦言：「這不是本大學能夠決定的！」天啊！公文送到教育部，卻也批文為非本部所能議決。那個機構掌此大權啊！中國黨的「文工會」（文化工作會）。接收台灣時，黨產（也是國產）之一的黨中央，與總統府近在咫尺！黨政連體，最是具體明證！

　　黨的為惡，在戒嚴時代，不只不為學子知曉，還以為黨、主義、總理（孫文）、總裁、主席（蔣氏父子），最是古今「中」外絕無人可比的「至聖」；蔣中正還「敢」補正三民主義之不足，孫文的民生主義原只「食、衣、住、行」四項，他還增加「育樂兩篇」，與文教最為關係直接。可知蔣的「思想」之高，孫是不如的！

二、黨化直如洗腦

　　大清決定割台（1895），預兆這個大帝國滅亡之期已近，二者相隔17年而已。而日本退出台灣之時（1945），離接替的中華民國被中華民國共和國所取代（1949），二者相差更短約4年；距被聯合國趕出國際組織時的1970年，也只差25年。舉世各國與中華民國絕交之數目，多又快，目前（2019）只剩15國。報上常寫與台灣斷交，用字怎如此糊塗？台灣在歷史上曾經與何國斷交過？目前官方公文書上絕無出現「台灣」是個「國」的字眼，斷交對象是指「中華民國」，但這個「國」，還死鴨子嘴硬，口口聲聲向台民宣稱，正式官方的稱謂，是「中華民國」，不是「台灣國」。只是環球與這個「國」有正式外交關係的國，不只人口稀少到不如台灣的一個鄉，面積也有小到一個縣的；國小又人黑，毫無國際影響力，且多半如夙行極其惡劣的小偷惡棍。別忘了！儒學孔教也曾言及交友警示。國名如同人名，不是叫給自己聽的，或心中暗爽的，卻該在外一有「點」名，友人甚至敵人即一清二楚的知曉指認，不會引起混亂！台灣民主國已不存，其後的台民是日本國民，此種

享有，不只依國際條約，「名正言順」；且以日本在國際上的名氣，也能大張台民之威風。取有日本「國」護照者，受到外國最大程度的歡迎。因為日本人民素質之高，是舉世公認的。台灣極其不幸，日本戰敗後，脫日入中，不顧台民之未來；而台民竟然也無知透頂，喜上眉梢地還大放鞭炮且組隊成群的舉旗歡迎「國軍」由基隆上岸。只是換來的，或許竟如立即的陷入昏厥。因為目光所見的，是「國軍」怎堪與「日軍」比擬？此種雜牌軍，又怎能戰勝日本皇軍？不消兩年而已，即爆發台灣史上慘酷非凡的大慘案。此事還經過多年長久的掩飾與扭曲，現才大部份已真相較能大白。可恨與可悲的是支那中國癖者，卻死不承認！最該努力的是，還有部份極其機密的檔案，現仍不予公開。台灣人民怎有此種命運安排？其實該怪的就是自己，努力奮鬥不夠，咎由自取！心理建設，尤須再加一大把勁！

1945年，「永久割讓給日本」的馬關國際條約，已成具文。政治、文教等人文現象，沒有「永久」的。台灣師生及住民的未來命運，也不掌在自己手中，「狗（日本人）去豬（支那中國人）來」！此句台灣俚語，諷刺也無奈的哀嘆，厄運的降臨何其速又衰!!災難度及時間之長，竟然史無倫比。從文教角度言之，台民及台生之被逼接受長期系統化又強力的洗腦與灌輸；若此種「化」還稱為「教化」或「教育」，確實污辱也嚴重的誤解「教育」二字的本意，該反其道而行。「正名」將「黨化」形同為「洗腦」（brainwashing）或「灌輸」（indoctrination），才「名正言順」，且一聽就掌握了原意，也一針見血，命中要害。正本清源，據實以告，正是知識份子、讀書人、士，該有的本份！

(一)洗腦、灌輸、訓練、教育

「洗腦」、「灌輸」兩辭，英文常見如上，「訓練」（training）及「教育」（education）兩辭，更是耳熟能詳；後兩辭還「光明正大」的出現在以中文書寫的官方文件中，大家竟也「習」以為常。其實，前三辭都是「反教育」的句子，只是程度依序有別；其中「洗腦」，最不可恕。因之，除非敵我雙方「惡」言以向，否則不會隨便亂用。但支那中

國人，舞文弄墨，千年積習，永難除此弊。即令政治上有「漢賊不兩立」，但骨髓內流的卻是相同的血質。

1. 主義掛帥，雙方都彼此彼此！但國共內戰、卻殃及台灣和支那中國。

如同甲午戰爭，戰場不在寶島，卻殃及台灣一般，台民着實大受這個「古國」之禍，又多了一樁！日本依盟軍之令，退出台灣，天皇也昭告全世投降，但未明言台灣的未來。這牽涉到極其詭譎多變的國際局勢，非屬本書撰述的範圍。但具體的「戰果」，卻是台民史上最慘重的災難突降其身。史實歷歷。可恨的是政棍充分利用文教技倆，扭曲、掩蓋、美化自己、醜化對手。只數年功夫，竟然就把史上最大的殺人兇手，搖身一變為民族救星、時代偉人、抗日英雄；又奉「三民主義」為舉世環球由古以來，最完善、最美好、了無缺點的思想學說，而把對方醜化到一無是處的地步。[9]

2. 依常理，既然日本明示世人，退出原先佔有的台灣，則台灣該還給原主。原主是大清帝國。但1945年時，該帝國已被「中華民國」推翻消滅。依「理」而言，「中華民國」可以據「理」力爭奪回台灣主權。但當時的該國，因國共內戰，雖有美國力挺，又援以最新式的作戰武器，且名義上是在位的主政者。可惜！已因各種因素，兵敗如排山倒海，被「八路軍」打得落花流水，大半江山已失。此種恐懼，具體的由台北市公車未有8路車，就可見一斑。要不是1950年竟然發生了南北韓的對幹，則早已佔領全中國的共產勢力，必直逼且聲勢嚇人的危及台灣；道義上還力挺蔣介石的美國，才下令軍力強大無比的第七艦隊在台灣海峽巡邏。崛起快速的中共陸軍，靠人海戰術，且一聲令下，長年飽受宣傳所惑的支那中國愚兵，當炮灰者數以萬計，砲彈數不及人頭數之多！有這麼殘忍的怪獸嗎？

---

[9]　光這些文詞，若早十幾年出現，作者必立即失踪，且慘遭酷刑。二戰之後，台灣文人有此種厄運者為數不少。

　　兩黨雖是兄弟黨，但兄弟鬩牆，父子反目，支那中國史前例多多！不過，蔣毛作風卻都屬兩極。我親自從台大政治系教授胡佛口中道出他的一手資料，即直接觀察：中國黨一得勢，立即與少數但錢袋滿滿的大財團及大地主勾結；中共黨每佔領一地方，就有數以千計的「普勞」（proletariats）蜂擁而至。蔣家軍即令享有大優勢的美國軍援，財源滾滾，但貪污舞弊技倆，無所不用其極，也難怪美總統杜魯門（Harry S. Truman, 1884~1972，第33任1945~1953），頗為不屑又不齒的數次痛斥：蔣家一家人都是賊！只是反共的美國，在環球戰略上，也不得不慷慨捐輸；支那中國，誠如五四健將，留英的地質學學者丁文江所言，地大但物並不博，所以如未有外援，蔣早就被縛了。台灣雖地小，但不只「山川秀麗，物產豐隆」（「中華民國」國旗歌歌詞的首句），日人又細心經營五十年。在支那的兩個兄弟黨，都師出同門。蔣黨治台後，國產等於黨產；又大舉沒收本該屬於全體人民的日產，也變成黨產，成為世界各國政黨高度羨慕不已的黨，安享天文數字的黨產，又極盡打壓能事的取締反對黨，二者之不對等，又那能落實「民主」所需的「抗衡」？「中國黨不走，台灣不會好」的心聲，早是台民的共識。

　　「教育」是含有高度價值的語辭。支那中國人在意字義者都忘了，「至聖」曾有過正名的要求；稍有文字學及語意學素養者，皆知「教育」（education）一詞，怎可與「洗腦」（brainwashing）、「灌輸」（indoctrination）、甚至「訓練」（training），當作同意語又可以互換呢？其中，「惡度」最高，「反意」最強的，就是「洗腦」。

　　黨化最具「洗腦」意，黨工甚至黨主席，都公然的以為，「洗腦」非但沒什麼不可，且還光明磊落的作了一件大善事。此謬論還有點「言之成理」，理之一不也正是荀子所言，人性「本惡」嗎？人性「本」不淨不潔，非澈底洗刷一番以還清白不可。但若以污水或醬缸來「洗」呢？則越洗越濁。洗腦如同洗腎嗎？全身血液已髒，蔣經國晚年就如此！洗腦兩字，本帶有惡意，即令惡徒也不敢公然言之；但「灌輸」兩字，卻在光天化日之下，官方公文書到處可見，也合乎instruction或instill一字的本意：「注入」或「注入式教學」，此一名詞，卻已蒙上了不雅

不佳的惡名。至於「訓練」兩字或training一字，更常用了，如「訓練體力」；或一些技術性的「學科」，都可使用之。常理言之，肉體方面可以「訓練」，心靈方面就不妥不允，不如取「陶冶」（cultivation）較雅！把「人」當「物」看，只能局限在「機體」層；「人物」有同於動物、植物、或礦物層次的；只是連訓練狗，都不許只用美心理學者桑代克（Edward Lee Thorndike, 1874~1949）的機械式「嘗試錯誤」（trial-and-error）論，或生理學家獲諾貝爾獎的俄籍巴夫洛夫（Ivan Pavlov, 1849~1936）學說。存在主義者為文痛斥，教育工作者不准將「生」（學生）視為it，——受格的（它），卻該如同主格的「我」（I）一般。將 it 改為 thou（你）。腦筋笨拙者，黨化「成功」的師長，用語常是「修理」，簡直把學生或孩子，當「機器」了！機器壞了，當然要「修理」。但學生呢？怎這麼用詞不當啊？沒錯，黨棍型的「教師」行為，十足的就是如此！使命必達的把學子當機器看待！壞了，當然要經過一番「修理」！修理的工具，就是棍棒、皮鞭、或戒尺！

3. 國共內戰，兄弟黨各憑本事殺得昏天暗地，「中華民國」轄區的教科書，從小就有殺朱拔毛，消滅共匪的課；視「大陸」是地獄，自己是天堂；且鋪天蓋地，長期、全面，系統又自以為「學理」性十足，不少甘受指使的共犯，只是有利可圖，相繼作拉拉隊、幫兇、打手，傾全力醜化對方，無所不用其極。更有毒且更受其害者還津津自喜、洋洋得意；他們註冊時必寫自傳，其中也必有一欄，即一生最崇拜的「偉人」。在「中華民國」治下，寫上孫文或中正，是最不會惹麻煩的，還會在公眾場合表揚。有關此類「史實」，現已幾乎人人皆知，不必贅言。

㈡下述教育「史實」，尤須較為詳述以合本節意旨：

1. 中共黨治中國之後不久，「訓練」出乒乓球賽世界冠軍的女高手，洗刷了東亞病夫一惡名。一次赴美參加奧運時，記者群往機場等候；她一下機，立即快速撲上，讓她欣喜萬分的以為可以「為國爭光」。出乎意料之外，也大失所望的是，麥克風聚於其眼前，問的是希望知悉「怎麼這幾天決定參加中國共產黨作為黨員？」但見她提高嗓

子，正經八百的回以：中國共產黨是中國人的最高領導，我有幸作為黨員，是畢生最大的光榮！」

2. 香港近日於2019年年末，反中共之情頗烈，若取之與台灣處於戒嚴時期之際（1949～1987），師大教職員在大專杯桌球賽中得亞軍，如此才得以「宣慰僑胞及僑生」之名出國，（戒嚴時代，出國是條件頗苛的！）第一站是香港，該地的師大校友不少；有人還在政界高升。在雙方聚餐時，校友問我台灣政情發展，我稍透露台灣獨立之氣氛，已昔非今比，聲勢越來越大！只見一僑生立即變臉，怒氣沖沖的說：「老師！果真如此，我願從軍把那些主張台獨的台灣人，統統殺光！」天啊！今日呢？更多的香港人一窩風的趕來台灣旅遊，羨慕台灣未中了「一國兩制」的圈套！自由度、民主度、開放度，都讓港人欽佩！

3. 有一台灣父親帶小孩到日本玩，一下飛機時，父親告訴小學生，孩子啊！從那個窗口出來的，是中國大陸的人！小孩一聽，立即色變且連續驚聲大叫：「共匪！共匪！」並且拼命的以跑100公尺速度，往那個窗口衝，因為他平生未看過「共匪」！但一瞧之後，卻見他緩緩慢步走回，向父親說：「爸！共匪跟我們沒兩樣！差不多！」小孩天真無邪，又何忍心向天真純樸者下「毒」呢？與此類似的佳例，是當老兵可返鄉探視後，一位反共義士般的退伍士官長到家鄉時，迷路了，乃向過路人尤其警察求救：「請問共匪，到郵局要怎麼走？」

在台灣，如此全天候又幾乎是一生都環伺也長相左右的「黨化」，由幼兒開始到成人，都必是「中國童子軍」的一員；「中國童子軍，童子軍童子軍！我們，我們是三民主義的少年兵！」這是「中國童子軍軍歌」之歌辭！稍大則要加入「中國青年反共救國團」。團長是蔣經國，總團部設在台北松紅路「志清大樓」。志清是蔣經國的另名。到了青年階段，就要求加入中國國民黨。在校上的學科，連數學、美術、勞作、音樂或體育，都含有極深的黨化功能。「我國軍機1架，把共匪米格機隊共11架，擊落3架。問：還剩幾架！」但有功效嗎？公然敢引起反感者不多！但只是非公開化又明朗化而已。內心深處，已慢慢滋生「抗議」心。

　　有一高雄中學的畢業生，參加大學聯考，三民主義一科缺考零分。但也總分可入台大；另一台北建國中學的高才生，「拒絕聯考的小子」是他的渾號；當然未入大學之門。可是，學「力」，不比教授差。

　　大學聯招會討論三民主義一科是否不考，或只採50分，或續考時，結果，「中庸」大行其道。但引來銘傳專校（現為大學）一女校長，忠黨愛國情深者頓時痛哭失聲，在會場上倒地亂嚷：「國家亡了！國家亡了！」

　　上舉數項，該甚有史「訓」意吧！可惜似乎較少人提。我在此也只不過是忠實的報導（report），而非「扭曲」（distort）。

　　4. 兩兄弟黨及大師兄的蘇聯，都在普及全民「教育」上，成績「亮麗」：台灣在2019年有首富擬參加總統大選，政見是人出生後，所有的教育經費，皆由政府負擔。但據我所知，二十世紀以來，環球最重視全民教育的國家，是獨裁專制尤其是共黨國家。基於黨情高於親情，出生後立即快速的作為三民主義的少年兵，或呼吸共產主義的空氣；領會「爹親娘親，不如毛澤東親！」中共黨戰勝中國黨之後，毛主席拜託北大校長胡適不要走，胡不就範；中共黨火速的予以清算，並且令他的長子當要角。天啊！孝父不如忠君！其子是否心甘情願？或也如同乒乓高手一般！但是否知悉，他父親為了向恩師致謝，乃取兒名為「思杜」（思念杜威）！在愛國忠黨的旨令下，還顧及什麼親情或愛情呢？試問此種國度，不是已把人視為 it，而非 thou 了！

　　在「中華民國」境內，存在主義（existentialism）、分析學說（analytical philosophy）、馬克斯的「唯物主義」（materialism），因都與「三民主義」作對，且極端不合，下令皆為禁書；若有人敢引用，只能當工具，卻需賣力批判之，絕不許有隻言斷語揚其優點；將歐美分析哲學介紹入台的台大殷海光教授，下場就是抑鬱而終！國共相互比「醜、臭」，都對自由主義份子大開殺戒，不是法老大哥蘇聯嗎？即令獲諾貝爾獎者由於關心人權，也得到西伯利亞的冰天雪地裡，去勞改，或「蘇武牧羊」了！中共不是有樣學樣嗎？難得一位詩人榮獲諾貝爾和平獎，由於對中共有異音，竟然不但不准他到挪威領獎，在舉世眾所注目的頒獎典禮

中，空下了他的坐席；並且還一直把他關在囚房內至死！美國或民主國家之可貴，就是任誰都可以在大庭廣眾之前，厲聲指名道姓的批評總統或首相，絕不擔心有生命之虞。「免於恐懼」（freedom from fear），這是支那中國或全世極權國最難辦到之處！

以公權力推展全民教育，這方面的表層業績，足以傲世；但如視之僅為工具、手段、技倆，以達成極權的政治目的。此種活動，又怎夠資格稱為「教育」呢？反而中毒越深，治療更難，人人幾乎一生一世都處在黑夜裡。台灣及支那中國，在兩黨長年統治下，造成的愚民，數以億計！猶稍露曙光者，就是倖運的偷看了「禁書」；更難得的是選舉時，短暫的聆聽「異議人士」之「詭論」，又享受「言論假期」；甚至有機會到民主先進國家出國深造。1970年我獲教育部公費赴美，「老」留學生常埋怨，在台灣被騙了十多年了，心中不免埋下報復反擊之心！時機未到而已！即令不作「鱸鰻頭」，也可作「鱸鰻尾」！把「教育」當作「洗腦……」，時長人多，此種行為非但不是善舉，他（她）們更是「毀」人又「不倦」的劊子手！不少人歌功頌德，中國黨抵台後，設的學校更多，入學數更眾；但只重量不計質，則識見之淺，不屑一談！諷刺的是台灣經營之神或擁有億萬家產者，如雲林的王永慶、澎湖的張榮發、台南鄉村的高清愿，都幾乎連小學都沒畢業，倖得家境清寒這種劣勢，才能免於長出多年黨化洗腦之瘤。相反的，不少名校的博士、教授、院士、大學校長、院長、系主任，傑出又是名譽教授者，卻是病入膏肓者了！評「教育」優劣者，識見尺度，最該是核心主軸！

(三)批判黨化者前後之對比

「國」與「共」之洗腦手段，彼此稱羨。指摘者必具「智」及「勇」二德。

1. 在支那中國，或許受孫文之精神感召，一些自由派的學者，呼應「三民主義」者多；但仁心慈意胸懷者，也知悉「普勞」（普遍的勞工）數千年來的苦難；因此，也在心中有與共產相同或近似理論者。胡適年青時獲公款出國，一心一意要為人數最多的農夫以科學新知新技來

改善他們的苦況！乃選擇全球首屈一指的農科大學康乃爾（Cornell，位
於紐約州北部）就讀。其後，台灣農業專長的李登輝及法學出身的蔡英
文，也都是該校校友，且都當上「中華民國」（名義上的）或「台灣」
（心目中吧！）的總統。國共內鬥之長、殘、慘，不少有見地的北大學
者，包括校長、教授，不得不陷入長考。在他們的「高」標準下，兩黨
都非他們的最愛！可是，選項並不多；有的赴美如胡適，更早的蔡元培
（1867~1940）或吳俊升，既不留「祖國」，也不擬赴台灣；痛苦或觀
望的以香港為「暫厝」處。

　　兩黨各在「中」「台」兩地，實施堪稱史上無與倫比的學術迫害，
手段幾乎都是儒門孔教遺留下來的祖宗絕技。集黨、政、軍、政、校
大權於一身者，毛蔣如同一人，壽數也近似（蔣父子，1887~1975，
1910~1988；毛，1893~1976）；力勁及手段之陰，後來居上。在支那中
國方面，因非屬本書範圍；下述僅提及台灣的部份。

　　2. 在寶島的治者，實是典型的獨裁苛政者，卻也為了要取悅背後台
柱（美國），公然屢稱「堅守民主陣容」，又更進一步的有具體行動，
同意由一批「忠誠」無虞的親信，在治下屬地且前曾有過慘案的台灣，
出版《自由中國》雜誌，全由「外省人」負責其事。似乎昭示世人，此
「中國」享有「自由」，與彼「中國」作一180°的對比。兩個「國」
的簡稱，都叫「中國」。刊物中早就有對「黨化教育」一事，提出極具
見地的反駁與指斥，既有「見」又兼有「勇」。這不是最具水準的文
化國成為文明國所需的「知識份子」（intelligentsia）嗎？傳統儒學可
稱道的，也對「士」有如此的期求。只是美中不足的是，批評者也把
「黨化」與「教育」二詞聯結。該雜誌的寫作者都由「外省人」包辦，
費用還由教育部以「公款」補助；「公」款即「國」款，也是「黨」
款。只要不脅及政治權力寶座，則視之如蚊子虻牛角一般。又在刊物
上大書英文Free China，與中共黨的Red China，雙方隔海對峙；還自以
為光明正大，數十年持續不停的謾罵中共黨治下的百姓，過的是「鐵
幕」（iron curtain）日子；這種不容情的酷評用語，取自英首相邱吉爾
（Sir Winston L.S. Churchill, 1874~1965）；不過，後者指的是「蘇聯」

（Soviet Union，1989年「蘇聯」解體之後，Union 都成為獨立的國，最具實力的是俄羅斯，Russia）。[10]

「自由中國」此辭的使用，最為掌政者及外省學者、作家、或一般人所樂用。其後，以「台灣」這個「母親的名」為主者，尤其任教於北美洲（只美加兩國，但這兩國的政、學、軍、經、文等力，都位居世界第一）大學的台灣人，以理兼情，大力遊說美國國會的友台議員，常諷 Free China 着實可笑又荒誕，因為「Neither Free Nor China」。

學蘇格拉底甘願作「牛虻」（God-fly）或「電魚」（lightning-fish）作風者，也是《自由中國》雜誌寫稿者，難得在齊一口徑的政治風下，敢寫出逆耳之言的文字，公然指斥「黨化教育」之不宜不妥；因形同希特勒作風。不過，黨化大樹，高聳入雲，紮根也深；搖者人少，雖也及於要害，但捍衛者多，且都是「黨、政、軍、學」要員。該雜誌又有採取行動擁護蔣介石的世界級大師胡適掛名為社長，但他長期在美，影響力有限。「黨國」又利用該雜誌作為民主先進名號來欺瞞外人，故對「黨化教育」之批判，雖也甚具可看性，但後續者少。「黨化」不但不為所動，反而「效力」更猛！

以「史」為基點，萬事起頭難；《自由中國》傳來空谷足音，量低音弱；掌權者冷然置之不理，抗議者也莫可奈何。

3. 政改配合教改之後，才讓霸權者芒刺在背，不得不立即進行取締行動。「文教措施」的批判，若不危及政權的穩定，如台灣文化協會一般，執政者當然還稍釋善意，而無牢獄或生命之災。其後《自由中國》的核心份子，視野擴大，一來加入了既有見又有勇的台灣本土之知識份子，不得不使獨裁者膽戰心驚，蕃薯不只落土了，且不怕爛；也被「外省人」相中了，若兩相結集，佔人口少數的「外省人」，加上人數極佔

---

[10] 與文教有關，但與台灣教育史較間接的一事，有必要藉此稍提。英自二戰後迄今（2020），掌有「實」權的「首相」（Prime Minister，權同於「總統」），除了他之外都是牛津出身；邱吉爾未上過大學。（Andrew Marr, *A History of Modern Britain*, Pan Books 2017）。牛津之「獨」佔大英政壇，比美之哈佛大學，日之東京大學更為明顯。台灣的民選「總統」，迄今也都由台大包辦；英台二國「幾乎」全同，台灣尤勝一籌，迄今無「一」例外。

優勢的「在地情」的「本省人」，正是對中國黨最寢食難安的挑戰了。其後真正負責其事的是蔣的接班人，長子蔣經國，一直把「黨化」與「教育」相連，視「黨化」是教育的最佳手段。《自由中國》的作者，雖指斥黨化方法之不當，教材內容之不妥，師資等之不宜；這在教育史上的任何一種「教改」，都是如此，不足以大驚小怪。只是該指出，中國黨之「黨化」，是以「學校」甚至整個「社會」，來進行「教化」的。出乎他意料之外的是受過長期「教育」甚至「黨化教育」洗「禮」（洗腦）之本省人及外省人，竟然搖身一變，形成一股潛在的反對勢力。相互糾結要成立「真正」的反對黨，不願充當「花瓶」，更不該成「泡沫」，且要求「改國號」，而國號中竟然有「台灣」兩字在內；這簡直是叛國，叛黨叛變了！嘿「向天借膽」也不敢如此啊！我的南師及師大教育系又教育研究所校友歐用生（1943～2019）撰述學位論文，批評國定版（全「國」統一）教科書內容之不妥及不當，杜正勝在一次研討會上公開說，敢撰述此種內容的作者，「向天借膽」！因為蔣介石國事煩忙之中，必撥時光取「標準本」教科書來「審視」；犯其忌者，必有極慘的處置！「教科書」，小事而已，他都不能吞下了！上天也給膽要雜誌社公然為文來反擊「黨外無黨，黨內無派」的長年「聖」旨嗎？因之，立即採取行動，雜誌社關門，且抓人處以重刑。

教改要成功，若政不改，則揚湯豈能止沸？

一網打盡，為民喉舌的機關拉下鐵門，在歷史上永失，主角坐監，長達十年之久。政治牢的名單中，全是外省人，本省人也就鳥獸散了！

「物極必反」，這是物理現象；心理現象，類似者也多，雖不一定是「必」，但可能性極高。前述留美的台生，幾乎無一例外，個個都長年呼吸於黨化的毒氣房中；一旦到自由空氣的美國（或歐日）──留學生以美國為最大宗，經過一番冷靜又「痛苦」的比較之後，優劣立顯；「反正」者不計其數；雖經由「學理化」甚至「哲學化」的將「（三民）主義」、「（孫文）學說」、（國父）「思想」，甚至（總裁）「言論」等說得天花亂墜，只要稍微在具體的日常生活中予以體驗，上課時討論之活潑，以及正反兩面皆能自由自在的高談闊論，主動性、積

極性、樂觀性、且和協性，都不只在校風上展現，也十足的反映在百姓的日常生活中。不錯，再如何先進、民主、開放、又自由的國度，也是弊病常生，醜聞見報，暴力時有，反政府行動頻見；但絕不有禁書、禁歌，不准演講等事發生。就單以美國而論，建國（1776）以來，何曾聽聞有人要遠走高飛。下章將續詳談此事。

「國」「共」兩黨，秉承漢代儒學代表之董仲舒（179~104 B.C.）之「遺風惡習」——罷黜百家，獨尊儒術；在支那中國於1949年「赤化」後，「罷黜百家，獨尊共產主義」；台灣則從1945之後，「罷黜百家，獨尊三民主義」。先秦諸子的百家齊放，萬紫千紅的學風，黯然失色，只存單一主義橫行，且手段之高明毒辣，史無先例！

將「黨化」一辭的真正底蘊，全盤展現，比喻為「洗腦」；又直接痛斥蔣經國振振有辭的將它與「教育」聯結，這是本文與過去的批判者最為不同之處。過去的知識份子膽敢有「異論」，勇氣令人佩服；但卻無百尺竿頭更進一步的取用童叟皆知的「洗腦」二字，是美中不足；既非一針見血之反擊，殺傷力，或許減弱！

邏輯是健全學理的基礎，謬誤才不致於發生；歐美學界在此方面有極長久的研究成果。*Petitio Principii* 是拉丁文，意即「據未決為已決」，必產生思考或推論上的錯誤，本書所作的各種評論，大半皆在提醒學界勿犯此「謬」。[11]

---

[11] T. E. Jessop, 'Some Misunderstanding of Hume'. in *Hume*. edited by V.C. Chappell. U. of Notre Dame Press. Notre Dame, London. 1966. 48.

第六章　民主化教育之植苗與紮根（1987～　）

　　台民歷經數十年甚至百年的辛酸血淚，早期的「當家作主」，在意識中本來是「落花」既無意，「流水」也無情。台灣這種「地名」，過去雖「自身難明」；但目前，卻已是住民普遍的稱呼。但台民對「國」的意識，雖在「名」上曾出現過，但時現時滅，且是零星式的。即令可稱道的「台灣民主國」，卻「名實不一」，因政治上未能由台民享有主權。「三民」之中，先有「民治」，才真能「民享」及「民有」。「政治掛帥」，這是實情，不必隱瞞。

　　簡言之，教育的民主化，必有政治民主化作後盾。當然，教育民主化也為政治民主化，墊下基底。二者互為表裡。

　　政治民主化之下的民主教育，有兩種形式：在地理名詞與政治名詞合一時，最能使二者之民主化順暢無比。當今民主先進國家，政治與教育，兩相民主，就是如此。以美國為範例，1776年之前政治及教育，二者皆是colonial experience；政治不獨立，史上還未出現「美國」這個「國名」；北美十三州的師生，無政治上的「自決權」。教育，幾乎都是來自於母國的翻版。首所學府「哈佛」的所在地，都一字不差的取自母大學的校名——劍橋，連「新」都不必冠上；英國古城大鎮York，到美後稱為New York；英吉利海峽中一島，名為Jersey，美有一州是New Jersey。但獨立戰後，立即政治配合教育，將非民主的學府名稱悉數刪除，而另取新名。這個新國家，無「王」也無「后」；因之，本稱為King's College的，就改為Columbia College（即其後的Columbia University）；Queen's College改為Rutgers College。日本也如此，二戰後所有之大學之名，皆取消「帝國」二字；連台灣也不例外。當然，名實能一，才算是民主化。

簡言之，既自認是「台民」者，必也是認同台灣不只是「地名」，且也是「國名」。若「台灣」不是個「國」，而只是另一國且非「民主」國之中的一「地區」，則台灣住民絕不可能享有民主之「實」。

第一節　政改與教改齊步

台北帝大立校之後（1928），精英少數的台籍生，幾乎絕大多數都擠入醫、農、或商，少入文、政、法等學門。若引自俾斯麥的預言，以文化最表層、外層、膚層的「科技」為主修，少涉也無膽思及中層的「制度」，及底層的「思想」，則這種人有如井底之蛙。當然，最主軸之領域，也是最為敏感的地盤；不只個人生命有危，且親朋好友都受牽累。此種風聲或警語之大，聲勢之強，有形無形中威力無邊。我曾聞及早年入帝大的台生，為何不唸法政，他們說，或許不是政府當局設限，而是台灣父老早就有明示。若學風如此，而政改及教改不此之圖，則是揚湯不必然可止沸，卻絕無斧底抽薪之功！

當然，打算步斧底抽薪之途者，在苛政之下，就早該有：「引刀一快少年頭」之心理準備；且也不見諒於父母。幸而，如同草山有涓絲瀑布一般，終有匯聚成湖水如日月潭一般的樣貌。其中，極帶有教育（教訓）意義的台灣教育史研究，絕非斤斤計較於年月歲數之錯誤，死傷人數之不準確，生卒年代的差池等，這些「史料」，不形同「死料」嗎？世界各國的民主革命史，不是都由極少數的先知先覺，「喚醒」民眾，共襄盛舉，最後而有的豐功偉業嗎？從「轉型正義」[1]的現在流行用語而言，早就該把某些史上的「偉人」，當「罪人」；且「好人」也當「壞人」了；更處以該得之罪；這才叫做「好人翻身」。一部「演義」

---

[1] 該辭確實譯語不妥。justice要予以transfer，就是將過去眾人昏昏時誤以為的「正義」，翻轉過來；「義」如同「教」及「育」一般，有正面也有反面；但嚴肅來說，「義」及「教」或「育」，本身都「該」是「正面」的，何來「反面」？只是多數人還在睡夢中，「誤」以好人當壞人，壞人當好人。「真是假時假亦真，假是真時真亦假」，《紅樓夢》的名句，在「真理」的探尋過程中，意義繁多，確實要費時深究！

的小說，不都是真正的「好人」歷經多時的受冤枉、吃苦頭遭毒打，「最後」才得善報嗎？作為「完結篇」的這個「最後」，民主先進國家早有先例。天堂不在死後，生時就可降在人間，何必「空」等待呢？

一、「教育」二字的傳統意，反動及被動意甚濃

1. 倉頡造的有些字，稍加以分析或解剖之，有時含有深意；至於是否合乎造字者的原先意旨，是其次；但若能引發省思及領悟，則必獲益匪淺。「教育」一辭，或「教」及「育」二字，自古以來都是支那中國及台灣學子必誦必寫者。外文之education（英及法）、erchihung（德）等，《教育概論》一書，多半也會提及。下文只就前人未見者，提出以就教高明。

「教」字部首有「孝」，正是儒教孔學的核心；「育」依《說文解字》，是「養子使作善也」。此種古人說法，是兩千多年支那中國信史中最確切不移的觀念。雖分為二字，其實只具一意，即「德」。重德主義（pan-moralism）在此，鐵證如山。人之可貴，「德」當然不可或缺；但「知」及（泛）「智」，更是作為人享有「萬物之靈」封號的正字標記。眾人該也知，若德而無知，即非真正的德，且因而肇的禍、惹的殃，更是災難更慘。古來的「教育」，雖分兩字，簡化之，一字即可。「教」中的「孝」，是所有人注重的「德」，且是至德。德，意指行為需「善」，這已完全是「育」一字的古意了。

2. 有趣的是，教中的「孝」，與「效」，不只音同且也意同。「上所施，下所效」；「效」字必也含「順」意；「孝順」等於「效順」。一言「孝」，立即與「順」合。「順」與「從」也意同。尤其要求女性必須「一從，從一而終」；甚至還得「三從」──「在家從父，出嫁從夫，夫死從子」。「從」、「效」、「孝」、「教」、「育」，這些字，只提其中之一，必「扣緊」（cogent）其餘數字。此種「命令」，也不只要求女性而已，男性也不例外。這類史實，多如汗牛充棟，不必費辭贅言。

　　既然如此，順、從、效……，到底以誰為楷模或榜樣呢？既追隨在其後，則必「前有古人」；古人呢！到「孔子」為止，因他是「萬世師表」，也是「至聖先師」。這些封號，早已告知後生，有了宿昔的典型，必取之為「範」。因此，學校機構中有「師範」兩字的師校，除了政治人物之銅像之外，必有孔子銅像！

　　進一步思之，學習或成長過程中，有先人且該人又達「聖」境的古人在前，後生緊隨其後，既安心也放心！這不是頗為愜意的「不亦快哉」嗎？但從冷酷的事實，且另有其他見地的「高人」之解析中，卻能提醒在後的跟隨者，連「至聖」也如同台語說的：「仙人打鼓有時錯」。「仙人」與「先人」，同意也同音，真是有趣！後生要百分百聽順如哈巴狗嗎？註定如此就可以永保無事又沒生差池，這「絕非事實」！且只「順」不「逆」，也非自然現象。遠行出國坐飛機，送別者必口說「一路順風」，其實真是無知！飛機起飛必「逆風」，才一方面安全，另一方面可以飛得更高。玩風箏者也必有此「常識」，順風立即玩物掉下落地，那能翱翔於雲際？台灣高等學校傑出校友的辜寬敏，口述歷史的書名，就有「逆風」兩字（前已引述）。可惜，兩千多年的支那中國史，一言以蔽之，是「順我者不必然昌，逆我者必亡」！如此一來，就也如同有人比喻，教育史或一般史，如一條運河，下游水位必低於上游；一代不如一代，每況愈下。從支那中國史來看，古的位階曾經高過，甚至足以傲世，但卻世風日下，人心不古！「教育」兩字，只具一意，正充分或十足的反映出此種史實。

　　3. 孔子即令是「至聖」，但犯的錯不少；其中嚴重到實在不足以寬諒的大過，是蔑視女性。有人替他圓話，以為「時也，世也」！兩千多年前的「全民」，都有如同孔子的看法，怎能因此怪這位「先師」呢？這也真奇怪了，一個「偉人」或「聖賢」，必該有「超出眾人之見」的「卓」見，這才能使呆呆憨憨的眾生或愚生佩服！晚他千年以上的王陽明，詩句中有站在「最高層」者，才能「不畏浮雲遮望眼」。若享有「聖」且是「至聖」之封號者，也僅在遮望眼的雲層濃霧中，又那能有一清二楚的視野？飛行或駕車，甚至步行者，若遇到此境，非stop（止

步）不可。但已在雲層飛行的飛機呢，最好能有「逆風」來臨，趁勢一飛沖天，才能現出一片 clear（一清二楚）的安心航線。前已引述孔子有過經歷，知悉婦人之高見：「苛政猛於虎。」此成語的靈感，正由此而生，也成為大哲學家羅素所引用。上文已提及。亞聖的孟子，其母也懂得「三遷」！好吧！先就此打住。孟母實有資格當賢母。不過她之三遷，是消極的、被動的，層級如候鳥一般；或也如古代農夫，台灣耕田者的看天田心境一般：「由天不由己」。「聽天由命」，任大自然或他人宰割。家禽不是此種遭遇嗎？當然，家禽不曾想過，要「三遷」其住處。家父養牛，曾向我提及，老牛被主人帶往虎尾屠宰場時，也會掉淚！聽了真是辛酸不忍！但人不該如此受「身不由己」的安排啊！一部支那中國史，尤其書及女性或乖乖的孝子之行徑時，真有令人看了擲書三嘆的愚忠愚孝典故。奇怪！世上怎有如此不仁道的國家！

　　孟母三遷，是普受多人歌頌的行誼；但裴斯塔洛齊教育小說的女主角 Gertrude 這位《醉人妻》，才完全合乎故事之意。她發揮了無比的「愛心」，終於感動了不務正業的丈夫不但從此戒酒，且使家鄉革除掉不良舊習。如此，才名正言順的可以領取模範婦女、教育媽媽、及幸福家庭的扁額且將之高掛於廳堂。孟母[2] 與之相比，差了一大截！

　　可惜，守舊又被動的儒風，幾乎從支那中國悉數吹襲寶島！在主政者大力又全面且長年的展開「中華文化復興運動」時，更勢力驚人！即令文教積弊已深，但教改人士稍批孔子者，每被人格侮辱的斥為漢奸、愧對祖先、敗類等；連文字獄也都會降臨於誹謗韓愈案者了。撼動腦袋已「恐固力」（concrete）──僵如水泥（紅毛土）又大權在握的官員、政棍、學棍、黨棍、軍頭，確是艱難萬分的大工程！

---

[2]　孟母三遷故事，引人省思！住居有惡鄰，搬家是方法之一。但台灣也有惡鄰在旁，怎辦呢？愚公可以移山，台民可移台灣遠離嗎？祈禱上蒼吧！地震之時把台灣移遠些！或發揮如同 Gertrude 之大愛，使惡鄰改邪歸正！才最夠資格得有模範媽媽之美名！

二、「日」出「中」入，「中」出「台」入

1. 短短半世紀的日本文教，即令有檢討批判之處，但已藉日文及日語之學校教育，直接間接的與歐美先進國家接軌；台民雖也受皇民化灌輸或洗腦之災，加上雖蠢但勇敢十足的學神風特攻隊模樣，作為日本侵略戰爭中的砲灰，亡魂埋於外地及台灣的多；但清醒的學子，也不在少數。到日本留學的台籍學生中，台灣意識猶如潛存已久的秧苗，孕育成具體行為的，最少有《台灣青年》雜誌的發行。連我在1970年於美求學時，都接到由東京所寄的該種雜誌；其次，台灣1921年的台灣文化協會，雖壽命短暫，但也醞釀出鄉土情及改革心。前述章節雖早已提過，尤待補述的是，或許由於他們仍大受支那中國儒學情所左右，潛意識中一聆日本投降，就喜出望外的採具體行動以迎「王」師，萬人空巷的聆聽蔣介石在台北「公會堂」（現在的「中山堂」），聽似懂非懂的家鄉腔演講！虧日本五十年帶給台灣的文教成果，竟然幾乎一夕之間，「日本情」頓成泡影；反而將埋在深處予以理想化及夢想化而誤以為儒學孔教才是台灣師生心中的最愛！不容情的說，那只是不求甚解的腐儒生之膚淺低見，但卻也着實的反應出，台民漢學根底之不堪造就。其實，即令是廣受支那儒學大力吹捧的「國學大師」，也盲點甚多且甚深。可見儒學孔教在這方面確實魔力驚人。何能如此，實在是學界該進一步追究的課題。

日本文教退出台灣數十年之後，日本文部省提供獎學金予赴日的台生，量多且金額之高，更非「中華民國」之教育部每年一試的「公費留考」錄取者，一學門且只取一名。我錄取的那年（1969）破記錄的取了十名（一學門只一名），但每月生活費是美金200元；相較之下，日本提供每人500美金，相差2倍半，名額又更多！那一國才注重文教呢？由此具體例，可知其餘。中國黨也撥出中山獎學金，數額同於教育部公費生；錄取者必須黨性堅強，且到海外留學，負有任務，即作spy，馬英九或許就是其中之一。教育部公費過去只給兩年，學長歐陽教等就是如此，每月還只給120美元零用錢作生活費；若兩年後還不想回國，則自

我設法。中山獎學金不只給2年，還有長達7年者，如馬英九就是顯例。他回國就當了蔣經國的英文秘書、台北市市長、及「中華民國」總統。

　　2. 台灣史之「變」，不只多，且是大變；因之，前後出入極大。大風大浪之際，掌權操舵者，當然下令乘客靜坐勿動。二戰雖結束，支那中國本土卻國共打得火熱，不旋踵，「大陸變色」。中國黨選定台灣作為最後掙扎的「暫厝」處。毛蔣對幹，後者倉慌逃亡，或許是他一生中最覺大失臉面的遭遇；痛定思痛，且非常時期非採非常手段不可。接管台灣短短不到兩年，就發生台灣老婦因只販賣私煙，竟然老粗的支那軍人就開槍射擊該謀生不易的煙販，還讓不滿的圍觀台民流血，因而引發了二二八事變（1947）；不只全台死傷數以萬計，且犧牲的幾乎是經由日本皇民教育多年培養出來的台灣精英。[3] 在此種慘劇之後也不出2年的1949，更狠心下了長達38年的戒嚴令，更使富有台灣心的台民動彈不得！雖其後遭受民代的冷嘲熱諷，不少台奸首長竟還敢振振有辭的說，「只封鎖3％的人民行動而已」！這是林洋港一生洗刷不掉的代名詞。難道他不知，人身最重要的部位雖只佔可能還少於3％的肉體，但該部位卻重要性無比！史家司馬遷（145B.C.～86B.C.）被皇帝處以「宮刑」，如同宦官遭遇一般。他若訴苦抗議，皇帝不也可以安慰他說，唉！小事嗎？生殖器只佔人身3％罷了！

　　「背景」有遠有近。就台灣而言，由於曾大受「古國」之支配，因之有「遠」自孔子以還的守舊，但依成規，上行下效等保守風，勢力雄渾！對「改」特別敏感，還橫眉怒言以向，扠打腳踢、坐牢入獄，更處以極刑。守成，是心態肅靜，也是校園內到處張貼的標語！終成為百姓師生官員的至高準則。就「近」來說，四百多年來外在因素的快速變局，難免如同台灣海峽之波濤洶湧，或如太平洋飄來的巨浪及「台」風，又加上海島居民的冒險求變心態；但高高在上的治者，不視台灣為長居久住之處，異鄉心態作梗。台民之反抗心，自非大陸型民族可比。

　　「物極必反」，在物理層面是自然現象；心理反應也每試不爽。而

---

[3] 台師大歷史研究所高材生李筱峰的碩士論文，對此有極富價值的資料及評論。

海島民族通有的反抗心，不只不屈服於天然災難，也較少臣從於虐君暴政之下。這在台灣史上是斑斑可考。也難怪陸地國的大清，視之為燙手山芋；料想不到竟然有「不識貨」的日本「倭寇」，願意「收留」，因之同意「永久」割讓給「小」日本。日人治安較支那中國，好得太多！即令有不愉快的「抗暴」事件，且死傷也不計其數；但要是台灣人「天命」註定不能當家作主而迄今仍屬日本，一來比較不擔心「惡鄰」口口聲聲的血洗；二來文教水平與日本不相上下，且學術成就驚人。（書及此之今日2019.10.9，今年諾貝爾獎又有一日本化學教授得名。）則台民之力主以台灣為「國名」之想法及行動，可能消失！因為日本退出台灣之後，已成真正的「民主國」，台灣如作為該國的一部份是一種「恩賜」，也不願分離；猶如夏威夷是美國一州！或北海道屬於日本一般！

　　閒話少說，也不願本書頁數太多，增加看書者成本。長話短說但必有重點：中國黨指中共為萬惡的匪，其實彼此二者本是同根生！拜託！勿把毒菌殘留於美麗島。詭異的是，蔣「幫」與毛「匪」誓不兩立，因之！台灣迄今還未被「匪」予以「解放」！

第二節　民主──政治意義及教育意義

　　決定人類走向的一股主力是政治力，政治力主宰一切。但不幸，這道主力常是苛、虐、霸、橫，導致生民塗炭，戰爭頻仍，這正是文教活動的大劫。以大學教育而論，以前的德國高等教育之成就，舉世無比；亞洲及美國到歐洲的有志青年，德國大學是首選，尤其是1810年立校的柏林大學，有了支那中國的蔡元培，台灣師大的田培林，在教育上都是令人仰望的大師。但二戰之後，本名列前茅的德國大學，都幾乎落到「中段班」層了。法國也不例外。重大原因之一，就是二次世界大戰所造的孽，這已幾乎是「常識」的「中庸」之見了。支那這個古國，也是近百年以來的「中國」，或外人所知悉的China，大學生都一窩風的往美、英、日集中。不過，得天獨厚的是美國。美國高等教育的優勢，所向披靡的一要素，民主政治是主因。

　　「莫等待」、主動、積極，是美國人民的特質；加上又有發展文教尤其在尖端科技部門所需的龐大財源，否則是無以濟事的。因之環球的精英，幾乎都匯聚在美國。多年以來，每次發表的諾貝爾獎，美國大學教授年年上榜，且人數之多，他國無法望其項背。此種現象唯一的一種重要因素，是「民主」。不但美國是人類史上第一個民主革命成功之國，且政治上的民主，必有教育上的民主，如此才能紮深根，長大樹，屹立不搖，持續庇蔭天下英才！加上地大物博，經濟力全球居冠！最是學術研究最不可或缺的主因！

一、由民主理念形成的「思想」，澎湃洶湧成一大「思潮」

㈠「經驗」與「實驗」或「試驗」

　　1. 人類原本以經驗（experience）為師，初民就是如此；連科技或太空時代的現在，亦然。但歷史悠久的民族，若只在這方面所得的「累積」，不必然有利於幸福生活或安居樂業，有時卻反而是包袱與累贅。因為「經驗」有成也有敗，有功也有過；「知過」及「知敗」，是一大因，「能改」更是一重因。

　　不少經驗是被動的，年歲久者多半經驗比夭壽者多。但如光依此為據，這是消極無意義的哲學觀。支那中國人常掛在口頭的是：「不聽老人言，吃虧在眼前」；「嘴上無毛，作事不牢」！注意！女生及孩童，才嘴上無毛。

　　化被動為主動，去「經驗」而取「試驗」；中文一字之差，意義區別明甚。經驗雖能積少成多，積腋成裘。「不積跬步，無以致千里」。這是荀子的名句；美國教育家富蘭克林（Benjamin Franklin, 1706~1790）也有類似格言，many a little makes a mickle。聚沙成塔，鐵杵磨成繡花針；這方面的成語太多。由心理學的實驗形成的「教」及「學」，理論是「嘗試錯誤」（trials and errors）說，只是這都是被動的。杜威等美國思想家，不滿於哲學上的「經驗主義」（empiricism），對古典心理學上的「刺激－反應」（stimulus-response）說，更不無微詞，因為都屬消極

的、等待式的。史學大師湯恩比（Armold Joseph Toynbee, 1889~1975）之史學研究，綜合一結論，各民族是否採取「迎接挑戰」（challenge）的方式，以區別「文化」及「文明」；一成不變者必成為落伍料，在優勝劣敗的無情競爭中，消失或落入被欺的不堪地步。

2. 僅取對支那中國及台灣文教史有關的胡適之「經驗」而言，幼年在台灣長大，其父胡鐵花在台東作過官（前已述及）；其後在北京，名重士林。年屆老邁時在台灣舉足輕重，把老師杜威哲學或「試驗主義」，以一句話來表示：「大膽假設，小心求證」。「假設」（hypothesis）如同支那古時法官斷案擬追尋的「因」，「求證」（verification）就是要找「實證」。「事出必有因」，但若「查無實證」，就難斷案。果然，名師出高徒。假設及求證二者，現幾乎是稍有科學概念的師生，都一清二楚。但誠如一香港學者提出的一問，研究者單提出假設即可，為何還須有大膽、小膽、或無膽之分？此問極佳。但稍知「史」尤其支那中國史者，也該曉得，有價值的「假設」，必定會有極其敏感的議題，尤其在封閉專制、又極重威權的社會裡。即以本書所提的對儒學孔教的指摘或「酷評」，在戒嚴時代，必惹禍上身；學術迫害在旁侍候，也多了一樁！這也是我親身體驗的。試問持「地球為宇宙中心」，這種天文學界累積數千年的科學史，加上基督宗教威力無邊的狀況下，哥白尼及伽利略等人之「敢」提出與其對立且是兩極化的「太陽中心說」，若無「大膽」之勇，又何能將宇宙中心扭轉180°？從此，「陽曆」取代了陰曆。以陽曆紀年，不只是「西元」而已，且早已成為「公元」了。支那這個古國，舊習卻是劣慣之想法，多得不勝枚舉！衝破網羅，亟須「大膽」！只是不許莽撞，或逞匹夫之勇有如三國時代的呂布，即令孔武有力但若「無謀」，則等於雖「膽大」，但「妄為」。讓曹操「不足慮也！」因之事先必有步驟、有計劃、深謀遠慮，才能有所成。那是要費功夫且需「智慧」的！1859年成立的「台灣民主國」，數夕而已，即在史上消逝。以當時的條件，又怎與「民主」有關？把台灣從地名改為國名，這是天大的壯舉。僅依豪氣干雲，說說大話，不是已患了支那中國千年來的惡癖！

㈡「民主」可以「試驗」（experiment）嗎！

1. 科學尤其是自然科學，除了少數例外，[4] 其餘的政治及教育，都是人為的，當然可以實驗，但條件也有限制。此種頗具學術探討價值的議題，本節只取與教育有關部份予以闡釋。

「力」或「權」（power），是行動的支配樞紐，後果的好壞，確實悠關眾人的福禍及安危。因之，如同婚嫁大事，確實不可輕易「試」之。但現代的「新新人類」，不也有「試婚」之舉嗎？男男女女（同性婚及異性婚）心中有可能早已「兒戲」待之，不也是形同一種「實驗」嗎？更不用說千年以來的男人之三妻四妾，「後果」（實驗結果）造成嚴重的家庭糾紛了。「同姓相婚」，甚至當今火熱話題的「同性戀」或「同志戀」，都有極其複雜的「效應」，以資作為「明智」抉擇之用！

政治體制之類型極多，哲學家尤其政治哲學家，早已在這方面有數不清的著作；並且在史上，也昭然若揭的具體展現在世人面前。還好，「理論」加上「實際」，迫使仰望「民主」而捨棄「獨裁」者，已漸成火候；涓涓細流，慢慢形成長江或淡水河！民主革命推翻獨裁專制，1776年美國人初試啼聲，不只一鳴驚人，且也快速的擴及全球。在支那中國及台灣兩地，都有大影響力的學者蔣夢麟，也如台南人林茂生同一學歷，都在美國名大學，也是民主教育哲學大師杜威任教的哥倫比亞大學，榮獲博士學位（1916）。前者的《西潮》，就是與教育有關的作品。民主理念尤其民主政治哲學的酵母，來自於1215年的英國「大憲章」（Grand Charter）。還好，不似好多「哈支那癖」者自我吹噓的提及更早的孟子！「經驗」也提醒世人，獨木無法成林，單峰不能算是山脈。台灣校園裡到處有橄欖樹，只是形單影隻，無法使萬民享樹蔭擋豔陽之快！一閃即逝的螢光（beacon），閃爍於「山丘」，這是創建哈佛

---

[4] 如天文學家「大膽」的提出一種「假設」，當太陽、地球、與月亮成一直線時，天地會如何？即令現代的太空科技多麼的「人定勝天」，也只能「等待」，且要「耐心」。人力還不可能把那三星體放在實驗室中，「由人擺佈」，只好「守株待兔」了。絕大多數卻都可「實驗」或「試驗」。（二驗都是experiment一字的漢譯，意同。）

學院（Harvard College）的警世名句（Beacon Upon the Hill），也如同台灣心鄉土情的朱昭陽（1900~2000），創辦「延平學院」而唱「螢光曲」一般。但若無持續以繼，也只能令人長嘆而已！

首由在美國的英人，尤其來自劍橋及牛津（前者居多）受過兩老大學教育的先賢，竟然「大膽」一試；願與母國、祖國，剪掉臍帶，也決心斷奶。難能可貴的是，也有英國顯要，在光天化日之下，公然指責大英出兵遠赴新大陸，又以環球第一超強之軍力，對付「同文同種」的「國人」。此一史實，着實該是支那中國及台灣，一種最最具有「史訓」意義的先例。「不聽老人言，吃虧在眼前」。選擇此一「史訓」，不也是億萬人的口頭禪嗎？

1976年，英女王親自出席美立國200年大慶，有記者問她有何感想。她說，1776年美國人之表現，送給祖國一件大禮，即「教訓」。從此，大英即令享有環球最多殖民地的國家，此刻或許她心有不甘或不捨或不願！都快速又和平的准許各殖民地成為獨立國。加拿大、紐西蘭、澳洲等，從此從「地名」升為「國名」！「本是同根生，怎可許相煎？」

2. 政治權力制度之差別，有民主與專制這兩大「假設」；長久以來，以「民主」作假設的罕見，取「專制」作前提的，卻是比比皆是。但當今全球，民主國及專制國之多寡，形勢已大為改觀且逆轉！「實驗」或「試驗」的一項替代品，就是「後效」（consequence）。這正是與「實驗哲學」相仿佛的「實用主義」（pragmatism）之說法，也是杜威特別嘉許的哲學主流。民主與專制都有「前提」（antecedent），即「假設」，也都有「後效」。但民主早出現在歐美，是「西潮」；東方卻兩三千年以來都欠缺，雖「後效」十足醒目，卻喚不醒昏睡二三千年之久的儒學孔教之古國。史「實」所示的，如同清末馮桂芬（1809~1894）痛心直陳的；「百班不如夷！」在〈制洋器識〉一文中痛陳：

人無棄材不如夷
地無遺利不如夷

君民不隔不如夷

名實必符不如夷[5]

從此一角度而言，「哲學是教育的指導原理，教育是哲學的實驗室」。這句杜威名言，他的支那中國及台灣的愛徒胡適，用一句他最拿手的白話文，「大膽假設，小心求證。」對推行民主的「普及教育」，厥功甚偉！

舉世各國包括支那中國及台灣，「入」民主而「脫」專制，才真正是全民之福；連1895年台灣都出現「台灣民主國」之名，取「台灣」這個「地名」當「國名」，是劃時代的大事。即令極不民主的專制苛政國，如中華人民共和國，及多年前在台掌大權的「中華民國」，前者還不覺臉紅的公然要「人民」當家作主；後者更臉皮「厚」心地「黑」的口口聲聲：「堅守民主陣容」。在掛羊頭賣狗肉之下，也不得不在國名中以「民」來障「民」耳目！

二、民主是「理」「情」並重，但「理先情後」；
　　「民主」高於「民族」。

㈠有「理」走遍天下

1. 一部學術研究史，就是以「理」當家的歷史。各學門都有學理在，學子持續不斷予以探討，將學之「理」挖出；台人喜說的有「理」走遍天下，無「理」寸步難行。不幸，支那中國史及台灣史，卻是「無理走遍天下，有理寸步難行」的可悲現象！

物有理，物理學。

地有理，地理學。

倫有理，倫理學。

生（身）有理，生理學。

---

[5] 潘光哲，〈開拓近代中國歷史圖像的新天地〉、《思與言》。43卷第三期。2005。秋季號。半部論語治天下的「後效」竟是如此！

　　當然，「理」之本身，也最該有「理」，那是所有「理」之根；該「理」之學，比照稱為「理理學」，即「理」之「理」，那是從希臘早就有著名學者所喜愛的 logic 或 dialectic（邏輯或辯證）一學門，相當於春秋十家中的「名」家，孫文譯為「理則學」；理也該有理，理也有則。

　　2. 理能走遍天下，卻先有個前提：即在光天化日之下公開而非禁臠長久，且持理者「免於恐懼」。如此，才能使「道」自在人心，即「良心」。「理」經得起檢驗、分析、批判、反駁、指斥；to be（存在之「理」）之能夠持恆存，就是該存在之「是或非」，與 to be right（正當），二者合一。此一黑格爾名句作此闡釋，最具教育史尤其教育哲學的真諦。以纏足為例，該「是」（to be，即「纏足」），在當時甚至其後七八百年，竟然都被支那中國人尤其是儒學孔門後代，不只不貶，反厲聲呵護！但如今呢？杜威單取一個簡單的英文字 continuity（持續性），予以輕輕一擊，就足以使之服輸納降認敗了！

(二)民主是「理」「情」兼具

　　1. 理先於情：理性是人所特有兼獨有者。人，如同其他的「生物」，若擬「永生」或「生生不息」，則該具有善的人性，否則人早已絕跡；其他生物亦然。以「理」掛帥的學科，就是哲學。哲學是萬學之學，那是「理」之極致；當然，也有偏於情的，但情之中亦該有理在；倫理學（ethics）之與道德學（morality）有別，在此。倫常也較具種族性及局部性；道德則是普世性的。各時各地的倫理學，差異性大，道德學則趨於一致，較無時空性。

　　「民主」兩字、或一辭、或 democracy 一字，除「理」之外，也深含人情；較人性也較溫情性。台俗語：「只要溫情在，何處非故鄉？」在冷冷的理性之下，一股暖暖的溫風襲來。因為「民主」含有「認同」（identity）、「參與」（participation）、「溝通」（communication）、及「欣羨」（appreciation）之意；不自大（hybris）、不「殺豬」（chauvinism，即本位主義）；卻注重風度，且自承錯誤。許多外人尤其支那中國人到台，都稱讚台灣人口中說：「對不起」或「失禮」，次數可能最多，

「讓」（yiel）也多。這是大受日本文教的影響所致。至於「排隊」、「守秩序」、而不「後來居上」的「爭先恐後」，更是民主政治及民主教育最具體的成果。1998年我當師大教育學院院長時，一位遠從雲南昆明的女教授申請到師大教育系進修，她也樂於「打桌球」，與我同；一天，她到院辦公室拜託我，能否幫忙延長她在台的期限，原因之一就是她覺得在台灣可以學習更多。我請她具體舉例（不要如同有些人喜用「博大精深」一成語，不止舉不上正例，卻反例太多）。她說：等車者都自動排隊，「我們中國那有啊？」（希望她是指她們中國，不包括我在內）。

2. 安祥、客氣、有禮，為他人着想等，且長他人志氣，滅自己威風；正是一種文明國民的風範，那不是民主政治人物及教育家的具體文教成果嗎？

「溫馨」又「人情留一線，日後好相看」，不也是台民喜說的話？

民主與專制，最具差別的「史訓」又兼含教育意味的，是在大庭廣眾甚至舉國或舉世集中目力焦點的畫面下，總統職位的交接大典。不同政黨經過「普選」而非「代議」（如解嚴之前的「國民大會」代表的間接選舉），勝敗雙方，都在眾目睽睽下，有一場「權力」換手的大事要辦。若在位者敗了，必也雙手捧印信，親自交給選勝的在野黨；辦喜事一般的一團和氣！還雙方擁抱，恭禧恭禧之聲不絕！臉現笑容並公開呼籲全國上下，一致擁護新總統！得勝者也風度翩翩，「承讓承讓」！這不是極度感人又動容的畫面嗎！一股暖流「必」舒暢全身。對比專制極權之國如支那，改朝換代幾乎都動亂不止：殺人盈野，手段殘酷，鞭屍、滅九族、滿門抄斬、五馬分屍……，這種畫面，稍有良心的人，早就移開視線，不忍卒睹了。

我當國大代表時（1991）也曾以此事向李登輝總統作「國是建言」。還好，台灣自1996年之後四年一任的「全民普選」國家領導人，不同政黨在總統職位上的交替，不止一次。學學美國的好榜樣，彷彿不差！天佑台灣。這是民主政治的A、B、C。基礎已建，宏廈也可成。可憐又可悲的是數千年來的支那中國人，迄今未親嚐此種甜果。

「感動」又舒暢的撼人心弦之舉，正是最具良效的教育成果！「說之以理」，更佐以「動之以情」！也只有在民主「政治」上才能服食此種稀世罕見的「教育」補藥，療傷止痛，不只可永續生存，且越來越健康幸福，愉快的世界，就在眼前！

三、民主政治及民主教育，二者互為表裡。

㈠民主與教育，路途遙遠。

1. 教育、學校、補習班、學店、訓練中心，這些字眼到處可見；端視其中民主所佔的分量多寡，而分出彼此，且定其優劣；其中含高瞻遠矚，與近視短見，速成有如飼料雞者；就如同孟子曾提警例：揠（拔高）苗雖是助長了，但表面而已！兩三天之後即枯萎死亡。「今朝有酒今朝醉」，「臨時抱佛腳」，那比得上「平時燒香拜佛」？孔子誕辰，滿朝文武，尤其學界大老甚至連童稚幼兒，竟然爭先恐後拔「智牛」之毛，真是「此風」不可長！

自然主義的教育思想家，大唱 Back to Nature, Follow Nature，但與Nature 一字相近的 Nurture，雖差「些微」（淡薄，台語），卻分別不可以道里計！Nature 與 Nurture，都需「擇」（selection），又那有不費力（尤其智力）就輕易可得的？不只「過程」漫長，其中更變數多！錯誤勢必難免。但有「心」修正、反思、檢討、改進，此種人為「成果」，不是最甜美，最珍惜、最可貴的代價嗎？

2.「民主」與「自由」：1789年的法國大革命，是步美國1776年之後在政治史上的舉世大事。人類在這兩次革命之間，也嚐了超過百年以上的辛酸苦辣，才又增加了民主真諦上的領會。三大口號，該是讀者所熟悉的：「自由」（Freedom）、「平等」（Equality）、及「博愛」（Fraternity）。

解析哲學的功勞之一，就是對文辭字句的解析。人類的幸福，這個大帽子下，必包括三者；但彼此卻隱藏有對立；化解之道，正也是「民主」一辭的真正底蘊。單以「自由」與「平等」兩大口號而言，享有自

由者，歷來都是達官顯要的少數「精英」或「豪族」，因此，他（她）們絕不稀罕「自由」之可貴。試看台灣處於戒嚴38年之長久時間，特權階級的自由度並不減！照樣自由的出國，次數之多如到菜市場或逛街或入遊樂場所一般，又有多人服侍；他（她）們才不操心「自由」有失！卻極擔憂「平等」！更常嚴重歧視的取雙重標準來對待弱勢團體，尤其「平民」；平民等於貧民。至於博愛一詞，他們也不愁。看看蔣宋家族，彼此都是自己人，彼此相愛；但他們絕不擬把「愛」擴及到又仇又恨又反的共匪、日寇、台獨份子、或異己！四大自由又那有缺！

即令以「自由」來說，比較嚴肅又兼具教育學理的角度而言，難道眾民都享此「特權」嗎？連民主政治及民主教育的大師洛克（John Locke, 1632~1704）對此都有保留。名作《論寬容》（*On Toleration*）更明指，有些人是不許寬容的，如無神論者（Atheists）；若連上帝都不怕了，也無懼於上刀山或下油鍋等「迷信」，這種人，天不怕地不怕，是不可寬恕的；其次，小孩既不許享有自由，作錯也不許寬容，否則就是「縱容」（indulgence）。教育史上spare the rod, spoil the child（與「不打不成器」「同意」；省了棍子，寵壞了孩子！）小孩怎可未走路就擬飛！成器不可能「速成」。堅守「民主」陣容，政棍喜耍宣傳騙人又迷人口號。「總理」孫中山，不也提出要「軍政、訓政、憲政」三程序嗎！猶如杜威所言education as growth一樣，火也要有「候」。台灣在解除戒嚴之後，立即立了「國家安全法」予以替代。冷靜來說，即令是道地的民主國家，也幾乎都有戒嚴法；只是頒下「戒嚴令」，又真正實施更屬行數十年，是史上罕見，也都是破金氏記錄的史上「醜聞」！

㈡ 民主注重「過程」，且在「過程」中進行民主。

1. 軍政、訓政、憲政，有時間表嗎？以台灣而論，日本治台之初及末，都屬行軍政；支那中國則二十世紀到今，都不只是「軍政」，且是「黨政」。台海兩岸，真的是「一家親」，黨「名」雖異，還屬聲彼此不兩立；其「實」，卻不只同，還「雷同」，充斥著惡毒不堪又如同土匪式的謾罵！一方面表示這也恰是不入流的明證，另一方面也只是依此

稍消自己心頭上的仇恨怒氣而已！對「民主」非但無助，反而大損；史上必留下永洗刷不淨的污名！

胡適這位杜威之傳人，曾有知識份子骨氣的為文，指斥三程序該予深究之處。沒錯，誠如洛克所言，管理眾人之事，總得有「法」、「戒」、「規」、或「令」。「只要我喜歡」，就可「為所欲為」嗎？孔子是什麼人啊？還得等到年屆70，才「隨心所欲而不逾矩」！心中還有「矩」在。嚴肅的說，「矩」有自訂的，也有他令的，前者最佳；法學上有「刑期無刑」。我有感而發，也曾為文以「教期無教」，二者相對稱。台大法律系教授李鴻禧一看，曾當面誇獎。就政治而言，刑法即令在民主國家也明訂，犯規是要「刑」的；更不用說戒嚴期了，後者還都以軍法審判呢！美麗島事件時，蔣經國原先是下令，全部起訴者皆在軍法庭開庭；後來礙於國內外輿情，乃折衷，只有「要」犯才如此，其餘則到民事法庭問案；前者刑期長，後者短。

「刑」是不得已的，且人間還未抵完美境，不法之徒必有且多。但「刑」之真正用意，不在於「處罰」，也非為了「報復」；否則怨怨相報，了無止期。黑人教育家金恩（Martin Luther King, 1929~1968）的一句名言：

The old law of an eye for an eye, leaves everybody blind. [6]

支那古來也有「約法三章。殺人者死，傷人、及盜，抵罪」。表面上公平，「以牙還牙，以眼還眼」。但該有更高一層見識者出，改以「德」報怨，寬諒他人；尤其是對待異己。享大位掌大權者先作表率，以釋和氣；早伸出雙手，化干戈為玉帛。雖然如金恩享壽40而已，但已名聞千古！牢獄裡的囚犯，有些是冤枉的，即令犯法是事實，也有不得已的苦衷！《悲慘世界》中的主角，故事大概人人皆知！縱使罪有應得，也「期」望改過自新，重新作人；如此就可「自我立法，自我司法，自我行法」了；也最為人所敬重！

---

[6]　Martin Luther King, Jr. "The Ways of Meeting Oppression", in *Stride Toward Freedom*, 1958. *Modern English Reader*. 台北書林, 1988.110.

教育亦然，老師總不可能教他人一輩子；果真非如此不可，才真是「劣師」！學生作文，研究生撰述學位論文，要有指導教授；但不許因此養成依賴性，而需具備自我更改的能力。單依「古訓」（the old law）的你拔我一牙，我也反扳你一齒，此種「報復」，表面上是「公平」，但一路如此下去，人人皆無齒了！

「獨立」才是人人都具的希望與要求，也才有當家作主資格；如條件不足，就不允這種人「我行我素」。大家都知，「公民」才有投票權，決定國家大事，有擇偶成家的資格；至於中小學生呢？雖無政治選擇權，但也可提供機會，且「票票等質」的來選班長；其他「大事」，他們雖無最後決定權，但也該給機會表示意見，作為決策者的參考。學生自治是程度性的，但一到成人「公民」了，還要對「公投」（plebiscite）設限？台灣已粗具民主雛型，但竟迄今仍只「鳥籠式公投」！卻是一大諷刺，又那能使鵬鳥振翅高飛呢？

2. 胡適得了其師的真傳，他最擔心的是在位者無心於憲政，藉口輩出，以便「長期」實行軍政，也是黨政！孫文也明說，憲政的條件很苛，如教育不普及、交通不方便、經濟不繁榮、民智不提高等，都得先解決。這些這些，冷靜來想，也不必故意扭曲其意旨。沒錯，處於當時支那中國及台灣的處境，尤須謹慎！在戰爭中，連美國這麼足以作為表率的國家，二戰時都對學術自由有所限制；民主楷模的英國，也把環球聞名的哲學大師羅素，捉入牢內，以反戰之名判以短期囚災。以個人而言，入「緊急病房」或準備手術的病患，醫生必打麻針，讓病人不能動彈，甚至不止限定3％而已，卻是渾身麻醉。但，時短，這才叫「非常時期」。令人深為不解的是台灣的「非常時期」，竟然長達38年！有這種要病人麻醉不醒人事38年之久的劣醫、庸醫、惡醫嗎？台灣本島又非處於戰爭狀態。胡適確實未卜先知，他沒有「小人之心」！對手卻絕未有「君子之腹」。

這就讓人想起美國人真是天佑，在民主大道上，先行者的高風亮節，且以身作則更具提攜後進的胸懷！這不也是偉大教師的具體作為嗎？開國元勳華盛頓（George Washington, 1732~1799）當了兩任八年總

統，就自動下野，甘願到田莊作農夫，不戀棧國家大位，讓後繼者有大展英才之良機。支那中國及台灣人卻無此福氣，兩位主席，毛及蔣，都如同過去皇帝一般的數十年在位到死。還好，萬歲萬歲之聲，響亮音度到極點，卻也是如凡民一般的，「人生不滿百」！學習美國，還早呢？並且更為可惡的是，以極其兇殘的手段，殺人不眨眼的處決異己！「中國人」及「台灣人」，真是「百般不如人」了！比較幸運的是，即令支那中國的毛主席，獨子還死於韓戰中，只是接班人無知於民主之真諦，各種虐殺百姓，斃死異己之事件頻傳；在另一自稱中國的蔣主席，確實百分百的「父死子繼」！倖而，台民義士及烈士之**轟轟**烈烈壯舉，也在「強人」獲高壽之後，民主露出曙光！隧道已盡頭了，是否能陽光普照得以步入坦途，要看貨真價實的「台民」了。

第三節　台民在民主政治上的「豐功偉業」

一、「認同」(identity) 乃是構成民主的一大要件

　　1. 《台灣通史》的作者，子孫在台是望族、貴族、豪族。他的名言：余台灣人也！是向日人說的，頗有骨氣，不失「士」的資格。只是史實呈現的，他的認同台灣，志不堅，意不恒，卻是「變色龍」一條，也如同一些他的後裔一般。此事早述，不再提及！其後日本治台時，不少台民變成治者所喜愛的「皇民」；但享此頭銜者為數不多。中國黨抵台，台民搖身一變，成為道地的「黨民」；且教科書及簿本，學校門牆，大街小巷，都寫滿了「作一個堂堂正正的中國人」！更有令人喪膽的是，只稱自己是台灣人就止話者，很有可能成為專打小報告者最注意的對象！失蹤，是白色恐怖時代聞之色變也是暗地裡才敢蒙嘴相告的號外秘聞！

　　「台民」是「國民」嗎!?不，因為「台」早先只是地理名稱，不是政治名稱。連雅堂早年說，余，台灣人也；但晚年就改為「余，中國

人也！」蔣經國也在歲數不少時才說，他是台灣人，也是中國人。此句話，還大受稱讚呢！其後他的徒子徒孫，也以此當榜樣。外省人甘願也作台灣人，心態上作了一大調整。不明究裡者還齊呼之為「英明！」但自認是台灣人，但又是中國人者，是認定台灣屬於中國，這不是中國黨治台從來不變的目標嗎？台灣只是個「地方」，或只是一個「省」，絕不許成為「國」；即令是個「國」，如日本國或美國，與中國一般都是「國」，但在承認雙重國籍的國度裡，一個人可以同時享有兩國國籍；如日本「國」的國民，同時也是「中國」的國民！反之亦然！就如同學生一般，一女中的學生考上台師大了，她可以說是一女中人，也可說是師大人；台大生轉學師大了，這個學生當然享有既是台大生也是師大生的身份。我早是台南人，久在台北「吃頭路」（任職），所以我既是台南人，也是台北人。此例極多，上舉數例，讀者必一清二楚。

更該「必」一清二楚的是，若「台灣人也是中國人」，在某種狀況下，此種「認同」，「必」生困擾。如同我是台南人也是台北人一般，那是在台南的政府（縣市政府），以及台北的縣市政府，彼此和好相處時；萬一台南的政府揮「軍」北上，向台北的政府猛攻呢？屆時，我的處境必極尷尬，也非得「二選一」不可，不許得兼。教育系若與化學系球賽，由教育系轉到化學系，或由化學系轉學於教育系者，到底向那系加油打氣呢？二戰時美國將軍艾森豪（Dwight David Eisenhower, 1890~1909，曾任哥倫比亞大學校長，後為第34任美國總統，1953~1964），是德裔，帶領以美軍為主的盟軍，向他的「祖國」宣戰。他公開坦言，祖先雖來自德國，但他現在是美籍，百分百效忠美國。「台灣」與「中國」呢！尤其是在環球連美國都承認「一中原則」時，認定「中華人民共和國」，才是「唯一」代表「中國」的合法政權；且這個「中國」，又口口聲聲要以軍力解放或血洗台灣。試問：「是台灣人也是中國人」者流，如蔣經國、馬英九等，效忠「台灣」呢？還是「中國」？

2. 當台灣不只是地名，且台民誓死將它提升為國名時，最大的敵手，就是聯合國所認為的中國（中華人民共和國）及在台的「中華民國」。關起門來自慰式的宣稱，自己才是「正字標記」的「中國」，不

是呆傻之徒？一來，台灣境內早有人誓死不從，二來，也不可能有外援。不過，極該台民省思的是，處在這緊急時刻，也正是那批大喊「我是台灣人，也是中國人」者，心底最爽的時刻，正中他們下懷！因為他們「回歸祖國」之心，就可實現；而痛恨台灣成為「國」之怒，也可止息！台灣成為國名之望，立即成泡影。

　　地理名詞變成政治名詞，台灣在史上也曾有過！不說遠只言近。政治名詞中曾有或現有鄉、鎮、市、縣、省等，台灣目前還享有這些；但這些都是地方型的，未臻「中央級」；中央級是「國」。國之「長」，名號是「總統」；其下的才只是「長」而已，如市長、省長等。但台灣長年有「省長」稱呼嗎？在「凍省」之前，台灣本有「省長」一名；至於縣長、市長等名號，大家早已習慣，且也早改為「民選」。唯獨「省」此一位階的首長，早年都稱為「省主席」，而非「省長」。

　　此處特地費辭引用台大法律系畢業的屏東人蘇貞昌（現為行政院長）的一席笑話，其中含有濃濃的台語味及極帶反諷的政治味，相信讀者必開懷！

　　曾擔任民代、台北縣八年縣長、行政院院長、民主進步黨黨主席，口才一流的法律系這位高材生，多次在大眾政治演說中，說了下述哄堂大笑的一個「故事」：他就學台大法律系時，政治名詞之官階，早就了然。只是奇怪，為何「省」不與縣市一般的，首長稱為「長」，而一直是「主席」？「省主席」之名，大家都聽慣了，也麻醉了，不究深意！確實非追根究底者該有的心態。他說，他也大惑不解。

　　有天他出外替朋友助選，累了，餓了，恰好路邊有歐巴桑開麵店。他乃歇息坐上椅子看看牆壁上張貼有各種麵的名稱，左思右想在選擇吃那種較習慣也好吃的麵時，卻看到早就有一碗麵安置於他的座位上了。「歐巴桑，我還未決定呢？」他問。

　　「歐吉桑！你不用選了，我早已替你先煮熟了！」

　　他才恍然大悟。啊！「先煮熟」的台語，不就等於「省主席」嗎？政治位階這麼高，且「台灣省」幾乎等於「台灣」。雖然當時有與「省」同階的院轄市（如台北「市」），但人口及面積，都抵不過

「省」！院轄市在一番折騰之下，本來由官派，也改為民選了！但「省」呢？人民不必選，早「先煮熟」！

比省又高的政治位階，就是國；首長稱為「總統」。但兩蔣以「非常時期臨時條款」取代「行憲」，總統任期無限！要不是去世，何有他人膽敢取代。[7]

二、獨立自決，才是民主教育及政治的目的

㈠尊嚴是有「格」者的必備條件：

1. 獨立自主，自我決定，如此的人生才最有意義；敢做敢當，不由他人了斷。當然，那是有條件限定的，且也非一朝可就。「教育」才是主因！

一年樹穀，十年樹木，百年樹人

這不是古來即有的祖先訓示嗎？其中的「過程」，極其重要。

「自由」價，高過「生命」及「愛情」；但若凡事都「省主席」了，男婚女嫁，自己也作不了主！從事何行業，就何種職，或與誰交友，連住居、信仰等，都得聽命受令，那不是奴隸是什麼？只是千年以來的儒學孔教，皆以此來教誨子弟！結果呢！非「誨」而是「毀」了。家庭不合、夫妻反目、社會動盪、政局紛爭，皆種因於此。

但此種目的，非一天二日之功，卻得經百年甚至數百年的經營！以人的一生而言，童稚階段生理上是無助的、弱小的，因之要費時費力予以扶持撫愛！即令大唱自然主義，歌頌兒童價值，高喊小孩第一的盧梭

---

[7] 與此有關的政治諷刺笑話極夥，調侃「省」級首長，已極其敏感了，若膽敢諷及總統者，更得小心！有一笑話，在解嚴之前，大概只能於自由國度的美國才流傳。蔣介石死後在陰間見了孫文，孫文問他，中國要民主憲政，總統一職有任期，且有限制，不得兩任。請問，歷屆總統有那些人？蔣介石回以：第一任蔣中正，第二任趙元任，第三任吳三連，第四任趙麗蓮，第五任于右任。在心情惡劣的憂台憂民者心中，一聆此笑話，大概也比較不會惹上憂鬱症！

（Jean Jacques Rousseau, 1712~1778），也不得不警告父母、老師、或監護人，勿使他的教育小說主角愛彌爾《Emile》縱容胡來，設限是必要的。比如說，勿在童房內放尖刀刃或藥丸。為何設學立校，是要教也要導的；但此種「限制」，不許無限也不該漫長，卻儘早解除；「揠苗」助長者，不是該得師鐸獎者，反該接受再教育。把辦「學校」列首要，辦「教育」置諸腦後者，絕非良師的典範。[8] 從綁中放鬆，主動「權」操在有良心的長者治者手中；若被動的反因年青人或百姓之抗爭，才「敬酒不吃吃罰酒」，則校風、學風、政風，已不符合民主意旨了！不幸，台民之要求自主及自治，在政治層級上往上提升到建國，為何要歷經慘案累累才稍有成效！?

2. 自決、自擇、自治，教育獨立，學術自由且自主：先以政治上的自立而言，這是最敏感且風險性極大的，但卻也是其他層面獨立的先決條件。施捨式的只給地方政治層級的獨立，這在台灣，早已實施多年。日治期，地方議會民代的選舉，也是常事；我大伯在地方上當「保正」，「眾望所歸」；但五十年的台灣總督，無一是台籍，且多數是軍人。中國黨治台後，軍人出任「省主席」時間之長，且又是武夫擔任，可以與日治期相比；即令其後為了取悅台民，省主席有台籍了，但卻是半山，只聽令於上意，民情無法上達；且「是台灣人也是中國人」之話連篇！

民主教育不先作基礎，政治的民主化，就永無達成之日。當民主式教育較徹底貫徹時，較敏感的政治話題，也不得不開放。層級最高者，莫過於把台灣的地名改為國名。前已提及，1895年的「台灣民主國」，正式存在。但當時的台灣，連最幼稚程度的民主也缺！真正接受民主教育者一掌總統或副總統職位，絕不會一看外力，就落荒而逃；速度之快，加上搜括「國庫」之多，其後的政棍也自嘆不如！原因之一，他們都無台灣心、寶島情，「包袱款款返唐山」。總統副總統座席只坐上數

---

[8] 台師大校長孫亢曾在公開演講時分別「學校」與「教育」二辭之差別。不幸，許多校長只認真在「辦學校」，卻罔顧於「辦教育」；前者只重升學成績關心考試；那是「短視」者；教育則重在做人，長遠的！前者頂多是教育「匠」罷！後者才是「教育家」！

天而已，席也不暇暖，就落荒而逃！他們都非台籍，比現在也非台籍但願作台灣一份子的歐美外國人更不如！認同台灣，才是教育台灣化及民主化，最具體的表徵。籍貫非主因。不少台籍者，不是也甘願持中共五星旗的嗎？尤其我家鄉台南！

㈡ 政治與教育民主，台灣可參考美國榜樣（試驗）

1. 台灣如不只是一種地理名稱，在政治上且屬於一個真正的民主國，相信台民必全心全力的予以維護。以美國各州為例，各州除了軍事及外交之外，都是獨立自主的，尤其是教育。美國立國迄今，無「國立」學校；大中小學，最高層級是州立。私立大學若非教會辦的，就是大財團經營的。即令開國元勳，人人敬重的華盛頓，有感於美國幅員廣闊且種族複雜，若能有個國立大學來作為一個「綜合一致」的學府，以防美國的分殊性，且也符合university的字義，化「分」（diversity）為「一」（unity）。但此願望不只州政府反對甚厲，且老大學如哈佛也不認同。此種發展過程，足堪台灣作典範。[9]

2. 其次，立國之初，「權」的掌控，是中央集權呢？抑或地方分權？兩派爭執多時。沒錯，民主政治在世界史上早已「實驗」甚久；「觀察」一下各時代各地區的政治結局，就可以使實驗得到逼近成真的結論，那就是只有「民主政治」，才是最佳及最終的選擇！「民主」大旗早高舉。但權力的分配，則傷透了腦筋。平實而言，「民主」並非百善無一惡，全是而無非；缺點卻也不少，雖不是像三民主義一科或國父思想一門課的授課老師所言，世界上所有主義的優點都集中於三民主義上，該主義卻無世界上所有主義的缺點。此種言之謬論，非有格者所該言。

民「主」也就是民「智」的表現。智之用，是擇；擇採之在己，就須慎思熟慮，並承擔後果，不許怪他人。錯，當然有，且「必」有！還好，民主的選舉，讓公民有選賢與能的機會，一時糊塗或受騙難免。民

---

[9] 我出版數本美國教育史、美國教育思想史、美國高等教育的演進、美國大學的崛起、哈佛大學史等，不妨參考！

主設計最該嘉許的一項，是任期有限，且許多種的任期絕非終生。因之，給公民有重新選擇，改過更錯的機會。在位者如擬續任，也會自我檢討改進，使錯誤較少，改「善」更多；其次，「歷史」是一面鏡子。台民說，「人在做，天在看」；我改為「人在做，歷史在瞧」！台大歷史系教授鄭欽仁，親自工整的書法該句送給我。真感謝他！蔣氏父子在台，如同過去支那中國皇帝一般，怎還有臉說是「中華民國」呢？把「民」置於何處啊！此種「史實」，逃不過稍有史訓資格者的「春秋之筆」！此種種史「實」，最少也該成為「事後諸葛」了吧！

3. 教育是一種良心事業：最緊要的教育面貌，就是誠心誠意。教育界中人，絕不看束脩的多少，也不計較職位的高低，更無視於任職地是鬧市或偏鄉。學生素質低，品學兼「劣」者，更該是稍具「教育愛」者心中最該予以調教的對象。如同新教牧師之選擇台灣來廣施福音所在的初衷一般。因之，教育工作者最具高度關懷的，就是尊嚴性及自主性！政治權之施展，在教育圈內得特別小心！法令滋彰，盜賊多有；這句老子的格言，最適合於教育，尤其大學。以學術研究及啟迪後生為職志者，最厭他人說三道四，也最不會曲從來自貶身價，甚至自我作賤。「學術自由」（academic freedom）中的「教自由」（Lehrfreiheit）及「學自由」（Learnfreiheit），是醒目的標誌。教育行政難免涉及「權」及「力」，但力到州級即可，不該「舉國一致」；各州在學制、教材、考試……等項，都不可能全國或各州皆同，如此才充滿挑戰性、刺激性，及變動性。美國建國之初，立憲者把至高的教育權，限定在州上，是最明智的抉擇；實證上，也得出甜美果實。

返觀台灣，在戒嚴黨化時期，學校教育、家庭教育、及社會教育，全面黨化、一元化。公立大學都是「國立」，也是「黨立」，或「部（教育部）立」。因之，都名符其實的是「政治大學」；該校原先是「中央政治作戰學校」，校長是蔣介石；也因此，其他學校，蔣的銅像只一尊，該校就有兩尊。世界上大多數大學都以地名作為大學之名，有些才帶有學科之名，如 MIT（Massachusetts Institute of Technology）。位於台北木柵的政治大學，都不敢用 Political University 作為英文譯名，

而以「政治」兩字的英文拼音為 Chingchu University；外國人不悉該字是人名還是地名，對外見不得人吧！

曾有人評在台灣的所有大學，都只有一間而已；因為課程、教材、系院別，幾乎沒兩樣；校風也大同無異。尤其培養師資的師校、師院、或師大，不准私立，因那是「精神國防」，黨化洗腦最為澈底。唯有政大才有教育系，因該校的黨化洗腦，從「校名」之明目張膽性，不見也可知。

培根名言，知識即權力（knowledge is power）。因此，知識指導政治，才是真正的民主。若反過來，政治竟然還指導知識，這就開倒車了。下述兩例，迄今仍出現在台灣：

其一：教改之後，中央層級的教育部，十足的是「行政」（權力）單位，竟然設有「教育研究院」。試問：把大學教育系、教育研究所、或教育學院，置於何處？其次，連師大必有教育系及教育研究所，為何還校內另有「教育研究中心」？原來，後者的經費、人事及研究項目等，都得教育部同意！難道「有錢烏龜坐大廳」嗎？

其二：學術單位（如大學或學院、學系、研究所）辦學術研討會，印行學術研究論文的刊物，竟然自作「奴隸」式的把「指導單位」寫上教育部！「中央研究院」隸屬總統府，若發行學術刊物，也該把「總統府」列為「指導單位」嗎？

此種學風（惡風）卻未有人提。我早已退休（2008），本不再多嘴！不過竟然「後生」如此不受教？不久前才正式向師大教育系系主任提醒，其實我也早把心中之不平與憤怒，告知學界好友！

三、中央權與地方權的制衡與激盪——「智」者出

1. 全民教育已成普世現象：台灣在這方面的成績，至少在亞洲稱亞，這是日本施捨於台灣的恩德。日治時期的台灣教育，早已蘊釀有民主種子；日本政要維護台人者，例子頗多；上流社會的台民也有樣學樣，其中尤有必要一提的是在二二八事變中，「省籍」情結有，但也有

把「人權」置於「種族情」之上者。台中的台灣聞人林獻堂，在當時既荒亂又危險中，竟然敢保護「外省」權貴嚴家淦，後者其後當過如同兒皇帝的「總統」！林當時的「義舉」，很可能為多少台民所不諒解；但外省人並非「人人」皆可殺，台民不也有該被指斥的嗎？只是此事並不為林氏因而有更好的其後遭遇，他晚年客死東京，令人唏噓！史事不提此一件，真大失民主政治及民主教育的旨趣！光此一事例，足證林獻堂堪當哲學家之列！他既有智又有勇。

此種例子極多，若不把重點放在此處，則史書形同垃圾堆！美國黑白糾紛，引出了建國以來近三個世紀半（1776~2019）以來唯一的「內戰」（civil war）。

美國是「聯邦（州）」（united states）。州權至上，這是以傑佛遜（Thomas Jefferson, 1743~1826, 1801~1809為第三任總統）為首的主張；地方分權，各州皆有各州所「甲意」的權。與主張中央集權的哈米爾頓（Alexander Hamilton, 1735~1804），雙方對峙。個中詳情，孫文在演講集裡也稍提及。但即令憲法明文，教育權最高單位是州政府，但在違反以民主建國的基本精神時，則另當別論。由於蓄奴決不符合人權，南北雙方決裂，只好訴之以戰爭。早年黑人是奴是隸，這本不該；內戰後，南方不得不釋奴，黑人成為 freed man，（被釋放者）；但南方採取黑白分校措施（separate），還揚言黑白兩校課程同、年限同、教材同、設備同，表示黑人與白人都可平等入校，較前進步；當時的民「智」水平，較內戰前高；常人、凡人、庸人也洋洋得意，雖「分」但「平」（separate but equal）。但誠如亞里士多德（Aristotle, 384~322 B.C.）之「高見」也是「哲見」，早已指出，「平」有兩意，一是起步點（出發點）平等（equity），一是齊頭點（終點）平等（equality）；凡人只見後不見前；「智及德」，是教育的基本內容，也是非有不可的要項；二者在「史」上若前後無別，甚至「往後」（backward）、「向下」（downward）；則這種「國」，勢必不堪一擊，也為他民所嘲笑且取之為可憐的對象；反之「迎前」（forward）又「朝上」（upward），才令人肅然起敬。這些這些，都有賴民主，且在民主環境中，進行民主

教育，始克有成。

2. 文化升格為文明：智是一種抉擇及判斷，即令囚房內的獄犯，也左思右想要逃出，以獲自由；若還自認在囚室中可「自足」又「自樂」者，多半只是一種假相，自騙或受騙而已。民智提升之後，「文化」轉身變為「文明」；但是否可「真文明」還是「假文明」，也必得自我比較，或前後比較，甚至與他地人民比較，如此才可靠。雖然台民也常說，人比人，氣死人！花蓮慈濟「上人」曾親口向我說：什麼教都可信，但不要信「計較」。哈！這不是上文早已述及的儒學孔教遺毒之一嗎！因為甚合專制暴君的口味。即令殺人盈野者，人人也不與之「計較」乎？明末清初時，「中國」已千瘡百孔，竟然大詩人如徐志摩（1896~1931）者流，還有心情到英劍橋去喜新厭舊，舞文弄墨！若以今評古，雖然這不一定是最好的效標，但「明鏡」也能使童叟知悉自己面貌，及體型的轉變等！

黑人領袖金恩反對漢莫拉比法典（Code of Hammurabi, 2200~1900 B.C.）那種單純報復性（retributive）之規定：你挖我一眼一牙，我「還」以挖你一目一牙，結局是人人既無「齒」也無「目」。二戰結束，蔣介石對日採「以德報怨」，為世人稱道；但在「中華民國」境內的教科書，竟然大書特書日軍的「南京大屠殺」，而忘了1947年在台灣的二二八慘案；後者的時間還延續更長。好！民主是言論「開放又自由」的，但需有「史實」為證。而史實不容掩蓋、扭曲、毀滅。並且前者處在「支日戰爭」狀態，後者不但是和平時期，且台民也只不過是稍表不滿而已！以違警罰法等「民法」，懲之即可，又何必大量軍事鎮壓？胡亂掃射手無寸鐵的台民呢？之前即知者，是智者——先知先覺者，如「未卜先知」的諸葛亮！這是人間罕見的！但在民主社會，「事後」諸葛亮的「必」多；因以「前事」作為「後事」之師，既合「正義」也現「公道」（justice）。「黑白分校」，「平庸者」認為這已十分合「理」，但「分」本身，就不「公」。不久，美國最高法官作出 separate itself is not equal 的判例，要求黑白合校，違反者是「違憲」。美總統甚至下令，聯邦軍隊到南方各州的學校，保護黑白合校措施。

　　民智之提高，只有在真正的民主「國」之內湧現。從本來眾說紛紜中，浮出「真理」；「山丘上有了螢光」，從此才止住了紛爭不已的校園衝突事件。

　　台灣在日治初期，台生入公學校，日生入小學校，顯然是歧視；還好，其後「日台共學，一視同仁」。雖然紛爭並不因此就無，但也如同黑白學童由分校而為合校一般，校園內種族歧視事件至少較減，嚴重度也較低。目前，台灣仍有男女分校或分班之事，尤其高中階段，如北一女中（純女生），建國中學（純男生）等，大家視為「理所當然」（take for granted），也非「教改」要項！奇哉！

　　此處有必要更為一提的是本佔有權勢者，該「率先」禮讓！此風若成，至少也使抗爭者少了火氣！作出上述判決的大法官，是白人。為第三高女來自屏東的女生釋懷又感動者，是日籍女校長！只有民主社會，才能有雅量的風度！可惜飽受儒學孔教「毒化」的支那中國及台灣，此種史例極為罕見！原因之一，兩三千年的文化，又那有「民主」又「文明」理念呢？還好，從台灣教育史看，台灣較早受歐風美雨感染，而海島民族本就享有「樂水」之「智」，水平當然較高！

　　3. 民主社會中，一流學者才有可能輩出，既安全，又享榮譽：舉世各種族，都有天縱英才之大哲；大哲必有非凡人那種平庸常識之卓見；但「高處不勝寒」。由於觀念、想法、甚至行為，都不囿於大眾之淺見或下見；因之每被視為怪物甚至敗類；以致於夭折者多，歲數較大，反而是一件極其痛苦的折磨。燒書焚人，文字獄等，不是常載於史書的嗎？支那中國不只不例外，可能還中獎名列前茅呢！民主政治的國家，以法律及公權力確保人人的身心安全；高論，即令曲高和寡，但不怕絕跡，或束之高閣；識貨者必至，孤掌變成雙拳，獨木也成林，英才的少數變成多數，愚見的多數變成少數。然後，又靠學校教育之全面進行，民「智」水平，在見賢思齊下，定必水漲船高！

　　民主政治有一特質，即開誠佈公並集思廣議，又採取多數決；因之，費時誤事難免。但一來犯過較少，也較不嚴重。任何決策，都得時間的考驗，「史」意甚深；「永遠性」必經千錘百練；黑格爾（G. W.

F. Hegel, 1770~1831）曾說，一部哲學史，是你埋葬我，我又埋葬你的歷史。三民主義的死忠「教授」，認定該主義可埋葬所有主義，之後，就停止而定於永恆了，也達「至善」了！但在現代各先進國家都渴切拜讀有價值主義之時，為何歐美日各國，不群往台灣來拜師求教呢？孔子儒學，也只在外國高等學府作一「選修科」而已！且修的學生寥寥無幾。

　　一流的思想家至今有個「定」案，且相信也是「絕對的真理」，如同數學「公設」或「定理」（axioms）一般。若有其他更高明者出，必驚天動地，引發知識上的大革命！此「定案」即「民主」。當然，「民主」一辭或democracy一字，言簡意繁；同「教育」一般。有些政棍掛羊頭賣狗肉，口口聲聲「堅守民主陣容」，美其國名為「自由中國」或「人民共和國」；實情卻是與1895年的「台灣民主國」，相差無幾！幸而台生飽受日本較進步也開明的文教措施，其後赴歐美留學者，幾乎人數在歐美的「外國留學生」統計上，長年居冠。他（她）們不是如同大清帝國時的留德生一般，一窩風的只學科技。台灣獲頒諾貝爾獎的新竹人李遠哲，曾說他雖以化學為專攻，但內心中一直想一問題：美國立國之歲數，算屬「幼齒」之輩！為何當今是世界超強？因之，乃分配一些時間研讀有關美國史的著作。也真天佑美國！美國哲學領域的造詣，絕不輸給歐洲，更不用說支那中國了。台灣師大教育學院院長，留德出身，要求研究生必讀德文。認定全球學問，除了希臘文及拉丁文著作之外，就數德文了！他心中有點蔑視以英、法、日文寫作的哲學家。沒錯，二戰之前，德國大學聲望名列前茅，但由於希特勒迫害猶太人，不少猶太人逃難至英，不出數年，二十位流亡於英的學者，獲諾貝爾獎！是希特勒送給英國最好的禮物！最頂尖的愛因思坦（Albert Einstein, 1879~1955），遠赴美國普林斯頓大學（Princeton University）；我曾在該校一間「愛因思坦之屋」（Einstein's House）留影紀念！大學是「人」構成的，尤其是鑽研真理的大學者之聚集地。人聚就是學術研究的囂官，人去當然就樓空了！

第四節 認同 (identification)
―民主教育成果的展現

　　「教育」一辭，只有「人類」才夠格使用。可惜！人類史上的「教育」，幾乎都在濫用名詞；將「教育」淪為訓練、灌輸、洗腦等，不明究裡的傻瓜都受騙了。基於人類善良純樸的本性，教育活動必培養自發自動的積極人生觀；先是自我認同，也是蘇格拉底的名言：「知爾自己」（know yourself）。「個性」（personality）及「尊嚴」（dignity）必生，此種人也最值得他人尊敬，一生最沒白費。因此，這種人也必是「自由人」（free person）！先是「自我認同」（self identification），獨立又自主，絕非事事「從」、「順」而已。當然，人不可能離群索居，「社會」（society）乃是住所，連螞蟻蜜蜂都得如此。因此，自我認同與他人的自我認同，不一定完全吻合。俗云，物以類聚，同伙的才能相安無事。「國」就是彼此認同，且是打從內心中的甘願，更是深思熟慮過的，這就是「擇」。「擇」即是判斷、比較、分析的結果。此種能力，難道不是「教育」最該培養的嗎？可惜，人類史上此種現象少見，尤其在支那中國或台灣飽受儒學孔教遭「訓」者，不客氣的說，他們都中「毒」了。

一、「獨立」(independnce) 是人格尊嚴的展現，民主 (democracy) 是教育的真諦。

　　㈠「獨立」及「民主」，皆非一蹴而幾；「過程」，也非坦途大道。

　　1. 人的一生歲數滿百者不多，人的歷史卻已千年甚至萬年！漫長的歲月，就個人來說，是人由依賴性邁向獨立自主性的過程；就整體而言，是民族、國家、或全體人類，彼此友愛、和平、愉快、幸福的生活在一起！這些成果，必賴教育。但也唯有「民主式的教育」，才能達成此目標。從生理面來說，人一出生時，是所有生命界中最為無助的。康德曾經說過，嬰兒一降世，必嚎叫哭喊；若無母「愛」保護，在初民環

境中，早為餓狼猛獅野狗作食糧了，又那能「獨立自活」？由無助到自助，由他主變自主，這不是教育最該重視的宗旨或目標嗎？可惜！單以支那中國或台灣教育史而言，在這方面最該反省檢討！因之不只嬰兒，即令成人，也該有「師」，不只護「身」，也顧「心」。

「史」上展現出過去人之無知，例子指不勝數。1926年，支那中國浙江教育行政會議，廢止師範生待遇案。其中出現如下的文字：

> 知識階級人盡可師，教育原理原無秘訣。[10]

民「智」未開時，常出現一些令人啼笑皆非的文字；但在當時，卻是眾人的「共識」！「女子難養」這句孔子名言，不也正是如此嗎？思考不週全，是「智」的大弊。沒錯，「有些」女子難養；但不只女子如此，難道男子就無「難養」之輩嗎？為何單舉女子，這不是「歧視」又是什麼！

上述言論，不幸，台灣學界在其後也有知名學者呼應，台大者也不少！迄今，台大及中央研究院，皆未設教育系及教育研究所；個中原因，由此可知！人盡可師，是否與人盡可夫，或人盡可妻一般！怎把「教育」看得這麼輕而易舉？而非如醫生或工程師等，屬於「專業」（professional）人士？支那中國及台灣學者中，有此想法者極多。若最有指標性的大學及研究機構，都不設教育系或教育研究單位，教育學術的水平，將無法向教育先進國家看齊。環球頂尖大學，不都早就設有教育系了嗎？真正的「教育」，絕非只是「經驗談」一般的輕而易舉！

2. 以「師」為「範」，是 normal 一字的正解。有人取初生嬰兒為楷模！沒錯，盧梭就這麼認為。以教育上的三層面而言，知育、德育、及體育，幼童「條件」比成人老人佳，可以為「師」。求知欲、好奇心、好問，是「知」的要件；無邪、天真、純樸，是美「德」；好動、跑跳不止、精力充沛，不也是「體」的最佳狀況嗎？不過，僅以「知」來說，單憑最原始的「經驗」，孩童必不如成人。老台民喜向幼童說，我跨過的橋比你走的道更遠。化「經驗」為「知識」，是大學設系立所的

---

[10] 林本，《教育思想與教育問題》。台北中華叢書，1961，379。

主因。「教育」怎只是「經驗」層次呢？教育學門的「知識」性，絕不下於其他學門！

　　冷靜觀察，人群或同輩中，必有「楷模」；取楷模為師，仿之效之。迄今，美國是最典型的民主國家。政治民主化之下，教育當然民主化。台灣呢？追求教育民主化，必也得有政治民主化作保護膜。楷模之成功，是歷經「嘗試錯誤」終於成功的；費日曠日。仿之者得了便宜，不必重覆，使民智升級加快速度！也是「今」超過「昔」的原因。可惜，有些人或有些種族，放不下身段，竟以學習他人榜樣為恥！因祖先無此先例，這不是指支那中國的儒學孔教嗎？台民受此「污染」者，為數甚多！縮短往昔嘗試錯誤之數以百次的耗費時間及精力，是因有「範」在前，有「模」在先，又由「師」帶隊才生的優勢！「經驗主義」無法較優於「試驗或實驗主義」，主因在此。上文早已指出。台灣因緣際會，仿之效之的成果，現已被舉世公認為亞洲甚至環球的民主模範生：好比學書法，先得有「範本」一般。縮短了錯誤次數，一箭中的的機會多了！謝天謝地！

(二)以美為師

　　1. 美國這個民主教育及民主政治的「師」，又甘願充當世界「警察」，也最具「實力」；考驗全民的是，再如何的自由化、民主化、個性化，糾紛必也難免，衝突自然在；排難解圍，各「國」也都有法庭作判決。民主式的法庭較公正，雖難免有「害群之馬」。[11]因此，全球若無世界警察，就猶如一國無警察一般的令人不安！警察中雖也有敗類，但民主國家的警察，也如同民主國家的公務人員，敗類雖未絕跡，但必較少！因為在公開又自由的制衡之下，敗類比較罕見！此外，美國也有

---

[11] 此句成語，使我生了一些省思！常人用的「成語」，若既已「成俗」，「思」就打住停止了，則此種「俗」，不必然是「良俗」！害群之動物，不只是馬而已，卻竟然單指馬！奇怪。此成語已千百年，姓馬的人卻不抗議，真有「度量」；似乎連當過「總統」者，也「照單全收」。當然，三民主義的信徒，也無知的喜之不勝！因為該主義的死對頭，是馬克斯主義(Marxism)，以為這位「教主」，不是姓馬名克斯嗎？

財力、軍力，且較具公信力，又主動擔任這種吃力不討好的業務，實堪嘉許與尊敬！

　　支那中國常惡言以向的辱罵列強只靠軍力，又無道義！此種痛斥，有海量的民主國，必「有則改之，無則嘉勉」：事實上，支那中國及台灣的兩大「黨」，不都只「以力取人」，而非「以理服人」嗎？二戰之前，希特勒竟然向中立國的比利時用武，英國立即正式向德宣戰；美國在「中華民國」已速度奇快的處在亡國之際，還力挺這個反「共」的國家，[12] 外交承認更維持頗晚。還好，在台灣，由於台民民主奮鬥有數以百頁血汗史，令美國朝野友人舉大姆指稱讚。美國憑實力，且採具體行動來捍衛台灣！台灣步向民主化的過程中，確實有必要靠實力強大的警衛，來保障台灣政治自主，且「新又獨立」！此種言論自由，有此師又有實力的朋友在旁，台民再不選擇、感謝、感恩，台民還算「人」嗎？

　　2. 無惡警，此日還未抵；美國當然不例外。但這個民主先進國家之所以為他人之師的佳例，是絕不護短，且知過又改過。台灣呢？差多了；支那中國呢？更不如！連「郵差按錯門」，此種短劇或小說中的詞句，都必須刪除。蔣經國知悉一個殘障小說家寫出「汪洋中的一條破船」時，要求將「破」字劃掉！杏壇芬芳錄甚至學校師鐸獎的「良師」，其後被挖出難以掩面遮羞的醜聞！愛因思坦在二戰緊急時刻，號召數十位榮獲諾貝爾獎者齊赴華府，向羅斯福總統建議，快速研發並試爆史上威力最大的原子彈。當時有此實力者只有德美兩國。頂尖的科學家擔心，此種極可怕的武器若操在納粹手中，不如先由美軍擁有，比較放心，也不會無端使用；如同警察必握刀擁槍一般！不如此，又怎能作為人民的保姆？萬一黑社會的幫派火力之強，壓過警方呢？不少人誤解，為何美國獨享「特權」？但警車抓犯人，不是也可超速，且也不理紅燈嗎？個中之「理」，用「腳頭烏」（台語），也不用費腦，就該一清二楚吧！

---

[12] 也令人不無怨嘆的，這個原先最「反共」的黨及國，如今不只不反共，還與之裡應外合；甚至「反共」最力的黨軍軍頭，多年來常到他們的「祖國」，與共軍軍頭齊唱中共黨的黨歌（國歌）。

　　歐洲啟蒙運動的靈魂人物法國的伏爾泰（Voltaire, 1694~1778），在《哲學字典》（*Philosophical Dictionary*）中的「宗教」（Religion）一條目中，提到一處荒涼地，堆滿屍骨，其量數以萬計。如不分置於大道上，則累積之高，將直達天際。人與人之間，經過數萬年歷史，自然死亡者不多，卻因殘暴、姦淫，宗教信仰不同，甚至「形上學的論爭辯駁」（metaphysical disputes），而慘遭殺戮者，怨魂遍佈於大地。「台灣」一辭，台語發音同於「埋冤（怨），本書首章早已提及。此「事」該作為一種史訓。台民更不許或忘！但存放於博物館吧！今後該化「怨」為「和」、為「樂」，共奏令人動容的樂章。先由警示警，「警」之任務，就是除惡務盡，保護好人。2019年的「雙十」[13]，在台北的總統府有盛典。雖然名正言順的由「台民」所建立新又獨立且民主的新國家，還在「過程」中，俟目的達到之日，當然名之為「國慶」。但除非巧合的是，這個新國家，也如同1912年的「中華民國」一般，兩國國慶同月同日，否則絕不該作為「國慶日」。因為「中華民國」若不是已走入歷史，如同蔣介石公開宣示的，已滅亡了，且也是「別國」的「國慶」。不過，2019年的「國慶」當天，由不同膚色的「新住民」，作「國歌」的引唱者（「國歌」一詞，與「國名」一般，該有相同的處置）。「台民」一辭，可見已與舊往有別。最重要的核心要素，就是對「台灣」的「國家認同」。

　　美國「國歌」是美民異口同聲共唱的「認同」曲，台民該有樣學樣，何況它是好榜樣。前已提及，美自立國之後，或許是上帝交代的一種mission（使命），且言出必行，「使命必達」！先從文教下手，「推己及人」；以「戰止戰」，此「戰」就是教育戰！以武力戰止戰，只能是表面上的「和平」，骨子裡卻是另一方尋求報復且作亂；以「教」止戰，安祥和平才可期。大清國勢在末期，只一歐洲小國來「侵」，都要割地賠款了，何況又是八國聯軍！但在八國中，美國率先伸出友誼之手。美要求把該賠的款移作獎學金，選拔質優才秀的年青下一代，到美

---

[13] 但卻絕非台灣是新又獨立的民主國家之「國慶」。

國大學深造。留美預備校之名遂起，即「清華」。目前在支那中國及台灣的「清華大學」，以理工見長，聲望絕不下於北京大學或台灣大學！

　　3.「記取錯誤教訓」：一戰之後，戰勝國氣急敗壞的採取報復性的嚴懲德國措施，讓有自尊心且歷史光榮的日耳曼民族，內心大傷；這才是不久，只不到「一代」（30年），就又爆發規模更大、時間更長、死傷更慘重的二戰之遠因！還好，二戰結束後，美國領銜且主導「和談」。基於民主風範，才最使雙方心服口服；除了戰犯如希特勒自殺，日本東條英機受死罪定案之外，美國以最為優勢的經濟力，採納了國務卿馬歇爾（George Catlett Marshall, 1880~1959）計劃，不只不要求戰敗國賠款，還撥天文數字的美金，促使歐洲經濟快速復興，連戰敗的德、意、日，都蒙受其利。日本及德國不到數年，就以其既有之潛力，加上美援，快速的成為環球「經濟大國」，連支那中國也受惠甚巨！美援也使台灣成為亞洲四條龍之一，外匯存底直追日本！當然，被杜魯門總統氣急敗壞的是「蔣家一家人都是賊」，不只國庫通黨庫，且美援也成為黨用的大金主。「四小龍」都曾經受到日本及英國長期的文教經營！

　　這才真正是「以德報怨」，美也因此得到了足以安慰的果實。戰後，二大禍首的德及日，是極為擁護美國的大幫手。如果人類史上不幸又有三戰（第三次世界大戰），相信啟戰端的絕對是他國了，（極可能是以前的蘇聯，今日的俄國，或支那中國）。

　　夏威夷大學設有東西文化獎學金，國會也有佛爾布萊特獎學金（Fulbright Scholarship）提供名額，償以獎學金，資助各國學生及學者赴美深造；其次，美國大學幾乎都有為數甚多的各種獎助學金，大方的給外國學生入學，台生受此資助者不在少數。當台灣已成「經濟」力傲世時，美國就把該優惠，轉向「赤貧如洗」的支那中國學生了，不少留美的台生，就只好打工。

　　但願「民主情」壓過或勝過「民族情」，這才是最符「教育」的本旨，也合「民主」的真諦。否則，忘恩負義又見識膚淺，「知」及「德」皆有欠缺，且是極其嚴重的欠缺。更不知感恩，甚至恩將仇報；連凡人皆不如，還枉為一個「學者」呢？獲諾貝爾獎的支那中國及台灣

的「教授」，都在美大學獲博士學位，也都在美大學任教；除了台灣的李遠哲返家鄉台灣任職研究之外，支那中國的得獎者都「長住」美國。當年李遠哲獲獎時，南港中央研究院（Academia Sinica 是該機構的拉丁文名稱，即支那學術院），院長吳大猷回記者之提問：「若李教授不在美研究，他會不會得獎？」立即不作思考的以英語回以 absolutely not（絕對不）！他也只是據實以告而已！

　　頂尖學者在美真正有成的是，致力於將民主式的教育及民主式的政治實現於故鄉！「祖國」在這兩方面，都有步美學美的必要；即令身不在「祖國」，也該為「祖國」人民對「祖國」之認同，挺身而出，支助一臂之力，才不愧作一個名正言順的「人格者」。「人格者」是日本治台，台民最喜掛在嘴邊的話！

二、知識學術界最該以身示範

㈠「教授協會」先試啼聲─以美為師

　　1.「學術自由」（academic freedom）的有無，是現代化大學與古代大學，民主社會大學與專制體制大學，二者之間最大的差別。首揭教師（教授）的「教自由」及學生的「學自由」口號，名至也實歸者，先由德國大學領銜，立即使該國大學轟動環球；後由美國大學不只踵事增華，且後來居上。「自由」，只能在民主國度裡才享有；千年以上的支那中國及台灣，學子皆無福享其樂，人才因之埋沒。吳俊升舉數十名偉大的教育哲學家，無一支那人。士再三求仕，以韓愈為例（昌黎，退之），動機已可議，可享大哲之名嗎？文起八代之衰的韓愈，於795年時上書宰相求官數次〈復上宰相書〉。士成為仕，心意之急，有如熱鍋上的螞蟻！其實，此種姿態，「至聖先師」早有先例。孔子風塵僕僕於道上，求見春秋時代的諸王侯；馮友蘭寫《中國哲學史》，還稱讚孔子是未入仕而單靠教學為生的史上第一人，身份猶如歐洲中世紀時代的學者一般。他怎不知中世紀時，歐洲各地包括英倫，廣設高等學府，專心學術研究及授課，就足以謀生，不似支那這個國家的讀書人，「學

而優則仕」；加上科舉制度存在八百多年，仕泰半就是士的晉身階。士搖身一變成為仕之後，「為學術而學術」的心意及初衷，就中斷了。這是東西學術發展分道揚鑣的要素。支那千年以來讀書人之迫切作官，從這位〈師說〉作者的《三上宰相書》中，更可知其梗概：「古之士，三月不仕則相弔。故出疆必載質」。孟子《滕文公下》云：「古之人三月無君則弔」。無君即未能入仕：「相弔」即互相慰問。科考及第但未有官服可穿，是羞於見人的。知己打探究竟，成為習俗。孟子《滕文公下》，也有下句：孟子曰：傳曰：孔子三月無君，則皇皇如也，出疆必載質。」質就是贄，臣所執以見君者，表示歸屬效忠之意。戰國時代，群雄併起，見一君未受錄用，馬上轉途另向他君毛遂自薦，真是「厚顏寡廉又無恥」！且又一而再、再而三的「毛遂自薦」；哈！原來有「至聖」孔子之先例：「孔席不暇暖」，僕僕風塵於求官之道上，尋覓封侯不遺餘力。此種「士風」或「學風」，難道不覺臉紅？孫中山說，要作大事，勿作大官；作大官，孔子不是為了作大事，反而要「解貧」。孔子風範如此，又有何資格為後生之表率！「師者所以傳道、授業、解惑也！」是韓愈在〈師說〉一文的「名言」，師範生是必讀的！只「傳」而不敢「創」，守舊而已！

2. 1915年，「美國教授協會」（AAUP, American Association of University Professors）成立，杜威是會長。由這位世界級又是舉世名校的教授領銜，以追求學術自由為職志。困在傳統與當時「四面楚歌」窘境的大學教授及學術研究人員，用團體的組織力量，力抗財團、政黨、教會、及社會輿論之不當壓制。這正是提升美國大學足以傲世的一股支助。美國學界在學術自由的領域中，早有甚多的專文及專書論及，但在中文世界中，這是列為敏感又禁忌（sensitive, taboo）的圖騰（toten）；即令解嚴之後，以此為話題者，也寥如晨星。2009年我撰述了一本《學術自由史》，[14] 出乎我意料之外，賣況奇差；連1990年由我當創會會長的「台灣教授協會」，會員也不捧場，使我大失所望。還在昏睡未

---

[14] 林玉体，《學術自由史》。台北心理出版社，2009。

醒中嗎？「革命尚未成功，同志仍須努力」!!

　　教師當中身為「教授」者，不嚴肅的正視「學術自由」，實愧當「教授」之名；更未悉學者為學術自由奮鬥之苦衷，更無視於學術研究的熱忱及風範了！只有以「民主」當前提，「自由」才能相陪。支那中國及台灣，漫長的時光，都無「民主」；也難怪，若未有《西潮》又大受歐風美雨之染，反省思過且決心為學術自由打拼，着實不可享有「教授」頭銜！視學術自由如洪水猛獸，或視之如常識之見，還可看出此種貨色之「德」及「知」，都嚴重欠缺。教育界尤其師範教育界，更該引以為惕！行政單位非但不就教於學術單位，反而要當「指導單位」！而大學校長、院長、系主任、教授，也甘願受其「指導」，難道「有錢能使鬼推磨」!? 有錢又兼有權，就也可把連軟骨也缺者遵命行事，天啊！

　　美國的大學教授在二十世紀時，如果觸犯禁忌，頂多被解職而已。幸而，此地不留人，自有留人處。美國大學之多，素質參差不齊；識千里馬[15]者在，不似台灣是海島。且「八號分機」佈下天羅地網，插翅難飛。若暴君下達「永不錄用」，在「叛國罪名」之下，又有那機構膽敢揪虎鬚!? 將近半世紀的戒嚴，竟然大學校內平靜無波!? 各級學校的校史，不起浪，連小漣漪都不興!? 撰述者之水準，真奇差無比。花大錢印這些精裝巨冊，公款如同投入大海！撰述一本台灣學術自由史，也是迫害史，正是教育學術界該承擔的任務！台灣的學者，至少不該仿孔子或韓愈，被「仕」牽著鼻子走！不是如同狗嗎？

　　3. 北美洲台灣人教授協會由台中出身的廖述宗當首任會長，他負責芝加哥大學實驗室，多年來皆名列諾貝爾獎候選人名單中。他的台灣心寶島情，是極純無雜質的。在台灣邁向民主化的過程中，該協會有一項傲人的成就，即在身份認同上標榜「台灣人」，如同連戰的阿公說的「余，台灣人也！」但又與他最有差異的是，不許成為變色龍，其後又改為「余，中國人也！」不，台灣人就永是台灣人。美國是准許世界

---

[15] 哈！這個「辭」，也有「馬」字，是馬克斯的馬呢？或馬克吐溫（Mark Twain, 1835-1910）的「馬」?!

各地人民移居的，其後由於誘因太迷人，包括支那中國及台灣住民在內。但二戰之後，「台民」領有一張「中華民國國民身份證」，只是該「國」在1970年之後，就被聯合國註消資格，「國名」一落千丈；「國民」的「國」，才生混淆！往美移民者填寫資料，在「國籍」一項如還是照原先所填的是「中國」，美官方就相信該「民」要從「中國」移到美國；但「中國」的頭銜，已由「中華人民共和國」所取代，且也是正式由聯合國這種國際機構所同意的。以「中國」為國籍者，可以包括台民嗎？「台灣人也是中國人」嗎？移民到美的「台灣人」，北美洲「台灣人教授協會」長期努力的遊說，美國移民單位終於同意，在「國籍」一項，不必寫「中國」而寫「其他」，包括無國籍者，但最好填上「台灣」。他（她）們努力以「理」又「情」說服美方及「台民」，使移居美國的「台民」享有如同「中國國民」一般的配額。

　　此種「國民」認同，使「台灣人」就是「台灣國的人」；如同「日本人」就是「日本國」的人一般。在日本大學獲博士學位，撰述《台灣民主國研究》的台南七股人黃昭堂教授，在日本學界是有名氣的，也早有「覺醒」。他出國時用的「中華民國」護照，經過一番省思之後，放棄了！日本友人勸他去申請「日本國」護照。他在日本知名大學任教多年，是典型的人格者，與同事相處友好，頗有人緣；他幾乎天天都笑臉迎人，這已是他的標記！如他甘願作日本國民，深信絕無問題。但他不學連橫的前例，把「余，台灣人也」，改為「余，日本人也！」因為他只停止在前句而已。但若「台灣」只是「地名」，位階還未如同「日本」兩字，既是「日本人」，也是「日本國的人」；則是一位典型的無國籍者了。若能領有一本日本護照，是環球各國極為歡迎入內的。日本政府為了使他出國方便，特地給他一張正式官方的文書。但此種光榮，他也不肯享有！放棄了！否則他往「外國」時，該文書可取代護照；文書內還寫明希望入外國境時，海關關員視之為「日本國護照」，並且請「外國」政府及人民，把他視同「日本國民」一般的予以保護。

　　在戒嚴未解除之前，身為日本「台獨聯盟」主席的黃昭堂，有次赴菲律賓與環球「台獨」意識的「勇將」，在馬尼拉開會。「中國國民

黨」還逞威力，迫使菲律賓移民局不准「黑名單」入境。包括我在內的朋友，正在擔心黃昭堂必受阻於機場。嘿！就在此刻，恰聽到有說有笑的他來了，且親口告知同志，入境時海關關員問他：What is your name? 他笑嘻嘻的說：I am Mr. Ng. 該關員打開「黑名單」一瞧，無一有 Ng 者，乃准他通過。

把「黃」拼為 Ng，是台語的英語音譯，而不採「華語」音譯的 Huang。他的台灣國家意識，十足又具體的在「國名」及「台語」上，雙重呈現！台灣的「黨化」，完全把「台」的一切消失。我姓林，英文拼音卻是 Lin，這是台語不標準的。因為「林」的正港台語，嘴巴是要合上的；該是 m 而非 n。有次我到東南亞旅遊，看到一位小學生也在觀賞表演，衣服上掛有名牌，有漢字也有英文。姓「陳」的英文拼音，是 Dan，而非 Cheng。「中國國民黨」的黨化，比「華僑地區」還更可惡！

台民又有「台灣國民」意識者，幾乎全以「台語」說話；客家教授雖也口說客語，但他們說台語之流暢，不輸他人。注意！說台語者絕不可如同說「國語」者那般的瞧不起說其他語者！

在北美及日本名大學任教的「台灣人」，為數眾多，兼有「教授」名器，廣受台灣人的尊敬。「教授」頭銜者，在台灣朝向民主國家化的大道上，保有一張較安全的護身符！「教授」一辭，也是「人格者」的代名。

4. 1990年，「台灣教授協會」正式成立，更明目張膽的把「台灣主權獨立」，作首要宗旨。我也與有榮焉！一來，該會在籌備期間，學界重量級「先輩」，期望由我當召集人。原因之一，是早些年成立的「教師人權促進會」，在教育改革運動上產生比前人更有氣勢的風潮。如同「思想」形成「思潮」一般，不要止於單打獨鬥，否則註定敗局收場；卻要如同「工運」一般，有「集體勢力」才可望有「制」（check）及「衡」（balance）之效果，我是首任會長。見報率之多且廣，使「一池靜水」的校園及學校教育界，成為報紙電視的頭條新聞。加上1990年，我出任台灣人口最多的台北縣擔任教育局「代」局長，大力推動教改甚至政改措施，使地方型的「小事」，常常變成廣受議論的舉國消息。感謝我所尊敬的台灣教授們，讓我有榮膺歷史使命感的重任！加上

我引介美國教授協會的AAUP，建議以「台灣教授協會」之名稱之，仿之而為TAUP（Taiwan Association of University Professors）。一來史上無前例，二來美國有典範在先；台大洪鎌德這位知名教授一悉，立即同意呼應；從此，會名底定，只是晚了先進國近百年之久！

「台灣」兩字，地理名詞及政治名詞合一，如同環球絕大多數國家一般。但千萬勿有1895年的惡例。好在時移勢易，民主小支流也快有洶湧大潮的氣勢！美、日、台等大學之台籍教授，領銜開創台灣史上的大變局，不只突破黨禁、報禁、語言禁等，又能善用「智謀」。「台民」由古至今，已朝「台灣國民」方向邁進！

第五節　民主革命號角早響，先烈英名永存台灣，長留於世。

「認同」，是建構民主台灣的最大關鍵。真正民主式的認同，是打死不退的，勇往直前。教授，且是「名」教授之被警察毆打，及法院起訴，甚至坐牢者，已非「新聞」；將台灣推向民主這條崎嶇險峻的小路，轉為較平坦的大道，是充滿血漬的。民主之路如同黃泉道，有遲速、快慢、早晚之差，但前進的終點（如有），是世外桃園，也是地球上的天堂，更是人間仙境，尤其落後國民歷經千辛萬苦也擬移民之處。儒學孔教的「一些」名言佳句，類此的也不少；狹徑險峻之路，變成大「道」；事在人為，雖非百分百，但若只依「自然」，則不可能「船到橋頭」就「變」為直；撞、毀、沉者，必多。步「大道」，必有良方：「天下為公」，不正是「禮運大同篇」的首句嗎？化小道、歪路、曲徑、險途，為陽光普照、風和日麗、鳥語花香、有情有義之境；依此想及當年大清帝國不得不割台時，對台灣這個「得之無加，失之無損」的彈丸又是化外之地下的評語，作百分百的將「男無情，女無義；鳥不語，花不香」，180°的翻轉改「善」，才是人類史上歷經被動的「經驗」或主動的「試驗」後，該持續努力的「民主」成果。可惜！千年以

上的古國如支那中國，似乎都如被趕的鴨子般，總是遲、晚、慢、惰，
迄今也只有後段班的身份！

一、地利之便!?

　　幸而台灣在地理上不與支那中國緊臨，但卻也近在咫尺（依現代
化的交通快速為度）。有利無害及有害無利之主客觀因素，錯綜複雜。
「台民」總該熟悉流行甚久的一條民謠，說出人的前途真相，歌名《愛
拼才會贏》，一言道出結語：「打拼」。這二字台語，說成戰鬥也不妨；
卻被中國黨當局誤以為含有「打」，就是暴民，因之處以重刑。這是
「理所當然乎?!」

　　㈠「三分靠運命，七分靠打拼」。

　　1. 聽天又由命的傳統錯習，聽聽就好，給予30％吧！其餘的70％
呢？「台民」的自我「國家認同」，是一種主觀的斷定，非只客觀因素
使然。認同會轉移，不能強求。發自內心的心甘情願，才能持久永
續。即令身上流的是漢人或華人之血液，但如同名作家柏楊一般，籍貫
是湖南，但早向世人明示，來生如能有選擇機會，發誓絕不做中國人！
他是政治犯的要角，身上流著的血，自己作不了主；但國家認同，絕不
以血緣為主要依據。馬偕身上又流著什麼種族的血啊！這種活生生的事
例，在二十一世紀的今天，為何還有不少人對此有疑？且爭論不休？一
些以民主式的教育為職志者，是「革命尚未成功」，台灣心的同好，仍
須努力！

　　2. 昔台灣學子必唸的孫逸仙「學說」，一再的提醒國人，組成國家
的要素有四：一是土地、二是人口、三是主權、四是血統。此種說法，
是粗淺平庸的；也不能深怪這位被封為「國父」者（名不符實）又多了
一例。那四因都是客觀因，但最為牢固的國家認同，是主觀的心理因
素。其實，也不該太怪這位棄醫革命的人物，因為他並非屬一流的政治
「學」者；只有在政治革命上，該有他的地位；但在「主義」或「學

說」裡，頂多只當個配角，又怎能將他的學說作為其後學生必修科？大學或研究院必設的單位，又有獎學金給「忠貞」黨員出國深造，幾乎在台也到處可見他的銅像，紀念館呢？各級學校還有以「中山」命名的，與「中正」不相上下！

使「台民」上躍成「台國台民」之努力中，多少壯烈成仁、慷慨就義、身處黑牢、慘受刑求，且加上心理上的人格侮辱等等，確實該作為撰述一部感人肺腑又賺人眼淚的小說、戲劇、電影等的最佳題材。含有這些台灣史賜予的文化「財」，若能靠民主式教育之功，將素來一流台民所擁有之潛能激發出來，必有資格領取世界級的榮譽。台灣不只是東方的瑞士，甚至可以匹美古代的希臘，或是當今小型的美國。

㈡海島民族之自然天賦，是人才「突出」之客觀條件

1. 文明發源地必有「水」，水有大有小、河有長有短、有久有暫、有永續有絕跡；人口眾多的城市，為何時有時無；因素奇多，但主因在「水」。世界上迄今人口極多的大都市，必有江、河、溪，甚至大海洋就在週邊。

以大學為例，從古至今最風光，學術成就仍居一流的古代大學，就是雅典，是希臘處在愛琴海的城市。其後，聲勢由羅馬大學取代；義大利的地理位置，是「水」域大過愛琴海數十倍以上的地中海；但地球上的「水域」，地中海也只居「中」而已，比下雖有餘，卻比上大為不如。眾人皆知，大西洋及太平洋是地球上最大的海洋。因之，其後的巴黎、牛津及劍橋，甚至哈佛，不也都近鄰大西洋嗎？美國加州的州立大學如州立的柏克萊（U.C. Berkeley）及私立的史坦福大學（Stanford University），或是日本的東京大學，不都在比大西洋更大的太平洋邊嗎？台灣不也會有此天賜良「機」！近水樓台竟然也不能得月，要怪誰？是的，千言萬語，怪在黨化，該是一語就道破吧！如實的予以剷除此毒瘤，「亂世用重典」！少數台民「勇行」之震驚中國黨，也喚醒台民之台灣認同，確實是必要之舉！依海過活者，本就有冒險犯難以及猛然的反抗意識，不受外在環境的控制，一出生就「反骨」者必多。若依

海過活，靠江濱河「討賺」的所在，是「民主」國家，則人人安居之餘，又能樂業；且人才必輩出，文化資產填上了更多的瑰寶。但「民主」國未到之前，必有數不清的抗爭義舉！先民「三年一小反，五年一大亂」，是事出有因，也查有實據！

2.「有勇無謀，不足慮也！」呂布獲這種「醜名」，青史該為世人永記！台民更該從中獲得史訓。一般說來，文盲或目不識丁的「屠狗輩」，「勇者」之多，絕對讓「負心」的「讀書人」，膽寒及羞愧！即令是士難得的成為仕，且是位居台灣最高階官位者，竟然也是「無謀」之輩，更比呂布還不如了；不但無勇且「身先士卒」，且又無德的逃之夭夭！奇怪，此種貨色之一的丘逢甲，為何還在中國黨治台時，有雕像涼亭公然置於大都會的首都鬧市之公園內！另亦有以逢甲為名的大學及夜市?!有台灣意識者，該早對之有具體行動了！

沒錯，一刀斃命的原住民之生活哲學，比凌遲異己的儒學孔教及黨團，在人性上比後者之不如禽獸者多很多！只是在「喚醒」民眾上，既屬千年昏睡沉沉的民族，如未有天大搖地也大動盛舉，恐怕不為功！台灣除了聞名於世的「台風」之外，另也有列入世界史上災難重大的地震；但「天災」，人力難挽；苛政或暴政且又累積千百年之久者，如不有「壯舉」對之，則猶如蚊子虰牛角，頂多草螟（戲）弄雞公而已，無補於事。且要畢其功於一役，天下又那有「白吃」的午餐來讓你品嚐？不說別的，台灣迄今還在「雙十」之日大事慶祝「武昌起役」！單只此一役，就「推翻滿清建立民國」嗎？轟轟烈烈的「有勇無謀」之烈士遺書，不也是台民所讀的教科書內容嗎？「與妻訣別書」的作者與我同姓！與新婚妻子永離，註定必死路一條！

「台民」一辭的新釋，是主觀上的心理認同。此種認同之能永續存在，符合哲學家黑格爾之 to be is to be right. 及教育哲學及民主政治大師杜威之 education as growth，必定主觀因素再佐以客觀條件，始克有成。此種客觀條件，不止不妨主觀條件的「成長」，且更有助於「成熟」（maturity）。客觀條件之主力，來之於教育，且是有形的學校教育。因之，該減了不少「無謀」，尤其是受過大學教育者。

二、為「國」犧牲者之壯舉，史上罕比：
##　　先天並非不足，後天也未失調

　　1. 以台灣教育史而論，台民意識覺醒，把台灣從地名改為國名之過程中，《三代台灣人》一書中已有「暗示」。台民在近一百年歲月裡，從較間接的以文化改革作起點；1921年如同前述，台灣文化協會成立了；但也如孫中山的革命數次一般，都功敗垂成。當時的台民，也只能就較無風險的文化層面下手。當時的台民，是廣義上的「皇民」，又有誰大膽敢向日本「國」公然要求台灣是主權獨立的新國家？這也非較有台灣意識的台灣人之「第一代」大家共同致力的目標。相隔不到一代（30年）的1947年，台灣史上發生最慘痛的二二八事變，該事變給台民在認同上的覺醒，是台民作為日民之望早已成泡影，而目前心中寄望成為「中國」國民之心，也立即山崩地裂；導致於有「心」之台民，必然依「理」來相較。「台民」之處境，幾乎陷入絕地，但能否逢生？只剩極其稀少的幸運之「士」，還能「留得青山在」而已！日治五十年的普及基本教育，且延伸到高等教育又獲世界名大學博士學位者，幾乎全部死光光，且死狀奇慘無比！一刀斃命的台灣原住民哲學，還不是以「凌遲」為快者所甲意的呢！

　　還好，水過船有痕！政治慘案在黨化洗腦的教育中，不但隻字不提，還另提台民從此獲「光復」了。每年的10月25日，都放假一天；另有「台灣光復歌」。還有以光復為校名者。倖而，罕見的漏網之魚，且是「大條的」，流亡在日。留學生到日及美之後，至少大學圖書館都有Oriental Section（東方部）；漢文、日文、韓文書不少。另有人主修歷史等文科，即令如李遠哲專攻化學，他還有心自修或旁聽歷史科，從中頓然解惑；且至少在台時的惑，如今才較一清二楚；「真相」從此水落石出。並且，在民主先進國家進修，除非是書呆子、書蟲、或只想早點獲學位，快速返台擔任要職、獲高官位卻無心藉機觀察民主社會之實情者外，也都大受歐風、美雨、日曬所染；因之，台民之「國家」意識萌出。「台獨聯盟」組織、《台灣青年》刊物、台灣建國之言論及

演說，遂在海外出現。但便衣神出鬼沒般的如常人在週邊出入，甚至友人、親人中也有抓扒子（spy）有形無形的「長相左右」。注意！真的是「匪諜就在身邊」。也因之，不少留學生一返台即不許再出國，且就如台大數學系的陳文成（1950~1981）一般，屍體在台大的圖書館門前，為清晨即到校園走路者看到。31歲而已，在美名大學任教，娶妻又有子，美滿、身健，且前途似錦！竟然中國黨公開對「世」宣稱，該案以「自殺」了結。即令中國黨的馬英九當總統了，宣佈要調查真相，卻也石沉大海。因為，「中國人什麼都死光，只嘴巴沒死！」此句教育系教授雷國鼎的名言，實在太傳神也實在了！此案若發生在美國，如其後的江南命案一般，必把主謀直逼「層峰」了。

2.「四七」：1947年，受過較佳教育的台民，卻巧遇幾乎是史無前例，又突如其來的遭遇！也因之喚醒了部份台民，暗地裡形成「四七社」：他們是1947年生的，認定是二二八事變死亡者的轉世投胎。「四七」，不只具有年代的意義，更有月及日的代表性；1989年四月七日，外省人的鄭南榕卻引火自焚。他在認同上「向天借膽」，公然於大型群眾演講場合中為朋友助選時，一登台就臉現笑容的只說：我是鄭南榕，我支持台灣獨立！不必多其他贅言，光是簡短的兩句，就贏來了數以萬計的聽眾如雷的掌聲，且連續數分鐘之久。台籍人士要求台灣獨立，中國黨痛恨無以復加，但還可理解！竟然連外省人也插上一腳，且又大踏步，就更無法予以忍受了！他負責的雜誌，又登了臺中人在日本大學當教授的許世楷起草的「台灣共和國憲法草案」，「官方」更怒不可遏，絕不寬貸的以判國罪名通緝！鄭南榕不只不逃亡，且公開挑釁，軍警「over my dead body」，只能抓到他的屍體；言出必行，不愧是個大丈夫！把自己鎖在雜誌社內，身旁置一汽油筒，身上帶一打火機；即令愛妻幼女苦勸，至親好友費多少唇舌，也打不動他的犧牲初衷，要求大家尊重他的自由抉擇！中國黨警察不信認同台灣者敢有如此的勇氣，真的帶了大隊人馬，要以火力猛攻房門抓人。但見他立即點燃了打火機，在渾身是烈火中，為「台灣國」壯烈成仁!!

此一極其稀有且震驚全球的新聞，立即引發台灣史上無前例的震

撼！早已憤怒的台灣人更怒不可竭，麻痺昏睡者也目瞪口呆。原本反對台獨者，力道減弱；還在猶豫者，開始轉向。這一位外省人卻是一口溜溜的台語，長相既斯文，又有高貴氣質，且又是名大學的高材生，年歲正處於日正當中之時，家庭美滿，夫妻恩愛，卻從此天人永隔！治療千年沉疴，不得不下猛藥！是有勇無謀之輩嗎!?

治喪單位來電，希望我能代表教育界及學術界去靈堂致哀。我早有此意，乃立即答應！士林廢河道上天天萬人哀戚，但怒形於色。鄭自焚時，現場目擊者親眼看到，鄭在火堆中還毅力勇氣十足的雙手及雙腿往外伸，以抗肌體生理反應之內縮，意絕不屈伏；比為真理而飲上一杯hemlock（毒藥）的蘇格拉底，更悚目驚心！不僅如此，出殯當天，大隊送葬行列行經距總統府正面不遠處，一位高雄的詹益樺，在出乎情治單位的戒備森嚴之下，竟然把汽油筒背在雨衣後面，頓時也引火自焚，搶救已來不及。台灣建國之後，這兩位是入「忠烈祠」的不二人選！

不少人是不見棺材不流淚的！

3.「二二八」：二二八事件現已為多數人所知，當前連學校教科書也早已列入教材。宜蘭的田醫師（田朝明），每逢二月28日當天就絕食，數十年如一日！但怎那麼湊巧，與「四七」之前後類似的，也有前後兩次的二二八！怎有這麼巧合的搭配！

發生在1947年的二二八事件，奸險萬分的支那中國軍警，將無辜的台民死傷累累的陳屍於「埋屍或葬冤」地；數十年之後的1979年之二月二十八日，宜蘭出身台大法律系畢業的林義雄，在高雄「美麗島事件」上成為一級要犯，囚禁期間，位於台北信義路的住宅，只有年歲已高的老母及一對稚齡的雙胞胎在屋內。該案在軍法審判中，包括林義雄等人的住家，是24小時都受嚴密監視的。竟然在光天化日之下，林宅的三女，被刺殺數十刀，刀刀見骨；兇手似乎毫無顧忌，膽大包天。「任務」完成後，安然離去。老婦及幼女，身上刀刀傷痕，都極中要害，這絕對不是意外。其中一幼女倖存，或許是上帝還為林家有可續香火吧！

從此，台灣史尤其台灣政治史及教育史上的「四七」及「二二八」，成雙入對；若此種驚天地泣鬼神的「事件」，為師為生者竟然還無知，

那是最大的罪惡；若只知竟也無感，則必是麻醉中毒了！或有感而無行，則屬四肢殘廢者了！

4. 冥頑不靈，無可救藥，認同台灣者絕對不該如此！史證昭昭。近數年來，不少「台民」的真正表現，尤其是師及生，都令人刮目相看。陳文成教授死於非命，結局如此，他是身不由己。不過，台灣意識，必是他的終生使命。典型在不久的眼前！彭明敏教授及兩個愛徒，有勇氣及膽識宣示台灣人自救；這是其中之一；其次，在台大社會系任教授，身材長相被治安單位誤以為我的葉啟政，一悉門生四人因研讀有關社會正義的「禁書」時被抓，且禁止親人會面；他怒不可竭，公開在記者會上憤怒的控訴，聲色俱厲的保證，他的門生絕非犯叛國唯一死刑者。更要求他必親自探牢，目擊他們是否安全？且人格保證，絕不被欺瞞！幸有國立大學教授這種護身符，終於獲准與他的門生會面！他事後告知被抓學生的父母，相信他，孩子還在！此種敢冒「知匪不報，與匪同罪」的良師，的確是教育愛的表現！師範院校的「師長」，有此風範嗎？還好，台灣教授協會展現出集體力量，比單打獨鬥更有效果的業績：「100行動聯盟」，由台大法律系林山田（次任會長）出面，經過中興大學廖宜恩教授的奔走，中央研究院院士且也是名聞國際的醫學教授李鎮源（也是TAUP會員）等，除了有「冷靜的腦」之外，更具「火熱的心」（道德熱情），共同「打拼」的結果，台灣的「四人幫」終於「毫髮無傷」又無罪的釋放。此種惡法之廢除，也促使戒嚴令的中止；黨禁、報禁、歌禁、方言禁等的快速消失。台灣的全面民主化，成果豐碩。

5. 明知山有虎，偏向山中行：儒學孔教是「德」掛帥，少及知；韓愈的「師說」一文，是支那中國及台灣師生必讀的教科書，尤其是主修教育者。這位「文起八代之衰」的「大儒」，在該文中首句「師者所以傳道、授業、解惑也」，深入了解其意，卻十足的是反儒學孔教的。因為為師旨趣，竟然全部放在「知」上，隻字不提「德」。師也該有「品」有「格」，有「骨」有「氣」，有「節」有「勇」；無懼於惡勢力。路見不平，即令不拔刀，也該挺身而出。名實相符的師，該取葉啟政教授為範。恥的是校名為「師範」者的師，不足為生之範者，比比皆

是；甚至為師範大學校長者，都當我的面，坦率的說：「我有壓力，壓力下來我也沒辦法！」誠實得可愛又可笑，但卻很可悲！師大不如台大，就如同北師大比不上北大一般！北大的名校長及教授，都是學生的後盾；五四運動之青史留名，北大之「師」是功臣！

　　大學階段了，若教育有點成果的話，是該有「謀」的；如再加上「勇」，則「成」的目的較能實踐。後生不是可畏，而是可敬！後生比先師較居優勢的是「年少輕狂」，動態十足。曾有心理學家有點開玩笑的說，16歲的年輕人不反社會，這種人沒有「心」；活到60歲的「老」人，還不滿的反社會，這種人沒有「頭」！知識份子（intelligentia）之條件至少有二，一是「冷靜的腦」（cold brain），以便分析、比較、深思、冥想，以獲「真知」；但還需有一股「道德熱情」（moral passion），訴諸行動；二者兼備。支那中國及台灣的「教授」，或許在前者條件上不差，但兼及後者的，卻寥寥無幾！

　　英哲培根曾說，一個結過婚的人，作不出大善事，也幹不了大壞事；因為已有家事之累，顧慮多，猶疑不快。只有「少年仔」，才一馬當先[16]，身先士卒；因為比較了無牽掛。培根的《散文》（Essays），並非百分百正確。像英國的羅素，年逾古稀時還一直反戰，也曾因此坐過牢。不過「一般」而言，年青人似乎比老年人較具行動力，即令明知有「極刑」侍候，也不慮不怕。智慧測驗中把年齡分兩層，一是「生理的」（biological），一是「心靈的」（psychological）。

　　「年青」的「小伙子」，台灣名大學畢業後在美頂尖大學深造，博士學位垂手可得之際，竟然於蔣經國赴美，於公眾場合裡舉槍予以掃射！黃文雄及鄭自財，在累積長久的怨氣之下，認為千載難逢！卻未「深謀」。一來，美國便衣警察四佈，抓槍擊犯技術高明；二來，槍殺犯是要處以重刑的。這兩位「台民」，也因之「名滿國際」，當然更震驚台灣的中國黨！蔣經國是連美國也早知是蔣介石的接班人，一聞槍響，瞬即臥倒在地，久久不敢站起！兩位台灣青年立即被捕，頸部被壓

---

[16] 哈，此句又有「馬」了。

也彎了腰，卻聞一聲大叫「let me stand up like a Taiwanese！」意志力之強，如同鄭南榕四肢力往外伸以抗火焚之內屈一般！其中一位即黃文雄，倖能如彭明敏一般的潛逃出境（美國），另一位鄭自財則絕食以明心志！還好，美國司法單位保證不會遷送到台遭中國黨特務的刑求，以及接受死路一條的判決，只在美接受審判！幸而在李登輝總統任內時（1988~2000）解除黑名單，兩位台灣「建國」英雄，現已安然在台度其餘生，也為台灣建國化及民主化大放光芒奪目的異彩！他們都是台灣文教的成果之一，實有必要大書特書！

6. 最能滿足「知識份子」條件者之中，雖屬外籍，但心中卻熱愛台灣，甚至能百尺竿頭勇往更進一層的明示台灣獨立建國之教授及學生，最令許多人汗顏與尊敬。身為「外省」籍的大學教授，如台大的殷海光（哲學系），陳師孟、林向愷（經濟系），張忠棟（歷史系），東吳的謝志偉（外文系），傅正（政治系）等人，在認同上也不讓本土出身者專美於前。「外獨會」（外省人台灣獨立促進會）也在二十世紀結束前公然成立，且數次有具體行動展現。「外省人」一辭，是習慣上的用語，約定俗成而已。「台灣」已不是「省」而是「國」時，居民都是同一國的「國民」。中國黨對這批「外省人」，最咬牙切齒，必「此恨綿綿無絕期」！以二二八作為台灣悲劇的開端[17]，該由台民認同「台灣國名」者予以終結。在中國黨於強人去世後，總統職位已由台籍的李登輝依「憲法」繼任（1988），中國黨雖滿腹不甘也得苦吞；但中國黨主席一職，因早是集黨、政、軍、教、經、文等大權於「寡人」者，絕不許落入台籍手上！處此「關鍵時刻」（critical time），台大歷史系的張忠棟教授，竟然也「向天借膽」的在《自立晚報》上為文，一清二楚毫無轉彎抹角或隱約暗示的寫出：浙江人可以當黨主席，難道台灣人不可以嗎？還好，這句話若早數年前說出，是要拖出「斬首的」！「此人槍斃可也！」這些都是蔣介石書法上的「毛筆字」，文件現都可在二二八紀念公園內公眾展示了。平民身份竟然還受軍法審判，且軍法官雖已明判

---

[17] 賴澤涵、馬若孟、魏萼著，羅珞珈譯，《悲劇性的開端》，台北時報文化，1993。

為囚禁十年的「要犯」，卻在「聖旨」的一紙令下，就成亡魂！張忠棟教授十足的夠資格作為知識份子的榜首！

不過，其中令我有點納悶的是不少「外省人」，在「省」籍認同上，口口聲聲說是「外省人」。但究其實，「有唐山公，無唐山媽！」以謝志偉這位說話風趣幽默，口才一流的東吳德文系教授、系主任、院長，現（2020）為台駐德大使而言，他媽媽是澎湖人。若他自稱是「外省人」，確實對媽媽不敬！還好，他與我本素昧平生，但他是TAUP的創始會員，只要有他在，都是笑話連篇；還說媽媽出身地本叫「八美」，出嫁之後才改為「七美」。到過澎湖者皆知，七美是在澎湖！「台灣國」有如此的奇才，就如美國割了他國的「稻尾」一般，收成即可，坐享其成了！謝教授的台灣建國意志之堅，也如同張忠棟教授一般！可尊可敬！TAUP有如此的成員，我身為創會會長，是畢生最大的光榮！有此心志的「教授」，但飽受中國黨的侮辱與打壓，該可以寫一部台灣學術迫害史才對！不只無「自由」，還在「身」及「心」上被迫被害。在比利時盧汶大學及法國巴黎深造的三芝人盧修一（1941-1998），回國（台）後當過草山文化大學政治系主任時，坐過政治牢；在囚房中還要接受「感化教育」長達三年！美麗島事件受刑人多半都是名大學畢業生，必得在牢內「垂垂」的聽「語無倫次」的御用教授多年的啟迪教化。但教者不盡然諄諄，聽者確實是藐藐！課堂上但聽「抽車」、「吃炮」等下棋聲，此起彼落！

7. 人生之「奮鬥」，最富意義與價值者，莫如「進德修業」。修業即「知」。孔子罕言「知」，不過他一言「知」，必與「德」密切相連，如「知過能改，善莫大焉！」此句極佳，諒批判指責孔子其他說法者無理由反對。但「知過能改」，是兩回事，也有先後；先知過然後改過。但知過又何其容易？且知過之後能否改，也是一大難事！教育「知過」又「能改」者，是一門艱鉅又長期工程，怎可說一次就止步了呢！

認為己無過者，是凡民或庸才，頂多中等貨色而已。聞過是普通人頗為不悅的，尤其是操權在手者，立即要求他人閉嘴，否則可能就血濺當場甚至身首異處了！秦二世為何不誠實的不敢講真話，卻「指鹿為

馬」呢？因為奸臣趙高在側！指點有權或在高位者真正的錯，這只在自由民主國度裡才可能成為「事實」，且「永續是事實」！民主之可貴，單在此項，就可寬諒民主之其他缺失。中共黨拆民房，只一聲令下就完成，誰敢舉抗議牌，早就拖出去勞改了！因之效率奇高。民主社會不可能如此，卻要費口舌及時間去說服。差別之處是前者聽他令，後者依己令！前者頂多是奴，或連牛馬都不如，後者才算是真正的「人」！

　　台灣教育史如同世界各國史一般，帶有極豐富的學術研究價值者比比皆是；不但不知寶且還棄之如蔽屣者，理該自省自責，且知過又改過自新。本書所述，雖非如野人獻曝，但也不敢自滿！待挖出寶者可能仍多！大學教授該一「馬」當先，仿1921年台灣文化協會的先輩，將台灣文化向美日等之「賢」以「思齊」，使之成為最紮實的「國力」，有如「鞏固力」（日語、英語，也是台語，concrete）一般的硬如鋼筋水泥（紅毛土）；在民主「國」之庇蔭下，除了「國人」之外，也要吸「外」客入內，讓他國友人不只驚嘆太魯閣中央山脈的雄偉峽谷，也樂享美食。暢飲如珍珠奶茶之令人垂涎三尺，既價廉又口味令人爽！更豎起大姆指，稱讚台民之禮貌，住居之清潔、衛生，建築之美觀。如此！才最少可讓那些建國烈士之鮮血，不白流！

　　最後還有點欲罷不能的告知同好，研究學門中，歷史與哲學，是最引我注意的對象。令我十分失望的是不少學界同好，只陳列歷史「事實」，年代、經歷、事跡等，鉅細靡遺，卻絕少對之作一番剖析、評論、批判。相反的，若充斥著罕見的、自創的、曖昧不明的、將哲學名詞，放在同一段中陸續呈現，鮮少作一番較「一清二楚」又「截然有別」（clear and distinct），這種笛卡爾為學的兩大訴求，則讀來必虛耗時光！此種現象，尤其出現在二十世紀之後的歐陸之德、法、奧等國的哲學家著作中。他們陶醉於「文字語言的蠱惑」（Bewitchment of language）上。此種「蔽病」，也如同支那的宋明理學！但奇怪的是這批人卻津津樂道，迷迷糊糊！好笑的是有時還稍為清醒一下，招認著作的文字，晦澀不知所云！卻仍然也如中邪一般的為文數萬甚至數十萬字，着實太欠缺「研究」的意涵與宗旨！

「研究」之具備價值，就是把暗化為明，將難轉為易；「說清楚，講明白」。不宜大耍文字語言遊戲，滿書「胡塗言」；又踐踏了讀者的寶貴光陰。若只提供「史實」，僅陳列一大堆「史料」，卻未見或少見「史識」，則最缺乏「研究」意義。在21世紀的現在（2020），單由網路，就可鉅細靡遺的呈現出史料了，人人輕而易得。一本著作或一篇論文，如只是如此，又那堪與「研究」掛上邊？無己見，無法激起讀者一股「一讀再讀」或「日後也願再讀」的狂熱，則「焚書」也不打緊吧！

奉勸「學者」謹記英哲培根（Francis Bacon, 1561~1626）的比喻與忠告，勿仿「螞蟻」（ant），只會勤奮堆積；卻該學蜜蜂（bee）。採花蜜之後更會釀蜂蜜，美味又可口，才是饗宴的佳肴。與本書有關的史料，頗令我一再回味的，謹引數「道」與同好共享。

(1)黃埔軍校校門口有「革命者」扁額：

升官發財，請往他處；

貪生畏死，勿入斯門。

(2)康有為：膝蓋所以彎曲，就是為了要叩頭喊「萬歲」的，否則「要此膝何用？」

(3)1949年11月8日，中國黨情治人員一到，章軒蓀即在住所被抓，罪名是「這上面明明印著馬克吐溫的字樣，那不是馬克思一家人嗎？」

(4)曾國藩：未有錢多而子弟不驕者也。

(5)夫濟世之道不可守株（待兔）；隨時之宜豈可膠柱（鼓瑟）？

在台灣，當年要接班蔣介石的副總統陳誠（1898-1965），對其子之教育方式，足供台民參考。他不願校長、主任、老師知其子之父是當朝要員，因之要求其子天天騎舊腳踏車到建國中學上課。可惜！現在有甚多學童上下學，都有轎車接送！

第七章　台灣教育史涉及的
　　　　　教育哲學理念

　　吳俊升的《教育哲學大綱》，是頗具功力的著作。但較為遺憾的是該書未及「民主與教育」此種教育哲學議題。他最佩服的教育哲學大師杜威，在1916年一戰方酣之際，即以《民主與教育》為書名。本章與次章擬以此為主題，將台灣教育史上涉及的民主與教育，作進一步的分析，且以之作為本書的完結篇！

第一節　「台灣」該享有民主國家之名

一、「台灣是台灣人的台灣」

　　1.明鄭乃至於大清之治台，台灣之名，幾乎與現在同；官方文字上也出現「閩台」兩字，「台灣」兩字從此定調。荷西時代只及部份，且「疆域」小，人口少。教育活動不顯著，台民也不多，「全」是以原住民為主。

　　明鄭帶了大隊兵馬，都是外來的「漢人」，因之在人口數量上，顯然壓過原住民；其中的「外人」中，閩粵居多，受傳統儒學孔教影響自深。或許有少數讀過「古書」，如三字經等；聽過也看過傳統小說故事，如關公出五關斬六將、桃園三結義等；他們使用閩粵話，住在求生較易的平地或偏海地區，趕走了原住民，但也彼此之間產生不幸的死難糾紛，如吳沙、劉銘傳等帶來了漢人與噶瑪蘭及西部的台灣原本住民之間的衝突；至於胡適之父遠到偏遠地台東作官，迄今仍有鐵花路及鐵花先生之墓；後者之所以有這些紀念物，或許是胡適在台，學術地位崇隆，才是主因；胡鐵花是否在偏遠處也與台東原住民發生種族糾紛，待查！

2. 大清治台，時間在台灣史上，與前及後相比，最長；認真經營，倒十分疏忽；但一些有形的文教「古蹟」，迄今猶存；如台南的孔廟。至於其他作為「教育」用的房舍，卻是只供後人回憶追思用而已！在人口較多的地方，早已夷為平地，改建樓房了；其後少數有保存古街之舉，如台北大稻埕、三峽、關西老街等，還稍存遺物。

由於地險，又有海峽相隔，「台灣是台灣人的台灣」，此種到了1921年台灣文化協會才提出的口號，使「台民」或「台灣人」，已漸與隔海的「唐山」有所區隔，「自立一格」了。「士與仕」成雙，「吏與師」入對，是支那中國千年以來的現象，但在台灣少見。一來，台灣的科舉，依支那中國古例，中舉者有，但成為仕者，幾乎罕見；仕才是吏，在台的官及吏，清一色非台民。大清政治力在支那中國，時間之長，在整個支那中國史上，不輸其他各朝；且疆域除小於元朝之外，可能也是最大的。滿人及其他族入主「中原」之後，也被「儒」所化，「書同文」了！但並無「語同音」。政治力必指揮一切，既然朝廷議事，皆是「滿大人」口腔，其後非滿人的仕，也得學「滿大人官話」；這就是manderin一字的由來。台民完全欠缺此經驗及機會。因之，林獻堂與梁啟超會面時，兩人只好以文及筆當交談工具。台灣的士，與支那中國尤其大清時代的士，二者「書同文」，但彼此之「語及言，異」。

此外，有必要一提的是來台當官的「外省人」，都幾乎存有五日京兆之心，並無一人學哈佛的樣，帶四百多本「經典名著」（善本書）來台；「書院」即令有「書房」，存書也不多，更不用說，全都只是「一言堂」性質。說教成分居高，對「啟迪」民智，又那有何貢獻！

耶教徒之來台，並未中止，但數單力薄；認同台灣為安身立命之處者大有人在，但也大概只在北部及南部，才稍見他們的行蹤及業蹟。古建築如牛津學堂，目前還是觀光景點之一。但從受其影響的人口數百分比上看，卻是小之又小。

3. 儒學孔教在荷西未入台之前，台灣原住民根本與之無涉；即令其後儒學孔教支配的地方及人口，幾乎已佔了全台，但原住民與之也甚少有關係。在長達二百多年的儒學孔教之風氣下，但見儒生在為官為吏時

之貪污腐敗，導致台民三番兩次的抗暴不斷。尤其在台灣安危處於存亡之秋時，竟然身為總統及副總統者，作了最無恥也最惡劣的勾當，他們讀的是「聖賢書」嗎!? 沒錯，在為文發表「台灣民主國宣言」時，義正辭嚴；卻見日軍剛一到，就落荒而逃！邱逢甲還為其子取名為「念台」，在中國黨到台時還擔任高官。連雅堂當時家有喪事，對日人表明：「余，台灣人也！」還有點風骨。但遭更有台灣風骨者指斥其吸鴉片煙之後，就到對岸後立即在「認同」上作了大轉變；連「余台灣人也，也是中國人也」也不說，光只言後句而已！更為文數次央求中國黨要員扶植其獨子；且預知「中（支）日」必有一戰，乃在獨孫降世時，取名為「戰」；只因「戰」不祥，乃學孔子，又名「永平」。連家三代（或四代），從此吃香喝辣，且富甲天下；住的是「億來億去」的豪宅。也不只大聲的說以「純種的中國人」為榮，還令巴結者在北縣（現在的新北市）有取「永平」為名的學校。即令喝過了洋水，也獲名大學博士學位又是台大教授，但儒家孔教，最是深藏於他的「意底牢結」中。

　　比較明顯的與儒學禮教脫鉤的，是日本文教半世紀在台的影響後效！從「台灣」的立場言之，日本式的學校制度，在台灣與日本內地無異，包括宗旨、課程、教材、升學等。嚴格說，那也不是「全」屬於台灣教育！但一掃千年以來陋習的，就是全民普及教育，且無性別之分，台生的學校教育機會大增；加上基本教育之上，另有升學管道。在整體的政、經、文、教等方面，幾乎已既「脫孔」又「除儒」了；教學所使用的「語」，「文」，「意」，完全同於日本。且其後還「恩准」台民成為日本「皇民」！台灣教育同於日本教育，若假以時日，該也無「台灣教育」一詞。

　　4. 五十年之後的1945年，台灣教育卻突然又「脫日」而「入支（中）」了！儒學孔教立即翻身，納入支那中國史的一頁。不過，由於與對岸的政黨是「漢賊不兩立」，使台灣在普受儒學孔教遺緒之際，也稍有機會呼吸民主自由之風。至少到目前為止，台灣成為不少國家人民渴望移入獲籍之處；而支那中國形同「鐵幕」（iron curtain），這個邱吉爾的形容辭，確是名實相符。1989年，中共黨的老祖宗蘇聯，二

戰結束後不久，就厚顏薄恥的在柏林所建的圍牆，也毀了；中共黨的高官呢！移居美國是一生最大的盼望。不少國家還公然大膽的表明，不歡迎支那中國人！高雄有一家餐飲店，更高掛一幅醒目的布條，寫著：「本店不招待中國人」。只是中共黨斥巨資在世界廣設「孔子學院」。不幸！台灣史學界或教育界也有與之隔海對唱，裡應外合者！目前，「台灣人」一辭，組成份子已極異於以往。「新住民」百分比，越來越高，是台灣之福還是禍？光依「認同」度來衡量，台灣如能成為一個「小美國」，該是可以認真考慮的！就如同「老兵」可以返鄉探親一般；非常多的「榮民」，興奮的滿足於可以回故土了，但為數極多的「竿仔」（外省人），望穿秋水之餘，卻多半選擇把台灣當家鄉！這在台灣，早有極多的先例，且是「顯」例！

二、民主是台灣今後該舉國一致嚮往的目標

歷史的演進，先進國家尋覓千年，終於獲得一致努力的方向與指針──民主

㈠民主包括一切

只有民主，才能在解決人類問題上，獲得較穩定、合乎人性、長治久安及幸福的生活。民主不出世，「萬古如長夜」！1919年五月四日的「五四運動」，使史上的一個大國兼古國，猛然醒覺。原來支那最欠缺的兩位「先生」，一是「德先生」，即「民主」（democracy）；另一是「賽先生」，即「科學」（science）。後者才可使絕大多數人能夠滿足「基本需求」，但基本需求上的吃得飽、穿得暖、行得方便、住的衛生、舒服又安全等之外，更要心理需求的相互了解，尊重少數（較難），服從多數（較易）；《活著》（一部支那中國的電影片名）才較有價值及意義。除了「民主」就無別的了！科學的突飛猛進，只有在「民主」的保護下，才不會誤用；好比民主體制下的警察或軍隊，擁有火力強大的武器，人民才比較放心！把「文化」（culture）提升為「文明」

（civilization）。

1. 民主展現的一種高度「文明」，就是雅量、寬容、悔過又改過；向前行，往上進。這方面，由美國率先作模範。在近代史上，當歐洲列強瓜分支那中國，立下「不平等條約」的割地又賠款時，美國率先放棄；將「處分」改為正面用途，把庚子賠款移為留美獎學金之用。清華大學因之成立。二戰結束後，美國主動積極的參與，且主導世界公共事務；除了力組聯合國之外，也不要求戰敗國在精神上及物質上的賠償，卻反而以舉世無比的經濟援助大手筆，幫助環球經濟復甦；台灣也因美援而得利。美國對歐洲列強之殖民政策更大力批判，導致新成立的獨立國家，脫離被殖民狀態。

台灣絕不該在民主大道上缺席或落後，反而更該後來居上。更不該走回頭路，或原地踏步！

2. 民主社會是多元的，百花齊放的，是悅耳的一部交響曲：「台語」之特色，早已提及；一來，台語與福建語或閩南語皆可通，使用的人口數逾億，是環球一大語系，不只量多，且其「音樂」特色，非其他語系可比。「目睭灰灰，蕃薯看作金瓜」：不是如同莎士比亞戲劇《仲夏夜之夢》一首詩相似嗎？（這是近日的重大發現，高興莫名！恕重述一次！）

In a summer night, with some fear,
How easy a bush supposed a bear.

台灣先民的文學「造詣」，不下於環球大戲劇家。

台灣老歌，「唱」等於「說」；世界史上有此等語、音、歌，合一的嗎？這些例子，稍懂台語者，該振奮不已！即令是「敝帚」，也該「自珍」，更不用說，該「帚」不是「敝」而實是「寶」！不過，有些歌詞文字，卻也實在有修改的必要。台灣師大音樂研究所畢業的簡上仁，在「民視」節目上，改編了嘉義民謠，將「一隻鳥呀嚎愁愁」，以「一隻鳥呀笑迷迷」代之；真有意思！悲劇曲詞不許消失，但放在記憶裡吧！也送入台灣博物館作歷史懷思之用即可！現在及今後，樂觀

才是正道。[1] 2006年吧！美國台灣同鄉會在紐約州北部世界最美的大學康乃爾舉辦年會，我應邀出席演講，晚會時聆聽海外鄉親唱「天烏烏」的民謠。我頓時在隔天演講中指出，曲不變，但詞該改，不應原封不動。台灣先民有如此不堪又無水準的嗎？或許是開玩笑的吧！家庭和樂，怎麼會有「阿公與阿媽為了一個要吃較鹹，另一個要吃較不鹹」，就兩個「相打弄破鼎」了？我建議，原歌詞可作為台灣史上的一種省思與教訓，憑現代作曲家的「智慧」，該修正為「兩個相伴共吃笑哈哈！」

(二)生活水準是評價住民優劣的具體指標

1. 大都市必有大公園：日人治台，早有規劃，台北市是國際大都市，該有大公園至少七座之多；另有植物園、動物園等！可惜，植物園內在日人離台後，中國黨治理之下，卻興建了與植物園無關的龐大建築物。台北市無地了嗎？其次，大小公園雖有，卻「水泥地」、「柏油路面」，以及一些不必要的人為建築，一大堆！都市人口最欠缺的就是綠地，為何在公園內，「石路、礫路，甚至柏油路」，越建越多。到公園的市民，是要享受「大自然」的樹木、花、鳥、草、池……的。絕不是在趕路，為何「截徑」到處是呢？走不到一小時就可把大安森林公園都走光光的，竟然有五六處廁所！難道遊客都有腎臟病嗎？小朋友一到公園草地，就可跑跳玩了。那麼多的「人工措施」，幾乎已失去「公園」的意義。

2. 假日稍微像樣的觀光景點，車擠人也擠。奇怪！卻罕見圖書館、書店、演講廳、音樂演奏廳、美術館、博物館內大排長龍的！也該利用假日清洗家居、窗簾、地板吧！海濱景點大有人在，但未見有志工來作淨山、淨海、淨河者！吃一頓飯，一客千元以上的餐廳，生意興隆；但一本值得看的書四五百元，卻少人問津！甚至連大學圖書館也限制購買新書了，這是什麼文化？

---

[1] 喜劇及悲劇的「歌」，是有不同的「調」與「曲」或「音」的，作曲者該配合作詞者心意！

3. 母語教育政策訂立多年，成效呢？小學生一聽阿公阿媽說台語，竟然面現一種不屑的表情，且說：「世上有那麼難聽的語言嗎？」注意，孩童是無辜的。罪惡及過錯是父母、老師、官員！「沒有不是的學生、子女、小孩」，「只有不是的老師、父母，及大人！」學童一入自己室內，立即關門，甚至鎖門，外貼「請勿打擾！」奇怪！不是住旅館吧！不都是「家人」嗎？又不是陌生客，為何不換上「歡迎入內」呢？

4. 感人的故事該編入教材：認同台灣的人，就是「台灣人」。「台灣是台灣人的台灣」，血液、膚色、性別、語文、宗教等，都不該是認同台灣的障礙。「只要溫情在，何處非故鄉！」感人的故事，史上太多具體例；荷蘭的大學優秀生娶台女為婦，學台語；馬偕更如此，還屍骨埋在台灣；日本東京帝大土木工程系畢業的八田與一，夫婦為嘉南大圳，烏山頭水庫的興建，造福台民；也視台灣為故鄉，與總督心意相同。日籍女校長敢頂撞「時風」（歧視台生），更是勇氣十足。胡適獎勵彭明敏，使這位台籍教授學有所成；《自由的滋味》一書，記載其事！台大社會系葉啟政教授冒險力爭門生之獲得自由。這些教育史實，都該作為今後教科書的主要內容！

總之，台灣「信史」雖只四百多年，其中之演變，是五彩繽紛且波濤洶湧的；怎可「目睭」不只灰灰，且是史盲了！超過百年以上的學校，數目可能逾千。奇怪！為何「校史」內容，似乎都是處於太平盛世？這是扭曲、欺騙、膚淺，或缺道德勇氣的具體表現。可以原諒的是，由於台灣太久未有「民主」，民族性又「從不認錯」，加上最「愛面子」的「民族情懷」，不也正是支那中國二千多年的醬缸污染於四百年的台灣之明證嗎？今後的台灣，與之永別（或「訣別」）吧！不要與之再見了！台灣人更該珍惜：「母親的名叫做台灣」，讓外國人一聽台灣，就比大姆指稱讚，且現出羨慕及敬愛的表情！

三、「台灣獨立」若是「台毒」，則「中國獨立」，不就「中毒」了？

哲學史或思想史上民主觀念之出現，雖然早，但時顯時逝；有時，如一閃而過的彗星或流星，未能如陽光之普照大地。「民主」之意涵極其深厚，但在政治權力的展現上，阻力多且大。1776年的美國及1789年的法國大革命，促使民主之風，橫掃全球。二戰之後，已成世界時潮之主幹。可惜與可憾的是，「民主」這個新理念，在撼動支那中國這個「古國」或「帝國」上，挫折最多也最大！挾儒學孔教之深入民心，迄今在治者階層上，不但對之冥頑不靈，且極其反動！「在上者風，在下者草」，此種「被動性」的「教」字本意，是「民主」概念的大敵！「疾風知勁草，板蕩識忠臣」，此種支那「名言」，只是「什麼都死了，只有嘴巴沒死」一般的，雖知但無行。即令有獨行俠，也如晨星之罕見，且未匯聚成川成河成大海。台灣在四百年史中，也受此而「中風」了。喜耍文字之腐儒，常以「台毒」二字辱及「台獨」。在列強割據之下，有志氣的「中國人」，不也希望「中國主權獨立」嗎？難道該辭也可簡化為「中獨」？「中獨」二字，更等於「中毒」了！

(一)「台毒」之害，淺於「中毒」；「台獨」最補，且嘉及「中獨」。

二千多年的獨裁專制之毒素，在支那中國為害之深，若只是服下微量又零星的民主藥劑，效果幾近於無。還好，四百多年的沉疴，在台灣，曾下過數次的猛藥，也經歷過多次威力驚人的反民主慘案，終於警醒了昏庸無知的台民。加上「三代台灣人」對民主路上的前後接棒，民主小支流，已在2000年，有了總統直接民選之創舉。支那「帝國」對之卻老羞成怒，竟然也採取行動直射飛彈於台灣「家」門口！幸而台民靜定，加上美國之力挺，民主第一槍響了！只是仍有不少難纏的反民主後遺症，亟待清除乾淨。民主教育之播種、施肥、除蟲、「沃（澆）水」、除雜草等，都是台灣可以永久脫離儒學孔教的專制面，最刻不容緩的「志業」（career）！本書如能對此稍盡綿薄，於生足矣！

　　1. 民主不能速成但也不許拖延，天下沒白吃的午餐：「不經一番寒澈骨，怎得梅花撲鼻香」？台灣的教科書就有此詩句！民主，在歷史上不是一條坦途大道；但千迴萬轉，總該條條道路通羅馬！台灣現存一些日治時代的羅馬式建築，壯觀雄偉。古代羅馬早就有「公民投票」（plebiscite）。但此種民主幼苗，真正有具體成果時，還得等到1776；西方人有幸，二百多年前成立的這個民主國，不但是大國，更是富國；且民主典範人物，比比皆是。支那中國的歷史，極度欠缺民主觀念；又加上二三千年之久的專制獨裁，甚至連讀書人幾乎皆服膺其中，甘願當奴作隸！九次叩頭之外，還得三跪！一聞民主說法，就有一大堆腐儒坦言，奴隸性格那麼深的民族，確實未夠資格實施民主。似乎出此言者，也不知恥的把自己包括在內，且願作為專制獨裁的馬前卒！

　　沒錯，「民主」一辭就是以「民」作「主」人，但那是有條件的。從教育層面來說，中小學生可以作「主」的程度，比不上大學生。法律上也明文規定，具有政治上的選舉罷免權者，不是中小學生！但也不該如此，就「一切」剝奪中小學生的「選擇決定權」，卻該「智慧」的提供且允許鼓勵學童作思考的對象，如郊遊地點、班上幹部、制服樣式及顏色的決定等。且趁時隨機教學。[2] 台民常說，有理走遍天下，無理寸步難行。當然！不可能那麼樂觀。民主路上有遲速。在這方面，支那中國是後段班，且補救教學難度也極高。還好，台灣本來也是放牛班，現已具模範班資格了。

　　民主是給民享有「權」，但權不是只天生的而已；即令是天生，也常被後天剝奪；這是活生生的史實。不必贅言，「權」與「拳」同音，也同義，是要「爭」的；但「爭」有那麼輕而易舉的得勝嗎？反掌折枝乎！以台灣為例，三代台灣人耗費近一百年時光，才稍有成果！一來反對黨、且是有力的反對黨出現了。這是冒生命危險的。二十世紀結束之前，DPP（民主進步黨，D是Democracy, P是Progressive, P是Party）成

---

[2] 政大教育系教授黃炳煌（哥倫比亞大學博士）曾提及一件有意義的例子：一個白人女孩彈得一手好鋼琴，但不知怎麼的卻對黑人白眼以對！還好，她有個好媽媽：「孩子啊！妳彈琴太好聽了。但妳知道，琴有白鍵也有黑鍵呀！」不許對任何人歧視，是民主教育的指針。

立，創黨元老極大多數是台大畢業的，不少還是四七社成員，有些是海外各大學的博士；台籍者的比例特高；外籍者有，但也是認同台灣者。組黨之日，清晨就向家人訣別，也祭拜祖先，心理準備「必」坐牢了。若首批未成，則次批、三批⋯立即接棒。

2. 凡一流大學必有一流師生：五四時的北大，以及環球名大學的罷課，爭民主與自由，幾乎都是由頂尖大學領銜帶頭。以台灣為例，台大先有哲學系的殷海光教授，依邏輯及分析哲學猛批中國黨（中國國民黨）的錯誤政策，台大哲學系事件從此發生；其後是法律系（台灣直選總統迄今共有四位，都是台大出身，三位是法律系）。DPP黨旗中有十字路，台民該作理性明智的抉擇了；台大數學系鹿港的黃武雄，早就在報上為文，提及他小時與父親上街，因有爸爸帶頭，乃放心的跟在其後。但可以跟一輩子嗎？必過首次自我獨行的困局，因為十字路、歧途、雜巷多，路又那有只一條的呢？吃的麵是「省主席」（先煮熟）的嗎？那有這麼倒霉！沒錯，支那中國人及台民，only one choice 者多，學孟母三遷嗎？「去去去，去美國！」不正也是當前支那中國的「現世報」！台灣早年還有「小留學生」風潮。現在風水輪流轉，轉向支那中國了。北美洲台灣人教授協會的一流知識份子，內心一聽「叫著我！叫著我！黃昏的故鄉不時叫著我！」的台灣老歌時，奮不顧身的返鄉，雖知有立即在桃園機場被四腳朝天的抬回原機，不准回自己家鄉的境遇與鬧劇！台師大社教系的陳婉真就是顯例。但在李登輝總統下令廢除黑名單之後，一大夥的一流學者，也大半都回台灣任教了！

3. DPP成立之後，一來，不少成員被抓還獲判長期徒刑。還好！他們的家屬（尤其妻子）一出來選舉，有台灣意識者，大街小巷，都是人山人海。中國黨即令行使「奧步」慣技，她們都獲極高票得以報償。在正義面上大放異彩，也使政黨政治稍具雛型；「制」（check）之所以有效，必須有力道予以「衡」（balance）。如同翹翹板一般，一高一低；不許永遠偏向一方。其次，學校教育雖大受中國黨控制，還好，利用難得的選舉假期，讓選民能聽到動人又具說服力的「內幕」演講；「社會大學」，才真發揮「啟蒙」功效！因之，解嚴之後不到十年功夫，首次

「大」選總統級的，就由台籍人士勝選，台大畢業也是康乃爾大學博士、台北三芝鄉是他的故居！台民把數十年來一黨獨大，變成兩黨互不相上下的局面。

　　其次，由於國際局勢的演變，心中懷有「支那中國」情的「民族」觀者，雖因而紛紛退出DPP陣容，但帶有「民主」情者，在台灣獨立建國之奮鬥上，不輸給他人；致使「認同」在「同」的層級上，已不分本「省」與外「省」、或本「國」與外「國」了。加上「中華民國」在1945年流亡台灣後不久，國際處境大不如前！在1970年更被UN驅逐，各國與之「斷交」的，幾乎成群結隊！「中華民國」如同土崩瓦解了，且速度之快極為驚人！即令現仍存極少數與之有邦交關係者，竟還數次把台灣視為「中華人民共和國」的一「省」。DPP執政時，也從無勇氣「正式」向聯合國以「台灣國」名義加入世界組織。從前，台灣被小說家鍾肇政視為「亞細亞孤兒」。現在，「中華民國」才是不只在「亞細亞」，且在全球，都是「孤兒」！注意，各國與之斷交的是「中華民國」，而非台灣。美國最具代表性，美國早已不承認世上有個「中華民國」了，但美國國會卻通過「台灣關係法」。注意，是「台灣」，而非「中華民國」！奇怪，目前竟然有不少人還在抱「中華民國」不放，真是神經錯亂！腦袋怎這麼糊塗？怎又與之「糾糾纏」呢？

　　支那中國二千多年的改朝換代，都是死傷累累。取代大清的中華民國國旗，是「滿地紅」；與岳飛的「滿江紅」，古今輝映。台灣的政黨輪替，學民主先進國家之以「數人頭」代替「砍人頭」，用「選票」（ballots）換「子彈」（bullets）。雖然仍有斑斑血漬，但已堪稱可比美、英史上的「光榮革命」（The Glorious Revolution, 1688~1689）。台灣朝向民主大道，學步階段，幸而有史上佳例，可供借鏡。

㈡台灣以民主立國，最是支那中國該學習的榜樣

　　1.「民主」救台灣，也教且救支那中國：董仲舒之罷黜百家而獨尊儒術，實在有點霸道。但其中或許也該稱許的是，儒家之外的諸家，早在春秋戰國時各顯神通。當時也未有戒嚴法，更未聞有禁書令或學術迫

害之事。各家既已施展功夫，相互較量短長之後，「多元」只是暫時現象，也該有「一元」作結局！好比正在行走的路，也只一條一般。該路是經過一段時間作分析比較，然後才抉擇的。若充分引伸此論點，也該可為支那中國及台灣作民主典範！1919年五四的新文化、新思潮，加上梁啟超的「新民說」，不但使胡適公開稱讚該文是影響他一生「方向」的最重要文章；也使北大文學院院長陳獨秀（1879~1942）創辦並主編《新青年》雜誌時，為該雜誌取的英文名稱是Renaissance，即歐洲的「文藝復興」。只是後者早在十二世紀就展開！胡適在美深造時，為文《文學改良芻議》，投稿該雜誌，大唱以白話取代文言。主編愛之不忍釋手，只是在痛快之餘，書函在美的胡適，該雜誌從此不登文言文，只取用白話文！但此種決定，大受杜威民主教育哲學影響之下的胡適，卻頗不以為然！一來，他的題目只及「芻議」，未敢如同主編建議的改為「革命」；二來，該刊仍應刊登為文言發聲的文章，只要「言之成理，持之有故」即可。一方面可讓反方有辯駁機會；若「萬山不許一溪奔」，則「防人之口，甚於防川」；終有泛濫成災之患。三來，也可利用此機會，公開以理來辯論文言及白話的各自優缺點。胡適自信，他有能力使提倡文言者心服口服，從此而自願不敢再為文放言高論！民主是要費時間的。在開放社會中，以文爭代替武鬥，真理就能展現人間。「有理走遍天下，無理寸步難行」，沒那麼輕而易舉！「天下沒有白吃的午餐」。「民主」自有天賦從上下降的嗎？支那中國人民及台民，不許如此天真與無知！

2. 以史實為背景，或許改革較有堅實的基礎：當年日本之脫亞入歐，大大的改變了日本國運。因為「學習他人長處」，日本祖先曾經有過；如今，日本向中華文化bye bye，轉頭學歐，並不愧對祖先！可惜此一史實，在支那中國史上卻絕無！「天命不足畏，祖宗不足法，人言不足恤」，這是王安石力主「變法」的三大口號；光憑此，註定變法失敗，其因甚明。

中華民國於1912年建國，簡稱中國；又把「中華民族」包含漢滿蒙回藏苗各族。但1945年二戰後，蒙古已成獨立國，且早加入聯合

國。此種史例，離今甚近。因之，「中華民族」的「五族共和」，此辭已不通！在台灣的「中華民國」政府，竟然還死抱一部高度不像樣的憲法，要求民選總統及官員對它宣誓就職。行政院還設有「蒙藏委員會」，更在北市師大附近有大辦公大樓及官邸。公務員到蒙古出差「考查」，只能算以「國內差旅費」來計算，這不是欺蒙人太甚嗎？西藏（Tibet，圖博）的抗「暴」運動，風起雲湧，死傷不止的血漬「滿地紅」染大地多年！香港於1997年由英「回歸祖國」後不久，尤其近日大規模遊行反中，已成國際頭條新聞！這些近代史實，不正是給在台的「選民」，在一個「獨立建國」或與「中國統一」的選項中，一種最佳的省思嗎？

3. 從地緣上看，史上對台灣有領土野心的「隔鄰」，一是日本。但日本自二戰之後，已成典型的民主國家，絕不會率爾「用武」！其次，就是更近的支那中國了！衰運最大的是，這個古國也是大國，且今是強國，卻絕無資格稱為民主國家；全心全力的採取行動來「血洗」並「解放」台灣！可是！更該進一步思索的是，竟然有不認同台灣者，與之裡應外合！若冷靜的認為「台灣不可居，居之甚厭」！那麼，現在「兩岸」，通行已無阻，則又何必「居之甚厭」的學連雅堂？無人阻止回去度「祖國夢」啊！二戰後，台灣的「反攻大陸解救同胞」，「殺朱拔毛消滅共匪」，「打倒俄寇反共產反共產，消滅朱毛殺漢奸殺漢汗」！是最常見的標語及歌唱。即令其後不那麼血腥的以「三民主義統一中國」代之，「統」的聲勢可「萬夫莫擋」乎？「中國情」先是萬眾一心；其後，「台灣情」漸萌；雙方消長，恰處在戒嚴解嚴邊際之時刻，台灣最大報《聯合報》，發行《中國論壇》，就有學者勇於指出，「中國結」與「台灣結」二辭，十足的是「統獨」的爭鋒，話題高度敏感！

稍顯民主作為，「統」下「獨」上，已漸成趨勢！但比照當年胡適精神吧！讓雙方冷靜的剖析利害，供選民抉擇。這是台灣今後教育的主要重任。美國當年的民主革命，美「獨」立或英「統」治，也是兩股勢力的對幹！哈英派的有，但居少數；耶魯大學校長還差一點被該校學生「綁架」，丟到河裡或沉於大西洋中；幸經名校友韋伯斯特（Noah

Webster, 1758~1843，韋氏大字典的編者）出面解圍；此種壯舉，猶如林獻堂於1947年的二二八事件中，保護嚴家淦一般。美國大革命是「內奸」少，「外犯」大且多，面對的又是全球軍力超強的「大英」。還好，大英與美的地緣超遠。法國大革命則無「外犯」，只是要除「內賊」。台灣呢？處境不似美與法，因之極可能有史無前例的遭遇。如何化解，端賴「認同台灣」者的智慧與勇氣！「驅逐台奸，外抗霸權」，該是今後「台民」的首要任務！憑選票來決勝負吧！美國早年與英為敵，建國之後兩國親如兄弟；曾聽說美派航空母艦巡航英吉利海峽以防英軍攻擊美國嗎？美國早已宣示，對境外毫無領土野心！即令台民組成「五一」俱樂部（Fifty-One Club），在《紐約時報》（ *New York Times* ）頭版大登廣告，盼望美把台灣視為第五十一州。作夢吧！他救不如自救；「自己的國家自己救」，不正是響亮的口號嗎？

　　支那中國歷史上從無「民主」理念，把專制改為民主，困難度比台灣更高出甚多！但求人不如求己，若以隔鄰的台灣為師，可學習之處不少！相信台民也樂意在中國民主化上傾全力予以幫忙協助！

　　4. 地名成為國名者，例子太多：「台灣」地名與國名合一，是橫懸當前「台民」的一大奮鬥目標。二戰之後，成為國際政治組織的「新國」，莫不如此。「新加坡」就是一個顯例，它還只是一個城市而已；台灣仿之，客觀條件還好上數百倍。但萬事俱備，卻唯獨缺東風。台灣「內」「外」，長期受「中國結」所糾纏；內「奸」及外「賊」，狼狽為奸！台灣「建國」的鋪路工作，工程艱難；但事在人為，不應仿守株待兔、或「寬心且待風霜退」、或「孟母三遷」、或學候鳥的「移民」。二戰之後脫離大國而獨立的「小國」，比台灣面積更小的比比皆是。即令代價太高，台灣先民早有示範。人必自侮而後人侮之！外援有其必要，但「自己的國家自己救」；從文化、教育、歷史諸方面予以考查，「中國結」是導致「台灣結」無法結得緊且擴大範圍的主因，自甘作奴，更是最不可恕。不客氣的說，「中國結」之心態，有極其不堪又可惡的一面。一旦台灣與支那中國統一，相信台灣數量極多的「中國結」者，早已打算「去去去，去美國」了；他們心向的「祖國」，不早

作示範了！更為不齒的是，不少人享受台灣民主成果，一有政治高位甚至當上「總統」時，才續留台灣以安享榮華富貴，一旦選輸時，就如同支那中國過去的儒生一般！科考及第，人生四大「快哉」全集一身；久旱逢甘霖，他鄉遇故知，洞房花燭夜，這三大享受遠不及「金榜題名時」！一旦落榜呢！就立即翻臉，造反起「義」了！支那中國的專制極權性，歷史是淵遠流長，邁向民主難度，比台灣高出萬倍。但反正他們可在美加等國盡享民主之樂，卻認為在台灣是「異鄉人」！「飼老鼠」肥肥的，卻專「咬布袋」！《補破網》這首台灣老歌，十足唱實了台民的命運。認清台灣是極其夠格為「國名」者，誓死捍衛，才是當前及今後致力的目標。這個「國」，必成為照亮支那中國的beacon。台灣成為民主教育、民主政治、民主社會的「大國」，對岸在這方面還是小老弟！是否堪造就，等著瞧吧！

5. 玩文字遊戲，是支那中國及台灣飽受儒學孔教支配下的一種讀書人之風氣，更是樂趣及嗜好。孔子提倡正名，可是孔子，史上只一人，卻名不只一，因還有「字」，「名丘，字仲尼」。「丘」及「仲尼」，皆只指一人而已。台灣若作為「國名」，是否也可如此的以其人之道還其人之身，或以矛攻盾，陪之打迷魂戰，使對方陷入十字路口，或灑下濃霧以「遮望眼」。當然，主其事者該「心頭佇乎在」，自己清醒且「身在最高層」。台灣這個「名」，有「字」又有「號」，又有渾名及暱稱。其「實」，「台灣」才是真名；但「暫時」也可稱為「中華民國」、「中華民國在台灣」、「中華民國台灣」，以滿足「哈中」的「中國結」者。台灣多年來在「政治」上這些名詞的糾纏不清，十足的證實了台灣飽受孔學文教之支配！既然「中國結」者甲意此道，「台灣結」者是否也可以妨之！只是若把「台灣」說成「中國」，必成為世界笑話！但台灣即令現在到處可見「中國」二字，簡直形成一個「小中國」！台大政治系劉一德，現為台灣團結聯盟黨主席，他是「外省人」，卻一口道地的台語音，因他媽媽是「本省人」（此種身份者自稱「外省人」，確實對不起媽媽）。他與東吳外文系的謝志偉（現為台駐德「大使」）同，口才一流，也頗機智。曾公開在「國民大會」會場

上，大向「中國結」者說，把台灣變成小中國，淡水河以南稱為「河南省」；以北就稱「河北省」，雲林及台南合併為「雲南省」。中央山脈以東是「山東省」，以西即「山西省」！大都市尤其「首都」的台北，不正是到處都有中國路嗎？你想知南京嗎？到南京東路或西路就可了；至於天津街、瀋陽路、遼寧街等，大家都早已如入「祖國」一番了！「中華隊」、「中國時報」、「中國鋼鐵公司」、「中國造船廠」，連國營的飛機都叫做 China Air Line。台灣「國」人也見慣了，但外國遊客登機呢？必誤以為要飛往北京！這些這些，十足的是孔子始作的甬。正本清源，「名」多「字」繁，只當「手段」使雙方糊塗吧！「建國工程」是浩大艱難，斷奶剪臍帶，勢所必然！中國結者挾其自「至聖先師」以來播下的妖種，十字路口多，迷魂陣夥，這一大堆垃圾，「少女的祈禱」車，要加緊清除。沉重又繁複的事項，等待諸如台灣教授協會的伙伴們，立即擔當使命；那也是台灣在地化及本土化的基本任務。美國有不少地名，大有歐洲尤其英國風，哈佛大學的所在地，是 Cambridge，大都市有 New York，York 是英國文化古城，New Jersey 的 Jersey，是英吉利海峽中的島，也有稱為 Athen（雅典）的！台灣類似。只是台美兩地人民之「國情」，差別懸殊！美國結者絕不擔心英國結者來破壞好事，更反而帶給這個新國家更有文化且文明氣息！試問台灣人或外國遊客到美國麻州的「劍橋」，與到台北的「迪化街」，二者在內心中所引發的「優越感」或「思古之幽情」，不是形同涇渭嗎？「中國黨」之治理台灣，政治掛帥，又那有「文化」可言！阿Q精神作怪，也十足的侮辱台灣！還我台灣本來面目，是這一代及下一代、下下一代……的重責大任，也算是台灣教育最該取之作為教材，才最與「台灣教育」名實相符。

6. 最後不得不贅言的，卻是最為緊要的重點，是從事政治改革，風險大，難度高，尤其在專制極權國家！不少有心志士或學者，乃改途轉向較為軟性、隱性，卻也較紮實的文教改革，如瑞士的裴斯塔洛齊，支那中國的蔡元培等。當然，政治涉及最直接的權力，且包山包海；以吏為師，是政教合一的制度。政治「革命」一旦「成功」，若無文教或其他因素為底，也必功敗垂成，一籌莫展。孫中山的革命，就是佳

例！教育的民主化才是政治民主化最穩固又長遠的基底，如此才能符應Hegel的名句，to be is to be right！「民主」既「對」（right）又永「是」（is），「反民主」是天方夜譚！美國會變成極權專制國嗎？絕無可能。果真一天被另一超強專制國佔領了，相信必永無寧日；如現在統治西藏的「中華人民共和國」一般。民主式的教育，奠基百年以上了，假定來了台灣的「颱風」或「地震」，但由於現代化的建築之穩如磐石，比較能安居又樂業！「打地基」比「橫高樑」，重要得多；「登高必自卑，行遠必自邇」；支那中國古書，也有智者有此「定論」。可惜！只是空谷足音而已。辦教育（包括家庭教育及社會教育），支那中國都是好高鶩遠，未走先飛；台灣教育不言台灣，卻極大部份都言中國，又那能「名實」相符？台灣的學生為何得「背」東北三寶，尤其「烏拉草」是什麼「碗糕」，平生罕見（未見）。瞧不起也捨棄台中有大甲草嗎？「中華文化」既「博大，又精深」？不要輕易為宣傳中毒：舉實例為證吧！千百年之久的「制度」，如科舉、太監、纏足、守活寡……，趕緊遮羞為要！不必引古人了，中國黨治台時，孫文及蔣介石就是十足的傳人；兩人皆歲數不滿百，卻數十年來都下令萬民在重要慶典中喊叫「萬歲萬萬歲」！「心爽」而已。孫文的三民主義舉世無雙，既然如此，為何蔣介石還要有「育樂」兩篇予以「補述」？無意或有形中，向奴才式的人民及師生，灌輸「後來居上」的具體實例！新台幣面額，蔣頭大於孫頭！三民主義優於馬克斯思想嗎？但見環球頂尖大學，都設有馬克斯研究所；奉令編寫高中「三民主義」一科的黨徒馬壁，黨性最忠誠不二，卻搖身一變到上海當馬克斯研究所副所長。「黨化」的洗腦時光，徒費無辜學子青春，毀人不倦，也與儒學孔教可以比醜！

㈢民主式的教育，必為民主式的政治建構出萬年基業。

1. 以「校區為基」的課程（school based curriculum），是該行的。支那東北地區學生「該」知烏拉草，絕無人反對：知才會生愛，也作為改進參考；以此種「知識」為底，最具親切感！再加上藉「新知」以革新品種，改善環境；先是小學，次及中學，然後大學；每一校必有校

區,師生及區民必會醒覺,為何本校名為吳沙,該嗎?沒有比他更具意義的嗎?經過溝通、交談、批判、省思,然後「公民投票」,皆可在各校各區進行。這不是為民主政治鋪路嗎?英文造詣有問題的「教授」,竟然把based譯為「本位」,真是糊塗!「本位」一辭,本帶不妥的「原罪」;based一字,也無「本位」意,那是作為「基底」的!當然,更該具有「價值性」的省思,是擴大社區或校區而為「國境」、「疆界」;甚至整個地球,都有教材可作為認知、檢討、改善、比較之用。就地取材,印象最深刻,但絕非原封不動!

「君自故鄉來,應知故鄉事!」此種古詩,不是頗具民主意味的「教育財」嗎?可惜與可恨的是,不少人不認同台灣是他的故鄉,甚至恨之!蔑視之、打壓之!那位營救耶魯大學校長的韋伯斯特,不只編有美國特色的美式英語(文)(American English)大字典,還早在1782年(34歲)時,(獨立革命後6年)就對兒童教材之忽略美國本土性,極感不滿。

2. 台灣較居危局的是:一來,對台有領土野心的「大」國,緊鄰其側;二來,該大國的民主史幾乎無,即令有,也極為脆弱,且積累二千年之久;三來,台灣居然仍有「居心叵側」的「台奸」,與之隔海對唱,猛吸已乾扁枯弱的母乳,還願永吸奶嘴不放!此種心態極為不健康。上醫醫國,國既病,民就危!早該自立更生了,「獨」才不會是「毒」,尤其中的是「中毒」。民主式的教育,才是療治支那中國及帶有中國結的台民,最佳的良藥。到台及赴美求學的支那中國學生,已越來越多;不學這些,白來了!使命感、人格及國格尊嚴,才是最贏得世人舉大姆指稱讚者!開放觀光,各地(國)人民都有相互照面機會,具有深度的觀光客,看表情、談吐、舉止等,就了然於該國的文教及政治水平!孔子說得好:導之以政,齊之以刑,民免而無恥;導之以德,齊之以禮,有恥且格!可惜的是千年以來的儒生,怎不發現這個古國,又有那一朝代是以「德」及「禮」來治國的!即令現今,或許還更變本加厲呢!史盲嗎?黃禍再現吧!有人說一戰及二戰經歷多年,三戰卻有可能數小時就結束!果真「中美」一決雌雄,後果勝敗立現,這才是

支那中國蛹之再生的良機！但極有可能是「滿江紅」啊！血染成長江黃河！台灣如能率先教育民主化而使政治民主化開花結果，或許這種「奇蹟」，刺激對岸以為模範，可以消除人類史上最大的悲劇！

本書不時提出一問，「台灣」是「地名」或是「國名」？歷史演變使「台灣」一辭或兩字，或外文的Taiwan一英文字，已是絕大多數的「台民」或「外人」幾乎都有共識又共知之「名」，尤其視之為「地名」。但「台灣」是「國名」嗎？「國」屬於政治名詞，政治層級有高低，尤其是權力，如「鄉」「鎮」「縣」「省」「國」；頂級的是「國」，黑格爾視之為「絕對」！以「台灣」為「國名」的，史上有過（1895年的「台灣民主國」），但那早已成為「歷史」了！「台灣」含有政治及地理語意，故有「台灣地理」及「台灣歷史」一科，但如同「日本」一辭，「日本」就是「日本國」，連「新加坡」都不只是一「市」而已，卻是一「國」了。

3. 以「台灣」為「國」名者，早已消失於歷史中！現在的台灣，不叫做「台灣國」，而是「中華民國」。但迄今環球與該國有邦交的已僅十幾而已，且有明顯的趨勢，該國的「外交部」早被人戲稱為「斷交部」！只有「國」級的政治單位、才有與他國建交或斷交之「權」。「台灣」現在還不是個「國」，該「國」那有與外「國」有外交關係？遺憾也可嘆的是許多人，甚至是「中央要員」或「政棍」，糊塗透頂的說：「台灣」最近有可能與「外國」斷交。天啊！試問，以「台灣為國名」的「台灣民主國」，可簡稱為「台灣國」，曾與外國有建交記錄嗎？從無，因之又那有「斷交」呢？目前與他國斷交的一國，是「中華民國」，而非台灣；說外國與台灣斷交者，該是認定「台灣」是「地名」兼「國名」的吧！但有勇氣坦言以道嗎？

「勇氣」是一回事，是否為「事實」才重要：證據，尤其是官方的證據，最有「威力」！有誰領過「台灣國國民身份證」或「台灣國護照」嗎？不但領了，且可廣受國際社會承認乎？「名」不是叫爽的，更不該只關起門來「自言自語」。名之「用」，在於方便；「名」「實」合一，是常識中的ABC（基本）。「中華民國」這四個字所代表的這個

「國」，國旗及國歌只敢也只能在台灣「境」內，四處飄揚，大街小巷到處懸掛，國歌聲在各校，幾乎天天唱！可是極令人不恥的是，一走出台灣境外，就下旗、禁聲！連在最「前線」的金門馬祖，也心虛的「少惹」麻煩，因為天晴時對岸的那個「中國」，公開掛的「國旗」及唱的「國歌」，卻與「中華民國」完全不同。要命的是，後者也簡稱為「中國」。哲學家笛卡爾要求的「清晰」（clear）及「有別」（distinct）」，怎弄到如此不堪的地步？若是「國」的名、歌、旗，可以大大方方的走出「國門」，更也為外國人以禮待之，則改「名」運動的聲勢必大減，更是「無理取鬧」，斥之為瘋子、神經病，是咎由自取。但是以「中華民國」作為台灣的「國名」，幾乎連「票面價值」也無了，還要死鴨硬嘴公然說謊，這那是「教育」啊！

今後「台灣教育」之主要目標，該是快速又徹底的把「中華民國」送終，放入台灣博物館內供後人憑弔！一提「台灣教育」，並非只是局部或地方型的而已，是「全國性」的。美國各州的教育制度或行政不一，但「美國教育」，必不限於州級，而包括全部的州，直抵「國」級！「台灣教育」最該奮力的是把台灣的「地名」與「國名」，二者合而為一。此種艱鉅工程還在興建，困難多，但也「必」有成功的希望！

命運也是作弄人，台灣早是地名而非國名。明鄭在台短約一代，當時的台民屬大明帝國之臣民；大清帝國治台二百多年，台民是該國臣民；1912年中華民國立國，該國疆域不含台灣，台民在1895~1945是日本國國民（皇民），大清同意割台予日，對台灣之現代化奠下紮實基礎。1945年之後，支那中國的「國共內戰」，中國黨逃亡來台，可以嘉許的，倒也是一項詭異的「德政」，即兩蔣在世時，確保台灣不受中共黨血洗！萬一當時「兩黨」都在全力反對台人治台時「統一中國」，則台灣勢必遠離民主而去；將台灣地名與國名合一的盼望，必難上加難！

台灣之有現在，除了台民打拼之外，也該學美國榜樣。1636年立校的哈佛，Beacon upon the Hill；三百年之後台灣士紳朱昭陽（1900~2000）創辦延平學院（1945）未成，卻也大唱「螢光曲」！1883年，西班牙裔美籍女作家，大受文豪愛默生（Ralph Waldo Emerson, 1803~

1882）贊美的伊瑪（Emma Lazarus, 1849~1887），於1883年在「自由女神像」（Statue of Liberty）雕了如下的詩句。深盼《笠》刊物的詩人，以獨有的台語音譯為台文吧！

......Give me your tired, your poor,
Your huddled masses yearning to breathe free,
The wretched refuse of your teeming shore,
Send these, the homeless tempest-tossed to me,
I lift my lamp beside the golden door.[3]

送來給我的你們，是窮困、
疲倦、蜷縮成一團
渴望著呼吸自由
在擁擠的岸上，離鄉背井的人堆成群。
無家可歸，飽受風浪顛簸，送我這批難民，
我高舉明燈，在金黃色門前佇立等候！

　　類似此種自由女神雕像及詩句，該建於台灣外島。尤其在金門，將「三民主義統一中國」存放於博物館，而以此代之！

第二節　台灣教育史足資探討的教育哲學

　　教育作為學術研究的一門學科，也是大學普設以教育為名的學系之主要原因，與其他學門同，都須帶有「哲理」；如此，才夠格當一門「學」。教育「學」，已是舉世一流大學都存在多時的一個「學」系。遺憾的是，台灣最具規模且也是歷史最悠久的台灣大學，從1928年立校迄今，仍未有教育「學」門存在，的確頗值省思！

---

[3] Everett K, Wilson, *Sociology, Rules, Roles, and Relationships.* The Dorsey Press, Homewood, Illinois, 1966, 117.

　　教育「學」若能與其他素來享有學術聲望的學門相互比肩，必有四大「基柱」：即教育心理學、教育哲學、教育社會學、及教育史學。其實，只提一門即夠，即「教育史學」；因為該學門就含有其他三學門在內。教育史上的一切教育現象，都涵蓋了其餘三學門。基於此一論點，台灣教育史上的一些重大教育活動，都有必要以「哲學」角度、尤其「教育哲學」的立場，予以評論。因為，全部學術科目的共同底座，莫不含有濃濃的哲學意味。以台灣教育史作為台灣教育哲學的基料，正是有志於鑽研台灣教育者必修的一門功課。

一、由兩幅畫談起

　　我在1980年赴美紐約市哥倫比亞大學教育學院進修，參觀過大都會博物館（Metropolitan Museum）。該館在國際聲望上，可與倫敦大英博物館（British Museum）相比；前者在「中央公園」（Central Park），後者在「海德公園」（Hyde Park）；二者都是世界遊客必看的首選目標。當時展出一幅畫：一個荳蔻年華，美貌漂亮的少女，眼神充滿驚恐的目光，跪在爸爸面前；這位男性貴族兩眼充滿憤怒，右手舉起刀，作勢要砍死親生女。原因是這位古羅馬貴族的愛女，竟然皈依天主！

　　史上許多種族為了宗教信仰因素而死於非命者，數以億計；名畫家畫出這種神氣活現的圖，又公開展覽於世人面前；這是「史訓」，也是「畫訓」的代表作。歐洲耶教徒之慘遭迫害，十字架成為其後受苦受難的標記，還掛在信徒胸前，也是墓場標誌。信徒禱告的最後一舉動，就是手在身前畫十字架。這在台灣，也早為眾人所熟悉！

　　第二幅是我首次到紐約外海去看自由女神像（Statue of Liberty），是美獨立建國成功後，法國贈送給這新國家的賀禮。但見在該旅遊勝地之神像底座，也建了一博物館，陳列出醒目的一尊類似上述的雕像：一位身穿正式禮服的白人，手握一大木棍，橫眉怒目作勢的要杖打跪在其前的一位黑奴！後者眼神充滿無助，期待杖下留情！

　　相信看過這兩幅名畫的旅客必多。就廣義而言，這兩幅畫都帶有深

層的教育哲學涵意，且「民主味」極濃。民主教育的具體史例，更可由
此看出。

(一)勇於認錯的史實及史訓

1. 史帶有「訓」意，過去是一面鏡子。支那中國的史官司馬遷，早
知其意。名著是送給皇帝及大官看的，作為《資治通鑑》。一面鏡子，
可以照出真相；史實若未帶濃濃的此意，等於是南港的垃圾山，燒盡即
可。史料汗牛充棟，該有所選擇。必須具有價值及意義，令人省思，這
才與教育二者密不可分。數千年的孔門儒生，在繪畫、書法、吟詩、
作詞中，卻幾乎與此無涉。因之前人過錯，一再重演，且越演越烈！
就「進步」（progress）在「往上」（upward）及「朝前」（forward）之
「指向」（direction）而言，貢獻幾乎等於零。暴君虐王不但鼓勵此種
「士」風（詩風、畫風、書風、甚至茶風、棋風…），還賜匾贈禮，這
是對「史」的侮辱，更是反教育的最佳印證。

Hegel 所提的 to be is to be right. Dewey 強調 growth 及 continuity。
本書已陳述多次！蘇格蘭哲學家休姆（David Hume, 1771-1776）雖提醒
勿把 is 與 ought 這兩大「範疇」相混；但人類「活動」，若不把二者相
合，則在「明明德，親民，止於至善」上，交了白卷；甚至還一代不如
一代的「往下沉淪」（down ward），並「向後逆向」（backward）了！

史訓極帶有教育意，才是民主教育哲學的軸心。人類活動數千年之
後，才在「嘗試錯誤」中，倖能「冒出智慧之光」，一來「勇於認錯」；
二來大權在握者，「寬宏大量」。Dewey 之名言：教育是哲學的「實驗
室」（experiment），哲學是教育的「指導原理」（directing principles）。
數千年以來歐美的一流大哲，教育史上含有的教育哲學理念「一以貫
之」之道，就是「民主」！

民主的運作在實際上，可以真正化解人間衝突，且更進一步的把干
戈化為玉帛；彼此和顏歡笑，正是民主國度眾生的面貌；讓此種事實一
直存在，且永續存在！最具體的表徵，就是在面容、體態、言辭上，
「溫文有禮」。不止如此，面貌之姣好，也令人賞心悅目；眼光更散出

引人讚美之光！崇尚自然的大教育家盧梭早舉過例，出生不久的嬰兒，
個個都是天真無邪，可愛依人的，又那有兇險奸笑，橫眉怒目的呢？

　　但人非聖賢，孰能無過；台民喜說：「神仙打鼓有時錯」。即令孔
子也以此作為明訓，來責人責己：「知過能改，善莫大焉！」犯過，是
凡人的常事，人上人也難免；「不二過」的顏回，必犯過一過！可惜，
世界古國中，可能要數支那中國人最不肯承認有過。台灣更有政棍「位
極人臣」（行政院長）者，年近百歲時還厚顏寫書，以《無悔》為書
名。與歐美相比，《懺悔錄》（*Confessions*）是古代四世紀時聖奧古斯汀
（St. Augustine）及十八世紀時盧梭（Jean Jacques Rousseau）的名作。

　　具體而言，民主教育的醒目指標之一，就是先「悔過」；勇於悔
過，才可望「人上人」。上舉兩圖，是歐美人勇於「認錯」的具體行
為。對異教信仰者火刑或斷頭台侍候，將非我「族類者」腳鐐手銬作
奴作馬，這都是不爭且存在甚久的事實。此種「事實」（to be），不予
糾正，又那能成為「價值」（to be right）呢？解析教育哲學家皮德斯
（Robert Peters）「三大規準」之一的「價值性」，正與杜威的「成長
觀」及「持久性」，兩相吻合！

　　2. 其次，認錯者必先由當權者以身示範作則；不幸，高居上位的
大官顯要，口口聲聲以無過無悔自況，卻一再指斥下位者之過與錯！
怎不知犯過是人之常事。上位者若犯了過，後遺症大過於一般平民百
姓；但「刑不上大夫」，早實質反映出支那中國的社會及官場實情。冤
獄者，大半非無辜百姓莫屬！逍遙法外的該是朕、寡人，及一品大官
才對。「教育（史）是教育哲學的實驗室，教育哲學是教育（史）的
指導原理」；稍改一下杜威名句，正是把兩大教育學門搭檔合一的最佳
寫照！

　　千年以上以「德」為宗旨的支那中國，雖也有言「三達德」中有
「智仁勇」三者；但「智」若未有公開及自由的充分辯論，常自以為己
智乃是上智。其實，卻常愚不可及！哲學欠缺此要件，早已非「哲學」
的本意及實意。也因此，舉世聞名的哲學史著作，言及支那中國者少之
又少。就教育哲學一科而言，留學法國獲哲學博士學位的吳俊升，回國

後擔任過北京大學教育學系主任，離開支那中國後，曾有段短時間在台灣師大教育系任職。他的大作《教育哲學大綱》，是我認為中文書撰述該學門最佳的作品。該書中提及史上數以百計的教育哲學家，卻隻字未言及支那中國，更無孔子等之名。以「愛智」為字根的「哲學」兩字（英文只一字，philosophy），依他之見，支那中國無，也無一漢人上選。

民主大談和藹、親近、溫文、有禮，此種「文明」，該由高高在上者率先作楷模；只「大仁、大智」，但如欠缺「大勇」，則虛情假意，且輒以隱瞞來藏拙；這在開放社會中，如同台語所說的，「鴨蛋再怎麼密，也有縫」；只是時間之遲早而已。「大智、大仁」或許在支那中國的古人中有，但如無「大勇」的告白，親向世人招了，至少也如顏回一般的曾犯一過，「至聖」並無「大開殺戒」啊！以當今教育哲學成就最亮麗的美國這個超級強國，公然陳列人類史上尤其美國種族過去的劣行敗跡，相信有大量的世人，也會體諒；美國人從中學得教訓，也以具體行動，在2008~2016年中，選上黑人當總統！台灣歷經無數的血淚奮鬥，終於也讓台灣總統公開向二二八等不幸而死的軍民致歉！享大位掌大權者，最該表現的風範，是善待「抗議者」！最直率的態度，就是「忍耐」（Tolerance）。這是民主政治及教育大師英哲洛克「名著」的書名。不只聞過非但不怒，還喜以道謝！這不是化干戈為玉帛的最佳典範嗎？當年《自由中國》雜誌惹來中國國民黨的大不快，是「聞過則怒」的凡人表示而已！胡適這位牽涉該案件後果的重量級學人，竟然引用了「the pen is mightier than the sword」，「筆鋒之利，銳大於劍」，來相勸手無寸鐵的俠士要角——雷震及東吳大學教授傅正等，後者等只好任由屠夫宰制，在黑牢度過餘生！「忍耐」是美德，但囑咐無助無權又無位者忍耐，又何其忍心？左右生死大權者不先忍耐，卻要刀下待宰者忍耐，這形同助紂為虐了！非「智」者所該為！

「士」若不成「仕」，也可以「士」之資格，仿孔子先例，收取束脩為生；在家計不愁之下，無「勇」過問政治，卻終生醉心於吟詩詞、繪畫、觀賞大自然、拈花捻草，以下棋、書法、飲茶、喝酒，度過歲

月,卻無視於民生疾苦且虐政當道;帝制千年不變,最是「不智、不仁、且不勇」的最佳寫照。不幸,飽受孔學儒教化的後生,皆醉心此途。當然,專制暴君就喜出望外了!這種國度,是國泰民安嗎?怎能有此奢想!

　　民主社會充分體現民主哲學的要旨,最該對弱勢團體開「恩」!就教育而言,台灣的特殊教育領先支那中國;其實有此傲人業績,是傳教士早為台灣的女性、盲生、聾生,智能不足者,身心殘障者等,給予「特殊優待」。這也是民主教育的豐收!因族群、語文、性別、信仰等而引發史上彼此的不合,絕對得仰賴民主原則,才能大家共享成果。台民的組成份子,極為複雜;原住民十幾族,閩粵人語言分歧,荷西與台民之齟齬,日人與台民不愉快事件,其後外省人與本省人之不合,也該在民主大傘之下,相互扶持,彼此尊重;且進一步見賢思齊,反省自己,改正缺失,共奏一首台灣組曲。一旦發現台語發音最切合音樂,這種環球最突出的特色,必可享如同史上樂聖所譜的台灣交響曲。

　　㈡放下身段,民主式的解決難題

　　1. 由倉頡造的字,發展迄今,已成支那中國及台灣師生百姓最常使用的文字,甚至流傳至海外;現在的韓國,史名為「高麗」(聯合國以Korea 的音譯,作為國際上而為各國所熟悉者),數百年來也有大量的「漢文」,二戰之後才完全取消漢字及漢名;首都以前稱為漢城,現改為 Seoul(中文譯為「首爾」)。日本向中取經,漢字頻見,留日的中台兩地師生因此獲利;不同於「大韓民國」,現在的日文書也多出現漢字,日語拼音不同,但近似,如「綺麗」,「屋子」,「第一」…香港及澳門迄今以粵語為通行語言,文字也是漢字,但發音與「國語」異。台灣的語言使用中,母語最多的是台語,以台語吟支那中國之古詩詞,頗合音韻。故台灣也可學港澳、日本,取「中文」為「台文」;但發音的「台語」,與之有別。並且台語之「音樂」性,舉世無比;客家一流作曲家桃園龍潭的鄧雨賢所作的台灣歌謠,「台味」最重,都以「台語」發音,而非客語。此種事實,拜託客家朋友能體認。如能放下身段,台

語及客語這兩大宗的台灣母語，依民主多數決原則，必成為台語的最大主流。當然，尊重少數也是民主的金科玉律；但在方便之下，或許可能遭受史潮的淘汰。忍痛的送入博物館展示吧！由「台語」發音譜曲，來歌唱台灣的「國歌」，必令環球觀眾驚艷！台灣人民在環球各種競技中，常出人頭第，勇拔首獎，奏唱台語的台灣國歌時，必能令觀眾刮「耳」相聽！世界有這種人民，唱出真的是天籟之音，如此更增加台灣在世界舞台上的知名度！當然，歌詞內容，必反映出台灣的一切！殷盼此日早早降臨！

2. 舉世全民關注的最大課題，是政治上的國家認同。從史上來看，環球之「國」多變，固定者不多。以支那中國而論，今日之支那中國，版圖疆域已非昔比，台灣呢？信史所昭示的，是荷西勢力治理之時短力小；大清帝國長期在「名」上治台，「實」則相差甚多。日本則依國際條約，合法且永久治理；但1945棄台而去。若從1895年起就一直屬日，相信目前台民之民主水平及教育成就，也可與日看齊，同屬亞洲一流。依日本國力之強，鄰近之國也不敢覬覦。台灣與中國大陸由於諸種因素，政治上迄今分屬不同國。可嘆的是政治體制，卻一是極權—屬民主；而極權的對岸，對台灣甚具領土野心。這正是考驗兩岸人民智慧抉擇的重大課題。若對岸中國也能順應世界民主大潮改邪歸正，則一來台民甘願不必經由戰爭而與之合一，或中國也寬宏大量的與台灣和平相處，這是最令人崇敬的抉擇。兩地書同文，音也相近，如同英美兩國，都說英語寫英文，但發音拼字有小異一般！英美是史上民主的先進國，台灣與中國如能步其後塵，必是全民之福，焚香以禱吧！早日在聯合國中加入一新的生力軍，且也是可當模範生者！比較悲觀的是，支那中國的「民族情」，千年之久了！屬「意底牢結」之深！「民主觀」卻先天不足，後天更失調。支那中國人若要贏得世人以大姆指稱讚，就得將民族情壓下，高拋民主觀：這是大工程，更是艱鉅的教育大手術！教育界同仁的肩擔，更是無比的重！支那中國留美者能否步台灣後塵，也能在不久將來把這個古國改頭換面。如此，稱為「中國」，才名實相符的使正名主張得逞，孔子也可含笑開懷了！

二、事後諸葛亮──智的層級

(一)知與智

1. 人類歷史上有兩大問題，由古至今，仍是困惑不已的思考對象，一是「是非」，一是「善惡」；前者求「真」，後者求「善」與「美」（試問：「美」的畫面，若不含「善」，則又那能生「美」？）一部支那中國史，算是「哲學」家的有，稱得上是「科學」家者極少；因為「重德輕知」的孔孟儒學傳統，二三千年以來都是顯學。以至於對「仁、義」等道德情操，構思甚多；但卻罕見對「知」有什麼較高深又有見地之論。若從「後效」（功或利）的立場言之，支那中國有天然山川之美，卻在人文之美上極為欠缺，讀聖賢書者一副道岸貌然的面相與體態，「巍巍然」般！使門生如坐針氈又如履薄冰了。試看容閎於大清晚年奉命率領一大群小留學生赴美長期留學時所留存的一張相片，就知悉連當年家境富裕且位居顯貴政治地位的下一代接棒人，（注意！其中無一人是女性）面容是多麼的憔悴！身着長袍馬掛，臉上表情憂鬱，且骨瘦如柴！乍看之下，還以為是衣索皮亞的難童呢！試問，「德」掛帥的這幅「結局」，又那有「美」可言？

2. 支那中國或許有哲學家，但夠稱道的不多，因為一生都醉心於那種不食人間煙火的境界，也不敢把「亂王賊父」當指責的對象，只仿「至聖先師」之要求「勿犯上」！更無膽直搗蜂巢，擒賊先擒王！卻膽小如鼠的投入昏君虐王更猛於虎的「虐政」懷抱，倒對「亂臣賊子」大肆撻伐，這是什麼「德」啊！從此角度言之，堪稱為「哲學」又不辱及「哲學」之名之支那人，夠格的極其罕見！求「知」的科學更極其匱乏；探討「德」之哲學也大受限制。若以分數作成績，則科學近於零，哲學也列為當掉重修的地步！

馮友蘭寫近千頁以上的《中國哲學史》，把學界一向認定支那中國有「一流」的思想家之時段，到清末民初時「結束」。若是支那中國有那麼值得稱述的「思想史」或「哲學史」，為何後繼無人且又乏善可陳呢？

　　真正有人性的一流思想家，必感嘆不已人類史上的慘劇頻傳；「埋冤」之恨未減反增。幸而真正具有「文化」且臻「文明」的國度，相中了「民主」才是今後文明人該實現的制度。歷史舞台不正是提供史上多種政治體制的實驗室嗎？連這種史實與史識皆無，還可稱之為具有「教育」價值的歷史嗎？民主式的教育史，是晚起的，是幼齒的；但一上市，就業績一枝獨秀。只是其中阻力無比的大，在支那中國，如同滾滾長江東逝水，未留民主痕跡！在台灣卻是浪浪基隆河，西流入滬尾入台灣海峽，誰也擋不住！前者是古國兼大國，死硬抗拒，但只是又加深了數以億計的冤魂而已！

　　「教育史」不把上述這些當成「重點」，若只費心於與此無關的細節，則如同眼瞎目盲兼耳聾或智障了！環顧全球教育史最具此種教訓意義的地方或國度，非台灣莫屬！特別是台灣的學者，更應有此醒覺！

　　美國是史上第一個民主革命最成功的典範。十五或十六世紀移居於新大陸的英人，其中，來自於兩大古老大學的畢業生，百分比奇高，尤其是劍橋。一二百年後的1776，「民主」革命成功，他們是功不可沒的！台灣於1624年始有「信史」，迄今近四百年，幾乎都屬「外來政權」的殖民地。經過先賢烈士的睿智與勇氣，佐以留美及留日學子之犧牲奉獻，雖慘遭駭人聽聞的慘案，卻也替民主化紮下了根，種下了苗。當年英美對敵，兩「國」地理距離極其遙遠；但當時的英軍，是環球武力最超強的「日不落國」；相較之下，台灣最為不利的是惡鄰緊靠在厝邊；加上更有一些冥頑不靈又染上種族情卻極欠缺民主觀念的短視份子，雞腸鳥肚式的心態，嚴重的失去民主雅量及容忍風度，這是台灣邁向民主大道最該掃除的大障礙，事不宜遲！

　　台灣教育史的研究者，最該把此種重責大任雙肩挑起；因緣際會，台灣處在民主與專政的選擇上，從過去到現在，是擁有機會的！若連近水樓台也不能得月，或者只被動式的依天賜，這是錯誤的「史」觀！台灣是台灣人的台灣，凡認同台灣者，不管是原住民或新住民，都是名正言順的台灣人！台灣教育史雖不長，卻在台灣邁向民主化過程中，足跡顯赫。船過水必有痕，不可抹煞，不許歪曲，不該掩蓋，更不可焚毀！

台灣教育史如同其他各地或各國教育史一般，若不把「民主」的追求與努力，當成教育過程中的大事，則其他史料或史實，只當垃圾廢料而已。「知」而欠「智」，浪費青春歲月，實在愚不可及！

(二)教育史「實」與史「識」

史「實」與史「識」，前者是 is，即是現在式；過去式是 was。但在過去時代，當時的「眾人」，也視之為 is！此種「史實」，太多了。孔子名言：女子與小人難養；兩千多年以來，該孔訓不只在以前是 is，其後也是 is，但「現在」呢？可送入博物館當古董了！is 這個「字」，是科學研究的對象；古今「中」外，至少有許多「哲」人對它發表高論；哲學家、心理學家、教育家等，論及此的如下：

1. 支那中國人說的：
(1) 儒學代表人物之一的荀子，有句名言：

是是非非之謂真；是非非是之謂誣

把「是」當「是」，這才叫「真」；若把「是」當「非」，這就騙人了。

(2)《紅樓夢》有句：

真是假時，假亦真；假是真時，真亦假。

這是耍文字遊戲嗎？該小說主角有姓「賈」名「寶玉」的，「賈」與「假」同音；若有小姐姓名為「甄寶玉」，因「甄」又與「真」同音，但又誰真誰假?!

(3)「指鹿為馬」，這句成語，相信多數人知其典故。秦二世當著宦官趙高（?-267B.C.）之前，明知為鹿卻回答為馬。馬與鹿差別（是或非）甚大，怎可混淆呢！讀史者需知，二世眼尖，在旁的奸臣趙高有示意，不得不「指鹿為馬」！

2. 西方學者說的：

(1) 古希臘的亞里士多德（Aristotle, 384-322B.C.）也有名句，恰與荀子的上述語句，幾乎雷同。

to say that what is is, or to say that what is not is not, is true;
to say that what is is not, or to say that what is not is, is false.

把 is 說成 is not，或把 is not 說成 is，這是「錯」的；只有把 is 說成 is，把 is not 說成 is not，才「true」。

但誠如秦二世一般，他明知鹿是鹿，馬是馬；但為何「判斷」錯了呢？「免於恐懼」（freedom from fear）才可能得「真知」。「自由」與「民主」是「同卵」雙生子（identical twins），缺一不可！

(2) 莎士比亞（William Shakespeare, 1564-1616）：

to be or not to be, that is the question!

這麼一目瞭然的英文，不必多費唇舌或贅語，相信初悉英文者皆悉，但其中頗含哲理。to be 若存，也必有或極可能 not to be 也存。「知」若只及於此，是比較淺的；此種「二分」（dichotomy），至少，「人下人」也知。如「君」之中，可分成兩類，一是明君，一是昏君；人中人尤其人上人，就該深悉「介於」二者之間的等級甚多了！並且在判定「君」之優劣，不許只依一時、一地、一朝一代……為準，其中涉及的問題，太多太雜。

(3) 柏克萊（George Berkeley, 1685-1753）也有名句：

to be is to be perceived

這位愛爾蘭哲學家，從認知立場言及，萬事萬物（to be），若能為人所「知」，必須是為人所「悉」者（perceived）。「悉」必因來之於外，感官受了刺激，或內感官有所「感」，才有「知」意；否則「知」是無的、空的，也麻木不仁。無「感」者，又怎能有「知」呢？目盲眼瞎、耳聾、失聰、中風、或植物人者，知必少，甚至全無。

　　嚴肅的說，「知」有深有淺，但若無「感」，則必也無「知」。因之，感官之正常運作，由 sensed 而生 sensation；這是第一要件。只是人若只限於此，則與動物或植物無別；狗見生人會吠叫，鳥飛時會躲過樹幹等，因都有正常的「五官」，也是「外官」（external organs）之「感」；另有「內官」（internal organ），即「心」（mind, psyche）。把 sensed 提升為 perceived；此一層次，動物雖也有，但正常的人必比動物高上一籌，即候鳥判斷遠飛到溫度適宜處，或孟母要三遷住居，這只是很「基本」的「反應」。不過，在人物與動物相比之下，「一般」人「物」的「心智」，也開始與「動物」有差，雖只「幾希」但卻頂重要。如過馬路憑綠燈才行；但看旗語，聽暗號，甚至是抽象性的認知，才可算已「悉」了 be 是什麼！

　　be 到底是什麼，從亞里士多德以來就困惑了一流的哲學家。be 有「本有性」（substance），也有「偶有性」（accidentals）；前者是玄之又玄，只一、單、獨，無時空性，不變；該本有性無法言宣，也無字可予以交代，只存「心」中或「理」中，是「形」之上的；且此心同，此理也同；若以任何「形下」來表，都有所不足。

　　(4) 康德（I. Kant, 1724-1804）的名句 *ding an sich*，英譯為 thing-in-itself，意為「物本身」，即是亞里士多德所言之本有性。人類不該太狂妄，卻該謙虛的承認，「知無涯」。「全知」只能上帝才夠資格。但不必操心，誠如亞氏所言，光「偶有性」就夠思想家竭精勵志的了；亞氏的「四因說」，極其有名，有質料因、形式因、目的因、及動力因。詳情請參考西洋教育思想史及西洋哲學史。

　　(5) 黑格爾（G. Hegel, 1770-1831）的名言：

to be is to be right

　　能夠 to be right 才能 to be。孔子歧視女性的話，在過去是 is，但並非 right（正確）；因之說出「女子難養」這句話，頗為「不該」。正確性帶有應該性。把「是」（is）與「該」（right）合一，如此的 is，才能

「永續」存在。「永續性」就不只是「史」上的「過去」而已，「今」
及「後」也如「是」！

　　「現象學」（phenomenology）就在這方面努力進軍，把「物」當
成兩層面，一是「理或裡或內」，即「本有性」（noumenon），深埋地
下或高如天際，也是 *ding an sich*。其實，人智不必好高騖遠，卻該謙
虛的自承對它「無知」，把它用「括號」置於一旁，「存而不論」！或
仰賴「天啟」（revelation）吧！但人不必灰心，該向人有「力」可掌控
的形下界，即表層界去認知；該界即「顯現出來的表層界」，屬「現象
學」的研究範圍，才最有成就感！to be，是 noumenon；to be right, to be
perceived. 等，那是 phenomenon。「積」了數不盡的「現象」，可以「逼
近」（approximate）「本相」。把「圓形」用三角形予以微之，微之再微
之；然後積之再積之，就「逼近」圓的面積了；微積分（calculus）此
種高層次的數學，已成「公設」（axiom）了。

　　「民主」的「本有性」是什麼，它的形上界，或許不可知，但下放
到形下界，卻頗為「實際」，如本土化、在地化、自由化，容忍又有雅
量化，多數決但尊重少數；……人不可能全知又全能，全智又全德；但
積小德成大德，many a little makes a mickle. 這句富蘭克林（B. Franklin,
1706-1750）的名言，其實荀子也有許多類似成語！只是「積」時要
用「智」，才能使嘗試錯誤（trials and errors）演變成「嘗試成功」
（trials and success）說。「永續性」一辭，不是杜威所言的「過程」
（process）或「生長」（growth）嗎？

　　㈢立，自立、獨立；自主、自由，屬「智」級

　　孔子自承「三十而立」，不知當時他的父母對此有無阻擋或協助；
當其餘諸子也仿之要「立」之際，這位至聖之態度又如何！「向心力」
（centripetal force）或「離心力」（cetrifugal force），在此看出真章！

　　1. 個人由生至死，歲數不滿百；若一生都無法自立自主，則人生了
無意義與情趣。孔子自誇，年歲到古來稀的七十，就可以「從心所欲而
不逾矩！」果真如是，他該心滿意足，快樂又幸福了。又有誰不想「從

心所欲」呢！但己欲也要顧及他人之欲；己欲而不逾矩，就是到了自律、自立、自主地步了！且「三十而立」，30歲即可「獨立自立」了！

　　群體也該如此，孔子是「聖人」，一生從「他律」（heteronomy）到「自律」（autonomy），70年就辦到了。可是一個社會或國家，自有信史以來，專制及他律年代之久，數以千年計；個人自主了，但整個國家若不能自主，則個人又那能「隨心所欲而不逾矩」呢？為何至聖及其門人不思及此，確實不無遺憾！稱他們「博大精深」，真是浪得虛名。以支那中國史為例，從他律到自律，業績不只交了白卷，且每下逾況，今不如古！教育史更是明證，願作奴隸的讀書人充斥。大清時代，朝廷大臣向皇上奏言，自稱「奴才」者甚多！有個性的士及仕，甘之如飴，「理所當然」（take for granted），早已成習！四維八德不離口的國度，卻無一人對此有異議！相反的，科舉考試還絕無冷場呢！虧支那也有「難養」輩的婦女，哀嘆「悔教夫婿覓封侯！」但卻也有數以萬計的裙衩，笑嬉嬉相聚於「至聖先師」雕像下，與他合影留念！自我作踐至此，這種國度，怎麼人格分裂症如此嚴重？雙重標準也不釐清！不少人還視「民主」、「自由」、「獨立」，好比見到鬼一般的恐懼！不正是提供給心理學家及教育學者最佳的研究題材嗎？

　　2. 歷史指的是過去的事，研究歷史是以今觀古，由此來預測未來；希望未來比現在及過去，更少錯誤，「事後」也該有如諸葛亮的「智」啊！諸葛亮的「智」，是未卜先知；普通凡人頂多只能事後才知；劣等貨色者，連事後也不知！

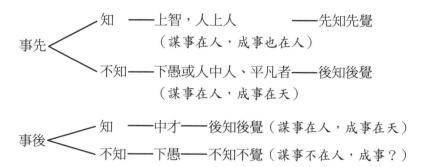

　　以台灣史而論，尤其在文教方面，台灣於1895年被日本統治，至
1945年才結束佔領。以「今」評「昔」，認定該變局對台民而言，是福是
禍！確實是一項頗具教育意義的問題。該先對下述數問，「知」多少？

　　(1) 台灣若續為大清帝國的一「省」，後果如何！

　　(2) 台灣若在 1912 年成為中華民國的一部份，後果又是如何！

　　(3) 台灣若在 1945 年後，如同支那中國各省一般成為中華人民共和
國的一省，後果又會是如何？

　　上述這些問題，都極為實際。回答這些問題，較有深度者，必須要
有民主觀且立於歷史角度，才最具意義性！

　　(1) 諸葛亮之才，屬「上智」──事前即有「悟」，料事如神；

　　(2) 事後才諸葛亮者，屬「中才」──事後才有「悟」者，恍然大悟。

　　(3) 連事後也無法如諸葛亮者，屬「下愚」！──事後也無有「悟」
者！仍不知何去何從！

　　3. 史上的知及智──人口多寡與知識或智慧之高下無關：支那中國
人，數量之多，居環球首位；但教育不普及，尤其充滿智慧之教育，更
不堪；導致出現的史實，後人評之，大半皆「愚不可及」。相反的，若
能把以前「上智」者如孔明之高見，公開說明其緣由，使現在的人並不
以為奇！「普通」而已；使不少「正常人」之「智」，可向他看齊了；
將過去的奇才或超人，現在頂多算是通才或常人；這才顯示歷史的「進
步觀」。師範院校的英文字是 normal school 或 normal university。normal
有「平常」意，也可作「正常」解；把女子降為小人，與之同階；此種
心理或判斷，在過去的孔子時代，及史上不管東西南北，向皆如是。但
「人智」一經啟蒙，就該糾正，這才「正常」。過去之視女人如小人那
種「見」，確是下見、短見。可惜，竟然至聖及先師屬於此類，該可歸
之於「反常」（abnormal）或變態！如今男女平等之見，已痛改前非，
「翻轉」（transfer）的去「非」而往「是」前進。是非的斷定，可以禁
得起時空考驗者，可以 to be is to be right，也 to exist，且 continuously
exist. forever and forever.（繼續永存）。

　　4.「真理」必經「時」及「空」的考驗：但先決條件卻是得民主、自由、開放；否則，單是人多而形成勢重，則歪理久存。社會學者及人口論名家早提出警告，[4]人性本善或本惡，此種爭論自孟荀以來，佔盡了支那中國史的篇幅。一般而言，人口稀少的時與地，人性才會展現出「善」性；人口數以億計時，人的「先天」惡性，就層出不窮了。可惜又可悲的是，兩千多年的支那中國之「教育」者，在處理此一問題上，不只乏善可陳，且幾乎交了白卷。一幅「生物上的達爾文主義」（Biological Darwinism），展現於世人之前；弱肉強食，大侵小，且手段毒辣，心理陰險，又那有「社會達爾文主義」（Social Darwinism）予以平衡之、導正之，使「人」成為真正的「人」，存在且繼續存在於世。支那中國人雖數多，但多屬平庸且低劣之徒，千年以來，此種「主見」，知都極為匱乏了，又那有「智」？連事後也無法諸葛亮！可憐、可惜、又可悲！台灣呢！受此荼毒者，時間也甚長！這不是兩地或兩「國」的教育工作者，最該致力的焦點「志業」（career）嗎？

　　爭取此種「志業」權，不可以消極的被動，如候鳥或孟母之遷居或移民。台語及支那普通話中的「權」與「拳」，同音；台語老歌「愛拼才會贏」，是要靠「拳」頭的。當然，若能以「文」代「武」，以「筆」代「劍」，則文「明」得多。當歐洲傳教士及貿易商東來時，面對支那中國官，也是「先禮」；但卻只是「雞嘴對鴨嘴」！且大清皇帝又高傲欺人；「理」既無法走遍天下，只好代之以「力」了！從而一部活生生的歷史悲劇上演了。此種事後的教訓，諸葛亮早有先見之明及「智」！不料其後甚至連當今，教科書卻停留在＜出師表＞上，而不代以＜空城計＞及＜草船借箭＞；當然，最上選的是＜七擒七縱＞！才該必修！

　　「七擒七縱」故事！孔明在這方面勝過孔子多多，他不小看「披髮左衽」原住民的孟獲[5]，反而在「智」擒後，不但未殺未辱，還「縱」

[4]　Everett K, Wilson, *Sociology, Rules, Roles, and Relationships.* the Dorsey Press. Homewood, Illinois. 1966, 310.

[5]　孟獲是否為「原住民」，可能無從查考，但至少他也必是當地梟雄；孔明卻「乞丐趕廟公」，鳩居鵲巢，喧賓奪主。理不在孔明這邊。

他回敵營，一共七次之多；滿足了孔子之「道（導）之以德，齊之以禮，有恥且格！」這句名言。這位「敗將」，心服口服了。這是需要時間的。孟獲至少有事後諸葛亮之見及明，此「明」及「見」，正是孔明所賜；結果，劉備的「後主」，也才可安心的據蜀而與曹操及孫權，三「國」鼎立，無後顧之憂了！這才是良策兼善舉。

可惜又可悲的，孔明的「雅量」、「寬容」、「以禮待之」，此種典範，竟然教科書隻字未提，使師生及後代不知有更具「教育」意義的材料；相反的，還採用那些禁不起檢驗的「讀物」，使「意底牢結」難以清除，那不是「毒物」又是什麼呢？

5. 依據人口學權威的英國馬爾薩斯（William Godwin Malthus, 1766-1834），人口密度高的國家或社會，人之「惡性」較顯；反之，則人之「性本善」，最易在「鳥不生蛋」的偏遠處。有機會赴澳洲旅遊者，大概都有可能親眼目睹一幕很「古稽」（台語）的畫面。開車至人跡罕至之處，若幸遇對面來車，雙方都自動停下，聊聊天，互道家常；即令極為陌生，也如同至交一般的共祝平安快樂，久久才離去！放眼全球，支那中國是人口數超過十億以上的地區，法治卻極端欠缺；但好高騖遠或一廂情願，以為人治或德治，就可以相安無事！這不是非腦殘即白痴了嗎！一言以蔽之，仍然是因「泛德主義」（panmoralism）在作祟。

重德輕知，是儒學孔教的最大特色。二三千之久的此種「學風」、「政風」或「文風」，僅就台灣一地而言，光舉一例即已了然。台灣的寺廟，數量之多，足以傲世；這不是一種健康社會該有的現象。香火鼎盛是一大景觀，依賴性的人生觀十足。反正，自然界自有安排，天命難違，人算不如天算；大位不能「智」取，這不是許多志在必得總統位者，連戰連輸的活生生顯例嗎？提出人口論提醒世人者，也知悉農作生產物之成長，只是「算術」級而已；人口數的增加，卻是幾何級[6]。前者是 1、2、3、4、5、6、7、8、9、10 等，後者則是 1、2、4、8、

---

[6] Thomas Robert Malthus, *Population: The First Essay*. Ann Arbor: Michigan: University of Michigan Press. 1959, 5.

16、32、64、128、256、512 等；二世紀又 1/4 之後，二者之比例是 10 比 512，多麼的嚇人！三世紀就是 13 比 4096。兩千年呢？「無法勝數」（incalculable）了。兩千年歷史的國家支那中國，就是其中之一。不過，也不必杞人憂天！這位人口學大師或許也在此種重大危機中，提出心理「安慰」，頗符應支那孔學精神；因為天災加上人禍，就可以使雙方之不成比例，「自然」的調整下來，尤其戰爭。「一將功成萬骨枯」，不是人人通曉的名句嗎？

算了，（不是計算的算，而是不予計算的算），支那中國人對數目字，都有點誇大其辭；信史只二三千年，卻口口聲聲揚言五千多；誇口愛好和平的民族，史書卻明載改朝換代，都是萬骨枯的代價。《三國演義》上明示，魏蜀吳每一戰，都死傷數十萬人。「天意」嗎！上蒼大「德」，依此來替塵世眾生解厄！這是十足的被動消極，頂多仰天長嘯！還好，人生七十古來稀，早是支那中國人的命；只是「至聖」竟能列名其中。但需知《紅樓夢》中的要角，能活到「耳順」（40）之歲者，罕見！

果真「天」可以助「人」以過「人口」難關，人口學者就不必特別操心提出警告了。東西哲學觀之天差地別，由此又可得一例證。

人雖不盡可能解決所有難關，但不少「人定勝天」的事實，卻也是不必爭論的。支那中國人卻對「天」有一種無比的敬畏，還聲言「天命」之謂性；農夫抱著看天田心態，只有「守株」以「待兔」，卻不敢主動出擊！知及智，都非支那中國孔學儒教的緊要關注處。最明顯的史例，十足的也帶有教育深意的例子，就是數以萬計的廟宇中，諸葛亮的廟卻罕見，罕見並非絕無，只是數量與關雲長或孔子等相較，不成比例。

孔明在支那中國及台灣，是盡人皆知的傑出人物，他的一生可以作表帥最為難得的是「智德兼備」；但是在重德輕知的大環境下，由於他斷事如神，是老謀深算的軍師，且每「賭」必「贏」；可惜竟然在教科書上並不取他的草船借箭、空城計、華容道智取曹孟德等，卻是「忠心耿耿，一心無二志，鞠躬盡瘁，死而後已」的〈出師表〉！

二戰時德軍情報匯集之後，研判對策者，歷史學家是其中的要角；「研判」即指「事前」。資料搜集，指的是當下或以前所可知的「實情」。好比下棋高手，必「先」盤算或「一清二楚」對手已下過的步數，從中「測知」下一步該如何才能佔上方；果然料中，則必屬段數厲害。這絕非靠祈禱、卜卦、拜拜、降兆頭佳運之神造論！「福由天降」嗎？不，卻可「操之在我」！這不是孔明的絕招嗎？他是蠻「用功」的，不是只垂手無為，既不守株也未待兔，以為獵物就自動落入我手！類似孔明之「智」者屬英才，IQ 必高，他絕非「無為」，卻是極其「有為」！

其次，就是通才或平平的常人之才了，屬第二級；「事後」才「諸葛亮」，也才恍然大悟。

等而下之的就是庸才了，即令「事後」也未有覺。不經反省甚至悔過，且改過自新。

花蓮不是有證嚴法師，自稱或被信徒齊呼為「上人」的嗎？這位慈濟集團的首領，一出即有眾人歡呼要大家立即跪下以仰「人間極品」，她對此封號不只不以為忤，還眉開眼笑；比起孔子是死後才被拱為「至聖」或「先師」者不同。但是否孔子也喜於榮獲此美名，則無史實可考！但人間有英才，這是環球各種族通有的，極其公平。未卜即先知嗎？不，他們幾乎都有共同的特色，即「沉思」（meditation）或「冥想」（contemplation），且聚精會神（concentration）；在心中作「猜測」，並佐以實例；然後有可能靈光一閃，頓悟即出，這不是很符合迄今為止，探討「真理」所該擁有的要件嗎？先由「假設」（hypothesis）後經「求證」（verification）手續或過程，前者符應了「經驗主義」（empiricism）的要求，後天的，重事實的呈現；後者則滿足了「試驗主義」（experimentalism）的精神了。事在人為！「驗」有先有後，有「先驗」，即先在內心「清點」其因果；也有「超驗」，水平高度在常人之上；另有「後驗」，那是最平常的人也擁有者。

6. 由「知」上臻為「智」，即由科學翻越而抵哲學，這是「判斷」也是「擇」的工夫；「知」指非，屬於「真」；後者則是價值階，美及善，二者皆在其中。是（事實），不只過去、現在，皆屬「是」，若

能且永續也是「是」，把 is（是）與 ought（該）合一。蘇格蘭哲學大師休姆（David Hume, 1711-1776）曾告誡世人，二者勿相混，以免犯了「範疇謬誤」（fallacy of category）；也是德國的康德（Immanuel Kant, 1724-1804）對之感謝不已的名句，使他從「昏睡」（slumber）中叫醒（awakening）了！但約一代（30年）之後，另外一位德國哲學家黑格爾（G. Hegel, 1770-1831），以正反合（thesis, anti-thesis, synthesis）之辯證法（dialectics），就以一句名言予以解套，即 to be is to be right，將 is 與 right 合一，科學與哲學合體；be 之所以能在過去、現在、及未來，都恆是 be，則該 be，必是 right。be 是 is 的原形，屬「事實」（fact）層次，即真或假，是或非，那是科學工作者的研究任務；至於 right，那是一種「價值」（value），不是「善」與「美」的範疇嗎？這就涉及時間的延續性了。博士論文以黑格爾思想為主體的教育哲學大師，美國的杜威（John Dewey, 1859-1952），以 continuity 一字（持續性），「一以貫之」且作為「教育哲學」的核心要旨！不厭其煩的強調這些要旨，本書已重述數次！

　　在人類活動的天地裡，教育是有形兼無形的；先不談人上人的孔明層，即令任何一位平庸的「人中人」，也該親自體驗或間接聞說過，由古迄今的史實。只是如同荀子警告的，「凡人之患，在蔽於一曲，而闇於大理」；即只知小節，卻未及大局，以偏蓋全；不少珍貴的「事實」，被人為的刻意蒙蔽、歪曲、或掩滅（如禁書），那也是有格的「人」，該奮力排除的障礙，以免受騙遭愚弄。否則，很可能就淪為「人下人」貨色了！須知那種層次的人，也是吃過大虧而情可諒的；要命的是人中人及人下人之所以下沉，罪不在己啊！因之若無法在民主、自由、開放、寬容等社會下，知即大損，更不用說智了！一部人類史，事實已存的是長達千萬年之久，絕大多數人卻都活在專制極權暴君虐政之下。因此，知既缺，智也障；人中人也墜落到人下人了。屬人上人者寥若晨星，知道真相底細者，處境堪虞！加上「教育」，真正的「教育」又不上軌道，專注意及孔明之愚忠，卻對其智罕談。

㈣ 智之有無及多寡，才是教育成敗的關鍵

1. 智，即把事實上有價值、有意義，值得省思，又具規勸改過自新意義的「知」，予以永續存在。史上多少經不起檢驗且頗不合人道或公義（just）的事實、文化、傳統，既在過去為 is，現在仍然要持續成為 is，未來亦是 is 嗎！1921 年成立的台灣文化協會的主旨，就是在掃除迷信，力改傷風敗俗的舊慣；在史實上不予以刻意隱瞞，都悉數置於太陽光底下，不許有雙重標準，更不該「律己寬，待人嚴」的雞腸鳥肚風。含有深意的一句台語：「互相漏氣求進步」，並作為「見賢思齊」的座右銘；勿一聞吐嘈就反目，卻能虛心檢討，冷靜又理性的改進革新；這種人，至少不會墮落到連事後也不能諸葛亮的地步！

讀者不妨了解，支那中國文化，文明度每下愈況，今不如古之「實情」，有下述之多：

(1) 周恩來（1898-1976）評林彪（1907-1971）：語錄（毛語錄）不離手，萬歲不離口，當面說好話，背後下毒手。

(2) 女纏足始於五代（十世紀初），前無；

(3) 吸鴉片始於明末（16世紀），前無；

(4) 甲骨文「岳」字很多，但無「嶽」字；「众」也是甲骨文，未見「眾」。下述諸例，更可作為基本教材課本中的「文字」教學。筆劃太多的「字」，前無今有。整小孩為「快樂之本」嗎?!

才（纔）　呆（獃）　床（牀）　吃（喫）　体（體）　鉄（鐵）
乃（迺）
据（據）　烟（煙）　双（雙）　法（灋）　权（權）　区（區）
灯（燈）　养（養）　党（黨）　会（會）　乱（亂）　号（號）
恋（戀）　变（變）　应（應）　与（與）　寿（壽）　个（個）
优（優）　刘（劉）　劝（勸）　敌（敵）　欢（歡）　当（當）
岁（歲）　歼（殲）　礼（禮）　义（義）　丽（麗）　选（選）

　　當然！中國浙江景德鎮的瓷器，質優、美觀；以及絲緞等，大為外國所稱讚，也是巴黎羅浮宮（Louvre）及倫敦大英博物館（British Museum）或紐約大都會博物館（Metropolitan Museum）所收藏展覽者。

　　注意，真是「大國」者，才願意「長他人志氣，滅自己威風」；如此才能為他國敬之、服之！這才是真正的「君子」風而無「小人」肚！但有此修養者，頂多也屬次級的「事後諸葛亮」而已！因為就人口數量來說，「先進國家」具此種「慧眼」者，已持續累積成多數了！可以不歸屬「奇」才之輩！只是奇怪，以「仁」為主的儒學孔教所立基的國，為何時間越往後，卻更見更多很不仁道的「制度」及「習俗」！文字這種「工具」，由「簡」入「繁」，則「整人，尤其整學童」更深！更有高官稱「繁」體字才是「正」體字！什麼才叫「正」呢？天啊！真不可原諒！更該深責的是不少學子，甘願受騙，作賤！俚語中如

> 好鐵不打釘，好男不當兵（*Good iron is not used for nail.*
> *Good men do not become soldiers.*）

　　有此種國，又那能稱大國又強國，且文化博大精深？大清於1893年時還挪用軍費整修頤和園內一條華麗的大理石船。英國經過數次勝仗，終於在 1856-58 年中，實現了長期以來盼望的有權派使節駐北京；但次年英特使帶侍從開船赴北京時，發現河道佈滿鐵鍊及大釘；當他下令英艦清除障礙時，支那軍開火，英兵 519 人死亡，456 人受傷。支英戰爭遂起，那一國「理」虧？英軍在 Lord Elgin 指揮之下，包圍北京，焚毀頤和園，終於獲准在北京獲有「使節區」（legation quarter）。[7]

　　至於太平天國之平定，是外力之幫助。清帝致函給林肯（Abraham Lincoln, 1809-1865）總統，肯定他是一位支那「可親的賜惠者」（China's benign favor），「中美兩國同屬一家，無分無別，仰天之意旨來共治天下」（1864）。

---

[7]　Henry Kissinger, *World Order, Reflections on the Character of Nations and the Course of History*, Penguin Books, 2015.

　　基於儒學孔教之下而奠定的國，二千多年之後展示的觀念或格局，竟然有如此的行徑！了解於此者，事後還無諸葛亮之「智」，必屬愚呆之類，「孺子不可教也」了！

　　2. 歷史科是各級學校的共同必修科，支那中國史佔的時數甚多。可惜，大概只有赴英美日深造的台灣學子，才比較知悉「真實又可靠」的「史實」，史「見」也才比較具價值！

　　諸葛亮的廟，數量不比關雲長多；兩人在「忠心耿耿」上，可以相互比肩，都對劉備「死忠」。關雲長與劉備，有桃園三結義故事。劉備為老大，關公次之，張飛是小弟。劉備對孔明「三顧茅廬」，這是稍讀點書的台灣人或支那中國人皆知悉者。孔明有謀但無勇；關羽耍大刀可以過五關斬六將，不必有謀，因背後有軍師指揮；力大可比呂布；但呂布「有勇無謀」，曹操根本不把他放在眼內，「不足慮也」！但對劉備陣營，卻經常吃大虧，還幾乎送命於孔明算計中；諸葛事前即知「孟德」敗戰後「必」走華容道。孔明要在該處活抓，關雲長志願為此役取功。軍師乃訓示在埋伏處放火生煙，雲長滿頭霧水，有煙處必有人在，不是送暗號給曹操勿入陷阱嗎？但諸葛之謀厲害之處，是「事前」即「知」。果真，關公依孔明吩咐而去，果然遇見曹操落荒而走。可惜！關公卻因以前孟德對他有恩，因之，「以德報德」，放他一馬！「三國」之勢，也因之延了一段長時間。

　　孔明之算計有錯嗎！不事「前」知道關雲長無法完成使命，還同意後者之請纓！支那中國人喜歡在此刻，就搬出一成語：謀事在人，成事在天；來為自己之「誤判」開脫。馮友蘭的《中國哲學史》也指出，支那中國古來的判官常有句名言，即「事出有因，查無實據！」「事出有因」此句話，亞里士多德早就說過，every event has a cause；有時因不只一。有因必有果，有果也必有因；這是「理所當然」。只是事實上，「因果關係」（causality）沒這麼簡單。過去的判官多數都是在「智」上愚不可及的，在「知」上更為不足，且「德」又奇差！不只懶惰成性且亂判誤判案件層出不窮。孔明「料」定曹操「因」疑心重，由此「因」而得出「虛則實之，實則虛之」來「應」之，在冒煙道上駐軍。

　　平實而言，孔明即令有稀有的上智，若能料中，是要冒個大險的。前因與後果之連帶關係，在物理或生理世界，不只八九不離十，甚至還百分百。依此以斷後事，必百發百中。天文學家依據物理原則，從「過去」的日蝕及月蝕現象，可以百分百的「預測」，其後的日蝕或月蝕出現之時地，無一差池；甚至還更細膩的向世人報告，是全蝕、半蝕，或其他形狀之蝕，且各自出現在何處，前後時間多久，「萬無一失」。但人文世界呢？「變元」（variables）不只量多且數夥，加上個別差異，「半路殺出程咬金」，就「壞了」全局，「破功」了！[8]

　　但人可掌控嗎！這就涉及到一緊要字眼了，即「可能性」的「量化」或「質化」。英文比中文在這方面更具科學意。「可能性」該細分（其實，粗分就知）為二，一是可以「量化」的，英文稱為probability，即概率。此種現象不只出現在人文界，自然界也如此；如明日天氣如何，氣象預報不敢說得太「絕」，否則失準機會必多。人文世界更屬此層！是「質」的「可能性」（possibility）。可惜，中文著作中極度欠缺此種嚴謹度者，是指不勝數。如：「話說天下大事，分久必合，合久必分」。把「可能性」當「必然性」。學子不動腦，竟然照單全收，實屬呆頭腦殘之輩。前已述及，「據不確定性為確定性」必生「謬誤」！

　　3. 物之研究，進步神速：因為研究對象，在時及空上，都「幾乎」（也可說是「概率」，比較安全不出問題）都是「同質性的」（homogeneous）。但「人間世」呢！「異質性的」（heterogeneous）「必」多！當然，這也是程度問題。古老又保守的社會，成規舊習支配力，「必」大於開放又自由的社會。但「只」依後天經驗，即令百分比甚高的看出「有其父，必有其子」，「虎父無犬子」，「漢奸必亡，侵略必敗」……，這種消極的「經驗主義」之重大缺失，就在於此。人要一躍而為萬物之靈，「必」得跳脫這個「習慣」的枷鎖，主動出擊。因之，「試驗主義」（experimentalism）乃取而代之。把「驗」試在何處，

---

[8] 有人問愛因斯坦：「你對政治問題有高度敏銳的興趣，為什麼不曾考慮作個政治科學家？」他接著答道：「朋友啊！政治科學比物理學困難多了！」T. Brameld, *The Climactic Decades, Mandate to Education*, N. Y., Praecer, 1970, 96。

經驗學者是從「歷史」上着手，試驗學者則在心中先行操控一番，「儘可能的」將「已知」出籠，無所遺漏；先在「心」中盤點，何者可刪，何者才引為焦點。這是被支那中國學者嚴復（1853-1921）佩服得五體投地的英哲小米爾（J. S. Mill, 1806-1873）在 *A System of Logic* 一書中詳述的「五法」。我在數家書店出版的邏輯書中對它有較詳細的介紹。孔明之料事如神，差池幾近等於零，但也不敢言百分百。現在人也知醫生開刀，不保證百分百成功；但令愚者也可放心的，是失敗率有，成功率卻甚高！若有倒霉運的機會，只好「仰天長嘆」了！

　　但今人之勝過舊人的是，不許只靠「運」或「命」，因「概率」不可能百分百。人的確也是「物」。注意，「人物」二字，與動物、植物、礦物……不都屬於「物」嗎？但即令以「物」言之，「百發百中」只具「文學情緒意，喊爽的！」不帶科學價值！「雖不中，亦不遠矣！」才是「寫實！」智如孔明者，也有失算時！「智者千慮，必有一失；愚者千慮，必有一得！」「必」字在此，「可能性」（概率）極高；其中最關鍵之字，即有無用「智」；嘗試或練習次數再怎麼多，也很可能得「錯誤」之果；「智」才改變結局，把 trial-errors，翻轉為 trial-success。

　　4. 台灣自 1996 年史上首次總統民選以來，擬在政治層作為最高領導人者，絕非「天子」，卻都是「人子」。有「擇」才能生「智」。累積多次選戰所呈現的選舉史，單以台灣而論，「大位不能以智取」，此句支那中國成語，不少人得此結論。此種說法，諒只能作為敗選者愛面子的藉口吧！「謀事在人，成事在天」嗎？其實天是無辜的！「不為堯存，也不為紂亡」。天是「中立」的，才不管人間事呢？若有人把勝選在人，敗選在天；天若有「眼」又有「志」，必告到天庭，請上帝或玉皇大帝當判官，作出公正的輸贏訴訟！

　　孔明之「智」，高人一等，但是頂級無上了嗎？台民說人在作，天在看！算了，天有天眼嗎？「天視自我民視，天聽自我民聽」；這些古話，自我療傷而已！但若天不看，至少「史」證昭昭，只是被隱、被障、被扭！人智之「進展」（F. Bacon 大作書名的首字，*Advancement*），只有在民主社會中，人才不會有史盲、史聾、史障。好吧！至少也該有

「事後諸葛亮」之智,「天不生諸葛,萬古世人皆如白痴!」讓我斗膽作如下的「智斷」,以供參考:

(1) 在「智」上,先作「知」的功課,好比作戰得先「知己知彼」,才有「可能」「百戰百勝」。

(2) 擇,指方向;既擇,則選項(alternatives)就多;三國時,孔明既困於儒學孔教之「正統」觀,因之有一「必」選的「君」,必姓劉。這是漢朝傳統。姓孫及曹的,皆不在其內。既有「必」,就與「智」無涉了!之所以有「後項」(consequence)作「果」(effect),「必」先有「前提」(antecedent)為「因」(cause)。事出既有「因」,也必「查有實證」!

(3) 但「史」眼可以比上「天眼」的是,難道國「君」只能由劉姓者當?史上早已有不易的史「實」,是劉姓之外,他姓也當了王。孔明卻只有一選項,若只由「漢人」之意識型態立論,確實犯了「種族自大狂」(ethnocentricism)之蔽!

(4) 事實證明,曹操人品不佳,連他都自承;但劉備也好不到那兒去!此外,劉備辭世之前,也央求孔明可「取而代之」(或許是「引蛇出洞」吧!)。因為其子阿斗是「扶不起來的」。但諸葛卻臨表涕泣,以表「忠」情!試問為蒼生還是單為劉家一人?此種「智」,具「教育」意義嗎?

孔明之後,取其「知」、「謀」、「智」以為教材者,若還津津樂道他的<出師表>,則可以得到一種結論,即這種貨色在「知」及「智」上,頂多屬阿斗輩,可以成群結伴而不寂寞了。在民主社會裡,「若要人不知,除非己莫為!」據常情判斷,政棍型人物,皆悉「政治是高明的騙術」!民主社會裡,即令出現了更具重大的「騙」,且也極盡其「智」予以隱瞞,但逃不過有慧眼的史家。讓我引林肯總統一句名言作結:

You can fool some of the people some of the time,

You can fool all of the people some of the time.

You can fool some of the people all of the time.

But you can not fool all of the people all of the time.

史家之「眼」，必「博大」又「精深」；善惡、是非、美醜的真正底細，就在光天化日之下，坦呈於世人面前。史上大行禁書又火焚人身之「暴君」，必無法遁形。台灣史尤其台灣教育史上幕幕活生生的慘案，都有待挖掘出真相以作為探討目標。「史實」未能大白，單以「事出有因，查無實據」來塘塞，才是卸責的幫兇及共犯結構！台灣解嚴才不久，可供研究的題目真多。作為「史識」之基的「史實」部份，還待努力！也依此作為月旦歷史人物的最佳座標！事在人為，不要諉過於天了。也只有如此之後，事前就有第一級的諸葛亮者，智更高，人更多，今必勝於昔！而事後才諸葛亮者（第二級），也數量加倍！至於連事後也無諸葛亮者（第三級）必大量流失！這才算進步。公正、健全、愉快、幸福、安慰度等必大幅提升！

第三節　論孔子之「智」

被評為「至聖」的孔子，在「智」上享有多少I.Q.分數？目前只能猜測，這是情不得已的；但若猜得有意義及價值，必先憑「後效」，取之作為評論的重要依據。吾人也不該求全責備，只能深覺遺憾與可惜的，是影響世界人口最多，且是歷史悠久的這位「先師」，若無充分可靠的史實來印證他之榮獲「萬世師表」美名者，則是一種架空又無基的虛名而已！廉價不可能獲珍品，只花孫中山兩張（新台幣200元）那能枉想品嚐山珍海味？「正名」不是孔夫子的「一以貫之」的核心思想嗎！只是其人只一，卻名、號、字多，始作俑者正是這位「孔夫子」。2019年屆歲末時，台北孔廟英文招牌竟然出現「Chongnee Temple」！遊客茫然，不知何處。但那不是「仲尼」的英文拼字嗎？真是少見多怪，孤陋寡聞。前已引述中文的「中正紀念堂」與英文的標示，中文的「國父紀念館」，與英文的標示都不符。支那中國人喜愛語文遊戲以打發無奈歲月，因為如此，較不會惹麻煩！

一、「智」之解析

1. 「智」是支那中國在「三達德」中居冠者，位階在「仁」及「勇」之上。但儒學孔教對仁及勇，着筆之處頗多，卻少言智。智來之於知，「重德輕知」的「泛德主義」，千年以來早為定論，是支那中國文化的最重大標誌！智在「時」及「空」上該有如下層次：

第一層：無時間性，也無空間性；「放之四海皆準，俟之百世不惑」；前者指「時」，後者指「空」；不管歷史的久短（時間），也不問地域的廣窄（空間），都是真理，也是至理。「格言」屬此。例子太多，如仁愛、和平、信義等「四維八德」。

第二層：有時間性，也有空間性。置於台灣師大圖書館旁有一座醒目之孔子銅像，下有「聖者時者也」一句。至於空間性，抱歉，我還找不出一句代表性成語！或許可舉在家要「孝」，出仕要「忠」等為例吧！因為「家」及「仕」的「地點」（空間）及（時間－幼童－成年）不同。不過雖不同，卻都位於第一層之下，而不生矛盾，因之也可歸為第一層。

2. 「智」必含有「遠見」及「眼光」：見既有遠近，即距離；而距離有時空性。智言既永世環宇皆同，但不許不知變通，否則即是冥頑不靈的呆子。

春秋時代的孔子，一生永抱「周禮」，即是古禮，這就具時間性了。即以他自承又難得的也在人生歲月的早晚上，提出一句15歲到70歲時的「抱負及成就」。

15歲有志於學
30歲而立
40歲不惑
50歲而耳順
60歲而知天命
70歲隨心所欲而不踰矩！

　　支那中國文化傳統，對數目字尤其在精準性上本極為忽略。奇怪，這位儒學開山祖，卻在數目上說得這麼精準！其實，後人也不該追問一些小事，如有志於學為何不在6歲或10歲，……或許他只是「請裁」（台語隨隨便便）說說而已。千年以來他的徒子徒孫，也未對此深究。但若置於「智」的評斷上，孔子上述的一段話，卻該予以褒貶。

　　「有志於學」，是孔子自己的事，肯於如此，頗堪嘉許，也「該」為時人及後人之榜樣。「而立」亦然；但「不惑」呢？且40歲時就已臻此境界，太自誇了，也太知足了。《三字經》有一句「昔仲尼，師項橐」！項橐，「春秋時人，天性奇慧，生七歲，窮難孔子而為之師」。[9]是一篇極難得又有趣且更富兒童教育意義的。即令孔子年屆70，對年僅七歲童秩小孩之發問，也能「解惑」？上引論語的該句，孔子是否已屆古稀？但他自言，鐵定於40歲時就「不惑」。除非《三字經》亂言，否則就是孔子太不謙虛！「生有涯，知無涯」，膽敢無一「不惑」!?

　　50就「耳順」，必然是門生故舊都對他「從」；順耳之言充斥，當然就也「耳順」了！可見他自己及門徒，皆無「三省吾身」！60歲知天命，是他自家的事！但70就可以隨心所欲！太快慰了；又「不逾矩」，真是自誇。「不逾矩」，又是自己說的，不悉他人對之有何評價？至於「為貧求仕」又大罵「女子與小人難養」；甚至還「席不暇暖」，就風塵僕僕的周遊列國以謀一官半職；更在為「魯司寇」之後單只 7 天，就把一位也收取束脩的老師少正卯殺了，這又作何解呢？

　　自承好學不倦，不知老之將至！70歲時，即令以現時台灣人平均年齡都超過 80 來算，也算 senior 了（資深老者）。奇怪，既早已在40就不惑了，那又何必 40 之後又「好學」且「不倦」呢！從無知到知，更又臻智層，必有年紀大小之分。可惜，一部論語是其徒所編，不知是否經過老師過目，為何這麼隨便，不記上日期。真是可惜！後人不知＜學而篇＞是孔子多少歲數的何種狀況時說的；說時的語氣、神態、音

9　朱介凡，＜從項橐難孔子，看兒童對口歌＞。《書和人》，314期。國語日報副刊，1997.
　　6.11。可惜的是二者對答時，孔子歲數不知多少！

調、表情、快慢…又如何！現在的詮釋學對之只能猜測，準確度更難知！其次，又有門徒這麼思考簡單的單以每一篇的篇名，只取該篇頭兩字，如＜學而篇＞，是因為「學而時習之，不亦樂乎！」而來的。若徒子徒孫是這種貨色，至聖級的老師不會大罵「朽木不可雕」嗎！若能再加上「子曰」時的表情、語氣、態勢……，則對「詮釋」是多大的幫助啊！還好，其後的儒生就在這方面有所改善，以全章要旨作為篇名。「我的志願」為內容的一文，標題可以用「我的篇」嗎！孔子教了三千多門徒，從此角度衡之，幾乎沒有一個成材！頂多「中等」或「庸才」而已！教那麼久，門生又多，「成績」如是，大概老師也該負很大責任吧！其徒「智」不足，其師呢？

「至聖」這個頭銜，「智」力必屬超頂級。此一名號雖是後人所頒，但「後人」豈無「前事不忘，後事之師」的如諸葛亮輩之才具？還好！後人也賜予「亞聖」的孟子，至少在「智」上，絕不輸給「至聖」。從教育門徒或後輩立場言之，一部《論語》，「說教」及「聽令」的成分極高；《孟子》一書，倒在「說理」上見長！依「理」抵「智」，才是「教育」的真諦！

二、破除前事之「心盲」以便作為後事得「智」之師

1. 漢人的「種族意識」極強，不願「披髮左衽」（孔丘），不受「異族」統治；可是元人（蒙古人）、金人（匈奴人），及滿人（滿清）皆非「漢人」，為何滿人的「大清」帝國長達約三世紀（1636-1911）（1636 是美 Harvard College，及荷在台南麻豆之高等神學院年代）？典型的儒生，接續孔丘理念的仕，如曾國藩、左宗棠、李鴻章、張之洞、袁世凱，及台灣民主國總統唐景崧等，卻「一心無二志」，「鞠躬盡瘁，死而後已」的服侍「異族」！

十九世紀晚期，大清已敗象頻出，外侮內亂年年屢現。「中華文化」之缺陷，在與歐美文化相較之下，理教吃人等嚴重污點，已漸為明理之「士」所力求革除者；大清境內，革故鼎新之風已漸熾。「脫亞入

歐」早於 1868 年由日本明治天皇依福澤諭吉之主張，成為治國目標，為何台灣的讀書人，甚至力主「台灣民主國」之儒生（如丘逢甲），還擬以「永清」為國號？台灣納入為大清版圖二百多年（1661-1895），史家描述為「三年一小反，五年一大亂」，「無官不貪，無吏不污」，甚至被描為「鳥不語，花不香；男無情，女無義」的所在。但為何「飽讀詩書」的上流社會人士，一聆日軍來台，立即成立獨立國家與日本以戰爭姿態相對；而販夫走卒（屠狗輩）更以「竹篙導菜刀」，以血肉之勇力抗當時的亞洲第一強國！心盲如此，愚勇可悲！

　　2. 1945年二戰終結，台灣普遍的知識階級，尊敬孫中山及蔣中正者大有人在；台民成群結隊自動到基隆歡迎「國軍」接收台灣。卻不知1947年，不到二年，即爆發全台史上最慘酷無比的大屠殺事件，台灣精英幾乎一掃而光。

　　香港居民於1997年之前，熱望「回歸祖國」，盼望與中國統一；不多久，「港獨」勢力竟然崛起。

　　鄭成功率軍來台，趕走荷蘭，被「官方」封為「民族英雄」；相較之下，鄭所代表的漢族文化，就如此的阻止了台灣接受當時歐洲最文明國家（荷蘭）的文教措施。

　　上述台灣教育史實，只不過是以「前事不忘」，作為「後事之師」的智慧提升之「教育」用途！

第四節　公德與私德

　　支那儒家強調「德行」或「善行」，其實支那以外的學者亦莫不如是。「德」有二，一是個人德，這是「私德」；一是眾人德，也是「公德」，或「社會德」。不幸，支那兩千多年的德，迄今仍以私德為重，且特重；對於公德，雖有言者，但不多，且也只是嘴上說說而已。「什麼都死了，只有嘴吧沒死！」或只會寫寫罷了。至於身歷其境時，也能心口如一者，寥若晨星！

以學界而論，為真理而不惜犧牲生命的哲人，歐美學術史是罄竹難書。「學術自由」，是大學教育的最高價值與旨趣；若有一教授頂撞權勢當局，不只己身赴湯蹈火，且接棒者列隊支援；但支那人卻強調「明哲保身」、「小不忍則亂大謀」、「留得青山在，不怕沒柴燒」、「君子報仇，三年不遲」（但或許一生從未實踐過），「別人的孩子死不完」、「要死，死道友，不許死貧道」；返視歐美日等國之專制當局，在硬逼為理力爭的教授就範且予以解聘之際，全校、尤其全系，多數教授勇於提出辭呈以作支援！支那呢？此種史料罕見；後人更為失德的，不只不仗義直言，還作幫兇。搖尾乞憐相，真是醜態輩出。以今日台灣為例，「學術自由史」該是醒目的科目，但該種著作竟然乏人問津，狀況奇慘。相信在支那中國，必然是列為「禁書」！

鳥要張飛，不要關羽；
人卻須八戒，更須悟空！

一、私德優先，公德置諸腦後

支那「聖人」曾說，獨善其身且兼善天下；前者是私德，後者則是公德；二者兼備，是善上加善。但只能二選一時，則獨善其身，優先於兼善天下。就艱鉅無比的工程之「難度」而言，獨善其身較易，兼善天下較難；若只獨善其身而罔及兼善天下，這是自私。不過，這是情有可原的；因為兼善天下必涉及自身的危險度；除了己身難保之外，也累及家人及親朋好友。不過，若敢仗義執言，挺身而出，則真正的友誼，更能彰顯。若是其他人也受此感染，急急攜手並進，百折不回，且因之引發更大的抗議波浪，非但不公不義的當權者，一來不得不妥協，二來可能從此下台；因果報應，不必費時曠日。反之，若採觀望、冷漠、一付不關己的作風，則或許當事者身遭凌虐之事件，也快速的降臨己身。支那兩千多年的暴政，是後來居上；此種局面之所以形成，正是「獨善其身」但罔顧「兼善天下」的最好印證；也是私德或許還可稱道，公德卻一文不值的代價！

1. 台灣「信」史雖只四百多年，但種種複雜的因素，卻造就了台灣人的「志氣」；在私德及公德上，與支那相較，大大超過而引發世人注目。就以戒嚴時期，台灣主體意識的有志之士，膽敢提出組織反對黨，依當時「法」（惡法）之規定，必遭快速取締且趕盡殺絕。但第一批英勇者提出申請，除了被抓、坐牢、死刑侍候的心理準備之外，至少也得挨長久的嚴刑酷打。但見他們已向妻小訣別，也祭拜公媽了！只要第一批受難，另有第二批及第三批接班，終於亞洲除了日本之外，出現了在霸權治理之下第一個反對黨「合法」的出現。這正是「公德」與「私德」兼俱的真實反應。

台灣海峽的對岸，還是保存兩千多年以來的霸權當道，零星出現過「異議」人士，私德及公德可嘉，但勢小力弱無以挽狂瀾。甚至打落水狗的幫兇，仗勢欺人的敗類，人數之眾，聲勢之大，似乎今昔無異。仗著「民族」的「私情」，卻忘了「民主」的「公義」。

看看台灣及支那史的演變，較深層的注視底層，首先是先知先覺的少數精英，備受身心的折磨，不知此者是史盲了！而稍知一二卻也紋身不動於心者，是「哀莫大於心死」！人該有「心」吧！此心是「良心」。不因此而痛責劊子手，且又歌頌支那文化的「博大精深」，則此種人，已比禽獸不如了！

史上為何暴政可以得逞，正是除了「獨善其身」者袖手旁觀之外，還因「私德」之敗壞，擬藉機升官發財。俟民主之風已成，且視之為常規時，即令有內心擬施暴政的「總統」或「主席」或「總司令」當道，也不敢光天化日之下，重施歷史故技。當年的水牢、電椅、凌遲、鞭屍、滅九族……等令人怵目驚心的絕技，早已送入博物館，供今人、後人、及外人存作珍貴的教訓！並且「民主」習慣一成風，私德兼公德之士，人數之多，已勢不可侮；如此才能保證「民主」制度永保國泰民安，永樂的天堂，已在人世間可以安享！

2. 從台灣史來看，除了佔據台灣南部僅二十多年的荷蘭勢力，稍具國際法以提倡公德之外，就是日本治台時，「法治」在「人治」之上的台灣政局了。十七世紀環球最傑出的大學，是荷蘭的雷登大學

（University of Leyden），響譽國際的國際公法學教授格勞秀斯（Hugo
Grotius, 1583-1645），在該大學任教；該大學畢業生遠渡重洋在台傳
教，娶台灣女性為婦，學台語，教聖經；可惜不多久，鄭成功以武力趕
走荷蘭人，台灣人還憨憨的崇拜延平郡王，有成功為名的大學、中學、
小學、幼兒園，另有延平南北路、郡王祠及廟；台灣人在「民主」稍呈
晨光之際，又退回既暗又長的隧道！對照之下，日本學者組成「蘭社」
專研荷蘭學；日本治台即令有苛政，但二者相較，支那的「人治」及虐
政，又那堪能與之比！

　　台灣學者到先進又民主國家的大學深造者為數眾多，留美、日、
英、德為大宗。台灣之民主化，留學生的貢獻最大，但受苦難也可能最
多。我留美期間同鄉會相聚，一聽「媽媽，請妳也保重」，及「黃昏的
故鄉」等老歌時，全場師生哭成一團！這也醞釀了台灣民主化的過程
中，將私德與公德聚集的動力源泉及活力！

　　私德佳但只是孤芳自賞且引不起公德者，此種私德，實在不值得
表揚或歌頌。此種德，不含「溫情」。了無擴充感染作用。支那的有德
者，絕大多數都是道岸貌然，正經八百；嚴厲有餘，溫馨不足。說教成
分幾佔百分百。耳提面命，受教者如臨深淵、如履薄冰、動輒挨罵，
棍打皮鞭是家常便飯。如此的道德，太過冷冰冰。由嚴重的缺德所生
的「情性」（emotion）[10]，學子如坐春風，如淋化雨者，極為罕見。基
於「情」因，受激動而訴諸行為的效法者，少之又少。譚嗣同（1865-
1898）於1898（光緒24）力持「變法」，大唱革命沒有不死人的，他願
死第一位！真是正義凜然，他也敢作敢為，成為戊戌六君子死難者之
一，也是「慈禧太后」（1835-1908）這位支那史上最毒婦人心最佳楷模
的刀上魂。林覺民（1887-19411）的＜與妻訣別書＞，感動了血氣方剛
的年青小伙子。這些這些力道，才是推翻支那暴政的活力。但支那舊勢
力深不可拔，即令到了二十一世紀的今日，只出現零星的公德之士，卻

[10] W.D. Hudson, *Modern Moral Philosophy* （英University of Exeter道德學教授，Senior Lecturer
in Philosophy. Anchor Books, Garden City, N.Y.: 1976.

未成火候！這與學校讀孝經或古典一般，死背而已；多數人至今只精於學科考試，論說連篇，在專制大海中少見漣漪！支那人公德心是何等低劣，即令最鍾愛該國者也不得不承認；其實，支那人之私德與先進國家比，也瞠乎其後，敬陪末座份而已！

可敬的中國人之另一位鬥士，是《革命軍》一書的作者鄒容，他說：「中國人，奴隸也，奴隸無自由，無思想」。該書出版於1903年5月間，上海大同書局印行；也刊載章太炎（章炳麟，1869-1936）的反滿文字，被清廷追緝。同伙的預知消息，蔡元培赴倫敦，陳範、黃宗仰走日本；章不肯走：「革命沒有不流血的，我被清政府捉拿，如今已是第七次了。」時為1903年舊曆閏五月初六晨六時，巡捕指著拘票上的人問他：

「此地有這些人嗎？」

「其餘的都沒有」。但指著自己的鼻子說；「章炳麟就是我！」鄒容知悉，便要主動去投案。張德泉勸其勿去，鄒說：

「太炎先生一個人在獄中，太教人不放心了，我要去陪他！」結果章被囚牢三年，鄒兩年；期滿逐出上海租界。章年紀大，耐力強忍煎熬；鄒年青性爆，入獄如同猛虎禁於檻，哮哮不已，以致於死，得年21而已。

容死後，口噴血，目不瞑，屍體被拋於獄牆外。民元年被臨時政府封為「大將軍」，入祀忠烈祠。

二、「公德」的教育

1. 把此種「史實」當作歷史「教育」，必定引發兩極對立的批判。一來，絕大多數的家長必然群起抗議。這是極可理解的。鼓舞血氣方剛的青年子女，為「正義」捐軀，父母必極為不捨。不過，二十左右的年青人，已多半要走自己的路了；上一代的羈絆，綁不住他（她）們的心意。治本之道，該究責的是，為何把國家大政，搞到此種令人尤其是年青人死不足惜，這該是暴君、極權、苛政所產生的罪過。為了不公不義

挺身而出，雖有遭厄運的可能，但不也可名留千古，留芳百世嗎！

　　此事讓我想起美國歷史上兩位令世人蕭然起敬的「偉人」總統，台灣或中國或世界各國學生都知悉的華盛頓與林肯。前者為美國獨立「不惜一戰」，向當時環球軍力最強的「祖國」—英國挑戰，領導獨立戰爭，終於成功。後者為了解放黑奴，也「不惜一戰」，沒有妥協；為了「理想」，雖然犧牲了無數的年青人，尤其是大學生，但絕不退縮。林肯一悉他穩當選美國總統之際，面無喜色，倒覺重擔要一肩挑；他乃跪在十字架聖經上，虔誠的向上帝禱告，祈求上帝賜給他兩項要件，一是碰到作重大決定時，為了理想，不需害怕；這是「勇氣」。一是作重大決定時，要有高度的「智慧」！「國格」豎立在高操的個人「人格」上，尤其是「總統」！以台灣為例，不少人擔心，不要憑血氣之勇與不民主的中國強權硬碰硬。但高尚的人格及國格，不是由一大群奴隸塑造而成的。當然，緊要的抉擇時，要有高度的「智慧」及不怕死的「勇氣」。軟弱換來的是「軟土深掘」，且極有可能是令敵人嘲笑辱罵的對象。

　　2. 求德可以全身而退，自然身亡，如孔丘；但求知卻犯了天條，是大忌！向天盜取火的 Promethens 受到嚴懲，被天神綁在岩石上，老鷹每日啄食其肝臟。中世紀文豪詩人但丁（Alighieri Dante, 1265-1321）在名著《神曲》（The Divine Comedy）首文《地獄篇》（Inferno）中，提及古希臘史詩詩人荷馬（Homer）名作《奧德塞》（Odyssey），主角駕船航向西班牙在大西洋中的軍港直布羅陀懸崖（the Rock of Gibraltar）時，人目之為天神之子，也是大力士的赫克力士的懸岩大柱（Pillars of Hercules），目的在尋覓新知。由於膽大妄為，冒犯天條，因之船遇漩渦，以致於船員遭海吞噬，無一倖免。[11]

　　蘇格拉底一生都醉心於一種「內在聲音」（inner voice），傾聽是否有靈性與天感應，而能掀開秘密，他向天公借膽，竟獲死刑結束生命。孔子一生中言「知」者不多，卻儘談德，因之可以活到「古來稀」的高壽！

---

[11] 引自 Henry Kissinger, *World Order. Reflections on the Character of Nations and the Course of History*, Penguin Books, 2015. 17.

不過，此事不妨姑妄聽之即可。當年哥倫布（Christopher Columbus, 1451-1506）遠航至新大陸，航程之遙及兇險，絕不下於奧德塞（拉丁拼音為Ulysses）；相較之下，支那明朝時的鄭和（1371-1435）也航向南洋，但不在於求知以增加地理、歷史、生物、人類學…等新知，卻在「宣揚國威」！東西人心思慮之不同，正可從「知」與「德」之分野，看出真章。

「天命之謂性」。《中庸》把「性」定義（正名）為「天命」。天命不可違，不可抗，否則必遭天譴；支那北宋的王安石（1021-1086），力求「變法」，更倡言「天命不足畏」！光是這句膽大包天的狂言，就足以證明他的變法，註定以失敗收場！支那人之拜「天」，形同基督教徒之向上帝禱告一般。

人口論學者英人馬爾塞斯於1798提出警世大作《人口論》（*Population*），認定人口綢密處，人性「本惡」就昭然若竭。這是「自然」趨勢。難道「人力」不能介入其間？大都市比窮鄉僻壞處，更有適宜人住且又可享受許多人生樂趣！德國學者馬克斯（Karl Marx, 1818-1883）於1867年發表《資本，政治經濟批判》（*Capital. A Critique of Political Economy*），修正了馬爾塞斯說法。人口成長成幾何比例，維生農作物之增加，只是算數層次；此種現象，在「歷史上的有效性，是有限的」（historical valid within its limits alone）。「只適用於植物層及動物層」（exists for plants and animals only）。[12] 由人「智」發展出節育法，晚婚或晚生，更以人口「政策」對付之。此外，科技進步，增加食物生產量，……都是「智謀」成果！不可守株以待兔，甚至連株也不守！共黨的支那中國不是雷厲風行「一胎」嗎？船到橋頭，直或不直，有時是「自然」，但多數卻要「人為」！且更該思慮周到，社會秩序若因而敗壞，不該只怪出生率之增加，也該了解人口老化問題之嚴重；其次，退休年齡之規定，也極為重要。

---

[12] Karl Masx, *Capital: A Critique of Political Economy*, Chicago: Charles H. Herr & Co, 1921, 692-693.

第五節　教育成敗的判斷標準

杜威大弟子曾在1980's左右來台，在耕莘文教院有一場演講的胡克（Sidney Hook, 1902-1989），於1953年（杜威去世後一年）發表一書，書名是《異議，是！密謀，否！》（*Heresy, Yes! Conspiracy, No!*）[13] 一語道出專制與民主二者之別。把有意見者都歸類為造反者，予以壓制毒害不遺餘力。這正是台灣處在「中華民國」統治下長達約半世紀之久恐怖的真實面！

一、動機論或後果論

民主之一種展現，是不以小人之心度君子之腹；把「異音」（heresy）當「造反」（conspiracy），是典型的支那中國兩大黨（中共黨及中國黨）的一貫技倆，這也是來之於二三千多年來儒學孔教的遺傳。因為儒學孔教在道德行為善惡的判斷上，幾乎皆以「動機論」為主，而不以「後果論」為據；或只依「口說」，而不注意其「舉止行為」。試問又有那一正常人會自承本意是「惡」，不是滿口皆言：「為了你好嗎？」父母之命為子女決定婚姻，不也完全把「為你（妳）好」掛在嘴上！滿口仁義道德的說教者、宗教家，甚至政棍、學棍、黨棍、軍棍，也是如此！其實，這也非支那中國人的專利，基督教也如此，把「好心無好報」，歸給上帝吧！因為上帝會譴責這種「敗類」。不過，予以懲罰時，該亂君昏王已然過世，不在人間。德國名社會學家韋伯（Marx Weber, 1864-1926）就曾這麼批評過。[14]

當然，判斷人類史上之幸或不幸，此議題極為複雜，困難度頗高。但「事後」總可給「常人」活生生的教訓吧！也因之可以眼睛一亮，心

[13] Sidney Hook, *Heresy, Yes! Conspiracy, No!*. New York: John Day Co, Inc., 1953.

[14] Max Weber, "The Meaning of Ethical Neutrality," in *The Methodology of the Social Sciences*, trans, and ed. by Edward A. Shile and Henry A, Fliuch, N.Y., Free Press of Gleucoe, Inc., 1949, 16.

智警醒！兩三千年了，竟然這個支那古國仍未能出現人民幸福、自由、「有恥且格」這種國度！若還有億萬人甚至大學教授及學者，朝思暮想予以懷念且永抱心頭，則該淪為下愚的蠢蛋了！支那中國不是也有一種習俗，以「成者為王，敗者為寇」，作「功、過、好壞、善惡、是非」的評準嗎？但不許只憑一時一地的「成敗」，來作效標啊！那都是「相對的」；該有「絕對」的尺寸吧！把尺、里、斤、時…都化為「公斤、公尺、公里、公時、公元…」了！「多元」演變成「單元」，都必禁得起時及空的考驗！只有民主社會，才有空間提供給「智者」予以嚴考酷評，而不會有失去自由之虞！民主社會所生的「標準」，才是比較可靠也是正確的標準。支那中國及儒學孔教之下產生的霸權暴政之「理」，幾乎歪理充斥，竟然還有現代的人力挺，不是神經錯亂了嗎？

　　取馬克斯之 struggle between classes（階段鬥爭）說，難免血腥處處見。人與物，（更是人與人）之間的不合；解決之道，且也較祥和、溫馨，更有令人動容面者，不如以「民主」（democracy）代之，這是杜威（John Dewey）在歷史上的大貢獻。

　　「民主」是支那中國最欠缺的。人類昏庸數千年之後，少數的賢者出，才有民主論調。其後由小支流匯聚成長江大河，勢不可擋。不幸，仍有全力擋之者，這非支那中國莫屬；台灣也有為數不少的頭殼壞掉的「士大夫」，與之隔海對唱，裡應外合。1919年的五四健將，有點「後知後覺」的警醒，大唱「民主」與「科學」，是支那中國淪為不堪境界的兩大救藥；但迄今仍大受窒息之苦！支那中國人頂多可歸「事後才諸葛亮」之角色而已。民主在支那中國，最被中共黨及中國黨的絕情摧毀。兩三千多年的古國，民主理念，此種最該為具有人格尊嚴者所珍惜的觀念，竟然在「諸子百家」中，只見孟子難得的有數句話，頗合乎民主觀。如：

　　孟子：離婁下：「君之視臣如土芥，則臣視君如寇讎」。
　　　　　盡心下：「民為貴，社稷次之；君為輕」。

萬章下：「君有大過則諫，反覆之而不聽，則易位」。

梁惠王下：聞誅一夫紂矣，未聞弒君也」。

　　孟子敢如此「大膽」提出該種「假設」，卻只是空谷足音；佔了他的著作中，不成比例的少。可見，這不是他學思的「緊要」重點（critical points）。不幸，其後無傳人。為何如此，理由或原因，一清二楚；因為民主言論，聽在暴君昏王耳中，是「逆我者亡」的結局；絕大多數的「識時務者」，早都變成「奴才」了！「君要臣死，臣不得不死！」甚至數度上書表明忠心耿耿，一心無二志的愚忠蠢蛋，為數眾多！連諸葛亮、左宗棠、曾國藩等都不例外，他們還是「儒學」的典型代表人物呢？孟子還好，好狗命，未有坐水牢，火焚其身及書，或凌遲之災！

二、成者為王，敗者為寇!?

　　1. 王莽「篡漢」成了，但史家卻把他之行為「貶」為「篡」！未見另有史家站在更高點，即人權、民主、普世性價值立場，評斷王莽成功之後，為全民更施以較福利、幸福、安全的政策，比前朝或前王之業績更佳。

　　2. 聖奧古斯汀（St. Augustine）報導一件事，馬其頓大王亞力山大（Macedonian Alexander）活捉了海盜：

大王質問被抓的海盜為何膽敢在海上興風作浪？海盜的回答，既優雅又極佳的表現出自由精神：為何你膽敢亂了全世界？我只不過駛一小船而已，我就被稱為盜；你呢？指揮一大群海軍卻被拱為大帝。

　　公共標準（common standards），以何為憑依，眾人之「見」或「信」是真正的「見」或真正的「信」乎，或是「歪」見（a betrayal）。蕭伯鈉這位英國大文豪（1856-1950）也提出一問：「一賊從麵包師傅櫃台上偷取一麵包，立即奔向牢獄；另一人向數以百計的寡婦及孤兒桌上奪走麵

11/23 (一)　　　　11/23, 2023

一. Voltaire: 啟蒙十八世紀法國文人, 以搞 Voltaire 為筆名, 並以各個人的名云

名言: I disagree of what you say.

but I defend to the death your right to say it.

流亡於 英, 如(?) Rousseau, Marx, B Ghandi 之來.

二. 全盛時與英相友.

Bernard Shaw 好 Churchill 之 Humor.　　　　淡安之親膝為月土 or 如下一流.

Hyde Park (London) 之 Speakers' Corner.

不受語傳達諸月色, 诱訪此生欲為末.

末云: 一方面不, 津藏有多者之「迷戰」.

主 Harvard U 之教授為 Comint (1892-1876) 18 千年, 亦为人云千斗

— James

多的习之字，深思里有 case study（可举的例题）之的会，不明之会，不明不曾引门言方，
「自心自得习之，弟之的忘，注己知少，注体之明，岂岂陪所的」
「注己印色，百岁少足，之永」

※ 要求习之 Public School 看贴 如下：

If I study more, I know more.

If I know more, I forget more.

If I forget more, I know less.

So, why I study!

我想说，第8、8罗 乡地去 Franklin（号有 A生二枚，几心记得的己老史）。

Many a little make a mickle。（积少成多）。

包，這個人反而 入了國會」[15]。

3.「一將功成萬骨枯」：無獨有偶，支那中國的墨子，早提出不少人所認定的「義」，其實是「不義」。墨子「非攻，非利，非義」說，真是「智慧」之言：

> 今有一人，入人園圃，竊其桃李，眾聞則非之，上為政者得則罰之。此何也？以虧人自利也。至攘人犬豕雞豚者，其不義又甚入人園圃竊桃李。是何故也？以虧人愈多；其不仁茲甚，罪益厚。至入人欄廄，取人馬牛者，其不仁義又甚攘人豚豕雞犬。此何故也？以其虧人愈多。苟虧人愈多，其不仁茲甚矣！罪益厚。至殺不辜人也，扡其衣裘，取戈劍者，其不義又甚入人欄廄，取人馬牛。此何故也？以其虧人愈多。苟虧人愈多，其不仁茲甚矣！罪益厚。當此，天下之君子皆知而非之，謂之不義。今至大為攻國，則弗知非，從而譽之，謂之義。此可謂知義與不義之別乎？

> 殺一人謂之不義，必有一死罪矣。若以此說往，殺十人，十重不義，必有十死罪矣；殺百人，百重不義，必有百死罪矣。當此，天下之君子皆知而非之，謂之不義。今至大為不義攻國，則弗知非，從而譽之，謂之義。情不知其不義也。[16]

墨子比孔子更該獲「至聖」及「先師」之頭銜！

擒賊先擒王。化解儒學孔教加上黨化之荼毒眾生之道，是將主將一一擊敗，則樹倒猢猻散。先是孔孟，其次是董仲舒，晚清是張之洞之說法，確屬不堪「分析哲學」之解剖。也難怪支那中國及台灣，近百年

[15] George Bernard Shaw, "Imprisonment," *The Prefaces.* London, England: Constable and Company, Ltd., 1954. Chap xi, p.302. 引自Everett K. Wilson, *Sociology*, The Dorsey Pres. Homewood. Illinois, 1966. 462.

[16] 林玉体，《中國教育思想史》，文景，73. Hegel 把「國」當作「絕對」(Absolute)，價值位階最高。為了「國」，一切的「胡作非為」都可獲讚美。此種哲學爭辯非三言兩語可以交代！

來視解析哲學為洪水猛獸，與馬克斯的「物論」（materialism）及存在主義（existentialism）共列。他們的著作，在海峽兩岸的學界，幾乎都屬禁書之列！

4. 馬克斯（Karl Marx）說宗教是「人民的鴉片」（Opiate of the people），一上癮，即終生難以脫身！支那孔教的魔力，也在此展現於支那中國及台灣。

英之斯賓塞（Herbert Spencer, 1820-1903）認為宗教乃因人之「懼」（fear）及「慮」（anxiety）而生；法之涂爾幹（Emile Durkheim, 1858-1917）反之，卻認為人因有宗教而生懼及慮。

宗教及教育，都有「教」一字。宗教的影響力若比如鴉片，上癮了，難以戒除，且魔力大！教育似乎也帶有此性質。某種教育的成果，就是如此。目的、宗旨、方針、政策，都有此種「企圖」。但吸食鴉片能否如同接受教育一般，都走上「自我毀滅」一途，則就非Hegel所言之to be is to be right 了。大清帝國時，台民有吸食鴉片習慣，如連雅堂；但那是過去。過去的習慣，已是「過去式」了；在過去的 is，現已成was，未來也不「該」為「是」will be。「教育」亦然！過去的教育，犯了許多錯，又是大錯，且是千年以上的錯，更是幾乎全民的錯；如今，已更改過來。只是去除惡習，也如同割去毒瘤一般的痛苦。以台灣教育史的「五化」——「耶教化」、「儒教化」、「皇民化」、「黨化」、及「民主化」而言，其中「黨化」最為嚴重；因之不與「教」連在一起，因惡最重，儒教化次之，皇民化第三，耶教化第四，「民主」化最合乎「教育」二字的本旨。「黨化」使人性更惡化，又有儒教化及皇民化助之，效果加大。但黑暗最怕的是陽光，受欺及被騙者，是人數最多的「庸才」及「平民」，「智力中等而已」，逃不過少數的精英之眼！但由於對手心橫手棘，精英也慘遭毒殺，漏網之魚極稀。還好，既經民主教育之「啟蒙」，一來賜給亮光，二來以「理」說服，則少數之見，漸漸形成眾人之識；涓涓細流，就匯聚成長江大河！沛不可擋了！

三、惡法亦法乎!?

　　既是法，人人都得遵守；但若守的是「惡法」，則後果之嚴重，不難想像。法界中的平庸之輩，常把惡法亦法作為口號，要求即令明知是惡法，在未修改或廢除之前，人人都「必」遵守之。否則，必以該「惡法」侍候，繩之以「惡法」！

　　若惡法亦法，則惡師亦師、惡人亦人、惡吏亦吏、惡王亦王、惡臣亦臣了！最「惡」者是，既坦言明知是「惡」法，竟然還公然且大言不慚的予以引用，還不知羞愧之心，這是「法意」（the spirit of Law）嗎？法界人士出了這一大群「敗類」，更一幅洋洋得意的把「惡法亦法」掛在嘴邊；真有報應的話，這批法匠，也該以「惡法亦法」來治之、懲之、去之。

　　單獨的個人，甚至原住民、自然人、或英國小說家狄福（Daniel Defoe, 1660-1731）名作 *Robinson Crusoe* 所描述的主角，在荒島上只一人存在時的盧濱遜，則不必言道德、倫理，甚至法律了。因為單單只是個人的行為，不影響及於他人。在私隱密室裡，即令在人口密集的大都市，則你要脫光衣服，「我行我素」，也絕不有法律條文予以制裁之。但個人一旦集合成社會、家庭，或國時，若無「法」可守，勢必造成大亂。但法一出，就有良法與惡法之別了！「惡法亦法」此句「名言」，之所以存在，是針對「無法」而言的。法是人訂的，人有智愚，因之法有良有惡。人智未開，或受蒙之際，難免有些惡法。當年被盧梭（Jean Jacques Rousseau, 1712-1778）暢言的「眾意」（general will），是良法使人的自由不減反增，但惡法反是。試看吊橋欄杆，對觀賞或俯瞰橋下河水景觀者，可以倚靠欄杆邊而無慮無危。當然，其中有一要件，即欄杆保證安全穩固。若無欄杆，則行走吊橋者勢必向中間緊緊靠攏，又那能有更大空間可以徘徊其間呢？

　　1.「善」這個字，極為抽象：「止於至善」，是支那古聖所言之最高理想。可見善有小善及大善之別。自有人以來，從無人公然鼓吹、支撐、或稱頌「惡」。文字或語言上既稱為「惡」了，則必是負面的，也

必想法去除。但過去（時間）或他地（空間）之善，與現在或此地的善，不只不同，且恰好相反者，多得無法勝數！善與「理」一般，公說公有理，婆說婆有理，似乎「善」或「理」，「真」或「美」，都是相對的，且多元的。原因無他：人多口雜。並且更有一因素在作祟，即人易受欺騙，被蒙在鼓裡而不自知，甚至還喝斥他人受騙，自己才是先知、先覺、先見！什麼是判斷一切的最後標準呢？此一問題，考倒古今台外的頂尖學者。其實，答案極為簡單，凡能讓人永續發展、存在、活動等，乃是唯一顛撲不破的指標，這就如同數學一般，數目字上的1，是由 $\frac{1}{2}+\frac{1}{4}+\frac{1}{8}+\frac{1}{16}+\cdots$ 而得；微之又微之，然後積之又積之所成。

$$1=\frac{1}{2}+\frac{1}{4}+\frac{1}{8}+\frac{1}{16}+\cdots$$

$$1=\cdots+\frac{1}{16}+\frac{1}{8}+\frac{1}{4}+\frac{1}{2}$$

人類如只靠「刺激」（S. stimulus），立即就予以「反應」（R. response），這就把人類同於動物或植物甚至礦物層了，怎不思及 S 及 R 之間有個「機體」（O. organism）存在呢？O不只是會思考，且會沉思、深思、長思，因之會站在高度（最高度）去斟酌的。「法」或「令」，可以停止在「本能」級而已嗎？

2.「改善」，一定要先革新：但人人都有惰性，習慣成自然！絕大多數人也成了習慣的奴隸。支那儒家揚言讀聖賢書，所學何事！士一旦成為仕之後，竟然自甘當「奴才」，尤其在儒學「倡明」千年之後，此種「成果」更為豐碩！大清帝國正是此種儒學的「豐收」時。「學而優則仕」，雖不出於孔子之口，卻是出現在儒生必讀之《論語》中。

「奴才」的一項最明顯的特徵，就是不只「上行下效」，且「絕對」的效，百分百的效，無一「敢」有例外！由此種儒風，所型構的社會、政治、經濟、教育、文化的制度，稍有改革之心者，大都飲恨而終，且受盡欺侮、謾罵、詆毀、羞辱！

善、美、真，且「放諸四海皆準，俟之百世不惑」！以人智發展迄今，就學門而言，大概只有數學及邏輯是如此。如有人還膽敢向這兩門學科的「公設」質疑，可能是向天借膽，或腦筋錯亂！設若這兩門的「公設」被推翻，則學術界必起重大動盪。至於其他學門，也有向它靠攏的跡象。

「意」、「念」、「想法」、「主張」、「學說」等，真能如同數學及邏輯般，沒有爭議嗎？單舉「意」為例：

「意」若屬「正」，很有可能是先由「己」意出發，那只是「一人意」；但經過一番複雜的過程，一意的「主觀」意，說服了不同此一意的「他」意。此時的「意」，演變成「少數人」（minority）的意。再推而廣之，「眾意」（general will）就有期，「公意」也可至了！無他意出現，百分百了！盧梭著作中的 general will，語焉不詳。據我猜測，或許如此。古早時代的許多陋規、敗俗、惡法，如今已不再。纏足在支那流行近千年，留長辮也在大清時是男子必守的習慣，如今又安在！已消逝殆盡！至於太監制度及八股為文流風等，亦然！

3. 二三千年的支那中國，儒學孔教中「唯一」為史所歌頌者是唐太宗李世民的「貞觀之治」。但請看下述史書：

628年，李世民出宮女三千餘，令之「任求伉儷」。

633年縱獄囚應死者390人歸家，全令他們秋後自來就死；至期皆至，如是全部赦免。白居易有詩：

怨女三千出後宮，死囚四百來歸獄。

但只求令譽，故意安排！

明萬曆帝為昏君，卻敢對臣下說：

唐太宗脅父弒兄，家法不正，豈為令主？

世民為次子，長兄建成，三弟元霸，四弟元吉，同為正室所生。元霸早死，建成及元吉對唐初討伐群雄有功，但人望不及世民。建成由世民親自張弓發箭射死，元吉則死於他部下手中。但在葬日：「太宗…哭之甚哀」。有子五人，也「並坐誅」。時太宗 28 歲。

資治通鑑：

上嘗罷朝，怒曰：「會須殺死田舍翁！」后問為誰？上曰：
「魏徵每庭辱我！」后退具朝服。曰：妾聞主明臣直。今魏徵
直，由陛下之明故也。妾敢不賀！」上乃悅！

魏徵曾對太宗說：願陛下使臣為良臣，勿使臣為忠臣！[17]

　　法學大師，主張三權分立而享譽環球的法國人孟德斯鳩（Baron
de Montesqnieu（1689-1755），在 1721 年發表《致波斯人之信》（The
Persian Letters）中的 Letter XL（第六十封），Usbek to Ibben in Smyran
中說：人不該對死者哀悼，倒該對初生嬰孩默哀！該信寫於1713年。[18]

　　悲觀，因法律太壞，生不如死，生也如奴，連基本生存要件都缺。
「若一個人自覺不是過得好，且覺得若有小孩，則下一代之窮，更甚於
上一代，他將不打算結婚；一旦結婚了，由於擔心小孩太多，他們會耗
盡上一代資產，社會地位一代不如一代」。（Letter cxxII, 129）此一說
法，頗適用於支那中國！生不如死，生又何必慶，死亦何必哀！

　　生或死是「常事」，何必「慶生」或「愁死」！

第六節　教育民主化亟待釐清的觀念

一、equity vs. equality

　　哲學家柏拉圖的政治哲學，要旨是「正義」（justice）。該字是「名
詞」。凡名詞，都屬「存有的本質」（essence，或 substance），是本體論
（ontology）中第一位階者，是「一」，甚至「無」。是一種「概念或理
念」（idea），玄之又玄，抽象層次最高。但思想家擬予以「下放」，把

[17] 黃仁宇，《赫遜河畔談中國歷史》。台北時報文化，1989，147-152。
[18] French Philosoplers from Descartes to Sartre. ed. Leonard M. Marsak. Meridian Books. Cleveland and N. Y., 1961. 118.

哲學從天上掉到人間的大功臣，就是希臘的辯者（Sophists）；其中，哲學家（philosophers）之蘇格拉底，也具此種任務。支那人古話：天地有正氣！天地即宇宙，正氣也就是「正義」！在人，稱為良心，或良知、或良能。天地若無此正氣，也同於人一般的失去良知（良心），則天地及人，必不能存在，更不用說無法永存了！黑格爾的 to be is to be right，be 是存在，但存在必含有 right！be 是「事實」，right 是「價值」；前者是「是」或「否」，後者則是「真、善、美」或「假、惡、醜」。be 若能與 right 同在，這種 be 才能永存。be 或許不可見（五官不及），但 right 必在行動中展現。be 是內，right 是外。支那老子之名言：有物混成，先天地生；他說的「物」，就是「道」，但「不知其名，字之曰道」。就好比說，孔子這個人是誰，真實性如何，又有何人知？但他的「名」是「丘」，字「仲尼」，後來還成為「至聖先師」者，甚至有具體的「銅像」或孔廟，人人皆可目及或手觸。

　　1. 正義或正氣，是名詞，是「一」；形容詞則「多」，有 just（公正），equal 或（fair）（公平）；把 just 下凡到人間。柏拉圖的及門弟子亞里士多德（Aristotle），再分析出 just 這名詞中的 equal（形容詞），字意有必要釐清。equal 或名詞中的 equality，有表面上的及實質上的，俗人都只悉表面上的。他舉例：

　　眾人皆吃兩碗飯，這不是最「公平」的相待嗎？但這只是膚面的，也是不合乎「正義」要旨！試問病者及健身體育高手，二者都「平起平坐」，各分配吃「兩碗飯」嗎？常人及跛子賽跑，二者有共同起跑點及終點。試問這對殘障者公平嗎？是「恰恰好」（exactly）的準則嗎？「一視同仁」，此種見解，並非「金科玉律」；可以「放諸四海皆準，俟之百世不惑」乎？

　　此種「深入思考」，正是作為哲學家的基本功夫。恰恰好，是不多也不少（nothing too much, nothing too less）。這才是 Mean，也是 Golden mean（金科玉律）。齊頭點的平等，是假平等；真平等呢，即「立足點的平等」，那就要視個別差異了。注重齊頭點平等者，並不要求終點都同；同樣，要求終點皆同者，不可要求出發點皆同。如此，大家才能心

平氣和，相安無事，天下無事，世界太平。這就跟 freedom 及 liberty，
probability 與 possibility 二者之「分野」（distinct）有關，二者都「一清
二楚」（clear）；但二者之「別」（distinition）也分明。如此的「知」，
才不會惑或疑，也才不會「懸而不決」（suspend decision）。一決，也不
會惹來惡果！

　　這些概念，就滲雜時間（歷史）因素了。「果」若「同」，但
「因」卻有異；由「因」生的「果」，或由「前」生的「後」，其中
的「因」及「前」，「果」及「後」，二者之間的時間因素，必考慮在
內。比如說，支那人千年之前，就種下了「男女有別」的「歧」視，這
是短視者的錯誤判斷。在黑暗中頓入陽光普照時，勿輕舉妄動，卻得
考慮「時間」。不說別的。在男女平等的訴求之下，女的一定鬥不過男
的；二者相爭，女極可能落為敗方，是「公平」競爭嗎？不。女方「長
期」屬於弱勢，因此，男方該有「風度」，就是「讓步」；俟女方條件
與男方同了，才能「平等對抗」。政治選舉上有「保障名額條款」，入
學或獎學金等，也有類此的「優先順序」。美國高等學府入學，因最高
法院曾有 Affirmative Action 判例，漢文譯為兩性平權法；黑人入校，條
件那能與白人同，並且在校成績或教材顯現，都以「白人」觀點定調，
顯然對黑人不利。以台灣為例，原住民把「茶杯」發音為 cup，那是日
語，但卻是英語。台灣人若以台語或客語發音，必與「國語」的茶杯
有別。難道打成績時，只有以「國語」說出「茶杯」，才給分嗎！「多
元入學」方案，這該是最重要的考慮。台灣原住民無 0 的觀念，0 就是
無。但教科書為何把 0，與 1, 2, 3…等同列呢？在原住民傳統觀裡，
0 是一種「零」的概念，與 1,2,3…等的「有」，怎可「一視同仁」呢？

　　2. 換一個敏感話題吧！台灣處於戒嚴時代，許多不公不義的舉措，
不少人認為公平合理。覺醒之後，發覺認知錯誤的良心人有之，有過能
改，善莫大焉！開放、民主、多元等觀念出籠了。可是累積甚久的怨，
一旦有發洩機會時，難免火氣大，口出惡言，甚之取鬧者常見！雙方衝
突，隨時引爆。有次被邀參加聯合報舉辦的三天兩夜座談，海外名學者
回國的也不少，共商國事。該報一主編筆名為「楊子」（有「專」欄，

是僑生，台大畢）在大家談及台灣原住民及台灣人對執政黨的對立衝突之昇高，頗為心急，尋求對策。我說，此時拜託當政者「忍耐些」，主動率先釋出善意，伸出友誼之手，以行動「感人」來化解彼此怨恨。長期得利者若不先忍氣吞聲，還命令抗議者要平和，這是強人之難。化解仇恨，本來優勢者得樹立模範，退讓。楊子一聽，面現怒氣，大聲的說，「如有不合理的抗議，還要政府忍耐，這種心態太不合理也不公平！」他怒氣衝衝的說。但我也帶慍氣的回以：「那請問你以為要如何，以暴抗暴嗎？」美黑人領袖 Martin Luther King 曾說過一句名言：

The old law of an eye for an eye, leaves eavery body blind.

這位哈佛出身者，高度夠。他主張和平不暴力的對抗。以暴易暴，是常識之見，平庸之才智也低。「以眼還眼」，則留下來的是「人人都瞎」。上文是有韻的，此譯文則無，效力差多了！支那留傳下來的「約法三章」，層次真低。「中華民國憲法」的部份條文，更屬「惡法」！

諸葛亮「七擒七縱孟獲」故事，人人皆曉；但少有人因此大作文章。為了要奪取原是孟獲（可能是貴州的原住民）地盤，孔明智高一籌，武力也非孟獲可敵。但七擒也七釋，且對他待之以禮，最後孟獲心服口服，孔明就因之心安，無禍或後犯可憂，這才是高品的政治家作為，小不忍則亂大謀。這些故事太富教育的民主味，本書不惜多次引述！

我在美求學時，圖書館內是要求肅靜的。有次卻聽到有人說話，且音量也大。乃走近一瞧，嘿！三五個黑人在館內聊天，真無素養。我環視四週，也有白人在鄰；卻見白人學生默默的把書拿走，到較遠地方找位子安座。內心認為，白人學生真有「歷史常識」，或者也體認到黑人之無素養，是長期未受良好教育所致。深信總有一天，黑人也會自感「理虧」。內心（良心）的自治，總比正面的拳頭以對，甚至搬出圖書館規章予以處分，後效最為實在！須知教育是要花時間的。

台灣的原住民，體驗數百年的積怨；尤其是高雄錫安山的教徒，以血肉跟政府拼了，被打得落花流水，腸肚外洩也不顧死活的抗爭多年。幸而也是基督教徒的李登輝總統，知悉此種案件的「歷史共業」，光以

武力，解決不了問題；乃禮聘台大社會系教授出面協商，終於化解了這個社會治安上的毒瘤。「忍耐」是此時此刻必有的「舉措」，「吞下去」！

既有時間因素，但必要有「落日條款」。在不公不義取消之初時，由於弱勢者長期處於劣境，表面上的「公平競爭」，弱勢者暗地裡仍嚐不公不義的苦味。為了和諧安祥，多年的強勢者，就該主動禮讓。「公平」不是只計眼前的。我有權負責選拔中小學校長時，公開揚言，即令女侯選人條件「稍」差，也以「她」為首選。男性具此「風度」，一方面洗刷祖先留下的遺毒與罪惡，一方面也使異性有大展「雌風」良機！俟男女「真正」享有實實在在的機會平等時，才取消了「保障」禮遇。

當然，時至 21 世紀，「平權」之聲早響徹雲霄。但男女在體育競技上仍有性別之分。網球賽中，男單五局，女單三局；二者有差，不過獎金一律全同！「多元」也比較是彩色、漂亮、公平或正義，另有一番品味，即「美」味十足，更充實人生的畫面！向來全占優勢（特權）的一方，先釋出禮讓，相信本處劣勢的一方，心存感激！「和風」吹來，陣陣溫暖！社會又那會生乖戾之氣？「忍耐」不是傳統儒士的品德嗎？怎麼又是「知而不行」呢？不知聯合報這個執新聞牛耳地位的專欄作家，是否善體我意！或還是「孺子不可教也！」數千年的古國，「文明」性闇然不彰，殺殺打打，永無寧時，還厚顏的指責他國為「番邦」，更要「夏威夷」！史學大「師」，還口口聲聲的要求，對古人之大錯特錯，大發「同情的了解」（sympathetic understanding），卻對他國大肆撻伐！公平又合理嗎？「淺見」到此不堪地步，院士頭銜又怎可作為他的招牌?!

二、Possibility vs. Probability, Liberty vs. Freedon.

1. 歐美學術的進步，因素頗多，其中之一，是用字譴詞頗為嚴謹，並且要合乎史上首位現代化哲學家法國笛卡爾（René Descartes, 1596-1650）為學的兩大訴求，一是「清淅」（clear），二是「明辨」或「區分」（distinct）。國人如擬向知識或學術進軍，外文尤其英文造詣必臻

一定水平。

　　本標題出現的兩對英文字，取作為「對比」（vs, versus, against）

　　(1) 首先，possibility 及 probability（名詞），或 possible 及 probable（形容詞），漢文皆譯為「可能」（可能性，可能的）。其實二字之「區分」（distinct）極為明顯，前者的「可能」，指的是「質」（quality）上的，「哲學性」較著；後者指的是「量」（quantity）上的，屬「科學性」，可以以數目來表達。

　　明日會下雨嗎？

　　就「質」性的可能而言，就如同下述的回答：「晴時多雲偶陣雨」。此種回答與無回答，沒什麼兩樣；但若答以：「下雨機會，20％左右」。那就較一清二楚了；也較具實質意義！

　　(2) 漢文的「自由」，英文有兩字，liberty，及 freedom；法文則是liberte，德文是 freiheit。英語系統的學者幹嗎要把「自由」分以兩字表述，或許也因為英語文國家的學者，較注重概念解析（concept analysis）之故。

　　「自由」有兩種，一種是「天生自由」：自由權是「天賦人權」，是上帝賜予「人」的禮物，不可剝奪。這種「自由」，英文是 liberty。但靠後天人為的努力才獲得的自由，英文字以 freedom 來表示。如此，「自由」之意，就比較不含混。史上人類獲得的「自由」，許多是要人去爭取的。「人權」由上天所賜的不多；泰半要藉「拳頭」來力爭，方才可以享有，比率上（probability）即數學上的「概率」較高。漢語的「權」與「拳」同音，真有意思。

　　possibility 與 probability 之「區分」，感謝好友東海大學林俊義教授的「教導」。至於 liberty 與 freedom 之「明辨」，曾經多次請教專攻外文或英文的友人，卻也如同我一般的不知其故。近日看了 Felix Morley 的 *Freedom and Federation*（1959）一書（A Grteway Edition, Henry Regnery Company, Chicago），才知悉二者之別，且涵有「歷史脈絡」（historical context），喜之不盡。

盧梭（Jean Jacques Rousseau, 1712-1778）在名著《民約論》（*Du contrat*）的名句，「人生自由，但到處都是鐵鍊」（Man is born free, yet everywhere he is in chains）。人一出生，以及到老，都是自由身的，絕無僅有。不過，Morley 一書中提出，若能限制政府權力，且行三權分立，則人也將是自由的。

Man is born in chains, yet under a government of limited and divided powers he may still be free.（p.40）.

或許可以這麼說吧！自由分兩種——經由「分析」，使「概念、字意、辭意的解剖」，可以使之更深入，以臻 R. Descartes 所要求的「明辨」（distinct）火候。「自由」一辭（漢字），或 liberty, freedom（英文），liberte（法文），freiheit（德文），有「天賦」部份，即生來即享有者，這是樂觀者的說法，且是「不可讓渡的」（inalienable），也是不可剝奪的。美國立國時的「先父們」，制訂憲法，即明言，人「天生」享有追求幸福、快樂、滿足、安全等自由。不過衡諸史實，更是冷酷的經驗，不少天生的「自由」，卻被減少，甚至滅絕。

學術史上，希臘社會分成兩類，一是自由人（freeman），另一是農奴（helot）。自由人是經濟上的貴族（aristocrat），他們「天生」即享有免於勞動，就獲有吃有喝有住等享受。物質上的供應不虞匱乏。因為有另一勞動階級即農奴可供應。肢體行動，可以「免除」（liberated）。足資稱讚的是這批「貴族」，有了餘暇「坐以論道」，因之除了是「經濟上的貴族」（economic aristocrats）之外，還成為「知識上的貴族」（intellectual aristocrats）。並且，步上「政治上的貴族」（political aristocrats）更不在話下，成為「治人者」了。農、工、商等即淪為「治於人者」。「士」也就是「仕」，不必動「手」，卻可動「口」，是「有閒階級」（leisure class）。他們在體力上有「閒」，卻在心上或腦力上無休止的「工作」；「心」與「物」，「心」與「身」的對立，或兩極，於焉成立。可資稱讚的是因而發展一套「文雅」或「人文」（liberal, humanistic）文化；亦可稱為「精神」的，有別於「肢

體」的。如此一來，人才能與其他動物有別，享有「萬物之靈」的寶座！人異於禽獸者幾希，支那的孟子也如此說過。

由 liberal 發展出 liberty，其後羅馬的拉丁文系統秉承之。

受「外力」（external force）支配的行動，價值較受貶抑；主動自發的「內力」（internal），是人享有獨立意志的特有稟賦，「尊嚴」、「人生意義」、「價值」觀因之而生。

2. 把「自由」分成 liberty 及 freedom．此種「英語文語系」（Anglo Saxon），從此更使 liberty 與 freedom 二字，各佔地盤。美國名總統羅斯福（第32任，Theodore Franklin D. Roosevelt，台灣北市有羅斯福路）於二戰之間發表「四大自由」。俄裔英籍的哲學家，牛津大學教授柏林（Sir Isaiah Berlin, 1909-1997）也於1969年釐清「積極自由」（positive freedom）及「消極自由」（negative freedom）之別。二者說法互相一致。四大自由分成兩類，一是「免於」（from），一是「致力於」（of）。

(1) 積極的：致力於…，freedon of thought（思想自由），freedom of worship（信仰自由）。

(2) 消極的：免於…，freedom from fear（免於恐懼），freedom from want（免於匱乏）。

英國哲學家小米爾（John Stuart Mill, 1806-1873）有名著《論自由》（On Liberty），比他更早的哲學家洛克（John Locke, 1632-1704）也有大作《論寬容》（On Tolerance），都是享譽學界的鉅著。前者書名，取 Liberty，而不取 Freedom。個人獨處及營群居生活時，「自由」度及其意義，差別甚大。一個人自己玩把戲，愛怎麼玩就怎麼玩，自己作得了主，反正也無他人可以干涉；但如擬加入他人的球隊比賽，就不可獨來獨往了！「群己權界」，是分明的。支那留英學者嚴復（1853-1921），就把他稱讚有加的小米爾大作，漢譯為《群己權界論》：「自由不是我行我素」（liberty is not licence），更不許「放縱」（liberty is not indulgence）。既然個人無法離群索居，因之「法，律，規，令」等，都一一出現，尤其「安全」（security）因素，介入其中。

但就如德國哲學家康德（I. Kant, 1724-1804）所言的，「自律」

（autonomy）價值高於「他律」（heteronomy）。自我立法、自我司法、自我行法，必然是作為人的「尊嚴」（dignity）最令人起敬之處。「法」是「外」的，「良心」（conscience）是「內」的，甘願守法，本身即無受「囚」、受「禁」、及受「罰」的痛苦感，且心甘情願，自得其樂，最是「自由身」！

　　支那孔子也說過，「道之以政，齊之以刑，民免而無恥；道之以德，齊之以禮，有恥且格」。社會共同生活，若法令滋彰，多如牛毛，動輒得咎，刑罰伺候在旁；處於該種社會中，安分守己，循規蹈矩，無過失（民免），但卻無羞恥心；相反的，若以道德感化，以禮相待，則人人發揮自愛及公德心，不只彼此「安全」有了保障，且人人有「格」。台灣人稱頌的「人格者」，就是品行端正，不以威來嚇人，不以力取人。因之有親切、溫暖、和樂感，這是古代希臘人稱之為「人文」、「文雅」、「人情」（humanistic liberal）之意。

　　3. 或許可以作如下的分解吧！freedom 之爭取，屬第一位階的，即「免於」（from）。心理學家要求人的生理需求（biological needs）不該被剝奪。孔子說過，食及性（色），人之所欲也；經濟上的溫飽，工作權、經濟權、勞動權，及性欲滿足權等，應予保障；政府不許讓人民失業，提供工作機會，滿足「人是經濟及生理上的動物」此種最「底層」的自由，即令孔子大弟子顏回，也要求有一簞食，一瓢飲，才能「免」堪其憂。此種「免於」性的自由，是自由的「必要條件」（necessary condition）；「無之」，則「必無自由」可言。把犯人關了，也得供應飲食，居住等……。

　　免於恐懼，不少宗教家尤其基督教徒，教訓信徒要「怕」上帝；[19] 支那儒者要求眾生須「畏天命」。「免於恐懼」的自由，旨在除掉「不必要的怕」。天災地變，戰爭或惡運造訪等，常禍事連連，如能免除，或減少，這是「人力」該為之事，也是政府的義務。

　　就經濟因素而言，富者早享有免於匱乏的「自由」，也比較少有

---

[19] I. Kant, *Critique of Judgment*, translatacl, J. H. Barnard, N.Y., Hafuer, 1972. 118.

「恐懼」的自由；但下層階級者就視之為緊要者了。至於要「爭取」的「思想或信仰」的自由，對貧賤者是無關緊要的。「有閒（有錢）階級者才視之為首務。

> 生命誠可貴，愛情價更高
>
> 若為自由故，兩者皆可拋.

上述「口號」，是法國大革命時，最令人動容及省思的轟動性宣言。「生命、愛情、及自由」，三者皆是人生最該追求的。但三者若不能全得，則何者才優先？「自由」吧！即令壽數滿百，愛情甜蜜，都可因失去自由而拋棄！稍為「深思」一下，愛情若欠自由，又那有「愛情」可言？生命若欠缺自由，則歲數再多，終生都在囚房牢獄中，不只肉體慘遭蹂躪，心靈更受侮辱。

freedman 或 freedwoman，與 freeman 或 freewoman，二者有別。freed 是過去分詞，把 freedman 或 freedwoman，變成 freeman 或 freewoman，他或她，都被「解放」（freed）！但是史上最令人唏噓的故事或悲劇，竟然是有些人甘於「享受」在囚房中，因有吃有住，這是物質上的「滿足」；至於心靈上的則不介意！解放黑奴的美國總統林肯（Abraham Lincoln, 1809-1865），卻在還給黑人自由身的「內戰」即南北戰爭（Civil War）結束之年（1865），被黑人暗殺身亡。一些被解放的黑人不但並不感恩，且以為林肯的壯舉，使黑人「目前」狀況，遠不如前；因為「被解放的人」，無「白人」當家作主了，也無白人提供的食住及工作機會了。因之，生活上的不方便，更甚於前。解放黑奴，不但不是德政，反而是暴政。林肯身死，已是十九世紀中期之後了。早在兩千多年前的希臘哲學家柏拉圖（Plato, 427-347 B.C.），不是有個「洞穴」（cave）比喻嗎？長年活在暗無天日的洞穴者，早已習以為常。一旦伴侶中有人往洞穴盡頭，發現陽光普照；他不自私，不獨享，反而返身提醒伙伴，共同邁向「光明」！豈知！數十歲月皆在昏暗地窖中的同伙，一遇陽光，頓時不只未得「光明」，反而更昏暗！因之，把「先驅」者當成十惡不赦的大壞蛋，是「眾人的公敵」，殺死眼前！「啟蒙」

（Enlighten）是把「光」引進照亮一切，但引光者非但不是庸人大眾的恩人，反而引來殺身大禍！

　　freed 之意，等於 liberated，前者與 freedom，後者與 liberty 相連。古希臘社會階級一分為二，區別懸殊，身份優劣明顯。英美國家不想與此「標籤」相涉，且「自由人」與「農奴」，是「天生的」，又是「稟賦上的」。在大唱人人平等的「民權」至上的呼籲下，一切都需有開明人士予以「啟蒙」（enlightenment）。民「權」是靠人「拳」爭來的，是後天的，因此是 freedom 而非 liberty。法國大革命時大喊「自由、平等、博愛」（liberty, equality, fraternity）的口號。但貴族階級所爭的不是「平等」，他們才不願與庶民平起平坐呢？他們在意的是羅斯福總統所要求的 freedom of thought 及 worship，這是心靈及精神界的；至於「平民」（貧民），他們連溫飽都有問題了，那有「思想及信仰」自由上的問題？迫在眉睫的是要求與富豪階級享有同樣的「平等權」。由「民主導師」所引領的英美國家，（戮）努力以赴的是「人為的自由」（freedom），而非「先天的自由」（liberty）。經過民主式的博雅教育（liberal education），全民皆能在滿足了「食衣住行」之後，培養出一股帶有「人情味」（humanistic）的「人格」（personality）及「品性」（character）。四大「生理需求」（biological needs），是得到物質不虞匱乏的「自由」後，往上提升到眾生都臻古代「自由人」的身份；先是 freedom，後是 liberty；前者是前提，後者是目的；先有了出發點，最後才是終境。勿好高騖遠。羅斯福總統所標榜的「自由」，都指 freedom，未具備此條件，奢談 liberty。

三、若日本殖民台灣，那大清及中華民國呢？

　　許多人都認為，1895-1945的半世紀時光，台灣強被日本「殖民」。台灣人不得不寫日文、說日語、入日式學校、穿日本服裝、作日本軍夫等。難道在日本治台之前的時光，尤其兩百多年的大清統治，男人留長辮、女生纏足，背三字經、百家姓、千字文、四書五經，參加科舉，

被封秀才甚至狀元頭銜等，台灣不也是大清的殖民地嗎？日本之「殖民」，被貶為台灣人心不甘情不願，而大清的殖民呢？至於 1945 之後的「中華民國」大軍來台，台民歡欣鼓舞，立即學ㄅㄆㄇㄈ，讀孫中山蔣介石的「名言」及歷代支那古書，搜括掏盡台灣資產，槍斃台灣傑出人才，台灣全島普現中國地名，蔣及孫銅像不只造價昂貴，數目之多，榮冠環球第一；更不許說台灣母語，下令以漢音譯台灣人名字為外文；更有人愛穿長袍馬掛（男），及京戲、穿旗袍等。貶日治期為殖民，那大清及中國政府期呢！

1. 以語文為例，地球上各民族都有各自的語言；但語言不形成文字，則對語言的發展頗為不利。台灣住民有語言，但未成為文字，俟洋人來了，才以羅馬拼音解決此一問題。羅馬拼音是環球性的，任何語言系統轉換為文字時，皆可把「語」轉換為「文」（字）。可惜！此一成功先例，卻後繼乏力，而阻力最大的，仍是「種族自大狂」（ethnocentrism）在作祟，該自大狂的種族，就是「漢人」。

外來族群以人多勢眾或武器威力較強，或陰險矯詐來荼毒原先住民的，都叫做「殖民」。但「殖民」的慘烈程度，有高下之分；有的較文明又有法治，有的根本連禽獸都不如。台民基於火氣，抗議、尋仇，這是人類的通性。但以日、中二國對比，二者相差何僅霄壤？同樣的台民「抗暴」事件，日治期或許只失去自由數天，但在支那（中華民國）時，卻長達三四十年。此種事例，舉不勝屈。還要歌頌漢人治台為理所當然，而日人治台就是異族「殖民」嗎？

2. 台灣本來的住民，一點都無漢人血統。其後大清治台，下令住民皆改為漢姓、取漢名；陳、林等漢人姓者最多，子孫數代之後，已「數典忘祖」了，不悉身上流的是原住民血液，卻死心塌地認同漢人，且也以漢人為榮，瞧不起非漢人族群。

「殖民」一辭，本意就是以不平等、高壓、霸權手段來對付被殖民者。這種現象，純以台灣史為例，大清、日治、及中國國民黨治台時，皆名符其實的對台「殖民」。但程度深淺、卻顯有差異！深入探討，就殖民手段及目的這兩面向來看，中國國民黨治台時對台民之奴化、役

化、囚化、禁化，都比日治期更令台民恐怖。由殖民而引發的台民之反抗，統治當局所施予之懲戒，槍斃人數之多，罪名之莫須有，且人數之多，時間之長，對照之下，日本人對台民倒是寬大得多。日治時期50年，台灣冤魂較少，並且在較具法治情況下，遭受刑責者也多半在肇事前即已知悉！中國國民黨治台時呢？稱之為「白色恐怖」。即自認清白者也不知所以然的惹來滅門之禍，死得不明不白者，不計其數！後代子孫誓必討債。

台灣知識份子，在日治時期產生對日的不滿，此種「心理」，說是一種「病態」，或許有點言重！但為何不比較一下，日治期的台灣，與清治期的台灣，以及中國黨之治台，二者孰優孰劣？只基於「種族」（民族）之「情」，一味的偏向「中國」，明顯的失去冷靜的理性，高度顯然不足！好壞不是絕對的，而是比較的！

3. 林獻堂富甲台灣，日治時期不穿和服也不說日語，他抗衡日本，在日治台五十年之內，毫髮無傷，日本統治當局還對他極為禮遇。但1945年日本退出台灣後，林獻堂卻只能遠走高飛、赴日避禍、無力回天；稍有思考力者必悉中日兩國政府治台時，對富有台灣意識者之對待，天差地別！他只好選擇了一生與之週旋且力爭台灣人福利的日本，卻對「國民政府」任意誣陷台灣人為日奴、為漢奸，他的大批朋友入獄，冤死槍斃者不計其數。日本是法治國家，暮年逃難於日本，自認比在台灣這個故鄉安全。他真是老謀深算，也作了最正確的抉擇。這位有台灣魂的大老，料想留在故鄉，必成為中國國民黨政府的傀儡，更需忍受無法料想的凌辱。

4. 如果支那人及台灣人，甚至大受儒家教育思想影響的日本、高麗、安南（今之越南）等國之人民，也自童叟起就倒背如流《三字經》，且探究上舉孔大人與項小童之對質，不引發一種欽佩思維嗎？

(1) 孔子以「至尊」之心，對幼童向他的挑戰，依《三字經》一書的記載，並無有「師嚴然後道尊」心態，或以「戒尺」二物，以收其威也！孔子之教師人格，在此一例上，算是良師。

(2) 若孔子可被拱為「萬世師表」，則小童之智商極有可能不在「至

聖」之下，反而「後生可畏」、「青出於藍」、「冰寒於水」，屬天才型的可造之材。可惜，該幼童其後事跡，史上無半點資料。或許在威權又長期的「勿犯上」風氣之下，早就命喪九泉，嗚呼哀哉！

(3) 尊孔的儒生幾乎無人不熟背《三字經》，且列為入門必讀之書，竟無人承先啟後，效法小童作個「追根究底」者（inquirer）作為，只是一付唯唯諾諾的「應聲蟲」（follower）；一代不如一代，猶如運河水域上下游的高低，是「每況愈下」！

四、暴君點名

1. 支那明朝開「國」（大明帝國）的是朱元璋（1328-1398），草莽出身，地方流氓，對讀書人最瞧不起。他可以「馬上」得天下，卻無法「馬上」治天下。國家大事，千頭萬緒，乃不得不要求「儒生」幫忙。科舉考試已行之有年，應考者絡繹不絕。一旦金榜題名，就等於榮華富貴集於一身。不過，朱元璋對大臣之羞辱，可能史無前例，上朝時大小官吏上奏必得跪下，若奏言聲量太小，則必須爬行往前；奏言中苟稍有逆耳之言，就在百官面前當場予以「廷杖」，即令位極人臣的宰相也不例外，打得在地上翻滾，連鬍子都要磨光！更倒霉的是若朱心情不佳，火氣直冒，則下令打到頭破血流地步，渾身是傷；不只如此，此刻更施以鐵刷刷皮，還以開水灌身！朱不必擔心此種「羞辱」，可以使百官知難而退！讀聖賢書者在當時每屆科考，報名者還是難以勝數。

2. 丹麥名哲學家齊克果（Soren Kierkegaard, 1813-1855）在「而立」（30歲）時（1843），即匿名出版了《彼或此》（*Either/Or*）一書，英譯本 p.19 提到地中海西西里（Sicili）島的一位兇暴君王法拉利（Phalaris?~554B.C.），據言他曾把活活的囚犯放在銅牛（Brazen Bull）予以燒烤，牛的鼻孔塞以蘆葦，囚犯之痛苦尖叫轉化為音樂，令皇上龍心大悅[20]；朱元璋有伴了！

---

[20] Princeton U. Press. New Jersey 1971, 444.

3. 1979年高雄美麗島事件，台灣民主鬥士趁12月10日的「國際人權日」，數以萬計的台民撐火把遊行示威，抗議中國國民黨執政之不公不義（heresies），軍法審判官厚顏薄恥的竟然公言：「你們這些暴徒，有膽陰謀叛亂（conspiracy），本席也就予以亂判。」[21] 其嘴臉之可憎，及素養之奇差，該留下作為台灣史實及史訓之一！「動機論」之不妥，在此又作了一顯例！「肇事者」當時任台灣省議會議員之一的宜蘭人林義雄（1947~），被中國國民黨政府予以軍事審判。由於慷慨激昂，惹怒了情治單位，竟然在光天化日之下侵入林宅，以利刃數十刀殺死手無寸鐵的年邁林母及稚齡雙胞胎，其中一人倖存。此案迄今（2020）未破！必是暴君當政，屬下的爪牙才敢如此囂張跋扈。

五、家、國、國家

漢字中文的，家、國、國家，三辭（字）常用。人人有家，但有些人是「有家歸不得」；其中原因，是「國」與「家」聯用時，「暴政、虐政」在，只好遠離家也告別了國。這在支那中國及台灣史上，是歷歷如繪！處在該境遇的人，連鮭魚都不如！還拼老命要遠走高飛。國共內戰時，成千上萬的中國「大陸」人，以無數的金條美鈔想盡辦法買一張船票以抵台，機場及港口時時爆滿趕緊離去的難民，數以數十萬計；[22] 不少台灣學有所成的博士或教授，因有家歸不得，而不得不取得美國國籍！相反的，卻仍有不少台民奮不顧身的要返家，即令回故土時有被抓、被殺、被原機遣回的結局，也一試再試！家、國、國家，是一塊磁石，抑或一處令人厭棄的所在，端在有無溫暖而定；二戰後，「外省人」的老芋仔來台，多數是不由自己的；返鄉探親是一生的盼望！可是冷冷的事實擺在眼前，一旦真的回到故鄉了，卻仍然決定要回寶島！奇

---

[21] 尤清、尤宏《美麗島大審，台灣法政角力四十年》，財團法人新台灣發展文教基金會，2019。

[22] 但當時的行政院長宋子文，卻為了送家養的一條愛狗，特派專機載來台灣。台大校長傅斯年大膽的為文：宋子文該槍斃！不愧為「士」！

怪的是他（或她）們卻不願台灣變成一個與支那中國有別的國度，也死不肯同意台灣變成一個獨立國！此種心態，確屬可議！這也造成了人格分裂的嚴重疾病，更是家庭不和、校園紛爭、社會動亂、政黨火拼的結局。療痛止傷，民主教育，才是不二法門！台灣教育界該密切注意此焦點，也勇敢承擔其重任，這也是研究台灣教育史的聚焦重點！千鈞重擔但無法卸責！如何打開此一教育史上所生的糾纏死結，正考驗台灣住民的智力及勇氣！解「心鎖」之鑰操在己。有緣取本書作為參考者，相信早該有此潛藏的意識及力道！

千言萬語，民主教育及民主民治，才是最該選擇的生活方式。重點簡結如下：

1. 說之以理：以歷史事實，真正實情作為告白，歡迎挑戰，異音不會淪為陰謀或叛變、雜聲也保證不會失蹤，因為有「自由」的明文法條保障。

2. 動之以情，寬以待人，尤其是「異類」。

3. 絕不封鎖比較機會：旅行參觀，選項極多，由此得出優劣好壞的評比。

組成份子極其複雜的「台民」，台灣經過四世紀多的歷史演變，倖而上述的三要項已在寶島漸成火候，此「寶」但願有良心的台民，好好珍惜，相信民主果實如同台灣盛產的多樣水果一般，不只為台民樂意品嚐，更引來外國遊客垂涎！

民主教育倡導「道不同者」不該「不相為謀」，卻雙方都該努力，想盡辦法成為「同伙者」（compatriots）。化敵為友，不打不相識，不但因而化了干戈，且成至交！[23]

---

[23] Willard Van Orman Quine, 在 *Methods of Logic* (N. Y. Copyright 1950. (c) 1959 . Holt, Rinehart and Winston Inc. 14-15. Harvard 語言哲學家 Israel Scheffler, 在 *The Anatomy of Inquiry, Philosophical Studies in the Theory of Science*. N. Y. Alfred-A-Knopf. 1967. 9.

1. If Bizet and Verdi had been compatriots. Bizet would have been Italian.

2. If Bizet and Verdi had been compatriots. Verdi would have been French. compatriots, 字義為「同國人」──政治上，但「也可在意義理論 (the theory of meaning)」即 the philosophy of science 上，譯為「同伙者」。猶如「台獨份子」，不只是台灣人有，外國人（如支那人）也有一般！比才 (Georges Bizet. 1838-1875) 是法國作曲家，威爾第 (Giuseppe Verdi, 1813-1901) 是義大利歌劇作曲家。

民主是無國界的、環宇性的、永恆性的！此寶已在台灣出土，台民千萬勿不識貨！

4.《老殘遊記》（1906）作者江蘇人劉鶚（1857-1909）序言：

> 「棋局已殘，吾人將老，欲不哭泣也得乎？」
>
> 「贓官可恨，人人知之。清官尤可恨，人多不知。蓋贓官身知其病，不敢公然為非；清官則自以為不要錢，何所不可？剛愎自用，小則殺人，大則誤國。吾人親自所見，不知凡幾。」

禮運大同篇首揭「大道之行……選賢與能……」。不幸！信史達二千多年的支那這個「古國」，絕大多數的官吏都是「贓官」，無「德」；「泛德主義」的儒學橫行，迄今 21 世紀，仍是該國的致命傷。至於「清官」，卻「無能」，改朝換代就是一種懲罰！但倒霉的是百姓，此種「文化」，竟然還有腦殘的學界名人予以嘔歌，讚之為「博大精深」！

進步的人民、師生、社會及國家，都該反省檢點過去的過錯。美國西班牙籍哲學家桑塔亞那（George Santayana, 1863-1952）曾說，無史實又無史識者該得的懲罰，就是「重覆犯過」。支那中國二三千年來眾生所受的苦難，就是一幕活生生的史劇上演，且頻頻上演。家國，國家亦然！

第八章　台灣教育史研究與教育哲學之關係

第一節　哲學的起源與發展
　　　　——與台灣教育史研究有關者

　　當前幾乎所有的哲學史家皆一致承認，哲學「史」之「始」，是在古代希臘；此種「斷言」，幾乎已成哲學史界的「共識」；為何如此，原因不外有二，一是「哲學」一字的本意與「智」（wisdom）有關。一切存在物（人物、動物、植物、礦物），只有「人」才「智高一籌」，勝過其他的物；因之，人可以以「智」來利用「物」，作為人之「用」。支那的荀子早說過，「人，力不如牛，跑不如馬」。光憑氣力、體力、筋力等，人又那算是萬「物」中首屈一指的呢？「智」力也是腦「力」，即思考、想像、推理、批判。「腦力」有需要激盪，否則會遲鈍，而變成愚蠢、不知變通。智也是在遇到困難或疑惑時，「想出辦法」來。「想」與「思」的人，就是「思想家」；思想家與哲學家，二者幾乎同名同義。哲學家之動用腦袋，較有貢獻也令他人心服口服的是，他想的遠、深、博，而非表面、眼前、或淺易者。因之，思想家之「想」，不拘限於具體經驗界，反而執意於抽象、形式，甚至符號世界上。

一、知、智、教育、哲學

　　1.「知」與「智」的業績，就是解了眾人以為惑的現實問題。舉一哲學或歷史例子，古埃及的「文明」如金字塔之建築，即令二十一世紀的建築師也瞠目詫異的叫絕；一些「謎」，至今仍存。為何古人有如此大的「腕力」，可使重逾千斤的堅石，整齊的堆砌成一尖塔。不過必有人提出一問，塔有多高？此一問題必是眾人擬「解惑」者。塔既那麼

高，又有何人可以去「量」呢？好了，古希臘人曾經對「數學」具有天分。西方一流哲學家，多半都是數學家。數學能力是使「人智」高於他物之具體業績，數學也是脫離形相世界之上的學門。希臘人譏笑埃及人用拇指——的數，來作計算之用，這是極為「原始」的算法。希臘人，尤其數學大師，幾何學始祖的畢達格拉斯（Pythagoras，紀元前6世紀）早就提出連台灣中學生都熟悉的「畢氏定理」，即直角三角形斜邊的平方，等於另兩邊的平方和。有人問畢氏，能否為金字塔有多高提出「正確答案」。他早對此了然於胸。當他的「身影」之長度（高度），恰等於他的身長時，此刻，就以此作標準，量出金字塔高度。以金字塔尖端映在地上的影子高度，予以測量，而不必登塔頂來量。這是「比例原則」。人的身高，人是有辦法予以量出的。人之身高，在太陽有亮光之時，所顯在地面上的影子，依此為「座標」來「度」量在地面上金字塔尖頂之影子。此種說法，稍微有腦筋的人都能接受。

　　一提及數學，這是西方哲學家唯有的「專長」。推理、分析、解剖、批判、精密邏輯等，都由此萌芽。支那人或其他民族，具有此種秀異才華者也並非罕見。可惜、可嘆，可悲的是，支那祖先對數學不感興趣，貶之為「奇巧淫技」。墨子在數學方面是極有潛力的，墨家雖早期力道足以與儒家相頡頏，但不久，泛道德主義的孔孟學說當道；尤其科舉制度一出，教學機構中的數學一科，形同虛設，聊備一格，甚至刪除；功名考試，並無數學一科。

　　其次，人「智」之重視，至少對人類有兩種貢獻，都在於解除人生的痛苦。數學是萬學之母。數學受重視，其他學門之進步，才能突飛猛進；人類幸福、快樂、安全、健康等，才可望實現。惑依「理」而解，才不會執着於迷信、威權、惡俗、劣慣。甚至在道德上，可以往更臻合理的人性化邁進。一提及道德，不少學界人誇稱，這是支那人的「績優股」，西方人是瞠乎其後的。這又是中「邪」的顯例了。「民主」哲學理念一出，才使西方人能享受和平、人性、互助、關懷等。返觀支那千年歷史，不只在科學上乏善可陳，更是惡政每況愈下。試問支那史上出現過一流哲人大唱民主的？頂多只難得罕見的有極少的民主「思想」，

卻只是涓涓細水，不能匯為「思潮」；人的尊嚴、自主性、及自由性，在時代之演進上，是後不如前，且幾乎已臻滅絕地步！

2.「智」之萌芽，有時是受外在環境的刺激。文明源於「水」，因之濱海及河流，才是文明發源地。當然，其他客觀環境，在人無法「定」勝天之際，由於求生條件太苛，又哪有心思及迫切待解的「民主」之基本問題？因之兩極（南極及北極）、赤道、沙漠、高山等地帶，絕不能產生「哲學家」。支那孔子名言：「仁者樂山，智者樂水」；他的話，大半都只是「結論」，而非「推論」；對「思考之啟動」，幫助絕少。或許《論語》及其他支那經典，常以為理是自明的，或是先天觀念的，何賴解說？「仁」與道德有關，道德格言是千古不變的；山也是不變的。因之，以德之穩重不移，作為人生行為不疑也不移的座右銘。不過，憑經驗而言，山不動，此句「斷言」，就受質疑了，尤其在台灣；也連帶的將「德」或「格言」，放諸四海鐵定為皆準，百世更不惑嗎？至於「水」，除了「死水」之外，都在流動；「動」與「智」，二者相關係數甚高。史實也告訴世人，埃及有尼羅河（the Niles），巴比侖也有底格里斯河（the Tigris）及幼發拉底河（the Euphrates）。荷蘭人於17世紀初，發現台南麻豆也有類似的兩河，因之打算在 1636 年蓋一高級神學院；那麼湊巧，那年恰是當今環球 No.1 大學的哈佛辦校之年。但地球上的河流太多，支那有長江及黃河，印度有印度河，台灣有淡水河，英國有泰晤士河，歐、美、非、澳及日本等，都有大河小川。依海而活的人，腦袋較活潑，「智力」都蠢蠢欲動。

「智」，常人皆有，也無東西南北之分；至於「德」，也是人之存在的最根本基礎。人無善性，人早絕種。但由人之德而生的眾多約束、法令、陳規、典章、及習俗等，卻大半扭曲了人性。人之性，不但不因歷史時間之久，而往善途前進，反而形成為當地人拼命往外移民；若有外來遊客，頂多因陌生而盼到此一遊，絕不有遷居長住的打算。這種地域，不正是當今支那這個國家的寫照嗎？講了千年以上的德，諷刺的是那些飽讀儒家書的冬烘先生，在北京大學成立即充當大學教授者，私生活之不檢點，使當時校長蔡元培都看不過去了，用心的苦勸，成立了

「進德會」。如上課要準時，不該抽菸吐痰，課後不該上酒家，甚至三妻四妾！國家或民族的「形象」，不是憑拳頭、飛彈、潛艇為依的！每下愈況的專依叢林法則嗎？人比禽獸都不如了！

正常人都有一股善良的天性，但最荒謬的是窮畢生之力，也盡千年之苦心，都擬在「德」上下一番功夫，換來的是極為不堪又實際上的敗德壞行！至於「智」，上天極公平的賦予全民。潛能深不可測，史上天才之數，車載斗量。不過，「智」如附屬於「德」之下，重德輕知，則知識不只錯誤，智慧也連帶受到牽累。「叛逆性格者」非但容不下在保守社會中生存，稟賦睿智者必大受摧殘。支那國度如出現有一人到處宣傳：「我們說的話都是謊話」，必屬瘋子無疑！但此種「謊言詭論」，卻激勵了雅典人在邏輯上大有建樹；連帶的更刺激了哲學的萌芽、茁壯、開花、結果！

《哲學之前》（*Before Philosophy*）是支加哥大學（the University of Chicago）的「東方學院」（the Oriental Institute）四名學者的共同著作（Penguin Books, 1959）。其中有一要點，即「初民」的觀念，把人及人之外的一切，都當「主格」（subject）看。「我」（I）與我以外的，也視同「我」自己，視之為「Thou」而非「它」（it）。這是當今存在主義者的注意焦點。以台灣原住民而言，他們視土地、耕作、牛羊、雞鴨、野豬等，都有一份「情」。但不容情的是，人為了「活」，乃不得不「殺生」；不過，殺生此種「謀生」活動，也含有一份哲理，即人必得練就一種工夫，使雞鴨豬牛等供人食用者，「一刀斃命」，省得哀嚎、痛苦、呻吟。這就是「萬物與我同體觀」（anthropomorphism）。

希臘哲學早期學者也是如此。「人」與「物」，本就糾纏不清。人擬把物排除，人與物有別，主體與客體一分為二。先知人之後才可望知物，但知人又何其容易。此種哲學，也是歷代哲學家最感困惑者。有「自知之明」者，極其罕見！「知」「德」並進，輕重同等，造成西洋哲學邁開大步；東方尤其支那，大半時光卻沉溺於「德」中，德不進反退，知呢！更不足以道。

上述淺見，提供給有志於領會為何全球哲學史來自希臘的原因。到

底知己莫若己，還是知己莫若人（他人）；此種「兩難」（dilemma），確實有賴「沉思」！知「子」莫若「父」嗎！或知「父」莫若「子」？不識廬山真面目，只緣身在此山中；或「當局者迷，旁觀者清」？隔山觀虎鬥，此種「意境」，可以與武松打老虎般的親自「體驗」嗎？這些這些，正是人生多采多姿的一種「現象」！

二、教育哲學是奠定教育史研究的基礎

　　環球學界人士幾乎都公認，人類智慧的頂尖造詣，表現在「哲學」一科；哲學一學科，是所有肯上進又擬深思者，都願發奮向它進軍的領域。不過，凡有此豪願者，也遭遇到一種很無奈又痛苦的學習經驗，那就是哲學「著作」，用語或書寫文字，極為晦澀難懂。古今中外的「哲學」書，能避免此缺點者罕見，漢文書尤其明顯。沒錯，一流的哲學家，思想既廣博又精深，難以用多數人容易領會的語文予以交代，或許他（她）們也不屑於把哲學從「天上」掉到人間，甚至落腳於菜市場。曲高和就寡，這是情有可原的。但儘管哲學家超凡入聖，也不該孤芳自賞，或只等待知音！此種心態，顯然是自負、自大、自傲，甚至自私，對於知識之普及，觀念之大眾化，且進一步提升智慧之水平，一點幫助皆無。不少人恭稱中國文化博大精深，具體的表現之一，就是著作中所使用的文字，極端罕見，辭意曖昧且多義，連稍有謙虛心的所謂「國學大師」，都自承，領會或瞭解其意者，百分比不高；更不用說平庸之輩了！其實，此種現象，似乎也是環球「哲學家」的通「病」！支那的梁啟超，自承唸漢文古書，「輒唯恐臥」，──頻頻擬入睡。歐美哲學家有此被人詬病者也不在少數，稍涉獵者都有相同的痛苦經驗。古希臘亞里斯多德（Aristotle）的名著《形上學》（*Metaphysics*）為中世紀也具哲學造詣者 Avicenna，詳細看了四十遍而不知所云。德國哲學家黑格爾（Hegel）被英國哲學家羅素（Russell）坦誠埋怨，因有些段落，百思不得其解；即令英譯，他也不知所云。

　　但是「博大精深」，或許是阿諛之辭吧！究其實，可能中了維根斯

坦（Weigenstein）所言的「語文蠱惑」（bewitchment），卻深為喜愛玄
之又玄或語焉不詳者所痛愛，患有虐待狂者（sadism），也是喜愛被虐
待的。「十年媳婦熬成婆」之後，已不知昔日如何被辱、被侮、被欺、
被凌！一報還一報啊！今日有權在手，也把此番虐待，不只重覆一次的
向同輩施暴，且更變本加厲，無所不用其極！今日學界的所謂「學術研
究論文」，有此現象，也極為常見！學術歪風如此，極具「教育」的反
面效果。

　　中國哲學史的著作，成書者已不少；但依筆者之經驗，功不及過。
且分析性、批判性、綜合性，都有所不足。保守、替古人說話、大唱
「同情的了解」（sympathetic understanding）；此種陳腔濫調充斥。哲學
界在論及一種哲學觀之良窳時，漢人每持「本質」論，即「本來是如
何如何」；但誰又怎能斬釘截鐵的斷然知悉「古人」或「古書」之「本
然意」，如何如何呢？台灣人有「牽亡魂」的習俗，無奈的今人可以仿
之，請出「先聖先賢」現身說法嗎！「詮釋」以何種方式才符合原貌？
但一種頗為「現實」又無待爭議者，即一個民族的智慧結晶，若累積兩
三千年之後，奠定在該哲學體系而成立的社會或國家，為何面臨即將亡
國或滅種的危機！不少學者甚至誠實的坦言，大清帝國之後，已無「中
國哲學」的內容了；且中國哲學的輝煌時代，只及於「子學時代」；到
了漢代，「中國哲學」已僵化頹化，且生機已失！「未經反省的人生，
是不值得活的」（An unexamined life is not worth living），這句蘇格拉底
（Socrates）的名言，大概是「中國人」（支那民族）最該謹記的座右銘。

　　本書作者一向為文，都寄望有「新見」及「己見」，但都秉持可禁得
起「事實」的檢驗與「邏輯」的推論。早幾年鑽研教育史，教育思想史
（西洋、中國、及台灣）；這數年又發憤探討哲學史，發現幾乎學界公
認的哲學史名家之著作，隻字不提中國：連「教育哲學」之代表作——
吳俊升的《教育哲學大綱》（商務），「至聖先師」或「萬世師表」的孔
子，都不列入「教育哲學家」行列；更不用說「哲學史」了。台灣的師
生，歷史上與「中國」糾纏數百年，教育上又大受其影響，難免有人高
舉支那（中國）哲學是史上無雙，還揚言「半部論語就可治天下」的謬

論，口口聲聲發出一種狂妄自大的語言，實在有必要以學理駁之。近年
來，台北的文景及五南，各為筆者出版「巨著」《西洋哲學史》；如今欲
罷不能，擬也把平生思考及閱讀之所「見」，利用本書之出版，發憤着
力，將支那先「哲」的真面目，公諸於世。也誠懇的盼望學界指教！

三、教育哲學史與教育史之關係

　　有人寫《中國哲學史》，頁數超過千頁；有人還以「四冊」成書！
試問值得如此嗎？雖然「量」並非「質」的評價之一，但如因此妄費筆
墨，增加售價，虛擲讀者時光，則是一種缺德行徑。

㈠著書為文，該具「教育」意

　　1. 作者對支那哲學史支配下的中國教育史及台灣教育史，有不少自
己的見識，似乎少為前人所提，讀者不妨與他書作番比較！

　　2. 秉持本人一生著作的要旨，以簡明清楚，或舉實例說明；不少晦
澀難解者，只有割愛。

　　3. 文中時以歐美哲學史及教育思想史作比較。「環宇觀」是現代學
者的基本立場，勿如井底之蛙，或以蠡測海。

　　4. 評論以「人性」此種普世要求為基準。

　　此外，為了一新耳目，內容以「實」為基，且以「思想」為軸；因
之「理念」第一，絕不以政治或朝代為分章依據。兩千多年的支那「信
史」，除了春秋戰國的「百家爭鳴」或「多元思想」之外，——這是最
值得支那人傲世的黃金時代，其後言論就定於一尊。改朝換代雖頻頻，
但制度、思想、理念，幾乎不變，又為何要「政治掛帥」呢？即令有所
謂的「異族」入主支那，但教育文化體系是一脈相承；奇怪，除了「政
治史」可以用「朝代」為主軸之外，為何寫教育史、經濟史、法律史、
文化史，甚至宗教史等的作者，還迷戀於「成規」？

　　支那這個民族的哲學精英之「卓見」，尤其是教育領域上的，若
放在全球的天平上，還能持續為學子歌頌者，已只是零星的隻言片語

而已！此種「冷酷的事實」，支那人或受「中國」意識型態支配者的台民，該正面迎向，不必再「阿Q」了！頻頻把「博大精深」掛在嘴邊，怎能解釋兩三千年的信史上，出現過為期幾近千年的太監及女子纏足，這又怎麼解釋呢？「文化」（culture）未臻「文明」（civilization）！是「古國」，這是「客觀史實」，但又那有「文明」啊！時間越長、疆土越大（空間）、人口越多，受荼毒的慘況，越不堪入目。

(二)史、哲學、教育

1. 中國或支那人並非無聖無賢，可惜他們的卓見，未有沿續、擴大、增強，反而受到禁扼；從此在史上絕跡！還他們的面目，也是史家該下的「史」訓！

教育「哲學史」，當然以「哲學」為主軸；但「史」的因素也佔有地位。「史」是一種時間的連續，但只具連續意而無改變甚至改善意，則「史」一成不變了，又何嘗帶有「史」意呢？千年不變，古今如一。中國這個民族，為何力主「變」者，都以失敗收場！「變法」者不只未成功，還為史家（其中有不少哲人）嚴厲批判的對象！王莽還被斥為「篡漢」者。至於力主「天命不足畏，祖宗不足法，人言不足恤」的王安石，更被罵得臭頭！清末的所謂「維新」，「六君子」慘遭極刑；譚嗣同壯氣凌雲的豪語：革命沒有不死人的，他甘願死第一位。這就如同台灣義士的詩句：「寧結惡少鬥強權，引刀一快少年頭」。讀「史」如此，難道不感嘆！是什麼氣氛，使支那這個「古國」，具有一流哲人身份者，竟遭如此遭遇！「史」之具「哲學」意義，不是昭昭明甚嗎？《資治通鑑》又名《史記》，黑格爾更有歷史哲學巨著；其實歐美哲學家之「史」觀，都具哲學意！至於支那這個古國，「史」是遜色的，「史」只具返顧意，未有前瞻性，更失「教訓」味！「為往聖繼絕學，為萬世開太平」！學之成為「絕」，已早為古人所攖；今人只能「繼」之。「道」早在古代呈現，師或生，只能、只敢，也只可「傳道」，那奢望「創」道呢？請讀者注意，一部支那哲學史，大部份只有古代可談，其後的一兩千年，都只是「傳」、「繼」而已；言及「變」，是禁

忌！因之「支那哲學史及教育史」，可以評述的，只是「古代」或「先秦」哲學而已，也就是「子學時代」，當時百花齊放。其後都像拖油瓶一般的，是累贅，是多此一舉；珠璣者是曇花一現，甚至被保守派、守舊派、尊孔派打入冷宮，歹運侍候了！一部中國哲學史及教育史，停留在古代，也等於是「古代中國哲學史及教育史」的別名。何時「開太平」呢？

2. 目前還有不少「學者」，動不動就說支那有五千多年的歷史；可憐的是科學考證的史學，在支那這個國家的晚期，已大有進步，疑古派的勢力漸興。1919年五四的健將錢玄同，還易名為「疑古」！有憑有據的「信史」，中國只兩千多年而已。環顧全球其他民族，支那這個民族的「信史」，也可算是「古民族」之一。但只「古」又有何用！「嘴上無毛，作事不牢」；「不聽老人言，吃虧在眼前」。此種教訓，現在一些庸儒，還時時掛在嘴邊！「返顧」與「前瞻」，不是「二分法」（dichotomy），二者可以得兼的；但在支那，古的比重是出奇的高；江山代有才人出，一代新人「勝」「舊人」；「長江或淡水河，後浪推前浪」，此種「史觀」較具動態（dynamic）性，而非一池死水的「靜態」（static）。如何抉擇，正有待「智慧的判斷」（intelligent judgment），這也正是「哲學」一辭的定義！一種或許「雖不中亦不遠矣」的觀察，支那到了大清晚年，要不是歐風美雨的侵襲，否則支那數億人口的意識型態（哲學的另一解釋），或許與唐漢夏商周時代，沒什麼兩樣（無大變，鉅變）；古就呈現於今，又何必有「歷史」？年劭白髮者與童秩幼孩，竟然都要讀相同的書！無情的歲月推移，支那這個「古國」，卻面臨國破家亡的慘變！還奢言「開太平」！

「史」具「訓」意，也是一面鏡子。「歷史給人類帶來的教訓，就是人類不知歷史給人類帶來教訓」。

第二節　孔子有那麼偉大嗎？

一、中西教育哲學「史」之別

支那（中國）哲學及教育史，就「時間」（也就是「史」）來說，大抵從孔子始。孔子的生卒年代，據現時多數人所認同的是公元 551 B.C.～479 B.C.。在他之前，史載並無什麼「人」可稱為「哲學家」或「哲人」；且自孔子之後，中國的思想界一直都以「人事」問題為思考之主軸，少或無過問自然界問題。哲學是人之「思」的最高造詣所在。人之「思」有兩種領域，一是指「主體世界」，即「人」本身；一是指「客體世界」，即「物」或「自然」。

西方哲學「史」，學界「公認」由古希臘的泰列士（Thales, 640-546 B.C.）奠其基；其他一大批「哲學家」，與他一般的對「客體世界」的「始源」深感興趣，一直追問構成萬有一切之基本元素，到底是什麼？答案是人人一把號，各吹各的調；由於了解客體世界的「謎」，無法獲得共識，遂引起其後的學者更換了思考對象，轉而向「主體世界」進軍。這就與「教育」發生密切關係了！

其次，更為重要之區別，乃是「問題」與「答案」之間的關係。就「思考」之「教育」價值或「意義」而言，只提問題或只指出「答案」，都不重要。核心之處，是該說明或解釋「問」及「答」二者之「理」或「根據」。孔子的生卒年代，差不多與蘇格拉底（Socrates, 407-399 B.C.）相差不大，（孔子較年長）。二人皆「述而不作」。後人知悉二人之理念，乃由他人（門人或故舊）輯其言說而成。孔子的代表作是《論語》，蘇格拉底的思想，他的「及門弟子」柏拉圖（Plato 427-347 B.C.）之《對話錄》（*Dialogues*）最具代表性。不過二者鮮明的對比，至少有如下數點：

1. 就「量」而言，《論語》比《對話錄》少太多。當然，哲學素養之深淺，不能以「量」取勝。現有的《論語》，又輕又薄；而《對話

錄》又重又厚。《論語》一書的字體甚大，若減除朱熹的註解，則更為單薄了；更要注意的是師生對話，同是中西兩位哲人的「語錄」；但嚴肅的語，《論語》內容又那像師生之「對話」呢？幾乎是一問一答即結束；生之疑問，師一答，生就好像全懂，且盡釋疑了！絕少又問、挑戰、反駁的！學界公認，不少哲學問題是「深奧」且極為「複雜」的，有那麼輕易、簡單、三言兩語就「了然」的嗎？一問一答，這不算「教學」，倒是「灌輸」，頗不符合「教學」旨趣。《對話錄》是一本「巨著」，頁數甚多；因為一問一答持續下去，還經常是沒答案的！憑兩千多年前的知識或智慧水平，如有「答案」，也只是「暫時的」；答案是「開放的」（open-ended），不然就是武斷威權式的一言堂了。不幸，《論語》就是此方面的最佳作品。

　　最有水準的《對話》或教學，是第一次問的層面較淺、較窄、程度較易，其後則廣度及深度都增加，這才符合英哲培根（Francis Bacon, 1561-1626）巨著《學問的演進》（*Advancement of Learning*）之呼籲。知識或問題經過師生之「對話」，結果日有進帳，水平提昇；以知識來增進人類的福祉，目的也較易達成。且師生或師友對話，都針對問題而來，旨在尋求真理，獲知真相，也最滿足求知之樂趣。「繼續」探求，必力道十足，人生意義也最可實現；「潛能」之激蕩，最能保證，人才輩出就是指標，否則就是壓抑的「毀人」而非「誨人」措施了。如再加上「不倦」，那不是極大的罪過嗎？形同「反教育」的最具體表現！

　　2. 就《論語》的編排及各篇篇名而言，一來未指出各篇是在何種「境界」下編成的。「讀其書，誦其詩，不知其人，可乎！」孔子是在什麼年齡、遭遇何種事件、得到什麼刺激、基於何種「心情」等之下，才有師生之「對話」（嚴格來說，誠如上述，又那有「對話」？）頂多只是「獨白」（monologue）而已。就「詮釋學」（Hermeneutics）的要求，實在頗難單憑諸如「學而篇」（《論語》一書的首篇），就可得較豐富意旨！

　　3. 一提《學而》篇，「篇名」實在令人涕笑皆非。那有文章篇名就

只取對話（獨白）之起首兩字為「名」的？只因該篇以「學而時習之，不亦悅乎」！就以「學而」為篇名了！由此可見，編《論語》一書的編輯者，思慮水平多麼的低下；且《論語》全書無一例外，皆是如此。或許由此證明，孔子門生（編《論語》一書者）之「教育成就，是多麼的平庸低劣。還好，孔子之後的「諸子」之成書，就沒如此的痴呆了。史載孔子門生多達三千，竟然是此種貨色，是誰的罪過呢？

　　4. 沒一流的子弟，難保有一流的教師。「有其師」雖未「必」「有其徒」；「有其徒」也難保「必」「有其師」。不過，若得「至聖先師」及「萬世師表」之封號，理該培養出傑出弟子；甚至江山代有才人出，一代新人「勝」舊人。光從孔子弟子編書的「篇名」而言，這位「天不生仲尼，萬古如長夜」的坐實了無人出其右寶座者，門生長久的受其「循循善誘」，但編書竟然如此草率，或許也可因而看出孔子本人的學養吧！虛名可以浪得嗎？還好，孔子門生在這方面的庸劣，在孔子死後，尤其非他的「及門弟子」者，在著書取名上，沒如此隨便。孟子及荀子，都自認是得自孔子的薪傳，他倆的著作，光看「書名」，就悉其著作內容，如「性惡篇」（荀子）或「性善篇」（孟子）。

　　5. 孔子名「丘」，字「仲尼」。「丘」是孔子之父母（尤其是父）為其命名的，但孔子或許不滿意，乃另取「仲尼」為字。此風氣一開，令人大開中國之「士」的作風！放眼環球讀書人，幾乎沒有如同支那人那麼熱衷此習俗的！始作俑者就是孔子。孔之後幾乎沒有例外，「全部」的讀書人都有「字」、「號」、「別號」等一大堆！孔子一生力倡不抗命、遵從、奉上之道德，卻言行不一；因雙親替他取的名，他「不從」，另有「新歡」；兩千多年來中國出名的「儒生」，「名」或「號」之多，族繁不及備載！真的害慘了學生。連胡適都不能免，「適」及「適之」，根本不是他的「本名」（父命之名），傅斯年又叫「孟真」，蔡元培更多別名。台師大校長孫亢曾，又名侃爭；教育學院院長田培林，又名「伯蒼」；教育系主任林本，又名「本僑」…。

　　至於政棍之有「志清」或「中正」等，更不用說了！「從」，不是儒家最緊要的道德關鍵字嗎？怎自己都不「從」了呢？

二、孔子地位之尊崇，前無古人，原因何在？

㈠只褒而無貶

1. 儒家的始祖是孔子，弟子三千，雖然火候平平、甚至低下，但其後傳其衣缽者不絕於途，且是各朝代中的學界「泰斗」。尤其在「罷黜百家，獨尊儒術」之後為然。敬古、尊古、法古，是中國不可抵擋的風氣。

先看看孔子的「及門弟子」，如何頂禮膜拜孔子。此事在《論語》一書即有詳載；次看儒家「非及門弟子」之孟、荀，又是如何褒揚孔子。此後在儒家思想一統天下之後，「只此一家別無分號」了！更在政治上取得「霸權」（詳下）。從此，作為儒家的掌門人孔子，就是中國哲學界尤其在教育界的代表人物了。孔子之「偉大」，從此奠定。即令其後難得出現「稍具」批判精神者如顏元（字習齋，明朝，1635-1704），不滿當時的「顯學」代表人物程頤川（程頤，宋朝，1033-1108），及朱熹（字元晦，一字仲晦，1129-1200），而有如下之語：

必破一分程朱，始入一分孔孟。

此種敢「破」之為學態度，僅只曇花一現，雖石破天驚，卻也猶如彗星一閃而逝。只是此種難得一見的懷疑精神，卻也只百尺竿頭，未敢逾雷池一步！試問他敢「直搗黃龍」、「擒賊先擒王」嗎？顏元仍然在心目中以「孔孟」為最高真理的代表人物，孔孟也是他的替身。他有勇氣說：

「必破一分孔孟，始入一分真理。」嗎？

2. 學界既服膺孔（孟）學說，但政界之推波助瀾，才是一大主因。為何中國歷代皇帝，在春秋戰國又三教九流之「諸子」橫議之後，特別鍾愛儒家？理由非常簡單，因為孔子之說，主軸是「勿犯上」及「忠君」；他一心一意要求臣「從」君，子「從」父，弟「從」兄……。

　　孟子說過，孔子「作」《春秋》，旨在使「亂臣賊子懼」；但孔子作過別書，寫過什麼文章，或發表何種議論，使「君」懼呢？

　　政治社會之亂，「亂臣賊子」是禍首嗎？「君」都是「正」的嗎？中國歷史二千多年，改朝換代次數甚為頻繁；開國皇帝不見得是「明君」或「聖君」或「賢君」，但末代皇帝必定是昏君。孔子在世時即令受蔽而未知悉有「暴君」在，但夏朝之桀及商朝之紂，肆虐百姓，孔子也多引以為戒！他的《春秋》，為何只針對「亂臣賊子」呢？責備亂臣賊子，君必「龍心大悅」！但孔子敢抓虎鬚嗎？

　　3. 孔子學說，在政治面上，只要求「正」。「政」即「正」。在「正」之下的君及臣，不正者多如牛毛。即令台灣在大清帝國統治之下（1683-1895），竟然是「無官不貪，無吏不污」！但又有那個貪官污吏，擔心孔子的《春秋》會大施撻伐？可見「亂臣賊子懼」的用意，一點都未生效。但孔子心目中的「亂」及「賊」，只限定為「臣」而不及於「君」，難怪會大快「君」心了！

　　天下無不是的父母，太陽底下也無不是的君王；該誅的都是「臣」，與皇或君無關。孔子此種規勸，不但討得「君」歡，也贏得「父」喜！父是一家之主，君是一國之王！二者施威結果，舉世最多人口的中國師生及臣民，就乖乖順順服服從從。孔子言論，必也因之取得威權在手者的獎勵；儒家之外的其他諸子，未有如此露骨的表示。歷代政府再如何愚蠢，也必是甲意於孔子。忠於君，孝於父母，成為狂掃中國大地的颱風。只是忠及孝，若不基於「理」（知識），則「愚忠」及「愚孝」的結果，極有可能出現。一部中國政治史、倫理道德史、風俗民誌史，不正是昭昭明甚的顯例嗎？並且由「史訓」也是「史實」得知，凡是歷代政府特別標榜孔子的，橫行霸道的也最為顯著。「忠君」與「尊孔」，變成連體嬰，雙雙攜手共同宰制中國兩千多年之久。

　　4. 孔子要求君或父「正」，則「政」就上軌道。一來這是一廂情願的說法，也太樂觀。「政」只要「正」即可，把「政」看得太幼稚了！《論語》核心或中心思想，「一言」即以蔽之，就是「正」（包括「正名」詳後）。孟子在這方面的思考，比較週全！孟子有「反面」思考，

不該只有「正證」，且也得防「反證」。即「正」時，當然是機運；當「父」及「王」本身皆「正」時，「百姓」及「子女」該額手謝天禱地。但「君不君」、「父不父」，及「君不正」、「父不正」時，此種機會及時間，相信不會比「君正」「父正」時少；此時，「臣」及「子」該如何呢？孟子考慮到這一層了，他的解決辦法就是「殺」，殺不正的君及父，那只是「殺一夫」而已，不該處以「弒父弒君」之重刑。難怪中國史上一位出名的暴君朱元璋（大明朝，大明帝國的開國皇帝），下令焚毀《孟子》一書。

　　雖然在思考的「正面」加上「反面」上，孟子比孔子進步；不過孟子的解決辦法，似乎只「殺」（弒是殺的意思）一途！「弒」的罪過，是無可恕的，比「殺」嚴重。但「弒」君，有那麼容易嗎？極有可能未採行動之前，早就「壯志未酬」了。並且，「君」之左右，防衛必極嚴，賣力的武士必多，武器也必精良；擬「弒」者極有可能早已身陷囹圄，吃免費牢飯又遭凌遲了！此種史實，一而再、再而三的重覆，兩千多年的儒生或「思想家」，竟然未有妥善的解決方案，也未想出權能區分、寬容論、自由論、民約論、或民主政治理論！中國儒生或讀書人，在這方面的業績，着實輸給歐美學者一大截！要不是歐風美雨的侵襲，現在的中國人，極有可能還活在如同歷代暴君及虐父之淫威下苟延殘喘，人間地獄恆久出現！

(二)孔子殺少正卯事件

　　孔子大談仁道，不用殺，這是不少其後儒生予以放大鏡解說的。但有一歷史公案，迄今黑白莫辯。站在「同情的了解」的史觀者，絕不認同孔子一朝擔任魯司寇之後不到數天，竟然把一個也是讀書人且與孔子操同業的「補習班」職業者少正卯殺了。罪名不知是什麼。此一「事實」，連梁啟超都大為憤怒。梁啟超歸咎於「門戶主奴之見太深」。

> 先秦諸子之論戰，實不及希哲之劇烈，而嫉妒偏狹之情，有大為
> 吾歷史之污點者。以孔子之大聖，甫得政而戮少正卯。問其罪

名，則行僻而堅，言偽而辨，學非而博，順非而澤也。夫偽與真
至難定形也，是與否至難定位也；藉令果偽矣，果非矣，亦不過
出其所見，行其所信，糾正之斯亦可耳，而何至於殺？……變公
敵而為私仇？其毋乃濫用強權，而為思想自由言論自由之蟊賊？[1]

1. 孔子一旦掌有「權」，當上了「官」，竟然使威，殺了異己的少
正卯；試問若少正卯也有樣學樣，一上任即迫不及待的剷除「異己」孔
子呢！此事件雖有馮友蘭持疑：

據說有少正卯，「其居處足以撮徒成黨，其談說足以飾褒榮
眾，其強禦足以反是獨立」。[2]

與孔子同時的少正卯，由於廣招門徒，「孔子門人，三盈三虛」，「惟
顏淵不去」。孔子與少正卯，二者似乎都大肆廣告，招徠學子補習，因之
成為孔子眼中敵人！也許少正卯也「有教無類」，致使孔子招生，「三盈
三虛」（出入甚大），只有得意門生「一人」固守孔子不離。但這位獲美
哥倫比亞大學哲學博士而與胡適同為北大同事的馮友蘭卻接著說：

不過孔子誅少正卯事，昔人已謂不可靠；少正卯之果有無其
人，亦不可知。（同上）

孔子有否砍了少正卯，即令到了大清帝國晚年，此事仍是學界熱門
話題。兩千多年的古國即將滅亡之際，學界有一大清流，大力反古；守
舊的威權在位者，紛紛要求仿孔子殺少正卯之例，希望皇帝降旨殺康有
為（1858-1527）[3]

甚至到了 1957 年，也有人在台灣的雜誌上寫《孔子與少正卯》，
＜雷震安可殺——孔子與少正卯讀後＞等。[4]

[1] 梁啟超，《飲冰室文集》卷二，155，台北新興書局，1964。
[2] 馮友蘭，《中國哲學史》。1931, 72。
[3] 汪榮祖《康有為》。傅偉勳，韋政通主編，台北東大圖書，1998, 7。
[4] 孟戈，＜略知雷震（儆寰）先生＞。傅正主編，雷震全集1.《雷震與我(一)》台北桂冠，
1989, 140-141。

　　中國在二十世紀 70's 年代批孔時，孔子殺少正卯事件之報導，連篇累牘出現於報端及雜誌上。

　　2. 台灣學者（南投）張深切，著有《孔子哲學評論》；其中對孔子殺少正卯一事，花了甚多篇幅予以敘述且評論。張深切的學術「功力」，雖不必然屬於一流，但不遜於支那史上的「大儒」。台人無「學者」之造詣可以比美支那嗎？那純是歷來的儒者皆中了「自大」（hybris）的種族偏見所造成。

　　「刑不上大夫」，這是支那史上著名的「佳句」；道盡了儒家之偏「情」與法家之重「理」二者上的殊異。孔子之智慧，若無「思」（考慮）及「擒賊先擒王」，則一來是愚不可及，二來是勇氣不足，不敢攖其鋒。《三國演義》雖非嚴謹的「史」書，只是「小說」，但其中有一情節（第十七回）也符應了孔子精神。曹操本身立法，不守法者必殺；一旦警覺到自己犯了自己定的法，也擬「自罰」。這位居「丞相」而非「君」或「王」的曹操，要舉劍自刎時，大臣勸以：「古者春秋之義，法不加於尊」。曹操沉吟良久，乃曰：「既春秋有法不加於尊之義，吾始免死」。乃舉劍割自己之髮，擲於地曰：「割髮權代首」。難怪支那史上人人爭「雄」稱「王」。因為有孔子春秋大義的免死罪，「聖上賢明，臣罪該誅」！二十世紀結束之前，有台灣小吏的「余文」作模範榜樣，為台北市長之「貪污」頂罪坐牢，使其後身為「總統」的馬英九，可以逍遙法外了！台灣民族性也中了支那人至聖的毒。哀哉！挾天子以令諸侯，不必管「名」義上是「丞相」而已，「力」最實。孔子的「正名」，又安在乎！

三、「至聖先師」，「萬世師表」，又加上「有教無類」？!

　　1.「至聖先師」：孔子生得早，在他之前似乎無「名」師；在他之後，幾乎都「一言堂」的供奉孔子！政治上的皇帝以及學者中的「大儒」，視「孔子之名高千古」，無人出其右；他的一言一行，是全民的表率，「聖」已臻「至」地步，最絕頂；後人皆取之為「表率」！

　　孔子之博得如此之「英名」，原因皆集中在「教」上。在中國二千多年的教育史中，以及台灣迄今為止，睥睨一切；孔子這個「人」已被神化！故中國及台灣，「孔子廟」四處可見。

　　公元 2001 年英國倫敦路透社（Routledge Company）編了兩本教育學思想的書，一是《五十位主要教育思想家》（*Fifty Major Thinkers on Education*），另一是《五十位現代教育思想家》（*Fifty Modern Major Thinkers on Education*）。二書共選 100 位全球史上的「重要教育學者」，其中的「中國人」只孔子一人上選。換句話說，若一百人中不比出高下，則孔子頂多也只與另 99 位平起平坐，何有「居冠」之意？更不用說，當支那政府用心將《論語》譯為拉丁（歐洲十九世紀之前的普遍學術用語），來「教化」「番邦野人」時，德國大哲學家黑格爾取來一閱，竟然評價不高。他甚至還批論語的學術水平，頂多可以與羅馬雄辯家西塞洛（Marcus Tullius Cicero, 106-43 B.C）之《政論》（*deofficio*）相比而已。[5]

　　曾在美哥倫比亞大學任教「比較文學」，包括其後年老時才被選為「中央研究院院士」的學者，不客氣的指出，中國學界最足以享譽環宇的莫過於文學，包括詩、詞、小說等，可供參閱者不少。但單以小說而言，如取一百本環球史上的重要小說名著，大概也只有《紅樓夢》上榜而已，並且在排名上，該「石頭記」還「敬陪末座」！

　　2. 孔子之「偉大」，在「教育」領域中，最受中國人所「頂禮膜拜」的其中之一，就是「有教無類」。「顧名思義」，「有教無類」四字，淺易得人人能懂。但孔子真的是「有教無類」嗎？所謂「無類」，就是「全民」無別的皆是他擬予以教育的對象。可是令我深覺怪異的，孔子又那裡「有教無類」啊？至少一件極為明顯的反例，孔子沒有教過「女生」啊！他的門徒眾多，史書常寫，數量高達三千。但三千人中又有那一位是女生？

　　學生群中無裙衩，比起希臘的蘇格拉底，就相形失色了。《柏拉圖

5　《陳寅恪先生全集》上冊，俞大維序言，台北九思，1977。

對語錄》中，與蘇格拉底對話者，至少是有女生的。詳拙作《希臘的文化及教育》及《柏拉圖的教育思想》（台北文景，2012）。孔子非但不教女生，且將女生比同小人！「唯女子與小人，難養也！」不知後人如何洗刷其歧視女性的罪名？荒謬的是迄今竟然還有不少女性，喜滋滋的站在孔子銅像前，與這位侮辱女性的「至聖」照像！自我作賤吧！女生形同是性被虐待狂者（masochist），孔子則是性虐待狂者（sadist），二者合一，不是極其荒謬嗎？女性有無自覺？還是麻木了！

　　孔子如有「一日三省吾身」，該當修正或推翻他把女子與小人同列的過錯。「婦女」之家人，三番兩次遭受虎噬，竟然不遷居，原因是她的住處雖有虎，但未有「暴政」！苛政與老虎相比，後者還可忍受，前者則為害更烈。「婦人」之此一見解，智慧上的判斷，絕不下於男子！孔子又如何洗刷對女子之污辱呢？

　　3. 其次，許多人不但嘉許他的「有教無類」，還從孔子自己坦言：「自行束脩以上，未嘗不誨焉！」而更生尊從之情！但孔子的此一坦白，卻就是「有教無類」的一大敗筆。

　　首先，教師與學生二者之「教」及「學」關係，是含有濃濃的經濟條件的。最明顯的最早史料，或許出之於希臘蘇格拉底時代的「辯者」（Sophists）。其中尤以普洛塔格拉斯（Protagoras，5 世紀 B.C.）的揚言，一分錢一分貨；且公然以收取「高」學費而自鳴得意。因為腰纏萬貫的富家子弟，「甘願」付出「束脩」，甚至「束脩以上」！然而蘇格拉底不齒此種行徑，卻強調知識傳授若染上了金錢，則「教育」易變質！故蘇氏教學，絕不收取分文。如此，更可塑造「有教無類」的風範。

　　孔子講學數十年，若編成師生對話，一定是長篇大作。可惜，保存下來的《論語》，卻是薄薄的一本；但竟然在其中，還把「自行束脩以上」輯於其中，是否更彰顯該種行為的重要性；使其後擬登門拜師的子弟，不可或忘：「束脩」是學子拜師的見面禮！老師既早有明言，且主動提及在先，難道家長或學子，不牢記在心嗎！並且更怪的是「以上」二字。胡適小時入私塾，成績優異；其中之一因，或許是胡適媽媽逢年過節，送給老師的禮比他人更優厚！絕大多數的教師高興得很，既然

「先聖」早有收禮的前例，也就「心安理得」了！

　　當然，從「邏輯」推論而言，單取論語上的該句收取束脩的文字，推論不出「凡不交束脩者」，孔子「一定」不許收為門徒。若A則B，（若交束脩，則必是孔子門徒），推不出若—A則—B，（若不交束脩則必不是孔子門徒）。不過，就「事實」面來說，孔子時代以及其後的兩千多年，未曾見過有人擬挑戰孔子所說的該句話：若有「自行束脩以上」者來了，孔子竟然未許之為門生。尤其是「自行束脩以上」者，是女子。

　　可悲的是全球的教學活動中，剝奪女子接受教育機會的，不只支那一國而已，是環宇性的。因此，中國女子向來就「未聽過」孔子曾說過：「自行束脩以上，未嘗不誨焉？」即令聽過，但有能力或膽量，敢出面考驗該句話的女生，必定等於零。中國歷史上，有時也難能可貴的出現幾位「奇女子」，如祝英台或《兒女英雄傳》類的傳奇「俠女」，可惜未能親送「束脩」且又「束脩以上」的拜師禮，來印證老師是否「未嘗不誨」！中國教育史如有此類「史實」，不更憑添風趣又極有意義的「史鑑」嗎？

　　「有教無類」也是「全民教育」（Education for all）。全民一定及於「女性」。孔子學生中無女性，此種史實，絕不虛假，為何還把此種美名封在他身上？「中文」造詣如此不堪嗎？有人取「聖人時者也」為他說項！也使孔子多了一封號「聖之時者」。不只孔子當時，女子不受教育是「常事」，也是「時代的現實」。但「是」與「該」，二者最好能早點等同。當時（甚至其後）的中國，女生「是」不受正式教學的，這是時代的錯誤；「人上人」者，早就該批判之、糾正之，且以身作則，快速的改變更予以改善，使錯誤減少到最低。若孔子之見解，也只不過如同一般人的平庸，則他又憑何資格可當上什麼「至聖」又「先師」之名呢？孔子犯的錯，與時人無兩樣！他不收女生，且事實上也證明三千子弟中無一女生，則怎可封他為「萬世師表」呢？

　　師生之教學關係，如涉及「學費」、「金錢」、或「束脩」，教師是難以啟口的。但《論語》一書，卻坦然言之，直言不諱！不知三千學子

中，是否大家皆「自行束脩」且「束脩以上」？是否有家境清寒之士，未交束脩也名列孔子門下，史料並無記載！既然「師」有言在先，且明示以告，則孔子一生雖大半時光皆耗費在「教育下一代」的工作上，別無其他收入，相信生活是不虞匱乏的，也不致於過著「惡衣惡食」的日子。自此之後，因為有「至聖」作的先例，故兩千多年來的儒生，在翻轉「士」為「仕」不成的時候，就以教書過日子；反正門徒就會送上「束脩」，且是「束脩以上」者，也不會是少數！讀書人從此一生不愁穿不憂食，「樂在其中」矣！即令到了二十世紀中葉，台灣都有不少門徒因仰慕「國學大師」而盛行「拜師禮」，「禮」數多少，就心照不宣了！「不滿時政」而膽敢採取直接行動以抗暴的「革命烈士」，在支那兩千多年的政治史上，幾乎絕無僅有。士農工商的社會階級中，「士」居「四民之首」；至少在物質條件上，士不差給其他三民，也就因此多半滿足於現實中。

　　一生從未教過女生，而女生之數居全民之半。這麼多的教學對象，未被孔子及其後代的徒子徒孫所關注，也不為「她們」打抱不平！此種作風，甚至理念，又何德何能可以享受有教無類的美名？即令到了二十一世紀的今日，竟仍是孔子大受表揚的一項貢獻！怪哉！奇哉！文風如此惰性，不思反省，不曉改過自新，這還算是什麼「文明」？「西學」東漸之風，女子始享有同樣教育機會，也才在支那這個古國，出現了教師「有教無類」；但台灣拜日治及耶教之賜，早比支那中國「進步」！

　　評女子與小人難養，孔子作出此種侮蔑女性的論點，不知憑什麼證據？理由是「近之則不順，遠之則怨」乎！女人心難測，難道男人心就直率坦白不彎曲嗎？孔子一定有妻子、媽媽、祖母，但史家卻未記載他是否有姊妹以及女孩，這些「女子」，給他的印象，難道形同「小人」嗎？

　　4. 束脩是教學條件中的「充足條件」（sufficient condition）（「有之必然，無之不必然」）──呈上「束脩」者，「必」被孔子收為門徒呢？還是「必要條件」（necessary condition，「有之不必然！無之必不

然」)？教與學，師與生，二者之間，含有一層情感上的複雜關係。若與其後馬克斯（Karl Marx, 1818-1883）之以經濟因素作為歷史演變的主軸，二者雖易牽強被扯上，但亦不無瓜葛！兩千多年來，支那的民間習俗，甚至官方的祭典大禮，都有「呈獻豐厚牲禮」之心理壓力。漢唐以後，由於儒家大唱「天人合一」的占卜，「元亨利貞」四字，正是「束脩」二字的遺風，拜神者不管誠意如何，（這是內潛又主觀的）；但外顯又客觀的表現，就是一開始（元），就獻「享」（亨）魚肉，如此就有「利」於可得利又有利的符籤（卜）！此種流風，即令到了二十一世紀的今日，也普及於台灣各地。中元普渡（農曆七月十五）之祭拜，大魚大肉，殺肥豬宰雞鴨等，並備辦酒饌，可獲「國泰民安」的心理安慰！猶如父母包送給老師的「束脩」見面禮，可以「保證」教師必極有可能更熱心栽培了。神明之保佑，若也「有廕無類」，則又怎會牲禮或貢物有懸殊之差呢？漢代以後的「元亨利貞」四字，正可與論語之「束脩」二字，搭上緊密關係！

「移惡風，易壞俗」，本來就是讀書人的抱負。但有此醒覺之士，最大的阻礙，就是最大多數的「眾人」，皆處在「不知不覺」或「後知後覺」中。因之，作為「先知先覺」者，在「喚醒民眾」的任務上，極有可能變成「人民公敵」，「惹眾怒」，「遭人怨」，甚至陷入生命危險；遇難被殺之悲劇，不時上演！蘇格拉底及耶穌就是顯例。「言論」、「觀念」、「行為」，遭「常人」反感；與其「曲高和寡」或「孤掌難鳴」，不如「從眾」；但如此可搏得「萬世師表」或「至聖先師」之封號嗎？孔子只是個「路人A」或「路人B」而已吧！他怎可唱和庸人之說法，認為「女子」不該有教育機會呢？持論與當「時」之眾人呼應，此種才具，只是庸等貨色，又那稱得上「智」呢？

四、孔子之說，有足供誇者：

可惜！此處所指「並非一無四處」的「優點」，卻在史上少人或無人提及。且真正該表揚的極可能未獲孔子之心。

㈠「不二過」

孔子最得意的門生是顏回。難得的是孔子指出「為什麼」他要讚美這位不長壽的弟子（史上所記顏回的歲數，長短不一，此事懸疑。但長壽或短命，在人生意義上，差別不大）。

1. 顏回之所以大受孔子推崇，原因之一，就是「不二過」。可見，顏回曾犯了「一過」，但未曾犯「二過」。又有誰敢稱一生從未犯過「一過」？連一過皆無，這是絕無僅有，也絕非事實。孔子也自承，年逾七十，「才」不逾矩！可見七十歲以前，「逾距」過，也就是犯了過！顏回生卒存疑，但未比孔子長壽。如果顏回也活到七十或七十以上，或許犯的「過」，不會只一次！還好，他因歲數少，犯過次數就少；但曾犯一過之後，就未再犯「二過」；這是難能可貴的，也非平常人可以達到的水平。

但過有大有小，孔子或弟子也說：「大德不逾短，小德出入可也」！其意即大原則不違背，小差池呢，不必計較了！至於大過及小過二者之區分，由自己判定呢？還是他人？眾人皆知，自以為是小過者，他人極有可能判為大過。反之亦然！

遵從孔子學說的後代教育工作者（台灣中小學校校園裡，幾乎都有一尊孔子銅像，甚至大學也有），竟然不依孔子作風。孔子至少不譴責顏回犯了「一過」！但現在的教育當局甚至家長，當學生或子女犯「一過」時，就予以「記過」，這又那稱得上深獲孔子之心呢？台灣人說，「神仙打鼓有時錯」，洋人說：errors or mistakes are always instructive（錯或誤，常帶有教育意）；「失敗為成功之母」，不是「青年守則」之一嗎？連一過也不准犯，顏回都辦不到，孔子稱許他的是不犯二過！一生不犯二過者，的確少之又少。第一次射擊即中紅心，這極有可能是運氣好，或絕頂高手。一般人都是「嘗試錯誤」（trial and error）數次後，才有可能「嘗試成功」（trial and success）。陸游詩曰：「嘗試成功自古無」；杜威（John Dewey, 1859-1952）的得意門生胡適，看不過去了，提筆寫了一首：「嘗試歌」：「嘗試成功自古無，放翁這話未

必是！」（陸游，字放翁）還說「藥聖嚐百草，嚐了一味又一味！」
又如「名醫試丹藥，何嘗六百零六次」！有一種治療梅毒的藥名，即
606；因該藥試了 606 次才成功。發明大王也是人間極品天才的愛迪
生（Thomas Alva Edison, 1847-1931）試了燈管燈絲五千種，最後才成
功；雖耗了不少代價，但「告訴世人，那五千種都不管用」。成功的代
價，出奇得高；但若只犯了一過，就喝斥、打擊、責罵、退學、開除，
甚至囚禁、凌虐，則又那有品嚐甜美果實的快感呢？竟然教育界幾乎
無人表明「不二過」的可貴！其實「不三過」，「不四過」⋯⋯，不也
都帶有教育價值嗎？聖奧古斯汀（St. Augustine, 354-430）及盧梭（Jean
Jacques Rousseau, 1712-1778）兩位學者，都到年齡不小時才撰寫《纖悔
錄》（Confessions），兩人都不只「犯二過」；現代的家長或校方教育人
員，連一過也不許學生犯，標準比顏回還嚴，不是大大的與孔子說法大
唱反調嗎？

　　美國當今大學長年享有全球第一的哈佛大學（Harvard University），
在 1869 年由伊利歐特（Charles Eliot, 1834-1926，或漢譯為「義律」）
連任該校長長達40年，使該所本來只是地方型的小學府（local college），
一躍而成為「舉世環球名大學」（international university）。他在日記上
記載一件頗有趣的故事：冬天清晨他在冰天雪地上騎馬，不小心跌倒在
老校長宿舍面前，跌聲驚動了老校長；前任校長開門一看，一睹年青新
校長跌倒在地，馬上上前慰問他是否受傷。新校長很不好意思的稱謝。
但老校長卻嚴肅的板起臉孔質問，被馬摔倒，此次是第幾次？新校長回
以「第二次」！老校長告訴他，第一次摔倒是馬的錯，第二次就是你的
錯！口吻似乎有孔子風。新校長從此銘記在心。

　　顏回不犯二過，真是不容易。由此可知，他曾犯過一過，而孔子認
為犯一過是人生常事，不記在心上，也不予斥責。只是他曾犯的「一」
過，不知是什麼，《論語》一書並無記載。

　　由此也可推論，孔子自己既認定犯一過沒什麼打緊，是否孔子也曾
經犯一過，更不知他犯的那一過是什麼？《論語》一書對此也無隻言片
語交代！

2. 其次，「過」的嚴謹解釋是，若犯的二過，與犯的一過，完全或幾乎等同，這時犯的二過，就着實不該了！犯此種二過的人是不用心、不費腦筋，且智力與判斷力有問題！比如說接發球！若對方發的球速、方向、性質，皆與第一次同；第一次回球若碰網，第二次也如是，則接球者的 IQ，必有問題。但若第二次接的球 outside（出界外），這是不可嚴責深怪的；因為接球者修正了第一次的錯（用力太小）；第二次的錯是用力太大，則第三次可能向右偏，第四次向左偏，這都是「正常」現象，少有第二次就安然接個「好球」的！

教學那有那麼廉價的，一試及第，一桿入洞，這都是夢想，也不具「教育」（教訓）意義。孔子誇獎顏回「不二過」，可惜不少老師連學生犯一過也不放過，真不悉孔子的「諄諄」教誨！

第三，擴大言之，支那兩千多年的歷史，或是其他古老國家的歷史，犯的過又何止二次，卻是數十次、數百次、數千次之夥；且是週而復始，始而復週，循環且性質不變；好像是個不受教的野孩子或是笨瓜，學不到教訓！以中國史而論，開國皇帝不一定是「明君」，但末代皇帝「必」是「昏君」或「暴君」；一而再、再而三的從頭來，甚至比以往更不堪，導致生民塗炭。卻未有一儒生想辦法為其解套，設計出善策，只眼睜睜的束手無策，任令改朝換代時的滅九族或鞭屍！

3. 其實，孔子在「知過」上另有一段佳話，可惜歷來學者皆不予以關注。首先，他不滿顏回的為學態度，因為「回也，非助我者也！」他首屈一指的好學生，孔子認為對自己的「進境」無助。更難能可貴的是，此處孔子舉出原因了，該原因確實該在學術史上大放異彩，即「予吾言無所不悅」！顏回對老師的言說，都是額首接受，且「禮恭」、「色從」、「辭順」，這是平庸輩教師最深感痛快的教學經驗。可見孔子在這方面確實高人一等。若顏回對孔子所說的每句話，皆「無所不悅」，則頂多在水平上與孔子同位階，大多數卻都位居其下；如同運河水流一般，下游高度一定低於上游，因之「每下愈況」（每況愈下）。孔子此種「警句」，確實含有高人一等的智慧。但可惜的是，孔子在這方面沒有為文大談特談，詳細又具深度的追究師生相互唱反調的重要價

值。並且，孔子為何殺了少正卯呢？是否後者不如顏回的和顏悅色，致使孔子「聞過則怒」，且不止怒而已，還予以死刑侍候呢？一般人的休養，都是喜聽順風耳的甜言蜜語，不知「良藥苦口利於病，忠言逆耳益於行」；聞過不只不怒，且還聞過則「喜」，還稱謝，這才是一流學者該有的風度。

4. 最後，孔子也認為他「有幸」，在「過」上，他人必知之；「原因」是他是「名人」。因此，一言一行都無法掩飾，他及弟子子貢也比喻如同太陽，陽光普照時，人人不以為意，甚至不知太陽之存在；但一旦日蝕了，則眾人皆覺怪異。此時，「仰頭望之」，一付「尊敬」之情！孔子還釋為「仰望看太陽」，是在注意太陽之蝕已漸失！「改過」比「犯過」重要；誰無犯過，但改過者少；一旦改過，才引起他人之寬心且尊敬，改過自新了。衡諸常情，即令當今社會，凡受刑人出獄後，一般人也難以接受他（她）們有重新謀職的機會。當然，犯過者該有「具體」行為，證明自己不但悔過了，且也積極的行善以彌補過去的過失。

發揚或熱捧孔子「偉大」者，着實該在上面所舉的「知過」且「改過」上着力；則一部支那思想史及教育史必將改觀，且可能因此臻頂尖極品地位！

5. 孔子學說，除了上述足供評論之外，我在《中國教育史》及《中國教育思想史》二書（台北文景），也提及數事。上述所提，是近年思考所得，且還未曾由先人提過者。

不容諱言，孔子被中國人封為史上首屈一指的最偉大思想家，的確言過其實。若放在整個中國歷史文物中予以評價，他確實未必可獲此嘉榮；若擺在環球學術史上，則光澤更昏暗。可笑的是 1960 年代，台灣竟然有人感嘆中國學者聰明過人，卻還未有一人獲諾貝爾獎；因之突發奇想，深盼政府或有關單位，自動向諾貝爾獎委員會推荐，孔子是唯一獲獎者。果真孔子得獎，也不增加他多大的榮耀，但萬一落選了呢？豈不大傷中國人的心！萬挑億挑只單挑孔子，若名落孫山呢？不知中國人臉往那裡擺？

　　《論語》及其他不少中國「古典」，最大的敗筆，就是只提供「答案」，卻極少談「理由」；忽視知識之動態性，只具記憶或堆積功能；僵硬了「思考」、「分析」、「批判」等作用，對「教育」着實大傷。具體來說，孔子的「述」而不作，不在於「論」，而只重「記憶、背誦、朗讀」。要命的是學生竟然不反問、質疑、挑戰。Knowing that, when, where，只及固定答案，時間、地點，而絕少及於 knowing why, knowing how 此種活潑的刺激性。追根究底（inquiry）嚴重欠缺！「為何十五歲」才「志於學」？「為什麼三十歲才立」，而「立」是何意，可與「違」通嗎？「己立立人，己達達人」，有如此簡單嗎？四十歲就不惑了，口氣這麼大；五十歲就知天命，什麼叫「天命」呢？至於六十歲就「耳順」，什麼意思？年屆70，可以「從心所欲而不踰矩」。這些這些，都可以長篇大論，怎可三言兩語就交差了事呢？其餘的《中庸》名句如「天命之謂性」，提出者又不詳說何謂「天命」，既以「天命」作為「性」的定義，這麼嚴肅的話題，一句話即交差，實在太草草了事了！虧兩千多年的支那學者，竟然對此不起疑，還奉之如同聖經一般的誦之、背之、吟之！

　　由於「先人」早對此閉口不語，聞者也到此止步，循致於接棒者擬予以補粧，「一經說至數萬言」；又本著「既經聖人言，議論安敢到」的「孝順」作風。清代時四庫叢書數十萬冊的經史子集，盡存在著似懂非懂的資料，熱愛冷僻，又盡舉眾多罕用的怪字奇語，億萬學子虛耗青春歲月，蹉跎其間，「可惜許多人才」！《論語》出現的許多段落，都使讀者有晦澀不明或難解的語辭。其後這些「過」，後人不知，或知而未改過，且犯過更深，玄之又玄，昏昏沉沉，頭腦不清楚，似乎只在耍文字語言遊戲而已！

　　㈡「正名」

　　孔子學說的一項明顯意旨，就是大談「正名」。正名，就是要下定義。但學術界一直爭論不休的，卻也就是「正名」。

名正則言順，言順則事成，事成則禮樂興，禮樂興則民可措手
足，民可措手足則天下太平。

這是指「名正」。至於「名不正」呢？

名不正則言不順，言不順則事不成，事不成則禮樂不興，
禮樂不興則民無可措手足，民無可措手足則天下大亂。

可知「名」之「正」或「不正」，不可等閒視之；卻是一言足以興
邦，一言足以亂邦。

上述引的兩段話，從現在邏輯立場而言，稱為「累進式」（sorites）；
支那從此對「累進式」喜愛不置，幾乎無一學者之為文，與「累進式」
絕緣；其他學派，如道家也是如此。「道生一，一生二，二生三，三生
萬物」；至於「道」如何生「一」，「一」又如何生「二」；或「易生陰
陽，陰陽生四象，四象生八卦」……此類例子甚多。不過，歸根究底，
「正本清源」，都與「正名」有關。

1.「名」之注重，「名家」在此方面特別擅長；儒家則力主
「實」，且大力貶抑「名」。其實，儒家的「太上皇」孔子，不正是首舉
「名」該「正」的大旗嗎？

從邏輯觀點言之，「名」之正，皆還原到「名」本身，邏輯稱為
tautology。這是維根斯坦這位二十世紀邏輯大師創作的新名詞，台大哲
學系教授殷海光將之音譯為「套套邏輯」。tautology 之意，可以闡釋為
繞圓圈後又回歸本身。孔子舉的一例，就是「政者正也」。在漢字之文
及音上，「正」與「政」二字，音同，意亦同，這是佳例。孔子既力倡
「正名」，則不但政治學說取其為核心，要求「正」，及「己身正，孰
敢不正」；皇上自己以身作則，在上者風，在下者草，風行草偃；教育
學說亦然，師正則生正，反之亦然。

「雲起於何處？」答以「雲起於起處」；淡水河發源於何處？答以
「淡水河發源於發源處」。類似此種作答，必定答對。tautology 之意，
是「同語反覆」；若 P 則 P，P→P；在「真值表」中，皆「真」；［（A

→ B）& A]→ B，正是 P→P 的變形；[（A→B）&（B→C）]→（A→C）之所以是「有效論證」（valid argument），也因為該式是 tautologus。

不過，P→P，雖一定「真」，卻對該「命題」的「認知」上，未增減分毫；我就是我，台灣就是台灣；文言文的形式，就是「台灣者，台灣也！」此種陳述。但對「台灣」之瞭解，未有任何幫助。

支那古典哲學資料中，有一顯例標示出，「正名者，正名也」，到底何意？

> 子墨子問於儒者曰：「何故為樂？」曰：「樂以為樂也。」
> 子墨子曰：子未我應也。今我問曰：何故為室？」曰：「冬避寒焉，夏避暑焉；室以為男女之別也。」則子告我為室之故矣。今我問曰：「何故為樂？」曰：「樂以為樂也」！是猶曰：「何故為室？」曰：「室以為室也」。

上引文之「儒者」，回答「何故為樂」一問，真獲孔丘真傳；可是無法滿足子墨子之好奇心。「樂以為樂也」，此種回答，若一成流風，甚至臻「標準答案」，等於形同耍文字遊戲。此種問答，了無意義可言，對問者知識之增加，毫無幫助。

2. 這就涉及到「本質性」（essense）或真實性（reality）之探究了。以人性作為一部支那哲學史核心問題而言，何謂「人性」？即如何對「人性」下一定義。若仿孔丘的作答，可回以「人性者，人性也」嗎？

一部支那哲學史，幾乎可以說是一部支那人性論史；加上儒家的泛道德主義（pan-moralism），「善」、「惡」、「善惡混」、「無善無惡」等說法，陸續出現，儼然獨佔了支那思想家的著作篇幅。「人性本善，或人性本惡」等之對立，至少比「人性者人性也」，較進一步的邁出些許距離。

在這方面，支那哲學家就比亞里士多德失色了許多。亞里士多德為一切的萬有，拋出「本源」或「元素」論，如除了一元論之「水」、「火」、「土」、「氣」外，另有「水土土氣」、「不一定」、「原子」等之論爭；還提出「四因說」。「本質性」論題是十足的抽象，卻可具

體的以它的「屬性」（attributes）來呈現；「屬性」是附屬於「本質」上的。亞氏說，本質的「屬性」有四：一是質料因，如問：桌子是什麼，或什麼是桌子；就答以「桌子是木頭作的」。木頭作為桌子的「質料」。二是形式因，如桌子是四方形的或圓形的或三角形的；三是目的因，如桌子是作為讀書用的；四是動力因，如桌子是工匠所作的。亞里士多德所提的四因，非常窮盡。試問他人還可提第五因嗎？哲學家思慮之週全，由此可見一班。

柏拉圖或蘇格拉底對人之性，思考重點所強調的是，人性在「本質」上有「理性」、「情性」、及「欲性」；若只談「性者性也」，此種「正名」，確屬無誤沒錯，但該定義等於無定義，只是繞口舌而已。若把「性」作「理、情、欲」之分，就令人一新耳目了。儒學者注意焦點，竟然視「食色，性也」；把性或人性分成兩類，即「食」及「色」。

3. 至於把「人」作什麼定義呢？「人者人也」，此種正名，能增加吾人對「人」的瞭解嗎？還好，孔子一群儒生有另外的「正名」，如「人者，仁也」（孔），「人者義也」（孟）；孔曰成仁，孟曰取義。以「仁」釋人，與以「義」釋人；二者到底有何異同，也累壞了不少文人！至於又以「忠恕」等分解之，但能否達到「人」之「正名」（正確定義），這都大費週章！

本書早已提及一部支那思想史，就等於一部人性論史；而人性論史又在人性本善或本惡等方面大作文章，表明支那學人之泛道德主義作風。一提到人，儒生所注意的核心，圍繞在「善」「惡」這種「德目」上；相較之下，西洋哲學家尤其是神學家也相當注意人性之本善或本惡上；但自蘇格拉底以還，卻有更多哲學家爭論人的「知」這種層面，咸信人在萬有中所獨特的性能或功能或能力，就是在「知」上可穩坐萬物之靈的寶座。因之，亞里士多德把「人」定義為「理性的動物」。人與馬或牛，同屬「動物」，也都有與牛馬相同的「動物性」；但卻有一項「差別」（differentia），即「理性」（reason）；「理性的動物」（rational animal）「是」且「只是」（is and only is）「人」。「有且只有」（if and only if）人，才屬理性的動物；理性之屬於人，才使「人異於禽獸」。值得注意的是儒家一批人卻撇開理性，而大談特談「禮」，甚至也可以說「理者禮也」；因此有孝之禮、喪之禮、婚之禮、成年人之禮等。西洋人重知，支那人重禮，由此又可見一般。

　　有趣的一件「巧合」，是荀子曾把人定義為「非二足而無毛也」。柏拉圖去世後，一批門生圍繞在「學宛」（Academy柏氏弟子教學的場所），費神於「人」之定義上，在耗時費勁的辛勤苦思結果而有了答案時，這群二流貨色的柏拉圖門生，以「二足而無毛」（featherless biped）來定義「人」。不意就在興高采烈之際，一位較出色的門徒突然從學苑門牆外丟入一隻二足又無毛的雞，眾生在歡天喜地大開慶功宴之際，訝異的警覺到這突如其來的「二足而無毛」物，可是一瞧，並非「人」時，才醒悟開竅。東西哲學文獻裡，偶而有此種軼事，確實令人莞爾一笑！

　　4.「正名」並不簡單；下定義是多麼的不容易，尤其下的是「放之四海皆準，俟之百世不惑」的「絕對」性真理。哲學或其他學科名詞之定義，要下得精準，都是頗為複雜且艱難的任務。四世紀時的奧古斯汀，在《懺悔錄》中提出一極有意義的例子：一般人常使用的「名詞」，若予以「深究」或遭「質問」時，本以為一點無疑義的，卻「不知所云」了！他提的例子是「時間」（time）。什麼是時間，此一問題當未遭他人起疑時，吾人自以為深悉時間是什麼，但一旦一思再思，則「什麼是時間」，就不怎麼好作答了。基督教認為時間有始有終，一切的「本有」，都是上帝所創，包括時間在內。上帝未創之前，無時間存在。但亞里士多德則認為時間無始無終。至於時間是相對的還是絕對的？一日如三秋呢？或三秋如一日？前者指時間過得極為緩慢，後者則是光陰似箭，日月如梭；因之又有人把時間分成物理時間及心理時間，二者是有差別的；物理時間是客觀的，大家皆同；但心理時間是主觀的，因人而異。

　　由於如此，不少思想家在下定義時，不用「是」（is）而採「似」（as）。美國教育哲學大師杜威的名著，對「教育」的定義不敢大

意，他注意到用詞的重要性（the wording is very important）。名句如 education as growth, life as education, school as society, art as experience 等，不一而足。注意，as 與 is，二者之「別」（*differentia*），不可不慎。一般人也能區分光陰「是」箭，是「錯」的說法；改為光陰「似」箭，才「有點」正確。「如坐針氈」的過一分一秒，又怎能與一眨眼已過數十歲月相比呢？

　　5. 有趣且也較具引人深思的話題，是二十世紀以後的「中國」及「台灣」，都為「國家」的「正名」，紛爭時起。兩千多年的「中國」這個「古國」，在過去歷史中，以何「名」來宣示國名，是莫衷一是的。但大體而言，「中國」兩字在古書出現者有，但該二字幾乎不是「政治名詞」，而是「價值名詞」；其意即該國攬括一切最高價值。一來是居於環宇之「中」，他國都屬邊陲；二來，該國文風鼎盛，他國則未開發，屬蠻荒地帶，都得向「中國」俯首稱臣，還被貶為夷、狄、狁、獞、閩……，甚至禽獸皆不如。Hawaii 漢譯為「夏威夷」，漢人自稱華夏，至於太平洋一大島且現為美國一州，則住滿「夷」人，大受「夏」所「威」！

　　「中國」二字之「中」，儒書《中庸》早有「定義」，也是「正名」。「中」之定義為「喜怒哀樂之未發，謂之中。」「和」之定義為：「發而皆中節，謂之和」。又續言：「中也者，天下之大本也；和也者，天下之達道也。」「致中和，天地位焉，萬物育焉」！既然如此，為何不表揚「中和」而以「中庸」為書名呢？「庸」字之正名又是什麼？

　　一般人所了解之「中」，即「不偏不倚」、「恰恰好」、「不多也不少」（nothing too much, nothing too less）。至於什麼是「喜怒哀樂之未發」稱為「中」，該狀態又是什麼？古書也未明言，後代人也沒探究！

　　以「中」自居，其他國都伴侍於側，眾星拱月，洋洋得意。中國人真不悉天文地理。地球是圓的，地球上的任何一塊陸地，都可稱為地球之「中」，其他國家也有資格稱「中國」。「中國」之名，不能為任一國的人們所獨享。兩千多年的「中國」政治演變，大皆以朝代為政治名詞；唐、虞、夏、商、周、秦、漢、三國、魏晉南北朝、隋唐五代、

宋、元、明、清；「清代」常與「外邦」發生軍事衝突，外邦人士所悉的這個東方古國，幾乎皆稱之為 China 或 Sinica，是取「秦」之英文或拉丁文，日人譯為「支那」。不少「大清帝國」的君臣，也知悉此稱呼。大清帝國史料檔案中出現與英、法、德、日之戰爭或條約，大半以支那稱呼「中國」。或以「清」代表「國名」，如「清日戰爭」或「支日戰爭」等。

　　但「中國」政府官方卻認定「支那」二字帶有種族歧視，大損「中國」威風，因之極力反對外國人使用「支那」兩字中文。清朝亡國後，繼起的兩個「朝代」，一為 1912 年的「中華民國」，一為 1949 年的「中華人民共和國」，都簡稱為「中國」；該兩朝代，位階形同「大清帝國」、「大明帝國」、「大宋帝國」、「大元帝國」等一般；如果「中華民國」及「中華人民共和國」的政府不喜「支那」二字，為何不把依「支那」所音譯的 China 取消呢？聯合國開大會，「中國代表團」席位，以及奧林匹克運動會等場合中，「中國代表」不就坐在標為China之下的座位嗎？全球的國家之國名，漢譯時都取「音譯」，China不是「支那」的英譯嗎？如同 Japan 是「日本」一般。既然「中國」政府討厭「支那」二字，就該把「中國」「正名」啊！China 譯為「中國」，英文有如此「笨」的嗎？無獨有偶，「中華民國」又怎可音譯為Republic of China？正確的漢譯該為「支那共和國」。心中有鬼吧！另一「國家」可以在這一層面上與之陪伴的是「大韓民國」。該國歷史演變也極為坎坷，目前該國政府也如同「中國」一般，不願把 Korea 漢譯為「高麗」；稍通英文者皆悉，Korea 的發音不正是「高麗」嗎？怎可譯為「大韓民國」呢？「支那」與「高麗」，又那有「貶意」？倒是「中國」二字確是吃人夠夠。[6]

　　6. 不管是「中國」還是「大韓民國」，二者都位於亞洲。二者都大受儒家文化的影響，且長達二千多年。其中「中國」的文化，還

---

[6] 梁啟超主張以「中國」為國號，卻也自承「未免自尊自大，貽譏旁觀。」不過，「雖稱驕泰，然民族之各尊其國，今世界之通義耳。」鄭欽仁，《中國現狀與歷史問題》，台北，現代學術研究基金會，2019, 16。

曾支配過日本等環繞在中國四週的亞洲其他地區；而蒙古族的鐵蹄，除了在「中國」稱雄而建立「元朝」之外，更曾佔領過現在的俄羅斯（Russia）甚至過去的蘇聯（1990 年，Soviet Union，蘇聯解體）。元朝所建立的版圖之大，不亞於羅馬帝國；或亞力山大的馬其頓王國，後者橫跨歐亞非三大州。蒙古人與俄羅斯的斯拉夫民族一般，軍事侵略遠比政治治國容易多多；可以馬上「得」天下，但要馬上「治」天下，又何其簡單！「中國」歷史到了唐或宋時，一套嚴密又週詳的「文武百官」制度，已不只粗具規模，且由於盛行科舉考試，歷經文舉與武舉之「秀異精英」，無不崇拜孔子及關雲長；在台灣的文廟就是孔子，武廟即關公。這些文武「將」才，也銘記孔門家訓：「忠臣出於孝子之門」。儒家經典上的「君要臣死，臣不得不死」；諸葛亮的「鞠躬盡瘁，死而後已」，「臣一心無二志」。這些「古訓」，不只眾官及百姓死心塌地的盡瘁於斯，文化氣息上更使中國之外的藩屬之本來統治者，在一接觸儒家文化後，無不崇奉得頂禮膜拜！因之，四夷之屬地，普建了孔廟且也行科舉。

　　但是這套體制及思想觀念，其後受到歐風美雨的侵襲，已經引發強烈的反彈；告別儒家且全盤西化，早在十七世紀首先由俄國的彼得大帝（Peter the Great, 1672-1725, 1682-1725）所發動，他特別欣賞歐洲，尤其德、荷、英等國的科技。極力排除元朝遺留下來的遺跡。一方面在政治上去除了蒙古人的鐵蹄蹂躪，另一方面支配了歐洲的政治秩序（political order）。其次，十九世紀晚期的日本明治天皇（1868-1912），重用服膺「蘭學」（荷蘭學術）的教育學者福澤諭吉之「脫亞入歐」論，不多久，日本國力即在亞洲稱冠；且迄今為止，是環球民主、科技、文教水平傲視亞洲的國家；更就人民之衛生習俗、守法觀念、誠實不欺美德，整齊有禮等方面，東方無一國家或民族，堪能與之比！台灣在日治時期有人不明究理，還如同大清帝國的漢人（滿人亦同）一樣的在觀念上，仍囿於古老的「我族中心主義」（ethnocentrism），瞧不起日本民族已搖身一變而足以與歐美並駕齊驅，竟然仍以籠中鳥或井底之蛙一般的視日人為倭寇，痛恨淪為異族統治！不少台灣「精英」，即令

是 1921 年成立的台灣文化協會之要角，還懷念中國；而 1895 年亞洲首創的台灣民主國，還以「永清」當國號呢！切不斷的臍帶，甚至延到 1945 年二戰結束，數以萬計的台民或師生還歡欣鼓舞的迎王師——蔣介石的「國軍」！台民只要稍加比較，從大清治台兩百多年，對照日本治台 50 年，二者留下來的治績，難道看不出後來者遠遠居上的亮麗成果嗎！1935年，日本在台「始政」40年，在台北市辦理萬國博覽會，向環球展示台灣的各種突飛猛進的生活水平！這些這些，都會在「省思」及「知過」並「改過」的過程中，引發「該」或「不該」的轉移吧！

五、超越

一個人的視野，經常被蒙蔽而不自知，還以為所見是一清見底。王陽明有一首詩，胡適喜歡引用：

不畏浮雲遮望眼，只緣身在最高層。

坐過飛機者都有經驗，飛機在雲層之下或許是一片烏雲密佈；但一昇高在雲層上，則視線無遠弗屆，一片晴朗；肉眼如此，心眼更需如是！英哲兩位前後的培根（Roger Bacon 及 Francis Bacon），都有去除偶像（idols）之論。

去山中賊易，去心中賊難。
身陷囹圄猶有救，心繫牢房無盡期！

(一)意識型態

意識型態套牢了人心。台大殷海光教授將 ideology 譯為「意底牢結」，確是傳神。從漢字就可解其意。人人皆有意念（理念、想法、觀念、主張、立場，這是英文 idea 一字之意），但若固執不變，這就冥頑不靈了，猶如「鞏固力」（concrete）強如水泥一般。該理念深臥底處，牢牢纏住，再如何也打不開內心的門窗。這種人最無救了。孔子以

還，知識份子（讀書人）能不受時空所限者不多，甚至還歌頌「聖者時者也」；不少「國學大師」為孔子之蔑視女子，常以此為藉口，替他脫罪。理由是當「時」的人不只普遍，甚至全部皆視「女子與小人難養」！也絕不給女子教育機會，更不用說政治掌權或家政掌錢機會了。如果此說成立，則孔子又何德何能夠資格被封為聖人呢！聖人該有先知先覺，視野在浮雲之上；凡人眼睛常被掩蓋，近視、斜視、亂視；孔子如能也敢糾正平庸者見解，且身體力行，但後果之一，他極易變成「人民公敵」，且被貶為敗類，遭遇如同古希臘的蘇格拉底、基督教主耶穌，或其他學術史上展現改造時代並促使社會進步的一流人物一般的入獄且死於非命！一部學術自由史，正是一部血淚交織史。這些精英之受人崇拜與尊敬，大半都在死後才享哀榮；生前雖「德不孤」，卻無鄰，友伴遠他而去；故人、好友、甚至與之絕交、斷袖！獨見者必然是孤獨的，統計學上的常態分配，趨極端者皆是少數！

　　哲學上常見「超越」（transcendent）一字，但不少一流哲人如黑格爾卻提出一種立論，to be is to be right。把「is」當成「right」。其意也就是「事實」就是「價值」；凡是「事實」，必也是「價值」。或凡是「存在」，必具「價值」。從「歷史哲學」而論，歷史（時間）上存在著（空間）的，都是價值，且是最高價值，也是最具永恆不變性者。

　　若有人提出反駁，試問「事實」範疇可以完全等同於「價值」範疇嗎？這不犯了「範疇謬誤」（fallacy of category）了？宇宙間存在數不盡的「事實」，難道一一具有價值，且是最高價值嗎！此一哲學議題，可以作如下解析：

　　1.「事實」存在，若能「繼續」存在，則「繼續」且具「永恆」性者，試問不具價值甚至最高價值嗎？當今常用語中的「普世性」，就是指此。比如說誠實、信用、負責、健康、民主、毅力等。

　　2. 存在的時間若久、空間又大，或許價值層次也高，但難保不被推翻而絕跡，屆時就已非「is」（存在的事實）了，因之失去了「right」（應該）的地位；所謂時間久及空間大，這都是相對性的。「久」指多久，「永恆」嗎？is（現在式）有可能成為 was（過去式）；或 will be

（未來式），則未必然。空間亦如此。試問「台斤」必可作為「公斤」嗎？支那婦女的纏足習俗存留八百多年，科舉考試制度盛行一千多年，文言文得勢時間甚久；但因「價值」不高，「應該」不許讓它繼續存在。設若真能過去、現在、未來都「必」存在，則相信其「價值」也「必」最高。

3. 不少人以今批古，認為這對古人不厚道；但今批古，若站不住腳，則難免今人也必被後人所批。問題是：難道沒有一種「價值」是永久存在的嗎！真理的「絕對性」及「相對性」爭論頗多，但「思想」不是有「三律」嗎！「理」有「真」的層次，且已抵「至真」的地步，百世不惑。簡單言之，算數上的 ＋－×÷ 或四則運算，難道它不是既「存在的事實」也具「價值」嗎？

2＋3 是（is）5，也「該」是 5；2＋3＝5 是「對的」（right）。right 這英文字，有「對」或「該」之意！

「事實但無價值者」，竟然也存在時間甚久，且空間（範圍）甚大；原因不外就是因為人類推理力的不足所造成。支那人傳統的孝順父母及臣伴君之道，極為不合「理」。但為何存在那麼久，且奉行不渝，人數之多也驚人，個中原因頗值哲人深思反省。迷信之破除，惡風敗俗之廢棄，亦然！

邏輯推理上的基本「公設」（axioms），若一旦被推翻，必定成為學界天翻地覆的大事。不過，至少到現在，它還是顛撲不破的。tautology（套套邏輯），A 是 A，淡水河起於何處？答，起於起處！[（A→B）&（B→C）]→（A→C）等，都已成為推論的「前提」（premises），必然為「真」也「該」！

4. 至於若有早餐店公開佈告：吃一碗麵 90 元，二碗麵 180 元，五碗麵不用錢；或沿街叫賣者喊出，一物賣 30 元，二物賣 50 元等，這都是「權宜之計」或暫時措施。算法各人不同，擬與之交易者也視各人情況而定。《讀者文摘》曾在 1997 年 4 月號登出亞洲人誠實的等級。拾獲皮夾，內有現款，有些人不擬物歸原主，收為己有；但有些人不但交給政府公信力值得信賴的單位，更不願領受定額獎金；因為「不是我該

得的，就不該得」！哈！這句話不也是 tautology 嗎？當全民今後都恪守此條規則，則世界可能因此不會有不幸事了！當然，「人事」問題不如算術或邏輯「理則」之單純；有人在急用錢的當下，意外拾得內有藏錢的皮夾，正好可暫時疏困；這在「當下」的決定，不符合「理則」；但或許在「良心」這種普世性準繩要求之下，打算或決定日後一定償還，甚至加倍償還！可見真理之「時間」性，多麼的明顯！

(二)知識的時空性及重要性

當前有不少學界朋友為文，引用某一人的話，尤其是外文，卻不註明該「某一人」是「何許人也！」如生卒年代、何國人、在那一大學或學術機構服務……。當然，若是在史上頂尖人物，如孔子、孟子……或 Plato, Aristotle ……等，則不必費唇舌或文字予以註明，因為具備某一水準的讀者與作者，那些「大人物」都已與己行過見面禮了。不過，即令如此，「提供作者生平」，在某些狀況下仍有必要，可以加深對引語的認識。

1. 時空性：論語一開始的《學而》篇，就是「學而時習之，……」。不知孔子說該句話時，年齡多少了，何種情況下（如心情或感觸）才說該句。此外，孔子說該句話時，聲量大小、快慢又如何？而表情、體態等呢！斷斷續續！還是一氣呵成!?古人作書，都不用標點符號；對語意之闡釋，細膩度差了許多。標點符號之使用，藏有變化多端的語意！

「吾十有五而志於學，三十而立，四十而不惑，五十而知天命，六十而耳順，七十從心所欲而不逾矩」。對比在所有支那古籍中出現如此「精確」的年齡記載，真有「歷史」意！但又如何？就此引語言之，令人困惑之用辭卻不少，如「而立」及「天命」是何意？人生在世，四十歲就已臻「不惑」，真的是有點狂妄；年屆六十，所聽所聞所見的都「耳順」，確是「好命」，難怪他可「長壽」！由於未言「八十」如何，可推斷孔子壽數不及那麼多！「古稀」時可以「隨心所欲而不逾矩」，實在太不謙虛。「矩」是自訂的呢！還是「公共秩序」？至於孔子在他人逾矩時有何感觸或反應，則未有交代！

論語一書成篇之時，甚至「子曰」或「他人曰」時，「子」或「他人」是在何種狀況下，包括年紀、遭遇、刺激、感觸……，可惜皆未寫明，增加今人了解上的困惑，實為何惜！

2. 輕重性：「士大夫無恥，謂之國恥！」那麼比「士大夫」在政治、道德、教育上等影響力上更大的「人物」，即「國君」或「皇帝」，無恥呢？在大唱「德」的支那環境裡，「恥」是「四維」禮義廉恥之「末」，但並非不重要。讀書人只敢大罵責罰「士大夫」無恥，但造成風氣大敗壞的罪魁禍首之「無恥皇上」，卻未見隻言片語的指責！

勿在「瑣碎」事上爭執，見樹還得見林，否則就是井底之蛙、近視、短視了。

孔子曾說過：大德不踰矩，小德出入可也！大原則不違背才是重要的！至於芝蔴小事，無足輕重！

道家之老莊惠施等，都旨在「大」，志不在「小」。

莊子秋水篇：「計四海之在天地之間也，不似礨空之在大澤乎？計中國之在海內，不似梯米之在太倉乎？」

「天地之間」不只存有「四海」，另還有其他；廣大無邊的海洋裡，不是只有「礨空」那種石塊而已！太空一望無際，浩瀚無邊，猶如「太倉」中存有不計其數的穀物，怎能只見「梯米」而已呢？若以為「中國為世界之中」，復以「中國之中央為天下之中央」，此真莊子《秋水篇》所謂「井蛙之見也」！支那士人有如此超越時空的「大見」，可惜迄今支那這個國家，仍以居世界之「中」而沾沾自喜！宇宙之大並非只有「地球」一星球而已。「地球」之大，也更非只「一國」啊！並且地球是「圓」的，因之地球之內的任一「地」或「國」，都是地球之「中」，任一國皆有資格自稱為「中國」，不能由任一國獨占其「殊榮」！大力推展「中國文化」的人，都忘了這些嗎？

㈢消極、出世，且病態的人生觀

一切看開，人生都只不過是一場「夢」，不必太計較細節，「要八

戒，也要悟空」。外來的佛教更對此大唱坐禪、入定、忍耐、順從等諸「美德」，更符應了支那本土的儒道，因而形成的「理學」，更左右了支那人的思維。

1. 把一切「看開」，「想通」，以為原來人生是一場夢，更是一場空；富貴、地位、錢財、勢力，甚至歲壽，如彭祖（八百）兒孫繞膝；或受苦受難、被虐待、荼毒，慘遭殘酷凌遲，滅九族；女人受性侵、守活寡等，都是「命」，且「命中註定」。要認了，如此就可「安心立命」。想法如老莊、佛祖、玄奘或高僧之「本來無一物」理念，這的確是十足超越的千層絕境之修為；如果還稍有怨嘆，就抱著「狂風不終朝，驟雨不終日」詩句吧！總有雨過天晴日子。「寬心且待風霜退」，屆時還可「還君依舊作乾坤」。此種陰陽、好壞、善惡之循環報應說，盛傳於支那這個社會裡，也具有一種「心理撫慰」（psychological consolation）作用。既然人力無法挽回個人及群體（國家）的災運，不如逆來順受，甚至苟且偷生，不如此，又將如何！

物理及天文氣象上，的確有陰晴、月有盈虧、潮有漲退，因之稍安勿躁；戲棚肯站久的人穩贏。但人世倒不一定如此。或許又拿出一套：「善有善報，惡有惡報；不是不報，時間未到」。此種只具文學意味的托詞，並不符合科學語言意義。試問，若時間無限長，空間無限大，這在「討論界域」（domain of discourse）上，是徒費口舌之爭，一點實用價值皆無。

2. 以支那這個古國為例，歷史算悠久但善政如曇花一現，苛政卻不僅「綿綿無絕期」又變本加厲，百姓之受苦受難、文化之敗壞、人性之墮落、士風之不堪一睹，是一部支那史的寫照，更也是真情告白！相當罕見有擬「變法」且成功者。反而自大自豪自傲之心更烈，「我族中心主義」（ethnocentrism）無限上綱，視「非我族類」者，其心必異，其身可殺。儒學孔教健將之一的王陽明，到貴州砍殺四萬「苗人」，因為他們如雞鴨犬獸，不都為人所獵狩嗎？但台灣卻有「陽明山」、「陽明書屋」、「陽明大學」。漢人鄭成功帶兵到台，吳沙在喀瑪蘭等「開墾」也對原住民手下不留情，刀下又那能留活口？不只對待自己國境百

姓如此，且也視歐人或外人是下等族群，英吉利的舊名是「猓猙猂」，以「夏威夷」心態來自慰！還要求歐洲使節要穿唐裝，遞交國書更須三跪九叩；仕呈帝之奏文，自稱奴才！此種病態且陋習的維持，未見先知先覺者敢挺身而出。支那人卻仍有阿Q精神的口吻，「沒關係」！甚至以「老子被兒子欺負」了，來自我慰藉。阿Q的Q，顯然就是讀聖賢書、留鬍子、長袍馬掛的書呆子之形態！

每次（次數且多達數十次）改朝換代都是一幅慘不忍睹的畫面，此種「史訓」，似乎支那人不以為忤，甚至習之以為常。支那這個國不只內亂不止，且與隔鄰之國無一持有友善平和關係。「愛好和平」乃是因為衰弱不堪時的說詞；俟國威鼎盛，則東征西討年年用兵。支那不只與俄羅斯、越南、印度、緬甸、泰國等，時常兵戎相見，且交戰無有已時。又那有「太平天國」？且以「萬里長城」建築傲世！撥大軍平回亂及捻亂，苗族、藏族、維吾爾族等之大受殺戮，赤色中國，血流滿地紅！

3. 支那這個國家，由於地理環境的特殊，與世界其他可資較勁的文化或文明國家，長期以來未能有相互觀摩或學習之機會，導致於自我形成「唯一」又「獨特」（unique）性。有地球上最大的海洋，地表上最高峰的山脈以及大沙漠的隔絕而自成一體，與其他地區的文化、哲學、教育之發源地──希臘及拉丁，未有交流機會；長久以來遂形成一種心理，喻之為井底之見確實也非太過苛責。但兩千多年來由讀書人所醞釀而成的儒家，支配了支那人的思想、理念，結果依此為牢籠，囚禁了支那人數千年之久；即令到現在，此「巨靈」仍以九命怪貓似的成為中國人潛意識層的「意底牢結」（ideology）；衝破此種網羅，排除此種「偶像」（idols），由於根深蒂固，因之成效不彰；又執著於儒學既「博大精深」，且吸收力及融合力特強，因之還以為舉世若有傑出學術，也都不出儒學之外！支那既為環球之「中國」，自然也是舉世學術之核心及主軸。「中國」二字，在中國古書中少見；但今日，卻是數十億人口皆知的國名。潛存其中的心理變態因素不除，難以與環球先進民主國家人民和平相處，這不也正是國際糾紛的嚴重症候嗎？

第三節　支那及台灣教育文化或學術的「特色」

文化或學術，與其言「優缺點」，不如直接談其「特色」。

一、文字、語言、繪畫

支那以漢字作語言溝通及書寫的工具，支那人對漢字下的工夫，在下述數項下或許是舉世無雙，也為不少支那人所津津樂道者；且一生精力盡瘁於斯，構成為士最為輝煌的成就。與歐美重要文字相比，是一大特色。

漢字大部份是象形，也較具體化；歐美重要文化的語文系統，卻是拼音的、符號化的、抽象化的；漢字因之與書畫有密切關係。漢字的「書法」與「繪畫」，二者遂不可分。拼音字的英文也有 calligraphy（書法），但比起漢字，「等級」及「複雜度」，根本不可同日而語。支那讀書人除了熟背古經之外，一生歲月，獻身又醉心於書法與繪畫者最多。

1.先言書法：象形字在書法上，字「形」變化多端，遂演變成為一種「体」，「字体」如古人之王羲之体，今人之于右任体，其餘各書法家也展現其獨特的書法「体」，各領風騷。小學生的書法課，「永」字八法──寫「永」這個字，有八種「体」（寫法）。林語堂曾經說過，史上文字無一如支那漢字般的，一個字有二十幾種寫法。字除了表「意」之外，更蘊含有「美」的成分。書法要練到某種特有「体」（字体）的造詣，就得天天勤練，時時品味。「文房四寶」的筆、硯台、墨汁、紙張，都需特別考究。單就以磨墨而言，還需坐姿端正，以「收其放心」；「正心、誠意」，更是品德修為的座右銘。心無雜念，絕不許有惡念；淫慾之思，必斷然排除。這就與宋明「理學」家的旨趣，不謀而合了，更與道家甚至印度佛學或支那禪宗一拍即合。稍有知性的讀書人，就這樣子度過一生。書法家不但可依此謀生，還贏得友伴稱羨，甚至當今皇上還會賜匾供其懸掛書房！此風氣一開，前來請教或送束脩者，可能就絡繹於途。這種人，「利」及「名」已得，就比較不會怨嘆政局之

頹廢，吏治之腐化，他人之飢寒交迫了，對穩定社會秩序大有幫助。其實，逃避心態坐實在潛意識底層。「心理建設」之難，可見一斑！

2. 其次，繪畫亦然；學畫者能抵「畫家」甚至「名畫家」地位者，如同書法家一般；且畫中有詩，詩中有畫。山川風景、人物素描，甚至到逼真地步。曾有一畫家畫牛，幾乎牛身上的每一根毛，都畫得清晰可數，連照相或許都不如其逼真！相較之下，支那以外地區的畫家，咸少畫物與實物如此唯妙唯肖的；貓一睹畫中魚，頓時撲上來，以為如此可以飽餐一頓美食呢！

3. 象形字可以拆解，演變成文字遊戲，還依之為慶典節日的餘興節目，即猜字謎。端午、中秋、迎新春等聚會，成為重要的娛樂節目；把「羅」解為「四維」，將「妓女戶」視為「虫二」──「風無邊」為「虫」，「月無邊」為「二」；唐伯虎留下的「天才」佳句，也影響到台灣。南投有「虫二」茶鋪，宜蘭明池有「虫二」大石頭，北市永康街曾有「虫二飯店」。讀書人心思轉移到此處，正可以遊戲人生一番，但卻無睹於整個支那歷史改朝換代，殺人砍頭都以數十萬計，且苛政猛於虎，暴君兇虐……。「士」一生醉心又構思於漢字之「創意」上，不但可「明哲保身」，且還身心大感暢懷！

太平盛世時，士在上述諸項活動中，為「漢字」擴充並加深其意涵，或許還可諒解！但支那史上，兩千多年也難找有該種可以賞心逸志的時日！士的「見」，如同處在黑夜中，生理官能瞎了，心理官能也因之盲了！環球最多人口的「國家」，學子幾乎平生都處在淒慘無比的日子狀態中，只好又取「出家」、「來世」、「無為」的修身之道了。若把心「全」寄託在詩畫、飲茶、棋藝、書法或猜燈謎上，反正抱著顏回「不改其樂」的人生觀，也可把支那型構為「自我一格」的另類國度，還為其後自以為有志者的「治家格言」呢！

4. 文學用語多，合乎科學辭彙卻少，後者才可使字義文辭語句合乎「事實」與「推理」，也才是「真理的最大效標」。支那人是聰明的，I.Q.絕不低於其他民族──其實，公允的說，舉世的不同種族，都具此種天份與資格。「支那人是腦筋最靈巧的」，「二十一世紀是中國人的

天下」。類似這種話，都是阿Q精神的寫照，Q是鬍子的代名詞！「不聽老人言，吃虧在眼前」，「嘴上無毛，作事不牢」；「人」無鬍鬚的，是小孩及女人。其次，象形字為了加強語氣，每愛用「必」、「全」、「絕對」、「一定」──「話說天下大勢，分久必合，合久必分。」「虎父無犬子」。把話說死，正是一般支那人的性情。奇怪，支那文人出口或寫文章，類似此種禁不起經驗檢定的句子，俯拾即是。

　　相較之下，古希臘文化中，諸如此類現象，也經常出現。但在「內容」上，卻少文字遊戲，而多些「人生」旨趣的哲學議題。三大悲劇作家，英音譯是 Aeschylus（505-456 B.C.），漢音譯為埃斯庫羅斯，名著之一是 Prometheus（英音譯）。稍有世界史深度的讀者，「必」該知悉這位是「盜火者」，漢音譯為「普羅米修斯」。人之成為萬物之靈，主要因素就是會使用火。支那古史也有鑽木取火的燧人氏，安然無恙還大受支那人祭拜。古希臘向天神盜火者卻遭天譴，被綁在高山上讓老鷹啄食他的心臟。不過，他的心臟還會生長，一生遂全受此種折磨。其實這是一種「喻」（analogy）！人生在世，全有普羅米修斯遭遇者不多，但詩人每愛誇大其詞，語不驚人死不罷休，如此才聳人聽聞，一傳十，十傳百……。猶如希臘有個大島名為「克里特」（the Crete），「我們克里特島的人所說的話，都是謊言」。該句頗含知識真理論的「詭論」，從此傳遍文明世界，即是「謊言詭論」（liar paradox）。喜歡航海的雅典船夫，由該島返回家鄉時，遂把該句令人困惑的話傳開。當然，此種困惑，如同「謠言止於智者」一般，稍悉邏輯者必能解之。英國哲學家羅素（Bertrand Russell, 1872-1970）於 1951 曾抵紐約演講，住的旅館是位於某街的 1414 號。他說該號碼，一生都不會忘記！有這麼「巧」！因為以數學起家的這位諾貝爾文學獎得主，早就熟悉 2 的開平方（$\sqrt{2}$），就是1.414。[7] 不過，該數目字對一般人，就沒有如此神奇的可使人永生記牢！

---

[7] 1951年訪N.Y.向一位報紙專欄作家說他住在the Waldorf-Astoxia的房間號碼是1414。因為以數學起家的這位大師，知悉2的開平方，$\sqrt{2}$，是1.414。Gardner, M., "Mathematical Games", *Scientific American,* Oct, 1957. 130。引自Norman L. Munn (Bowdoin College, Maine), *Psychology*. 1961, 475。

　　文學用語，都喜好誇大，言過其實，或強調「特例」及「巧事」，不少人受其迷惑或醉誘；由於是「意外、偶然」，故印象也比較深刻。希臘神話中多數甚至是全部都屬此類。有位可以點石成金的國王，竟然也把自己的親生愛女點石成金！哈，喜過頭，也就昏了頭，後悔已不及；此事才使他進一步深思，「點石成金」的絕技，雖握在手，但人生因之可以幸福愉快嗎？

　　悲觀、消極、負面的人生觀，最終的解決辦法，就是一死了之，或早點結束生命。但自己了斷生命，卻是一種該予深責的罪過；因為「死」可自己決定，即自殺；但「生」呢？是操在你手裡嗎？人一出生就註定死亡，有生必有死，生命有始必有終；悲觀者認為出生即多災多難，travail 這個英文字，指的是人生「旅途」（travel）最強烈的痛苦，即分娩時的「陣痛」！相對而言，享有生命的一剎那既是那麼難挨，則結束生命的時刻，或許也是如此！殊不知現在醫術發達，有無痛分娩的，也有安樂死的；不是百分百，但也不是百分零！人生的意義、努力、貢獻或價值，就在於1~0之間，而非「不是1，就是0」，或「不是0，就是1」。生既是已作不了主，死呢？「生死」這種大哉問，不可以「二分法」（dichotomy）解之。非生即死，非死即生；太簡化了！人介於「生死」之間。

　　不是另有個也含有深意的希臘神話嗎？另一位古希臘的悲劇作家，英音譯為 Sophocles，漢音譯為索孚克勒斯（496-406 B.C.），與前者不同了！前者特別指出人生經歷是不堪的，一出生就步步邁向墳墓！因之一到人間，就先大哭一場，或許是一種先兆預知吧！但左鄰右舍、親朋好友，卻都喜顏歡笑，認定這個新傢伙要來分擔痛苦；常人一瞑目，多半是死者脫離苦海了，因之臉容安祥；卻見送其往生者悲容滿面，怎麼他先走了，我們的肩膀不是要加重負荷了！人生不只是苦酒且滿杯！

　　一位人面獸身者向過路人提出一謎，「那種動物早上用四腳走路，中午用兩腿，晚上卻用三足？」答錯或不答者就被吃掉。這位戲劇作家作品中的主角，英音譯為 Sphinx，漢譯為斯芬克斯。解謎者的答案是「人」。人出生用爬的，不是「四足」嗎？會走路時用二足，但年老就得使用柺杖，另多了一「腳」，變成三足了！

古希臘戲劇的「謎」，與支那文人鍾情於漢字的「謎」，在人生意義上，相差奇大！

二、「中庸」與「極端」

1. **中庸**：支那人的整個思維，首被推崇的，是「中庸」，且也有《中庸》一書，與《論語》、《孟子》、《大學》，並列為「四書」。「中庸」兩字，就一般習慣，「中」是「恰恰好」、「不偏不倚」，英文就是 mean 或 nothing too much，且也 nothing too less。比如說，這個人身高如何，是「恰恰好！」「既不高也不矮」！體型呢？身高不重也不輕；至於品德，不浪費也不小氣；學校成績如何！「恰如其分」；做事，不疾不徐、不急不緩。也因如此，「中」乃加上了「庸」字，但庸有「平庸」甚至「低劣」意，「庸才」（mediocre）就非一種褒獎了。四平八穩狀似不傑出，其實真正能抵達此境界，又何其容易！英文的 Golden Mean，是「金科玉律」、「允執厥中」，最為穩當。

如此高難度的要求，多數人卻依此為藉口，「吃緊弄破碗」或「慢工出細活」，不也是台民或支那中國人的習慣用語嗎？看看平劇中的主角，慢條斯理的踱方步，喜怒不形於色，他人摸不着其內心想法。判斷、思維、作風等，都要「恰到好處」，非一般人可以做到。儒家論著中的聖人信條，在倫範上是「仁」，在行事作風上要「義」；「義」的英文是 justice，是「正義」的意思。justice 是名詞，它的「屬性」（attributes）甚多，即「形容詞」，如 just（公正的）、fair（正當的）、equal（平等的）、integrity（廉節的）。

此種要求，本是世界史上傑出學者通有的想法，也是普世價值。但衡諸「支外」（中國及歐美）學術史，卻是「中庸」的份量在支那特重！由於能臻此境界者，「人間罕見」！因之，究其「實際」，則淪為瞞懲，不作為、靜觀其變，守株待兔；「俟」、「等候」、「觀望」，遂成為明顯的人生觀。就史實而說，這種「靜態」（static），也導致於「腐壞」（deteriorate）。「世風日下，人心不古」，「返古」及「尊老」成為習俗。

2.　**極端**：絕大多數的人都有「惰性」，且形成一股「習慣的奴隸」；除舊猶如「斷奶」（weaning）經驗一般，大受排斥，更有痛苦感。因之，「激端的」（radical）說法與作為，很難為「常人」接受，目之為洪水猛獸；稍具「理性」且兼「溫情」者，遂採不慍不火，各打五十大板，磨壁雙面光，軟硬兼施，兼容並蓄，甚至還美其言為「截長補短」！當「中學」與「西學」較勁之前，「中學」獨一無二，是一「極端」；久了則認為「中」庸之論，至高無上。卻不知歐風美雨一來，令守舊派瞠目結舌；不得不承認若不能學日本的「脫亞入歐」，則勢必亡國；但卻也阿Q式的提出「中體西用」的心理療治法，四平八穩的以「中學為体，西學為用」，為最佳處方！但骨子裡卻暗藏「中學為主，西學為副（輔）」；「中學為本，西學為末」；「中學治身心，西學治世變」，等頗不「中庸」說法；因此，「中學為經，西學為緯」的「經緯」持「平」說，較合乎時人口味。此種偏情貶理的立場，客觀的冷冷事實，證明這個亞洲第一「大國」，仍然淪落為連次殖民地皆不如的厄運！因為一來，表面上大唱中西（外）兼併的膚面口號，但深層上仍是以中學優先，西學頂多是居老二而已。此外，即令真正的提出中學西學平起平坐，但慣性及惰性的心理作祟難除！既然中學存在那麼長久了，新臨而來的西學，怎能與之抗衡？縱使理論上是貨真價實的「中庸」，但在實際上，仍是中學佔盡優勢。為了克服此種心理疲態，一流學者遂不得不撥亂反正，以一「極」攻另一「極」！如此或許才能有「先見之明」的可壓制另一「極」，終而趨向真正的「中」。表如下：

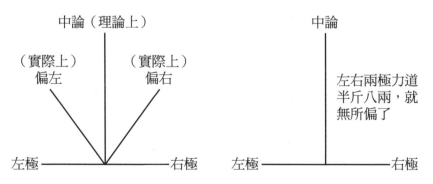

　　「極」的言論是有苦衷的，但經常被誣且受陷害，得不到「庸才輩」的同情。其實，提出「極」的言論者，是用心良苦；以一「極」對抗另一「極」，這才「公平」（fair），才是「正義」（just），才是「平等」（equal）。

　　「公勻」的予以評論，若此一「極」被貶，則另一「極」又怎可被褒？這又那算「持平」或「各打五十大板」呢？——對此一「極」不只一板未打，且呵護備至；對另一「極」呢？卻疾言厲色，不置之死地，永不罷休！

三、以成敗論英雄，「結論」（果）盛於「動機」（因）

　　「行為」（behavior），是「刺激」（stimulus）與「反應」（response）的過程，心理學常以 S－R 簡稱之。但要注意的是，此種簡化式，不足以說明複雜的人類行為；即令動物行為也不如此機械，一有「刺激」則「必」有「反應」，且是相同的「反應」。此種說法，太過平庸，甚至低劣，且非事實。

　　學界皆知悉，此一界域有兩大學派——大陸派及海洋派。大陸派指的是德國。其實，支那這個以儒家為主體者也可歸屬此類；海洋派指的是英及美。德國學界在此一「討論界域」（domain of discourse）的頂尖哲學家，是康德（Immanuel Kant, 1724-1804），海洋派則以美國的杜威（John Dewey, 1859-1952）最足以與之抗衡。兩派在表面上，似乎也是「兩極」，有折衷之「中庸」說嗎？猶如「學思並重」說一般：孔子名言「學而不思則罔（迷惑），思而不學則殆（危險）」。但這種「持平」說，也是老掉牙的爛調。「學」與「思」，是有「比重」性的，並「重」此一詞，太過簡化了。「學」與「思」確實任一方皆不可失，更不可忽略，但都有時間性、個別性、年齡性，及智力差異性等必須考慮；且「並重」並非等「量」衡之，也得兼及其「值」性。學九九乘表，「思」的部份有，但較少；「背」且要熟背，可見是「少」思，但絕非「無思」！practice makes perfect（熟能生巧），「台上十分鐘，台下

十年功」。上台彈琴，技巧高超且無差池者，「思」的百分比已不高，但也絕非完全無「思」！

1. 動機論：動機論的主旨，是認為行為的善或惡，此種抽象或形上的界域，要取行為當事者的「動機」之「善或惡」來斷定。因為獎懲行為者的重大理由，甚至是「唯一理由」，是關注於行為者的「內在動機」。這領域是行為當事者最應負責，也最該關注及控制者。「存乎一心」即夠！康德也純粹基於「純粹理性」（pure reason），斷言：人性是「本」善的。人性若是「本」惡，則人類此種族群，早就絕跡了。對「純粹理性」而言，此種「斷言」（category imperative），他人是難以駁倒的。當然，其後的道德學者，對此一議題的爭論繁多！人性若「本」善，理論即令如此「斬釘截鐵」，但客觀事實上，人之為惡，不但多端，且為惡之烈、之慘、且酷，其他有生物如狗、虎等，也自嘆弗如！如何制止人行之惡，或歌頌人類善性發揮時之動人心腑，不該全視行為之「後果」而斷！理由之一，且是重要甚至唯一理由，就是因為行為之「後效」（consequence），經常是「行為當事人」（agent）無法掌控者。道德學者「該」怪的，不「該」把箭頭轉向行為當事者無法負責的事項！因之，法律制裁不該指向病人、兒童、老年失智、失聰或失明者。這種「理由」，光明正大。因為他們是無辜的，他們也是受害者，對他們拋出援手都來不及了，怎可忍心罪上加罪於他們頭上呢？

動機論的確是光風霽月，也令人動了「不忍」之惻隱心。但最大罩門，卻是盲於人性之複雜性；人性沒有那麼單純。「理性」是知識之源，且也是在道德行為上扮演份量極重的角色。避苦求樂，是普世性的現象；「惡」行遭受處分，甚至極刑，此種「苦」，幾乎所有人皆要避免。因之，乃在「理」上用盡「心機」，且還「理直氣壯」的揚言，其動機不但不許非議，且是「存心」善良；至於行為若有所不堪，肇因於超乎他所能掌控之外。因之，一些該處以槍斃的犯罪死囚，為其脫罪者乃千方百計的使用技倆，證明當事人已神智不清，以便保留活命。此外，動機論的致命傷，乃因動機純是內存的而非外顯。即令當今的偵探科技如何高明，又那能深探其內心隱藏處？矯詐者裝出一付可憐兮兮模

樣,痛苦連連猶如敗家子或不孝子孫在祖父母喪禮上痛哭流涕的「表面」作為一般!「一般人」易被騙,騙子是滿街走。縱使長久以來祭出宗教的最後審判說,但在當下,又那有棄惡獎善的效果?若因此而鼓勵騙子,甚至欺騙成性,此種惡風,又那是一流學者可以容忍的嗎?

2. **後果論**:杜威的說法,較具「實效」,也有「速效」;他是「注重」行為效果的。行為動機有善惡,行為效果也有善惡!試看下述的解析:

(1) 動機善,效果也善。

(2) 動機善,效果卻惡。

(3) 動機惡,效果卻善。

(4) 動機惡,效果也惡。

上述之 (1) 是人人要求的,(4) 是極力要去除的,(2) 與 (3) 呢!涉及許多繁瑣的因素。(2) 所舉的動機善,行為卻惡;效果論「比較」不看重「動機面」,因為太過主觀,不可靠;但行惡者卻可依之為藉口甚至免受責,後效論者卻幾乎全以此「責」之。關鍵在於「智力」(intelligent)的有無或多少!要求的是善的機動該得出善的後果;若光有善的動機,但若無視於行為之後效,則是很不負責的幼稚行為。不許一廂情願的以為善的動機,必帶來善的後果,這是痴人說夢,太過簡化人類行為的複雜性了。論善,人與動物同列,甚至還不如禽獸。至於上表之 (3),動機惡卻有善「舉」,這是湊巧,百不得一。偶而得之,或因禍得福,那純是意外。撞騙不能經常得逞!至於 (4) 動機及後果皆惡,此種人之受懲,是理所當然。

個人行為之善惡,從後果效應說而言,較無爭議;既客觀又科學。蓋棺之時就可以「論定」了!歷史悠久的國家如支那,即令再如何歌頌儒學者的錢穆,也不得不口吐「真言」——歷經兩千多年的儒學政治氣氛,到了明清兩代,「更趨於專制黑暗」。[8] 梁啟超也一再指斥士大夫的儒風,是一代不如一代;世風日下,民心不古。全球最多人口的國度,

---

[8] 錢穆,《政學私言》,重慶,商務印書館,1945, 103。

生民塗炭，在代代力唱儒學的「後效」上，竟然如此不堪，儒學的「動
機」論再如何的可圈可點，但國泰民安、幸福、和平繁榮等大家追求的
「目標」（後效），一來今不如古，二來與歐美各國甚至與隔鄰的日本
相較，幾乎都處於「百般不如人」的窘境，又那有資格繼續提倡儒學，
或以新儒家之名，厚顏無恥的大唱二十世紀是支那人的世紀呢？二十
世紀已過！卻又阿Q式的以「二十一世紀是支那人的世紀」來自我麻醉
而恬不知恥！厚顏到此地步，更到處設孔子學院。一些無知無恥的「教
授」，還組團從台灣到山東，要循孔子當時周遊列國的足跡，牽亡魂般
的冀望「至聖先師」降臨其身而成為接班人（adventists）！

　　3. 支那的「聖人」，數目之多，指不勝屈，又善於著作；在眾多古
書中，難免偶而也出現隻言片語與歐美開明學者同調者。自命為儒學
掌門人或傳人，因而喜之不勝：「東海有聖人出焉，此心同，此理同；
西海有聖人出焉，此心同，此理同」。南海北海也如此。但此種「史
實」，若取作「後果論」來說，可議之處甚多！

　　第一，支那古人「偶」有讜論，可惜一來只不過是短短數字。如論
語之學思並重，孟子的「民為貴，君為輕」，「天聽自我民聽，天視自
我民視」；或黃宗羲的《明夷待訪錄》中一些「民主」論調。但為何後
繼無人鍾事增華？且主流思想是專制兼父權至上，若難得極罕見的突有
「民主」種子，但撒在沙漠中，又那能滋長生牙，或開花結果？當年
1919年五四那群人肯認錯的深信儒學最大的缺失，就是無「民主」。

　　第二，支那「聖人」留下的文學，就以《四庫全書》而論，或是
二十四史或是三十六史，浩瀚數千萬語。少見的只有一二良句，又那堪
成比例的以顯微鏡放大，來自我安慰！此種病態，才是支那這個「悠
久古國」最大的致命傷。比之歐美諸國不少一流學者，以論「容忍」、
「和平」、「民主」、「自由」，等此種最該作為學者心思致力之處，就
著作數而言，超出百本之上。相反的，支那的「一流」儒生，卻以「出
師表」、「四書」、「千字文」、「百家姓」等，來洗腦或污染童稚的心
靈。不但如此，若罕見有言行如一大唱和平，又以人性尊嚴為文學主
軸，即令榮獲諾貝爾和平及文學獎的學者，不是被軟禁凌虐致死，就是

他們流亡海外不敢回國；高官幾乎都擬投奔自由，急忙要移民！試問此種的「儒學」為主的國度，不管「動機」如何，後效竟然是如此，還有何理由可以藏拙呢？

　　「出名的學者」為文說教，都該有「重點」，且一再的強調「核心理念」；因之，「一以貫之」之道，會不厭其煩的一再重覆出現。但重覆，不該只是一字不改的重述，卻要引伸、擴充、加深。因為「一以貫之」之道，皆非三言兩語或簡單數語就可草草了事！比如說「仁」、「義」等道德或說教等字，或「自由」、「民主」、「寬容」、「平等」、「博愛」等辭，都可以把一個論題，大發宏論成為一長達數百頁的巨著。若一個人著作等身，偶一出現連現代人也深覺屬劃時代的金玉良言，讓今人大開眼界，但卻在其後章節或論文中無影無蹤，則幾乎可以斷定，該令人深省的「警句」，並非該寫作者的重點所在。

　　此外，支那兩千多年的思想，既是「泛德主義」，高道德或倫理，不是一種只是說教而已，卻該是一種頗具行為性、感染性、及後效性的。孔言仁、孟語義、墨主兼愛，都不該只是停止在語言或文字層次，卻要身體力行！讓讀其書者大受感染或「宣傳」。移惡風，易敗俗，可從後效中看出影響力，以便達成「言行合一」或「知行兩兼」的「實效」；鍾愛一生於熟讀死背聖賢書者，一旦士成為仕，竟然是無官不貪，無吏不污！不只人格尊嚴盡失，還是禍害忠良的幫兇，助紂為虐的共犯結構；把四書五經背得滾瓜爛熟的「士」，如北京大學於清末民初之際，竟然還得勞動蔡元培校長苦口婆心的肯求勸告，請求那批還穿長袍馬掛的「學者」，組成「進德會」？可見他們只把「德」掛在嘴邊，這還能用「動機說」為他們脫罪嗎！抽鴉片的讀書人，包括遺毒到台灣的連雅堂，為女子纏足大力撐腰予以理由化的國學大師，自己三妻四妾，卻要求婦女必守活寡甚至從一而終，男人可以喜新厭舊，移情別戀，休妻再娶的「士大夫」，比比皆是。這種活生生的「後效」，還有膽敢揚言支那是以德為支柱的國度嗎？

　　從「後效」而言，支那學術風氣是每下愈況，制度愈來愈僵化，越無人性，桎梏的枷鎖越來越緊，吃人的禮教──儒學的變裝，宋明的

「理學」——要求女人有貞潔牌坊，男女授受不親。地質學家丁文江的遊記，曾有一文，提及大家閨秀不許拋頭露面，但迎神拜會或喜慶場合時，則可去看熱鬧；一位嚴守此種婦道的小姐，吩咐家丁送她去嘻嘻嚷嚷的廣場看戲！不小心被一位橫衝直撞的男人碰到了手臂，這位小姐竟然氣得發昏，下令家丁趕緊打道回府。她一抵家門，立即到廚房拿起菜刀把那隻被「污」的手臂砍掉！村裡長輩非但不怪她，反而褒獎她的「貞潔」。現代的年青小姐如也有樣學樣，未婚女子與男女手牽手甚至相吻或左擁右抱，也與陌生人握手，是否該仿之而把「玉体」全身砍光！以「仁」起家的儒學，怎如此的無人道到此荒謬地步!?

　　歐美列強勢力開始影響支那時，他們主要目的是貿易經商且傳教，買賣也出於公平交易，互通中西之有無，並無「不平等」條約的簽定。傳教屬個人信仰之事，但儒學的傳人以及隨之而建的皇朝，卻自大狂妄又目中無人，甚至要求命令外國來使，必行三跪九叩大禮，顯露出侮辱心態，這那是以仁或義而造就的人格素養呢？在數次殺害傳教士事件之際，當然引來列強的入侵。「理」未行得通時，只好以「力」解決；這是不得已的措施。雙方決鬥，不戰還好！當歐美日以軍力對待支那這隻紙老虎時，「後效」是幾乎使支那有亡國之虞；當時連歐洲任一小國與大清較勁，後者都非前者對手，更不用說竟然引發「八國聯軍」了！種下了其後中華民族的極端仇外媚外，及排外恐外事件；此種儒學後效，甚至產生一種極端的自卑心態，自大狂消逝得無影無蹤。「百般不如人」！正也是不時發出的痛苦呼喊口號！俟日軍大舉入侵支那時，不多久，半壁河山即淪陷。要是日本全心全力攻打支那，不分神向東南亞及南洋發展，加上最大的戰略錯誤是偷襲夏威夷的珍珠港，終引發美國正式宣戰。否則支那這個「大國」，也必成為日本的殖民地，甚至成為日本國土。

　　4. 儒學既被支那學者予以理想化且神格化、理由化又美化，其後讀「聖賢書」者中毒之深，如入膏肓。當日本明治維新之後，日本文化已改頭換面，幾乎與歐美先進國家看齊。1895年日支戰爭，日本依國際條約合法佔領台灣時，台灣不少「義民」揭竿起義，竹篙兜菜刀，奮愚勇

與精銳的日軍為敵。「台灣民主國」是亞洲第一個民主國,但只有短命數月而已。台灣儒生及長期普受儒風左右的「屠狗輩」,雖有「仗義」之心,卻是腦不清、目不明;在大清統治台灣二百多年之間,台灣是三年一小反,五年一大亂;相較之下,日本治台之後不到數年,即快速成為亞洲僅次於日本的第二大教育最普及地區,交通最便捷,治安最良好,吏政最廉潔;又有下水道系統的規劃,自來水的供應。加上數處水庫發電廠的設立,灌溉、施肥、農作改良等,及漁港、醫院、學校的林立,快速的將文化素質提升,文明度遠超過支那本國。當台灣總督府下令學童要「斷髮」,婦女要「放足」,且男女學童一律入學時,台灣一群深陷於儒學網羅的儒生,竟然還痛心疾首的死力反抗;而最為後人引發深思的是,此種中日文化在台灣實施之後的比較,既然已彰彰明甚,但台灣讀書人還在意識心底深處,引頸遙望支那儒學能在台復生。在1945年日軍退出台灣後,台灣儒生歡天喜地,到基隆迎「王師」抵台。不料不出一年多,即發生二二八台灣史上最兇殘也最長久的死傷事件!可見儒學中毒的功力之深,牢不可破!就以今日二十一世紀初期而言,台灣已在開明、民主、自立、人權等方面大勝支那時,竟然還有不少「儒生」,深盼台灣「回歸」祖國!神經錯亂到此地步,也可見「意底牢結」(ideology)之深!解鈴除了要靠繫鈴人之外,親自解鈴才更快速與有效!

　　「聖賢」中,唯獨孟子難得說了一句「民為貴,君為輕」!可惜並不伸訴理由。後生千方百計想從古時浩瀚經典中查出支那文化或學術著作中的「民主」字眼,頓然目光一亮,如獲至寶;但一來,「只知其然,但不知所以然」!難道「民比君貴」,是「自明之理」(self-evident truth)嗎!二來,不但孟子該說,不見後人接續;且「民輕君貴」的理念充斥,難道這不也是「自明之理」?即令到清朝晚年陸續頒佈「教育宗旨」,不都強調「忠君」第一,「尊孔」才排老二。史書上也記載明朝開國的朱元璋,出身流氓,登基之後一悉孟子那句「民貴君輕」之論,憤而大火盡燒孟子書,但無一儒生敢出面公然反對。且奴隸性格的儒生,還大排長龍的報名參加科舉考試,準備被羞辱而不以為恥!儒生或士大夫之品德淪落到此地步,還奢談什麼文化博大精深!?

　　歐美的道德學者特別指出，修身或品行，不可只停留於語言或文字層面而已，卻該身體力行！「德」、「善」、「仁」、「義」等德目，都是難以明確界定的詞語，但見諸行為，則眾目之下不可逃；文化素養從日常生活中就一清二楚的表現出來。身為宰相大臣的李鴻章，在與外國交涉的華麗大廳中，公然吐痰於潔淨的地板上，還得勞動洋人服務生，取出白淨淨的手帕擦洗乾淨；毛澤東與美總統尼克森會談，身旁竟公然置一個吐痰壺，真是噁心！將死囚犯以利刃割喉時，竟然圍觀的支那百姓擠得水洩不通，人人手拿一塊饅頭，擬沾了噴出的鮮血，一口吞下就可以治療肺結核。這些場面，的確給歐美人士大開眼界，他們會讚嘆儒家文化的博大精深!?

四、古文二評

　　1.「**大道之行也，天下為公**!?」《禮運大同篇》首句：大道之行也，天下為公。該句為眾多支那學者推崇為世界大同思想之代表句，也是研究支那學術史上幾乎眾人知的名句。但古人的此番美意，在歷史軌跡上，卻不只未見其實踐一二，反而每況愈下；甚至是「大道」變成「大盜」。大盜之行也，天下為私、為己、為朕、為寡人、為帝、為后；且程度是變本加厲。

　　古希臘大哲柏拉圖（Plato, 427-347B.C.）有《共和國》（*Republic*）一名著，揭示：治者必要為公去私，一切為共。推之極端，就是財產為公；「共產」思想的大宗師，首推他為主位。治國者必是哲學家，純以「理」治理國事，去情除欲；因之，財務上的「產」，是共有的；也不該有私情寡意。共夫、共妻，也共子，共女。西方有此種理想主義者繼續接棒，英國學者培根（Francis Bacon, 1561-1626）著有《新亞特蘭蒂斯》（*New Altantis*）；比他更早的默爾（Thomas More, 1478-1535）直接以 Utopia 為書名，漢人譯為《烏托邦》，有點傳神，又音意幾乎雷同；即環視全宇，「烏有那種國邦」！其後的共產思想大宗師馬克斯（Karl Marx, 1818-1883），是迄今耳熟能詳的學界巨人，「共產」理念，是行

「大道」之一種極致。

天下為「公」等於天下為「共」。台灣原住民以及環宇上的原住民，早就有此觀念；台灣有台斤，但只能在台灣「私」底下用；英國有英哩（mile）式英呎（foot），但也只適用於英國地區。為了方便，支那朝代有漢武帝幾年，光緒幾年等稱號，日本由 1924~2019 年，都用昭和多少年作年號（2019 年改為「令和」元年）；但此種情形，不久可能絕跡。大家取「公」，比較方便：「公元」（本是「西元」，但「東元」敵不過西元），公里，公斤…也就天下為「公」了。

但支那這典型的古國，朝代越後，天下之越為「私」，越為明顯。早忘了老祖先的遺訓；台灣不少人還認為兩蔣不貪污、不歛財，且「清廉」；但換個角度去看，這兩位「暴君」，與支那歷代皇帝無殊，早視全國一切都歸他所有，在口袋中可以任意支使，又那需貪圖？以兩蔣治理台灣時，只要看到何處風光秀麗，如日月潭、阿里山、草山，皆可任意取用，作為私有的「士林官邸」未開放之前，陽明書屋在老蔣未死之時，平民百姓又那能入內？「天下為公」，「大道」不是已轉換為「大盜」了嗎？

西方理想型思想家，心中構思有種「理想」境，把有弊端的現實，改頭換目；經過千百年有心人的經營、犧牲、奉獻，結果朝該「理想」境，逼近「烏托邦」！此種譯法，太過悲觀；若改成「有托邦」，必能「音與義」皆與 Utopia「扣緊」（cogent）。在支那，若不洗心革面，澈底覺悟，則永遠是「烏托邦」！因之該國的人絕大多數擬移民，大學生紛紛負笈歐美大學深造，也在那定居！

2. 陸象山「名言」，太單純了！注意，「純」與「蠢」，音同，意也可能同。

東海有聖人出焉！此心同，此理同；
西海有聖人出焉，此心同，此理同。
南海有聖人出焉！此心同，此理同；
北海有聖人出焉，此心同，此理同。

象山道出此句，據說還在稚年時；似乎已為他「小時就已了了」的證據。不過，該引言缺失甚多：

(1) 一流思想家必「思慮週全」，該引句只言及「空間」，未及「時間」。試問：

「古時有聖人出焉，此心同，此理同；今時（或將來）有聖人出焉，此心同，此理同。」嗎？

(2) 他只「見」及一面而已，即「同」的面，而未及「異」面；就事實而論，古今「台」或「中」外的聖人，心同理同者有，心不同理也不同者更夥。以「心性」的善惡論為例：人性本善，本惡，本善惡混，本無善無惡…等，不是充斥著整本的支那思想史嗎？歐美類似此種相異的主張也罄竹難書。

第四節　返顧及前瞻

胡適日記是頗具史料價值的寫作，他也奉勸大家該寫日記；但有一要求或條件，即要本諸真誠！日記是寫給自己作反省用的，具有改過自新、自我勉勵、及懺悔之意；如果日記不被燒（自己放一把火或被火焚）而予以公開的話，他人讀之，也具有學習或警惕作用。學術史上以「懺悔」為書名者，至少有兩位都是頂頂大名的知識界泰斗，一是四世紀的聖奧古斯汀（St. Augustine, 354-430），一是十八世紀的盧梭（Jean Jacques Rousseau, 1712-1778）。都曾為自己的年少輕狂，寫實的描述為非作歹的種種。基督教的「原罪」（original sin），認定人性本惡，必仰賴上帝賜予的「信、望、愛」，一心向神，才可獲寬恕；[9] 支那的孔子也說，人非聖賢孰能無過，只要「知過能改」，就善莫大焉！他最嘉勉有加的得意門徒顏回是「不二過」，視這位及門弟子曾犯過一過，只是不知他犯的「一過」是什麼？

9　「社會」的拉丁文 socius，有分享及參與意。
　　「宗教」的拉丁文 religio，有選擇或考慮 (relego)，或再聯繫，連接 (religare) 意。

一、師長暗中相助

　　1939年出生的我，一生之「教育」歷程，可以說是台灣現代教育史的縮影。我唸漚汪國小（台南縣將軍鄉）時，老師就要我們寫日記，我還用「毛筆」寫，但天天所記的卻是「早上起床、刷牙、洗臉……」等似流水帳，實在頗無意義；其後斷斷續續地寫了好多好多的日記，既然作為「懺悔」用，至少有如下數端，是「誠實以告」的「悔不當初」！至於這些過錯，嚴肅的從道德哲學的角度而論，也是有爭議的！不過，在我最近幾年的憶往中，常常認為當時着實「行為不檢」！

　　1. 考上師大教育系是很有臉面的一份光榮，優異學生多，有一女中的、南一中、中一中、南女、雄女的也不少；「名師」如雲，其中，余書麟教授主教「中國教育史」，他是留日的，對我頗為照顧與愛護。我唸教育系英文組，考上教研所第一名，也兼教育系助教；他要我為他的孩子當高中英文家教，深信我的英文造詣。有一次他拿一本 *Education of Good Life* 的英文書，加上他的漢譯，要我幫他看看；我竟然有十之八九都改了他的譯文。我不知他內心作何感想！其實以我的英文根基，就斷定余師譯文不妥，真是膽大妄為。其次，我的碩士論文，本擬撰述裴斯塔洛齊，但研究所所長田培林當面問我：「你會德文嗎？」我就打退堂鼓了！遂轉撰述高中課程，系主任林本教授是我的指導老師，他是研究課程的專家。可是，我的論文，取用他作品之處卻少見。我，「真不會做人」。此事也發生在我考取教育部公費到美研究時所寫的博士論文上，竟然隻字未引用教過我的美國教授曾經發表過什麼文章與我的論文有關！這種作為，實在很不得體！人是情感動物，取得別人好感，至少有必要誇獎師長的一些隻言片語。據高我一屆（大學部）但也晚我一屆（研究所）的陳奎憙教授說，他班上一同學陳信男，因其父涉二二八事變，出國不被允許；余教授竟敢力爭還願擔任保證人，終於得以成行。我公費出國也需保證人，林本教授一口答應擔任我的保證人。林余兩教授皆是由支那到台灣的學者，也都留日，似乎受日本學風的陶冶，為公理正義而不計己身安危，真是義行可嘉！如今思及此，都不得不對

兩位業師，身懷懺悔之心！有不敬之處，但請海涵！

2. 對時局尤其教育政策及台灣主體性，經常為文批判，演講或上課時月旦一二，用字譴詞較「鹽」；因之，升等頗為不順，關關難過，（學系一關，學院一關，大學一關，教育部一關）。副教授升為教授，時間之長，打破記錄。倖其中有數位「恩人」，才逢兇化吉，甚至逃過牢獄之災。教育部長朱匯森是我唸南師時的校長，部長是中國黨（中國國民黨簡稱）知識青年黨部總負責人。有一次親告家兄：「你弟弟被舉發的資料一大堆，最後都屯積在我桌上！」還好，朱部長沒往上報，否則我必成為籠中鳥了！我升等為「教授」，多年不成，幾乎是學界通知的事。在淡江任教的龍應台（當過馬英九的文化部長）還為我叫屈，在我與她接受李煥部長（教育部）邀宴時，當面訊問過部長。李答以：「不！他今年過了！」隔幾天師大教育心理系名教授張春興於清晨來電：「林先生，你今年的升等過了！」「您怎知道？」「劉校長告訴我的！」劉真當過師大校長，是當時教育部學術審議會的總召集人。

「劉校長為你的升等不順一直關心，也不滿意折磨他的學生這麼漫長！」張教授這麼說。劉真當過多年的師大校長（1949年的四六事件後）。

「劉校長在電話中告訴我，林玉体的升等論文，今年由他審！」總召集人要親審，又有誰反對？且劉真也是學教育出身的。

「劉校長要提你一把！」「不過他向我說，分數不會高！」

「沒關係，林玉体不會計較成績！」

張教授還替我說話。當天我到師大上課，在教師休息室時，國文系主任李鍌也向我恭賀：「你今年升等過了！」

「您怎知道！」我同樣困惑！

「劉校長來電告知的！」

劉校長與朱校長都是我在師大及南師時當過的校長。他倆這麼「照顧」學生，我實在愧不敢當，心存感激。我曾數次為文，涉及對這倆位長輩的國家教育政策！但每思及此，卻也頗有複雜的心情！兩位校長如今也都作古，但都長壽辭世！

　　2018年暑假，教育系有飯局，我的長輩伍振鷟教授當我的面也向同僚提及劉真校長曾親口向他說我升等論文之事。劉校長發現我的升等論文，在教育部那關（最後一關）審查時，一過一不過；按規定該另請第三者評。劉校長一知此事，決定由他當第三者！劉校長此舉，至少就我所知，他讓三個人（張、李、伍）知悉！

　　由於我的升等，年年遭打回票，因之每年必要交新的論文。我雖然寫作多，但每年都要有一本較具學術水準的論文，又那有此能耐！最後，我只好勉為其難的交上我為東華人文社會科學叢書所寫的《教育概論》。既是《概論》，當然較無法深化且廣化，以之作為「教授升等論文」，實深覺汗顏！果然在初審時，一過一不過，可見也有一位是「同情」我的吧！其實，認真的說，我在《教育概論》一書的觀點及資料，也有不少是「先見」及「己見」，甚至是「高見」！只是不容許在《概論》性的著作裡放言高論！該書也是十幾年來非常暢銷的「教科書」，為書局賺了不少錢！我也因之獲得很豐厚的稿費及版稅！有一失，也「必」有一得；雖此「必」，在邏輯上，是用字不妥也不當的！

二、論師範教育的功能

　　1.師範學校之名，在環球教育史上是屬於「幼齒」的，即時間上較晚。大學最早出現，其後中學及小學才跟隨而至，但未見有「師校」！其後由於人民之覺醒以及政府之重視，師資之良窳，悠關教育之成敗。良師條件多，其中最重要的，是有一份教學熱忱以及呵護孩童之教育愛，這不是人人都具備的。若能從人群中挑選出「良師」，則不只興國有望，且也人才輩出，更為社會造福。長久以來，凡知識、能力、技巧、或品德兼優者，就足以作為人之師；因之，大學畢業生「必」可當中學及小學教師；若學術造詣超群者，更可位列為「教授」（廣義的大學老師）。其後，「事先諸葛」之士發現，這是不足的；一來得考慮「教材」是否適宜於學生學習能力；並非一切的文化「財」，都是「教」「材」；即令是如此，也該考慮何種「教財」（教材）適合於何

種年齡或能力者來學習。試問「相對論」不是舉世最先進的科學新理論嗎？但可以放在國小當教材呼！千字文、百家姓、三字經、四書五經，都是千古不易的「兒童讀物」嗎？讓國中級學生背「與妻訣別書」，怎能讓未婚者體認夫妻「訣別」之情呢？至於＜長恨歌＞的要旨，可以當作高中教育目的嗎？──「恨」還是「愛」，才是青少年該區別的之外，那種中年男女生離死別之愛恨情仇，又那是高中生所能領會的？不要一廂情願了！教育要專業，指的就是這些！

　　師校在台灣，比較可取的是公費，畢業有出路，有保障，社會階級也較受人崇敬。有不少資賦優異，但家境清寒的子弟，因之就有了入學機會；並且在較少或絕無立即升學壓力之下，青少年比較可以有機會擴大學習經驗，閱讀課外書，參與實際社會工作，就多了知行合一機會。即令師校的「忠黨愛國」教育，比重加強甚於他校，但也出現一些有良心的異議份子。

　　2. 師範學校作為一切學校「楷模（mormal，有 norm 意，norm 是「標準」）」則師校的教材、設備、校舍，尤其師資，更該如此。但實際上呢？以我就讀的全台最佳之師校之一的台南師範，以及其後全台最優的師範大學（全台當時只一所）而言，由於師範生不許立即升學，而師校生的素質，與一流高中可以相互較勁，因之要在學業成績上順利畢業，極為容易，從無聽過有師校生留級、退學、或畢不了業的。所以師校生的課業壓力不大，他（她）們因之有更多的時間與精力，花在課外活動上。比如說旅行（畢業旅行是必修的）與參觀，教科書之外的更多閱讀等。就以我的經驗而言，我就讀南師時，（1955-1958）就有同學向圖書館借閱或去書店買了《約翰克里斯多夫》、《咆哮山莊》、《老人與海》…等世界名著。我初中時看了不少俠義小說，在南師時首度向圖書館借了《基度山恩仇記》，真不忍釋卷；晚上夜寢，還向室友報告情結，連室友都聽之不厭！──其後在大學任教時，才第一次看《紅樓夢》，但卻是發誓好幾次才把它看完的！二者相比，直如天壤。英哲羅素（Bertrand Russell, 1872-1970）曾說過，他在唸高中時，幾乎把環球史上的一流小說看光！辜寬敏先生九十歲生日時（2015），送我一本

《逆風蒼鷹——辜寬敏的台獨人生》，其中提及他入學於台灣高等學校（即師範大學前身），就讀過尼采、康德、叔本華等名哲學家的著作。我當面向他請教：「辜先生，您值高中年齡，看懂那些著作嗎！」他笑笑的說：「其實我也看不懂！」看懂看不懂，這是程度問題。沒關係，至少在年青時，即已與史上名人行過見面禮了。《紅樓夢》不也說過，「未吃過豬肉但已看過豬」了嗎？

　　3. 就「後效」而論，師範學校畢業的校友，一執起教鞭，是否教學效果優於非師校生？以我個人的經驗，這是大有問題的！師校畢業生擔任小學教師，在我唸小學時，師範生少之又少，非入師資培育機構而擔任小學教師者，也有令我十分感佩的；一是劉倫教師，他親切可愛；一是楊克忠老師，他倆從不打學生。克忠師個子高高瘦瘦的，一臉和氣，他教「算術」，很鼓勵學生自找解答。我早對數學情有獨鍾，除了天份外，或許與他的激勵有關；他的講課，前後條理一清二楚。有一次，他出了一道艱深的習題，要我們自求答案，下週才公佈如何解題！每晚我都沉思在該難題中，久久無解；下週上課時，楊師說，既然無人解，老師來解吧！我是班長，竟然有勇氣舉手請求，再隔一週吧！楊師笑容可掬的應允！下週，我真的得出解法了，楊師喜出望外，我呢？「人生不亦快哉！」不過，楊師說，我的解法，比較麻煩，他的「秘方」比較快捷！唉！真的是學生尊敬的「師」！

　　小學時，漚汪國小除了校長黃文碗外，也有兩位是正牌的師範畢業生。其中，黃來福老師，在我心目中確實是出色的教育家。他和藹可親，說話平和有感性；下課後，他也不馬上回家（離校騎車要半小時），卻找幾個小朋友演他編的戲，我還當主角，最後在漚汪唯一戲院公演！此外，他拿舊報紙要我們寫大小楷，以及繪畫；我書法也就因此被同學稱道，其後還參加過「中日」書法展覽。至於求學時挨老師痛打，是家常便飯，師校畢業生也照行不誤！我考上省中（北門中學，有高中部及初中部，是台南縣最早成立的中學，位於佳里鎮）一位博物科老師幾乎以「毒打」學生聞名於校！還好，一位幾何老師很會為證明題如何尋覓補助線而向學生開竅，我也因此，全校幾何競試比賽時獲冠軍！

　　台南師範雖可與台南一中相比美，但理科師資之素質，就相差太遠了。小學時我是算術大王，初中時又得幾何天王美名；到了師範（高中），就無稱雄餘地了。大學聯考，本想選甲組（理工科），但數學、物理、化學、生物等科目，不是光憑用功或勤讀就可奏效的。不得已，才決定考乙組（文科）。教育系的入學成績，幾乎台大許多系皆可入。我知道唸大學了，數學也該加強，並且英文更為重要！弱項亟待補強，因此選了「英文組」，大一還選了微積分！用的是英文本。上課時老師不知所云，習題作不出來時向教授請教，她竟然在黑板寫了老半天，下課鈴響，也未出答案；下週上課，學生也不好意思追問了！

　　總而言之，師校無英文課；理科雖有數學、物理、生物等。但一來師資並不理想，二來學生雖有強手，但卻因不是主科，反正畢業後在國小教數學，何必學那麼深！師大亦然；師大畢業生是國中教師，國中理科也不怎麼難解啊！這是師範院校制度上本身的重大缺陷。

　　4. 至於師範院校的「教育科目」如教育史、教學法、心理學等，教學用書，實在不忍卒「讀」；一來未具知識的啟迪性，二來在文筆上極欠缺引人入勝的可讀性。戒嚴時期，一有批判性的思想教育，是極其敏感的；保守、威權性、返觀式的，反而大行其道。風趣又引人入勝的，活潑又挑戰性內容的，盡付厥如。舉一實例令我印象深刻。過去宰制教科書的「國立編譯館」（位於舟山路，現已廢除，房舍由台大接管），難得的邀請我加入撰寫師範生用的「教育史」。我加入的是「外國教育史」部份。由於親自體驗過「教育史」一科，是培養「教育愛」最核心的科目；且教育愛的有無，正是師資良劣的關鍵。因之我建議，對史上重要教育思想家的生平，應着墨較多。此外，對改革家的教育理念，該加重百分比；且文筆流暢，說明清楚！使未來的教師能深受感染，帶動台灣教育的進步！中國國民黨嚴控各級學校，尤其師範院校，所有學校都准私立，唯獨師範院校不准私立，形同軍校一般。師範院校學生都誤人子弟，毀人不倦呢？師範院校學生稟賦優異，但若經過系統性的思想灌輸，黨國理論洗腦，造成「深入淺出」──入校時程度深，畢業時反而淺了！師範學院全台先是只有一所，因之網羅不少精英入校！他們喜

思考，愛看課外書，參加各種讀書會，還以台語組團到全台各地演本土性戲劇、唱歌，喚起台灣魂；並痛批資產階級及黨務人員之跋扈囂張。因之，被莫須有罪名纏身、坐牢，還被套上「匪諜」、「台獨」、「敗類」等帽子；台灣的另名為「埋怨」，其中就有不少是出身於師範學院或師校者。頗受歡迎的台灣作曲家，桃園龍潭客家的鄧雨賢，是日治時代的師範生；師範學院（即今之師大）英語系的柯旗化及蔡德本，前者還出了再版數十次的《新英文法》，嘉惠學子良多；但兩人皆被怨枉坐牢，前者之刑期還十幾年之久，《台灣監獄島》一書有詳述！後者有《蕃薯仔哀歌》，在日文版及漢文版中道盡心酸史；生物系的顏錦福曾是北市議員及立法委員，當年被開除學籍！師大上榜的「傑出校友」，竟然都沒他們的份，人間還有正義與公理嗎？

「德不孤，必有鄰」，這句古訓，寫得太天真了，那有「必」呢？或許「必」要等候多時！且人數少得可憐！這是支那也是台灣史的寫照！德國哲學家尼采（Friedrich Wilhelm Nietzsche, 1844-1900）鄙視奴者道德，支那人的泛德主義，儘造就出幾十億的「奴隸」（奴才）！強者是孤單的，也是最有勇氣的人，不求「群」也不入於「眾」！單打獨鬥，「千山我獨行」。只有弱小如螞蟻或蜜蜂，才成群取暖！試看百獸之王的獅子、老虎、象等，大部份不都是「形單影隻」！

三、為理念、不惜一戰（史訓）

1. 美國先例：2018年年末，美老總統布希（George Bush, 1924-2018）去世，美國全國以隆重國葬祭之；父子都當過總統，也顯示來自於德州（Texas）的政治家族，確實非同小可。不過，從歷史上來看，老布希對美國甚至全球的影響，尤其對崇高理想之堅持與貢獻上，比不上美國開國元勳的華盛頓，及解放黑奴而引發南北戰爭的林肯。

華盛頓原屬英人，18世紀初由英赴美，與一群熱愛民主自由的志士，為了美國獨立建國，不惜與祖國一戰；當時的大英帝國稱霸環球，軍事力所向無敵；相對之下，在美擬搞獨立者形單影隻。雙方軍力之懸

殊，猶如台民於1895年，以「竿篙接菜刀」奮不顧身的與當時亞洲第一軍事強國日本作殊死戰一般；但歷史告訴我們，華盛頓率領的美獨，終於在1776年建國成功。為自由、為民主、為理念，不惜一戰！

　　林肯是第十六屆總統，他一生以解放黑奴作為終生理念。雖自忖必因此而引發美自立國以來，唯一的在美本土發生的「內戰」（南北戰爭）。但他不怕危險，雙肩負荷起此種無比的重擔；向上帝禱告，期求賜給「智慧」，以作最明智的判斷；以及「勇氣」，使他有鋼鐵般的意志，百折不回。黑白平等，才能實質的實現美國最具體也最實際的「先進國家」此種理念。

　　喜歡旅遊者到美國華府，都可以看到美國過世的總統雖已有數十幾位之多，唯獨有三位才立碑為全球及美國人所景仰膜拜；一是華盛頓紀念碑（Washington Memorial），二是林肯大廳（Lincoln Hall），三是傑佛遜（第三任總統、教育總統）大廳（Jefferson Hall）。

　　2. 2018年台灣地方選舉，民主進步黨大敗。檢討敗因，或許其中最關鍵者，是該黨本以台灣獨立建國作為核心黨綱，但該黨獲執政權及立法權後，卻表現得極為軟弱；碰到台灣現存的「敵國」（中國）出言恐嚇時，應對得令「台獨」人士深表遺憾、不解、困惑。當然，引發戰爭必然產生重大的生命傷亡，任內若有此種「不幸悲劇」，或許不忍；因之舉棋不定，苟安甚至要求「茲爾多士」趕緊去「為民前鋒」。由別人去冒險吧！若比起華盛頓與林肯，為「理念」不惜一戰；且評估環球局勢發展，趁最有利時機不妨一試！該時機瞬息萬變，「智慧」在此展現；加上「勇氣」，這是華盛頓及林肯的宿昔典型。人人都為理念而活，才最有尊嚴、價值、與意義，身為「台灣總統」呢？此頭銜能否由「不惜一戰」而永銘歷史!?

　　「智慧」（wisdom）比「知識」（knowledge）位階較高，其中intelligence因素之多少，是關鍵，是要衡量全局的！見識要週全又長遠。以具體史例言之，台民在1895年的抗日「義舉」，實是「不智」！「仗義多屬屠狗輩，負心總是讀書人」！此詩一方面諷刺熟讀儒家書的士成為仕之後，多數是「無官不貪，無吏不污」的奴才；倒是目不識丁

的文盲,才揭竿而起。但卻也只是「血氣之勇」,又不識大局,目光短淺!此種評論,着實太過慘酷。但螳臂擋車,無謂的犧牲而已!該作為一種無情的歷史教訓!當年「台灣民主國」的總統、副總統、軍事統帥——唐景崧、丘逢甲、劉永福,都不只逃亡了,還帶妻妾、金銀財寶、準備用兵的錢幣都囊括淨盡;只靠無知無識的鄉勇,以血肉之身向亞洲第一強國對抗。此種「愚勇」,又那是「智謀」之舉?連梁啟超都看不過去了,徒成台灣歷史上令人深省的慘劇。試問台民:「兩百多年的清帝統治下」,不是「三年一小反,五年一大亂」嗎!今日巧遇有個新的政權(日本)要來治理台灣,為何不打聽一下,日本從明治維新的1868年起,不是早就成為亞洲第一強國了嗎!台日之間的交流,最少不是封閉不透風的,難道台灣的義勇軍不期待是否有個更進步的國家來取代「中國」的「大清」嗎!至少也觀望一陣子,屆時再作打算也不遲。盲動不足以成事啊!

　　鄭成功的「反清復明」,竟然使他在台灣歷史地理上大顯光彩。學校有成功幼稚園、小學、中學、大學,另有延平學院,道路上有延平南路、延平北路、成功路,廟有鄭成功廟及延平郡王祠。主要原因,是因他本人的心態,與其後中國國民黨的蔣家政權,完全一樣的「心不在台灣」。心在那?在對岸的「中國」!這才是台灣政局不安的最大病魔。台民也中了這個陰魂不散的邪。試問明朝末年,昏君庸臣數不盡!「復明」用意何在啊?還深盼過那種水深火熱的日子嗎!中國歷代開國皇帝,極少數是難得的「賢君」,但末代皇帝幾乎無一例外,都屬「昏君」。為何昏君劣臣當道,人民還念舊不忘呢?實在是愚不可及。

　　日軍入台,彰化鹿港的紅頂商人辜顯榮代表商界,迎日軍入城。因為貿易若處在社會混亂時,是極為不利的。1895年時曇花一現的「台灣民主國」之頭頭既然走了,軍警幾乎是由中國來的,趁機大肆搜括,治安極其敗壞。如能早由日軍入城,則可恢復常態,生意往還不斷。辜顯榮卻被不少台人譏為「漢奸」,雖日本封賜辜顯榮極高名譽,台人卻詠出諷刺詩。前已引述。

　　3.「史評」或「史識」,如同「史實」,也有愚智之分。「理念」

該放在價值的「理想層次」上。再提耳熟能詳的一首詩：

　　生命誠可貴，愛情價更高；若為自由故，兩者皆可拋。

　　「自由」在人生意義上，位階幾乎絕頂；心中有「自由」在，此種人最是「人格者」，最有尊嚴與意義，最為全民致最敬禮；台灣人有此志向者，該最受史家及全民永恆的膜拜。這些人中，台民至少有林義雄、彭明敏、鄭南榕、葉阿嫶（二者皆為「台獨」自焚）等！

　　人類由於無知，或被蒙蔽、或受偏見、欲情、一時衝動所欺，以致於產生錯誤的判斷，人類史上此種災難極多。幸好，經過反思及啟蒙之後，已掃除了大部份的過錯。寄望的極樂世界，不必等待來世或天國，卻可在目前的地球上，讓人們享福。就真理的追求而言，邏輯與數學這兩種「形式學門」（formal sciences），to be 也必不變。A>B 且 B>C，所以 A→C；7＋5＝12。這些「公設」（axioms），不可能被修正或推翻。就道德學而言，也「該」如此。如人需誠實、負責任、守信用，這都是顛撲不破的行為守則。從此來說，既是人性（to be），則必定是「善」（to be right）；人性若本惡，則人早就絕種，又那能存在，且存在於恆久？基督教教義是人性本「惡」，都犯了「原罪」（orginal sin）；但人是脆弱的，幸而有個上帝的眷顧，隨伴指引迷津；迷途的羔羊，有個牧羊人指引正確的道路。人人需仰天祈禱，俯地懺悔，則人之「惡」將「減少」（privation）；另一種神的「信差」（乩童）告訴信徒，樂觀的認定人只是「欠缺」善，而非「惡」；這是 St. Augustine 及 St. Thomas Aquinas 前後兩位偉大的聖經詮釋之大神父所提供的證言。因此，虔誠的信徒既已 to be 了，就一定會 to be right。

　　若 to be 而不是 to be right，則不可能繼續 to be；此種例子俯拾即是，且也是經驗談。「生」是 to be，若無價值、無尊嚴、無意義的生，早已不屬 to be right 的範疇。同理「死」也是 to be，但死得有價值、有尊嚴、有意義，則是一種永恆的「生」，後人永「生」難忘！

　　黑格爾是力倡「絕對」（Absolute）的哲學家，他的理念置於「至上」「絕頂」或「永恆」上；「存在」（to be）此一「事實」（be），

「必」定是最佳的「價值」（right），最正確也最不可疑的；不如此的
bo be，又有何必要去論說呢！

「人」在「認知」的位階上，有同於動物者，也有異於動物（或植
物）者；同於動物甚至植物者，是因為三者都有由外感官而受到外物之
刺激而引發出反應。這是第一位階，也是認知層次中位階最低的一層。
正常的人有五種外感官，即眼（視覺）、耳（聽覺）、舌（味覺）、皮
膚（觸覺）、鼻子（嗅覺）；狗食香肉會流口水，胃會分泌胃汁，飛鳥
憑視覺不會碰壁、會躲牆等，這些都是「常識」；常識多半依「感覺」
（sensation）而生。但 to be 的層次，人若只停止在 sensation 而已，則
人有可能在認知上，輸給動物多多！不少動物在「感覺」的敏銳度上，
勝過常人。

其次，經過經驗多次的累積，以及累積經驗之後，型構出「知覺」
（perception）來，則人在認知層次上，就贏過動物多多了。同樣是聲
音，人可辨別出是鳥叫、蟲叫，或飛機、汽車、戰車、腳踏車聲……等
之間的不同，要快閃避呢？還是靜靜欣賞。一看大都市路燈的紅綠，才
決定人要停下來還是往前走；在遠處，一睹有人在那打手語，也能辨其
意，是求救呢！還是打手語者在耍著玩！

認知過程由具體到抽象，由形下往形上，層層上升。「知」如只停
止在「感覺」層，則屬謬誤者必多。由「外感官」（external organs）所得
的「印象」（impression），只是表面而非真實；外感官如不能引發內感官
（internal organ）的作用，即令眼睛或耳朵等「官能」（faculties）（感官功
能）正常，也是「視而不見，聽而不聞，觸而不覺，嗅而無味，嚐而無
滋」。「內感官」由「心」（mind），「外感官」則藉「物」（body），「心物
合一」才能把「感覺」（sensation）變成「知覺」（perception）。

至於「概念」（conception）或「統覺」（apperception），及「悟性」
（understanding，一般人稍悉英文者，皆知該字是「領會」的意思。）
當然「領會」有深淺、有遠近、有具體與抽象之別，因之也與 perception,
conception, 甚至與 acknowledge（認知、知悉）等同。對「自由」之「領
會」，必高於「生命」及「愛情」。

台灣在歷史上之步向民主、開放、自由、人權大道邁進，從教育史角度言之，先是有荷蘭可以取經，耶教徒尤其新教之本土化文教，使台灣文化及教育有了向下紮根的基礎；其後也因各種複雜關係，日本佔台整整半世紀，台灣全民教育之普及，及各種文教、政治、交通、衛生等水平，在亞洲已緊跟在日本之後，這都是極其有利的因素；可惜的是，專權武斷、迷信、守舊的不利因素，也因明鄭大清之治台時間甚長，加上中國國民黨於二戰後取代日本而在台施行長達也近50年之久的恐怖又反動之文教措施。倖而因逢際會，「堅守民主陣容」的空洞口號，也有機會向二十世紀以來環球最典範的民主先進之美國，學習了不少進步文教理念。美國民主在文教上之業績，及其民主教育哲學根基之厚，都在日本之上；這個文教大國對「中華民國」及「台灣」，最為友善。特別要指出的是1970年「中華民國」在全球最大的政治組織之「聯合國」被「逐出」之後，美國馬上制訂「台灣關係法」，官方公文書上都以「台灣」為名，「中華民國」四字消失！

4. 下述擬將美國史上的一些事跡，可供台灣師生及人民進一步了解者，稍述如下：

「使命感」是美國先民的一生抱負：歐州首批抵新大陸的白人，宗教家很多，內心充滿理想，自承在這塊新發現的大地上，將承接上帝交代的使命；理想的人生願景，從舊大陸薪傳到美洲，且以此為終點及目的地。

被標為「歷史的極點」（the apogee of history），預言這個新國家將西拓，普及宣揚民主及自由思想；將一頂人類成就上的王冠，「政治權力中心」（translatio imperii mundi）從巴比侖（Babylon）及波斯（Persia）到希臘及羅馬（Greek to Rome），到法國或日耳曼（France or Germany），後至不列顛（英）（Britain），最後抵美（America）。愛爾蘭神學家巴克萊（George Berkeley, 1685-1753）更有詠詩稱讚美國（Vesses on the Prospect of Planting Arts and Lcarning in America）之學術成就：

Westward the course of empire takes its way.

（王國途程向西挺進）

The four first Acts already past.

（首先四幕已然完成）

A fifth shall close the Dramma with the day.

（第五幕完結篇將於近日上演）

Time's noblest offspring is the last. [10]

（正是人類最佳子孫出場之日）

　　「新國家」與「古老國家」無涉。如有，也得剪斷臍帶，適時斷奶；脫「歐」入「美」，使「未來的大國」（the great nation of futurity）與過去的一切了無關係。獨立宣言（the Declaration of National Independence）完全按人類的平等大原則而訂。此種大原則，從未在人類歷史上出現。「我們國家的誕生，是新歷史的開始」（our national birth was the beginning of a new history）──1839年美國政府探險隊（United States Exploring Expedition）偵側至西太平洋及南太平洋時，《美國雜誌及民主評論》（*United States Magazine and Democratic Review*，九月號）表明美國史是歷史上的新紀元，優於過去，也與過去無關。作者 John O'Sullivan 也以「未來的大國」為文，大膽預言，美國新政府與環球一切其他政府，形式大相徑庭，也深怪其他政府型態之不該。美新政府架構將超越其他政治結構之上。

　　我們的國家是人類進步之國，誰又有能力阻止我們國家之向外
　　擴張呢？
　　上天在我們這邊，無一地上權能阻止。[11]

　　從此，環球以美國民主為馬首是瞻，是榜樣、是範本，也是一部上帝機器計劃的大引擎。作者似乎看出一百年之後的1945年，美國，即令

---

[10]　Kissinger, *World Ordor*. 394 .
[11]　此單元所述，皆引自Kissinger, *World Ordor*.

全歐敵對美國，美國也會佔在上風。

　　日美關係：美總統羅斯福（Theodore Roosevelt, 1858-1919, 1901-1909 為第 26 屆總統），施展軍事武力以作為推動民主、自由、人權、法治的後盾。日俄交戰（1904-1905）他發現俄勢力東來，抵滿州及俄勢力之下的韓國（高麗），在東方「處處與我們在作對」，且「不折不扣，深不可測的虛偽（lilerally fathomless mendacity）」，有害於美國利益。一開始，他打從內心裡就高興日本軍可以打贏；當日艦於 Tsushima Strait（對馬海峽）一戰，殲滅俄軍時，他高興的說，日軍「玩我們的正直遊戲」（playing our game）。但當他發現日軍勢力取代俄國在亞洲的地位時，雖他欣賞日本的現代化，卻擔心日本帝國國力之擴張，讓美國的東南亞地位備受威脅。他預言，日本有一天想擬進攻夏威夷。

　　羅斯福基本上與俄羅斯是同一夥。1905 年日俄經美調停訂了樸次茅斯條約（The Treaty of Portsmouth－New Hamphire），一方限制日本之擴充勢力，一方面阻止俄國之崩潰；且「面對面日本」，雙方都須採謹慎行動（a moderative action）。他的調和，獲諾貝爾和平獎（Nobel Peace Prize），美國人首次獲此光榮。

　　一悉情報告知，日本軍人武力鷹派（war party）抬頭，立即精明審慎的採取對策，派 16 隻戰艦，漆上白色以示和平。「大白艦」（the Great White Fleet）巡航各地作友善訪問；一方面也提醒各國，美展現超強海軍勢力。1908 年 4 月 19 日，致信其子（Kermit Roosevelt），此舉是警告日本侵略勢力該收斂，以拳頭來達成和平。

　　　我不相信與日本終須一戰，但我相信戰爭機會頗多，但建立
　　　一強大海軍使日本感到無法取勝，乃是阻止日本出兵的最聰明
　　　辦法。

　　以海軍勢力展現之外，對付日本，得格外有禮。提醒「大白艦」艦長（1908 年 3 月 21 日）Admiral Charles S. Sperry：他最喜愛的格言是：「說話婉轉，手握巨棒」（speak softly and carry a big stick）。

　　最後尤須特別指出的是英政要支持或同情美獨立。

　　哲學家兼國會議員柏克（Edmund Burke, 1729-1797），生於愛爾蘭
都柏林（Dublin. Ireland），1744年入都柏林三一學寮（Trinity College），
1750居倫敦；分析壯美與柔美之哲學起源，大為康德所稱讚。1774年
當選為 MP（國會議員）。反法國大革命的「自由」主張，卻同情美國
革命。1775年向同事說，殖民者之舉動，是「依英國理念所輸出的自
由」（had exported liberty according to English ideas）。在歐洲，宗教信念
及派別林立，不遵傳統信仰者到處皆有，但卻普遍受到壓抑；一股「新
教的抗議精神」（"the protestantism of the protestant religion"），他們除
了依「自由精神作結合之外，別無其他」（agreeing in nothing out in the
communion of the spirit of liberty）。

　　依此而型塑出的「美國人性格，即對自由之愛，也調教出個性（the
predominating feature）；他同情美國獨立，美國即是從英式自由中「自
然演化而成」。

　　英國不許美國獨立，英國要員竟敢為美國發聲；支那中國反對台灣
獨立，支那中國有類似的要員嗎？

四、對立觀念的辨別－前瞻

㈠民主 vs 民族

　　1. 民主及民族，二辭用漢音唸，乍聽之下會混淆不清；「主」是有
捲舌的，「族」則無。用台語來說，倒是一清二楚，且差別極大。台語
之優勢，在此又多了一樁！民主之概念植基於「理性」，「民族」之主
張則源於「感情」；一般說來，民主之位階高於民族；前者遼闊，後者
狹窄；前者是理性，後者是感性！

　　民族性是本性又是先天的，民主性則是後天陶冶且依教養而成；民
族性是一種衝性，力道大；但常失之於迷亂的盲撞；民主性則冷靜、理
性，視野寬廣。

　　民族性是人一生下來，即跟隨一輩子；從小就有「家」、「姓」、
「族」、「社區」等感情，隨伴終生；但也不時因「族性」的寬窄，而

生族鬥或姓鬥，這在歷史上幾乎無時無刻都發生過；有遠見者希望「四海之內皆兄弟也」，擴大了眼界。但「中國」這個「國」，卻目中無人的將己國，拱為環宇之「中」；與邊陲、荒野、蠻夷，一分為二：己是主，他人是奴，且以武力脅之，Hawaii 漢人譯為「夏威夷」，的確頗堪玩味，此觀念不除，早中了「我族中心主義」（ethnocentrism）的遺毒；將種族性拋諸腦後，視人人都平等，且親如兄弟姊妹一般；更棄除「國」之圍見，「無政府主義」（anarchism）學說突起：地球人、世界人、大同人之想法遂生。禮運大同篇說：大道之行也，天下為公；有些漢人卻將「中華民族」譯為「漢滿蒙回藏苗」的總和。說說容易，實際上，這等於空談；骨子裡，仍是漢人本位思想在作祟！自恃儒家思想，如同一塊吸力特強的大海綿；當漢人之外的匈奴、羌、羯、鮮卑，甚至蒙古、滿州、圖博（西藏）等，「亂華」甚至「繼承」「中國」是王朝之後，由於廣受儒學之「教化」，且連遠自印度來的回教或釋教，都能相濡以染而成「理學」；因之，「我族中心主義者」據「漢族」為中心，或許也要將耶教或歐非等族的人種，都納入為「中華民族」了！只是以「我族」為主幹的中華民族，在發展兩千多年之後，與歐風美雨一接觸，卻是一部悲慘的羞辱史，又那有顏面將「中華民族」極大化，將白人、黑人等也視同「中華民族」呢？

其次，若種族（民族）情極深，又難以拋棄或予以潛藏者，不管在「我族」治理時，雖已不堪入目，且又引起民怨，如同台灣在大清二百多年的統治之下，「無官不貪，無吏不污」一樣，因之滋生出「三年一小反，五年一大亂」之局，這都是活生生的血淚史。揭竿起義之士竄出，「寧結弱少鬥強權，引刀一快少年頭」！真是慷慨激昂。戊戌政變六君子之一的譚嗣同，立志要以犧牲生命來推翻滿清，發誓革命沒有不死人的！要死，他甘願首當其衝！多麼的義魄干雲！果真他也因之殉難了，三十多歲而已！台灣海峽兩岸的中國人與台灣人，共同「反清」，但竟然仍有一大批的人擁清不遺餘力。孫逸仙的革命要十次才能有成，而台灣人呢？

2. 清代之前的明朝，囿於「漢族」本位的「志士」，大舉「反清復

明」大旗，卻不知明末政事腐敗，昏君當政，腐吏橫行；鄭成功這堆
人，帶領大批漢人到台灣，卻「草螟弄雞公」，三番兩次進行「反攻大
陸」。當時台灣在荷蘭人統治之下，台民與荷人不免有不幸事端，台民
一聞「國姓爺」抵台，「種族情」、「民族懷」、「漢人心」，就血脈賁
張，一舉趕走當時全歐最文明國度的荷蘭人。其後大清轄下的寶島，也
如同海峽對岸的中國，民不聊生，三餐無以為繼；台民包括士成為仕的
優遊富貴家族「讀書人」，以及目不識丁的「屠狗輩」，卻高舉「台灣
民主國」大旗，在知悉大清「祖國」割讓台灣給日本之際，「竹篙接菜
刀」的誓死向「倭寇」侵襲，義勇軍多數是台灣客家人。日本依1895年
日支戰爭時的馬關條約，佔領台灣，那是「國際法」，依法擁有清國所
同意割讓的領土。卻不知台民誓死抵抗。其實，台灣民主國義勇軍輾
轉與日軍週旋，是一種不智且小或愚勇的表現。能怪台灣義勇軍的見
識淺、智慧低嗎？台灣人在大清統治下，難道生活水平比得上日本治
台五十年的業績？目不識丁的文盲、纏足的婦女、迷信鬼神與風水的百
姓、大拜拜浪費金錢物資的全民，加上科舉考試倖獲錄取的狀元，即台
人丘逢甲（但也來自唐山）及中國來的唐景崧，前為台灣民主國副總
統，後者為總統；「國名」竟還稱「永清」。至少也該思及台民如不能
自治，日治總比清治好上好幾倍啊！

　　匹夫之勇，不是大勇；井底之見，不是高見；史官或史書之評，可
以翻案的，指不勝屈。但以「民主」視野為斷，總比「民族」情可依；
才是最不易落入「憨呆」的醜名！

　　3. 此種「史訓」，一部支那史，更歷歷如繪。岳飛、文天祥、史可
法等，史書大半皆對之歌頌得無以復加，但那不是都只是小格局的悲劇
而已嗎？套入民族情的囚籠裡，無以翻身；「智慧」之欠缺，徒奈「精
神可嘉，行為不足取」之感嘆！這也如同傳統三十六或二十四孝之愚孝
一般。換句話說，「愚忠」、「愚孝」、「愚勇」等，都是民族情所帶來
的悲劇；若基於「民主」理念，不但不會有「匹夫」之標籤，還更擁有
「智者」之嘉冠呢？

　　史家應握春秋筆，月旦人物；受限於「民族」情者多，少見有依

「民主」理念者，這在支那或台灣史上是昭昭明甚！這也難怪，因為「讀聖賢書」者，極大多數是孔儒後代。試看傑出智慧的軍師諸葛亮，史上留名的是「出師表」，而非「孔明借箭」甚至「七擒孟獲」。「臣一心無二志，鞠躬盡瘁，死而後已」！即令是扶不起的阿斗，孔明也死心塌地的為「昏君」效死忠！該課文還一再的作為支那及台灣教科書必選的教材，用意或居心如何，只有「智者」才不會受騙！

這也難怪，因為「民族」情幾乎籠罩整個支那的天地裡，且二三千年來不只力道仍存，且幾乎掩蓋了其他層面！難得僅見的「民為貴」或「弒君如殺一夫」的「民主」觀，卻非但受盡冷落，且在大施「民族情」的土壤裡，必無法萌芽、茁壯、生根成龐然大樹。大凡一流學者的中心思想，必一而再、再而三的反覆陳述；因為「民主」理念，是頗富哲理內涵的，不是片言隻語就可以「一以貫之」，更不是三言兩語就可暢曉其意。試看歐美哲學家，以「民主」（democracy）為名的著作，是千載斗量；以「自由」、「寬容」、「民約」為文的著作，都是數十萬言。支那這個國家，高度的欠缺此種一流思想家。既無此歷史淵源，又長期受縛於種族（民族）情懷之下，且高唱國家自由甚於個人自由，難道一個享有國家自由而可頤指氣使的使世界各國俯首稱臣的「大國」，是由失去個人自由的「奴隸」所組成的嗎？為民主教育及民主哲學大師杜威（John Dewey, 1859-1952）發聲的胡適，一針見血的道出「民主」凌駕於「民族」的關鍵所在。強盜或流氓頭，最享有「自由」，那是「集權式自由」；政治上就是「國家自由」；但該集權式的自由，卻是犧牲了數以千萬計的個人自由換來的。威權當道，也只能滿足極少數的當權者一種「自慰式」的心理而已，且代價太高；手段卻極盡卑鄙陰險恐怖，只顧目的而不擇手段。因之，「不服」者勢必先卑躬屈膝，口服心不服，卻時時伺機而動，「彼可取而代之」！不光明不磊落的黨棍、政棍、學棍、軍閥，難以勝數。此種日子，離「自由」太過遙遠；且「自由」也非「民族」情者所鍾意的標的！確不知，民主與自由，二辭是永不離身的。民族情若大行其道，則大概也只有「寡人」才享有自由。不過「朕」的大權在握，左右聽令，那只是表面上的服服帖帖，環

伺在身旁甚至遠在野的，幾乎都心驚膽戰；彼此互不信任，爾虞我詐！試問此種生活，是常誇口「博大精深」的文明古國之常態嗎？儒學由於「民族」情泛濫成災，泛德主義大行其道；「民主」意卻委縮得幾乎消形匿跡。為了自保，由「士」搖身一變而成為「仕」者，朝廷奏書多半自稱「奴才」，且為了表明心跡，還得屢次上書效忠。從生到死，都忐忑不安，簡直生不如死了！如此的國度，竟然還有不少讀書人或俗人，中了民族情之毒，甘願作牛作馬？又何嘗有資格說是「人」呢？這是災難，也是浩劫。

民主理念是環宇性的，如同「公設」一般，眾人都理該認同的。民族情則格局小。美國獨立戰爭之際，不只在新大陸的舊祖國人，一心嚮往獨立自由民主，不惜犧牲生命與當時的日不落國以生命作殊死戰；且民主理念無地域限，美國的民主獨立戰爭，也獲得法國民主思想家的為文支持，甚至還有哲學家親赴新大陸着上戰袍，共同為理想奮戰；不只如此，英國上流社會的精英莠士，更有勇氣在國會中挺身而出，且人數不少。支那中國的正義之士，民主胸懷者也有，可惜不成氣候，後繼無人。

民主理念之一，就是「平等」，無階級歧視。儒學成一部支那哲學史，用辭大半不是「絕」，也是「必」字很多；若無「必」字也必有「必」意，如「三人行，必有我師焉！」其實，如不恥下問，則又何必「三」人行，才「必」有我師？「二人行」也可啊！在政治上，支那形成一種「必」牢固不破的威權氣氛；「君尊臣卑」，且君「必」尊，臣也「必」卑。余英時曾為長文探討此種現象。「君要臣死，臣不得不死」（「不得不」等於「必」）；婦女之三「從」也是「必」從，——在家「必」從父，出嫁「必」從夫，夫死「必」從子。在為學上，「必」字之應用，只能存在於數學或邏輯，其他學門都是「可能性」而已，尤其文學。但文學作品中，支那文人之喜愛「必」，是「絕然」的：「話說天下大勢，合久必分，分久必合」；說得斬釘截鐵，絲毫無置疑處！

㈡有為 vs 無為

1. 無為是儒學孔教的訓示：「有為」、「無為」這兩「辭」，似乎

可喻為 to be 及 not to be，莎士比亞的名句：to be or not to be, that is the question。之成為「question」，原因在於把 to be 及 not to be，看成兩極；在千變萬化的宇宙裡，處於「兩極」者不多，絕大多數都是介於 to be 或 not to be 之「間」。單純的把複雜的事，以為用奧坎剃刀（Occam's Razor），就可以剪亂蔴，實在太蠢了！沒那麼單純。「純」與「蠢」幾乎同音。一極是「有為」者，若遇到的都是「無為」者，就如同入無人可抵之境，所向無敵了！或許因而成大功、立大業；但人既有生，就有死，屆時也會有四大皆空的感嘆。這不是如同《三國演義》開章的名句嗎！

> 滾滾長江東逝水，浪花淘盡英雄，是非成敗轉頭空，青山依舊在，幾度夕陽紅！半百漁翁江渚上，慣看秋月春風；一壺濁酒喜相逢，古今多少事，都在笑談中。

希臘三聖最後一位的亞里士多德，有一名徒是亞力山大大帝，東征西討，無堅不摧；建立了橫跨歐亞非的大帝國。但在壯年（36歲）時即過世身亡，卻早在生前即交代，抬他的棺材遊街，兩手伸出棺木之外，向世人昭示：像他這麼有豐功偉業者，死時仍只是「兩手空空」！

可是他再如何告誡，後人爭權奪利者，排隊之長可以萬里計！古支那的老子、印度的佛教、禪宗等，也都有類似的警語誡人：「看開」，「不要計較」；台灣花蓮的「上人」，有句名言，什麼「教」皆可信，唯獨不要信「計較」！「教」與「較」讀音，台語都同。

> 身為菩提樹，心為明鏡台；時時勤拂拭，勿使惹塵埃！

具此種境界者，一生忙碌不堪，甚至苦不堪言；該界「層次」不高，倒不如：

> 菩提本非樹，明鏡亦非台，本來無一物，何處惹塵埃！

稍讀古書者，大概上述「佳句」皆能朗朗上口。

但腦袋或心思不是那麼單純者，就得冷冷的面對一種無情事實，即

「無為者」身處「有為者」中時，該如何自處？當然，若有為者以權勢壓人，無為者持續無所作為、不抵抗、不違命，堅持「成敗轉頭空」；不只長江這條東逝水，把支那數不盡的英雄淘盡；台灣的淡水河這條西逝水，也將寶島千百烈士，全部葬身河底；雖浪花洶湧，但終歸「轉頭空」！因之，支那及台灣誦詩吟詞的文人，倒不如學半百漁翁，手捧一壺濁酒，「古今多少事，盡付笑談中」！

但詩人怎如此無情呢？無為者之「悲劇」，面對有為者之「暴虐」時，視而不見，聽而不聞，觸而不覺；麻木、中風、昏睡、發酒瘋嗎！

鼓舞此種「無為」理念的國度，史訓昭昭：支那及印度僧侶、尼姑，出家吧！「家」就是「枷」；但整個社會，不也就是更大的「家」，也是更大的「枷」！存在主義者，早就一語道破，人的「生」，註定是最大的「存在」困惑，也是最難解的疑難雜症；人之生，非在個人能力的掌控範圍內；人之死，也多半是當事者無法作主！無為或有為，to be, or not to be, that is the question。是一種 dilemma（兩難困境），更是一種 paradox（弔詭）！

2.「不趨極端」，笛卡爾這位第一位現代化哲學家（法國人）（Rene Descartes, 1596-1650），如同亞里士多德（Aristotle, 384-322 B.C.）一般的告誡，勿取兩極。因為兩極，多半都是謬誤的，取「中」（means）才是正道。萬一其中之一「極」為正（真、善、美），另一「極」為「反」（錯、假、醜、惡、邪）時，取「中」者轉頭靠該「極」，距離「必」比取另一「極」者為近。人類歷史事實的演變，由於人智之無法充分皆受「啟蒙」，因之泰半往習俗、風尚、權勢等靠攏。放眼全球，就以遍佈環宇的「原住民」之生活準則為例，「兩極」例遍地皆是；有一夫一妻制、一夫多妻制、一妻多夫制，甚至多夫多妻制者。有些土著酋長甚至還享有少女成婚時的初夜權。不少哲人包括笛卡爾，大唱自然主義的瑞士人盧梭（Jean Jeaques Rousseau, 1712-1778），或英政治哲學家霍布斯（Thomas Hobbes, 1588-1679），對於「人為」及「自然」之「兩極」對立，都能「言之成理，持之有故」；出書盈冊；但多半都犯了支那古儒之荀子所言之「蔽」，即「蔽於一曲而闇大理」；只看一

面而罔顧另一面。一正一反之「兩極」，德哲黑格爾（George Withelm Friedrich Hegel, 1770-1831）更取「正、反、合」（Theis, Antitesis, Synthesis）學說，早是學界熟悉的名詞。

　　持平而論，在眾多學門百科知識中，大概也只有數學及邏輯有「兩極」的領域。若一極是「是」，則另一極必「非」；反之亦然。平庸之士粗看一極為「必是」，另一極為「必非」；但飽學及深思者，只視之為歷史進階的「過程」現象而已：一「正」一「反」，兩相對待，若站在更高處視之，則出現了「合」。但此種「合」，也只是「暫時」的（tentative）。理論上或許有「絕對」境，但現實界則或許還是數量上的多寡問題。以「婦女」纏足而論，足纏或不纏，支那古代及台灣在1895年之前的名門閨秀，都在生下不久就「必」面臨的困境。日本佔有台灣時，立即下令「放足」。此種「恩賜」、或「佳音」、或「福報」，竟然引來守舊之士的大力反彈。足纏或不纏，此種本有的兩極，其後纏足的一極，「漸」消失不見；俟民智大開，則此一極的「纏足」，就「較」快速蹄聲匿跡。三寸金蓮，在今日只能在「博物館」或「古物院」，引人遐思及作客觀的學術研究對象而已！如果「有為」的大力反「纏足」，卻被「無為」者酷評為必得「轉頭空」之結局，難道這是「該」被視為極佳的「哲理」嗎？

　　船到橋頭「自然」直。不，倒必要有「人為」的措施！人為就是「有為」。以婦女纏足之「醜史」竟然還長達八百年之久而論，此種恥辱，若不由「有為」者率先「反之」，繼續纏足甚至都把小女的足踝纏得骨碎了，此種「殘忍」制度，竟然還是力倡「仁」的儒學國家所大行其道的古訓！「無為」觀念之橫行，十足的是「肆虐」的一大幫兇！依史實來考查，過去行之甚久——甚至千年或萬年不變的習俗之所以繼續存在，其因是認定「極」為正確的制度、觀念、或思想；以今視昔或以己觀人，常困惑於是否此一「極」，極為不當、不妥、不真、不善，另一「極」才「該」作為準繩？從知識論或真理論觀之，衡量或批判「兩極」之標準，是「自由」、「開放」、及「長久」的討論，質疑問難能夠持續保有 to be 者，才真金不怕火煉！一「極」之成為「該」，

最有可能是在淫威、無知、及盲從的心態下使然！古人說「兵者，兇器也」！舞刀弄槍以劊子手侍候異議份子，屬行禁書政策且焚書燒人，都是促使「一極」能囂張持續的重大原因。希臘三哲之一的柏拉圖，希望「哲學家當國王」（philosopher-king）；在他的心目中，哲學家的智慧高人一等，判斷最正確，思慮也最週全；但支那古人也不容情的說，「智者千慮，必有一失」；「愚者千慮，必有一得」。俗話說：「三個臭皮匠，勝過諸葛亮」！一人當道或在位，如果這個人真的是人上人，那是億萬百姓的大幸；但萬一「皇上」不是「聖君賢明」而是「昏君」呢？「臣罪該誅」嗎？民主政治之可貴，就在於「集思廣議」及「廣開言論」，則獻策者必傾巢而出；此情此景之下，「大錯」幾乎可以絕跡，即令也「小過」不斷，或長途不可能都是直線，曲折彎曲在所難免，但總可避免步入懸崖陡峭的絕境！並且在民主政治之下，民主式的教育必能步上坦途，「民智」也因之漸漸提升；二十一世紀的「一般人」，「常識」極有可能屬於或高於古時賢者之「睿智輩」；如同正面三角形一般，底邊（底座）博又厚，不怕地搖地動。相反的，若長久都是「朕即天下」，則如同是倒立的三角形了，一旦「崩殂」，則社會立即陷入「危機」。大喊「團結」、「處變不驚」！也徒呼奈何？

(三)Hegel之「正」「反」「合」

德國哲學大師 Hegel（黑格爾）的歷史哲學觀，是稍有哲學素養者盡人皆知的「正」「反」「合」；此種語譯不很正確。馮友蘭（支那北京大學哲學教授）在他的名著《中國哲學史》自序頁二，曾套用支那哲學史之研究者，符應了「正」「反」「合」三式。即古代支那史學家所持之論點，是「正」；其後為「反」；現在則是「合」。此種用詞，也極易混淆。不如說，先是一種論點；其次，是該論點之相反論點，最後則是二者論點之「合」。

1.「正」（thesis）：古人之史觀，多半「查無實據」。因古人欠缺科學查驗工作，大多屬臆說、猜測，可歸於胡適說的「大膽假設」，但未能緊接作出「小心求證」工夫。「查無實據」之「史觀」，流行

一段長時間，也成為當時學界的「通識」，還多半認定該「史觀」為「正確」！其實，以時、空條件之下，先把認同之「見」作為「正」；但就 thesis 此一外文而言，該字並無「正」之意，而是「一種論點」或「一種說法」……，如此而已。沒錯，就嚴謹的認知論或知識論（epistemology）而言，「正」論，得來不易，能否通過「反論」的檢驗，才是關鍵。此一 thesis 或此一 is，是否能永存，to be is to be right，實有待其後的驗證。

2.「反」（antithesis）：anti 此一外文，具「反」意。antithesis 即否決了或反駁了 thesis，對當時的「論點」予以「反」之；把流行很久的「查無實證（據）」放棄不用，而以「事出有因」來頂替。追根究底，扭轉觀點，且作出一百八十度的轉變。在「查無實據」當中，竟然還敢大膽有了斷言。這多半憑直覺！卻常易為時人引用：「話說天下大勢，分久必合，合久必分」；在政治史上確有證據支援之。《三國演義》作者羅貫中，就以該「名言」作為史觀。有「史實」之「證據」嗎？有，但不是百分百的屬「必然性」！該名言卻「必」字連用二次。有「反」例（counter-example）嗎？有，且甚多。只是思考不周詳者卻朗朗上口，還不生疑的引為是「至理名言」之佳句。

3.「合」（synthesis）：theis 與 antithis，位屬「平階」，互不上下。若有「才人出」，超越半斤八兩，在「彼與此」（*either-or*）—— 丹麥哲學家齊克果（Kierkegaard, 1813-1855）之名著書名，及「是或否」（*Sic-et-Non*）—— 中世紀巴黎大學名師亞培拉（Peter Abelard, 1079-1142）之佳作書名；在經驗世界裡，「可能性」（possibilities）多得不勝枚舉，合乎「必要條件」（necessary cnodition）兼「充足條件」（sufficient condition）之「因果關係」（causality）者不多；除了數學及邏輯兩學門之外，「前」「後」二者以「必」作「連言」（conjunction）者，「必」有漏洞。美國名學者杜威（John Dewey, 1859-1952）提醒學者，「以二者得兼」（both-and），作「合」，最為妥適。將「查無實據」（古）及「事出有因」（今）二者相連，不偏不倚；「大膽假設」與「小心求證」，二者兼顧，才四平八穩。

(四)「必」或「或」

不少以為「必」的，不必然是「必」；若也有必然是「必」者，這就成「至理名言」了，放諸四海皆準（空），俟之百世不惑（時）；即令經過懷疑論者之質疑問難，也都能安然過關。只是就「人」而言，此種言說，較無情調，也索然無味；不少人但願過一種變幻莫測、多采多姿的人生，如此才刺激有趣。數學運算或邏輯推理，一就是一，二就是二，1＋2 必是 3。但在人事上，卻沒有如此單純或呆板。人人面臨難以勝數的人事困惑，就是如此。

相對的或絕對的，二者之對立，就如此而起了！事實上的「是、非」或「真、假」，比之於價值上的「美醜、善惡」，猶如兩種極不相同的世界。倫理學（ethics）比較近「情」，感性較強，個別性甚明顯，地域性也清淅可見；道德學（morality）就向「理」靠攏。這兩學門，一般都視為要成為「學」（嚴謹的學門），比較不易！但倫理或道德，不也可以形成一些「格言」、「律則」、「模範」嗎？猶如數學或邏輯之「公設」或「定理」（axiom）一般！如：人要誠實、負責、仁慈，有正義感、不欺騙……；康德（Immanuel Kant, 1704-1804）曾經訂下三句警世座右銘，奉勸世人：

1. 視人如己：對待他人，不許「只」當「工具」，更須視之為「目的」。他非常「實際」的了解到，都只把他人視為「目的」，這是天方夜譚！就「實踐理性」而言，把人當「工具」，這是常事；但他力勸，不「該」也不「許」的是，「只」（merely）把他人當工具！就如同存在主義（existentialism）所譴責的，視他人為「it」（它），而非「thou」（他）。thou 是與 I 是同位格的，至於 it，就是供奴使、逼迫、下令的，可以「修理」之，如同機器；或「訓練」，如同狗……。

2. 行為準則必得成為「普世性」（universality），而無「局部性」「地域性」或「特殊性」（locality），即無例外。「愛人」既作為行為準則，即令對方是敵人，也「該」如同鄰居一般的「愛」之。誠實既作為「無上命令」（imperative category），就不許有「誠實的欺騙」

（honest cheat）。因之，向親人隱瞞病情，或給敵人假情報等，這都是「戒律」。人人平等，若有人自持有權「侮人」，則此一「律則」也該還給他本人！

3. 行為規範一旦合乎上兩「公設」，則最後的第三「公設」，就必須要身體力行，言行合一，視之為一種鐵律或鋼律，不許停留在「願」不「願」上（情在作祟），而是「該不該」上的「規範」（category），且是「應迫的」（imperative）。是一股心志，由不得當事者有任何藉口，卻如同軍令下達，從不動搖一般；該兩外文就字意而言，是命令行事的最高層，屬「無上的命令」。Kant 制訂此三「公設」，其時及其後迄今的學者，絕無異議。這不是如同數學之「公設」或邏輯的「三段論式」（syllogism）一般的顛撲不破嗎？

「公設」、「定理」、「規範」等辭，都超越「時及空」，不為「時及空」所限。之所以如此，也是因為由於不受「時及空」所限的這個「因」，才產生不受「時及空」所限這個「果」！亞里士多德（Aristothe, 384-322 B.C.）早說過：一切「果」皆有「因」，一切「因」也都有「果」！若肯定「事出有因」，卻「查無實據」；則原因必不單純，有可能是查案者腦筋笨，技術差，方法不佳，或受到恐嚇、威脅、利誘或被蒙蔽，或欠缺勇氣，不敢向惡勢力挑戰。

由上所述，又引出了一個頗值討論的議題，即「哲學史」一辭既含有「哲學」及「歷史」，而「哲學」與「歷史」早已成為學界的兩種主要學門。但「哲學史」一書，到底在撰述或評論的比重上，該以何者居多或佔優勢？此種爭議，端視撰述或評論者個人主觀上的見解而定；猶如「教育哲學」一門，既把「教育」與「哲學」合一；但二學門以何者居主，何者居輔，當中的拿捏，實在也常見仁見智。不過，有數點頗值正視。

首先，有人批評英國哲學家羅素（Bertrand Russell, 1872-1970）的名著《西洋哲學史》一書，「史」的部份太多，哲學部份太少。此種指摘，也針對胡適在《先秦哲學史》一書而來。羅素是名聞遐爾的世界級學者，他的該書在 1946 年出版，我在 1970 年赴美深造時，該書已 16

版；1996年該書又新印，可見銷路之佳，大概在「哲學史」一書上前無古人。在序言中早已標示，哲學見解，必與社會、政治、經濟、宗教等因素結合。哲學家極少是不食人間煙火的「太空人」或「外星人」，很少有不受外界刺激所影響的無感「動物」（那是礦物了）；如果作者無視人間疾苦而有超塵唸頭，或出家看破生死苦痛，而雲遊於九天之外，之所以如此，那也必有其「因」。若此因不表，那正是「查無實據」的一種托辭。

　　其次，要是上述之「因」可以成立，則頂多只是「哲學」而已，與「哲學史」無涉了。也就是說，若將構成「哲學」的社會、政治、宗教、經濟等「背景」棄而不述，則既與「史」無涉，又怎能安放在「時間」（史）甚至「空間」上的某一「過程」呢？「純哲學」此種「果」，也必有其「因」。「因」無而只及於「果」，或「事出有因」但「查無實據」，不也嚴重的犯了上述所提及的罪過乎！當然，若與「果」無或少涉之「因」，佔的比重很高，這就犯了「乞丐趕廟公」之諺。二者之「扣緊」（cogent），也可看出寫作者之功力。羅素及胡適著作之讀者群，罕見他人能與之較量，優勢在此！

　　「遺世獨立」此種個性，也是一流哲學家的「造詣」，但此種人卻是「稀有動物」，影響力嚴重不足；因之，責以「自私」，也難脫其罪；頂多「獨善其身」而已，甚至連「己善」也難完成！人尤其是「個人」，完全或大半不問他人，甚至幸災樂禍，此種「哲學」觀，又具何種意義與價值，實在足堪警惕！

㈤ 啟蒙：理、情、欲

　　歐洲中世紀是宗教力獨佔的時代，其後的「啟蒙運動」（the Enlightenment），迄今為止，仍有許多學人稱之為「理性時代」（the age of reason）。其實證之「哲學史」的「實情」，「理性」力高揚，確實是「時代精神」（Zeitgeist）（the spirit of the time）。但，「情性」之力道，也是該運動的主力之一，要角是盧梭。「理力」若無「情力」作背景，前冷後熱，才構成為「溫暖」及「舒適」的世界。西方社會之快

速步上此途，把東方之長久止於威權時勢，遠拋在後。這是歐美文教、科技、民主、人權，成為「普世」價值這種「果」的重大「因」。「說之以理」加上「動之以情」，二者攜手合作。此種氣勢與力道，才能如同移山倒海似的衝破背理駁情的桎梏與枷鎖。甚至對反乎生理及心理之「欲」而導致的疾苦下手，使「理、情、欲」三者，都有了疏洩的通道，「食、色」性也！

1.「啟蒙」一字的漢文意，是「把蒙住的蓋子開啟」，與英文的 discover 同意；英文的 enlighten，則是帶來了光。理、情、欲三種人之「性」，都有了發洩或疏解的管道，如此才會暢快舒服，這才是人最幸福的享受。

「理」的哲學大師是英國的洛克、德國的康德、法國的伏爾泰。

「情」的哲學大師是瑞士裔法國的盧梭。

「欲」的哲學大師是德國的馬克斯，滿足普勞大眾（proletariats）的生理需求；以及奧地利的佛洛以德（性的發洩）。

羅素公開說，人生三大不幸，生病、貧窮、及性生活不滿足；三者都因理、情、及欲三「性」之得到發洩而解決。這也是「啟蒙運動」一直延續到現在的功勞與業績！

既成為「史」，必具時間性。偉大的哲學家之思想，在「哲學史」上佔有地位，若欠缺「史」此一層面的因素，則把他列在某一時間（史）上的任何一章節，都無關緊要。此外，哲學理念必也帶有空間性，把哲學家分為西洋或東洋，必因二者在空間上有差。以孔子這位支那史上被奉為「至聖先師」及「萬世師表」而言，在《論語》一書中出現有「時間」概念的少之又少，除了自剖「吾十有五而志於學，三十而立，四十而不惑，五十而知天命，六十而耳順，七十而隨心所欲而不踰矩」之外，明顯的昭告世人，他的七十餘歲數中，前後年齡的「成就」有別。該書的其餘文字，看不出是何種年齡時的心得，未有撰述日記，或標明年代的習慣，「史」之意義就明顯失色。哲學史及其他學術史之具有「時」及「空」性，原因不言也自明，無需贅述。

2. 哲學家是人，教育工作者更是人；人是有血有肉的感情動物，不

只是理性動物而已，時代及週遭處境之「刺激」，哲學家及教育家必有「反應」而非麻木不仁者。

　　身是菩提樹，心如明鏡台，時時勤扶拭，莫許惹塵埃。

此種「修為」的示範，必引發絕大多數的芸芸眾生，心嚮往之，影響力也大。但

　　菩提本非樹，明鏡亦非台，本來無一物，何處惹塵埃！

將外界或內心的刺激，都「修養」到「看開」、「放下」、或「無感」，這不是麻木或癱瘓了嗎！

當然，換另一角度衡量之，有些哲學家之「見」，高度超越時空之外，也不受時空所「惑」，這種「人」，已是「超人」、「超世」、「超時」、也「超空」了！把眾生之「有感」昇華到「無感」，但其道必「孤」，絕少能引發共鳴，「曲高和寡」。舉文學作品中的小說內容作一對比，過去的不少小說，內容涉及富貴人家者多，少及販夫走卒，尤其是「普勞大眾」（proletariats）。支那史等於是一部帝王朝代的更換史，對百姓生活之困苦或心理之憂傷，着墨罕見。《紅樓夢》詳述「大觀園」之富麗堂皇，及富家子女之戀情；因之對支那這個「古國」之眾生，是否邁向幸福快樂生活，幾乎不生漣漪！「史」中的「實」成分，只及於「寡人」、「朕」、及達官顯要的（極其）少數，觸動不及「億萬百姓」的神經；絕大多數的支那哲學史的著作，類此！對外在環境如政治、經濟、社會等的「淑世」功能乏善可陳。「史」之意義幾乎等於零。外在環境這種「因」，對任何人，包括哲學家，人人皆相同；但「反應」方式，就千差萬別了。名史家湯恩比說外在的因（cause）或刺激（stimulus），是一種「挑戰」（challenge），但「反應」（response）或「果」（effect），卻不盡相同。對「因」無動於衷或冷感者有，美其言曰看破紅塵；但或許更重要的內情，是懦弱、無膽、逃避、自私。

　　3. 哲學史的撰述者，有無必要得先鑽研各時代出名哲學家之哲學後，方才夠資格下筆？史上的「名」哲學家，人數眾多，他們的作品也

汗牛充棟；且又以不同語文寫作，除非精通今文古文，以及外文；又加上「知也無涯」，卻「生也有涯」。因之，提出此條件者除了精神可嘉外，則無實際效應；嚴格依此要求，則無一符合此規定。

這也涉及「樹」與「林」之間的關係。「樹」是單，「林」是多，集樹才成林。見樹不見林者，只把眼光放在細節、局部、地方性、及時間性上，這是「微觀」（microcosm）。相反的，見林者視野大、廣、擴、遠，通盤考慮，這是「宏觀」（macrocosm），也是環宇觀。試問「通史」的作者，資格必具備任一史上事件、人物、條約、帝王生死，將領決策，百姓心態嗎？果真如此，無一「夠格者」（qualified）。舉簡單例子就一清二楚了，鑽研孔子生日，甚至爭議何日何時何分出世，在「知」上了無意義與價值。試問此一問的「正確解答」，對於孔子學說，有何差異，不是徒費口舌而已嗎？《三字經》有「昔仲尼，師項橐」一句，有一童稚少年（七歲），向孔子問天上星星有幾顆，孔子啞口無言，反要求不要問那遙遠問題；該童機智的又問，既然遙遠不可問，則問眼前的：「試問眉毛有幾根」？孔子束手無策了！這不能怪這位「至聖」，因為童秩之問，只及於「樹」而未及於「林」。該問若窮究一生心血，也是虛耗時光之舉。

這就讓我回憶起 1990 年我從師大教育系借調到台北縣（現改為新北市）擔任教育局局長時，一位中國黨（中國國民黨的簡稱）議員名為韓國瑜者，蓄意為難我，乃公開要我正式回答下述問題：

台北縣最大的小學，學生數多少？

……

我對此一問題了無興趣，為了禮貌，我乃回以大概數目。他若給我零分，試問「局長」的職位，也得時時查看且銘記在心此一問題的「正確」答案嗎！不客氣的說，我如答以「正確答案」，真有可能是馬上錯誤的。因為學生增減天天在變，很無教育意義；最沒水準的教科書，就出現了某國地理面積及某條大河長度等的「正確答案」。這是最「誤人子弟」的政棍、學棍、或教棍之行徑！教育哲學家早提出警告，Kowing why 或 how，比 Knowing that, when, where，價值多上好幾倍。

痛心的是該議員還津津樂道地下馬威，更足以哀傷的是台灣選民的判斷標準，怎又如此的不堪？事隔差不多一代（30 年）的 2018 年，他竟然還高票當選高雄市市長，且風靡全台，儼然成為一顆閃亮發光的政治明星。台灣的教育真是失敗了!! 2020年他竟參選台灣總統，還好，慘敗，且他市長寶座也不保，因為市民發動要罷免！

　　哲學一字的原始意，是「智慧」而非只是「知識」而已。智慧涉及判斷，「樹」太多，細節太繁瑣，會有迷亂之虞，找細節或小處下手，勤奮不懈，這是培根比喻的螞蟻工夫。作學問、教學，尤其有價值的著作，必能刺激讀者的思考，引發感觸，但不許「空想」無內容，這也是培根取蜘蛛結網的比喻。不少哲學作品或其他學門的書，「不知所云」者甚多。至於「史」的書或文章，則「史實」甚夥，但「史識」卻最缺！現在的資料訊息，得之甚為簡單，稍用心者，皆能搜集成冊。但「史識」、「史見」、「史觀」，卻罕見。一文之後列的註，頁數不少；此種作品，實浪費讀者寶貴的時光。其實早就該丟入垃圾筒當資源回收，絕無其後閱讀的必要。

　　有一種很具體也頗方便的評斷作品好壞的標準之一，是經得起「史」的檢驗而歷久彌新的「鉅著」。不少書版次不斷，讀者眼睛雪亮的有，能通過他們長期考驗的，精讀價值必高。羅素的《西洋哲學史》在 1946 年（時羅素已屆 74 歲）出版之後，我在 1970 年在美深造時已16 版；1996 年，英重要出版社「路透社」（Routelege）重印，仍然銷路奇佳！該書的「史識」，常令我有眼睛一亮的快感。我在 2014 年歲數也幾乎等同羅素出該書時的「高齡」，將一些心得撰述在「文景書局」出版的《西洋哲學史》一書上，盼讀者參閱。

　　稍過目支那的古書，尤其被列為重要的「經史子集」，極有可能產生一種印象，以為兩千多年的「信史」，該國都似乎平靜無波，風調雨順，百姓「日出而作，日入而息」；暴君、虐吏、惡霸等少見。文人寫作，不是風花水月，就是吟月亮、誦星星，描述山之高聳；昆蟲鳥叫，泛舟垂釣，或「一壺濁酒江渚上」；猜拳捉謎。但罕見帝王之昏庸，宦官之逢迎討歡，陷害忠良；連「讀聖賢書」又歷經科舉嚴格考驗的士大

夫，都眼瞎耳聾至此！導致於兩千多年自稱為宇宙之「中」的國，幾乎變成列強予取予求的宰割對象！即令到了二十一世紀，還被列為「未開發國家」！享受了歐美日台等先進國家給予優惠，甚至最優惠而占盡便宜！但環顧全球，未有一國之多數官吏，像支那中國那般的處心積慮，打算移民至可以享受自由及民主的國度；並且，此一「大國」，最不「敦親睦鄰」。

對支那若極有「同情的理解」，甚至還以為西方已沒落，東方卻紅了。持這種見解者，最好以身作則，爭先恐後的親歷其境吧！千萬別「嗞爾多士，為民前鋒」！有指揮官、元帥、將軍、領袖、特首、總書記，只坐享其成而不身先士卒的嗎？

4. 上引《三字經》中孔子這老夫子與項橐小童之對答，卻有不少問及 why 這種頗具教學價值者。

> 小兒問：鵝鴨何以能浮？鴻鶴何以能鳴，松柏何以冬夏長青？
> 夫子對曰：鵝鴨能浮者緣腳足方，鴻鶴能鳴者緣咽項長，松柏冬夏長青者緣心中強。
> 小兒反駁：不然也。蛤蟆能鳴，豈猶咽項長？龜鱉能浮，豈猶腳足方？胡竹冬夏長青，豈猶心中強？

此種引發反駁的「對話」，真是精彩。千年以來，罕見此種質問，比起歷代孔家門人之「著作」，更具開竅之功；所舉實例，人人可見，童叟皆知。

至於小兒請教孔子「天上明明，有多少星？」孔子曰：「吾與你眼前之事，何必論天地？」其次，「眉毛髮有多少數？」聖人無言可答。這些問答，就只能算是了無意義可言了！

支那學者為文，字意及辭意頗不「精確」，卻喜語不驚人不罷休，但意氣用事，文學筆調多，科學含意鮮少。「必」是無例外之意，一有「反例」（counterexample），則該陳述句就無法成立；如無出現「必」字，也「必」含有「必」意！「文人相輕，自古皆然」，（注意「皆」也是「全稱」句，與「必」同階）。說是吹毛求疵嗎？不，該疵是大

弊，非小過。此例不勝枚舉，如「有其父，必有其子」等！對此有興趣的讀者可以作一個統計，文人多半犯此過錯，少有人指摘。怪哉！「差不多先生」的渾號，就是為學不嚴謹的標記！

㈥祝林玉体──兩性平權之正義翻轉

2019年6月10日，審查台北市立大學教育系博士生黃映源的論文，題目是「106學年度國小英語教科書性別意涵之研究」。引發我不少思考。兩性「平權」，現在是熱門話題。教育史或一般通史，兩性不平權，是久為人知的史實。21世紀的當今，雖經過不少有心人之探討與奮鬥，「平權」是否已臻百分百？是否還留下傳統陰影？都有必要進一步追究。下列一些發生在台灣或國際上的常見之事，可作為進一步思辯的起步。

1. 該論文的研究生是女生，但名為「映源」；「刻版印象」（stereotype），乍看之下必認定是男生。以漢文為基的男女，父母尊長為下一代取名，男多半以「雄」、「強」、「剛」、「烈」等為名；女則相中「秀」、「美」、「姿」、「雅」等。以我的名為例，我生在日本時代；大伯父悉漢文及日文，我兄弟輩皆有「玉」，大哥為「玉山」，台灣名畫家也叫「林玉山」，可惜他不是我大哥。不過，我大哥的毛筆字可與他的畫匹美。為我名「玉体」，據說這是指「皇帝的身子」。我上大學時，教授第一次點名，卻帶點洋氣的稱我為「Miss」，同窗聽後哈哈大笑！1970年起我赴美深造，曾為文在報上發表，政治大學馬起華教授有一文對「玉体女士」之文有反應；但他「顧名思義」，不見得合乎事實。因我不是「女生」！

2. 支那漢學家好談易經，「易分陰陽」，指日月；卻與男女兩性搭配：男陽女陰。本來，日月或晝夜，是「天然現象」，並無優劣之分；但由於一為光，一為暗；因之「價值取向」，隨之而上。生男則喜氣洋洋，生女則愁眉苦臉。環球種族幾乎是「父系社會」的天下，一部人類史，可以說是男欺女的兩性不平史！

男及女，都是人；但人性在性別上是否有好壞，是否有價值上的

高下，見仁見智；史實呈現的，卻是壓倒性的偏好於男性。支那所強調的「女德」，是「三從」——在家從父、出嫁從夫、夫死從子！她所「從」的，都是男性。這已是常識，不必再贅言。不過，就「性」之「質」而言，是否兩性有短長呢？掀起學界哥白尼效應的法國（瑞士裔）學者盧梭（Jean Jacques Rousseau, 1712-1778），有一本轟動學林的巨著《愛彌兒》（*Emile*），該書大唱自然主義，依本性（nature）而行；該書主角是愛彌兒，男生；配角是蘇菲亞（Sophie），女生，且放在最後；男前女後。他的「教育哲學」，是依或順乎「天性」；男的「天性」及女的「天性」，如同遠古所遺留下來的，也如同支那一般，「男主外，女主內」；「男是主，女是從」；男指揮，女柔順聽話，小鳥依人般！該書一出，被學界痛斥他歧視女性。不過，果真女以柔為強項，柔以克剛呢！不也是支那老莊哲學的名言嗎！

宇宙雖有陰陽，日月有分，但若各取其長而補其短，則相輔相成，不是最和諧的自然生態嗎？要命的是絕大多數人不能洞悉其中竅門，以強壓弱且壓得透不過氣來，逆來也「必」對方順受！這才激起兩性戰爭。「夫妻」成家，卻以「互欺」作技倆，怨偶成雙入對！連支那的「萬世師表」或「至聖先師」，都把「女子」與「小人」同列！一生從未收女子為徒。他的儒家後代，兩千多年來幾乎都順從師令，無為女生設帳教學！此種剝奪女子教育的醜惡史，歐美也難辭其咎。不過，歐美人士倒是覺醒較早，在女子教育機會的提供上，早已是「全民教育」了。日本「脫亞入歐」之國策，也把男女學校教育機會平等的佳音，傳播到台灣來！

男女相處，的確是一門大學問。但如果雙方都能體認，相互尊重且大方慷慨，相信必然是夫婦如魚得水一般的歡樂幸福，美滿家庭可期。兒女有幸出生於此種環境，是最佳的「教育」場所；如果一方太霸道、不講理也不用情，全以「力」來發號施令，試問這是「人」的世界嗎？叢林中老虎及獅子是萬獸之王，人要沉淪到那種令人畏懼的地步嗎？

3. 說些實例好了，現在在台灣及環球的教科書上無不歌頌「居禮夫人」（Madame Curie）的貢獻。台灣首位諾貝爾化學獎得主李遠哲，

曾說他由於讀過《居禮夫人傳》，而決心要研究化學。法國巴黎大學的居禮（Pierre Curie, 1859-1906）娶了波蘭籍的太太瑪麗亞（Marie, 1867-1934），與 Antoine Henri Becquerel（1852-1908），三人於1903年同獲諾貝爾物理獎。先生不幸車禍過世後，她獨自研究，又於1911年獲諾貝爾化學獎！世人知悉的就是一位傑出女性，但卻稱她為「居禮夫人」。居禮是她冠夫姓，如同我太太祝敏美，嫁我時也「順」從「古訓」，身份證上她是「林祝敏美」了！為何我不冠「妻姓」，而稱「祝林玉体」呢？其次，英國二戰後一位鐵血首相柴契爾夫人（Madame Thatcher）。柴契爾是她先生之姓，大家幾乎都不明白，她本姓是 Roberts，名為 Margaret Hilda，曾來過台灣演講。居禮夫人及柴契爾夫人，都心甘情願的被世人如此稱呼，也不怪怎如此的重男輕女，卻「心甘情願」的公然被眾人忘了她的本名，而把榮譽與光耀全獻給她倆的先生！相信她們的夫妻恩愛，一定為世人羨慕不已！若兩性生活不愉快，就算擁有天下，必也心感缺憾！人生樂趣缺此一塊，即令「昇華」，或許也無補實際！

誠如盧梭所言，人要順其性，勿逆其性！學者自當研究男女之「本性」是否有別，這是一門大學問。男女兩性相戀，這是絕大多數的天性使然。若能彼此恩恩愛愛，主動的奉獻，相信「理性的人」必也有「感」！這是美滿、幸福、快樂的最大因素。妻以夫為貴，當然，夫也以妻為榮！彼此欣賞對方的優點，感謝都來不及了。若還挑剔、指責、懷疑，則婚姻生活步入墳墓了！男女性之強項，不必然全同，何必逞強好鬥，連鎖碎小事也爭，且爭得面紅耳赤！若又動了手甚至持了刀或槍，試問人生有何價值與旨趣？

兩性不平權是長久的事實，且也蠻嚴重的。現在公平、自由、平等的社會，法律、輿論，也鼓勵原本弱勢的一方，能翻轉世界！但千萬別太過計較與偏激。正常的社會如同翹翹板一般，不是穩定而無上下，一定有一高一低的現象，如此，正可樂此不疲呢！

此外，教科書的內容，影響學生認知力及辨別力，但沒那麼重要吧！學生的接受度，不一定把教師所說的、課本所寫的，百分百都生吞

活剝！若撰寫教科書及上課時教師的言行，都要百分百合乎「平權」，且是迄今之後也皆無誤，試問又有誰夠資格充當教材的編撰者及教學人員呢？教材錯了，教師教不正確了，只要不是故意的，又何必強求呢？教科書要時時修訂，不是證明其中有錯嗎？把這些改正權或機會留給學生自己吧！自動改善總比被迫，價值來得高！教師不是「至聖先師」，即令是「至聖」，也只「名」而已，「實」並不如此！

　　自認人生最感光榮或身以為傲之處，就是在為學時發現「己見」或「異見」是「高見」。一有「超乎庸俗輩之見」時，「野人獻曝」般的寫出、道出、說出，則「人生不亦快哉！」真理的兩大效標，一是有客觀事實作憑依，一是邏輯推論是「有效的」（valid argument）。秉持此種為學態度時，也該慮及「史」，在封閉、專制、一言堂的社會、政治、教育之下，為堅持「讀書人」（intelligentia, intellectual）的風骨，也領會到冷峻不利的時代背景，但更要「大膽」的勇於提出，不該「小膽或無膽」。至於後果如何，留給「史」家寫評論吧！「天下最勇敢的人，是最孤獨者」。「雖千萬人吾往矣！」支那的哲人有時也發下豪語，帶有「正氣歌」的壯志，「士不可不恆毅，任重而道遠」等佳句不時出現。但千萬勿「說了全笨篷，作的不到一湯匙」！光說不練。中國人「說及寫」的，或可稱一流，但「只剩下一張嘴」，「什麼都死了，只嘴吧未死」！那種民族那能在歐美學術洪流抵達時，堪能與之相比！

　　為台灣人爭氣，也為支那的「真正智者」發聲；平生喜愛看書，尤其是具批判性的著作，如不能言人之所未言，人之不敢言，則不如閉口封筆，以免浪費讀者青春，讀物如毒物（textbook is poison），不盡然都是「開卷有益」的。當然，壞書當警惕用！期待年青學子，「苟日新，日日新，再日新」，「改變歷史」還不夠，「改善歷史」才是持續奮鬥不停的目標！

第九章　師大教育系憶往──
　　　　一手見證的台灣現代教育史

　　師資之重要性，位居教育第一，全台小學師資，有數所師範學校培養；中學師資，則先只由一所，即師範大學負責。師範大學的首系是教育系；因之，教育系位居該大學龍頭地位；更是全台師範學校教育的楷模。在台灣教育史中，影響力非同小可！

　　師大教育系是師大首系，本部校址前身是台灣高等學校，全台只有一所，創校於 1922 年，是日治時期，帝國大學的預備學校；性質仿德國之「古文學校」（Gymnasium），精英取向，學生數不多，師資、設備聲望、課程安排，以及校風，都是教育史上頗具特色者。教師及學生大部份都是日籍，時為大正執政時期（1912-1924），既自由又開放。畢業生不是入緊臨的台北帝大，就是往日本（內地）帝國大學深造，甚至赴歐美頂尖大學進修。1945 年二戰結束，「中華民國」政府統治台灣，將「高等學校」廢除，改制為「台灣省立師範學院」，是唯一培養全台中學師資之所在。並且規定，除了政治大學准許設教育系之外，全台高等學府不許有「教育系」。即令迄今，台灣各地大學林立，教育系也是各大學中的一個學系，唯獨掌台灣高教育龍頭地位的台大，仍未有設置教育學系的蹤影，這是十足有趣且頗堪玩味的。師大（前身是師院）由於肩負造就中學教師的重擔，教育系除了課程注重「教育學」之外，也為全校各系安排與中學教材有關的課程；教育系的身份及地位，別具一格。加上台灣執教育行政首長身份者，泰半都是師大教育系出身，或修習過教育系為他系所安排的有關教育學科者（如教育概論、各學科教學方法，教育心理等）。因之，台灣師大教育系在教育史上扮演了舉足輕重的地位。師大校友既皆修習過教育系相關的「必修」科，在各學校擔任校長以及地方教育行政首長等職務者，也都與師大教育系結緣。若說師大教育系的演進史，反映出台灣教育史的「全貌」，也不為過。本人

從1960起到2002年，忝為師大教育系學生、教授、系主任、研究所所
長、及教學院院長；2008年自考試院退休，如今仍是兼任教授身份。
往事歷歷如繪，且也在有關教育文化及政治改革風浪中身居第一線！爰
就所知，稍作憶往，供作充實台灣教育史科之一。

第一節　學生時代：「師院教育系」及師大教育研究所

　　就「教育科班」這名詞而言，本校教育系師生與我同具此身份者，
比比皆是，在這方面無甚特別。1958年台南師範普通師範科畢業，在
家鄉國小服務兩年；參加大學聯考，依政府規定，我未服務期滿（三
年），如要深造，條件頗受限制；其中之一，就是只能報考師院，才
「不離初衷」！由於家庭經濟因素，且也因師校及師院都是公費，
社會聲望好，畢業又有「頭路」，因之也心甘情願的「就範」。當時
（1960）台灣高等學府中，「大學」只一所，其餘都是「學院」（另有
台北法商學院、台中農學院、台南工學院）；並且歷年聯考入學成績，
師院各系幾乎都與台大不相上下，甚至有高於台大者，如英語系或歷史
系等；至於「教育系」，在我入校時，就有一名助教（名字似乎是王秀
麗），台南女中出身，乙組狀元（甲組是理科，乙組是文科，丙組是醫
科⋯）。彰化鹿港有一年青人，名叫蔡德本，原先考入台大外文系，後
來知悉師院立校，乃重考入師院英文系；卻在1949年的四六事件中惹
禍上身，吃過牢飯；名作《蕃仔的哀歌》極為感人！教育系的入學分數
傲人，與英語系不相上下；並且入教育系者，都是全台高中的秀異者。
我入榜教育系，是男生分數第一名，前三名都是女生，首位來自一女
中，次位是基隆女中的，第三是苗栗中學的；內人與我同班，她是六年
的一女中「高材生」，但入學試分數落在我後！師範學校無英文課，數
理科並不重視！我本擬考甲組，但既「先天不足」，後天也乏力參加補
習（初中三年，高中三年，都未上過補習班），乃決意選乙組。

一、校舍及校史

1. **校舍**：現在的師範大學，有校本部、公館分部、林口分部等；我入學時，只有校本部，校址比台大更接近市中心。

中國國民黨執政當局，為雪恥丟掉整個「大陸神州」，心態與鄭成功一般，無心治理台灣；「一年準備，兩年反攻，三年掃蕩，五年成功」！將教育政策與政治結合，「殺朱拔毛，消滅共匪」；「打倒俄寇反共產，消滅朱毛殺漢奸」！口號、標語洗腦，灌輸式的教材，撲天蓋地而來。原有的高等學校，是三樓高的兩長棟紅磚，另有也列為文化財的古蹟「禮堂」，至今完好無損。校門口正面是和平東路，日本人仿歐洲文藝復興之後的古典文雅教育之古文中學，德文是Gymnasium，法文是Lycee，英文是Latin Grammar School，尤其九大「公學」（Public Schools）聞名全球，其中近英女皇住所溫莎堡（Winsor Castle）之伊頓（Eton），校園之遼闊，不輸給現在台大校本部。高等學校改制為「學院」，屬大學層級。最令人印象深刻的是，「大學」就是要大！有人批評台灣的學校「亂象」，是「大學太小，小學太大」；師院就是如此，若與隔鄰的台大相較，真令人汗顏。

陳水扁當台北市長時，數學系出身的呂溪木校長經過多次努力，爭取到新店溪上游一大塊地約二十多公頃，願意撥給師大使用。市府代表張景森（台大畢，也是2016蔡英文總統任內的重要閣員），來師大會議室代表簽約；當時我應邀觀禮，當場表示是否可另議。因為師大已有公館分部，如能把附近的三軍總醫院給師大，新店上游地給台大作交換，則師大本部與分部，幾乎可以連成一線；至於台大，日本人規劃的這個帝國大學，最有世界級水平。台大除了校本部外，另有法、醫兩學院，靠近市中心；此外，溪頭農場，也是台大實驗林地！市府、台大、師大，三校參商，如能如我提議而定案，師大當感激不盡。張局長當場表示，此議絕佳；可惜生米已煮成飯。且師大本身無談判籌碼。我反問為何如此？原來國防部的三軍總醫院，要遷建內湖！但台大找原地籍原件，座落於日治時的草山（現改為陽明山）竹仔湖山上的觀測站，是台

大校產；台大力爭要收回，結果國防部不得不讓步；但經一番參商，妥協結果是但願台大不必拿回草山山頂上的「國防要地」，願以三軍總醫院之址作交換。不過，台北市政府經過一番了解，原來的三軍總醫院院址不屬國防部，也不屬台大，卻是台北市政府的，是日治時早規劃的六號公園。日本治台，早要把台北經營為一座現代化的大都市。大都市的景觀，就需有大公園！現在的大安森林公園，原為7號公園。台大發現理虧，但反正都是台大人，好說話！台大乃請求台北市政府的六號公園，如能由台大所屬，台大早擬在該處設藝術學院，帶有濃濃的美術氣質。我的建議，市府、台大，國防部早已定案，因之不被採納。不過，新店溪上游的那塊大地，面積可與校本部比。不久，市長換人了，此事乃不了了之！

先從外觀看，我入學時的師院，又那能與台大校園氣派相比！我擔任教育系主任、研究所所長、及教育學院院長時（1995-2000），常邀約國際級教授來校演講。我最擔心的是，貴賓希望我陪他逛一下校區！不逛還好，心中還以為師大是「大學」；但若走十幾分鐘，就把校園走光了，那不是令來客對本「大」學「刮目相看」嗎！

評斷學府，該以「素質」作為主要因素。歐洲的高等學校，形同高等學府，是「學制」（school system）中列為「第三位階」（tertiary）。「初階」（primary school）是小學，「次階」（secondary）是中學，「第三階」是「大專」院校。

2. 校史：2019年以前，師大校方的「校史」，都不把日治時的「高等學校」算在內，這純是對日本人的敵意！高校與帝國大學是相連的，日人用心良苦，兩校只隔一條街。但師大校方作風守舊，或是某種意識型態作祟，校史都從1945算起，該年日本勢力退出台灣。只是師大現存最彌足珍貴的「古蹟」猶存。現任校長吳正己有次餐敘時，才正式向我表明，該從1922年起算。因之，比台大立校的1928早六年，師大百年慶典指日可待！

當然，一所學府之優劣，不能以立校的遲早為依，也不一定校區等於整個城市，如英之牛津、劍橋（Oxford, Cambridge）或德之海德堡

（Heidelberg）；但「第一印象」（first impression）確是無比重要；老大學成為好大學，如美之哈佛（Harvard），大大學也是好大學，如英的兩老大學！台北市立大學，是1895年日軍抵台時在芝山岩創辦的國語傳習所演變而來，那是小學階段；但該大學口口聲聲說是台灣最早的大學。果真如此，台南麻豆的「首府大學」，立校於荷治時期的1636，恰與哈佛同年！荷人發現該地有兩河渠，是台灣的底格里斯河（Tigris）及幼發拉底河（Euphrates）。

　　母校之史如能由1922年起算，總比市立大學還「光明正大」；但不必依老賣老。大學史上此種「古訓」，但願師大人銘記在心！

二、師資及學生素質

　　1. **學生入校水準**：據我的觀察與研究，一所學校機構的教育成就，「人」是關鍵。「人」指的是教師及學生。大學是「最高學府」，也是人群精英的「金字塔」。以本系而言，我入學時的大學院校中，教育系，只有師院及政大才有。就以入學成績的高下來評兩校水準，政大差多了。師院教育系的最低分，比政大教育系的最高分，還高一大截！除少許個別差異之外，考上政大的，是考不上師大的；台大哲學系，歷年來都是台大乙組諸系中，入學成績墊底者，但該系也有發憤苦讀哲學系的優異生，入學成績之高，入其他熱門學系也不成問題。師院教育系入學試成績列榜最低分者與最高分，相差不大。不過，就我的入學分數來說，許多台大文組的系，我都可入；本來我想唸法律系，因二哥經營工廠，常遭稅務人員來糾纏，如家人中有法律系出身的，必較有保障。但我前已說過，我入大學只限師院一校而已。

　　師院教育系的聲望高，我與三哥在鄉下聽大學聯考放榜廣播，心情七上八下，父親也極為關心，放榜廣播一開始，我們靜候於收音機旁。報了好久，父親問為何還未有消息？我放心的向慈父說，師院的要等台大報完後。不多久，開始報師院時，因教育系是首系，不到兩三秒，我及三哥就聽到我名字；父親不識字，也聽不懂「國語」，但喜上眉梢！

本系有兩班，依入學試入榜者大概只收30名；另一班是僑生，收容港澳生。本地生只一班。入學後又來了約十個左右的師範保送生，他們條件佳，又多以教育系為首選。因此，教育系學生網羅了師校及高中的優秀學生，師保生中有我母校南師的，也有中師、北師、及北女師的；其中也有與我相同者，參加入學試，不能選外校的師範生。班上的高中畢業生，有一女中、中山女中、台南一中、台南二中、台南女中、高雄中學、高雄女中、台中一中等，都是全台中學中之「名校」！

　　「名大學」又是「名系」，是最優秀生的集中地，能夠與他（她）們朝夕相處四年，確實是一種難得的機會。但現在憶起往昔，卻若有所失，也若有所得；若有所失者，是好可惜的良機未把握。大學生的組成份子，「異質性」（heterogeneity）較明顯；班上有原住民、客家、及外省人；另一班是僑生，卻未能在四年生活中，好好趁良機學他們的母語，也不必交補習費。雖然當時「請說國語」雷厲風行，講母語者，教官都特別叮嚀訓戒。不過，中南部來的學生，大多數都說台語。「大一國文」及「大一英文」是「必修」，另又有「國音」，但如能就地學原住民、客語、及粵語（廣東話），這不是可以就地取材嗎？以後到台灣各地及東南亞國家旅遊，就可以用族語與他（她）們開講了。

　　大學是研究學術的場所，多方閱讀較有深度的書，即哲學，這是頗為重要的。大學課程中，有關哲學的課，是必修科，如哲學概論、人生哲學、倫理學、教育哲學、哲學史（支那及西洋的）等。其次，語文工具必須具某種水平，外文更是不可或缺。班上來自台中一中的同學張正夫，要我一起去英文系旁聽法文。（張同學畢業後擔任南投高中校長）至於英文，是必修科，除了大一英文外，另有教育英文名著選讀。我也自知英文是我的弱項，非補救不可，所以選輔系組別時，乃選英文組；畢業後在台南縣省立北門中學（初中母校）教初二及高一英文。上研究所後所長田培林要我們修德文，一天一節，一週六堂課（無週休二日）連上兩年。在美攻博士學位時，指導教授要求考第二外文；他知悉我修過德文，很高興，但我卻無勇氣答應。最後他折衷，要我上邏輯，是數學系及哲學系合開的。也因之，我的研究也與邏輯解了不少緣，日後在

師大上了許多系的邏輯課，很有成就感；由於旁聽者擠滿了教室及走廊，校方不得不連續換了教室，還有數次要我改在禮堂上課！邏輯着重批判與解析，此種心懷，也種下了我學術坎坷的道路，差點惹禍上身。不過，與邏輯有關的一件事有必要在此提一提，教育部有意擴大高中選修，其中邏輯的規劃要我當主持人；我邀請台大哲學系主教邏輯的好友劉福增、林正弘等人為委員，最後在教育部由吳清基（司長）當主席的會上，我提議把傳統的「理則學」改名為「邏輯」。這在當時，是有一點冒犯權威的，因「理則學」一科，孫中山極為重視，且傳統上皆以理則學來稱呼 Logic。還好，吳清基這位也是教育系出身且在北門中學時我親自教過的學生，可能不悉個中敏感，竟然同意我的提議。此後，「邏輯」一名從此定案。心中欣喜不已。

可惜的是，師院英語系教授雖堪與台大不相上下，但法文教授卻不敢恭維；我也上國文研究所所開的日文課，修課者坐滿了教室，任教老師首次來時，在教室外徘徊數次，他甚覺奇怪，以為走錯教室了，因為研究所的課，人數不會那麼多！可見日文對台灣學子是多麼的想學學！至於德文，雖下了不少功夫，但並沒持續。在我當所長前，師大教育研究所的博士班，資格考試有第二外國文。外文程度要臻某種火候，即閱讀外文時，不必常查字典，此種程度，耗時甚久；連老師們都未具備此條件，怎可要求學生呢？我也下令廢除，同事未有反對意見。

同窗中肯上進的不少，南師（早我一屆）保送的林昭賢、廖福本，早晚利用時間往圖書館看書。高考是他們的目標。我三哥常提及，家鄉一位台大學生，考過不少國家考試；我也躍躍欲試，先考普考，順利及格。但我目標是高考，當年卻規定普考及格者要隔三年後才可考高考，真倒霉！沒辦法，但通過高檢者，就夠格報名高考。檢定考試無資格限制，考六科，每科都須及格才算通過。首次我即通過五科，唯一得57分（不及格）者是憲法；該科分本國及外國憲法，前者我很有把握，但後者卻十分外行。隔年再補考該科，倖而過了。可是當時我已大三，大四時因已畢業（九月），則無需條件即可考高考。同樣的，於大四通過高考者，除了我之外，國文系的哥哥也通過，林昭賢還得優等。

師範生素質優秀，這是日治時留下的傳統美名。醫校師校，號稱台灣的牛津劍橋。唸南師時，班上一位南一中（初中部）的，頻頻向友好推荐《約翰克里斯多夫》、《戰爭與和平》、《老人與海》等世界名著；我也在南師首度接觸歐美小說名著，其中《基度山恩仇記》讓我廢寢忘食，夜時還向鄰床好友述說其中故事，他也聽得興奮不已！

師院生的素質，集中全台師範生及高中的精英，臥龍藏虎！可惜，有人酷評有些學校，如師校及師院，「深入淺出」！入學時程度「深」，畢業時反而「淺」了。這真是一大諷刺，原因是一來未有畢業壓力，二來輕便應付即可取得教師資格，三來上課並不怎麼令人叫座，最後可能也因上述數項而形成風氣！台灣自1949～1987長達38年破世界紀錄的戒嚴，思想控制，言論壓抑，有個性又有高見的教授噤若寒蟬。上課一言堂，曉課者也能順利畢業。好逸惡勞，此種天性，除非自我要求且好友策勵之外，難能免於墮落！

2. 學風：「學自由」（lernfreit）及「教自由」（lehrfreit），本是大學的特色；師院成立之前的高等學校，據耆老辜寬敏先生（今年高壽95）的追憶，他在校時就曾讀過康德、叔本華、或尼采的著作！自由校風吹襲，難怪由帝大改制的台大及高等學校改制的師院，在1949年4月6日發生「四六事件」，此事只不過是大學生晚上騎車未點燈，後座又載人，此種芝麻小事，竟然引發也涉及暴政的鎮壓，在白色恐怖時代「自由」銷聲匿跡。幸而船過必有水痕，在我擔任教育學院院長時，兩大學學生的努力，終於各自成立「研究小組」以查真相；師大委我當召集人，台大則由心理系主任（後擔任教育部部長）黃榮村負責。事件主角，有教育系學生，他們太被冤枉了。當時的教育系教授林本，曾對憲警入師院抓學生表示不滿，卻幾乎因此惹來麻煩！令人欣喜的是新竹中學辛志平校長來函請教育系推薦優秀生到該校任教，教育系即推薦四六事件的要角，而辛校長也有魄力及勇氣的予以任用。「教育家」之名不是倖得的！

在師資方面，坦誠而言，唸南師三年，在教育學術上的心得是乏善可陳；一些教育科目，索然無味；印象幾乎等於零。到了師院，情況稍

為改觀，但失望也不少。全台唯一的中學師資培養所，教育系又是首系；教授陣容留日的不少，留德及留美留英的也有。必修科令我觀感不佳，有些教授長年照黃黃的講義唸，口齒也不清；學生要修「國音」，教授怎可免？鄉音之重，聽懂者罕見。大一的「教育概論」及大四的「比較教育」，是留英的孫亢曾教授擔任，他教學態度認真，內容深度也夠；還介紹外文翻譯的教育名著，我也到圖書館借出仔細閱讀，更作筆記；上課準時，但下課卻一拖再拖，有時甚至超過半小時，他卻是越說越「精采」。給分菌菌嚴格，八十分出頭，就算高分了。還好，我都能獲高分。印象最深刻的是他應教育研究所的定期演講，提及教育工作者的使命感，引用了李商隱的詩句為喻：

春蠶到死絲方盡，蠟炬成灰淚始乾。

孫教授卻詼諧有趣的批判，李詩太悲觀又消極！不如改為：

春蠶吐絲絲成繭，蠟炬成灰照夜明。

孫教授的此種心態，令我銘記在心。其後我也應了朋友所編的一本書，敘述一生中最欣賞的詩句，即以孫老師改寫的交差！[1] 孫老師以後得知，面現笑容，還誇讚我幾句！

3. **師資**：師院教育系老師陣容，雖不令我滿意，卻是集全國首屈一指者。教育學院院長田培林，北大出身，德國柏林大學博士，當過教育部次長及大學校長，他是教育界聲望最高者；可惜，我唸大學及教育研究所時，他因身體關係不上課了。但印象中有下述數點有必要一敘：

(1) 當我擔任助教時，常見當時校長孫亢曾坐校長車到教育學院拜望院長；十二點多了，孫校長請司機載田院長回宿舍，校長則步行到自己住處。當時院長室及教育系，就在舊圖書館一樓，校長宿舍即在圖書館後。

---

[1] 林玉体，<蠟炬成灰照夜明>，收於呂自揚主編，《我喜愛的一首詩》，高雄河畔出版社；1999. 117-120.

(2) 我當研究生又兼助教時，應考教育部公費留考。他問我考得如何，我緊張的向他告白：「坐錯位子了！」「你怎這麼糊塗！」當年業師賈馥茗親口向我說，我錄取的希望最大！但命運捉弄人，當年考取的是早我一屆的簡茂發。

(3) 我向所長報告，擬以裴斯塔洛齊教育思想來撰述碩士論文。他馬上問我：「你會德文嗎？」我啞口以對。也因此應系主任林本教授的要求，撰述高中課程。

(4) 田院長對學術之研究特別注重。他雖不教書了，但他身兼院長及所長，聘請擔任研究所任課的教師，首先要有博士學位，其次要有像樣的著作，即帶有哲理深度。研究生學位論文，口試時他是當然委員。他有個慣例，凡寫哲理的碩士論文，他皆給予高分，其他的幾乎都是一律70分（及格分而已）。

(5) 賈馥茗教授接掌教育研究所時，定期邀請田師演講。他評論起柏林大學校長Spranger的人格類型分析，極為清楚！田院長寫過不少論文，我幾乎都拜讀過；但老實說，也只是似懂非懂而已。記得有次，他特別強調大學法中的一種大學精神，就是「教授治校」。學系主任、研究所所長、學院院長，任務是「綜理系務、所務、院務」，而不秉承任何人；至於教務長，訓導長（現改為學務長）呢！先得「秉承校長」；換句話說，校長有權「指揮」行政首長，但卻無權對學術單位主管下任何指令。

(6) 大學不許隨便設立：「師資不夠，設備不足」，更不許設研究所。當年政府為提升大學學術地位，同意師大教育學系、英語學系、及國文學系可設研究所碩士班；其後也考慮設博士班時，他予以否決，理由相同。以田院長此種心意，來評估現在的高等教育，他該嘆息與不滿吧！

教育系的不少老師，對學生極為關切：如任教中國教育史的余書麟教授，及哲學概論的趙雅博教授。趙神父北大畢，西班牙馬德里大學博士；他上課「談笑風生」，但笑話說完後，只他一人還在大笑而已；雖有中文根底，但板書之草又常寫拉丁文，實在難以辨認。他住教堂，學

生有經濟上的困難，他半句話不說，直言在抽屜內的錢可以任取，還不還他也不計較。余老師還要我當他兒子的英文家教，對我愛護有加。我個性比較不樂於與人打交道，因之在系內任助教時，得罪了學長；他都能向系主任雷老師美言幾句。我獲博士學位返母校任教時，雷老師三番兩次要我接他系務，時為1974年；當我表示可以考慮之際，他立即很現實的提醒我：「黨部與團部要去走一走！」我停了幾秒，馬上回以：謝謝老師及校長的提拔。但這點，我辦不到！雷老師之初衷，可能是如果我能依他之建議，則接系務將比較順利。但以後回憶此事，心中坦然。雖然接他系務的是學長黃昆輝，但我心中坦蕩蕩。還好，原先沒聽雷師的囑咐，否則黨部及團部一定會對我這位「聽話的」系主任，步上「黨化」措施，那我一生的人格也就毀了。不過，雷師的好意，我銘記在心！

雷國鼎老師綽號為「雷公」，脾氣較剛烈。上「教育行政」一科有條不紊，批判性也強，聽起來很過癮。他在期中考考試後一週，當場叫名且宣佈成績：「下學期重修」！真讓學生膽顫心驚！他把關得緊，與孫亢曾老師同。班上有一師保生，大四的「比較教育」一科沒及格。他到宿舍央求，師母出來反而不客氣的說：「不許誤人子弟」！讓我班那位同學，立即灰頭土臉的告辭。

1964年大學畢業，那年台大發生政治系名教授彭明敏，與兩位學生發表台灣人自救宣言事件。哲學系殷海光教授的上課尤其演講，座無虛席！遺憾的是，我在師大四年，竟然未親赴台大充作兩教授的旁聽生！

教育哲學及教育史是我的最愛。教育哲學是大四的課，由留德博士王文俊教授任教，不苟言笑；研究所時還上Spranger的青年期心理學，德文漢譯，文句極為抽象，幾乎毫無收穫可言。看王文俊教授手拿講義時，雙手發抖；比起孫亢曾校長之體健長壽，差多了。孫校長退休後，即謝絕一切應酬。我當系主任時，恰好他百歲誕辰，乃電話請求老師准予作壽。他在電話中語句清晰的說，作什麼壽啊！我答以不是請求老師吃飯或送禮，而是一世紀歲數難得。我計劃邀請校長的友好及學生，共

同為文祝壽。他馬上欣悅的說好！《跨世紀的教育改革》終於成書，生日那天，我偕呂溪木校長親自到宿舍拜訪，他很高興，還拿起報紙唸兩三行字給我聽，手一點都不發抖，且眼力甚佳！教育系的師長們大部份都長壽，孫校長享更長的歲數！

　　北大教育系主任吳俊升撰述的《教育哲學大綱》，迄今我認定是中文中最有功力的一本著作。他也曾在本教育系任教，但時短。1985年我在 Teachers College, Columbia University（哥倫比亞大學教育學院）進修時，聽說他也在。難得的機會，曾想如有緣份向他當面請教心中之疑，不是一大快事嗎？

　　(1) 他是留法的博士，但他的著作，卻幾乎以 J. Dewey 的學說定調，為何如此？

　　(2) 書內所提的教育哲學家，無一人是支那人，原因是否另有闡釋？

　　可惜我打算見他時，他已草草離開，與他無緣。

　　最近我看他的《教育生涯一周甲（60年）》（台北，傳記文學出版社，1976）才知，上述第一點他早有說明，至於第二點，我還沒能聽其解釋。

　　「中國哲學史」是上研究所時由留法的吳康博士主授，研究生都到他在溫洲街的台大宿舍上課。他不時用毛筆寫字，簡茂發馬上離座去看，我則仍坐原位；他的書非常難看，他的話也幾乎都聽不懂。《中國哲學史》，我花了不少時間看過北大教授馮友蘭的專書，當年我在哥倫比亞大學進修時，母校要頒一名譽學位給這位校友。我藉機去看熱鬧，也親睹大師風采。他坐輪椅，走路則有人攙；上台致詞時，英文我聽不懂，中文更聽不懂；但能親目看「大師」一眼，也與有榮焉！「沒吃過豬肉，但已看過豬了！」

　　大學部及研究所，學員都是成人了，學問要靠自己。當然，若有良師扶佐，就事半功倍。好「書」比好「師」價值更高，若能二者得兼，則如虎之添翼。作學問，靠自己摸索與體會，較親切；上了兩年的研究所課，修賈馥茗教授的課較多，卻有如宋朝的程伊川（頤）之程門立雪的「感受」，上她的課很不輕鬆！她開「心理學史」，採取的一本參考用書 *A History of Experimental Psychology*。

　　《心理學史》，是哈佛大學教授 E.Q. Boring 的大作。文簡意繁，且是大部頭的巨著；翻查字典，許多也不悉其意。她上課用抽籤的，「不幸」抽中的上台報告！天公作弄人，我抽中的機會多。還好，我下了不少苦工夫。英文造詣雖有點進境，但學術性英文又含哲理在內的，實難以悟解。還好，賈師特別欣賞我的用功，及一些己見。該科我都得最高分。她不只一次的上課當場罵人，上課除抽煙外又喝很濃的咖啡！大學部有雷公，碩士班有賈母；她一生未婚，逼我們苦讀原典，此功不可沒！

　　師大教育研究所，田院長以 Institute of Education 命名，與英國倫敦大學「教育研究院」同名；而不用美國通用的 Graduate School。但哈佛大學邊鄰的世界名校 M.I.T.，校名也用 Institute（M 是州名，Massachusetts）T 是學科名，即 Technology。如此取法，頗堪玩味。

　　我獲碩士學位後，即全力往學術走。雖考過高考及普考，田院長提醒不要去教育部「作官」，因為該處「烏煙瘴氣」！政府當局曾經來校求人，我回以要作學術中人而斷了官路。但步學術路，只有碩士是不夠的！當時師大還未有博士班，乃決定出國深造；只是若無公費，則此路不通。倖而也以「教育哲學門」第一名錄取。女記者大清早即來通報好消息，還各報皆登；但只介紹兩位，另一位是政大史學系的。教育系大學部及碩士班，我都親臨其境；但博士班的一切，倒是我接了研究所所長兼系主任時，才有一些印象。賈師希望我到 Iowa University 進博士班，她知該大學的心理學頗有名氣，也是美國首設教育哲學一門的大學。

第二節　系所分合

　　1. 教育系是老系、首系，也是大系；師資人數不少，設立研究所後，由於田所長對師資的要求及入學人數之限制，所以系所分開，系主任與所長也是不同人。碩士班第一屆，也是教育史奇蹟，竟然有兩位女生；其中之一就是賈馥茗，她是流亡學生；另一名其後當了一女中校長即鄧玉祥。到我上碩士班時，還未有女生打破紀錄。田院長（所長）在任期制實施後才退休，與教育系林本主任一般的離開師大；田、林兩

人，關係良好；田院長還推薦林主任為中山學術獎座，其中條件之一，就是其後要有學術論文，指導學術學位的論文也可算數。我當時是大學部的助教，乃答應林主任的要求，以他的專長——課程，為撰述論文題目！說真的，我對課程所知不多，也認為學術性不高；其後也未往該方向着力，倒是回到教育哲學及教育史的老路。

研究所所長由賈師接田院長的遺缺，元老之一的趙神父，轉往政大接哲學系主任。教育系主任則由雷國鼎老師接任。人事關係是支那官場的複雜問題。雷老師從未在研究所開過課，賈老師又新近回國，兩人從此，關係微妙又帶有些許緊張！當時全校研究所全搬往公館新校區；系所從此二分，更由心理上的距離擴大為地理上的距離。我則在二單位皆有分，既是教育系「講師」，但兼系務；而研究所由賈師當家，她又似乎很看重我！但上一代的「恩怨」，再如何提防，總會在有意無意中落在身上惹麻煩，當中又有一些是有心人從中煽風點火！有時似乎兩面不討好，我又不擅於逢迎；早先系所同在一屋簷之下（即舊圖書館西側）時，林主任與田所長又有默契，彼此相敬如賓。田所長（兼院長）及林主任按舊慣，都是週一、三、五上午的十點左右才來辦公室，他倆一到，辦公室裡的老師們，都去報到了（教育系之外另有社會教育系），我則除非向系主任請示或蓋章簽名之外，就在我座位上看書。由於今昔氣氛已不同，但我又不免介入其中，甚是尷尬！雷主任還不客氣的當我面說：「聽說我當系主任，你很不高興」！唉！連這種話也說得出口！雷師可能耳太輕，又有他人興風作浪，我實在不願捲入漩渦中，兩位都是親自教過我書的老師！如此折磨一陣子，幸而我公費留考過了（1969），1970年即順利依賈師意，到Iowa去就讀，遠離是非圈！我人在國外，但師生之情未忘，還定期向師長請安問候。賈師、孫校長、及雷師，也都快速給我回函，勉勵有加。有一年暑假，我回國探望妻子小孩，雷師還要我上暑期課，多一點收入，但我當時忙著博士論文，乃作罷！

俟我博士論文於三年內順利完成後，當時教育部給我四年公費，還可留美一年；但雷主任立即給我信，要我束裝回國，接楊亮功教授退休

後留下的重要必修科——西洋教育史。這正好中我意！至於我的主修科之一的教育哲學，該科已由早我數年回國也是公費生的歐陽教老師接了。其後，我主授的是「西洋教育史」，少開教育哲學課，原因在此。但兩科內容雷同處多，也是我着力的重點。

我唸研究所時，入學只收四名，幾乎每年皆如此。田師重質不重量。研究所的編製是四位教授，早我回國也是公費的郭為藩（留法、巴黎大學專攻特教）及林清江（留英利物浦，專攻教育社會學），因兩位都是社會教育系出身，但專任都在研究所；賈師為研究所所長，她是教育系畢業生；接所長之前，也在大學部授「課外活動」，或「輔導」等課。

政治強人蔣介石於我回國後次年（1974）辭世，其後黨政大權全在其子蔣經國手裡。為了要一新耳目，政壇上充斥著「吹台青」風——「會吹的台灣年青人」。蔣經國手下大紅人蔣彥士，與田院長同屬北大幫，發表擔任教育部長時，據言親自來校拜訪田院長，請他推薦得意門生到部幫他這個教育外行人；郭及林，因之順利去接了政務次長及司長。

我也有一點受了「吹台青」之風所拂，取得博士後回母校任教；教研所員額已滿，而雷師又要我留在教育系。當年「中國教育學會」出年刊，專題是特殊教育，雷師囑意我撰一文，與他聯名發表；我把稿酬致送給他，他完封不動還我。同時說「我看過本文，但我隻字未改，酬勞該歸你才對！」我也知「雷公」個性。此種師照顧生之恩，我也懷念心中。

2. 研究所只有碩士班，人數又少，任課老師要教滿規定時數，排課確很麻煩！大學部的教育系，除為本系開課之外，還負責全校各系教育課程；還好，早我回國的兩位年青台灣留學生，既在政府單位任要職，排一門課即可算數；系所此種若即若離關係，維持一段時光。不多久，雷師當上院長，賈師也到考試院當考試委員（她連任三次，共18年）。雷師本希望我當系主任接系務，但當中發生頗為複雜的因素以致於中途變掛！接賈師的是黃昆輝，他是高我一班的教育系畢業生。當時都風傳我接系務。八月一日發表，當天夜裡，我在住家接到黃昆輝兄的電話，

言他要到家拜訪，卻找不到路；我立即出門去接他，當晚兩人談到深夜；他連說大家都知悉我接系務了，怎知八月一日的聘書是，所長兼系主任，事先他也不知情，請我勿怪他！我安慰他說，系所由他一人兼，我極為支持；我早就盼望系所一體不該分，且他的為人很豪爽。賈師曾當面要我作人多向昆輝學習。我不但不以未當系主任為意，還在系務推動上，大力幫助！到了快凌晨兩點，他才打道回府。

昆輝學長八面玲瓏，難以得罪人；且他也高我一屆，由他接系主任，我說這是理所當然；並且，他當教育系助教時，有天特地到我住處，說林主任要見我。且向我透露，「老師打算請你當助教」。研究生兼助教，天大的好消息。我考上研究所時，第一年是「全職生」（full time student），不兼職；如今，有固定薪水可得了，且助教之路是通往教授的捷徑。他還透露秘密：林師很喜歡小孩。當時我長女剛出生不久，非常可愛。內人與我同窗，也是林師之徒。立即我於隔天黃昏時，我家三人造訪林師在青田街的宿舍。林師先問我一些事，沒多久，他立即說：「好，明天就來上班」！真果斷有魄力！順便一提，當夜我買了一盒水果，他在門口看我們離去時，說：「把禮物帶回去！」我不知如何回應，只好依師命辦事！

我內心想，林師留學日本，這是日本精神的一種。他要任命我當助教，我的禮，他絕對不收。其後林師身體不適時，已在系服務的我，乃按時去醫院或寓所看顧，順便買些花等，他就默默的收了。唉！已是同事了，沒有那麼絕情的！林師這件風範，也為我其後在政界及學界所取法的楷模！

雷師高升院長前，有一天突然要我到他的主任辦公室，一入內，他即小心的把門關上，然後在抽屜內抽出一件信封。小聲的說，有人向黨部告我是台獨份子；我一聽，立即拒絕此種控訴！此罪名如成立，有時連死命都難逃。他立即向我說，此事到此為止！並當我的面把那一文件撕碎，丟在垃圾筒內。我離開之後，頓覺茫然。但事發突然！如果我要求該文件交給我，不知他會作何處理？此事真相如何，我並不知悉也難再追查。

　　昆輝主任任內，暑假期中，快到八月了，我查覺不妙，怎還未發新聘書？我乃向他追問，他有點尷尬的說：是啊！奇怪，續聘聘書他都簽名了，其他老師的聘書都來了，唯獨我沒有。不過他老神在在，很有把握的說：放心，不是不發，是晚點發！他官場看慣了！但我認為晚發聘書，是一種奇恥大辱。乃立即向校長室聯絡，說我要去見校長。新校長不是本校出身的，之前擔任文化學院院長張宗良。文化學院學術地位，怎能與師大比？政府竟然作此種安置，是對師大的最大不敬。我一登門入校長室，校長早在室內等我，先請我坐下，開始訴苦他來接掌校務，遇到許多阻礙；還大嘆苦經，說龍泉街的攤販要告他。我靜靜的聽他說了約半小時，忍不住了，「校長！你忙我也忙，我今天來，目的是要問，為何我聘書還沒發！」他立即站起來，和顏悅色的說：「沒問題！明天就發給你！」我馬上告辭。果真，明天聘書即下來了！好朋友林永喜也是教育系系友，經營文景書局，向我警告：要是不發聘書，下步則是要抓人了！

　　此意外事讓我心神不寧，兩三天後，竟然天真的騎腳踏車到中國國民黨中央黨部（現為張榮發文教基金會）去訴苦。他們卻一副愛理不理模樣。我實在自討沒趣，也是一種蠢行。

　　3. 公費留美，榮獲博士學位；新政府為了一新耳目，邀請海內外學人舉辦國防建設參觀，師大只分配8個名額，雷師有份；我也受邀請。先到基隆坐海軍改造的郵輪，教育部部長親自來送行。我第一次在台灣海峽上遙望美麗的這個國家，感慨萬千。第一天，先到澎湖，隔天到金門，參觀一些軍事設施，指揮官還每人送一打金門高粱。隔天回船到高雄解散，坐火車回北；我把酒放在故鄉讓爸爸品嚐！由於參觀事見之報端，我接系主任的呼聲越來越大。系友中我的後輩梁恒正，也是公費留學生，在英雷汀大學（University of Reading，校址在倫敦與牛津中途）來了一信，向我恭賀。蔣介石去世後先是副總統嚴家淦接任，為表示對「先總統」的追思，辦了一個以著作祝壽的大會；主辦單位要我以博士論文參展，且安排總統當場接見我。此事也見諸報端，接系務之事，似乎更要成為事實了！

　　但或許我向雷師表明，黨部及團部走一走之事，我是辦不到的！因之，接系務之事就胎死腹中了。雷師對此事似乎是成竹在胸，他還吩咐接系務後，李春芳助教之任用一途，能堅持；萬一不行，他已與附中校長黃振球（也是教育系教授）說好，就安排李春芳到附中接主任。事隔多年，幾次遇李春芳談起此事，他也印證不虛。李春芳是桌球高手，我的好 partner。

　　昆輝學長不含糊的當面跟我說，他無意於學術路，倒對行政有高昂興趣。李登輝選上台北市長時，即相中他擔任教育局長。他在系內擔任三年系主任，要出仕之際，也私底下要我接系務；他同雷師一般，認定我的主客觀條件，是第一人選。我立刻正色回以：「拜託不要，三年前早已吃過虧了！」他走馬上任後，接他的是瞿立鶴，是雷的人馬，沒什麼學術成就。有一次為了學生註冊事，我當導師，認為沒必要簽字；他見我如此，卻馬上行文給我，中止我當導師。我向校長郭為藩反映，他竟然要我順從些，且當面告訴我，他也知學生喜歡我當導師；導師津貼與他人同分好了。哈，一個大學校長眼界竟然如此低，實在讓我無法了解，難道我在計較酬勞嗎？導師聘書是系主任簽的，但卻是校長發的！此事又有下文，也頗為有趣；主任還向也是公費留考晚我一年且是南師校友，又是 Iowa 同窗，專攻教育行政的謝文全遊說；謝文全教授倒覺得怪怪的，發覺事有蹊蹺！主任向他表示，說我是不願當導師！謝立即打電話給我提及此事，我向他說明原委。謝人品不錯，由他接，我支持。但他一聽究竟之後，立刻向主任謝絕。不久，我又接黃光雄教授電話，提及主任要他接導師的事；他馬上向主任說要向我求證，我解釋之後，他也謝絕；不過還留下一句話：「讓我來接，可能比他人來接好！」最後接的是瞿的同伙呂愛珍。

　　4. 中國國民黨在大學裡公然的設立黨部，師大的叫作「研究室」（哈！多麼諷刺名詞）。我回國上西洋教育史一科時，引起莫大的轟動。學生徐強成績優秀，他向我坦承，黨部負責人要他每週定期報告系內老師及同學的言行，尤其我在課堂說了些什麼。昆輝兄任內，也早告訴我，我曾在聯合報主編的《中國論壇》上的為文，黨部除了搜集還認

真探究我為文的動機，以紅筆、藍筆、黃筆劃線的地方頗多。這也是我與學界同夥，共同發動黨部退出校園，及教官退出校園的主因。我的文章有人仔細唸，這是好事；但他們卻在搜證，無中生有，且扭曲影射，作者也百口莫辯，甚至也不容有解釋機會。

趁此也藉機道出一件「秘聞」。歷史系主任及所長林明德，向我提及師大黨部負責人賞執中親口向他要求：研究所考試不許錄取李筱峰。筱峰台南人，考上政治大學，因對校政有意見，政大校長李元簇（後當過副總統）予以開除。他重考，成為淡江史學系學生，卻常為文替台民發聲。林所長一聽「地下校長」之「令」，卻十分有骨氣的回以：「以成績為準」！黨部負責人碰到釘子了，稍退讓，卻說：「好！他如考第五名，則只錄取四名；考第六名，則只錄取五名！」林所長心中很有把握的答應；彌封一折，筱峰以第一名錄取。明德所長在研究生註冊時把筱峰叫來：「筱峰，拜託，你唸研究所時好好奠定學術研究基礎，安靜些！老師為你能入本所，是冒了大險的！」還好，當時文學院院長李國祁也支持林所長之堅持！但歷來的校長必知此事！卻無所作為！甚至成為幫兇或共犯結構！甚至經常到黨部走動！求學時是「玉不琢，不成器」（三字經）；尼采提醒年輕人，先把你（妳）這塊「料」，煉成器；筱峰之器，在明德諸教授啟蒙之後，現已成「大器」！

黃昆輝三年任內，是系所合一；但系所並不同一校區。俟他離職後，系所主任及所長又不同人了，系主任是瞿立鶴，所長是簡茂發。我一再為文要合併，簡卻一再反對；其實他沒什麼主見，他的說法是仰上鼻息。張春興教授戲說，簡像一個「書童」！此種比喻，也真是傳神！

第三節　升等風波

依規定，副教授三年就可申請升等為教授。我三年到了，也不敢馬上申請。其後我在文景書局出版《教育價值論》一書後，同系裡兩位年長同事升等；其中一位只大學畢業，但年資較長；另一位即學長陳奎憙，他是中山獎學金在英獲博士學位者，專攻教育社會學。當時聽說，

不許以大學用書作為升等論文;陳奎憙也擔心他可能因此被拒絕;還向我說,我的論文的學術性較明顯。但結果,他們兩位順利通過,我的論文審查者都給我不及格分,其中之一是業師賈馥茗。系主任瞿立鶴要她審查我論文,確實高招;一來,別人都深悉賈師頗欣賞我能力;二來,我是她的及門弟子!但她只給我論文60分!事後據別人傳來訊息,賈師以為60分是及格分。其實,這是騙不了我的。她當過所長,絕對知道升等論文及格分是70。另一位審查者是瞿立鶴邀請回國的「海外學人」程石泉,在系裡開課,觀點同賈師,一味的歌頌中華文化、儒家傳統、孔孟學說,或朱陸王等理學。但是我論文對中國文化從教育「價值」層面上探討,認定負面多於正面。當然,意識型態既然已如此對立,我的論文被打回票,早在意料中;程其後被檢舉謊報年齡,才含怒退休;我升等不過,已成定局。提出升等時,我有如下措施,一反往例:

1. 論文直接送系辦公室,請轉發;
2. 聲明,論文還要收回。

年長同事李祖壽教授,在年屆70左右還到哥大攻博士,當我也在該校進修時,他向我說,他給我的論文評分頗高;還從頭看到尾,且作了許多眉批。但一聽我要取回論文,他很訝異,乃去書店買一本新的還我。我有此動作,引發不少教授議論紛紛,認為我很高傲;學長又是鄉親,且早就關照過我且又要介紹女友給我交往的系友(其後在教育心理系作過系主任,北女師校長,師大教育學院院長)陳榮華,很直率的勸誡我,不可如此莽撞!他說,升等一向都須升等者親自到府上請託!還熱心感人的說,如我不願如此,他願代我致送。我馬上婉謝:「拜託別如此,我寧願被打回票,也要保持學者的尊嚴」。最近看了台大好友趙天儀當台大哲學系代主任時,同意留德的天主教神父鄔昆如博士升等為教授。在文學院的升等會議上,院長沈剛伯首先發難,質問升等者怎可央求政要請託。中文系教授兼主任台靜農,更明言:「咱們台大以後升等,要不要總統下條啊!」

名教授屈萬里、顏元叔、毛子水、張敬、朱立民、李邁先、孫同勛

（史學系）、唐美君（考古人類學系）、及周駿富（圖書館系），都蔑視此種自我作賤勾當。投票結果，只得一票（趙天儀所投）。[2] 此事印證，台大學風勝過師大多多。我也有了台大典型在宿昔的安慰！只是不知台大現在及其後的朋友是否還秉承「先賢」的學術獨立遺風?!

其後因我著作多，乃再送其他論文；過了，但卻因「名額有限」，或我分數低於他人（我同窗蓋浙生）；次年，即令系過了，院也刁難；又隔一年院過了，校更打回票！最後！校過了，送到教育部，卻無下文，只是還得補送論文！整人整像如此，我有再大的耐力，也氣在心內「憂頭結面」（台語）；「不遷怒」，着實難辦到。誠如台大名校長傅斯年的自承。他說孔夫子要求「不二過」，他儘量謹記，但「不遷怒」呢！確實困難重重；還舉例說，如他心情不好時，恰有工友送公文來，必挨一番惡言惡語以向。不過，我仍力持鎮靜，尤對學生，他（她）們是無辜的！但不少學生也為我打抱不平，頻頻向我安慰，且也直接向系主任嗆聲！

同事呢？最令我欽佩的是留日的學長徐南號教授，他在升等會議上不客氣的反擊，為我叫屈；甚至要直接面向媒體，公開舉實例告發！至於其他同事，只是暗地裡或在我面前支持我，但公開會議上卻默默無聞！人情冷暖，也由此可知。

李祖壽教授對我的直言，我在美當面解釋：原因是我的升等論文還不怎麼成熟，若不通過，實在對不起先輩；若過，也必得修改或補充，就如同學位論文一般。倖而過關，我會斟酌審查意見予以補全，然後必「登門致謝」，以表禮貌！

獲博士學位，自然就是副教授；別人只須三年副教授，就取得教授頭銜，我呢？八年吧！論文還躺在最後一關，教育部。有天清晨，我敬愛也提拔我的學長張春興教授來電：「林先生，恭禧你，升等過了！」此事早已在本書言及！

2　趙天儀〈台大哲學系事件的回顧〉；《現代學術研究》，2018, 179.

　　我回國後遭遇到多次挫折，連生命或職業不保時，有次我寫信給三兄，要他問媽媽我的生辰時分。三哥真善體我意，知悉他最愛的最小弟弟可能在台北惹禍上身，除寄來訊息之外，也到鄉下求卜卦！內人甚著急，她姊姊帶她到內湖一廟問神；結果，竟然南北算命者異口同聲說：「這位先生現遇到活鬼，但以後是大吉大利。」

　　有貴人暗中相持嗎!?有一年農曆元旦，全家到北投溫泉公園處看熱鬧！人很擠，一卜卦者遠遠的向我大聲叫著：「你們看，對面那位先生，是先衰後盛！」其後我被選上系主任、所長、教育學院院長，陳水扁總統推薦我當考試委員，位階與賈師同，等於部長級特任官職位；民進黨黨主席眾人欽敬的黃信介，還提名我當國大代表。與我同年一齊當助教的陳淑美（她其後還當上教育心理系主任）向我說，我有「老來運」！

　　劉校長幫我，但我在師大四六事件小組召集人時，於公開記者會上批評劉校長接掌校務後，校風保守。他親自來電告訴我，台大與師大校風不同。這種話，據說台大傅斯年校長也說過：台大是「純大學」，自由、獨立第一；師大是培養教師的，教師是「公務員」，要聽從政府指令。但教授的身份是「公務員」嗎？誠如雷國鼎老師指陳的，「軍公教」三者自有同有異，並且把「教」置於末位，還奢談什麼「教育國之本，師範尤尊崇」（師大校歌首句）呢？雷師一清二楚的指明，聽起來令人耳目一新。

　　同是教育出身，且當過南師校長，後也當了長年的教育部部長，對我處境之解厄，也有一臂之力，不得不記。

　　家兄玉鬃擅長外交公關，他也是南師校友，師大國文系畢，在教界及政界久。曾以南師故事寫了一本厚厚的《紅樓木鐸——民國四十年代初期南師生涯》，1998，由朱校長特殊的毛筆字書於該著作上。朱校長很愛護學生，尤其是南師的，家兄是其中常向他請益的弟子。此外，南師早我一屆但師大與我同窗的廖福本及林昭賢，更大受朱校長的提拔。家兄親口向我說，朱校長告訴他：「我桌上一大疊你弟弟的資料！」

　　還好，他未往上呈報，奸細構納我的罪名，他「到此為止」。否則……

　　我之反政府，攻擊中國國民黨，批判黨化洗腦，等等敏感話題，幸而朱部長認定，我並不懷有惡意！兩位老校長暗中之扶持，使我轉危為安，至少無牢獄之災；雖然身心煎熬，更難以文字或語言描述！教育系出身者，絕大多數都是聽話的，我卻反其道而行，也被教育界不少同事心目中把我判為叛徒、敗類、人民公敵！

　　戒嚴時代，教育部部長兼北部知識青年黨部的負責人，大學院校的師生，皆在其管轄範圍內。朱校長也不忘南師三年的師生情！我回國任教時，有一次在我辦公室桌上放有一信封，一認筆跡，就知道是老校長親寫的。他希望我去教育部開會時，趁便與他聊聊！但我個性，不擬向上攀親交情；如果老校長或老部長退休，才或許甘願去登門求教！

　　有一次郭為藩校長也在校園內告訴我，朱部長請他傳話，去公館與他聊聊。但校長補了一句：奇怪，朱部長不太喜歡下班後有人找他！但，我也未像我哥哥那般的去他宿舍聊天！一次也無。

　　另一倒是我自願陪我哥哥去拜訪的是北中校長施金池，他是教研所第二屆的老校友，社會教育系講師，劉真校長及田培林所長的得意門徒。台灣籍可當上省中校長，或許他是首位；他也是勸我回母校（北門中學）任教的校長。我兩位哥哥長期在北中任職，我則有緣到母校實習一年，教了如吳清基這位也是教育系系友的學生。施校長以後高升為教育廳廳長及教育部次長。但有兩件事與他有關，有必要在此一提：

　　1.「反共學人」李根道，是中國學人，赴法開會時趁機「投奔自由」；他的哥哥李政道，是諾貝爾獎得主；李崇道則是中興大學校長，也是中央研究院院士。李根道回台後，在台中逢甲大學任教，卻有意選舉。投身立委競選時，逢甲以他未專心教學予以解聘。當時我是「教師人權促進會會長」，為了維護教師人權，我乃出面挺他；開記者會時，李當面公開說，他的親自經驗是：中國共產黨真可惡，但來台後發覺，中國國民黨更可惡！

　　轟動又煽動性的政治口號，引來媒體的大轟動；施次長來電了，拜託我不要公開支持他：「我們不是怕李根道，怕的是你！」

　　2. 施的女公子施靜慧，南女出身，考上教育系，上了我親授的「西

洋教育史」，成績甚優；以後當了助教。有天告訴我，她要出國深造。

「妳爸爸是教育行政出身，是否妳要專攻教育行政！」

「老師，告訴您一個秘密，我不擬走老爸的路，因為夜裡我在書房裡聽到客廳有教育行政或學校主管來拜訪家父，言及教育行政機關及學校的醜聞，令人心驚膽顫，怎這麼可怕？」

學校或整個教育，早該大刀闊斧的全面性興革；教育界倒有一層保護膜，以為老師及教育官員，都是清高的；教育界的「紅人」一貪污，只要退休即無事，有時反而步步高昇呢？

施校長在北中任內，由於前任主管偷工減料，學生及職員看不過去了，年青人高中生在驗收後，集合數人推擠學校圍牆，輕輕一推，圍牆登時倒地；女職員穿高跟鞋，稍用力輕向辦公室地板一挖，立即一個大洞就出現；母系在分設教育心理系後，系主任黃堅厚教授有次向我埋怨，師大在公館設分部時，操場跑道花了不少錢。不久，師大負責全國大專院校運動會，又向上級爭取龐大經費整修，竟然發現跑道下層，根本不按規定施工！此種「貪污」，卻無人負責。

在我升等不順利時，我頻頻向報社及媒體公開呼籲教育之興革，或許也贏來了有良心者內在的愧咎。長年的困守於「副教授職位」上，我倒作出了如下幾件台灣教育史上的興革事件：

我頻頻支援「黨外」，公開演講，台語及北京話，我都極為拿手，也贏得不少掌聲，成為教育界的「意見領袖」。當時的報紙為了表示有新氣象，也歡迎有己見、新見、創見的「教授」（副教授也稱教授）為他們的喉舌。兩大報（聯合報及中國時報），民營的自立晚報，民眾日報，台灣時報，甚至黨營的中央日報，我都當過專欄主筆甚至撰述社論；應接不暇，稿費也特優，次數之多，幾乎有一天一稿或二稿以上。還好我文筆快，又有新觀點；特別節日，在報紙未開放之前，也都有專欄數篇；本來多是台大教授主筆的，我幾乎都不比他們遜色！既然「教授」頭銜未得，只好以「實力」展現；讀者也一清二楚的可以品評優劣。此種內心的滿足感，可以作為升等挫折的安慰劑！加上我也趁機寫了不少書，光是版稅、演講、及稿費，所得都超過固定薪津；年年的學

術著作補助，我幾乎都得優等獎，這在教育學術界中是異數！當然，也因此每遭保守份子的謾罵及電話恐嚇或語文攻擊！此事在歷史上極為平常。我既批評別人，也得聽聽異音別見；一方面知悉對方火候，一方面也策勵自己。

台灣經常有選舉，此時是言論幅度大為擴張之時。頂著國立大學、國外博士、又是教授的名號，我都全力為「台灣」發聲。這在母系及母校上，除了我之外，別無他人。雖然我有些孤單，但有德必有鄰；我的鄰，不是同事的公然相挺，倒大多是學界頂尖名學者的禮敬！他們多半是緊臨在旁的台大及中央研究院的！母系同事的沉默，也讓我感慨不已！我絕不勉強他人，要不出於心甘情願，氣氛也覺怪怪的！

千山我獨行，不必相送！

尼采不是說過嗎？超人的話離地球數千公里。不過，言論必要有「教育性」，即能深入淺出；「登高必自卑，行遠必自邇」。我為文、教學、演講，樂於「深入淺出」，一目了然；不屑於以高深莫測，玄之又玄來欺哄眾人！

第四節　入「仕」

本節所述的「仕」，包括在教育行政單位、國大代表、教育學術單位、及考試院考試委員等。

一、北縣（現改為新北市）教育局長，屬行教改

台灣政治界精英及明星級又帶領袖魅力的高雄縣人尤清，是法律系出身；當兵時與我同部隊，由於都是預備軍官，人不多，因之常常朝夕相處，友情也增；退伍後他去德國最早大學海德堡（University of Heidlberg, 1386）獲法學博士，我則上師大教育研究所，然後公費出國也擁有博士學位。我倆都極富有台灣情的抱負。他不負眾望的被選為非

中國黨（中國國民黨的正式簡稱）監察委員，常來電謙虛的說，有些教育案件要我幫他忙。他立志發願，投入北縣也是全台第一大縣縣長選舉時，我大力幫他；在他高票當選後，即三番兩次陪妻子到我家，力邀我去北縣當教育局局長。我高考教育行政及格，師範、師大畢；本國的教育學士及碩士，又榮獲美國名大學博士學位；以此資歷，作一個地方型教育首長，是太過委曲了；以大學教授身份從政者，教育系的同事早有多人；但他們都到中央，最少也在唯一的院轄市北市，或省府擔任要職，又有那一位那麼傻笨到要下「鄉」的，職等低、酬勞少、功能小，工作繁重！但由於他的誠意感人，又願意大權下放；我也覺得縣政太多太重，縣長一人無法全理；若好友不願「下海」，也失去挺身而出的原意。師大當時教務長（還未有副校長）呂溪木，其後有一次向我說，梁尚勇校長問他，奇怪，尤縣長來電要來校拜訪，不知何意！呂有先見之明，向校長說：「他要借調林玉体」。

　　果真。而梁校長一口答應了，但要尊重林教授的決定。

　　迄今，我擔任「公職」也不少，其中的國大及考試委員，前者五年，後者六年；學術要職的系主任兩年（兼所長）。教育學院院長三年，台中台灣文化學院校長一年；但朋友見面，立即說我當過北縣教育局局長。其實，該職位之長，還不到一年，我就回歸師大，隔年去英牛津進修！可見朋友的印象，認定我在短短一年中，作了許多令眾人大為驚訝不已的事！更產生了教育、政治、及文化上的大地震。此事詳情，我早在現代學術基金會所主編的《學思甘苦談》長文中，發表過。

　　一旦上位，百事待舉；但擒賊先擒王，快速的將教育之毒瘤先予斬除，我奮不顧身的親踩「地雷」，不怕粉身碎骨。還好，尤清縣長的力挺，我在短短一年內所做的工作，為其後各種教育改革作前導！其後也順利的走上教育民主化、在地化（台灣化）、民主化、及自由化。

　　黃榮村有機會當上教育部長，一次公開研討會上，我直接損上了他！這位學術上的友人，老實告訴我，有些是地雷，他不願充當炮灰，也不想作烈士！我不客氣的反唇相譏：「你不當炮灰，誰當？」原來連「同道」也如此志短，只看眼前，「茲爾多士，為民前鋒！」那自己

呢？「爾」是「你或你們」的意思！中國黨的黨歌，就是這麼唱的，帶有台灣心者也迷迷糊糊的中毒而跟著唱嗎？

　　梁校長是我學長，也是教育系出身，擁有美國大學的博士學位。他心地忠厚，態度也誠懇；有次先拜託鄉親陳榮華院長（教育學院），到我新家（即現住處）拜訪；我說學長來此必有「任務」，他先笑笑的說：沒有了，來恭賀你新居入厝！我說有話實說吧！我不會見怪！他即坦誠說，校長及上級，吩咐先來軟的。但他說不過我。不久，校長室來電，校長要來看我；我在電話中說，謝了，校長公務忙，又是我學長，理該我去看他。

　　「林教授，我是保護你的；但我有壓力，壓力下來我也沒辦法！」

　　他開門見山，有話直說；我問，校長持什麼立場！

　　「台大的教授可以關心、批判，過問政治，師大的教授不宜！」

　　這是什麼「大道理」？我知他本來也對學術自由此一議題有興趣，但其後沒下文！一向在政壇週旋的他，那有心思過問這些。且該議題是「禁忌」！我其後倒撰述《學術自由史》，只是銷路奇差，真是學界的悲哀！

　　「這是誰說的？」我問。

　　「部長說的！」他這麼回答。

　　部長是李煥，同傅斯年校長的口吻。

　　他把部長抬出來，我順口把孫中山拱上了：「政治是管理眾人之事，難道師大人不是眾人之一，台大人才是嗎？」

　　他見我如此嘴硬，也就沒接口。我看到場面僵，也順勢告辭。

　　我當國代時，是民進黨不分區的；李登輝總統提名梁校長為監察委員，依「法」要取得國代同意票。在審查會時，我上台不客氣的向梁校長說了下述一段話：

　　　梁校長，您是我學長，又是校長，拜託能否學學蔡元培校長的
　　　擔當，保護教授及學生。記得在師大校長辦公室，您說的那段
　　　話吧！我告別後感慨萬千！您直言無諱又坦誠的說，您有壓

力，壓力下來也無法保護我。我聽了，真覺得洩氣。您名字為
「尚勇」，台語是「最勇」的意思；但其實呢？又那有勇氣可
言？今天總統提名您為監委，就是要公義出頭，埋屈永除；如
有冤枉案件，事涉重大，監委要調查真相時，竟然若「壓力下
來，我也沒辦法」，那又如何能達到總統提名的美意與要旨呢？

　　此發言，都有國大秘書處議事錄的存檔，字詞容或不全合，照字義
就是如此！

　　事後想起來，我以如此口氣對待「長輩」，實覺有些不安！還好，
梁校長也和顏悅色的不以為意！如今他已去世，卻也留下了對他的另一
種評價！

二、組教師人權會及台灣教授學會

　　1. 發起教師人權促進會之初（1986），聲勢浩大；久被壓抑難忍的
教師，快速的集結成群，走上街頭；又有名大學教授挺身而出，只是，
其中並無本系教師；但學生中有宜蘭的鄭文嵐（其後他當了國中校長）
勇氣十足，跟隨我到中正廟（紀念堂）領導一群教師邁向教育部；並為
文指斥台灣中小學校長變成「萬年校長」的怪現象；教育系夜間部有一
生名叫賴萬年，他是北縣板橋海山國小校長；上課時有點風趣的說，校
名為何叫海山，因為「人山人海」；名叫「萬年」，又當了校長，是「名
實相符」的萬年校長。當時部長毛高文來之於清華大學，他看過我一些
文章，或許是在9月28日的教師節，為《自立晚報》所寫的一文＜孤師
淚＞所感動吧！大中小學教師初聘僅一年，次聘也是一年；然後兩年一
聘。若被解聘，不只投訴無門，又無勞工的資遣費，更休想有退休金，
比工人待遇還差。尊師重道是喊爽的嗎？教育部有天來電，言部長要
於清大在台北辦公室（清華苑在師大附近）請我吃飯，次長及司長等作
陪。台大劉福增教授一悉，來電希望也能參加，我說那得問「主人」！
部裡同意！理工科的學者，比教育科班的有魄力，且開明；毛部長態度

極為和善，希望能促進教師權益的保障。有次還要政次趙金歧（曾是師大理學院院長），親自到我在青田街的現住處來協商一些事。因事先無聯繫，我二女兒應門一開，向來客說：「我爸不在」。（當時我擔心訪客中是來尋「仇」的，所以交代家人如此回覆！）我恰在客廳，一看原來是師大同事，乃歡迎他入內。我答應會安撫那些想拿刀親自殺死校長的被解聘教師。那位教師向我保證後，陪我親往次長室跪下流淚。我也不客氣的向次長說，今天要不是我，可能的教育悲劇就出現眼前。

有些教師犯了過，但只是小過，卻得到大懲罰。「教權會」（教師人權促進會）予以了解後，立即函文給主管當局。此事發生在嘉義市，當時市長是張博雅，她原是「黨外」女健將，也認同我的言行。張市長來函告示，的確判得太重，最後記了一小過，不會免職。那位女教師感謝萬分，立即捐了萬元給教權會。

但也有老師確實該受懲戒。一名師大英語系的僑生任教南港中學（高中？）考績被學校打丙等，經我當面問他及校方，原來是他自認「大才小用」；上課常罵學生，又以語言羞辱：「你們是南港的垃圾山」！我不客氣的跟他說，良師是把「價值層次低」，如成績差，品德惡劣、習慣不良、或學習方法不對者予以糾正，將「壞學生」變好，才是教師最欣慰的業績。若學生本來素質好（如上了一女中或建中），結果表現也良好，這不足為奇；「化垃圾為黃金」，才是最有辦法者。我也同意學校的處置。本會不會一味的祖護劣師。

2. TAUP：我從北縣回師大後去英牛津大學進修，國內一些年青人擬組成一個會，糾集不少教授，仿1921年的台灣文化協會，以「台灣」為名。台大鄭欽仁、李永熾（史學系）及楊維哲（數學系）等人，他們都極為擁護教師人權會；乃建議較年輕的許陽明（管碧玲的先生）、陳儀深（中央研究院副研究員）、及中興大學美國北卡（North Carolina University）出身的廖宜恩等人，共同到我住處商請我出面成立事宜。因我較有經驗，活動力也強。籌備期間，常看一位秀麗又年青的小姐，殷勤的替我們倒茶，我問她還在唸高中嗎？她馬上笑著說：林教授，我現是台大博士班學生；她就是其後當上高雄市立委的管碧玲。

當思及「會名」時，我頓時靈機一動，何不取美國於1915年成立的「美國教授協會」（AAUP）為例，蜚聲國際的大師杜威（John Dewey, 1859-1952）為會長；該會爭取學術獨立及尊嚴，業績卓著；美國高等教育搖身一變，執世界泰斗地位，該會之功不可沒！我這麼一說，台大專攻馬克斯學說的洪鎌德教授頓時呼應，他也首肯；此一會名，因歷史上未曾有過，又以「台灣」為名；會員都同意我此種提議。

1990年，TAUP（Taiwan Association of University Professors）從此在台灣學術史上出現；由於將追求台灣主權獨立列為宗旨，甚為刺目，立即轟動一時；成立大會時，正式會員83名。大家公推我為首任會長。我以籌備召集人身份，主持成立大會，公開說，本會能夠順利成立，我作為會員，即覺一生最大光榮也最為滿足。本會原始會員，台大的朋友最多，師大只有一位，拜託大家推台大教授擔任！票選結果，我卻「眾望所歸」，心中極為興奮！

由於本會與本系關係太少，迄今仍無其他成員是本系出身；但廣義而言，師範制度原有教育體系之崩解，教育之多元、開放，自由等，也都與大學各系有關。

前不久，師大同事告訴我，說我人生值得了！因為現任文化部長鄭麗君，曾在電視中公開說，她唸大學時與一群年青人走上街頭示威抗議，警察要取締抓人；正在緊急狀況下，幸而師大林玉体教授率領了一群教授來保護，才安然無事。她們無恙，但我卻吃了被起訴的後果，我也人生首次到地檢處及台北地方法院數次出庭；還好，名律師周弘憲及李勝雄義務替我辯護，最後以「無罪」定案。

三、系主任、所長、及院長

大學開放學術主管民主化之後，由官派改為教授或教授代表票選。大學校長，院長、系主任、及研究所所長，就非官派了！且任期有保障，這也是我一生奮鬥的目標。首先我的第一次參選，是選師大校長；由於校內委員的堅持，他們又是台灣教授協會的會員，因此我第一關

「師大校長甄選委員會」即過。但第二關「師大教授代表投票」呢？即令我在師大校內過關，也通不過第三關，即教育部的最後定奪。新大學法明定，教育部有核選權；大學甄選委員會不許只送一位候選人。因此，我若能在師大順利，相信教育部「絕對」會圈他人。因為師大本身，保守份子一大堆。不過，初試啼聲，也能入圍，我就欣喜了！

1995年，我又獲國家科學委員會的公費，出國到倫敦大學進修；出國前，系所已合一。第一任系所主任是歐陽教，他是好好先生，是我學長，眾望所歸毫無競爭對手；他作了兩任6年，常說太累，「不是人幹的」！屆滿交棒之後，我認為機不可失。我的大力興革，在學術界享有聲望外，也發覺擬一展長才，就該享有行政權；但衡諸實情，若學長陳奎憙以及學弟謝文全願意出任，我就不出馬了！因我盤算必輸，我有固定敵人啊！他倆人和從不與人爭！我先請教陳，他說他知悉我有改革心意，願意讓我一試；其次，謝文全很客氣的說，教育界該有倫理。我一聽，極為感謝，也甚覺有把握。當時有三人應徵出馬，首輪投票，我最高票，但未過二分之一；次輪時把第三名刪除，我就獲勝了。

1. 首先我遵守諾言，系所要「實質」的合一：教育學院大樓昂然矗立於圖書館校區（校本部對面），十層樓，教育系在九樓，研究所在八樓。本在研究所的部份教授，堅持不授大學部的課。我既擔任系主任，是具有排課行政權的，但必尊重學術領域的研究權。我也主張，凡具副教授以上的，都有資格指導碩士論文及博士論文，也可在碩士班及博士班開課。

2. 指導論文，每位指導教授限收五名研究生：當時我發現，有一位北市教育局局長，竟然同時是15位研究生的指導教授。而不少副教授以上者，卻連一位研究生也無！

3. 八樓及九樓的教授研究室，重新調整：凡副教授以上者一人一間，講師者其後升等通過後，我答應也能提供單人一間的研究室；八樓以前掛有教育研究所牌子，九樓則掛教育學系，我下令全改為教育學系。

本來在研究所「專任」者，有些人身當行政要職，已屬「兼課」性質，一週只上一門課（2-3節）；除了上課之外，幾乎罕見人在研究室

內，竟然霸佔學校資源；九樓的研究室，則多數是兩人一間。大學水準要提高，必須提供教師美好的研究環境。我也希望同仁除了上課之外，必須撥較多時間在研究室內，且公佈何時歡迎他人入內討教。來自士林高商校長的張明輝，作為本系教授時，研究室與另一位同室分享；當獨得一間後，欣喜若狂，舖上地毯，親自油漆牆壁；時時傲氣的向外人稱讚我的此一安排！

改革必出阻力：我上任立即實踐諾言，且早已發出通知同仁此一措施。當天早上碰到退休的伍振鷟教授，他頗為資深，一人享有一間研究室；我除了打招呼之外，向他說已請工讀生幫他搬走房間的一切。他極其自然的反應：謝謝！同時恰碰郭為藩教授，他們都在8樓，也一人獨享一間，兩人都已是兼任了。我把8樓的一間大辦公室改為本系（所）兼任教師研究室，設備齊全。兼任教師平時少見！伍教授及郭教授倒經常到校；即令如此，幾乎有三倍大的大辦公室，也不會太擠。但出乎我意料之外，郭口氣不太好的說，他作過校長，應享有優遇！我不客氣的說，本校及本系並無此種優遇辦法；如有，我一定照辦。並且本系老師當過本校校長的不是只他一人，梁尚勇校長也是。他聽到我如此一說，很不高興的走了！下午時分，校長呂溪木來電：「林主任，郭校長的研究室能否不動！」

「辦不到」！我在電話中立即回絕。

「他下午到校長室辭退聘書。拜託拜託！」

「喔！」我掛斷了電話，聘書是我簽的，辭聘書也不通知一聲，還想往上逼令我就範。此事我礙難照辦，也違反我一生作事原則。

有些同仁揚言，賈師知悉我的「政見」，一定反對。當時賈師出國，她也是兼任，自當到兼任大辦公室。還好，據同事說，賈師回國，一悉我的此一安排，「林主任這樣作是對的！」

歐陽教主任任內，無為而治，這是他的個性，同仁隱忍至今，大獲疏解。我2002年到考試院上班，已屬兼任了，也在8樓大辦公室掛名！

本系「後生可畏」，我的公費留考，倖得博士；先輩鎩羽而歸者不乏其人，但到了我接主任時，已有不少我的及門弟子，到英美德各國大

學，順利取得博士學位。其中，倫敦大學教育研究所的博士學位，似乎也不是那麼難得。比我早出國去倫大的有歐陽教、黃光雄、楊國賜，經三四年了也無法獲取博士學位；但晚輩去倫大的多，幾乎都「馬到成功」！其中尤須一提的是溫明麗，她是雙博士學位（母校及倫大），且與倫大交情佳，經過她的計劃與週旋，倫大教研所乃與本系簽合同，「台英教育交流」在我任內簽了；她負責其事，可是竟然把Taiwan-British譯為「中英」，我立即糾正，她也醒覺，立即改為「台英」；此一「正名」，合乎我的理念。

　　主辦國際學術研討會，我是當然的主席；我常伴以台語及英語發言，但都會將台語譯為英語；主持系務會議，幾乎都是使用台語。母語教育的提倡，是教改的重大措施；本土教育的重視，一向是我人生旨趣。經我提議，也系務會議通過，大學部及碩博班各開「台灣教育史」，「選修」，修課者甚多；不少研究生也取作為學位論文的題材，他（她）們到國外，也不困難的取得了博士學位！

　　系主任任期三年，我只任兩年，恰遇教育學院院長出缺，我立即決定出馬；以當時我的改革知名度，勇於突破傳統惡風，挑戰權威，該是無敵手才對。前任是林清山，是同鄉同族人，但輩份比我低，他也是本系及本所高材生，夏威夷大學博士，是教育統計學權威，台大心理系名教授楊國樞（當過台大心理系主任，中研院院士，兼副院長）親口向我說，林著的教育統計學，是漢文界的權威。我順利的獲選成為教育學院院長。不過，依師大慣例，院長沒什麼實權，只有「虛」名，比系主任較無法發揮理念。但我擬藉此資歷作為選校長的跳板！當上院長不到一年，師大校長就出缺了；不過，我系主任沒任滿，院長又剛上任，就擬選校長，此現象最為不利。果真，初選就被淘汰了。嘿！數年前我也未有系主任、所長、及院長的資歷，被初選淘汰的不是我；如今，我資格比以前好太多了，竟然連初選都名落孫山。同事有人為我打抱不平，但算了！因為我也知悉，憑當時的法規，即令我在師大終獲「推薦」，最後決定權也操在教育部手裡。此關絕對難過！並且，師大保守的舊慣成習，不如教育系及教育學院的開明。

　　在擔任學術主管時，我放手讓助教幫忙，只作重要決策，因之也較有時光更充實自己的學力。在系主任任內，《西洋教育思想史》得國科會（現改為科技部）「傑出著作候選人」；可是最後名落他人。不久，該會教育學術小組負責人林生傳，也是本系所畢業且也得美國大學博士，後在高雄師大教育系任教；他告訴我，那本著作讓他佩服；可是因名額只一，並且操「生殺大權」者是政府主管官員；我多年來一再把矛頭指向他們，相信他們必趁機修理我！同仁著作都在序言中感謝教育部，還指名高官栽培！唉！學者怎這麼沒學術風骨。向權貴彎腰的作為，最為我瞧不起！我出版的每本書，從無此種「陋習」。怎可自我作賤至此呢？此風其後更每下愈況，大學或研究機關辦的學術活動，海報上公然將教育部或其他行政機關列為「指導單位」。又那有行政在「指導」學術的？事後屢次我都私下埋怨痛責，林逢祺也是家族人，與林清山、林生傳同輩，擔任系主任時，也頓覺不妥，與我商量如何才算合適。我說，把教育部列為「贊助單位」才名符其實，但千萬別列為「指導單位！」令我感嘆不已的是此種現象已存在多時！這一代的學界，怎自甘墮落至此，而行政單位也坐視，甚至喜之望外！學風敗壞，莫此為甚！至少我任內，絕不容此事發生！

　　系主任任內呂溪木當校長，對我還蠻尊重的；有時開重要會議，涉及教育議題時，他會向校內主管說，此事能否請教育系主任首先發言。當然，我會據理以述！有次他問我：「昨日是否有記者電話向你訪問？」

　　「有，但校長怎知？」

　　「該記者先是訪問校長，但我向她說，此種教育問題，請妳向教育系主任請教！」

　　坦白說，教育學術研究是我的major（主修），校長是數學系出身。不過，教育問題是教育系師生最關心者，這是理所當然！但教育系之外的同仁呢？也有資格甚至有必要去關注啊！不應視之為外行；但二者都應「言之成理，持之有故」。大學是「教育機構」，不是純研究單位。大學不是只數學系而已，且各系都該具有「教育功能」。因為大學生是年青人，他們不只接受「專精」學門如數學，更需「通識」（general education）；不管什麼學系或學院，都應培養出「健全人格」的下一代，這是「教育哲學」的本份內容。思及此，大學的師生都有必要受關注！數學系的師生有能力在數學上鑽研，但更須思及健全人生觀如何奠立。台大數學系名教授黃武雄發起五一〇行動聯盟，成為教改的先鋒健將，他不務正業嗎？不！教育領域並非只是教育科系的禁臠，卻是大眾的通食品。美國哈佛大學史上最具改革心態且成績卓著的校長，是專攻化學的義律（Charles Eliot）；美內戰後，他以35歲「稚齡」上台當校長，連任40年（1869-1909），大事興革；不得不暫停化學研究此種「專業」，傾心思考並鑽研史上的教育名著及重要教育思想家的大作。我以此奉勸校長，更也據此提供李遠哲院長，他的專長恰好與義律同（Eliot，是英美人名中享有聲望的家族，姓Eliot者甚多，我在著作中本譯為伊律歐特；其後看大清時代的史料，才知該姓到支那者多，官方文書皆寫義律）。

　　離開系務，接掌院務的第一年（1997），也是呂校長在任。該年大學聯考中心來函，要求各大學院校就入學試的科目「三民主義」一科，到底要採1.廢考，2.以50分計（其他科目皆100分計），3.照舊；等三選項中表示意見。時值夏天。結果，本系表示無意見，時是謝文全接主任的第一年。因為暑期無法召開系會，因之不作決定。此事我非常不悅。系主任該有擔當，更該作改革先鋒。校長最後裁示，以本校各單位意見紛歧，回覆。我內心甚為憤怒，正想舉手發作！還好，同是數學系的教授林福來就發難了。他說：校長，您是學數學的，怎如此表態呢？能否依各學系的意見以數目字正確呈現，上述1.2.3.選項。此言正合我意，校長也因此接受。嘿！他有苦衷嗎？

　　當院長期間，被推為「師院四六事件小組召集人」。感謝師大學生「青出於藍」，要「挖掘」過去真相。我邀國文系莊萬壽，史學系溫振華等人參加；由溫執筆撰述研究成果；當天記者招待會，我平生首次看到座前麥克風之多，真是嚇人！事後不久，台大校長陳維昭宴請兩校該事件小組成員。我趁機把以前曾向台大好友陳述的意見，以及選師大校長公開表明的「政見」，當面向陳校長請益。我說，台大未有教育系，

更無教育學院，藝術學院，音樂系，及體育系，能否考慮兩校合併，師大就不必選新校長了；並且，比台大聲望更高的世界名大學，都有教育學系等，為何台大未考慮此事呢？陳校長想了想，接受我的提議。可是，也毫無具體下文。不過，當我選校長時，向師大同事表示此「宏觀」，卻被反諷為「吃裡扒外」，且罵我甘願作老二。他們以為兩大學可以平起平坐，憑什麼台大把師大吃了！只依此種「政見」，我必落選！

擔任院長時，陳水扁出馬選總統；他與我台南縣同鄉，選市議員及立委時我都出馬為其助威，也答應作教育白皮書的撰述者。在他選上台北市市長時，恰教育局長出缺。不少人鼓吹我爭取，但一來我對仕途不感興趣，且已在短短政界打滾中，親歷其中的陰險；並且，我已擔任全台最佳教育系的主任。以此身份，只擔當市的教育局局長，太小看大學了；加上當時副市長的台大經濟教授陳師孟早告訴我，陳市長看中心理系主任黃榮村。但黃以為大學系主任作教育局局長，是「大材小用」，他才不屑！他既不屑，我又怎屑呢？且師大教育系至少不比台大心理系的聲望差！當然，台北市是首善之區，如教育局有「我們的人」，也是我的願望，乃向市府另一副市長問詳情；據報，陳其邁之父時為民政局長，由於力改官僚作風，使陳市長市政頗獲好評。但陳局長向陳市長力荐同為屏師校友，且也是本系系友，目前又正是教育心理系系主任的郭生玉，他有意於仕途。只是由於陳市長對郭不熟，因之暫未決定。我在電話中向副市長表明，請他面告市長說我林玉体力保郭；不到兩天，陳市長招見，郭立即接任。

擔任院長期間，有次教育部（常次，常務次長）林昭賢（大學部及研究所皆同班），因故辭職；時已是陳水扁總統時代，部長是政大教育系出身的心理學者曾志朗。有天聯合晚報記者到院裡向我求證，他信心滿滿的說：「府院黨」一致相中師大教育學院院長林玉体接任。我說沒人告知，且我也無意願。林昭賢公開向記者讚美我這個「同學」，但曾部長則口氣並不友善。其實，陳總統在選舉中曾來電要到學院向我請教，當然，我不但表示歡迎，且也向他說座車可以開入教育學院大樓門前，且已向警衛室要求開大門以便讓外車駛入！不過我言明，勿帶記者

來！陳說，只他及隨扈而已！我則安座在三樓院長辦公室候駕。他把隨從放在樓梯間，單人入室。我向他說無條件支持他。不過，有點失望的向他指責，一來他當四年市長，對中小學校內的政治銅像都未處理；比起我在北縣，行文下令搬走，差得多。他似乎不把此事當首務。我說金華國中就在我家隔壁，兩個女兒也唸該校，迄今蔣銅像仍存。

以我的資歷，對擁護台灣主體意識的政治人物，必大力捧場；多年來飛東飛西，日夜奔波演講、為文、教學等，都熱衷於此。陳選上總統，不少人皆猜我會入閣；好友也說民進黨中，無人比我更具資格主掌教育部！尤清有次來電，告訴我陳要面訪他出任國策顧問：「林教授，我會當面要總統請你主掌教育部，不要推辭喔！」隔了兩天，尤又來電：「總統說，他已答應別人了！」

如有該職務，就如同我出任北縣教育局長一般，我是會考慮的；因為有機會「作大事」以了卻心願與抱負，也是人生最具意義的任務！

陳水扁的競選總統教育白皮書，請郭局長（生玉）主筆，他要我加入。我一看初稿中的政見，非常不滿，因為與中國黨的不相上下。我說，把「台灣主體性教育」列為第一，否則我就退出；郭照單全收。可是陳總統的首任部長，卻根本置之不理，他還是中央研究院的院士；我當面言明，答應出仕者必先認同教育白皮書。哈！有些「學者」有大官可作了，那管你什麼白皮書呢？

其次，陳總統上任，師大體育學系系主任的許義雄，出任體委會主委，他也是與我同屆的南師校友。體育系是教育學院內的一個系，「系主任」既當上部長職了，則林「院長」怎「下放」為次長，且是常務次長呢？或許以為我先接次長職，熟悉業務後再調升也說不定！但我又不是菜鳥，北縣一年的局長，以及多年的系主任及院長，難道經歷不如其他部長嗎？教育系及教育學院，可以說全台大學規模最大者！

現在政界「紅人」陳其邁（2019迄今，是行政院副院長），其父當上了陳總統的總統府副秘書長。有次來電到院，說他在立委任內，有一女秘書現在在師大任職。院長秘書是九職等官階，不低，等於北縣教育局局長。該秘書職在我上任時，央求林建福教授幫忙，他是本所畢業，

也在倫大獲博士學位。他幫我兩年後不想公務纏身，因此秘書職出缺；有多人等候。我答應，請她先來見我。陳在電話中順便與我聊天，他早與我熟悉。「林院長，您真可惜！由於纏上了與尤清的關係太緊，難免受牽累。否則…」我立即答以：「難道你們以為尤清若不清，我林玉体也不清嗎？」

　　尤清是當時中國國民黨列為最大的對手，因此使用各種手段非打倒不可。那種絕佳技倆，可能史上無雙！趙天儀是台大殷海光教授的得意門生，曾受師警告，不要落入「錢坑」及「女人坑」！那是中國黨最拿手也最令人窒息致命的計謀。還好，當上院長時，已六十出頭，被提名為考試委員及當年當北縣局長時（附記：當年官方尤其省政府及教育廳都不承認我是「局長」，倒是毛高文（教育部部長）有次在台大校園辦全國童軍大會，我親率北縣童軍參加。他在台上公開稱呼我為北縣林局長）。立法委員在審議我為試委，以及縣議員問政時再怎麼挑剔，都找不到我有落入上述「兩坑」的記錄。趙還說過，有次他陪殷老師回溫州街宿舍，過馬路時已綠燈亮了，但老師還在東張西望！「老師，綠燈了！」「你這個台灣人啊！真不曉得中國黨的厲害！」殷城府深，不先左右看清楚，放心了，才走！否則突然快速的貨車壓上身，隔日報紙就有「某某人車禍意外而過世！」的新聞。陳水扁選台南縣長，不只敗了，同太太一齊去謝票，結果他太太一直半身不遂躺在輪椅迄今！真相如何，又何謂真相呢？

　　陳水扁在院長室與我談了約一小時，他告辭時，我陪他見了教育學院職員，也與他走樓梯到大樓門口告別。他來時我未在樓下等候，這是擬保持學者風格，絕不向政治人物彎腰低頭；但親送他離去，這是待客應有的基本禮貌。好友黃宗樂台大法律系畢，與呂秀蓮副總統同班，也是陳總統法律系系友。黃公開說，陳水扁也擬去拜訪他。但他說，陳忙，換他去陳府上；「求見」嗎？陳總統任內，黃當了公平委員會主任委員，形同「部長」級；我當上考試委員，也等於是部長級，但無主管職及職務加給！

　　我這個「風骨」，不少人評我為高傲；但只要令我「心安」，他人

之毀譽，撼不動我的立「志」！

　　這份「坦率」與「真誠」（authenticity），我認為是人異於禽獸的幾希之處；也曾經當著李登輝總統之面，（時他已退休）在致意他對台灣本土熱愛及民主雅量之外，唯一最為可惜的是任總統共12年（兩年由副總統接總統，6年舊制總統，4年首次民選總統），任用的教育及文化單位主管，無一有台灣心。他老人家一聽，並不生氣，卻面容慈祥的回問：「林清江沒有嗎？」我說林很會作事，但台灣意識倒不明顯。

　　林清江是「青年才俊」，文筆好，行政效率高；與郭為藩同是社會教育系出身，二人都上教育研究所，同是教育部公費生；擔任過嘉義的中正大學校長。有次與他一起乘坐飛機由北到嘉，由於相熟認識，但是「道不同」；同機內也不得不聊天幾句。他向我表明，中正大學並無政治銅像。哈！該校我還未去過。果真如此，倒合我意。事後我向好友提及，卻得到一種答覆：「你為什麼不反諷，他校不許有該銅像，但唯有中正大學可以！」這才「名符其實」啊！其後我巧遇該校洪姓哲學教授，他告訴我：林校長騙你的；不過，銅像不在正門口。這就如同台大了；台大也有銅像，卻放在室內，不像師大及他校都在校門入口，且花費不貲；不少小學無錢多蓋廁所，卻鉅資蓋了大銅像。

　　我寫了不少文章，盼望校園清除政治銅像，尤其母校；天天到校本部上班，入口即有一尊，非常醒目；有些中毒且也腦子不清不靈的大學生甚至教授，還時時向他行最致敬禮，更在銅像前照相留念，穿學術禮服取景。我為文不少，引起大眾討論，有人來函支持，還特地說，每次過校門口，都冷眼瞪之！

　　選不上校長，本系校友簡茂發上任。有一次五六月吧！臨畢業典禮時，美術系學生很有創意又加美感的為那尊銅像裝上鐵椅，頭上戴帽，還舉辦儀式；大學生四年即將離校，你這尊怎麼站這麼久不走呢？站累了，送一張鐵椅吧！簡校長大清早到校，怒不可遏，馬上下令校警驅散學生，還揚言要處分；他是教育系的，見解輸給美術系多多！台大也曾經發生過類似學生戲弄事件，送上了一頂帽子，上書「一代偉人」；腰穿上圍兜兜，寫上「民族救星」四字，領帶則以「看魚的哲學家」嘲諷。

教官要興師問罪,「鬧」事的學生反擊:這不是教科書如此教我們的嗎?

　　還好,母校在校門那大尊銅像早已不在,搬走時的校長非母系出身;「教育」科系的負面評價又多一例!台大迄今不願設教育系,是否與此有關!與教育系有淵源的如我,一生為廢政治銅像努力不懈,但如我者是鳳毛麟角。台大史學系張忠棟教授生前曾開玩笑說:「師大該立林玉体銅像!」拜託,免了!

　　我也為文不少,要廢除師資培養的舊有體制。當年李煥當部長,電話約定時間要來拜訪,我答以該時我有課,且也說該我去拜訪!我到部時李部長帶我到另一房間,長談約一小時;他說話低沉,無表情,手帶一隻筆在記。首先他開口:「我還未上任,林教授就在報上為文建議數事!」沒錯。李煥是蔣經國的左右大手,他要我當面說明。我不客氣的把平生所熱衷的教育民主化、開放化、自由化提出,具體的是大學共同必修科去除,黨部軍訓教官退出校園,以及師資培育舊制廢除等!他說這太前衛了。在政大教育系任教的學長黃炳煌,也是本系系友,哥倫比亞大學博士,有點吃味的向我說,我真幸運,部長還願與我獨談那麼久,他因是政大教育系主任,有時到部開會,李部長來了,說了沒五分鐘就說另有要公,走了!有些事是他才能作主的!若別人主持會議,會白開了!

　　我猜,當時我若不那麼「著急」「吃緊(快)弄破碗!」,或如永喜兄轉告黨部要員的囑咐,要我說話婉轉一些,或許李部長可能要我去部幫他忙!但他的黨及團,著色太深。我深以為戒。「保持距離,以策安全!」

第五節　　有意義的人生

　　回首來時路,一生追憶,尤其與母校教育系淵源久且深,感觸特多。胡適曾來師院演講,他的著作及觀念,影響我的寫作風格及內容。他建議教育工作者該寫日記,尤其是記下「真實」的遭遇。小學時老師即要我寫日記,有時還用毛筆寫;日後一覽,實在見不得人。幾乎天天千篇一律。開始都是「早上起床、洗臉刷牙…」;最後「上床睡覺」

結束。老師還評為「優」或「佳」。出生於1939年，日本昭和14年；2018年退休後，於70歲時還出版一「巨著」《西洋哲學史》約一千頁（文景），但賣況奇差。不久，我又在五南書局付梓《西洋哲學史》上中下三冊，中冊先有二百多本的出售成績，但上下兩冊都零。現在的學界，包括教育學術界，擬攻「堅」的少之又少。平生喜愛看書，也常有不少心得，也萌生新意，乃隨時作扎記。古人說「老而不死謂之賊」，但老一定得死嗎？古人用字譴詞不嚴謹，「老」指多少歲數，七十是古來稀嗎！現在歲逾九十者多得是。但年齒日增，雖有養老退休金可領、不愁衣食住，或者行較不容易！我感謝父母，也一生善於保養身體，今年已逾80；還體健，目力、聽力、體力，皆如往常；晚上九～十時就寢，早上卻在四五時即起身；精神及體力還旺，看了不少新書，也回味了許多舊著。配合一些台灣史及世界史，尤其教育史的「教訓」，遂把母系的今昔，就我所知「從實招來」。林逢祺主任說，教育系電子檔案無字數限制。隨手寫來，可能也有數萬字之多；比起台灣先輩在民主化、主權化、開放化的努力上，我較為幸運。1949年的戒嚴、清鄉、白色恐怖，對於10歲的我，尤其在鄉下，父母又是文盲，還不致於有遭屠殺的厄運或牢獄之災；38年的戒嚴解除之後，台灣才稍重現天日，當時（1987）的我則已48歲的中年了，正遇重大變革的狂風暴雨期，托福，雖有令人痛心的慘案，終於可以較放心的可以高談闊論。人老了如只能吃喝玩樂，眼力不佳也無法看書，耳力缺陷也交換意見困難，腳力退化致使行動不便，若是失憶或長病纏身，則生不如死。但若還能保有如年青人的條件，也可藉閱讀與省思，更增加智慧的成熟度！再如何長壽，如教育系的有些師長，但在思及學上若無進境，則人生意義等於空白，只不過是多浪費經濟資源，讓下一代更操煩而已！

　　本章所記，與母系直接間接有關，供作翔實的教育史料；如能有益於讀者或後生晚輩，則幸莫大焉！或許有嫌囉嗦但卻頗有反思的是：由於時代的變遷，我早年在學界認識的「志同道合」之士，其後變節或分道揚鑣了。我力主台灣主權獨立，不少「統派」及「中國情」者很不諒解。但依我的評價，「民主」位階最高，「民族」頂多只能屈居其下；

可惜！許多學界朋友還生活在「民族」的烏雲下，「遮了望眼」，不能百尺竿頭更上一步，登上高樓；「身在最高層」，則晴空萬里。台灣受盡了支那文化的長期支配，烏雲密佈，地理環境因素，對台太不有利。一來台灣海峽隔開對岸，距離不是很大，尤其現在高科技的進步，火箭飛彈瞬間可攻擊本島；二來支那各地的儒家情，極為濃密，各省在政治文化上都是一體的；加上支那這個現有政權，對台灣有使命感的佔有慾。台灣處境因而未如英吉利海峽隔開英倫及歐陸一般，英倫之安全，最少比台灣保險。一來，英倫比台灣大很多；二來，歐陸各國林立，除了過去的德國或法國可以與英國單挑之外，其他小國不會對英有生存獨立的威脅。並且，現在歐陸國家都已民主開放化，經濟上的「統」大於政治上的「統」。台灣的對鄰，沒有如此，卻經濟力加上政治力、軍事力、文化力、宗教力、及教育力齊發。今後台灣處境的何去何從，長遠觀點看，如能從民主教育下手，使手持武力者能稍為收斂，馴化些（tameful），但望政棍（politician）能變成政治家（statesman），倒頭過來學習或仿照台灣的民主化。這正是海峽兩岸人民的莫大福氣。歷史發展難有「定局」，「變數」卻多，「人」是最大變數的源頭；歷史發展的軌跡，是難有一定或絕對路線可循的；時有「半路殺出一個程咬金」，而改變了行程。其中，造就「人」的大工程，就是「教育」。

　　撫今思昔，較感安慰的是有一股初生之犢不怕虎的傻勁。還好，青春不留白。處在不公不義的惡劣又囂張的環境，「兩岸猿聲啼不住」，不只啼得令人心驚膽戰，血淋淋的事跡，也都有史家以「春秋」之筆予以月旦。過這麼令人朝夕不安的歲月數十年，不只竟然安然無恙，還「平步青雲」，且高升作為共犯結構的幫兇者，在我周遭，指不勝數！但這些人與我無緣，反而是我痛責的對象；即令是師長、校友、甚至同窗，我也常不留情面。學界擁有院士或傑出教授，或名譽教授者，大部份是冷血動物，頂多是隔山觀虎鬥而已！稍有勇氣及良知的是背地裡拋出關愛憐憫的眼神，但對敏感又禁忌話題，既疏離又冷漠！這是「知識份子」、「讀書人」、或「士」的正常表現嗎？

　　有點弔詭又諷刺的是，倒對過去的閉塞社會（closed society）有點

懷念。記得第一次在師大公開演講，竟然座無虛席！我的旁邊還有不少聽眾席地而坐，暴笑聲緊接不斷；我上課也常有此現象，真大快我心！但也在意料中的是不久，校方不許我演講，不准當導師，研究所開課我無份，更不用說指導論文了！外校尤其台大，幾乎全台各大學院校，我都可公開演講，連建中我都去。為了年青學子，我願像個「牛虻」（gadfly）一般，仿蘇格拉底的「對話」（dialogue），刺痛醒覺。令我反感的是我的公開演講，應接不暇，求稿不斷，結果導致母校如同台大禁止殷海光演講一般！此事引起學長張春興教授的「拔刀相助」、「打抱不平」，出面為我主持正義！校長終於「鬆綁」；但設下條件，不許我「單人」主講，卻要有反方，且張教授當主持人。我也樂意聽聽異見，卻胸有成竹，可以藉機當場一槍予以斃命！記得當天晚上，會場擠得水泄不通，好奇來看好戲的陸續入場。我首先說了原委，埋怨今天兩小時，本來都是我主講，竟然打了半折！主持人接了麥克風，風趣詼諧的說：「林教授得感謝我，今晚要不是我出面，他連一分鐘都無發言餘地！」此言一出，哄堂大笑不止！

　　本校及本系出了張教授這種令我欽敬的學長，我當然永記在心，銘感一生！相命者說我遭活鬼抓弄，但也有貴人出手相挺！在教改之初，召集人李遠哲這位台灣首位諾貝爾獎得主，在電話中問我對張教授的品評。張原是教改委員之一，但堅不出任，真有先見及智慧！

　　本系及本校在教育開放之後，優勢不再；雖然本系仍是全國甚至包括支那在內，屬教育學術界的龍頭；但夕陽無限好，卻已快下山。入學試成績那堪有往年佳績！後輩的同事幾乎都有博士學位，讓我對創院及研究所所長田培林懷念不已！為學的「深度」及「廣度」，都有待加強；有人主修「史」，但流水帳式的多，了無一點省思之懷。我熱愛閱讀或與人交談，有些理念刺激了我，在心田裡湧出漣漪，這才是為學的最樂。當年師校單獨招生，享公費及職業有保，這些正面誘因，引來了「品學兼優」但「財力不足」的頂尖學生！可惜，師校演變成「傳統」、「守舊」、「特權」的擴展，正也是成為拖累教育革新的大本營。其實「公費」此一誘因，着實不可廢，現在不也有「公費」留考嗎？

「才」與「財」兼顧，才是「公平」及「正義」的主軸！因「才」施
教。不幸，不少「師範生」常受因「財」施教所累。尤其對「教育」之
真諦不明，將熱忱或「教育愛」視為高調；心理學大師美哈佛教授詹姆
斯（William James）提出，「軟心腸」（tender-minded）者，正如同田
院長之師斯勃朗格（Spranger）舉出的「社會型」人格者，才是天賜的
良師資財；不然，也該在培育師資的過程中，激起未來的教師，及返校
進修的在職者，雙雙提升「熱忱」！台大名校長傅斯年生前到師「院」
演說，這位大才子口才一流，第一句就讓師院師生開懷：「台大要辦得
好，先要師院辦得好！因為台大的學生都是師院畢業生教出來的。」
郭為藩校長任內，張春興教授根據他的調查研究，在報上發表一專文，
提及師大四年中，大一到大四學生對為人師的熱忱度，是不增反減！
校長機要秘書吳清基馬上來電，央求我為文反駁，且也與另一大報說
好了，一定登載。但我告訴他，張教授的「發現」，與我的長年「觀
察」，幾乎雷同！我怎可違反良知，隨便聽人指揮為文呢？

　　本章長達數萬字。告訴有心者，我大概在三天之內草就；也可因此
判斷出我現時的體力、眼力、思考力、及批判力，就此打住！如能賜
教，衷心致謝！

　　附帶一筆，大學同窗中令我感佩也與我有志一同者，一是與宜蘭名
人林義雄同名者，真沒有辱及同名同姓。屏東人，屏師畢，小學教一年
就考上師大。他為台灣打拼，行動及精神感人；在美獲心理學博士，在
丹佛（Denver, Colorado 州首府）任聯邦政府公職到退休。二是宜蘭高
中名英語教師林光義，現任陳定南基金會董事長；出錢出力，也是慧燈
中學的創辦人之一。陳縣長親向我說，他一生最好的友人，就是與我同
姓的這位同窗。三是竹師畢的江正茂，是個才子，本系畢業服務期滿，
就長年在美；與我長途電話，一聊就半小時以上：「我是江的！」台語
的「江」就是男的，哈！他不是「江」的，難道是「母」的嗎？其後當
過陳總統任內的僑務委員；回台時我在餐廳招待他夫婦（太太是台大外
文系的）聊天時，不是台語就是英語；向飯店服務生開口就是英語。他
的台灣情，大學時我就感受到了。四是中師來的陳建勳，在嘉義師專任

教，大學部及研究所都與我是好友；他每次到北，都住我家，海闊天空聊到深夜！可惜，江與陳都已亡故。五是台南女中來的黃滿玉，在紐約教會服務；我在哥大時常有來住。她熱中政治。彭明敏、陳水扁、及蔡英文選總統，都是大力相挺的海外台僑。六是與部長同名同姓的林清江，人緣極佳，尤其是女生；他在商場得志，很有朋友的豪情；名雖掛中國黨，暗中都支持「黨外」；這與班長也是中師保送的洪成同，現在同學會仍由他負責聯絡。洪成同在北市小學當「萬年校長」，退休後是北市中小學退休校長會會長，投票也絕不給中國黨。另有同學汪金龍，少來上課，卻南北奔跑的去聽黃信介等人演講！大學生要是能如此，台灣怎無希望呢？必一提的是二女中（中山女中，蔡英文總統的母校）的周淑美，關心台灣前途，熱心成為裙衩典範！「言人之不敢言」，已是精神可嘉了，如能再「行人之不敢行」，更是「言行合一」的模範生。雷國鼎師曾說過一句名言：「中國人什麼都死了，只有嘴吧沒死！」說的是冠冕堂皇，背地裡甚至光天化日之下，幹無恥勾當！嘴巴是「口」，文章是「手」，經典名言一大堆，都是「說得全（歸在一塊，台語）笨篗，做得不到一湯匙」。教授在勇氣部份如止於文筆或口說，稍有「雅量」的政棍，大概還不會予以套上刑責；但若進一步的有了行動，就非同小可了！

有言又有行的教授罕見，我可能是台灣學界中「最」突出中的一員，更是師大及教育系史上僅見；前無古人是真，後有無來者，則可能性也不高。我的遭遇，可以說是活生生的一部真實故事，卻也是難以忘懷而且也是最引以為傲者。

逢祺主任近日要我答應作壽，我仿孫亢曾校長的佳例謝絕；但他肯把此文用電子檔放在系史上，乃草就於上。為本系或本校補上一些「異音」。師大同事多年前在聽到我出國進修時，有點玩真的說：哈！那師大會比較安靜一點！台大楊國樞也說，政府不准你的國外進修，真是愚蠢！但教授若噤若寒蟬，又怎能為生之楷模呢？純就這一點來說，一生夠本了！深盼台灣永戒與支那負面文化有染，該學日美或英等國榜樣，這也是教育學術界該列為最優先的任務。當政者不此之圖，就如熱鍋上

螞蟻一番，空忙一陣！對了，教改會成立時，黃榮村來電邀我在台師大附近的紫藤廬吃飯，他說奉召集人李院長之託來請教；據言事後這群人竟然有一印象：林玉体但願把校園銅像移走或消失，他就心滿意足了。哈！這些「要員」，竟然那麼的只看膚面，不悉那是執政的「優先」要項（priority）。牽一髮足以動全身，我要是能「長期」居上位，定會出現大浪大潮；專制之樹已倒，鳥猴只好散了！我在北縣初試啼聲，不到一年而已，加速了教育的在地化及民主教育的紮根。極為不滿的是不少縣市首長早由民進黨執政，對那些敏感問題嚇呆了，也無膽接受中國黨民代的挑戰，如台南市、台北市、屏東縣等。當過台灣教授協會會長的台大土木系教授蔡丁貴，採行動推倒台南市公園內的一尊蔣介石銅像，被判坐牢；他揚言，出獄後仍發誓必再度前往。公開願為台獨獻身的市長賴清德，才宣佈全部廢除政治銅像，但怎這麼遲呢？即令當過建國黨主席的鄭邦鎮也是我好友，且也是教權會及台教會會員，他擔任台南市教育局長時，也不敢對銅像採取拆除工作；被認定最有行動力的陳水扁，當過台北市市長四年及八年總統，卻仍然也是各校園銅像矗立。這是我心中的最痛，也是對民進黨最大的失望！師大那尊我也斜眼以對的，還好，校長下令移走了。但當初建者及維持者中，最力的竟然是本系或本所畢業的！師範教育之為外人詬病，又能怪誰呢？我之「見」，已遠離於傳統師範之上，但少有如尤清這種大破大立的「政治家」！我如今還深信他之被打入冷宮，連「同志」都「愛惜羽毛」，不願「同流合污」，甚感不平。他的清白，我絕對保證；他的魄力，是大有為政府的第一名模範生。可惜，台灣人受支那中國的指揮，是台灣教育的「宿命」嗎！祈禱上蒼吧！「人」是改變前途不可逆料中變數最大的主宰！拜託所望必得人。台灣能脫離數百年的舛運，該出頭天了！不該再「埋冤」了！「埋冤」兩字與「台灣」兩字的台語，很相似！早日還以「美麗島」的國際最常用語吧！

因緣際會，從小即與師範為伍，也與教育系結緣。但教育領域無遠弗屆，以此為「志業」（career）者，拜託不要劃地自牢，否則頂多是教師「匠」而已！難臻「教育家」美名！孫亢曾老師有名言，不少校長

或「教育」官員，努力辦「學校」，但都不認真辦「教育」！不客氣的說，本系既是師大迄今仍居全國教育「龍頭」者，不少校友當了大官，其實只不過是當政黨「工具」，甚至是「跑腿」，等而下之的形同支那史上士成為仕時，就一付搖尾乞憐的角色了！儒家思想演變二千多年，結局是士風日下；不少「仕」在朝呈奏文書，自稱「奴才」者不計其數。其實，種族歧視是漢民族的歷史共業；滿人仿之卻更勝一籌。大清時科舉及第被「封侯」的進士或狀元舉人者，「漢」人還不夠資格稱「奴才」呢？地位比奴才還更不如，是跟屁蟲、狗才了。但願今後的讀書人，勿忘「士不可不弘毅」，至少要有讀書人的風骨。坦白說，我一生中最受用不盡的書及人，來自於本科系的教授或教育「著作」者不多。回國（1973）後，常常請教且有機會相商討教的對象，不是台大就是中央研究院的朋友。他們雖非「教育科班」（注意，中央研究院如同台大，迄今未設「教育研究所」。規章中是有此機構名稱的。）激起我不少省思的這些教育「外行人」，卻是頗具教育智慧的「高人」。台大數學系名教授楊維哲給我的靈感很多，法律系的李鴻禧聽他說話及演講，常讓我心花怒放；精神科醫生陳永興擔任我主講「台灣教育」時的主持人，開場白一句話，直接說中教育的精神病，已入膏肓地步：「台灣教育既反台灣也反教育」，此句真是傳神，終生難忘。

　　教育、文化、政治上，滿佈「地雷」，不少人不只中彈身亡，中國國民黨還透過媒體大放厥辭，以「敗類」、「叛徒」、「毒蟲」使他們人格掃地，永不翻身；地雷有大有小，數以萬計；不引爆掃除，台灣住民又怎能安居樂業，且活得有水準、有意義？我一生中最引為傲的，是直攻要害，引爆了大地雷，難怪中國黨視我為眼中釘，把我列為最不受歡迎的人物，是監聽電話的對象！抱歉但也稍帶不屑的是我的教育改革主張，卻是針對本系（所）的系友（所友）而來！我目光眼界不在當前，「千秋大業」才具輝宏抱負，命雖可能當亡，倖有貴人扶持！「明知山有虎」，也大步往前直衝。只要放手大膽，構思緊密，又得友朋相助，則地雷不只頻頻引爆，變成台灣全國報紙的頭條新聞，電視評論的醒目題目，且持續加溫。在考試院負責為「典試委員長」時，考科「本國史

地」，我直截了當的裁斷：「本國」指的是「台灣」。中國呢！男女記者的麥克風快速的在我面前直攻而來。我不假思索的回以：「中國是外國，並且數十年來都是敵國」。陳水扁總統在台灣教授協會募款餐會上致詞，說辭竟然與此雷同。記者忙又向我說：林委員，總統的話與你完全一樣！此一話題持續發高燒。許陽明時為台南市副市長，笑笑的向我說：「林會長，你的頭條新聞比總統還更熱門。」當然，形同過去經歷一般，我並非安然無事，有時也忐忑不安，且累及家人。還好，冥冥中也使我不致於如同先賢烈士一般的「夭壽」──「寧結弱少鬥強權，引刀一快少年頭」；遺憾的是，諸如此類的境遇，母系及母校的師長，似乎視而不見、聽而不聞，不生波浪！還好，台灣教授協會的成立，又當創會會長；教師人權促進會的「立案」，兩會都與教育及學術獨立直接有關，也是左右台灣教改及政改的兩大組織，我都是創會會長。心中欣喜的是，此種歷史任務，仿同二十世紀最具權威性及學術性的大師杜威一般；TAUP成立時，師大會員只我一位；其後才有一些師大好友加入；遺憾的是仍無母系系友是會員！系友會成立多年，系史上該把此一「大事」列入，否則價值性及意義上就大為失色，教育性更等而下之了！師長高壽者比比皆是，但我更擬利用餘生，對終生大志不忘初衷；引爆地雷的工作還未百分百完成。「革命尚未成功」，後生晚輩們：「茲爾多士」，好好表現一番吧！可以保證的是，當年我一馬當先衝入敵營，不只功成還安然無事；今後把類此壯舉也史上留名的機會，留給母系與母校的弟妹吧！

　　解嚴之後，台灣的「正義」呼聲大漲。just此字原是柏拉圖（Plato）哲學的主軸，及門弟子亞里士多德（Aristotle）析辨出equity及equality二字有別；對just一字的正確定義，顯出「大哲」的大智。賈師在美名大學獲博士，專攻輔導、測驗，回國後由於早受田院長的扶持，又是難得的女中豪傑。教育部原授權負責編製各種測驗的教授，因之就少了許多專案。一次賈師主持一個與測驗有關的研究小組，我也掛名其中。她邀先輩列席指導，其中兩位是路君約及黃堅厚教授。路老師教學認真，筆記甚多，但口音「不正」；還好，他都不嫌煩的以粉筆板書給我

們「抄」，雖有點草，但最少比「聽」，較為清楚。彼此看似典型的忠厚長者，豈知該會剛開始而已，我當場就看到一景，印象迄今仍存。但看路老師（她的女兒路平，是名作家，端莊，且帶有台灣本土味）站了起來，帶著怒氣還拍桌子，講了一些我也聽不太懂的話。顯然他是不滿賈師靠田院長關係，「搶」了他原有的「專業」。說完話，就帶著一皮包轉頭走了。我很為賈師耽心，但見賈師很穩穩的站起來，語氣平順的說：「昆輝，趕快去送路老師回家！」

賈師此一舉動，我解釋為是將 just 分成 equity 及 equality 的具體表現。世間的真正「公平或正義」，在史上罕見；特權及歧視，滿籮筐。路師以專業全包專案，如今另有「高手（新手）」分攤；賈師剛回國，聲勢似乎高過路師，又有背後硬座支持；賈師及路師，兩人聲勢互換。路師變成弱者，難免出口惡言以向，情緒發作，人之常情；年齒較多的路教授，也難免。後來居上的賈師，既佔了主位，但擺出「忍耐」的風範，至少使場面不致於無法收拾！如果賈師更放下身段，親自登門請教，相信路師長者身份，或可因之不只和諧相處，且會主動協助。

此文寫作，早有意撰述為系史，但也知現在的讀者，一看長文就投降了！只是欲罷不能，把平生與本系與本校有切身交手者，留作為後人撰述的史料，也是一大快事。兩大學會較早的教師人權會，已早就不存；還好，原先的宗旨，陸續也快速的實現！至於 TAUP，現仍運作中，雖聲勢不如以往，更難奢想比美於 AAUP；但也有不少目標，陸續出現業績。讓我有點失望的是，師大同事入會者雖今有兩位數的業績，但多半是文學院、理學院、藝術學院、體育學院者；唯獨最久又最大的教育學院，會員也就只我這個「創會會長」！令我欣慰的是我的學生，教育系畢業的黃平山夫婦（班對），多年來都在 TAUP 當志工！而間接從中相助者，相信不乏其人；但如能「百尺竿頭更進一步」，則勇氣更可嘉！沉默，別人會誤以為是不屑或蔑視，甚至反目敵視。公開社會，已不需隱瞞；母系以教育為名，外系或外校常酷評凡帶有「教育」的科系或大學，是二三流的；顯然，這也不是胡亂指斥！隔山觀虎鬥，作個悠閒自在的看台觀眾，事不關己；撇清交友（師）不慎的誣控，都來不

及了，怎還要下海「潦落去」呢？此種內心心態與外形作為，或許是我對「教育系所或大學」，較難釋懷的。唯一稍讓我心安的是，「教育系、所、校」，只是個「名」，至於「實」，則已把各學門各領域全包！此番自我安慰，是否有點阿Q呢？自我解嘲、戲弄、玩樂。哈！人生不亦快哉！

師大或教育系的教授能在各大學普遍受歡迎的演講者，更在全台各地的選舉造勢場合中，萬人空巷式的拱之為「明星」演講者，並且各電視及電台爭邀上鏡頭的評論者，大概是「史無前例」了，恐怕也少「後有來者」！更不用說報章雜誌紛邀寫稿的作者了。加上一項：不只街頭抗爭，被軍警突襲，地檢署及法院送來起訴者，師範院校另無第二位。人生的「多采多姿」，有數項值得一述：

1. 台中東海大學是私立大學中頗具學術聲望及自由學風者，但情報出身的梅可望當上校長後，學界頓然大失所望。梅可望的「梅」，突成為「沒」！但東海學生會會長來電，邀我赴台中演講。不久，師大教務長黃堅厚教授（本是教育系教授，教育心理及輔導系獨立成系後，他當首位系主任）突然來電，先說他是奉梅校長之請。原來他倆都唸雅禮中學，雅禮是美國第三古老大學耶魯（Yale）在支那中國的分校，（在台灣卻是一所雅禮補校）。據黃教授轉述，梅校長認為學生會會長的邀請，不如校長親自出面比較尊重，也希望我能首肯，歡迎我赴台中，他會派校長座車去台中火車站接我，還希望演講前在校長公館餐敘；且如我願留台中過夜，校長宿舍可供我住。梅校長真會作人，我也領了黃教授的一份人情。

2. 政治大學學生會曾邀請到在木柵演講，當然我會去；但答應後不久，學生會會長告知我，訓導長不許我去；還揚言他要在校門口擋我。我則回以要帶記者去！原來政大有一種成規，校外教授赴校演講，一學期只能一次；我已是第二次！哈，此種規定，也真莫名其妙！最後我看在學長也是本系系友哥倫比亞大學博士正在政大執教的黃炳煌教授面上，答應不給校方難堪！

3. 有不少大學的演講（晚上），中途竟然停電，但學生也在黑暗中繼續聽我演講，憑添出格外的情調。

4. 在院長期間，憑「行政權」，大力要求所隸屬的「三民主義研究所」更名；該研究所屬於教育學院。我早就抗議大學不許設立該單位；該所同仁也知悉潮流已變，快速改為「政治研究所」。

「昔」是一，但「憶昔」者不同，則不盡然皆同，有二有三……這是歷史學研究的重要課題。本文只就個人「一手」經驗之陳述，供作有志者探討之用。結束本文之前，另有兩事供有志者深思：

1. 大學之聲望，評鑑角度或「座標」只一，即以學術研究作為大學首務；凡聲望卓著的系所，必定具「國際性」：即有外籍師生充斥其間，大學校園內，隨時可見。就此一「指標」而言，本系或師大，待努力之處頗多。

2. 依學風來說，校歌首句「教育國之本」，「師範尤尊崇」；真「高調」；着實又具體的師生行為表現，該是公德與私德兼具。就台灣步向民主化的業績而言，已是亞洲僅次於日本而為世人所歌頌的模範生。可惜，母系及本校，在這方面的表現，着實令人詬病；不但未有積極的貢獻，且抵制扯後腿之事例太多！以教改及政改為例，步入改革行列的大學師生，本系及本校是寥寥可數。我卻是最為「異類」者且為之「頭」，的確該是師生最為驕傲之事。我上街頭多次，一馬當先，因為是「會長」！不只被起訴，還受憲警毆打，更受一點外傷；共襄壯舉的，其中之一，是台大經濟系教授陳師孟。但見台大師生罷課也罷教，師大呢！竟然極其冷漠。梁校長在教師休息室看到我，寒喧說最近好不好？「不好」，我毫不隱瞞的回答！「為什麼呢？」「我走街頭，還被治安人員打！」「那就不要走街頭啊！」哈！原來大學校長的格調這麼低。母系及母校，比起台大，真有霄壤之別。大學生佔了台北火車站，得到不少台大教授的聲援：「你們這幾天不在教室，我們來此為你們補課」。還好，我南部鄉親組團坐車北上為我聲援，真令我感動。師大這幾年稍改保守風，主力非由母系所策動。幸而我之能順利接系務及院務，或許是教育系及教育學院同仁「默默的暗中協助吧」！但願他（她）們能步我後塵，才不愧為師大首系及首院之名！

　　就歷史長流來說，平生不少任務，已階段性的完成！「功不唐
捐」，這是較為欣慰的。發表的文章及付梓的書，量多，頁數更有近千
頁者；但比起史上經典名著，還需學習！這也是餘生該着力之處！至於
具體改革，既然沉痾已千年計，又那奢望可立竿見影！記得首度作為系
代表參加校務會議，提出一建議，校長還有雅量的裁示：「林教授的提
議，在座委員支持的請舉手！」當場一百多位師大同事，我一看：「只
4人贊成而已！」洩氣嗎！哈！沒多久！我的案，已是目前校務會議運
作的模式！這是較令我寬慰的！但「革命尚未成功，同志仍須努力！」

　　「教育」與「時間」關係密切。「教育史」之研究，着實是教育研究的
重點。當年政治強人蠻橫的一聲令下，就把六年國教立即改為九年；不
多久，另一「總統」也下令，國民教育年限延至12年。教育問題之橫
生枝節，這是一種最大的教訓及諷刺。可恨的是教育行政負責人，一味
的以主子之令唯命是從，又那有教育獨立及學術自主之格調呢！教育部
言聽計從，如今也要安座「指導單位」，真是馬不知臉長；卻是我認為
最不屑與鄙視的！「見大人」皆「視其巍巍然！」讀儒家書的，難道忘
了孟子在該句中的「視」之前，有個「勿」字！

　　「民主」理念及「民主教育」真諦，並非「踏破鐵鞋無覓處」，且
更非「得來全不費工夫！」，以我個人及台民之先賢而言，倖一經歐風
美雨日曬的「啟蒙」，就身體力行；以環球的民主典範國家為師，既歷
經時間及空間的考驗，（continuity一字，帶有時及空兩意！）民主果實
更令全球全民所激賞。台灣教育史提供給台民及世人一種模式，幾乎快
速的趕上民主先進國之業績；台灣子弟足堪受教！要命的是面臨一堆
「冥頑不靈」的民族，且處處對台灣施以蠻性的恫嚇及威脅！「有教無
類」的精神恰在考驗台灣當前及今後的民主教育勇士，深盼接榜有人，
為亞洲及環球世人之和平奮力以赴！

　　附帶一提，2020年開春，由支那武漢肺炎快速傳染環球，台灣也不
例外遭受波及，迄今找不到治療之方，各國死亡之數已逾萬，但台灣防
疫效果高居世界首位，令世人刮目相看，也證明台灣教育史上醫學教育
之成功！

後語

　　「教育史」一學門的寫作，粗略可分兩大類：就以二十世紀以來幾乎可作為一切學術領頭羊的美國為例，Ellwood P. Cubberley（1896~1962）所著的 *History of Education* 是一種典型；他以「學校教育史」為核心。該書早年在台灣有翻印版，我上大二時，主教該科的楊亮功教授，雖取中華書局的《西洋教育史》作為教學用書，但他的女婿（師大英語系畢業的屈教授）譯為漢文。該書風行全美數十年不衰；他任教的史坦福大學（Standford University），位於加州舊金山，學術份量可以與東方的哈佛相比，總圖書館還以他命名。該書優點甚多，史料齊全，文筆甚佳；但缺點也不少，最一針見血的評論，是「但見羽毛，無睹輿薪」；即「見樹不見林」，或「知小而不知大」。學校只不過是教育活動中的一種，雖重要性不能小視，但教育該不囿於校園，卻應擴大到社會。因之，其後不少教育史的作者，出身在史學界或哲學界的多。台灣師大，我的業師孫亢曾教授，頗具慧眼的指出，台灣的校長熱衷「辦學校」，但不努力「辦教育」；眼界淺、視野窄，雖不掛眼鏡但近視者多！「好學校」就是升學率高，月考期考畢業考分數傲人；但辦教育呢？只是如此而已嗎？

　　台灣還處於戒嚴時代時，中學師資雖大量由師大提供，但也有不少台大畢業生就職。官方曾作了一次調查，兩大學造就出來的師資，優劣如何？以歷史科教學為例，結果有了一項報告：台大畢業者一上起歷史，講故事者多。哈！「歷史」的英文字，不就是故事嗎？不過，是「他」而非「她」的故事（history）；上課精彩而動人。內人一女中唸了六年（初中及高中），也憶起最朝思暮想上的課，就是「歷史」；至於師大畢業的呢？很會整理教材，猜大學或高中聯考的試題，準確度奇高。單由此例，正十足的反映出，兩校畢業生在「教學」或「教育」上的不同取向了！只是不客氣的說，師大培養的，頂多是教書「匠」而已！台大造就的，才較有成為「教育家」的可能性！

　　人人皆知，興趣是行為的主力，更是動機；教學時不是首先得「引起動機」嗎？動機一生，就如「一方活水」般的源源不斷不絕。

　　上課的經驗，教科書常置於頭前，藉以擋住任課教師眼光，以便集中心力，貫注在桌下的武俠小說，因為「欲罷不能」！看了一「回」，結束時每出現：「欲知後事如何，請看下回分解」。其次，一流的小說撰述者，如同當今報紙連載小說及電視收音機的連續劇一般，都以「高潮迭起」，「欲罷不能」，之劇情收尾。至於學術性作品，學位或升等著作，傳統上都要求「正經八百」，不許「隨便」！一些俚語俗句，務必消除；許多大學用書，也染此「惡」習。胡適曾提過，認為宋明「理學」是從儒釋道三家「滾」出來的。此句一出，立即引來大受儒家孔教遺風的梁漱溟的極度不滿，怎可如此輕佻呢？只是單依我個人的印象，每次拿起研究所時由北大出身又留學法國的吳康教授有關宋明理學的文章，或聽他上課時一提起程朱、王陽明等，有如鴨仔聽雷！他的口音，就像我在哥倫比亞大學巧遇馮友蘭一般，幾乎一句都聽不懂！十足的浪費光陰。但相反的，一讀胡適的該句，頓時眼睛一亮，有如看武俠小說一樣的有立即續讀之情，不會有梁啟超「輒唯恐臥」的感受。「滾」這個字，太有趣了，也是具有十足火候的學術專業素養且更帶有真正「教育」意義的用語。台灣俗語在這方面展現出，即令受過「學校教育」等於零，也有十分足取的「教訓」。家母與人聊天，常口出看人不可「只看遠不看近，看高不看低。」尤清這位我在軍中相識的德國最古老名大學海德堡（Heidelberg, 1386）的法學博士，在主政台北縣（台灣最大的縣，現改為新北市）時，常以「大雞慢啼」！來安慰現在未有動力來激發潛能的學童之父母。教育之成敗因素，頗為複雜；但「動機一缺」，「興趣一失」，就幾乎前途不只無「亮」，且遭「毀」了！若不只「毀人」，甚至且「不倦」，那不是最該入比十八層更深的地獄嗎？

　　教改是除了政改或憲改之外，台灣全民最該全力推動的。這項大工程，先從教本著手吧！與前相較，我一生中出版有關教育的著作，雖不「等身」，但也有數十本之多；與前書或他人之書相比，有慧眼的讀者，相信在初看之下，該可引來「欲罷不能」的興緻吧！我的「史

觀」是「主觀」，沒錯；不過，讀者是否也可經一番「省思批判過程」之後，把彼此之「異見」及各自的「己見」化消，而共同成為「互為主觀」（intersubjectivity）。如此，隔閡甚至干戈就失，這不是一種「民主」程序的最佳寫照嗎？「書」一字，台語發音有二，北部人唸為書，南部腔為 ㄗㄨ 與「冊」同音；前者是「讀書越讀越 ㄅㄨˋㄍㄨˋ（打瞌睡）」；後者更進一步，「讀冊越讀越 ㄑㄝˋ（痛恨意）」！教改人士不在此下功夫，是嚴重的失責！此一大過改了，教改列車必暢行無阻，也最合乎教育民主化的本意！

為學求知，「知為何」（knowing why）及「知如何」（knowing how），比「知什麼」（knowing what），重要性、價值性、意義性甚多；前者有促進思考、反省、批判、比較的教育功能，後者只具記憶背誦性。「知何處」？（knowing where）、「知何時」（knowing when）或「知何處」（knowing where），那形同把人腦當作機器了！這種寫作，常落入史料多但史識少的結局；尤其在非民主時代。因為把敏感性或危險性的史料，加以忽視、掩蓋，甚至扭曲；如此才可以「明哲保身」，更不會「殃及親友」！若膽敢把觸犯當局者之史實，呈現於世人之前，則必有「殺身之禍、火焚其身、火燒其書」之史訓，比比皆是！

把台灣當成一門學術研究的對象，史上絕少，尤其在支那中國儒學孔教之陰影下，是不見天日的。還好，由於各種複雜的因素，有史學家如杜正勝，早年研究中國上古史而獲中央研究院的頭銜。其後赴歐美對西洋史下了一番功夫。但他歲月稍長之後自承，轉回頭來思及台灣史，價值性絕不低於前者。我心忖，若他早年就以台灣史當寫作的第一志願，即令再如何傲人，在支那中國積二千多年的沙文學風下，又那能享有學術殿堂中的光環？甚至被貶為「不學無術」了！我任教的師大，在戒嚴時代，歷史學系主任還當過文學院院長者，竟然在行政會議中大聲說出：「台灣那有文化？」說完話之後，還揚揚得意！確實，這種人該到醫院求診，掛精神科！

我本專研西洋教育史、西洋教育思想史、及教育哲學，幾乎少涉台灣。支那中國的很多史，由於求學時是必修，因之也涉及；只是未談及

「家鄉事」，確感遺憾！如同我學弟（台南師範）也當過教育部長要職的學友，多年來醉心於本土，但發現台灣學要研究有成，必同時兼備中國史及歐美西洋史，尤其教育學領域！並且，在材料之價值性上必得「擇」。2019年的現在，台灣政界火熱的討論明年總統大選之事，候選人之一，曾在1990年左右當過台北縣的議員。我當時也由師大借調赴北縣當教育局局長。這位「民代」，要給我難堪，在公開場合中提出數問，竟然都是前述已提的Knowing what！如北縣小學生人數多少，且答案要及於個位數的對錯。天啊？這種料的民代，才是教改要切除的毒瘤。但2018年，他竟還能受選民支持，更往上升為院轄市（高雄）市長，如今又擬作為台灣總統！政改及教改，不雙重加倍着力，台灣的民主化又那有成功的一日？台灣選民不許一錯再錯！且後錯重於前錯！教改及政改的業績，具體的顯示在此。2019.9.8.先記上述感言以保存史料！2020年年初投票結束，就知結局！哈！結局出來了！台灣選民「智力」大舉高升，台灣教育史有了「新」面貌，《新台灣教育史》出場了！可喜可賀。（Feb. 18, 2020）

附錄一　大事記

（包括不在本書出現者）

1624-1662　荷

1626-1662　西

1662-1683　明鄭

1665　台南孔廟，「全台首學」

1683　施琅攻馬沙溝，明鄭「東寧國」亡

1684-1895　清

1853　美艦由 Matthew Perry（1794-1858），奉美總統命，迫使日本放棄
　　　德川家康以來 270 年的「鎖國政策」

1868-1912　日明治天皇在位 44 年

1876　美首座現代化大學──約翰霍布欽斯大學（Johns Hopkins U.）。
　　　位於馬利蘭州（Maryland）巴鐵摩（Baltimore）

1877　東京帝國大學（日本首所帝國大學）

1882　淡水牛津學堂

1884　淡水女學堂

1890　劉銘傳辭台灣巡撫，邵友濂接為福建台灣巡撫

1891　基隆台北鐵路通車

1892　基隆台北新竹鐵路通車

1895　支日甲午戰爭

　　　4月17日　馬關條約

　　　5月　「台灣民主國」立，陳季同（1851-1907）起草「台灣民主
　　　國宣言」，唐景崧為總統，丘逢甲（1864-1912）為副總統；
　　　劉永福（1837-1917）為大將軍，國號「永清」

　　　6月　日本將台北原清巡撫衙門改為台灣總督府，並行「始政大
　　　典」，樺山資紀（1837-1922）為首任總督（1895.5.3-1896.6.）

6月3日　日軍攻陷基隆，唐景崧逃至滬尾(淡水)乘德船逃至廈門

6月26日　劉永福接任總統，台南為首都印行鈔票、郵票

10月19日　逃回支那

1898　＜台灣公學校令＞　台灣各地公學校林立

1899　台灣總督府醫學校（台灣大學醫學院前身）

1908　台灣縱貫鐵路 405 公里，基隆到高雄，通車。

1912　中華民國立

1919　台灣總督府完工啟用，支那中國五四運動

1921　台灣文化協會；台灣議會設置請願；中國共產黨

1922　台北高等學校；日本共產黨

1927　台灣民眾黨

1928　台灣共產黨；台北帝國大學

1930　台灣地方自治聯盟

1935　台北大稻埕，始政四十年「萬國博覽會」

1937　南京「大屠殺」

1941　12月7日　太平洋戰爭始

1945　二戰結束，日人離台

6月25日　聯合國憲章

1947　2月28日　二二八

1949　陳誠為台灣省主席

4月6日　四六事件

5月20日　戒嚴開始

10月1日　「中華人民共和國」立國

《自由中國》創刊

1950　韓戰

1951　9月8日　舊金山和約

1954　美最高法院判決黑白分校違憲，「分校本身」（seperation itself）就「不公」（is not equal）

1957　5月24日美在台大使館被攻擊；3月20日美陸軍上士雷諾茲

（Robert G. Reynolds）依 1951 年中華民國接受美援時雙方之規定，美軍援顧問團人員為大使館之一部份，享有外交豁免權。槍殺一位潛入他家花園的中國人偷看其妻洗澡。美軍事法庭審理此案，5月23日作出無罪判決，且將他送出台灣。死者劉自然33歲，江蘇人，中國國民黨革命實踐研究院畢，住草山宿舍，是小蔣（蔣經國）特務之一。

1958　金門砲戰

中國大躍進，死四千三百人；文化大革命，死二千萬人

1959　西藏（圖博）抗暴事件

1960　越戰。台民（外省人與台灣省人）共組「中國民主黨」，但主事者被捕

1962　胡適病逝（1891-1962年2月24日 午）

1964　「台灣人民自救運動宣言」，由台大彭明敏、謝聰敏、魏廷朝三人發起，旋即被捕。

1968　蘇佔捷克

1970　《大學雜誌》

1971　「中華民國」在聯合國席位由「中華人民共和國」取代

10月25日　UN 決議 to expel forthwith the representatives of Ching Kai-shek（從此逐出蔣介石代表）

1972　9月29日.　日本與中華民國斷交

1974　台大哲學系事件（1996年平反）解聘專兼任 12 位教師

1975　蔣介石（1887-1975）死，副總統嚴家淦（1975-1978）繼任

《台灣政論》

1977　「中壢事件」，鄉土文學論戰

1978　中（中華人民共和國）美建交

1979　《美麗島》發行

高雄「美麗島事件」

2月28日　林義雄家滅門血案

美國承認中華人民共和國，美中建交；美「中」（中華民國）斷交

美國會通過「台灣關係法」

1981　陳文成（1950-1981）屍體在台大校園出現。陳文成命案

1986　9月28日　DPP.民主進步黨成立

1987　7月15日　解除戒嚴

　　　台灣筆會成立

1988~2000　李登輝為總統，共 12 年

1988　台灣農民運動；蔣經國（1910-1988）死；1978-1988為總統；
　　　副總統李登輝（1923-）繼任總統，首位台籍人士為總統，台北
　　　三芝人。

1989　六四天安門事件

　　　4月7日　鄭南榕自焚

1990-1996　李登輝連任總統（一任 6 年）

1990　台灣教授協會成立，野百合學運

　　　6月柏林圍牆（168公里）倒了（1961-1989）

1991　國大代表，立法委員，監察委員，全部退職，重新改選。「萬年
　　　國會」終結。廢止「動員勘亂時期臨時條款」

1996　台灣歷史上首次台灣直接民選總統，李登輝當選，一任 4 年。

1997　香港由英轉為中華人民共和國統治

2000　高行健獲 Nobel Prizer 文學獎（歸法國籍）

2000~2008　台灣首次政黨輪替，DPP 的陳水扁當選總統。

2003　3月7日　台灣客家電視台成立

2005　7月　台灣原住民電視台成立

2018　明治改元 150 週年（1868-2018）

2008~2016　馬英九總統

2016~2024　蔡英文總統

2019　7月　台灣台語電視台成立

一、教育史——想像空間、問題的提出與解答

1. 為何是荷蘭及西班牙佔領過台灣而非別國？（17th世紀）

   (1)如果他國呢？如英、法、德……

   (2)為何時間不長！

   (3)如果繼續統治，則台灣會如何！

2. 傳教士皆是名大學的「牧師」（reverend），地位崇高，如 Candidius 及 Junius，是 Leyden University 畢業生。

   (1)他們基於什麼主意，到 Fromosa 來。

   (2)他們帶來了什麼，是否如同 John Harvard 帶四百本書去 New England。（「唐山過台灣」，唐山客帶來了什麼？）

3. 新教（荷）、舊教（西），在台灣發生如同 1618-1648 年的「三十年宗教戰爭」嗎？

   (1)二者教義南轅北轍，水火不容。但西班牙勢力為荷蘭所取代。

   (2)改宗台灣的「異教」為基督徒，虔信天主，身掛十字架，從此台灣原住民信奉耶穌者眾——現在原住民的宗教信仰幾乎清一色是基督教。

二、金甌商校（1948）：張慕陶（1902-1985）創。

字世佛，湖北鄂縣人，黃埔第五期。1944 圍剿匪有功，晉升陸軍少將。1945 奉命到南京接收，1946 調台北任憲兵第四團長。

二二八時參與計謀及行動，勸誘士紳出面而後嫁禍。2.28 兩度造訪蔣渭川，3.1.還出函邀請，蔣首肯。其後中國軍在台，大肆鎮壓；還帶警到渭川宅開槍殺人，又數度公然撒謊，誘騙台灣民眾，宣稱「中央絕不派兵來台」，「希望省民不可懷疑中央，我們偉大之蔣主席，必定同情台灣同胞與正當要求。」

1948 立金甌商職；1985 病逝

三、1937-1945 皇民化

1.「皇民奉公，建大東亞共榮圈」。台灣是南進中心及重鎮，基本教育之學府一律改稱「國民學民」；改日姓，取日名，國語運動，國語學校，國語家庭，雷厲風行。

2. 改台民謠，呂泉生的「月夜愁」易名為「軍伕之妻」；鄧雨賢的「雨夜花」改為「名譽的軍伕」。歌詞內容及曲調，面目全非。推動日本軍歌「支那日記」、「軍國銀座娘」；台民持太陽旗，千成上萬歌唱。

3. 日化的徹底

　(1)受過教育者，包括原住民，說讀寫日語及日文已極為流暢，與日人不相上下。楊逵、巫永福、賴和等文學作家（日文）輩出。

　(2)赴日本求學者，如彭明敏、李登輝、辜寬敏、吳三連……等人，景仰日本之政治清明、文教發達，懷念日本人之恩情。

　(3)台灣意識流入潛意識中，到1945年才一瀉千里，但導致二二八事件的悲劇。

附錄二　人名索引

央軍官學校教官後赴巴黎任中國駐法使館秘書。1946任台北市市長，屬次任，首任為吳三連。1947二二八，任國民大會代表。1948省府委員兼北市市長。

簡吉　1903-1951　鳳山人，1922年3月畢於南師講習科，任教鳳山公學校訓導。1925投身農運，1951被中國黨（中國國民黨）槍決。

魏道明　（1899-1978），字伯聰，江西九江。1925，法（Paris U.）法學博士。1927，國民政府司法部秘書長。1928，司法部改為司法行政部，出任首任部長。1941，駐法大使。1942，駐美大使。1945，立院副院長。1947年5月，台灣省政府成立，首任省主席，解除戒嚴及清鄉。1948，辭職赴美。1964，駐日大使。1966，外交部長。1971，資政。

譚嗣同　1865-1898（33歲而已）　*20, 74, 280, 316, 381*

蘇東啟　（1923-1992），雲林北港人。1960出面簽署陳請書為雷震請命。東京明治大學畢。1961被捕，無期徒刑（其妻蘇洪月嬌被判兩年），1975蔣介石過世，特赦出獄。

蘇新　（1907-1981），台南佳里。筆名莊嘉農，東京外語學校。1949年在香港出版《憤怒的台灣》。入獄多年，台共。

歐用生　1943-2019　*168*

七月四日，美、菲、台國慶!?

　　舉世之人諒必皆知，七月四日為美國獨立紀念日，該天也是我國台灣近鄰菲律賓的開「國」紀念日。美國建國於1776年，現在的菲律賓則建「國」於1946年。菲律賓曾被西班牙佔領三世紀多，當時西班牙也曾染指台灣北部，時間只有26年，其後被駐守在台南的荷蘭軍驅逐。菲律賓於二戰時，日軍趕走了西班牙軍；俟美軍決意反攻之後，日軍敗退。二戰後只隔一年，1946，美總統杜魯門親自下令，與美國同日作為美菲兩國的獨立建國日。

　　台灣從1895年之後的五十年，是國際條約之下的日本殖民地。二戰時美軍於太平洋向日軍反攻，但只派軍機轟炸台灣，並未登陸寶島。以當時日美兩國軍力，日軍優勢也抵擋不住美軍。但美國政府的戰略，卻跳過台灣，揮車北上，直搗黃龍，促使日本昭和天皇無條件投降。歷史真是弔詭，設使當年美軍在台灣上岸，勢必經一番苦戰，犧牲可能無比慘重；但勝敗面已昭昭明甚！果真如是，美國佔領了菲律賓及台灣，對菲律賓這個比台灣大許多的大「國」，都無領土野心了，則對台灣也極有可能比照辦理，1946年的7月4日，成為台灣「國」的建國日。

　　衡諸史實，菲律賓有建國英雄，尤其黎剎（Jose Rizal, 1861-1896）奮鬥經年，曾高舉如同印度聖雄顏智（甘地）一般的採取非武力的和平主義，竟然壯志未酬，被西班牙駐菲單位槍斃。台灣呢？日本佔領台灣期間，台灣的民主鬥士，非但無獨立建國思維，還一付迎王師的心態，朝思暮想作為「中國」的一分子。此種台菲兩地代表人物意識型態的錯綜複雜，非三言兩語可以道其詳。不過，誠如台灣國中教科書裡的一句名詩：不經一番寒徹骨，哪得梅花撲鼻香！

　　建國不是垂手可得的禮物，未有慘痛的教訓，又哪會珍惜得來不易的果實？菲律賓「國父」的黎剎傳，林衡哲先生有中文專著，讀來令人感動不已。反觀台灣，台灣人民未嚐中國國民黨的戒嚴肆虐，又哪會使

該黨下台？或許從此在台永不翻身；其次，還更該了解中國文化那種歧視、威權、又極端反民主的非人道毒素。看看 2017 年 7 月 1 日香港的所謂「回歸祖國」二十年狀況，港「獨」的音量已竄起。深盼以台灣為榮的同胞，該深一層的體認對岸中國主政者的心態，那種導源於兩千多年自大自傲自狂的種族及霸權情，連日治時期不少台灣志士都不免受其蠱惑！

　　菲律賓的7月4日國慶，表面上是由美所賜予，其實那是菲人的血汗爭取成果。台灣人呢？設若也由美國下令，七月四日為台灣建國日，極有可能連台灣「有志之士」也高舉反對旗。此種景觀，絕對不會出現於當年的菲律賓！台灣人實在該多讀讀本國史，又旁及台灣鄰近國家的歷史；在真正實情比較一清二楚之後，才能以「知識」作底，為台灣奮鬥。這正是最有人格尊嚴的表現。一件極可對照的事實，是美軍佔領日本、德國、菲律賓時，並未發生諸如台灣的二二八慘案。但願有一天，台灣也可以如同美菲一般的，以七月四日作為普天同慶的佳節！

　　台灣的「國慶」，不必一定要在七月四日與美菲同天。其實，菲國國慶是六月十二日。

跋

滾滾濁水溪西逝水，

浪花淘盡英雄；

是非成敗不該轉頭空，

觀音山依舊在，幾度夕陽紅。

近百歲數台人江渚上，

慣看淡水河夕陽，阿里山日出，龜山島海豚悠遊自在；

一杯珍珠奶茶喜相逢，

古今多少台灣教育事，盡在本書中！

　　環顧全球歷史，文明之光能普照大地，是「哲人」的偉大盼望及成就。哲人每多出現在變動多端的溪流及海洋邊！「仁者樂山，智者樂水」。帶給世人智慧火苗的，多半來之於溪、河、海、洋；由希臘雅典的愛琴海，到更為遼闊的地中海，然後由大西洋濱海國家或地區，孕育而出的哲學理念，引領了世界各地人民，由黑暗邁向光明。台灣得天獨厚，除了在中部大甲溪之外，另有濁水溪、淡水河、基隆河、新店溪等，還位處比大西洋更無邊際的太平洋中；此種客觀環境，賜予台灣住民夠資格成為民主大道的模範生。台灣教育史十足的反映出，民主教育演變的過程！「教育是哲學的實驗室，哲學是教育的指導原則」；這句杜威的名言，遠在天邊的美國，卻也近在眼前的台灣。改寫台灣人熟讀的《三國演義》開場白，是為跋！

　　就求學的經驗而言，「教育史」一科在台南師範普通師範科是必修的；在台灣師大教育系四年的課程中，教育史分成中國及西洋，各兩學年，每科四學分；另有教育哲學，也是全年四學分。研究所時，中國哲學史及西洋哲學史也都修過，出國深造學門是「教育哲學」。教育史因與之有涉，也算是主修對象。回國任教，教育史及教育哲學，都是主授學門！雖對哲學大為熱衷，但由於種種因素，不敢說有什麼較為突出

的己見。雖然上述諸學門，已出版撰述不少的「鉅著」，但「創見」或「高見」，也不敢自封！就「史」而言，史實及史識，二者皆該備；在開放社會中，史實已不成禁忌。因之，史實部份較多提及的，已成「常識」了！若能挖掘新史料又甚具史識者，則必帶有價值及意義。省思者才有必要成文成書。

微觀的史，史料可能就只是堆積而已！宏觀的史，就極有可能「見」出前人或今人所未見，且帶有智慧之見，主觀性強。不過，主見若經過「理」的考驗，且能持續佔得住腳，則可以使本屬「己」之見，漸漸或快速的變成「他」人之見；那是他人放棄了原有的見而採納自認是較高深又較寬闊之「見」的結果！學術、文明、教育，及人群之進步，就安然上路了！

台灣學由冷門變成顯學，這是極為可喜的。因之，有關台灣的真實史料，必比過去增多，且也為多數學子所了解。但著書立說，僅止於此，是侮辱了讀者！若少或無己見，尤其是未依理而提的評論，則該為有識之士所不齒！據此觀點，本書就史實及史識兩方面，在儘可能與本書書名有關的既有作品中，有較醒目的篇幅。這是平生研究最感得意的學思成果！如此，歲月才不會白過！

美國是當今環球在民主政治及民主教育上最具楷模的國家，台灣留學生赴美的最多。1496年哥倫布從西班牙的塞維爾（Seville）港出發抵達新大陸，這是世界史上大事；500年後的1996年奧林匹克運動會，在離塞維爾不遠的大城巴塞隆納（Baraelona）舉辦，供世人懷思！當年我率領北縣教育參訪團赴該地參觀；美國也從此躍上世界舞台，若從1636年的哈佛起算，到1776年的美國民主立國成功，時間相差約一世紀半，該校校址的劍橋，放出「山丘上的螢光」（Beacon upon the Hill），照亮了美國，也燈明了全球各地，包括台灣在內。

台灣文教活動，近百年的努力，該也如同哈佛一般，不但啟蒙寶島，也將燈光遠投在支那中國上。詭異的是民主之火，雖在「三代台灣人」上燃燒了近約一世紀之久，卻遭逢到傳統支那中國儒學孔教反動勢力，用盡心機的擬予以撲滅！孔子坦言，三十而立，該「立」含有「獨

立」意。個人一生到了三十歲，就夠自主自立了。現在的民主國家，甚至還把法定「自決」年齡降到18歲呢！遺憾的是史上多數國家，尤其是支那中國，在奮鬥往民主、獨立、自由、開放…而打拼所費的時光，竟然還二三千年以來，毫無成果。幸而台灣與這個古國，史上有若即若離的關係；若以1895年起算，如今已逾一世紀了。這一百年之中，我大半親領神會，感概甚多。本書有不少文字涉及我的個人經驗及學思甘苦談，但絕不是個案，卻可一葉知秋！

　　本書撰述時，恰逢台灣總統大選熱鬧滾滾之際，「統」與「獨」，各使出渾身力，雙方拔河！親美與傾中，二者也明顯較勁；2020年1月11日，台民以現代文明方式決定台灣的未來；原本邁向民主這股小支流，已匯聚成大主幹；可見民主政治及民主教育，已在台灣站穩了腳步。康德曾說過，上帝造萬物，其中，造出最真、最善、及最美的，就是「人物」（*Critique of Judgment*, 279 ff）。台灣不只贏得民主模範生之名，外來遊客每有評語：台灣什麼都美，但最美的就是「人」。康德太樂觀了，從史上看，支那中國「人」最多，但邪惡、詐騙、欺凌者不計其數，佔的比例出奇的高！台灣人也真衰，受其荼毒者多且時又長。倖賴台灣先賢之努力，外人所早已熟悉以「美」來稱呼的 Formosa 及 San Diego，今後永遠就是台灣的外文代名！

國家圖書館出版品預行編目資料

新台灣教育史 / 林玉体著. -- 臺北市：文景，
　民109.04
　　面；　公分.
　ISBN 978-986-94926-6-9（平裝）

　1.臺灣教育　2.教育史

520.933　　　　　　　　　　　　109004307

新 台 灣 教 育 史

中華民國一百零九年四月出版

作　　者：林玉体　著

發 行 者：文景書局有限公司

出 版 者：文景書局有限公司

地　　址：台北市和平東路一段 91 號 4 樓

電　　話：(02) 23914280 / 23942749

傳　　真：(02) 23943103 / 23222676

郵　　撥：0015791-1（文景書局）

E-mail:winjoin@ms12.hinet.net

http://www.winjoin.com.tw

登 記 證：局版臺業字第 6275 號

定　　價：新臺幣陸佰伍拾元整

ISBN：978-986-94926-6-9